Jean Diwo

Au temps où la Joconde parlait

J'AI LU

A Sylvie.
A Martin.

1

ANTONELLO DE MESSINE

Assis sur les marches de Santa Maria del Carmine, face à la mer qui le séparait de sa patrie, la Sicile, Antonello rêvait. Son regard allait de la baie encombrée de bateaux au clocher en construction. Sur l'échafaudage, des ouvriers vêtus de haillons, épuisés par la chaleur, hissaient de lourds blocs de lave. Parfois, ils regardaient le ciel, comme pour mesurer la tâche qui restait à accomplir.

Antonello n'avait pas vingt ans. Il était fier d'avoir réussi à quitter Messine malgré les liens très forts qui l'unissaient à sa famille. Dans la *bottega* de San Martino, son père, l'un des meilleurs orfèvres de la ville, lui avait appris à dessiner et à ciseler les coupes d'argent qui faisaient la renommée de la maison. Il allait dans la logique filiale qu'Antonello reprenne les outils du maître vieillissant et continue à fournir en vases et en aiguières les nobles et les riches bourgeois de Messine ; mais le fils, s'il était devenu un praticien habile, ne songeait qu'à la peinture. Burins et poinçons lui tombaient des mains depuis qu'il avait pu contempler chez le duc Orazio Ansaldo, un jour où il avait été livrer un hanap d'argent, des tableaux de Simone Martini, de Fra Angelico et une peinture à fresque de Lippo Memmi. Son rêve était de tenir un pinceau, de donner les couleurs de la vie aux dessins qu'il accumulait dans sa chambre.

Maître Antonello avait tout tenté pour retenir son garçon mais, devant tant d'obstination, il avait fini par céder et l'avait envoyé chez un vieil ami d'apprentissage, sicilien comme lui, et qui avait abandonné, dès qu'il avait atteint l'âge légal de l'émancipation [1], son métier d'orfèvre pour la peinture. Devenu l'un des meilleurs peintres de Naples, Giovanni Colantonio avait toutes les raisons de comprendre Antonello dont l'engagement semblait calqué sur celui de sa propre jeunesse.

Le jeune homme, doux, sérieux, attentif aux conseils de son maître, ne rechignait pas à la tâche, même si celle-ci se bornait le plus souvent à broyer dans l'eau mêlée de colle le cinabre d'ambre, la terre rouge et le précieux bleu d'outremer qui coûtait si cher. Mieux, il prenait plaisir à manier, à mélanger ces coloris, à en étudier les nuances pendant que Colantonio lui expliquait les différentes manières de travailler à la fresque et à la détrempe sur panneaux de bois.

Cet attrait pour les couleurs était devenu une passion le jour où un panneau peint par le Flamand Van Eyck, appartenant au roi Alphonse d'Aragon, avait séjourné une semaine dans l'atelier, le temps que le maître répare un léger dommage survenu au tableau durant le voyage. Celui-ci représentait une Vierge à l'Enfant. Sa facture avait fasciné Antonello qui l'avait tellement regardé que chaque trait, chaque ombre, chaque mouvement de draperie demeurait gravé dans sa mémoire.

Aujourd'hui, comme en extase, il revoyait dans le miroitement de la baie la lumière céleste qui baignait de mille feux le visage de Marie et les chairs tendres de l'Enfant. Comment, avec les couleurs couramment employées, Van Eyck avait-il pu obtenir ces teintes subtiles et ces détails d'une extraordinaire vérité ? Et puis il se rappelait l'odeur pénétrante, un peu sirupeuse, que dégageait le tableau, une fragrance très particulière qu'il n'avait jamais remarquée, son maître non plus, dans aucune autre peinture.

— Regarde le rayonnement de ce panneau, lui avait dit Colantonio. On dirait qu'une source lumineuse se cache derrière la couche de peinture. Encore plus étrange, l'eau glisse sur la surface sans altérer les teintes. Il a fallu que

1. Dix-huit ans si le père était décédé, vingt-cinq s'il était encore vivant.

je dilue mes couleurs dans du vernis pour faire prendre ma retouche. Et celle-ci n'est pas parfaite. Van Eyck utilise forcément des ingrédients que nous ignorons. Je donnerais cher pour les connaître !

Cette dernière phrase trottait, depuis, dans la tête d'Antonello. Tandis qu'il abandonnait avec regret les marches de Santa Maria et le paysage de ses rêves pour regagner l'atelier, une idée folle lui traversa l'esprit : « Et si j'allais le chercher, ce secret ? »

C'était un projet insensé, il le savait ; malgré tous ses efforts pour l'oublier, il ne pouvait s'empêcher de se le rappeler lorsqu'il voyait son maître mélanger avec la minutie d'un apothicaire du jaune d'œuf, du lait de figue et de l'eau à la poudre d'azurite ou de lapis-lazuli, afin d'obtenir la précieuse émulsion pour *dipingere a tempera* [1].

— Le métier de peintre, disait Colantonio, tient de l'alchimie. Écoute et regarde car il ne s'apprend que de bouche à oreille, de maître à élève. Tout cela pour disposer d'une belle matière sans laquelle il ne peut y avoir de bonne peinture. On n'a pas fait de grands progrès depuis les antiques. Utiliser la détrempe demeure toujours aussi délicat et aussi aléatoire. L'eau sèche trop vite... On ne peut pas reprendre les couleurs !

— Malgré tout, mon maître, Cimabue, Giotto, et vous aujourd'hui, vous avez réalisé des œuvres superbes.

— Peut-être, mais l'artiste qui devrait pouvoir ne penser qu'à son modèle, à son pinceau et à la construction de son sujet est trop tributaire de cette couleur première qu'il craint toujours de ne pas maîtriser. Que de temps perdu !

Alors, Antonello se mordait la langue pour ne pas dire que Van Eyck avait sans doute trouvé le moyen d'échapper à tous ces soucis et qu'il voulait se rendre à Bruges pour lui demander son secret. Une vague allusion à ce projet avait mis Colantonio en colère. Le jeune homme s'était vu intimer aussitôt l'ordre d'appuyer avec plus de

1. Peindre *a tempera* : technique où les couleurs, broyées à l'eau sont liées à l'œuf, quelquefois au lait ou à la figue au moment d'être utilisées. Ce procédé sera supplanté par la peinture à l'huile pour l'exécution sur panneaux de bois puis sur toile

vigueur sur sa molette en broyant une pierre de blanc de Saint-Jean.

C'est bien des semaines après cette algarade qu'il se décida, au cours de la *cena* [1], à remettre la conversation sur le peintre flamand. Tandis que Maria Colantonio apportait une soupière fumante de potage à la farine de gruau et le restant de bœuf bouilli du repas du matin, il questionna d'un ton respectueux :

— Maître, avez-vous enfin découvert quelle peinture emploie Van Eyck ?

Colantonio, heureusement, était de bonne humeur :

— Je crois qu'il utilise une huile. Mais cela ne nous avance guère. Depuis Cennini et Giotto, tous les peintres ont essayé un jour ou l'autre d'employer l'huile comme base dissolvante. Avec, hélas, des résultats déplorables ! Lui, semble avoir trouvé !

— Et personne d'autre ?

— Sans doute puisque, tu le sais très bien, on ne connaît aucun artiste italien qui exploite son procédé ! Si les courtiers du roi n'avaient pas rapporté le tableau de Bruges, nous n'aurions jamais eu connaissance de ce que tu appelles « le secret ».

— Il faudrait aller là-bas, rencontrer Van Eyck et le questionner. Peut-être se confierait-il à un étranger venu de loin.

— Aller à Bruges ? Mais c'est au diable ! Je ne vois pas quel peintre de chez nous serait assez fou pour entreprendre un pareil voyage. Et pour un résultat aussi hasardeux...

— Moi, si j'en avais les moyens, j'irais volontiers ! En dehors de l'intérêt que présente la formule magique de Van Eyck, j'ai l'âge où un jeune compagnon rêve de vivre la grande aventure du voyage.

C'est Maria qui explosa :

— Et ton père ? Tu crois qu'il serait d'accord ? Tu n'es pas bien chez nous ? Colantonio n'est peut-être pas un assez bon maître pour toi ? Nos enfants sont mariés et tu es considéré ici comme le fils de la famille. Autant te dire tout de suite que je ne te laisserai jamais partir sur les

1. Le dîner.

routes comme un vagabond pour savoir s'il faut mettre de l'huile dans la peinture.

Personne ne reparla de Van Eyck durant les semaines qui suivirent. Colantonio avait reçu du palais royal une commande dont la préparation mettait toute la maison en émoi. Il s'agissait de décorer à fresque la principale chapelle de l'église Santa Maria del Carmine, celle-là même où Antonello aimait se reposer en regardant les eaux bleues de la baie, et qui bénéficiait de la protection particulière du nouveau roi, Alphonse d'Aragon, successeur de la dynastie angevine chassée deux ans plus tôt des rivages tyrrhéniens. Les égards du prince étaient justifiés car la modeste église des pêcheurs était à l'origine d'un miracle dont il comptait bien orner sa propre légende. Alors qu'il assiégeait la ville en 1439, un boulet de canon avait traversé le transept en direction d'un crucifix en bois sculpté qui aurait été décapité si le Christ n'avait pas baissé la tête pour l'éviter [1].

Le roi, reconnaissant, voulait pour sa chapelle une Vierge au Temple et deux figures de l'Annonciation. Un bon peintre devait alors être capable d'illustrer n'importe quelle scène de l'Évangile et Colantonio était un bon peintre qui savait parfaitement ce qu'on attendait de lui : peindre des « histoires » bien claires qui puissent être comprises par tous les paroissiens. Pour cela, le maître dessinait sur des « cartons » les sujets qui seraient ensuite reportés, à la pointe de charbon, sur les murs à décorer.

Antonello ne pouvait être d'un grand secours dans cette tâche de création. Il regardait son maître qui, pour la circonstance, s'était installé dans la rue, devant la maison, sur de longues planches posées sur des tréteaux. Le jeune compagnon préparait pendant ce temps le matériel qu'il faudrait bientôt transporter sur le chantier : des seaux, des éponges, des sacs de chaux, du sable fin, des pinceaux de toutes tailles et les vessies remplies de couleurs [2].

1. Alphonse d'Aragon a eu raison : son nom reste lié à la légende du crucifix de Santa Maria del Carmine demeuré en place sous l'arc du transept.

2. Jusqu'à l'invention des tubes de couleur, celle-ci était conservée et transportée dans des vessies ou des boyaux.

Enfin, le grand jour arriva. Le château envoya une carriole pour transporter à pied d'œuvre tous ces accessoires. Le travail devait durer plusieurs mois. Antonello était heureux de participer pour la première fois à la réalisation d'une peinture aussi importante.

Les maçons qui construisaient le clocher avaient monté un échafaudage qui couvrait le mur de droite de la chapelle. Colantonio eut un regard gourmand pour la surface blanche sur laquelle il imaginait l'effet que produiraient les ailes de l'ange Gabriel sous la lumière des vitraux; il grimpa allégrement jusqu'à la dernière plate-forme et cria à son aide:

— Monte l'eau, la chaux et les gros pinceaux. Nous allons préparer le mur. Apporte aussi le grattoir, je vois des aspérités qui n'iraient pas bien avec ma couleur.

Antonello commença la première des dizaines et des dizaines d'ascensions qu'il aurait à faire dans la journée. Quel changement avec la peinture de chevalet ou le façonnage d'une pièce d'orfèvrerie! Plus de pinceaux à trois cheveux ni de poinçons délicats: il fallait se colleter avec la matière, en équilibre sur des passerelles de planches. Antonello, heureusement, était vif et courageux car approvisionner un fresquiste en eau, en couleurs et en outils ne laisse aucun répit: une fois le mur enduit de chaux fraîche, il n'est pas question d'abandonner le travail prévu pour la journée. Si on s'attardait à peindre, il se formait sur l'enduit une sorte de croûte où la peinture ne pouvait se fixer.

Quand il travaillait, Colantonio aimait parler, montrer, expliquer, ce qui faisait le bonheur du jeune compagnon:

— La peinture sur mur est la plus belle, mais c'est aussi l'art le plus épuisant. Tu verras, ce soir, nos jambes ne nous porteront plus.

Antonello était bien de cet avis, lui qui faisait la navette entre le sol et le plafond et se faisait houspiller quand il tardait à monter le blanc de travertin cuit ou le pot d'ocre de Sienne. Il savait aussi que la situation de l'artiste, pour être physiquement moins pénible, était épuisante pour les nerfs.

Ce travail en commun l'avait un peu plus rapproché de son maître dont il admirait l'habileté et les connaissances.

Un jour, il lui dit qu'il aimerait une fois, une seule, tenir le pinceau.

Colantonio sourit :

— Ne crois pas, mon garçon, que ta prière m'offusque. Au contraire, elle me fait plaisir. Elle est le signe que tu te passionnes pour le métier. Mais il est encore trop tôt pour que je te confie un bout de mur. Regarde, apprends, pose des questions et je te promets que, lorsque nous en aurons terminé avec cette chapelle, tu pourras dire : une partie de ces fresques est de ma main ! En attendant, pressons le pas malgré la fatigue car Maria nous attend pour le souper.

La maison des Colantonio, dans la Via Asprenus, nom du premier évêque de Naples, n'était pas une maison de pauvres. Elle comprenait trois grandes pièces en dehors de l'atelier, un espace de vie qui la situait dans la ville entre une demeure de bourgeois aisés et le logis habituel des artisans de la ville, les *arti meccaniche* [1]. On y mangeait très bien, ce qui n'était pas le cas pour tous les Napolitains dont beaucoup devaient se contenter de rations mesurées. Personne, certes, ne mourait de faim, même en période de disette, mais la malnutrition restait pour les plus pauvres un état quasi permanent.

En dehors du plaisir de se délecter d'une bonne cuisine, cette habitude était pour Colantonio une façon d'affirmer son rang dans la hiérarchie compliquée de la cité, un rang qui d'ailleurs ne cessait de se valoriser depuis qu'Alphonse d'Aragon, dit « le Magnanime », régnait à Naples. Le roi avait en effet apporté d'Espagne le goût des cours fastueuses et il entendait faire de sa « merveille marine », comme il disait, une ville d'art où les peintres, sculpteurs et orfèvres sauraient rivaliser avec les meilleurs artistes de Lombardie, de Toscane et de Rome.

La décoration de la chapelle de Santa Maria del Carmine était l'un des premiers projets royaux mis en œuvre. C'est sans doute pourquoi Alphonse d'Aragon ne manquait jamais de faire arrêter son escorte lorsqu'il passait sur la route du port. Il sautait de cheval, escaladait les

1. Ceux qui travaillent de leurs mains. A rapprocher des « hommes mécaniques » français.

marches de l'église et venait se rendre compte du travail accompli. Juché sur son échafaudage, Colantonio ne pouvait pas toujours descendre pour s'incliner devant le souverain. C'était alors Antonello qui devait répondre aux questions du roi. Celui-ci était d'un abord facile. Intimidé au début, le jeune homme savait maintenant intéresser le souverain aux difficiles opérations de la peinture à fresque. Il lui expliquait que Colantonio, son maître, ne pouvait s'arrêter de peindre la surface qu'il s'était fixée pour la journée :

— Il faut que le mur que l'on peint demeure constamment humide, sinon la chaux fraîche de l'enduit se fendillerait !

Alphonse d'Aragon souriait et posait une autre question. Un jour, Antonello s'enhardit. Sans avoir prévenu son maître qui le lui aurait interdit, il osa demander :

— Sire, j'ai eu la chance de pouvoir admirer votre tableau de Van Eyck lorsque mon maître Colantonio le réparait. Je sais que le peintre flamand a utilisé d'autres couleurs que les nôtres. Grâce à ce procédé, il a obtenu des nuances d'une beauté et d'une fraîcheur presque surnaturelles. Depuis, je ne pense qu'à cette façon de peindre. Pardonnez mon audace, sire : pouvez-vous me dire quel liant utilise Van Eyck ? Il a une odeur particulière.

— Hélas, jeune homme, je l'ignore et celui qui m'a apporté le tableau, acheté à Bruges, n'en sait pas plus que moi. Cela t'intéresse vraiment ?

— Au point, sire, de vouloir me rendre à Bruges afin de demander à Van Eyck de me confier son secret.

Alphonse d'Aragon éclata de rire :

— Sais-tu où se trouve Bruges ? C'est loin, loin, il faut traverser toute l'Italie. Et la France !

— Oui, mais après, mon roi, je vous peindrai des tableaux superbes.

— Tu ne manques pas de toupet ! En attendant d'aller en Flandre, aide ton maître à me faire une belle chapelle.

Le soir, après avoir dessiné de mémoire, pour la dixième fois au moins, le tableau de Van Eyck à l'aide d'une pointe d'hématite [1], il souffla la chandelle et, avant

1. Pierre rouge des montagnes d'Allemagne, tendre et facile à tailler.

de s'endormir, se dit qu'il pouvait être content de lui. Le fait d'avoir eu l'audace de dévoiler son projet chimérique au roi ne constituait pas une promesse de réussite, mais il avait l'impression encourageante d'avoir fait un premier pas sur le chemin de Santa Maria Capua Vetere, l'ancienne Capoue des Romains, d'où partait la grand-route de Rome.

***

Après quatre-vingts longues journées de travail, Colantonio descendit pour la dernière fois de l'échafaudage qui couvrait encore la partie droite de la chapelle.

— Antonello, nous avons enfin achevé notre tâche...

— Votre tâche, maître, je n'ai pas pris grande part à sa réussite !

— Plus que tu ne le penses ! D'abord, tu as exécuté parfaitement tout le travail ingrat, ensuite, tu as peint toi-même, et fort adroitement, les herbes et les fleurs qui parsèment le sol aux pieds de la Madone dans le dernier panneau. Je suis très content de toi et le dirai au roi lorsqu'il viendra, un prochain jour, visiter sa chapelle. En attendant, va demander aux maçons d'enlever toutes ces planches et ces madriers afin que nous ayons une vue d'ensemble de l'ouvrage.

Antonello rougit de plaisir. Son maître l'aimait bien, il le savait, mais il savait aussi qu'il n'avait pas la louange facile.

— Merci, mon maître. Croyez-vous sincèrement que je ferai un bon artiste ?

— Oui, si tu es sérieux et courageux. Tu verras : le métier entrera sans que tu t'en rendes compte. Un beau jour, tu devras entreprendre tout seul un travail et tu seras étonné de pouvoir le mener à bien.

— La fresque, vous me l'avez dit souvent, est la peinture magistrale, la plus difficile, celle qui procure le plus de joies à l'artiste. Pourtant, j'aimerais aussi peindre des panneaux de bois. Tenez, je repense au tableau de Van Eyck. Ah, si je connaissais le secret de la transparence et de la finesse de sa peinture !

— Toujours cette idée qui te trotte dans la tête ! Cela ne

me fait pas plaisir car je voudrais te garder longtemps encore près de moi, mais je crois bien qu'un jour rien ne pourra te retenir et que tu partiras pour les Flandres.

Antonello crut avoir mal entendu. Comment son maître, qui s'était mis tellement en colère lorsqu'il lui avait exprimé son désir, pouvait-il aujourd'hui parler de son rêve, un peu fou il le sentait bien, comme d'une éventualité tout à fait envisageable?

— Vous croyez vraiment, maître, que si je le veux je réussirai à partir?

— A partir, oui, mais à arriver...

— J'arriverai et je vous rapporterai la *mistura* des Flamands. Je veux, mon maître, que vous soyez le premier peintre italien à l'utiliser.

— Tu es un drôle de garçon, Antonello. De la race de ceux qui creusent eux-mêmes le sillon de leur existence. Un artiste sans volonté n'est pas grand-chose. Ce n'est pas ton cas et je suis sûr que ce sera bientôt mon tour de t'admirer. Mais je t'en prie, pas un mot de tout cela à la maison. La Maria serait furieuse!

Cette complaisance inattendue transforma Antonello. Le jeune Sicilien timide prit de l'assurance. A partir du moment où son rêve avait une chance de devenir réalité, il lui fallait devenir fort pour vaincre tous les obstacles qui lui barraient la route du nord. Maria s'aperçut du changement de caractère de celui qu'elle considérait comme son fils.

— Antonello est en train de devenir un homme! dit-elle un jour à Colantonio. Et un homme qui sait ce qu'il veut!

— Encore plus que tu ne le penses! répondit-il en souriant dans sa barbe.

Alphonse d'Aragon, qui avait été visiter les troupes de son allié le marquis de Montferrat, voulut, dès son retour, voir la chapelle de Santa Maria terminée. Un homme d'armes frappa un soir à la porte du maître Colantonio pour prévenir que le roi viendrait le lendemain juger de son travail.

— Fort bien, nous y serons, dit le peintre. Antonello, pour recevoir le roi, il ne s'agit pas de ressembler à des plâtriers. Tu mettras, comme moi, tes plus beaux habits pour faire honneur à l'atelier.

Le jeune homme se dit que son choix serait vite fait car sa garde-robe était bien sommaire ; mais il avait pour lui la jeunesse, un visage franc, avenant et une prestance qui faisait se retourner les jeunes filles quand il en croisait sur le chemin, ce qui n'était pas fréquent car elles ne sortaient guère de la maison familiale que pour se rendre à la messe en compagnie de leurs sœurs et de leur mère. Par chance, Maria lui avait taillé peu de temps auparavant, dans un drap léger de Florence, une *gonnella* [1] de bonne apparence qu'il serrait à la taille par une ceinture de cuir à large boucle. Sa *guarnacca* [2], hélas, était bien élimée. Comme il faisait un temps doux, Antonello se dit qu'il l'enlèverait pour recevoir le roi. Le maître, lui, n'eut aucune difficulté à soigner sa présentation. Il était d'un naturel coquet et avait les moyens de s'offrir des vêtements de bon aloi.

Quand le roi arriva, le soleil, heureusement, éclairait à plein la chapelle, faisant briller les couleurs et ressortir les détails des visages et des drapés. Alphonse d'Aragon s'arrêta sur le seuil et manifesta tout de suite sa satisfaction.

— Maître Colantonio, vous avez réussi au-delà de mes espérances. Je dois vous dire que je craignais un peu de découvrir des fresques sombres et sévères, comme certains artistes se complaisent à traiter les sujets religieux. Au contraire, votre peinture est fraîche et lumineuse. Je suis sûr qu'elle ressemble à celle de ce moine florentin dont on chante partout les louanges, un certain Giovanni da Fiesole qu'on appelle « l'Angelico ». J'ai plaisir à constater que les artistes napolitains valent ceux des villes du Nord. Nous n'étions pas convenus d'un prix mais j'aime qu'on me fasse confiance : vous serez généreusement récompensé.

— Sire, vos compliments me touchent plus que votre récompense.

— Les deux vont de pair. Au fait, avez-vous été satisfait

1. Sorte de longue robe-chemise portée d'abord à Florence puis dans presque toute l'Italie.
2. Manteau de laine ou de soie.

du travail de votre jeune compagnon? Avancez, jeune homme...

Antonello, qui se tenait discrètement en arrière, fit trois pas vers le roi et s'inclina respectueusement tandis que Colantonio le regardait d'un air amusé.

— Sire, il a été parfait. Non seulement il m'a servi d'aide, mais il a dessiné et peint quelques motifs du troisième mur. Tenez, ces fleurs qui réveillent le bas de la fresque. Il fera un bon peintre.

— As-tu toujours l'intention de te rendre à Bruges pour apprendre l'art des Flamands?

— Sire, comment savez-vous cela? demanda Colantonio, stupéfait.

— C'est lui qui me l'a dit, le coquin, un jour où j'étais venu voir l'état des travaux. Et je dois vous avouer que j'éprouve de la sympathie pour le courage des jeunes, qu'ils soient soldats ou artistes. Toi aussi, compagnon fidèle, tu recevras une récompense. Économise cet argent pour ton voyage. Et dis-toi que, si tu rapportes à Naples le secret de Van Eyck, je saurai me montrer généreux!

Quand le roi fut reparti, Colantonio admonesta son apprenti:

— Tu ne m'avais pas dit que tu t'étais confié au roi! Ton audace aurait pu lui déplaire! Et moi qui fais l'étonné, au risque de passer pour un niais!

— Je vous demande pardon, mon maître, vous qui avez été si bon de faire mon éloge. Vous avez raison, j'aurais dû me taire.

Colantonio, soudain radouci, éclata de rire:

— Je crois au contraire que tu as bien fait de parler. Si jamais tu pars un jour, la bienveillance du roi peut t'être utile. Tout de même, ne te fais pas trop d'illusions quant à la récompense royale. Les princes sont sincères quand ils promettent mais, hélas, leur mémoire est souvent défaillante!

Antonello allait souvent revoir la fresque achevée avant de s'installer, songeur, face à la mer, sur les marches de Santa Maria. La vie lui paraissait maintenant bien morne. Plus de départ matinal dans les rues déjà bruyantes, finie la joie intense de retrouver le chantier, de constater que le mur avait bien séché et que les couleurs avaient acquis, en perdant leur eau, le ton souhaité la veille. Les commandes royales comme celle de la chapelle étaient rares et il faudrait du temps pour que, la réussite portant ses fruits, les seigneurs d'alentour ou les couvents voisins viennent solliciter le maître qui avait su transformer la vieille chapelle en un album d'images éclatantes. En attendant, Colantonio décida de s'occuper de deux panneaux commandés depuis fort longtemps par le prieur de San Martino pour son couvent de la colline du Vomero. L'homme était pieux et charitable, mais les ressources du monastère si réduites que Colantonio savait qu'il aurait du mal à se faire payer. Il avait donc exigé une avance pour pouvoir acheter les couleurs nécessaires, surtout les feuilles d'or et le bleu d'outremer qui coûtaient une fortune. Pour Antonello, cette nouvelle œuvre entreprise par son maître était une aubaine ; il allait pouvoir s'initier à un autre genre de travail : la peinture sur panneaux de bois destinés à garnir les murs.

Il fallut d'abord aller choisir chez le menuisier de belles planches de peuplier qui, ajustées entre elles, constitueraient un support lisse et solide.

— Malheureusement, dit Colantonio, l'humidité ou la sécheresse a toujours raison des ruses du peintre. On a beau plâtrer, coller, boucher les commissures, un tableau sur bois risque toujours de se fendre un jour ou l'autre. C'est pourquoi nous allons recouvrir notre *tàvola* [1] d'une toile de lin, elle-même plâtrée. Après seulement, nous pourrons commencer à peindre.

Le maître disait « nous ». Chaque fois, Antonello en ressentait un petit plaisir. D'ailleurs, il était un bon dessinateur et savait qu'il pourrait aider réellement son maître dans la réalisation des cartons et l'esquisse du sujet.

— Tu verras, avait ajouté Colantonio, la *pittura de càmera* [2] réserve aussi des joies à l'artiste.

Les sujets retenus par le docte prieur n'étaient pas aussi naïfs que ceux des murs de Santa Maria. Il s'agissait de représenter Jésus entouré des quatre évangélistes bénis-

1. Panneau de bois des peintres italiens.

2. On disait « peinture de chambre » comme « musique de chambre ». Une jolie expression, hélas oubliée, pour distinguer la peinture de chevalet de l'art mural.

sant saint Thomas et saint François d'Assise, debout au milieu d'une nuée d'oiseaux. Le maître et l'élève, installés maintenant sur la longue table à tréteaux de la salle qui servait d'atelier, dessinèrent de nombreux projets avant de s'arrêter à deux esquisses réussies auxquelles Antonello avait prêté la main. Son adresse, la finesse de son trait, le modelé des ombres qu'il savait estomper habilement avaient d'abord agacé Colantonio, puis il s'était dit que le talent de son jeune compagnon allait lui être fort utile et c'est lui qui poussait la feuille vers le jeune homme :

— Tiens ! Mes yeux me trahissent. Finis donc cette ébauche.

Antonello se vit aussi chargé de reporter au charbon de saule, à la dimension des tableaux, les deux scènes sur les surfaces de bois enfin sèches, blanches et lisses, prêtes à s'imprégner de talent pour en porter longtemps témoignage. Il n'était plus le servant couvert de haillons maculés qui escaladait les échafaudages, mais quelqu'un dont les qualités étaient reconnues et appréciées. Il était fier d'exercer le métier pour lequel il savait être fait, mais il savait aussi qu'il ne servirait plus à grand-chose dans la peinture proprement dite des tableaux, sauf peut-être pour préparer les couleurs, et il attendait avec humilité la leçon du maître :

— Nous allons commencer par fabriquer de la « couleur de chair », car ce sont les corps et les visages que je peindrai en premier. Sur un mur, la chaux empêche l'utilisation de certaines couleurs et les procédés du *buon fresco* [1] ne sont pas les mêmes que ceux que nous allons utiliser pour peindre nos panneaux. Regarde bien.

Colantonio prit dans un grand pot quelques poignées d'une substance blanchâtre et les mit dans un vase qui chauffait sur la braise ardente de la cheminée.

— C'est de la céruse préparée par l'apothicaire, avec du plomb. Je vais la laisser brûler jusqu'à ce qu'elle devienne jaune, presque verdâtre. Après seulement, nous la broierons avec de la céruse blanche et y ajouterons du cinabre pour obtenir la belle couleur de chair que nous voulons. Enfin, nous lierons notre potage de peintre avec

1. Technique de la vraie fresque à l'italienne sur enduit frais.

du jaune d'œuf. J'ai connu un vieux peintre qui se servait de fromage! D'autres utilisent des substances végétales comme la gomme arabique ou de prunier. Je sais que ton ami Van Eyck a découvert un autre liant, mais il faudra bien s'en passer pour nos deux chefs-d'œuvre!

Colantonio était un bon préparateur de couleur — «qualité première du peintre», répétait-il, et il maniait habilement le pinceau. Vite, on discerna les taches de chair, puis les draperies et le contour des objets, des figures accessoires. Antonello regardait avec passion les tableaux du prieur de San Martino se construire devant lui. Combien le temps allait lui sembler long avant qu'il puisse à son tour maîtriser la science de l'usage des couleurs et, surtout, acquérir ce savoir-faire de l'artiste qui lui permet de créer la vie, par le simple mouvement d'un poignet prompt à porter le sang des couleurs sur les formes désincarnées d'un dessin!

***

Antonello aurait peut-être renoncé à son rêve de voyage s'il avait connu l'immense réputation de Van Eyck et sa situation élevée dans la société flamande. Comment aurait-il pu l'imaginer autrement qu'à l'exemple de son maître, le meilleur peintre napolitain, d'un abord si facile? Alors, tout en s'appliquant à se perfectionner dans son métier, il économisait *pezzo dopo pezzo* pour rassembler le modeste pécule indispensable à son départ. Au milieu de l'été, alors que le travail était rare, Colantonio lui avait permis d'aller à Messine rendre visite à ses parents. Un cousin, matelot à bord de l'un des bateaux qui assuraient la liaison entre le continent et la Sicile, lui avait obtenu un passage gratuit en échange de quelques corvées de pont. Avec joie et émotion il avait revu sa mère et le père qui continuait à veiller tard dans la nuit pour assurer les commandes de gobelets et d'aiguières quand, par chance, les clients ne manquaient pas. Il l'aida du mieux qu'il put en retrouvant sans grand plaisir ses outils d'orfèvre, l'établi à poche pour recueillir la limaille et les petits copeaux d'argent, résidus de ciselure. Il se dit qu'il ne regrettait rien et que l'art de peindre était bien le plus beau.

Contrairement à ce qu'il craignait, le père et la mère, déjà habitués à son absence, n'essayèrent pas de le retenir lorsqu'il leur fit part de son projet. Pour eux, il existait la Sicile, et puis le reste du monde. Que leur fils soit à Naples ou au fin fond des Flandres, ils n'y voyaient pas grande différence.

Au moment de repartir, le père tendit à Antonello une trousse de drap :

— Je sais que le métier d'orfèvre n'a pas ta préférence, mais emporte tout de même ces outils dans ton bagage. Avec ce que je t'ai appris, où que tu sois, tu trouveras toujours un maître qui te donnera du travail pour manger. Emporte aussi ces quelques pièces d'or, tu en auras besoin !

— J'en aurai besoin avant de partir, cher père et chère mère. Pour acheter la mule qui me portera jusqu'à Bruges !

Sans manifester une générosité excessive, le roi avait tenu parole. La petite bourse qu'il avait remise pour lui à son maître durant son absence allait constituer l'essentiel du magot d'Antonello. Colantonio avait promis d'arrondir la somme. Il pouvait maintenant songer sérieusement au départ.

Jusque-là, la chance lui avait plutôt souri. Il avait eu de bons parents, un bon maître et, sans être riche, n'avait jamais manqué de rien. La nature, en outre, l'avait doté de dons réels et d'un physique agréable. C'est justement cette séduction qui agitait son esprit et le troublait au moment où il souhaitait vouer toute son énergie aux derniers préparatifs du voyage. Son beau visage, ses cheveux bruns et son sourire qui atténuait des traits un peu durs avaient, c'était évident, éveillé l'attention d'une jeune fille à laquelle il ne pouvait s'empêcher de reconnaître beaucoup de charme. Elle était venue peu de temps auparavant vivre chez son oncle, voisin mitoyen des Colantonio et marchand de drap de son état. Antonello ne l'aurait sans doute jamais rencontrée si les cours des deux maisons, prolongées par de petits jardins potagers, n'avaient été à la fois contiguës et séparées seulement par une haie basse de romarin où les deux familles venaient faire la cueillette pour rehausser le goût de la *salsa dei maccheroni*.

Un jour, les deux jeunes gens s'étaient trouvés nez à nez entre les branches où butinaient les abeilles. Elle l'avait regardé et avait dit cette phrase singulière :

— Vous venez chercher du *rosmarinus* ?

— Comment... ? avait-il bredouillé.

— J'appelle toutes les plantes par leur nom latin. Si je vous avais dit de la « rosée de mer », vous n'auriez pas compris.

Antonello avait trouvé cela merveilleux et, tous les soirs, ils se rencontraient au fond du jardin. Caterina — c'était son nom — ne se lassait pas d'écouter Antonello lui parler de son métier de peintre. Il lui racontait, en ne minimisant évidemment pas son rôle, l'épopée des fresques de Santa Maria del Carmine.

— Santa Maria, c'est vous ! Ces fresques, je vous les dédie ! lui avait-il une fois déclaré avec une grandiloquence qui avait fait éclater de rire la jeune fille.

Il lui parlait aussi bien sûr de son voyage proche. Là, il n'avait pas besoin d'ajouter des fioritures à son récit : la recherche du secret de Van Eyck était assez insolite pour faire rêver une jeune fille de dix-huit ans.

— Et si vous m'emmeniez ? On pourra bien tenir à deux sur votre mulet ! Moi aussi j'ai envie de partir loin...

Très sérieusement, il lui avait expliqué que cela n'était pas possible mais qu'il ne cesserait de penser à elle tant qu'il serait en chemin.

— Au retour aussi ?

— Oui, je vous le jure. Et le premier tableau que je peindrai avec les couleurs du Flamand, ce sera votre portrait !

Plusieurs soirs, après avoir éteint la chandelle et ramené la couverture jusqu'au-dessus de sa tête, il s'était demandé s'il ne serait pas plus sérieux d'abandonner son projet et de faire demander la main de Caterina à son oncle par maître Colantonio. Mais ces hésitations ne duraient pas.

Le premier jour du printemps de 1444, il acheta une mule au marché de Monteoliveto et la présenta à Caterina.

— Je l'ai appelée Naxos, en souvenir de ma Sicile natale, dit-il. Elle a l'air d'être une brave bête...

Ils ne savaient pas quoi se dire à la veille de la séparation. Il s'en fallut de peu qu'ils ne se missent à pleurer, mais Caterina trouva la solution. Tandis que Naxos arrachait à belles dents des touffes de romarin, elle murmura :

— Monsieur l'artiste, voulez-vous m'embrasser pour me dire au revoir ?

Ce fut leur premier baiser. Antonello se dit qu'il ne ressemblait en rien à ceux qu'il avait volés à quelques filles de Messine au cours des fêtes de Poleritani.

Le lendemain, à l'aube, après avoir embrassé Maria et son maître qui ne cachait pas son émotion, Antonello fouetta Naxos de la branche de romarin qu'il était allé couper en pensant à Caterina.

Il entendit encore Maria lui crier une dernière recommandation qu'il ne comprit pas et remonta au pas la Via Asprenus où les volets des maisons et des boutiques commençaient à s'ouvrir. La ville s'éveillait, Antonello aussi. A une vie qui lui paraissait aussi belle que le visage de Caterina.

***

En passant sous l'arc d'Adrien, à Capoue, Antonello ressentit un léger pincement au cœur. Pour la première fois, il avait l'impression d'avoir vraiment coupé les liens qui le retenaient à son adolescence, à sa famille, à cette partie de vie qui était passée sans qu'il eût conscience d'en avoir personnellement infléchi le cours. Aujourd'hui, il se retrouvait seul sur la route, face à sa destinée. Comme il allait le faire souvent, il parla à sa mule :

— Tu vois, Naxos, à partir de cet instant, nous ne pouvons plus compter que sur nous. Oublié le lit douillet où Maria glissait l'hiver une brique bien chaude, envolées la table et la soupière fumante au retour du travail ! Toi, ma vieille, tu gagnes ta vie en me portant, mais si je veux manger et pouvoir t'offrir de temps en temps un picotin d'avoine, il va falloir que je me débrouille. Enfin, ne nous faisons pas encore trop de soucis : tu transportes un gros sac que Maria a bourré de miches de pain, de viande salée et de fromage.

Il se rappela alors que Caterina lui avait donné, la veille du départ, un paquet de toile blanche rempli de *struffoli*, ces bons gâteaux napolitains au miel qu'elle avait préparés pour lui.

— Tiens, emporte cela, avait-elle dit. Je suis sûre que tu penseras à moi au moins quelques jours. Le temps de les manger !

Antonello songea qu'il penserait à elle bien plus longtemps. Il regretta de n'avoir pu faire de Caterina un portrait miniature qu'il aurait emporté et fouetta sa mule. Il n'allait tout de même pas s'accabler de remords alors qu'il venait tout juste de franchir les portes de la ville !

La route de Rome était pénible lorsqu'on la parcourait en chariot, mais Naxos se jouait facilement des trous, des ornières et des pierres. A condition de ne pas lui demander de presser le pas, la bête était brave et avait le pied sûr. Le bagage d'Antonello n'ajoutait guère à ses fatigues : il ne contenait que quelques effets de rechange, ses outils d'orfèvre et un matériel sommaire de dessin et de peinture que son maître lui avait donné. Naxos avait peut-être une tête de mule mais elle avait du bon sens. Elle semblait avoir un sablier entre les deux oreilles et s'arrêtait d'elle-même après avoir parcouru une lieue, quelquefois un peu plus, pour atteindre un bas-côté herbeux ou un champ de luzerne. Antonello en profitait pour se délier les jambes et, surtout, laisser reposer son postérieur que la couverture sanglée tenant lieu de selle ne ménageait pas.

Le seul danger que redoutait le jeune homme était une attaque de brigands. Il se disait, pour se rassurer, que ni sa mise ni son pauvre mulet n'étaient ceux d'un voyageur fortuné, que son modeste pécule était bien caché, cousu dans la doublure de son vêtement le plus usé et qu'en s'arrêtant avant que la nuit tombe il ne craignait pas grand-chose. La route, en effet, n'était pas une voie déserte. Tout le jour, il ne faisait que croiser des voitures, des troupes à cheval ou des voyageurs isolés qui, sur les montures les plus diverses, semblaient pressés d'arriver à destination. Vu l'allure baladeuse imposée par Naxos, il était naturellement constamment dépassé par ceux qui allaient dans sa direction. Antonello, dès le départ, avait été surpris par la politesse des voyageurs rencontrés. En ville, on s'ignorait pour peu que l'on changeât de quartier; sur la route, on se saluait au passage, on échangeait quelques mots, on s'arrêtait au besoin pour aider quelqu'un en difficulté. Cette courtoisie presque générale rendait le voyage moins pénible qu'il ne l'avait craint.

Ainsi, le temps passait. Chaque lieue avalée le rapprochait de Rome, première étape importante où il comptait s'arrêter au moins une semaine. Les nuits n'avaient encore jamais été un problème. Chaque soir, il avait trouvé une ferme, une grange ou une cabane de berger pour s'abriter et se reposer. Qu'allait-il advenir dans les grandes villes qu'il aurait à traverser? Pour Rome, il n'avait qu'une adresse, une seule, que son père lui avait communiquée, celle du Signore Picousi, maître orfèvre installé dans une voie au nom bizarre : la Via delle Bottege Oscure [1], non loin du théâtre de Marcellus. Si l'aide escomptée de maître Picousi venait à lui manquer pour une raison quelconque, Antonello était décidé à dépasser Rome sans attendre et à retrouver la campagne, plus accueillante, sur la route d'Orvieto. Mais le jeune voyageur était d'un naturel optimiste. Sans cela, aurait-il entrepris une telle expédition ?

— Naxos, jusqu'ici la chance nous a souri ! Il n'y a aucune raison qu'elle nous abandonne. Entrons donc à Rome en triomphateurs ! s'écria-t-il en apercevant les premières maisons de la ville.

Le Signore Picousi, dont la *bottega* avait bonne allure, n'était pas là quand Antonello poussa la porte après avoir attaché la mule à l'anneau prévu à cet effet. Son aspect ne payait pas de mine et il dut faire appel à tout son charme pour convaincre la femme de l'orfèvre qu'il ne venait pas faire main basse sur les objets d'argent exposés sur un dressoir.

— Votre mari ne connaît pas mon père, installé à Messine, mais ils ont correspondu il y a quelques années au sujet d'une commande destinée au cardinal Ottavania. Mon père m'a dit que le maître Picousi pourrait peut-être

1. Rue des boutiques (ateliers) sombres.

m'employer — je suis un bon orfèvre — afin de garnir un peu ma bourse avant de repartir vers Florence.

— Mais qu'allez-vous faire, jeune homme, si loin de votre pays ?

— Si je vous le disais maintenant, vous ne me croiriez pas. Mettons que j'accomplis un voyage d'initiation pour connaître d'autres gens, d'autres lieux, d'autres façons de vivre avant de m'installer et de me marier.

Radoucie, la Signora Picousi demanda en désignant Naxos qui passait la tête dans l'embrasure de la porte :

— Et que comptez-vous faire de cette bête ?

— Je n'en sais rien. Seulement il n'est pas question que je m'en sépare. Elle est mon unique richesse, mon seul compagnon, et nous avons encore beaucoup de chemin à faire ensemble.

Heureusement, le maître arriva, chargé d'un sac qui semblait peser très lourd.

— Ce jeune homme vient de la Sicile, expliqua la bonne femme. Il paraît que tu as été en rapport avec son père, un orfèvre de Messine.

— Le maître Antonello, si j'ai bonne mémoire ? En effet il m'a rendu service quand le cardinal Ottavania a quitté la Sicile pour Rome. Que puis-je faire pour toi, mon garçon, en dehors de te prier de partager notre repas ?

Une heure plus tard, Naxos avait trouvé une place dans l'écurie au fond de la cour où les deux chevaux de la maison l'avaient accueillie sans trop de difficulté, et Antonello racontait son aventure en savourant la *stracciatella* [1] de la Signora Picousi.

Le maître avait écouté en hochant la tête :

— Ainsi, tu veux être peintre et tu t'en vas chercher le secret d'un artiste flamand ! Mon Dieu, quelle aventure ! Si tu veux rester une semaine ou deux à Rome, je peux te donner du travail. J'ai justement rapporté du métal qu'il faut fondre et travailler. Je ne te demande pas si tu es capable : ton père ne t'aurait pas envoyé... Et où vas-tu coucher ?

— On pourrait peut-être l'installer dans la chambre au-

1. Bouillon à l'œuf et à la chapelure.

dessus de l'écurie. Ce n'est pas un palais mais il y fait chaud.

— Cela ira très bien, madame. Je vous remercie. Vous me sauvez la vie !

— D'ici la Flandre, il va falloir que tu en trouves des gens qui te sauvent la vie ! dit le maître. Enfin, au retour, tu sauras au moins où t'arrêter à Rome.

***

Antonello n'avait pas perdu la main en broyant les couleurs de Colantonio. Bon orfèvre son père l'avait formé, bon orfèvre il restait et Picousi n'avait qu'à se louer du jeune compagnon, tombé du ciel à un moment où il n'arrivait pas à satisfaire toutes les commandes. Dans la *bottega* de l'orfèvre, on travaillait selon les règles de la profession, du lever du soleil au moment où la cloche de l'Ave Maria annonçait, en fin de journée, que les activités touchaient à leur fin. Antonello aurait eu peu de loisirs sans les dimanches qui, naturellement, étaient chômés et les festivités religieuses diverses qui constituaient en cours de semaine autant d'occasions de fermer boutique [1]. Il restait donc tout de même du temps à Antonello pour se promener en ville, admirer les antiques et prendre contact avec les peintres de Rome.

Picousi lui avait conseillé de rendre visite aux *Imbrattaleli* [2], qui constituaient une sorte de compagnie assez semblable au compagnonnage français et regroupaient les jeunes peintres de la ville, joyeux compères qui avaient fait le serment de s'entraider. Ils se chargeaient de toutes les besognes, de préférence artistiques, qui nécessitaient l'usage de pinceaux et de couleurs. Ils fournissaient aussi des aides aux artistes de renom bénéficiaires d'une commande importante. Certains avaient du talent, d'autres moins, mais tout était partagé dans la communauté qui avait accueilli Antonello avec une cordiale simplicité dans la maison croulante mais hospitalière que les moines libé-

1. Les jours de fête chômés étaient nombreux. Le nombre de jours de travail n'excédait pas 250 dans l'année.

2. Barbouilleurs.

riens de Santa Maria Maggiore avaient mise à la disposition des jeunes peintres.

Le chef des compagnons, Pietro Sangallo, avait pris Antonello sous son aile. Il devait partir le mois suivant pour Urbino où un maître fresquiste l'attendait. Pietro avait longuement questionné le jeune Sicilien sur la façon dont il convenait de voyager lorsqu'on n'était pas riche, sur son travail, sur la vie des peintres dans le Sud, sur ses projets. Sans entrer dans des détails qui auraient pu le gêner dans son expédition, Antonello n'avait pas menti sur le but de son voyage : la quête d'un graal où certain artiste du Nord mélangeait de divines couleurs.

— J'ai entendu parler de cela, avait déclaré Sangallo. Il n'est pas juste que les peintres italiens — les plus nombreux et les meilleurs — ne puissent disposer de ces moyens. Si tu arrives à découvrir le secret, promets-moi de le confier à ton retour aux *Imbrattaleli.* Pour marquer à la fois notre entente et notre participation à ton voyage, nous chargerons ton mulet de provisions de route et je te donnerai des adresses où tu seras reçu comme un ami, à Florence et à Milan.

— Mon amitié pour toi et tous les compagnons est grande. Je suis infiniment touché de la façon dont vous m'avez reçu mais, hélas, je ne peux te faire cette promesse. Si je réussis dans mon entreprise, c'est mon maître Colantonio qui sera mis le premier dans la confidence. Mais nous ne garderons pas le secret pour nous. Je te jure que, bientôt, tous les *Imbrattaleli* de Rome et d'ailleurs pourront peindre à la manière hollandaise.

— Bon, ne jure pas. Je comprends que tu veuilles respecter ta promesse. Tu auras de quoi manger sur la route pendant un bon moment et tu partiras avec les précieuses adresses dont je t'ai parlé. A Florence, va voir tout de suite Benozzo Gozzoli. C'est un frère. Il a passé trois ans parmi nous avant de rejoindre Fra Giovanni da Fiesole. Il est maintenant son meilleur élève et travaille à décorer de fresques le couvent de San Marco. Fra Giovanni, que tout le monde appelle Fra Angelico, est le saint de la peinture. Aujourd'hui, il est vieux et devrait être riche mais il a tout donné aux pauvres et à ses aides. Surtout, Fra Angelico est notre meilleur peintre. Tu apprendras beaucoup en le regardant !

Antonello serait bien resté plus longtemps chez le maître Picousi, dont la femme réussissait avec tant de bonheur les *trenette col pesto* [1], et avec ses amis peintres, mais l'honorable orfèvre venait de terminer avec son aide la commande de gobelets d'argent destinés au cardinal Gaddi et le jeune homme pensait que le moment était venu de reprendre la route. Le but de son voyage était Bruges. Rien ne devait le détourner de son objectif : réussir à rencontrer Van Eyck et le convaincre de lui confier la recette des couleurs à l'huile.

Les Picousi firent à Antonello des adieux à la romaine, démonstratifs et chaleureux. Ils lui firent promettre de repasser lors de son retour. Le maître gratifia son aide occasionnel avec générosité et sa femme lui offrit un jambon entier qui, selon elle, devait suffire à le nourrir jusqu'à Florence si la température ne montait pas trop autour du vieux cratère de Montefiascone. Ajouté aux provisions offertes par les amis, ce cadeau permettrait en effet de faire face aux difficultés imprévues du voyage, y compris celles occasionnées par la guerre, car on se battait pratiquement en permanence aux quatre coins de la Péninsule où les condottieres faisaient fortune en louant leurs armées aux princes ou aux républiques patriciennes, selon la loi du plus offrant. Si les brigands ne se montraient pas souvent dans la journée, nul ne pouvait s'engager sur une route sans risquer d'être obligé de faire un long détour pour éviter deux troupes qui se combattaient.

Selon un vieux rite du compagnonnage, un groupe d'*Imbrattaleli* fit la conduite à Antonello durant une bonne lieue, jusqu'à la route de Bracciano. Là, pas d'adieux mais un bref au revoir. Ils savaient tous qu'ils se retrouveraient un jour ou l'autre sur l'échelle d'un échafaudage. Les peintres avaient l'habitude d'aller et venir entre les cités, au gré des mécènes bâtisseurs de nouveaux palais ou des riches prélats, enclins à se faire pardonner

1. *Trenette* : sortes de petites langues de pâte faite avec des œufs, de la farine, de l'eau et du sel. *Pesto* : basilic ou pistou.

leurs turpitudes en couvrant de peintures pieuses les murs des sanctuaires.

***

A l'heure où Antonello chargeait sa mule, quelque part entre Asciano et Sienne, avant de reprendre la route de Florence, Benozzo Gozzoli, agenouillé dans l'une des cellules du couvent de San Marco, semblait contempler un étrange spectacle. Debout en haut d'un échafaudage qui lui faisait toucher le plafond, un curieux pénitent récitait son rosaire. Sa robe blanche était maculée de peinture, son regard fixait la muraille vierge, semblant y chercher le signe mystérieux d'un autre monde : Giovanni da Fiesole priait, comme chaque matin, avant de peindre. Deux pauvres lampes à huile et une chandelle éclairaient la scène, faisant trembler les ombres et briller les tonsures de deux jeunes moines agenouillés près de Gozzoli.

Soudain l'œil de l'Angelico s'éclaira.

— La peinture à fresque, mes frères, est la plus belle, dit-il doucement. Je vous le répète chaque jour, mais c'est qu'il faut chaque jour se rappeler avec humilité que le travail que nous commençons doit être achevé dans la journée. Quand ce mur sera sec, il ne sera plus temps d'y poser son pinceau. Et dites-vous qu'aujourd'hui, nous travaillons peut-être pour des siècles. Je prie pour que notre œuvre, qui est celle du bon Dieu, acquière en s'estompant avec le temps la douceur et la beauté célestes.

Son pinceau, si fin qu'on le disait fait de cheveux d'ange, commença alors à courir sur la surface légèrement rugueuse, y laissant l'esquisse à peine visible, mais qu'il était impossible de ne pas identifier, de la Vierge et de l'Enfant. Bientôt, un toit dont on devinait le chaume, puis des silhouettes qui allaient devenir saint Pierre et sainte Catherine d'Alexandrie se détachaient à leur tour : la « Vierge entourée des saints » prenait miraculeusement forme sous les doigts habiles de l'Angelico.

Dans la pénombre du couloir, Benozzo Gozzoli semblait présider à une cérémonie rituelle. Sous sa directive, les deux jeunes moines apprentis préparaient les couleurs pour le maître. A la lueur d'une lampe fumeuse, le premier broyait le travertin, y ajoutant parfois une traînée de colle. L'autre novice écrasait des grenats et du cinabre dans un mortier. C'était la cuisine des anges où s'élaboraient les teintes qui allaient bientôt couvrir la chaux mouillée du mur. Elles allaient y perdre instantanément leur éclat, mais le bienheureux frère Angelico connaissait exactement l'intensité qu'elles retrouveraient en séchant. Car l'Angelico savait tout : « Je peins avec le bleu du Paradis », disait-il en étendant l'azuline sur la robe de Marie.

Une journée commençait, semblable à celles d'hier et d'avant-hier et pourtant différente. Gozzoli, qui vénérait son maître, constatait, en le regardant peindre, combien les scènes dont il décorait peu à peu les murs du monastère se distinguaient les unes des autres par leurs couleurs et leur composition. Certes, on ne pouvait se méprendre sur l'identité de l'artiste : il n'existait pas, dans toute l'Italie, une autre main capable de donner à ses personnages des visages et des attitudes exprimant autant la sincérité de la foi, mais chaque fresque, chaque tableau reflétait une inspiration qui variait au gré d'une vie intérieure dont les impulsions lui étaient, assurait-il, dictées par Dieu.

On disait que les élèves de Fra Angelico sortaient transformés de sa fréquentation à la fois laborieuse et paternelle. Cela avait été vrai pour Gentile da Fabriano dont ses admirateurs assuraient que « dans la peinture il avait la main semblable à son nom [1] » et pour Domenico di Michelino. C'était vrai aussi pour Benozzo Gozzoli qui s'imprégnait chaque jour davantage de l'enseignement mystique du maître. A vingt-trois ans, l'ancien compagnon des *Imbrattaleli* avait pourtant eu une adolescence dissipée. Comme la plupart des jeunes peintres de l'époque, il avait commencé par apprendre à dessiner chez un orfèvre puis avait délaissé l'établi pour tâter de la vie plus aventureuse du sculpteur et du peintre. Il avait travaillé un moment en qualité d'aide de Ghiberti pour la seconde porte du baptistère de Florence et avait commencé une vie de nomade sur les chantiers d'Ombrie et du Latium. Grand, solide, le visage brut de formes, il était le type même du jeune Florentin tenté par l'aventure, qui ne s'encombrait guère de

1. Un siècle plus tard, Michel-Ange dira la même chose de Gentile.

scrupules. On l'aurait bien vu dans une ligne de hallebardiers au service d'un condottiere. Il avait préféré le pinceau et ne s'en trouvait pas mal, jusqu'au moment où, mêlé à une rixe sanglante, il avait dû quitter dans l'heure ses amis romains et gagner Florence.

Peut-être serait-il devenu le mauvais garçon que ses frasques et sa fuite précipitée annonçaient si le hasard ne lui avait pas fait rencontrer le sculpteur Gentini dont la bonté palliait le manque d'envergure et qui, d'un passage rapide chez les novices de San Domenico da Fiesole, avait gardé depuis sa jeunesse l'affection de Fra Giovanni.

— Tu cherches un travail? avait-il dit à Gozzoli. Va voir sans attendre mon ami Fra Angelico. Cosme de Médicis lui a confié la décoration du monastère de San Marco et il cherche un aide capable.

— Hélas! Ma réputation n'est pas irréprochable. Jamais Fra Angelico qui, dit-on, est un saint, ne voudra de moi.

— Qu'en sais-tu? C'est le propre des saints de ramener les brebis égarées dans le troupeau. Il ne te jugera que sur ton travail et ton talent!

C'est ainsi que Benozzo Gozzoli se retrouva un jour à prier, contemplant, les larmes aux yeux, Fra Giovanni déposer de son pinceau inspiré des anges éblouissants sur les murs austères de San Marco.

***

Antonello était épuisé lorsqu'il arriva en vue de Florence. Sa mule ne valait guère mieux et c'est à pied, la tenant par le licou, qu'il gravit le sentier qui serpentait jusqu'en haut de «la Montagne», comme un laboureur rencontré peu avant lui avait dit qu'on appelait la modeste colline de San Miniato. L'église bâtie au sommet lui parut très vieille.

— Elle date de l'an mille, annonça le vieux prêtre assis sur un banc de pierre devant l'entrée. Entrez, mon fils, mais le plus beau est à l'extérieur: c'est la façade couverte de marbre.

Le jeune homme laissa Naxos arracher quelques rares touffes d'herbe poussées entre les pavés et pénétra dans la nef où brillait un superbe pavement de marbre. Il s'y agenouilla pour remercier le Christ et la Sainte Vierge de lui avoir permis d'arriver sain et sauf jusqu'à Florence. Il savait, certes, que le voyage était loin d'être terminé, mais la cité des fleurs constituait l'étape phare, la ville sainte des arts où brûlaient tous les feux de la beauté.

Il sortit tout ragaillardi et pensa que Naxos le comprendrait mieux que le curé, qui semblait attendre la mort au pied de son église :

— Regarde, en bas, Florence nous attend! Dante, Pétrarque, Boccace et notre maître Giotto nous ont précédés sous ces toits de tuiles rondes, dorées au soleil, dans ces maisons serrées autour de l'Arno, dans ces grandioses basiliques jamais achevées... Je ne suis guère plus instruit que toi, ma bonne mule, mais je jure ici, devant cette illustre ville, que j'apprendrai à connaître tous ces grands hommes qui ont donné une âme à Florence!...

Antonello faillit éclater de rire en pensant que sa tirade était bien pompeuse, surtout qu'elle s'adressait à une mule ; mais Naxos se mit à hennir à pleins naseaux, sûrement pour montrer qu'elle partageait l'enthousiasme de son maître.

— Puisque te voilà reposée et de joyeuse humeur, tu vas me redescendre!

Antonello enfourcha la bête qui accepta la charge sans rechigner. Le pied sûr, redressant l'encolure comme l'aurait fait son père cheval, Naxos s'élança au petit trot vers la ville qui commençait à se fondre dans la brume. Il était trop tard pour espérer trouver Gozzoli dans l'écheveau de ruelles inconnues. Antonello préféra s'arrêter avant d'arriver en ville et demander l'abri pour la nuit à un paysan qui se dirigeait vers sa pauvre maison calée contre un bois, à quelques pas du chemin.

— Viens! dit l'homme. Tu pourras coucher dans la grange. Surtout, attache bien ta mule, elle pourrait donner des idées à mon vieux cheval! Et puis, tout à l'heure, passe à la maison. Griselda — c'est ma femme — te donnera une écuelle de soupe pour te remettre des fatigues du voyage.

Antonello avait du charme, on le sait. Son sourire l'avait bien souvent aidé sans qu'il s'en rende toujours compte, au cours de son périple. Partout, ou presque, il avait trouvé le couvert. Quelquefois le vivre Après l'accueil rugueux mais généreux des gens du Sud, il avait connu celui, plus enflammé, des Romains. Et il découvrait d'emblée la franche gentillesse toscane. Il se dit que cette première rencontre était de bon augure.

Les fermiers de San Miniato étaient de simples paysans mais d'esprit étonnamment ouvert. Ils s'intéressèrent au voyage de leur hôte, sans bien comprendre comment on pouvait aller chercher aussi loin de la couleur à peindre ; Mais ils dirent qu'ils aimaient les fresques de San Miniato, et surtout celles des églises de Florence. Ils hochèrent la tête, pleins de respect, lorsque Antonello leur dit qu'il avait peint — il se vantait — celles d'une église de Naples. Pour eux, comme pour la plupart des Italiens encore tellement rattachés au Moyen Age, le peintre était digne d'admiration, lui qui savait raconter la vie du Seigneur et de la Vierge Marie par de belles images, si claires qu'elles pouvaient être comprises par les plus incultes. Antonello méritait donc des égards. Il repartit le lendemain avec une miche de pain et trois fromages de brebis.

La veille, depuis San Miniato, Florence lui était apparue comme une grosse bête en train de s'endormir dans le brouillard du fleuve. C'est à peine si quelques vagues fumées montraient qu'elle respirait. Ce matin, au contraire, la ville éclatait de vie à l'intérieur de son enceinte [1]. Antonello retrouvait l'animation et l'affairement pittoresque de Naples au détour de chaque ruelle où des gens d'humeur joyeuse discutaient, s'interpellaient, se croisaient. Les maisons, plus serrées les unes contre les autres que dans les villes du Sud, lui parurent petites. Il pensa que c'était la raison pour laquelle tant de boutiquiers s'installaient devant leur porte pour travailler. Ceux qui s'activaient à la tâche en sciant des planches de bois, en façonnant des objets de dinanderie ou en transportant des pièces de tissu étaient habillés d'une sorte de chasuble en grosse laine, cette laine dont la fabrication et le commerce assuraient en grande partie l'opulence de la ville. Les

1. Florence, vers le milieu du XVe siècle, était enclose dans une enceinte imposante de six milles de circonférence, percée de huit portes principales.

autres passants portaient un long manteau sombre à larges plis qui devait cacher un vêtement plus élégant. On pouvait en deviner la richesse à celle du couvre-chef, bonnet rond ou feutre à large bord.

Antonello et son chargement ne passaient pas inaperçus dans la foule où Naxos avait bien du mal à se frayer un passage. On s'écartait pourtant, se demandant qui était cet inconnu dont les longs cheveux retombaient sur la couverture de drap écarlate qui protégeait ses épaules des premiers froids de novembre.

Au détour d'une rue, étroite comme toutes celles qu'il avait empruntées jusque-là, Antonello déboucha soudain dans la grande lumière du matin. Il découvrait, autour de la vieille ville qu'il venait de traverser, une Florence en pleine métamorphose. Cosme de Médicis, appelé « le Père de la Patrie », était un bâtisseur : « Avant cinquante ans, les Médicis seront chassés mais les édifices qu'ils auront construits demeureront », disait-il. Et il édifiait. Le Duomo. Santa Maria del Fiore, que contemplait Antonello, était en voie d'agrandissement. Déjà, la coupole prenait ses aises dans le ciel grâce à Brunelleschi. On en devinait la grâce et la majesté à travers le tissage des échafaudages. A côté, le Campanile, dessiné jadis par Giotto, montrait les nuages du doigt. Il paraissait vieux à côté des nouvelles constructions.

Ailleurs, dans la ville, Cosme bâtissait San Lorenzo, Michelozzo était chargé de restaurer la vieille église San Marco, celle-là même dont Fra Angelico décorait le monastère attenant. C'est vers ce chantier dont il s'était fait expliquer le chemin que se dirigeait maintenant Antonello. Il espérait bien y trouver Benozzo Gozzoli, le frère de ses amis de Rome.

Arrivé devant la porte d'entrée, il attacha sa mule et demanda à un enfant qui jouait dans la rue de surveiller son chargement. Les deux ballots équilibrés sur le dos de Naxos ne contenaient rien de précieux, mais le jeune artiste eût été désespéré de perdre ses outils d'orfèvre et son fourniment de peintre.

La cloche tinta plusieurs fois avant que le frère portier ne vînt entrebâiller la porte. Antonello, pour être reçu, s'annonça comme un aide de Fra Giovanni et demanda à voir Benozzo Gozzoli. Sans répondre, le moine indiqua d'un geste un long couloir voûté qui s'enfonçait dans le fond de la salle d'entrée. Le jeune Sicilien, plus intimidé que l'air qu'il se donnait ne le laissait supposer, passa devant une double rangée de portes, celles des cellules. Au bout, l'une d'elles était ouverte et, devant l'huis, on devinait dans une lumière falote des ombres qui s'agitaient. « Une de ces silhouettes doit être celle de Gozzoli », se dit Antonello en s'approchant.

Deux jeunes moines, sans doute des novices, accomplissaient une besogne qu'il connaissait bien. Ils broyaient dans des mortiers de la terre d'ambre et des petits morceaux de roche tendre qu'il reconnut : c'était du *santo*, le « jaune saint » comme son maître Colantonio l'appelait. Un troisième garçon un peu plus âgé, vêtu d'une vieille robe tachée de peinture et qui ne devait pas être un religieux, demanda à Antonello ce qu'il cherchait. Le ton n'était pas aimable. Visiblement, le maître au travail n'aimait pas les visites. Antonello l'apercevait, monté sur son estrade de fortune. Il lui parut à la fois très vieux et prodigieusement leste dans ses mouvements. Mais, déjà, le jeune homme à la blouse maculée entraînait l'importun dans le couloir :

— Que voulez-vous ? Quand l'Angelico peint, seul le bon Dieu, et encore ! a le droit de le déranger.

Antonello s'excusa, dit qu'il était envoyé par Pietro Sangallo et présenta la lettre que celui-ci avait écrite à l'intention de Gozzoli :

— Je suis peintre, de passage à Florence, et ne voudrais pour rien au monde manquer de rencontrer le grand Fra Angelico. Si cela est impossible, tant pis... Mais je viens de loin et vais très loin. Si nous pouvons nous rencontrer, je vous dirai ce que je vais chercher dans le pays des peintres flamands.

Le visage de Gozzoli s'éclaira lorsqu'il eut lu la lettre :

— Pietro t'envoie, c'est différent. Sois le bienvenu. Mais le maître est arrivé à un point de son œuvre où il ne peut et ne veut être distrait. Reviens ce soir à six heures. La journée finie, l'Angelico, avant de gagner le réfectoire et sa cellule — il loge au monastère —, se repose un instant en bavardant avec nous. Il est passionnant. Il nous parle de sa jeunesse, du jour où Guidolino Pietro, c'est son nom, est entré comme novice au monastère de San Domenico da Fiesole, de son frère Benedetto, venu le rejoindre plus tard, de son goût pour le dessin et la miniature... Je te présenterai et je suis sûr qu'il t'accueillera avec bonté.

— Merci, mon ami. Sangallo m'avait dit...

— Bon. Maintenant va-t'en. J'ai du travail. Le maître peint si vite que nous avons du mal à fournir de la bonne couleur à son pinceau. Tu es du métier, tu sais que les murs sèchent toujours trop rapidement!

Une période de bonheur, qu'Antonello aurait aimé voir se poursuivre des mois, des années peut-être, commença pour le jeune Sicilien. Non seulement Fra Angelico le reçut chaleureusement, mais il lui proposa de l'engager comme aide tout le temps de son séjour à Florence.

— Mes moinillons sont pleins de bonne volonté, mais il faut tout leur dire, tout leur montrer. Si tu veux donner la main à Benozzo, j'en serai ravi. Lui aussi, je pense. Je ne connais pas ton maître de Naples, mais si le roi Alphonse lui a confié les murs d'une grande église de la ville, c'est qu'il a du talent. Et si tu l'as aidé, tu peux m'aider aussi!

Antonello faillit pleurer de joie en entendant ces paroles qui charmaient son esprit comme un tableau poudré d'or et d'ailes de papillon. Il partageait la chambre de Gozzoli, sous un toit percé d'une lucarne d'où l'on découvrait la ville nouée du ruban de l'Arno. Tout le jour, il travaillait, accroupi devant les mortiers à couleurs ou sur l'échafaudage où il alimentait le maître en teinture de garance et aussi de ce vert très brillant qu'il ne connaissait pas et que les frères de San Marco extrayaient d'iris sauvages cueillis dans la vallée. Et le soir arrivait, moment d'intense émotion où le plus grand peintre italien de son temps redevenait pour ses élèves le jeune peintre courant au-devant des anges dont il rêvait d'emplir un jour ses tableaux.

Un jour, il raconta comment l'histoire des hommes et de la religion s'était mêlée à son art débutant:

— Je pensais, comme mes frères, que rien ne pouvait venir bouleverser la paix sereine de notre vie conventuelle. Et puis, le schisme qui avait déjà causé tant de désordre dans le haut clergé a franchi les murs des couvents. Benoît XIII régnait à Avignon, Grégoire XII à Rome et le concile de Pise ajoutait à la confusion en déposant les deux papes pour en nommer un troisième : Alexandre V. Le général des dominicains soutenait ce dernier mais le prieur de mon couvent, le bienheureux Jean Dominici, demeurait fidèle à Grégoire XII. Cette révolte ouverte contre l'ordre nous contraignit une nuit à quitter notre couvent de Fiesole et à prendre secrètement la route de l'exil.

Les jeunes gens écoutaient, suspendus aux lèvres du vieux peintre qu'ils avaient peine à imaginer en rebelle fuyant à travers la campagne toscane à la recherche d'un lieu d'asile.

— Cet exode a dû être épouvantable, mon maître ? demanda Antonello. Et les religieux âgés qui ne pouvaient marcher... ?

— Nous nous sommes débrouillés et ce qui aurait pu être une épreuve a été, en fait, l'une des plus belles périodes de ma vie. Dieu veillait sur nous. Il savait que nous étions purs et que notre prieur, disciple inspiré de saint Thomas, nous menait sur la bonne route.

— Mais vous ne pouviez ni peindre ni dessiner ?

— Non, mais j'ai profité de l'enchantement de l'automne, regardé les vendangeurs éparpillés dans les vignes de Chianti, j'ai constaté que les couleurs des papillons étaient celles des anges du ciel. Ah, le ciel ! C'est au cours de ce long voyage à pied que j'ai découvert l'une des clés de ma peinture. Le soleil, le vent, la pluie bouleversaient sans cesse le ciel qui passait de l'azur au gris mouillé, presque noir. Et j'ai eu soudain conscience que les peintres, même les plus grands comme Cimabue ou Giotto, n'avaient jamais représenté les paysages comme je les voyais défiler sous mes yeux jour après jour. Pour eux, le ciel est éternellement bleu, moi, j'ai vu qu'en Toscane il est le plus souvent gris pâle, opaque, tirant un peu sur l'azur. Je me suis juré d'essayer de le représenter ainsi. Et j'ai tenu parole !

Un autre soir, Gozzoli demanda à Fra Angelico de parler du docte Fra Jean Dominici, sujet sur lequel il le savait intarissable :

— Sans le prieur de mon ordre, j'aurais été un peintre religieux banal. C'est lui qui m'a poussé à entreprendre ma culture spirituelle en même temps que mon éducation artistique.

— La théologie a donc joué un rôle important dans votre œuvre ?

— Capital. Il suffit de bien regarder ma peinture, qu'il s'agisse de fresques ou de panneaux, pour constater que les symboles de la *Somme théologique* de saint Thomas d'Aquin y figurent toujours.

— Je ne suis pas assez instruit, hélas, pour comprendre tout cela..., dit Antonello.

— Tu peux au moins comprendre les principes d'esthétique de saint Thomas : « Il faut trois dons pour la beauté. En premier lieu l'intégrité et la perfection puisque les choses inachevées, comme telles, sont déformées. Enfin, la clarté et la splendeur : nous devons considérer comme belles les choses aux couleurs claires et resplendissantes. » Je me suis laissé guider toute ma vie par ce principe que vous devriez tous retenir et observer.

— Mais tout cela est facile à comprendre...

— Comme l'était la description des joies de la vie céleste par Fra Dominici. Tenez, je me le rappelle : « Voilà le bonheur des anges, la jubilation des apôtres, le chœur des vierges, la joie de tous les élus. Voilà le vrai soleil, l'étoile du matin, la fleur de ce champ suprême. » Eh bien, je n'ai fait toute ma vie que transformer en peinture les mots de mon ami !

Antonello sentait qu'il ne devait pas succomber plus longtemps au charme divin de l'Angelico s'il voulait mener à bien la mission qu'il s'était juré d'accomplir. Il lui confia les raisons qui l'obligeaient à quitter Florence. Il devait absolument rencontrer Van Eyck avant que le Flamand n'emporte son secret au paradis des peintres. Fra Giovanni hocha la tête et sourit.

— Antonello, tu as l'âge où il faut encore se croire maître de son destin. Avec l'aide de Dieu ! Ton histoire de dilution des couleurs dans l'huile est sans doute une bonne chose. Ce procédé aidera peut-être les peintres à atteindre une meilleure finesse de touche, mais il ne donnera pas du génie, pas même du talent, à ceux qui en sont dépourvus. Dis-toi que la beauté d'une fresque ou d'un tableau dépend plus de ce que le peintre a dans la tête que des couleurs qui sont sur sa palette.

— Maître, merci ! Mon cœur me fait mal de vous quitter. Je n'ai pas souvent tenu le pinceau à San Marco, mais j'ai l'impression d'avoir beaucoup appris en vous regardant et en vous écoutant. Quelle fierté de pouvoir dire : j'ai appartenu à l'atelier de Fra Angelico !

— Ce ne sont que des mots... Ce qui est vrai, c est que tu es doué. J'aurais pu faire de toi un vrai peintre !

2

LE SECRET DE VAN EYCK

Avec des fortunes diverses, Antonello avait poursuivi son voyage. Certains jours, tout allait bien, la route était facile et il dénichait, le soir, un gîte convenable chez des gens accueillants. Souvent hélas, le temps se montrait inclément et, si un orage survenait entre deux villages, il arrivait trempé jusqu'aux os et devait, dans le meilleur des cas, se déshabiller et s'enfouir dans la paille d'une grange pour se réchauffer et se sécher. Il n'aimait pas cela car il vivait dans la crainte de se faire surprendre par des bandits ou des soudards et de se retrouver nu en pleine campagne.

Les deux condottieres Francesco Sforza et Piccinino se poursuivaient à travers le Milanais et mieux valait fuir le chemin de leurs mercenaires. Antonello avait évité de peu d'être pris dans les mouvements de la bataille d'Anghiari dont les principales victimes avaient été les populations civiles [1]. Heureusement, il avait pu se tirer d'affaire et gagner Milan sans dommages.

Grâce à Pietro Sangallo et à sa chaîne des *Imbrattaleli* — toujours eux —, il avait pu trouver une aide et un toit dans une ferme des environs immédiats de la ville, quartier général des jeunes artistes, apprentis et compagnons.

1. Les condottieres ne tenaient pas du tout, dans les batailles, à perdre des hommes dont le recrutement était difficile et qui coûtaient cher à équiper. Tacitement, les partis en présence se ménageaient, au point que, selon Machiavel, il n'y eut à Anghiari qu'un homme tué après un engagement de dix heures.

Il lui fallait maintenant regarnir sa bourse et gagner quelque argent pour acheter des vêtements propres. Les siens, soumis à la dure épreuve du voyage, n'étaient plus que loques et penailles. Une fois encore, il bénit son père d'avoir fait de lui un orfèvre avant qu'il ne gravisse le chemin difficile de la peinture. Malgré la guerre, Milan traversait une période de prospérité et les orfèvres étaient sollicités. Il trouva donc un établi chez le plus célèbre d'entre eux, pour aider à finir un somptueux service en argent destiné à la maison du duc. Il put ainsi acquérir une épaisse *gamura* [1] de laine et une cape presque neuve chez un fripier de la place d'armes, un ami des artistes qui lui offrit en supplément deux belles chemises. Quant à Naxos, elle sembla heureuse de pouvoir se reposer deux semaines dans un pré où l'herbe était plus grasse que ses flancs.

Antonello repartit vers le nord. Il voyageait depuis trois bons mois, en comptant ses arrêts à Rome, Florence, Milan, et il lui semblait qu'il n'en finirait jamais de manger des lieues et des lieues sur des routes qui, il le savait, le menaient vers le passage le plus difficile qu'il aurait à parcourir : « les Monts », comme on appelait la redoutable barrière de glace et de rochers qui séparait l'Italie de la France.

Pour se donner du courage, Antonello se réconfortait en tournant ses pensées vers Dieu et en priant :

— Ô Seigneur, toi à qui la vérité est connue, tu sais que mon seul but dans ce voyage est d'aller chercher, sans souci de lucre, la recette de la peinture des Flamands qui permettra à tes fils, les peintres italiens, de t'offrir des fresques et des tableaux plus beaux et plus durables. En accomplissant ce pieux office, je te prie, ô Seigneur, de m'accorder ton secours et tes conseils.

Le bon Dieu dut l'entendre. S'il ne lui donna pas de conseil, il fit en sorte que les éléments lui soient favorables. Antonello et Naxos se jouèrent des chemins les plus hostiles qui semblaient nettoyés devant leurs pas de tous les pièges de la montagne. Sans trop de peine ils arrivèrent à Lyon. En vue de la colline du Forum Vetus où

1. Sorte de longue robe droite.

l'empereur Trajan avait fait construire autrefois un superbe édifice [1], Antonello tint à sa mule un fier discours, comme il avait pris l'habitude de le faire dans les grandes occasions :

— Naxos, nous voilà dans la plus grande ville de France après Paris. Il nous reste encore une grande partie de ce pays à traverser avant d'entrer en Flandre. Mais, pour la première fois, j'ai la conviction que nous n'aurons pas fait tout ce chemin en vain et que nous arriverons où nous voulons aller : à la porte de l'atelier du maître Van Eyck qui, certes, ne nous attend pas mais qui nous fera bon accueil et qui saura m'entendre. Nous rapporterons son secret et nous deviendrons célèbres en Italie. Pas seulement parce que nous aurons réussi mais parce que je ferai de magnifiques peintures grâce à tout ce que Van Eyck m'aura appris ! Toi, ma bonne mule, tu auras gagné une place dans l'Eldorado des bêtes : un beau champ de trèfle où tu couleras des jours heureux en pensant à tous les endroits où tu m'auras trimbalé. Peut-être t'ennuieras-tu ? Je mettrai dans ton enclos un bon mulet des Pouilles...

Maintenant, Antonello avait hâte d'arriver. Comme il lui restait de l'argent et qu'il n'avait aucun endroit où se faire connaître, il traversa Lyon sans s'arrêter et prit tout de suite la route de Dijon.

Dieu avait dû perdre de vue l'équipage napolitain après le passage des Alpes car une épreuve épouvantable l'attendait en Bourgogne. A ce moment, sur la route de Beaune, il voyageait de conserve avec un jeune homme rencontré au bord d'une mare où il faisait boire sa monture, un solide roussin, plus imposant que Naxos mais qui, se dit Antonello, ne l'aurait peut-être pas mené aussi loin. Il s'agissait d'un petit noble de campagne qui montait à Paris pour s'engager dans une troupe combattant pour le roi. Difficile au début, la conversation s'établit dans un jargon où le français, l'italien et le latin permirent aux jeunes gens de se comprendre.

— C'est une idée qui ne me viendrait pas à l'esprit,

1. Aujourd'hui Fourvières.

avait dit Antonello, en ajoutant : Je ne me bats qu'avec les couleurs et les pinceaux, je suis un peintre.

— C'est sûrement un métier plus intéressant que celui de bretteur, mais mon père m'a préparé depuis mon plus jeune âge au maniement des armes.

Au demeurant, le futur guerrier était sympathique. Il n'était guère plus fortuné qu'Antonello et, d'un commun accord, ils avaient décidé de faire route ensemble jusqu'à Paris. Ce soir-là, le ciel était menaçant. Les bêtes flairaient l'orage et devenaient nerveuses ; ils préférèrent continuer à chevaucher pour gagner un gîte sûr.

Vers la vingtième heure, des coups de tonnerre d'une violence inouïe commencèrent à ébranler le ciel, strié soudain d'innombrables éclairs. Le bruit était épouvantable et si Naxos, tenue ferme par Antonello, gardait à peu près la ligne, le cheval du jeune hobereau faisait des écarts de plus en plus dangereux.

— Il faut s'arrêter ! cria le peintre. Mettons-nous à l'abri sous ce chêne.

Il était temps. Sans qu'il se soit mis à pleuvoir, des grêlons gros comme des œufs commencèrent à tomber à peine freinés par les branches et le feuillage, hachés en menus morceaux. Bientôt, les grêlons atteignirent la taille d'un citron. Naxos en reçut un sur l'encolure et hennit de souffrance. Un autre laissa une douleur fulgurante sur l'épaule d'Antonello. Quant à Charles — c'était le prénom du jeune homme —, le bombardement ne l'avait pas épargné. Il était descendu de cheval et s'était mis à entonner un *miserere*. Comme cette adresse à Dieu tardait à produire de l'effet, il cria « Jésus, Jésus, au secours ! » sans pouvoir couvrir le bruit du tonnerre. A ce moment-là, un grêlon d'une telle taille tomba sur la tête de son cheval que celui-ci décocha une ruade qui étendit son maître comme mort. Antonello laissa la bête à ses frayeurs et se précipita au secours de son compagnon. Le sabot, frôlant la tête, n'avait heureusement touché que l'épaule.

Charles fit comprendre à Antonello qu'il souffrait mais qu'il n'avait rien de cassé puisqu'il pouvait bouger son bras. L'orage dura encore un moment puis cessa. Antonello, de son côté, était moulu. Les deux jeunes gens s'octroyèrent dix minutes de repos puis enfourchèrent non sans mal leur monture. Le spectacle alentour n'était que désolation. Des branches brisées barraient le chemin et des moutons gisaient morts ou blessés. Le berger qui leur montra l'énorme bosse qui couronnait son crâne pleurait en essayant de rassembler les rescapés. Les deux voyageurs continuèrent leur chemin, à tout petit trot.

— Votre *miserere* nous a sauvés ! dit Antonello.

L'autre hocha la tête et annonça qu'il devait s'arrêter et s'allonger car, obligé de tenir son cheval d'une seule main, il risquait à chaque instant de tomber. Heureusement, la cabane du berger était proche et pleine de paille. Ils attachèrent les bêtes et s'y jetèrent, épuisés. Le lendemain, quand ils se réveillèrent, le soleil brillait.

***

Antonello avait prévu de s'arrêter une semaine à Paris. Il voulait voir Notre-Dame et essayer de renouveler chez un orfèvre ou un peintre l'expérience qui lui avait si bien réussi ailleurs : trouver un engagement et gagner un peu d'argent. Une rencontre fortuite dans une auberge, près d'Orléans, en décida autrement.

Toujours flanqué de son futur capitaine, il avalait une écuelle de soupe qui n'avait d'autre qualité que d'être chaude, quand leur voisin de tablée engagea la conversation :

— Où allez-vous, jeunes gens ? Pas à Paris, au moins ?

— Si, justement, répondit Antonello. J'espère y trouver du travail pour quelque temps, avant de reprendre la route des Flandres.

— Je m'en doutais. Eh bien, mes amis, si je peux vous donner un conseil, détournez-vous de Paris. J'en viens et me trouve heureux d'avoir quitté ce chaudron où le diable semble devoir faire bouillir tous les mauvais éléments de la terre. Le roi Charles VII a chassé les Anglais et je croyais que nous allions pouvoir retrouver la tranquillité. Durant quelques jours nous avons eu des fêtes, des défilés, des processions avec les châsses de sainte Geneviève, de saint Marcel et tout ce qui s'ensuit. Le prévôt des marchands, les échevins, l'évêque de Paris, les officiers des compagnies de la ville ont accueilli le roi avec tout l'apparat qu'ils avaient déployé pour l'Anglais Henry VI lorsque celui-ci avait fait son entrée. On dirait que ces notables à bannières et à manteaux d'hermine n'ont pour seule raison d'être que d'accueillir les rois, quels qu'ils soient, au hasard des fortunes de la guerre. Enfin... Le peuple était bien content d'applaudir Charles VII sur son cheval caparaçonné de velours bleu semé de fleurs de lys d'or. Et surtout le dauphin Louis, son fils, lui aussi armé comme un chevalier bien qu'il n'ait que dix ans[1] !

— Mais tout cela est bien bon ! s'exclama Charles avec enthousiasme. J'espère qu'il reste encore des Anglais en France pour avoir l'honneur de les chasser : je viens m'engager pour le roi !

— Il en reste, monsieur. Assez pour revenir la nuit et essayer d'enlever une porte ou une garnison. Mais s'il n'y avait que les Anglais !...

— Quoi donc ? Quelle autre calamité peut m'empêcher d'aller ciseler des coupes d'argent et des assiettes ? Il existe tout de même encore des gens assez riches à Paris pour faire travailler les orfèvres !

— Sans doute. Mais l'époque n'est pas propice aux arts et aux artistes. Nous avons eu une terrible peste qui a fait fuir les gens riches. Moi-même, je ne suis pas fâché d'aller hors de Paris respirer le bon air. Mais s'il vous faut encore des raisons pour changer de route, sachez que les loups, non contents de venir dévorer les cadavres humains du cimetière des Innocents, s'attaquent aux femmes, aux petits enfants et même aux hommes.

— Ils viennent de la campagne ? demanda Antonello qui pensait à ses futures haltes nocturnes dans les granges et les cabanes.

— Bien sûr ! Faites attention ! Je souhaite que vous ne rencontriez pas Courtaud, un monstre sans queue, objet d'effroi pour tout le monde. Non ! rassurez-vous, on a fini par exterminer cette sale bête. Son corps a été promené dans les rues... Hélas, il y en a d'autres. Quatre

1. Le futur Louis XI.

femmes ménagères ont été étranglées il n'y a pas longtemps[1].

— Ce n'est pas l'idée qu'on se fait de Paris dans les États d'Italie ! dit Antonello.

— Ni dans les provinces de France ! ajouta Charles.

— Je vois que je ne vous ai pas convaincus. Alors, je vais encore vous dire que les loups, pour les Parisiens, sont moins redoutables que les bandes de pillards qui ruinent les habitants des environs et ne craignent pas de venir accomplir leurs forfaits dans la capitale. On les appelle les « escorcheurs ». Voilà ! C'est dans ce gâchis que le roi et son gouvernement essaient de régner. Je vous ai parlé du diable, tout à l'heure !...

Après ce récit apocalyptique, Antonello, peu disposé à voir sa mission interrompue par les loups ou les « escorcheurs », décida de contourner Paris assez loin et de gagner directement Amiens où il entrerait dans un fief du duc de Bourgogne. De là, il lui serait plus facile d'organiser son arrivée à Bruges. L'apprenti soldat, lui, avait balayé avec dédain les recommandations de l'homme de l'auberge. « Si j'ai peur des loups avant même d'avoir signé mon engagement, autant renoncer tout de suite au métier des armes ! » avait-il dit à son compagnon, avec superbe.

Le lendemain matin, les deux amis se donnèrent l'accolade avant de se séparer.

— Naxos, nous voilà seuls à nouveau ! dit Antonello en enfourchant sa mule. Si tu sens qu'un loup vient à notre rencontre, remue tes oreilles et hennis très fort !

Aucune bête, heureusement, ne se manifesta sur le chemin. On lui signala bien, à Beauvais, un groupe inquiétant, reliquat de quelque armée étrangère, qui traînait dans les environs, mais loups et soudards laissèrent en paix l'ablégat de la peinture. Deux semaines plus tard, Antonello faisait son entrée dans la capitale picarde.

Implantée entre ses canaux, avec ses maisons basses dominées par la citadelle, la ville d'Amiens lui parut pros-

1. Le « Journal de Paris » des règnes de Charles VI et de Charles VII raconte avec beaucoup de détails les incursions dans la capitale de bandes de loups et leurs méfaits sanglants.

père et accueillante. Qui, mieux qu'un prêtre dont la connaissance du latin faciliterait la conversation, pouvait l'aider, l'aiguiller vers la personne susceptible de lui donner du travail? Antonello se dirigea vers une église gothique dont la taille, monumentale, lui parut aussi grande que le dôme de Milan. Ce ne pouvait être que la cathédrale. Habitués au passage de voyageurs de toutes nationalités, les Amiénois ne s'étonnaient pas du curieux équipage d'Antonello dont la barbe noire — il l'avait laissée pousser depuis Florence — débordait d'un large col de peau de lapin qu'une fermière compatissante lui avait cousu sur sa cape. Son entrée dans la nef ne troubla donc pas un groupe de femmes qui ornaient l'autel de guirlandes et remplissaient les vases de fleurs blanches. Trois hommes essayaient d'installer entre deux colonnes une large banderole peinte représentant la Sainte Vierge entourée d'anges musiciens. Antonello se dirigea vers eux et regarda de plus près la toile peinte. Le dessin était naïf et la couleur, écaillée par endroits, laissait voir la trame. Il pensa que cette œuvre flétrie par l'âge et des enroulements successifs n'ajouterait pas grand-chose à la beauté de la cathédrale et demanda à voir le *prete*. L'un des ouvriers lui indiqua la sacristie, à droite du chœur, et Antonello se trouva bientôt en face d'un curé aux rondeurs avantageuses et à la chevelure blonde :

— Bonjour, mon fils, que cherchez-vous ?

Le voyageur avait préparé son petit discours cousu d'italien, de latin approximatif et du peu de français appris en route en chevauchant auprès de son ami Charles. Le prêtre l'écouta en souriant, leva les bras au ciel quand il comprit qu'Antonello venait de Sicile et hocha la tête quand ce dernier lui dit qu'il allait à Bruges pour rencontrer le maître Van Eyck. Il sembla intéressé par le métier du jeune homme qui se rendit compte que, si les artistes flamands jouissaient chez lui d'une grande renommée, les orfèvres et les peintres italiens étaient fort appréciés dans le nord de l'Europe.

Le curé répondit en parlant lentement français, soulignant parfois certains mots en latin :

— Pour le travail, je vais me renseigner. Je connais deux orfèvres à Amiens et j'insisterai pour que l'un d'eux vous emploie durant quelque temps. Hélas! nous n'avons pas de peintre digne de ce nom et c'est bien dommage pour la cathédrale.

Antonello eut soudain une idée. Et si...

— En effet, mon père. J'ai vu que votre banderole peinte était en mauvais état.

— Oh! Il paraît que c'était pire quand elle était neuve. L'usure mise à part, elle a toujours été laide. Mais nous n'en avons pas d'autre et mes paroissiens sont habitués à la voir exposée pour la Fête-Dieu.

— Il me reste bien peu de temps, l'après-midi d'aujourd'hui et demain, mais, si vous le souhaitez, mon père, je peux essayer de vous en peindre une autre. Il vous faudrait simplement me fournir une bonne toile épaisse et solide, de la colle arabique ou de cerisier et naturellement des couleurs. J'ai dans mon bagage mes pinceaux. Ah! il faudrait aussi faire préparer un vernis par l'apothicaire...

— Comment? Vous feriez cela pour nous? Quel honneur pour notre cathédrale de posséder une œuvre d'un grand artiste italien. Monseigneur l'évêque va être transporté de joie lorsque je vais lui apprendre la bonne nouvelle!

Antonello eut alors conscience de son audace. Certes, une banderole n'est pas une fresque ou un tableau; tout de même, il ne suffit pas de dire qu'une œuvre est mauvaise et d'être traité de « maître italien » pour en faire une meilleure. Mais il était trop tard pour reculer. Le bon Colantonio ne lui avait-il pas dit qu'un jour il serait étonné de pouvoir réussir seul une peinture? « Allons, il faut avoir confiance en soi. Si je me ridiculise, tant pis! »

Le curé — il saura plus tard que c'était l'archiprêtre — prenait déjà les choses en main. Il appela les hommes à la banderole et leur dit de ne pas se donner de mal pour l'accrocher puisqu'on allait en avoir une autre, magnifique, peinte spécialement pour la cathédrale. Mais il fallait aller sans tarder se faire offrir une longueur de toile par la fabrique du canal de la Somme et acquérir chez le droguiste tout ce dont le maître italien aurait besoin.

Celui qui semblait être le sacristain dut penser que le

maître italien ne payait pas de mine, mais il se déclara prêt à l'accompagner. Les choses allaient pourtant un peu trop vite au gré d'Antonello qui n'avait réglé aucun de ses problèmes personnels.

— Mon père, je me permets de vous avouer que je n'ai pas de toit pour ce soir et que ma mule attend devant le portail. Puis-je vous demander de m'aider à trouver un lieu d'hébergement? Il me faudra aussi un endroit pour travailler...

Le prêtre répondit qu'il avait pensé à tout cela.

— Vous pourrez peindre dans la pièce qui se trouve derrière la sacristie. Elle est assez vaste et bien éclairée. La mule ira dans l'écurie au fond de la cour du presbytère. Quant à vous, vous coucherez le temps que vous voudrez dans la chambre de l'abbé Vaneslaere qui vient d'être nommé à Saint-Omer. La vieille Jeanne, c'est notre domestique depuis toujours, vous nourrira. Naturellement, votre travail vous sera payé.

Antonello remercia le prêtre dont il admirait l'esprit clair, précis, vif, en se félicitant d'avoir eu l'idée d'entrer dans la cathédrale. Il ne doutait pas qu'un tel homme lui trouverait du travail. En fait de travail, il y avait d'abord la banderole dont il faudrait venir à bout et dont il restait d'ailleurs à définir le sujet.

— Quel thème, mon père, souhaitez-vous que je traite?

— Il s'agit d'une décoration qui doit convenir à différentes fêtes ou cérémonies. C'est pourquoi j'aimais bien l'idée des anges...

— Gardons donc les anges et la Vierge à l'Enfant, mais je trouverai une autre composition. J'espère que ma banderole ressemblera plus à une scène de Fra Angelico qu'à celle que je dois remplacer!

Flanqué du sacristain qu'il sentait sur la réserve, comme s'il n'avait guère confiance en ce peintre arrivé Dieu sait d'où sur sa mule étique et vêtu de la poussière du chemin, Antonello fit son marché d'ingrédients. Le droguiste de la ville ne put lui fournir tout ce qu'il demandait; heureusement Naxos portait sur son bât depuis Naples certaines couleurs qui devaient lui permettre de parfaire son travail: l'orpin, l'ocre de ru, de la vraie laque de garance et un peu de ce bleu d'outremer considéré comme un luxe par les peintres[1].

Le droguiste fut invité à passer voir monseigneur l'archiprêtre, « afin de se faire payer s'il le désirait », ce qui disait bien ce que cela voulait dire, puis le sacristain emmena Antonello chez le drapier Ducange dont la manufacture, la plus importante de la ville, bâtie sur le Grand Canal, tissait aussi des toiles de toutes sortes. L'artiste fut prié de choisir celle qui conviendrait le mieux à son œuvre et d'en auner lui-même la longueur. Fort aimable, M. Alphonse Ducange, l'un des personnages les plus importants d'Amiens, vint s'assurer lui-même que tout avait été fait pour satisfaire le peintre italien. Mieux, il s'intéressa au sujet choisi pour la banderole et demanda si d'autres personnages que la Vierge et les anges apparaîtraient dans le tableau. Antonello, qui devina tout de suite où il voulait en venir, répondit évasivement que c'était une éventualité. M. Ducange, dont le visage s'éclaira, entraîna son visiteur loin des oreilles indiscrètes, en particulier celles du sacristain :

— Monsieur, voulez-vous être mon interprète auprès de monsieur l'archiprêtre pour lui demander de consentir à ce que mon visage figure dans le tableau ? Je sais que de très grands artistes le font au profit de donateurs généreux. Je serai très généreux ! Naturellement, l'artiste ne sera pas oublié !

— Sous réserve de l'autorisation de monsieur l'archiprêtre, je me ferai un plaisir de vous satisfaire. Comme je ne peux pas faute de temps, vous demander de poser, pouvez-vous me confier un portrait de vous ? Une miniature suffira !

Antonello trouva que la Picardie était un pays merveilleux et que, pour lui, les choses tournaient plutôt bien. Chargé d'un rouleau de toile de coton bien serrée, le sacristain portant le fourniment de couleurs, le jeune homme entra d'un cœur léger dans la cathédrale. Avant de se mettre au travail, il décida de prier comme le faisait

1. L'orpin ou orpiment était déjà connu des Anciens. Les Latins l'appelaient *auripigmentum* (couleur d'or). L'ocre de ru était recueilli dans les dépôts boueux formés dans les ruisseaux.

l'Angelico, de remercier Dieu de l'assister avec autant de bonté dans son entreprise.

C'est ainsi qu'Antonello da Messina, en un jour et demi et deux nuits, réalisa sa première œuvre. Il ne s'agissait bien sûr que d'une banderole décorative destinée à être vue de loin et qui se rapprochait plus de l'ébauche que de la fresque ou du tableau achevé. Encore fallait-il la peindre, tout seul, sans les conseils d'un maître expérimenté, et Antonello la peignit — très bien. M. Ducange se reconnut dans la silhouette du pénitent, éclairée à la droite des anges. Et l'archiprêtre remercia avec beaucoup d'émotion le jeune artiste venu de si loin qui avait embelli la cathédrale. Mieux, il le convia à dîner le lendemain de la Fête-Dieu :

— Vous n'avez pas toujours dû manger à votre faim sur la route... Eh bien, mon ami, vous allez voir, avec la permission du bon Dieu, ce qu'est la cuisine picarde !

Rien qu'à la pensée du bon repas dont il voyait, dans sa tête, les plats défiler sur la table du presbytère, les lèvres du bonhomme s'étaient gonflées et remuaient de bonheur gourmand.

L'évêque avait pu, la veille, découvrir la banderole en venant concélébrer la messe et l'avait trouvée belle. Ses couleurs pures et vives, empruntées à la palette de l'Angelico — le jeune homme les avait enregistrées pour la vie —, égayaient, il est vrai, la nef comme l'aurait fait un vitrail, et la différence avec l'ancienne banderole, aux teintes noirâtres et poussiéreuses, sautait aux yeux. Le prélat avait accepté d'emblée l'invitation de son coadjuteur. « Pour faire la connaissance du jeune artiste », avait-il dit. Mais surtout parce qu'il connaissait l'excellence d'une table dont la renommée était saluée, dans tous les diocèses, comme la meilleure de la Flandre du Sud.

Quand la Jeanne se mettait en cuisine, il n'était pas question de la déranger. Le pape lui-même se serait fait rabrouer s'il était entré demander quels mets seraient servis au dîner. A midi, pour tout repas, l'archiprêtre et Antonello n'eurent droit qu'à un bouillon et à une tranche de jambon servie avec du pain dans l'entrée du presbytère. La grande table en noyer de la salle à manger avait été passée à l'encaustique et elle devait sécher pour mieux reluire. En réalité, la salle jouxtait la cuisine et Jeanne ne tolérait même pas que les convives sentissent le fumet de ses préparations.

L'archiprêtre, que la plupart de ses ouailles appelaient « monseigneur », riait des manies de sa vieille servante :

— Ne vous formalisez pas, mon ami. Elle est maîtresse dans sa cuisine comme le bon Dieu l'est au ciel. Ce n'est qu'à la fin du septième jour que l'univers s'est enrichi de l'Œuvre divine. Ce n'est qu'à la fin du repas de ce soir que nous pourrons, maître, juger des dons de Jeanne.

Antonello ne retint qu'une chose de cet apologue audacieux : l'archiprêtre l'avait appelé « maître ». Même si c'était pour lui faire plaisir, le mot lui avait paru doux à entendre. Il l'entendit pourtant une deuxième fois dans l'après-midi, quand M. Alphonse Ducange entra dans la sacristie au moment où le peintre rangeait ses pinceaux et ses couleurs.

— Maître, dit le drapier, je ne sais pas combien de temps vous comptez rester à Amiens, mais mon vœu le plus cher serait que vous ayez la possibilité de peindre mon portrait et celui de Mme Ducange.

L'offre était inattendue, alléchante et difficile à satisfaire. Tant d'événements survenaient en si peu de temps dans l'existence d'Antonello que la tête lui tournait. Il ne put répondre qu'en bredouillant un vague remerciement que le bonhomme prit pour un acquiescement :

— Vous acceptez, c'est parfait ! Dès demain ma femme vous attendra pour la première séance de pose.

Et il ajouta, avec la lucidité carrée qu'ont les hommes habitués à traiter des affaires :

— Mon épouse a été très belle. Elle l'est encore, bien sûr, mais ni elle ni moi ne vous en voudrons si vous laissez quelques rides dans le pinceau. Vous me ferez connaître vos conditions. Je suis sûr qu'elles me conviendront.

Antonello, heureux de s'être libéré, avec les honneurs, de l'inquiétude suscitée par la réalisation de la banderole, se voyait replongé dans l'angoisse. Un portrait à peindre ! Deux portraits même ! Chez Colantonio, il s'était bien essayé à dessiner son maître et la bonne Maria. Ses esquisses étaient bonnes, ressemblantes, mais à quoi aurait-il abouti s'il avait fallu les transposer, en couleurs, sur un panneau de bois ? Il savait que la réponse à cette question ne pouvait lui être donnée que s'il osait se payer la tête des deux bourgeois d'Amiens.

Il se chercha toutes les excuses pour refuser le travail : la nécessité de gagner Bruges au plus vite, son inexpérience qui risquait de le déconsidérer aux yeux des autres comme aux siens, le fait que l'archiprêtre lui avait trouvé l'occupation qui lui convenait chez un orfèvre... Et puis il revenait à cette idée, pas tout à fait raisonnable mais tentante, celle du pari sur la réussite. S'il abandonnait sans avoir essayé, il risquait de se reprocher toute sa vie d'avoir manqué l'occasion inespérée de prouver qu'il avait du talent. Ce n'est pas tous les jours — il s'en était rendu compte partout où il avait connu des peintres — qu'on offre une telle chance à un jeune artiste... Il réfléchit jusqu'au soir. Au moment de passer à table il hésitait encore mais, à la fin du dîner, la divine cuisine de Jeanne et le bon vin aidant, sa résolution était prise. Il irait le lendemain chez les Ducange, il ferait les portraits et, si ceux-ci étaient mauvais — c'est lui qui jugerait —, il saluerait son hôte, remercierait Jeanne et, fouette cocher ! il reprendrait la route après avoir brûlé les tableaux.

Le dîner avait commencé par une flamiche aux poireaux. Si l'archiprêtre ne se risquait pas à pénétrer dans la cuisine un jour de réception, il n'avait pas son pareil pour parler, en poète, des merveilles que Jeanne y préparait :

— Monseigneur, vous connaissez mieux que moi les mérites de ce plat authentiquement picard, mais notre jeune ami n'a jamais pu apprécier en Italie le goût délicat de cette galette de pâte feuilletée, dorée comme l'auréole dont les artistes italiens aiment à couronner la tête des saints et des membres de la Sainte Famille. C'est pourquoi je lui signale que réussir, comme le fait Jeanne, un mets aussi parfait, où les feuilles d'or de la pâte se marient si bien à l'onctuosité du légume noyé dans le beurre fin, la crème légère et l'œuf pondu ce matin, relève du miracle.

— Monsieur l'archiprêtre (en présence de l'évêque, chacun savait qu'on n'appelait pas l'archiprêtre « monseigneur»), je n'ai jamais mangé quelque chose d'aussi bon! dit Antonello.

— Et maintenant, sur quel plat allez-vous philosopher, mon ami? demanda l'évêque qui, il ne le cachait pas, avait hâte de connaître la suite du dîner.

— Jeanne ne sait pas que je sais, mais j'ai pu respirer un instant une odeur venue des interstices de la porte, un fumet qui me permet de vous dire que, dans un instant, Jeanne apportera sur la table un grand plat rond, taillé et creusé dans une bille d'orme. Il débordera de toutes ces bonnes choses venues du potager et de l'étal du «bouchier», pour constituer le fameux hochepot de nos provinces. Vous le sentirez venir depuis l'instant où Jeanne ouvrira la porte jusqu'au moment où, s'amplifiant, son odeur, montant du centre de la table comme d'un cratère, viendra agacer vos papilles.

Muet de saisissement devant ce lyrisme gourmand, Antonello attendait la merveille tandis que l'évêque, les mains posées sur son ventre, essayait de se remémorer tous les légumes qu'il allait bientôt retrouver sur sa «tostée [1]» avec les morceaux de queue de bœuf fondante, cuite au pot depuis le matin. Comme Jeanne tardait un peu et pour éviter que l'archiprêtre ne se lance dans un nouveau discours, le prélat pensa qu'il devait, pour la forme, mettre le Seigneur en situation de pardonner les excès oratoires trop empreints de paganisme de son ami:

— Attention au péché de gourmandise, monsieur l'archiprêtre. Il sera bien temps d'y succomber lorsque vous dégusterez votre hochepot. Enfin! le bon Dieu ne saurait en vouloir à deux de ses fidèles servants qui souhaitent honorer un artiste étranger, artisan de l'embellissement de notre cathédrale. Disons-nous, mes frères, que Dieu n'a pas créé tous ces bons légumes pour qu'on les mange crus et sans apprêt, comme des lapins. A propos, monsieur l'archiprêtre, Jeanne a-t-elle trouvé des salsifis

1. La nourriture, viande et légumes, puisée avec les doigts dans le plat était placée sur une tranche de pain elle-même posée sur une planchette de bois ou une plaque de métal plus ou moins précieux appelée tranchoir. Les soupes et potages étaient servis dans des écuelles, en général une pour deux convives. L'assiette personnelle ne date que de Louis XIV.

noirs et des topinambours ? Monseigneur Paulin, le coadjuteur du cardinal, prétendait l'autre jour qu'un hochepot auquel manqueraient ces deux estimables plantes serait quelque chose d'aussi absurde qu'une messe sans oblation. Je lui laisse la responsabilité de cette casuistique...

— L'opinion de monseigneur Paulin est peut-être un peu dogmatique, mais vous jugerez vous-même puisque notre hochepot contient salsifis noirs et topinambours.

Jeanne mit fin à ces propos mystiques en déposant sur la table le plat qui fleurait bon le bouillon et les herbes. Chacun en couvrit sa tranche de pain et gloire fut rendue au hochepot, plat chrétien s'il en est.

Antonello ne devait jamais oublier ce repas qu'il trouva délicieux, encore que son estomac, habitué à plus de frugalité, manifestât durant la nuit quelque mauvaise humeur. Le hochepot lui avait fait au moins oublier ses angoisses et c'est fort détendu qu'il se présenta le lendemain chez M. Alphonse Ducange.

Le drapier n'était pas là. C'est sa femme qui reçut le « maître », poliment mais sans manifester d'enthousiasme :

— Cette idée de mon mari de faire peindre mon portrait ne me plaît pas du tout. Je suis vieille et ne veux pas laisser une image de moi qui fera peur à mes arrière-petits-enfants. Je suis désolée pour vous mais j'ai décidé de ne pas « poser », comme on dit. Lui fera ce qu'il voudra. Cependant, vous ne vous êtes pas dérangé pour rien. Si je ne tiens pas à voir mon visage encadré sur un mur j'ai une fille dont je voudrais bien que vous fassiez le portrait. Vous n'aurez pas besoin d'arranger ses traits comme vous auriez été obligé de le faire pour moi : elle a dix-huit ans et est très jolie.

Mme Ducange n'avait pas menti. Sa fille, potelée là où il convenait, avait un beau visage, frais comme la jeunesse et les fleurs présentes partout, du jardin à la salle où Antonello fut prié de s'installer et où elle le rejoignit en compagnie de sa mère.

— Voici ma fille, monsieur l'artiste. Est-elle assez belle pour que vous lui fassiez un aimable portrait ?

La jeune fille fit une révérence et sourit à Antonello, visiblement mal à l'aise dans ce cadre recherché qui aurait pu être celui d'un château. Tout en balbutiant en italien une vague formule de politesse, il réfléchissait et pensait à ce que lui avait dit autrefois Colantonio : « Les portraits les plus difficiles à réussir sont ceux des visages aux traits réguliers. » Or il ne détectait aucune fausse note dans celui de Mlle Ducange.

Pour cette première séance, il n'avait emporté que quelques cartons fins, des feuilles de papier [1] et des fusains.

— Il ne s'agit aujourd'hui que d'une étude, dit-il fort sérieusement, afin de se donner une contenance. Mademoiselle, vous allez vous placer sur votre chaise de trois quarts, devant la fenêtre. Vous me regarderez et bougerez le moins possible. Vous pourrez parler si vous en avez envie, mais sans faire de gestes.

Presque aussi intimidée que lui, la jeune fille suivit ces directives, indiquant qu'elle avait saisi, à travers le jargon d'Antonello, ce qu'il attendait d'elle.

Les Italiens, heureusement, parlent autant avec les mains qu'avec la langue. Aidés par des mimiques qui les faisaient pouffer, ils finirent par s'entendre sur le modelé du sourire que devait adopter le modèle. Bientôt, on ne perçut plus dans la salle que le crissement du fusain sur le papier. Tout en traçant les contours du visage qui s'offrait à lui dans la lumière douce de ce début d'été, Antonello constatait que c'était la première fois qu'il regardait aussi longtemps et aussi intensément une jeune fille. Il devait en effet chercher au fond de ses yeux l'influx qui guidait la pointe de son charbon. Il en ressentait à la fois du plaisir et l'impression de commettre une sorte de viol.

Mlle Ducange était plus sereine. Un moment, elle abandonna son sourire de commande :

— Me permettez-vous, monsieur l'artiste, de me détendre un peu ? Je ne connais pas un mot d'italien, à peine quelques rudiments de latin, et la langue française ne vous est pas familière... J'espère que nous allons tout de même pouvoir échanger quelques idées. J'ai beaucoup de questions à vous poser.

1. Le papier était connu en France depuis le XIIe siècle. Au XVe siècle il était encore rare et cher.

Antonello comprit le sens de la dernière phrase, ferma les yeux, invoqua le Seigneur et se dit qu'il se trouvait dans une situation pour le moins singulière, en tout cas inimaginable en Italie où les jeunes filles étaient consignées comme si le printemps de l'âge était une maladie contagieuse dont il fallait se méfier.

— Oui, reposez-vous aussi longtemps qu'il vous plaira, mademoiselle. Je me nomme Antonello. J'espère être connu un jour sous le nom d'« Antonello da Messina ». Messina, c'est ma ville natale, dans une île qu'on appelle la Sicile. J'en viens à dos de mulet. C'est très loin.

Mlle Ducange répondit qu'elle avait compris, qu'Antonello était un nom agréable et qu'elle-même se nommait Isabelle. La glace était rompue et le « Maestro », comme elle prit tout de suite l'habitude de l'appeler, continua ses esquisses avec bonne humeur, en se demandant tout de même, s'il réussirait à transformer ces courbes et ces hachures charbonneuses en un tableau où éclateraient le teint de rose et les reflets dorés des cheveux d'Isabelle.

Madame mère, qui était partie s'occuper de ses rosiers, ne reparut qu'à la fin de la séance. Elle jeta un coup d'œil sur les esquisses et dit qu'on reconnaissait sa fille, ce qui était bien le moins qu'on puisse attendre d'une étude de portrait. Antonello fut tout de même un peu rassuré par cette remarque, d'autant que Mlle Ducange était plus prolixe en compliments :

— Dites, ma mère, que ces dessins sont très réussis ! Je suis sûre qu'Antonello va faire un portrait magnifique.

Mme Ducange cilla légèrement en entendant sa fille appeler le peintre par son prénom, mais elle ne fit aucune remarque. La jeune fille jouissait, c'était visible, d'une grande liberté. Antonello en était soulagé car il craignait plus que tout d'avoir constamment les parents pendus à ses basques tandis qu'il travaillait. C'est en prenant congé des deux femmes qu'il eut conscience de l'état lamentable de ses vêtements. Lui qui ne s'était jusque-là jamais soucié des détails de son habillement se dit que sa mise était déplacée dans une aussi belle maison. Il se promit d'utiliser une part de ce qu'il allait gagner à renouveler sa garde-robe. C'est plus tard, lorsqu'il fut couché dans les gros draps de curé de l'abbé Vaneslaere, qu'il se rendit compte que la fraîcheur de Mlle Ducange et sa robe rose, échancrée en triangle sur une camisole bordée de fourrure blanche, n'étaient pas étrangères à sa décision.

Le lendemain, Antonello se préoccupa de trouver deux panneaux de bois de peuplier, le bois préféré des peintres italiens, mais l'archiprêtre lui dit qu'en France et en Flandre les artistes ne peignaient que sur des panneaux de chêne [1]. Va pour le chêne, un menuisier voisin lui céda pour dix sols deux planches bien rabotées qu'il se promit d'enduire le soir même, comme il l'avait appris de Colantonio, à l'aide de colle de peau de lapin mélangée à de la craie pulvérisée.

L'expérience que vivait Antonello était grisante. En dehors de l'attrait qu'il éprouvait pour son agréable modèle, il se trouvait confronté à maints problèmes techniques qu'il était bien obligé de résoudre. Une idée en particulier lui revenait sans cesse à l'esprit: «Je pense qu'un tableau ne doit pas être un dessin coloré. C'est pourtant ce que je vais faire car je ne sais pas, comme Van Eyck et les peintres flamands, créer des formes et des figures modelées par le jeu de la lumière, des ombres et des couleurs...»

Le portrait de Mlle Ducange avançait pourtant. On y discernait une spontanéité et une fraîcheur qui, Antonello l'espérait, feraient oublier les traces de son inexpérience. Il fallait surtout que le tableau fût ressemblant, et aussi prendre garde, lorsqu'il serait parvenu à un état acceptable, à ne pas le gâcher par un souci de perfection. Là encore il se rappelait une phrase de son maître: «La ressemblance, dans un portrait, tient souvent à un coup de pinceau, en plus ou en moins.»

Antonello ne se posait pas seulement des questions sur sa peinture. Après quelques séances de pose, ses relations avec Mlle Ducange, qu'il appelait Signorina Isabella, et même quelquefois simplement Isabella, étaient devenues

1. Ce choix vient sans doute du climat plus favorable à certaines espèces. De même pour les meubles de qualité: le chêne, utilisé dans le Nord, l'est rarement par les ébénistes italiens qui lui préfèrent le peuplier.

familières. Elle lui racontait un tas de choses qu'il ne comprenait pas toujours, mais cela n'avait pas une grande importance : entendre le son de sa voix, qu'elle avait douce et chantante, lui était agréable. Elle lui disait des mots gentils et s'amusait à le frôler de son corps souple chaque fois qu'elle se déplaçait de sa chaise pour aller regarder ce qu'avait peint le « Maestro ». Ce n'était pas vraiment de la provocation, simplement un jeu qui la faisait rire et le faisait rougir.

A part quelques rencontres fortuites qui s'étaient soldées à Messine, les jours de fête, par de brefs et chastes baisers, Antonello, comme la plupart des garçons italiens de son âge, ne connaissait rien aux choses du cœur et des sens. Son amourette avec Caterina à travers la haie de romarin aurait pu, en dépit des interdits, aller peut-être plus loin. Mais il était parti ! Aujourd'hui, plus timide que jamais, il sentait qu'Isabelle ne se fâcherait pas s'il prenait quelque initiative. Mais comment oser ?

Mme Ducange n'était pourtant pas un obstacle. Elle se montrait généralement à l'arrivée du peintre et annonçait bien vite et bien haut qu'elle devait aller jardiner à l'autre bout du jardin.

— Ma mère est merveilleuse, dit un jour Isabelle. Comme elle doit vous étonner ! On a l'impression qu'elle tient à nous prévenir : je m'en vais, vous pouvez vous embrasser en toute tranquillité !

L'invite était trop directe pour qu'il ne comprît pas où la jolie Isabelle voulait en venir. Heureusement, il n'avait pas encore commencé à peindre et ses mains n'étaient pas couvertes de couleurs. Il posa sa palette, s'avança et étreignit la jeune fille qui lui offrait ses lèvres. Elle ne murmura qu'un mot : « Tout de même ! » Antonello se dit qu'il avait perdu bien du temps et que, si les gens du Nord n'ont pas le soleil, ils ne manquent pas de chaleur.

Ce jour-là, le portrait n'avança pas beaucoup. Les jeunes gens s'étaient installés sur une banquette au fond de la salle :

— Tu sais que tu vas me manquer, mon beau Maestro ? J'appréhende le moment où tu me diras : « J'ai fini ! » Après, tu vas peindre le portrait de mon père et nous ne pourrons plus guère nous rencontrer. J'aime nos conversations où l'on se devine plus qu'on ne se parle. Cela, j'en suis sûre, a ajouté au goût que j'ai éprouvé pour toi dès le début.

Mlle Ducange avait dû prévoir ce qui ne pouvait manquer de se passer cet après-midi-là. Par miracle, jupe, robe et mantelet cédèrent sans difficulté aux approches hésitantes d'Antonello. Guidé par une main qui n'était sûrement pas novice, il s'aventura vers des endroits où le Créateur a caché le plus de douceur. A son tour, elle commença de le caresser et lui dit en souriant :

— Maestro chéri, nous pouvons tout faire ensemble. Et nous allons le faire. Tout, sauf une chose dont j'ai comme toi follement envie mais que seul pourra accomplir celui que j'épouserai.

Antonello se contenta de ce don à la fois total et incomplet. Quand Mme Ducange revint, sa fille posait sagement et Antonello terminait de son pinceau le plus fin l'ourlet de l'oreille droite. Elle regarda la scène, sourit d'un drôle d'air et lança :

— Je crois, monsieur, et vous, ma fille, que la séance de pose a été trop longue aujourd'hui, vous paraissez bien fatigués !

Le jeune Sicilien demeura ainsi plus d'un mois à Amiens, beaucoup plus longtemps qu'il ne l'avait prévu ; mais comment résister au charme d'Isabelle qui, son portrait terminé, n'avait pas été en mal de trouver des prétextes pour retrouver son « Maestro ». D'autre part, Antonello s'était senti à l'aise dans cette ville qui l'avait non seulement accueilli avec chaleur mais où il avait été, pour la première fois, considéré comme un véritable artiste. Les œuvres qu'il laissait dans la capitale picarde n'étaient certes pas des chefs-d'œuvre mais la banderole, plus réussie que l'ancienne — de cela il était sûr —, allait longtemps être témoin des fêtes carillonnées. Quant aux portraits de M. et Mlle Ducange, ils méritaient, bien encadrés, de figurer dans la grande salle de la maison du canal. Enfin, ce qui n'était pas négligeable, Antonello quittait Amiens rhabillé de pied en cap et la bourse dont l'avait gratifié le drapier lui permettait d'entreprendre sans inquiétude la dernière étape de son voyage. Pourtant, ce dont il était le plus reconnaissant aux Amiénois, c'était de lui avoir permis de progresser dans son métier. Grâce à son séjour dans cette ville de France devenue terre du duc de Bourgogne, Antonello se sentait maintenant assez fort pour franchir l'impressionnant portail du temple de la peinture flamande.

***

Après des adieux touchants à ses amis amiénois, M. et Mme Ducange, un dernier baiser à Isabelle dans l'antichambre et une visite à l'évêque, Antonello reçut la bénédiction de l'archiprêtre et maintes recommandations de la bonne Jeanne. «Que de bons conseils les femmes m'auront donnés durant ce voyage!» songea-t-il en l'embrassant.

Sans plus attendre, il enfourcha Naxos qui hennit de plaisir à l'idée de reprendre la route. Arrivée efflanquée à Amiens, la mule en repartait presque trop grasse. Comme pour son maître, le séjour au presbytère lui avait été profitable. Mais le seau d'avoine quotidien n'est pas tout dans la vie d'une mule: c'est en vain qu'elle avait essayé de faire comprendre à Antonello, lorsqu'il était venu la voir dans sa belle écurie, qu'elle s'y ennuyait beaucoup.

Le jeune homme n'était pas non plus mécontent de trotter le long des canaux, vers le but qu'il n'avait jamais renoncé à atteindre. Lors de son long arrêt à Amiens, il avait parfois oublié Bruges et le fameux secret qu'il venait y chercher mais aujourd'hui, sur la route, il pensait plus que jamais à sa rencontre avec le maître. Comment était-il? Grand, petit, vieux, riche, accueillant ou désespérément désagréable? Il refusait d'envisager le risque d'être mis à la porte par un vieillard acariâtre.

Antonello aurait été rassuré si, par un procédé de magie, il avait pu voir, à ce moment, Jan Van Eyck trafiquer ses couleurs dans le petit cabinet qu'il avait fait installer à côté de son atelier. Le peintre sifflotait en regardant bouillir un étrange mélange qui dégageait une odeur un peu sucrée dont il semblait goûter la fragrance.

De l'autre côté de la porte fermée, son élève, Petrus, se

morfondait en attendant que le maître quitte ses cornues et ses pots pour s'occuper, enfin, de choses sérieuses. Depuis plusieurs jours, en effet, Van Eyck ne mettait pratiquement plus les pieds dans l'atelier où des panneaux, vierges ou non achevés, encombraient les chevalets. Jan ne peignait plus guère de grands tableaux. A cinquante ans il se disait vieux, malade et préférait des formats plus maniables qui lui permettaient de travailler assis. Pour l'heure il était bien debout et se délectait dans la contemplation d'un petit gobelet rempli d'une sorte d'ambre liquide.

Pourtant, installée devant la fenêtre qui donnait sur le canal de Gand, la «Madone du chancelier Rolin[1]» n'attendait plus que les ultimes coups de pinceau du maître pour être envoyée à son commanditaire. C'était un superbe tableau dont, pour la centième fois peut-être, le jeune Petrus admirait les détails, en particulier le personnage agenouillé face à la Vierge. Il s'agissait de Nicolas Rolin, seigneur d'Autun et chancelier du duc de Bourgogne, Philippe le Bon. Il y avait déjà plus de six mois que le ministre était venu depuis Lille poser pour le tableau et Petrus, malgré tout le respect qu'il portait à son maître, trouvait que celui-ci en prenait un peu trop à son aise, préférant s'enfermer dans son cabinet d'alchimiste plutôt que de mettre la touche finale à l'œuvre que son propriétaire, qui l'avait payée d'avance, et fort cher, attendait avec impatience. La veille, le jeune homme avait demandé à Van Eyck la raison de cet atermoiement et le peintre, superbe, avait répondu :

— Le chancelier devra patienter. Je ne me sens pas encore prêt à me séparer d'une œuvre que je juge très réussie.

L'arrivée de Mme Marguerite, la femme du maître, fit sursauter Petrus :

— Je suis sûre que mon mari est encore dans son cabinet à mystères ! Mais que va-t-il encore découvrir ? Il me dit que ses travaux d'alchimiste lui permettent d'être le meilleur, mais il le serait bien sans cela ! Quelle nouvelle mixture va-t-il sortir de ses cornues ?

1. Au musée du Louvre.

— Madame, le maître, qui est si bon avec moi, ne me dit rien de ses recherches. Il m'a simplement promis de me confier son secret avant de mourir.

S'apercevant que ces derniers mots pouvaient choquer Mme Van Eyck, il se signa et ajouta, ce qui n'arrangea rien :

— J'espère que ce sera le plus tard possible !

Mme Marguerite ne releva pas et dit gentiment :

— Je suis contente, Petrus, que le maître vous ait dit cela. C'est une marque de confiance en votre talent. Mais je dois frapper à sa porte car il est l'heure de se mettre à table !

Jan Van Eyck, célèbre dans toutes les cours d'Europe, était un homme riche. Sa vie n'avait été qu'une suite ininterrompue de succès dans cette Flandre opulente où les arts et les artistes étaient respectés et bénéficiaient du mécénat le plus généreux. Élève très doué, il avait assimilé toutes les règles du métier dès sa vingtième année. Entré au service du comte de Hollande, Jean de Bavière, il avait décoré de fresques le château de La Haye et s'était vite distingué comme l'un des meilleurs peintres de chevalet de son temps. Esprit curieux, conscient qu'un artiste devait tout connaître de la nature, de la fabrication et de l'usage des couleurs, il avait un jour découvert la manière d'utiliser l'huile comme médium, ce qui lui avait permis de donner à ses tableaux une brillance translucide que le procédé *a tempera* employé jusque-là était loin de rendre possible.

Van Eyck était un bon conteur. Parfois, à la veillée, il parlait de ses voyages lointains, accomplis avec ou pour son protecteur Jean de Bavière, de ses rencontres avec le roi de Castille ou Muhammad IX, le sultan de Grenade. Tout le monde écoutait religieusement le maître, ses élèves naturellement mais aussi sa femme Marguerite qui n'avait pas connu le temps des missions diplomatiques. Aujourd'hui, il ne pouvait plus rendre ce genre de service à son prince, mais celui-ci continuait de porter au peintre la plus haute estime, veillant personnellement à ce que le montant de ses pensions lui fût versé régulièrement. N'était-il pas le parrain de Lyévine, la fille de l'artiste ?

*
* *

Antonello ne fit que traverser Lille, le temps de se reposer à l'hospice Comtesse dont une recommandation de l'évêque d'Amiens lui ouvrit le majestueux portail. L'aumônier qui s'intéressait aux choses de l'art lui apprit, sachant où il se rendait, que Jan Van Eyck avait résidé à Lille de 1425 à 1430 avant de se fixer à Bruges.

— Je l'ai un peu connu, dit le prêtre. Il résidait à la cour du duc de Bourgogne où sa fonction de peintre était assortie de celle de conseiller privé. C'était un homme intelligent, curieux de tout et bon chrétien.

— Vous a-t-on parlé, mon père, de ses recherches sur la couleur ? Il a, croit-on, découvert un nouveau procédé pour diluer les poudres et obtenir des effets remarquables.

— J'ai en effet entendu un vieux peintre faire allusion à cette invention. Il avait travaillé dans l'atelier de Van Eyck avant de se retirer dans notre maison. Hélas, il est mort le mois dernier. Mais vous en apprendrez plus là-dessus à Bruges, si le maître accepte de vous faire des confidences.

— Je viens de si loin, mon père ! J'espère que le long voyage entrepris dans l'unique but de rencontrer Jan Van Eyck plaidera en ma faveur. Savez-vous autre chose sur la vie de cet homme, que seuls deux tableaux ont rendu célèbre dans l'Italie des arts ?

— Je crois qu'il était originaire, comme son frère Ubrecht, peintre lui aussi, de Maeseyck, dans le Limbourg. D'où son nom. Jan Van Eyck est sûrement le plus grand peintre de son époque. Il n'a malheureusement encore légué aucune œuvre à nos églises.

— Est-il d'un abord agréable et facile ?

— Il a en effet laissé le souvenir d'un homme bon et courtois.

— Pouvez-vous, mon père, me le décrire ?

— C'est un homme assez grand, mince, au beau visage un peu émacié. Comme la plupart des gens, ici, il est glabre et porte les cheveux courts.

Petit à petit, en rapprochant toutes les informations qu'il avait pu recueillir, Antonello commençait à se faire une idée de cet être jusque-là immatériel qui emplissait son esprit comme Dieu celui d'un ermite errant. « Dieu me parlera-t-il ? » demandait-il à Naxos qui remuait les oreilles pour montrer sa satisfaction d'entendre son maître lui adresser la parole, mais ne renseignait pas pour autant ce dernier sur l'accueil que lui réserverait le maître.

Après les routes souvent difficiles qu'il avait dû emprunter durant son voyage, les chemins sans obstacles et rectilignes du « plat pays » paraissaient aisés quoique un peu monotones. Les ponts sur les canaux qui se croisaient dans la campagne et les moulins qui occupaient les moindres éminences mettaient seuls de la vie dans un paysage qu'il trouvait un peu décevant. Au contraire, les villes et les gros bourgs traversés donnaient une impression de richesse, avec leurs maisons bien plus belles que celles rencontrées sur le reste du parcours et leurs églises agrémentées d'un beffroi. Mais, partout, on lui avait dit que Bruges était une cité dont la beauté n'avait pas d'égale et, tandis qu'il avançait au petit pas de sa mule, Antonello fixait l'horizon pour y chercher le premier signe de sa victoire.

Brusquement, du haut d'un faux plat que Naxos avait franchi sans s'en apercevoir, la mer apparut. De grands voiliers allaient et venaient, se croisaient autour de deux anses[1] comme des abeilles attendant leur tour d'entrer dans la ruche. C'est sur ce fond de décor marin que le voyageur découvrit la majestueuse et fine dentelle de Bruges, tissée dans la brume entre le réseau des canaux, le beffroi, les clochers, les flèches et une forêt de pignons ouvragés.

— Dieu, que c'est beau ! murmura Antonello en se découvrant pour saluer la ville qui marquait le bout de sa route.

Il resta un moment sur le dos de la mule en lui caressant l'encolure. Son regard balayait ce panorama dont il avait tant rêvé. Mais il devait encore rêver car il lui restait à accomplir la dernière partie de son pèlerinage : trouver

1. Les ports de Sluys et de Dam, postes avancés de Bruges sur la mer nourricière.

dans cet enchevêtrement gothique la maison qu'habitait Jan Van Eyck et s'y faire recevoir.

L'archiprêtre d'Amiens lui avait donné une lettre d'introduction auprès du chanoine de la basilique du Saint-Sang. « C'est un vieil ami, avait-il dit. Il fera de son mieux pour vous aider. » En effet, le chanoine Goess reçut chaleureusement le voyageur. Il avait vécu neuf ans à Rome et connaissait l'italien, ce qui causa infiniment de plaisir à Antonello qui n'avait pas eu depuis longtemps l'occasion d'entendre et de parler sa langue. Il s'était rendu compte, en cherchant son chemin, que la plupart des habitants parlaient flamand et l'une des premières questions qu'il posa au prélat fut pour demander si Jan Van Eyck comprenait l'italien ou le français. Ce n'est pas qu'il se sentît très à l'aise dans cette dernière langue, mais il arrivait maintenant à saisir ce qu'on lui disait et à répondre dans un jargon qui faisait rire les gens, ce dont il se moquait.

— Le maître ne connaît pas l'italien mais je suis à peu près sûr qu'il parle français. Il a vécu longtemps à Lille et, à la cour du duc de Bourgogne, on s'exprime en français.

Rassuré sur ce point important, Antonello pouvait envisager l'avenir proche avec optimisme. Une question pourtant l'obsédait, à laquelle il avait pensé de plus en plus souvent à mesure qu'il s'approchait de Bruges : comment devait-il s'y prendre pour aborder Van Eyck ? Il se promit de questionner le chanoine durant le souper.

Monseigneur Goess, au contraire de son ami d'Amiens, n'attachait aucune importance aux plaisirs de la table. Il s'en désintéressait tellement qu'il avait acquis une réputation d'ascète que confirmait son extrême maigreur. Il pria par avance son hôte d'excuser les habitudes austères de la maison et, pour se faire pardonner sans doute, lui proposa d'ouvrir pour lui l'armoire où était rangé le reliquaire qui, depuis le XIIe siècle, faisait la gloire de l'église et de la ville.

— C'est en 1149, expliqua-t-il avec componction, que Thierry d'Alsace, noble seigneur de Bruges, rapporta de Palestine la relique miraculeuse du Saint Sang. Mon jeune ami, regardez cette ampoule. Elle contient quelques gouttes du sang du Christ, recueillies au pied de la Croix par Joseph d'Arimathie et son compagnon Nicodème. Le roi de Jérusalem remit ce trésor au comte d'Alsace pour le remercier d'avoir servi la cause de la chrétienté lors de la deuxième croisade. Thierry, à son retour de Terre sainte, en fit don à sa ville.

Antonello remercia le prêtre et dit poliment qu'il n'oublierait jamais ce jour béni où il avait pu contempler l'ampoule du Saint Sang. Le souper fut moins détestable que l'avertissement du chanoine ne pouvait le laisser supposer mais le jeune homme se dit que le ragoût de légumes eût été meilleur si la servante à la tête de musaraigne qui faisait office de cuisinière y avait ajouté un bon morceau de beurre. Faute d'être gourmand, monseigneur Goess était curieux. Antonello dut lui conter par le menu ses tribulations à travers l'Italie, la France et la Flandre. Quand il pensa avoir suffisamment étonné son hôte, il lui posa la seule question qui lui semblait digne d'intérêt :

— Puis-je, monseigneur, vous poser une question ?

— Faites, mon enfant, faites...

— Je m'interroge depuis des semaines sur la façon dont je dois approcher le maître Van Eyck. Le connaissez-vous assez bien pour me faciliter cette entrevue ?

— Je le connais sans le connaître. Il ne fréquente pas la basilique du Saint-Sang et je n'entretiens pas de relations avec lui. Le mieux serait peut-être de lui écrire.

Antonello rougit. Il savait lire l'italien, avait appris quelques mots de latin mais lui, qui dessinait si bien, savait à peine écrire.

— Je vous avoue, monseigneur, que je me sens incapable de rédiger une lettre qui ne me déconsidérerait pas aux yeux du maître. Je ne réussirai jamais à lui expliquer les raisons impérieuses qui me poussent à le prier de me recevoir.

— D'abord, mon fils, permettez-moi de vous dire qu'un artiste de renom, et si j'ai bien compris c'est ce que vous souhaitez devenir, doit savoir écrire couramment. Lorsque vous serez rentré chez vous, c'est la première chose à laquelle vous devrez vous attacher. Cela dit, je veux bien vous aider à composer cette lettre. Et même à l'apostiller.

Antonello avait souvent souffert de son manque d'instruction.

— Je vous fais, monseigneur, la promesse formelle d'apprendre dès mon retour. Mais pour ce qui est de Van Eyck, je pense que ce serait mieux si c'était vous qui sollicitiez pour moi un entretien, en disant que je viens de Naples où j'ai pu admirer le tableau qu'il a peint pour le roi Alphonse d'Aragon. On peut même préciser que c'est le monarque qui m'a conseillé d'aller le questionner à ce propos.

— Je ne suis pas sûr, jeune homme, que vous ne me demandez pas d'écrire un mensonge.

— Non, monseigneur. Je puis vous jurer sur l'Évangile que le roi est au courant de mon voyage et qu'il m'a même donné une bourse pour que je puisse l'entreprendre. Je dois seulement vous avouer que c'est moi qui ai eu l'idée d'aller chercher si loin le secret de la peinture de Van Eyck. Alphonse d'Aragon, mis au courant de mon projet, m'a donné sa bénédiction.

— Bon, je vous crois. Je pense en effet que si je mentionne dans ma lettre le tableau et son illustre propriétaire, le maître sera enchanté de vous recevoir.

— Vous acceptez donc, monseigneur, d'être mon interprète ? Je vous en serai éternellement reconnaissant. Vous pourrez même dire que ce tableau, qui avait subi quelques légers dommages durant le voyage, a été restauré par mon maître Colantonio.

— Allez dormir maintenant chez les sœurs de l'hôpital Saint-Jean, qui vous hébergeront durant votre séjour. C'est le moins que je puisse faire pour un jeune artiste qui m'est recommandé par mon ami l'archiprêtre de la cathédrale d'Amiens !

***

Le lendemain, en se promenant, Antonello se dit une fois de plus qu'il était né sous une bonne étoile et que le bon Dieu, depuis le jour où Fra Angelico lui avait appris les liens étroits qui unissaient la prière et la peinture, n'avait cessé de protéger son entreprise. Le chanoine, il en était sûr, allait lui ouvrir le chemin de l'atelier de Van

Eyck, le mener devant cette porte qu'il avait vue désespérément close dans ses cauchemars.

Le jeune peintre devait attendre jusqu'au soir le résultat de la démarche de monseigneur Goess. En attendant, il découvrait une ville extraordinaire dont les multiples chantiers de construction lui rappelaient l'atmosphère de Florence, et l'activité fiévreuse qui régnait dans toutes les rues, celle de Naples. Là s'arrêtait la comparaison car Bruges vivait les pieds dans l'eau, celle de la mer qu'apportait le Zwin. Arrivé à la nouvelle Halle, déjà bien patinée par l'air marin, il fut étonné de se trouver dans un vrai port construit au milieu de la ville. Les quais qui entouraient l'immense bâtisse étaient encombrés de marchandises de toutes sortes que débarquaient ou embarquaient une multitude de chalands qui faisaient la navette entre la ville et ses avant-ports[1].

Enchanté par ce spectacle, Antonello décida de s'offrir un bol de bière dans l'un des nombreux estaminets de la Halle qui sortaient tables et bancs dans la rue les jours de beau temps. Il se retrouva entouré d'ouvriers, de débardeurs mais aussi de bourgeois dont les habits de fine laine brodée indiquaient l'aisance. La plupart d'entre eux parlaient le flamand et Antonello ne comprenait rien à leurs conversations animées. Son voisin de table se distinguait par ses vêtements qui étaient à l'évidence ceux d'un voyageur. Lui-même avait deviné qu'Antonello était étranger à la ville et il lui adressa la parole en français :

— Cette langue est difficile. Je vois que vous ne comprenez pas un mot de ce que disent tous ces gens. Je peux vous assurer qu'ils parlent de commerce, de lettres de change, de cargaisons... Ici tout le monde fabrique, vend ou achète.

L'homme s'aperçut qu'Antonello avait du mal à suivre ce qu'il disait.

— Mais vous n'êtes pas français ? *English perhaps ? I speak english...*

— Non, je suis italien !

— *Italiano, mia madre ! Anche mi !*

1. Il ne reste que des dessins et gravures de la Grande Halle, démolie en 1786.

Antonello aurait sauté au cou de son compatriote. Enfin il allait pouvoir dire tout ce dont il avait envie sans se demander si on le comprenait. Et il n'aurait pas, le temps de cette rencontre imprévue, à faire des efforts désespérés pour essayer de reconstituer une à une des phrases dont il ne reconnaissait que quelques mots, au hasard de la conversation. Il eut soudain conscience qu'il avait vécu un véritable calvaire depuis qu'il avait quitté l'Italie.

L'homme lui dit qu'il était de Pise et que son métier de courtier l'obligeait à vivre constamment en dehors de chez lui, principalement à Bruges :

— Cette ville, vous ne le saviez pas, est depuis près de deux siècles l'un des plus grands marchés, peut-être le plus grand de notre monde. Elle est battue en brèche par l'Angleterre et la Hanse mais le commerce est un échange. J'achète ici pour mes clients italiens du minerai des Carpates acheminé jusqu'à Bruges par l'Oder et la Vistule, du drap venant d'Angleterre et des harengs pêchés sous les côtes de Scanie. Tiens, à propos de harengs, nous allons tout de suite en manger un.

Le Signore Rossi — c'était son nom — héla une grosse femme blonde qui brandissait à bout de bras un plateau chargé de harengs dont elle devait vanter la qualité en criant des mots inintelligibles pour Antonello mais qui faisaient rire l'assistance.

Des planchettes de bois étaient disposées sur les tables ; la dame déposa sur l'une d'elles deux gros harengs, charnus à souhait.

— Une spécialité de la région, dit Rossi. C'est quelqu'un du pays, un nommé Bruckalz, je crois, qui a inventé il y a quelques années l'art du saurissage. On sale le poisson et on le saurit en l'exposant durant plusieurs heures à la fumée d'un feu de hêtre ou de chêne. Cette opération, qui fait la fortune d'un bon nombre de Brugeois, permet de conserver le hareng et lui donne même un bon goût. Tenez, servez-vous...

— Vous vous chargez aussi d'expédier des harengs ?

— Bien sûr. Même en Italie, entassés dans des tonneaux.

Antonello trouva cet étrange poisson excellent. Décidément, Bruges n'avait pas fini de l'étonner ! Après un second bol de bière, Rossi proposa de faire un tour de ville. Ils passèrent devant les églises Saint-Sauveur et Notre-Dame dont le soleil faisait flamboyer le gothique tout neuf, admirèrent au Bourg le nouvel hôtel de ville presque terminé et l'imposant Prinsenhof, que le duc de Bourgogne venait de faire bâtir pour y établir une brillante vie de cour [1].

Rossi était un aimable compagnon. Il parlait peut-être un peu trop mais, serviable, il s'était gentiment mis à la disposition d'Antonello pour l'aider à mettre un terme positif à son voyage. Au cours de la promenade, le Sicilien lui avait raconté, sans entrer dans les détails, qu'il était venu à Bruges pour rencontrer Van Eyck.

— Si vous voulez, je pourrai vous servir d'interprète. Je ne connais pas votre artiste mais vous aurez peut-être du mal à vous comprendre.

Antonello n'avait dit ni oui ni non. Il préférait, si c'était possible, mener l'affaire à sa guise. Il avait fait beaucoup de progrès en français et, puisque Jan Van Eyck le parlait, il n'y avait pas de raison qu'ils ne puissent s'entendre. En attendant, Rossi continuait à servir de guide à son compatriote :

— Tout à l'heure, nous irons faire un tour vers le béguinage, place de la Vigne. Nous ne pourrons pas entrer mais il sera possible, je pense, d'apercevoir quelques-unes de ces dames pieuses qui ne sont pas vraiment des religieuses mais vivent en commun et sont assujetties à une règle étroite [2]. Pour l'instant je veux vous montrer les hôtelleries où se traitent la plupart des affaires.

Ils arrivèrent à une jolie place plantée d'ormes, bordée d'une dizaine de grandes maisons, la plupart neuves mais toutes fleuries et bien entretenues. Certaines arboraient le drapeau d'une nation étrangère, d'autres des enseignes peintes qui représentaient les corps de divers métiers.

— Toutes ces bâtisses sont des hôtelleries, dit Rossi.

1. C'est au Prinsenhof (la Cour des Princes) que Philippe le Bon, duc de Bourgogne, a institué en 1430 l'ordre de la Toison d'Or

2. On visite aujourd'hui les maisons blanches et fleuries du « béguinage de la Vigne ». Les bénédictines qui occupent les lieux ont conservé le costume des premières béguines.

Certaines appartiennent au consulat d'une nation qui y loge les courtiers et commerçants de passage. Moi, j'habite dans la plus grande, exploitée par la famille Van der Buerse. Les Florentins sont dans celle d'à côté, avec les Génois et les Portugais, les Anglais dans une autre et les Hanséates se regroupent un peu plus loin. Presque tous les échanges commerciaux entre les différents pays se traitent sur la place quand il fait beau, dans les hôtelleries, surtout celle des Van der Buerse, lorsque le temps n'est pas propice [1].

— On n'y vend tout de même pas de tableaux? demanda Antonello en riant.

— Non. Il existe à Bruges et à Anvers un commerce de tableaux et de tapisseries, mais les marchands et les courtiers qui s'en occupent sont des spécialistes. Comme partout, les bons artistes sont rares et il faut savoir les distinguer. Ce soir, venez souper avec moi à l'hôtellerie. Nous parlerons du pays...

Pour l'instant, Antonello ne songeait qu'à rendre visite au chanoine qui lui avait dit de passer à la cathédrale après les vêpres. Il décida d'y aller avant, de prier et d'assister à l'office. C'était le moment ou jamais de mettre Dieu de son côté. Il ne craignait pas que le prélat lui transmette une fin de non-recevoir mais il avait hâte d'apprendre comment Van Eyck avait accueilli sa demande.

Monseigneur avait le sourire, c'était bon signe :

— Mon enfant, j'ai fait pour vous ce que vous vouliez que je fasse et que je ne voulais pas faire. Plutôt que de déposer une lettre, je suis allé voir M. Van Eyck. Je crois avoir été un bon ambassadeur puisqu'il vous attend demain matin. Je vous expliquerai où se trouve sa maison qui est toute proche.

Antonello s'agenouilla et remercia le chanoine en balbutiant. Il pleurait. Enfin arrivait ce moment tant désiré.

1. De l'activité commerciale considérable entretenue autour de l'hôtellerie Van der Buerse où étaient fixés les cours des différentes marchandises, est venu le mot « Bourse » qui désignait la place de ce marché international. Nom qui passa plus tard dans le vocabulaire commercial des autres pays, des grands centres d'affaires et des banques.

Il lui semblait soudain que toute la fatigue accumulée au cours de son long voyage le terrassait.

***

Le lendemain, très tôt, trop tôt car il ne s'agissait pas de réveiller le maître, Antonello parcourait les rues de Bruges qui lui révélaient à chaque pas de nouvelles curiosités. Il voulait repérer tranquillement la maison de Jan Van Eyck tout en se promenant dans le quartier du pont de la Paille que Rossi lui avait recommandé comme étant l'un des plus beaux de la ville. En effet, arrivé au croisement du quai de la Poterie et du quai Sainte-Anne, lui apparut une perspective surprenante sur les toits et les pignons de maisons qui, par leurs briques neuves et leurs pierres blanches, exposaient aux yeux des étrangers la richesse de la ville.

Antonello passa devant le « Tonlieu », la maison du péage, dont il admira le porche ajouré, orné de colonnettes puis, entre les couvents de Sœurs-Noires et de Saint-Gilles, il entrevit la rue de la Main-d'Or. C'est là qu'habitait Jan Van Eyck, dans la deuxième maison à droite, la plus grande et la plus belle. Il restait alors à Bruges beaucoup de maisons de bois datant du Moyen Age, mais les plus récentes étaient construites en briques dont le ton chaud et coloré donnait à l'eau des canaux un reflet ensoleillé. Il ne s'agissait pas de briques sans âme, aux arêtes rectangulaires, mais de briques travaillées aux mesures dans l'argile malléable d'avant cuisson et qui épousaient ainsi les formes arrondies des ogives surplombant les fenêtres à petits carreaux, caractéristiques de la nouvelle architecture brugeoise.

Antonello, habitué aux maisons basses et sans grâce de la Sicile et de Naples, regardait de loin celle de Van Eyck avec surprise. Quelle différence avec la *bottega* paternelle de Messine ou l'atelier à tout faire de son maître Colantonio qui était pourtant le meilleur peintre de Naples, comme Van Eyck l'était de Bruges. Rien ne semblait bouger dans la maison, Antonello décida de revenir plus tard dans la matinée.

Le jeune homme avait choisi dans sa garde-robe renouvelée à Amiens ce qu'il possédait de plus beau, surtout la chemise de toile blanche, largement échancrée sur son pourpoint de drap. Ces habits, les plus élégants qu'il eût jamais portés, ne pouvaient pourtant pas rivaliser avec ceux de la plupart des Brugeois qu'il croisait sur son chemin. La ville n'affichait pas seulement sa prospérité sur la façade de ses maisons mais aussi dans la qualité et la richesse des vêtements de ses habitants. Antonello savait heureusement qu'un grand artiste comme maître Jan ne le jugerait pas sur sa mise. D'ailleurs, il se disait qu'il n'avait pas à rougir de son apparence ; sa taille, sa sveltesse et son profil agréable valaient bien tous les atours. Afin de se plier aux habitudes du pays, il avait failli se raser la barbe, puis il avait pensé qu'après tout il était à Bruges l'ambassadeur de la peinture italienne et qu'il se devait de garder les habitudes des artistes de la Péninsule.

Le carillon de neuf heures sonnait au beffroi quand Antonello souleva le marteau de bronze de la maison. Il eut juste le temps de se signer, à la mode sicilienne, avant qu'une jeune fille vînt lui ouvrir. Assez jolie malgré un nez un peu trop long et trop pointu, elle lui sourit et demanda, en français, ce qu'il désirait. Antonello, qui croyait au destin, pensa que c'était bon signe : on semblait utiliser la langue française dans la maison. Il répondit comme il put que le maître Van Eyck devait attendre sa visite puisque celle-ci lui avait été annoncée par le chanoine. La jeune fille — était-ce la fille de la maison ? — sourit encore et lui dit de la suivre. Un escalier luisant de cire montait au premier étage où devait se trouvait l'atelier. Antonello le devinait en reconnaissant l'odeur, plus forte à mesure qu'il montait, qu'exhalait à Naples le tableau d'Alphonse d'Aragon.

Était-ce cette odeur qui rappelait un peu celle de l'encens ? Il eut, en pénétrant dans la grande pièce qui occupait une partie de l'étage, l'impression de se trouver dans une église où officiait, à la clarté dispensée par les petits carreaux en verre soufflé, le prêtre entouré de ses acolytes. Vêtu d'une longue robe blanche destinée sans doute à protéger des taches de peinture d'autres habits plus riches, Jan Van Eyck rectifiait à l'aide d'un fin pinceau de martre un détail du grand panneau posé au fond de l'atelier sur un chevalet. A l'entrée d'Antonello, il leva la tête, posa son pinceau et alla vers le jeune homme les mains tendues.

— Voilà donc notre artiste italien! s'écria-t-il dans un excellent français. Soyez le bienvenu. Voyez : je termine un tableau qui m'a demandé beaucoup de travail. C'est le portrait d'un de vos compatriotes, le banquier Jean Arnolfini, et de sa femme. Il est natif de Lucques, en Toscane, et s'est installé à Bruges depuis une dizaine d'années. Vous devriez lui rendre visite, il sera sûrement heureux de rencontrer un voyageur qui arrive d'Italie! Mais je devrais vous laisser parler, c'est vous qui avez des choses à me dire.

Antonello, qui avait tellement craint de perdre ses moyens à l'instant de la rencontre et de paraître sot aux yeux du maître de Bruges, se trouvait au contraire serein et parfaitement à l'aise. La personnalité et l'attitude bienveillante de Van Eyck étaient la cause de cet état de grâce qui permettait au visiteur de se présenter sous son aspect le plus favorable. Il lui fallait tout de même chercher ses mots et il mit un certain temps avant d'exprimer son admiration et de remercier l'artiste de le recevoir aussi cordialement. Finalement, aidé par son hôte qui lui posait des questions, il réussit à raconter son apprentissage en Sicile et à Naples puis son voyage, dont il avait fait si souvent le récit que parler français lui parut soudain aisé.

Van Eyck, d'abord simplement curieux, semblait de plus en plus intéressé :

— En dehors du désir de voyager, désir bien normal pour un jeune homme, qu'est-ce qui vous a poussé à entreprendre un pèlerinage aussi lointain?

Antonello, sans réfléchir, répondit par la phrase qui pouvait le mieux toucher Jan Van Eyck et qui ne faisait que refléter la vérité :

— C'est un tableau de vous, maître. Le tableau que possède Son Altesse royale Alphonse d'Aragon. En le voyant chez mon maître Colantonio, chargé de réparer un petit accident survenu durant le voyage, j'ai compris que notre peinture, en dehors des fresques à l'italienne et des œuvres de Fra Angelico qui est un génie, ne supportait pas la comparaison avec votre tableau. Il y a quelque chose de magique dans votre manière de peindre. Elle intrigue les artistes italiens et moi, j'ai eu envie de rencontrer le magicien.

Van Eyck l'avait écouté avec attention. Lui qui avait reçu l'hommage des princes et des hommes les plus riches du duché, que Philippe le Bon considérait comme son ami, était ému par le récit d'un jeune peintre sans renommée venu du bout du monde lui dire que sa peinture était belle.

— Ainsi vous connaissez ce tableau empli de figures et dont le fond est un panorama des flèches, des donjons et du beffroi de notre ville ? Je l'ai peint il y a longtemps et ne me rappelle plus très bien sa composition...

Antonello eut alors l'idée qui allait lui permettre de gagner l'estime de Jan Van Eyck.

— Maître, votre tableau est à jamais gravé dans ma mémoire. Si vous voulez bien me donner une feuille de papier et une mine de plomb, je vais vous en dessiner tous les détails.

— Comment ? Vous me dites être capable de dessiner ce tableau que vous avez à peine aperçu ?

— Oh ! je n'ai pas fait que l'apercevoir. Tout le temps qu'il est resté dans l'atelier, je l'ai étudié sous tous les angles. Votre tableau n'a pas de secrets pour moi. Sauf évidemment celui de la couleur à l'odeur amère et si prenante, celle qui flotte en ce moment dans votre atelier...

Le maître sourit et fixa Antonello du regard perçant avec lequel il devait scruter ses modèles. Le jeune homme pensa qu'à ce moment Van Eyck avait deviné le motif de sa visite, mais, si c'était le cas, il ne parut pas s'en offusquer.

— Avant toute chose, dit-il, il faut que je vous présente mes élèves, mes compagnons, ceux qui tout le jour subissent mes humeurs et m'aident avec dévotion dans mon travail. Voici Petrus Christus. Si je suis le capitaine, il est le lieutenant. Il faudra bien qu'un jour il fonde son propre atelier[1] !

1. Van Eyck fut l'un des premiers grands artistes flamands à adopter la méthode de travail en atelier pour les œuvres de chevalet. A la même époque, en Italie, les ateliers n'existaient que chez les fresquistes.

— Petrus Christus... Il me semble avoir vu un tableau de vous à Messine chez le duc Ansaldo. Il était en bonne compagnie : une « Vierge à l'Enfant » de Fra Angelico !

— C'est un tableau de jeunesse. Je ne quitte plus guère maintenant l'atelier de mon ami Van Eyck...

— Où il peint une bonne partie de mes œuvres, interrompit celui-ci. Chaque tableau qui sort de cet atelier a reçu autant de coups de pinceau de Petrus que de moi ! Je suis malade et ne peux plus travailler seul.

— C'est vrai, dit Christus, mais je ne suis que la main qui exécute certaines parties des tableaux que tu as conçus, ébauchés et achevés.

Petrus était à peine plus jeune que Van Eyck. Petit, l'air souffreteux, il vivait, c'était évident, sous l'emprise du maître, situation dont il semblait parfaitement s'accommoder[1].

Plus brièvement, Van Eyck présenta ses deux autres aides, voués sans doute aux tâches subalternes, des garçons qui devaient avoir l'âge d'Antonello : Bouts et Van der Goes. Le maître avait l'air content. Les visiteurs ne manquaient pas dans la maison de la rue de la Main-d'Or : voyageurs, curieux, artistes de passage, quémandeurs... mais Antonello n'avait rien de commun avec eux. Au lieu d'importuner Van Eyck, il l'intriguait et le réjouissait.

— Alors, ce tableau ? Vous me le dessinez, jeune homme ? dit-il tandis que Van der Goes apportait une feuille et une mine de graphite.

Sûr de lui, Antonello s'installa sur une table et, d'un trait fin qu'il savait accentuer où il fallait, il commença d'esquisser sur la droite de la feuille un groupe de dignitaires de l'Église où l'on reconnaissait des papes à leur tiare, des cardinaux et des évêques. Tous portaient une palme à la main. A l'angle gauche, il cala une sorte de basilique fortifiée, surmontée de tours et de flèches richement ciselées. Enfin, au centre, il dessina un jardin planté de fleurs et d'orangers. Se servant de la mine sur sa longueur, Antonello ombra çà et là son croquis et, après avoir

1. Petrus Christus, excellent peintre sans jamais atteindre le niveau de Van Eyck, produira l'essentiel de son œuvre après la mort de ce dernier.

souligné d'un trait fin quelques détails, il tendit le dessin à Van Eyck.

Le maître n'avait pas quitté des yeux la main d'Antonello durant tout le temps où elle dessinait. Maintenant, il regardait le jeune homme en hochant la tête tandis que ses aides semblaient frappés de stupeur.

— Monsieur Antonello, c'est bien votre nom je crois? Vous m'avez étonné. J'aurais moi-même été bien incapable de retrouver de mémoire les détails et l'ordonnance de ce tableau, peint il est vrai il y a longtemps. En réalité ce n'est pas un tableau mais un détail du panneau central de l'« Agneau mystique », mon œuvre la plus importante, la seule peut-être qui me survivra. Un courtier italien me demandait à l'époque quelques panneaux destinés à de riches clients étrangers et j'ai fait paresseusement des doubles de scènes déjà peintes. Vous m'avez appris que l'un d'eux, le « groupe des martyrs », était la propriété du roi Alphonse d'Aragon.

— Je suis heureux, maître, d'avoir pu vous montrer combien vos œuvres étaient appréciées en Italie. Je dois ajouter que c'est surtout la facture de votre tableau, la translucidité des couleurs et l'extrême finesse des détails qui ont le plus surpris le roi. Mon maître a tout de suite affirmé que vous disposiez de couleurs préparées selon un procédé ignoré des peintres italiens. Colantonio, comme d'autres artistes napolitains, a essayé vainement de découvrir ce procédé en mélangeant des huiles et des vernis.

— Les peintres flamands, eux aussi, ont tenté de percer mon secret. Ils n'y sont pas arrivés. Seul mon vieil ami Petrus connaît certaines choses. Mais il ne sait pas tout...

Antonello eut soudain conscience qu'un moment aussi propice ne se reproduirait sans doute pas. Alors, il osa:

— Maître, je suis sûr que si je pouvais vous voir travailler quelque temps, peut-être même vous servir d'aide comme je l'ai fait à Florence pour l'Angelico, j'arriverais à comprendre votre procédé de préparation des couleurs. Pour moi, rentrer en Italie avec un tel trésor dans mon bagage serait miraculeux...

Antonello s'attendait à tout sauf à ce qui allait se passer. Van Eyck éclata de rire et dit:

— J'allais vous proposer de rester un peu avec nous. Je

ne sais pas si vous découvrirez tous mes secrets mais je vais vous révéler tout de suite le principal, celui que connaissent mes élèves et mes aides. Il faut deux qualités pour faire un grand peintre : être doué — je crois que vous l'êtes — et être patient — j'ignore si vous possédez cette faculté de laisser le temps à une planche de bois de devenir un tableau digne de ce nom.

— Mon maître, vous comblez tous mes désirs en quelques mots. Je vous assure de mon dévouement. Même si je repars vers l'Italie sans votre secret, je vous serai éternellement reconnaissant.

***

Une nouvelle vie commença pour Antonello. Van Eyck considérait les membres de son atelier comme faisant partie de la famille. Sauf Petrus, qui était marié et habitait loin du quartier de la Main-d'Or, les compagnons prenaient leur repas de midi à la table du maître. Ce dernier, qui avait connu la vie de cour et celle des voyages officiels, aimait la conversation. Bouts et Van der Goes savaient faire plaisir au maître, qui ne sortait plus guère, en rapportant quelque histoire de la ville glanée en se promenant le soir sur la place du Prinsenhof ou dans l'estaminet de Gruut fréquenté par les artistes. Antonello, après son incroyable voyage et ses séjours dans les grandes cités de l'art italien, promettait d'être un excellent conteur et d'apporter au bavardage de midi la note exotique qui romprait sa monotonie. Que le maître eût flairé cette vertu et engagé Antonello plus pour l'écouter que pour apprécier son talent naissant ne faisait guère de doute. Le jeune Sicilien en était conscient mais se disait que la seule chose qui comptait était d'être entré dans la place.

En dehors de cette curiosité toujours en éveil, Van Eyck, comme la plupart des peintres célèbres, aimait parler de son art et répondait avec bienveillance aux questions que lui posaient ses élèves, pourvu qu'elles soient intelligentes et passionnées. Avec Antonello qui avait parcouru plus de cinq cents lieues pour l'entendre, il était servi !

Dans l'atelier, lorsque le maître n'était pas dans son

cabinet d'alchimiste, on ne parlait que travail. Plusieurs fois, Antonello avait essayé d'amorcer une conversation sur la composition des mélanges que préparait Van Eyck, mais il n'avait obtenu que des réponses évasives qu'il enregistrait pourtant comme autant d'indices susceptibles de le mener un jour à la découverte du secret: «Oui, l'odeur de ma couleur est celle de l'huile de lin, mais les anciens Romains l'utilisaient déjà.» «L'huile n'apporte ses qualités à la peinture que si on la mélange d'une certaine manière, sinon elle est nuisible à la durée et mieux vaut en rester à la détrempe.»

Cela, Antonello le savait. Alors, attentif, il guettait le moment où Van Eyck se laisserait aller... Un jour, il pensa avoir fait un pas vers la vérité quand le maître dit, répondant à une question:

— Vous me parlez toujours de l'huile et de l'odeur de l'huile, mais êtes-vous sûr que c'est le parfum de l'huile que vous remarquez? N'est-ce pas plutôt celle de l'essence que je distille dans mes cornues?

Parfois, il se transformait en professeur et faisait à ses élèves une leçon sur un point précis du difficile art de peindre:

— Sachez, messieurs, qu'un peintre ne commence pas une œuvre, quelle qu'elle soit, lorsqu'il donne le premier coup de pinceau. Un artiste, un vrai, sait que de son travail initial dépend la qualité finale. Ce travail, c'est le choix du bois. Ici nous utilisons le chêne et nous avons raison, c'est le meilleur. Certains vieux peintres prétendaient que le bois flotté, celui d'une coque de bateau, par exemple, donnait plus de satisfaction. J'en doute... Quand vous avez choisi votre bois, il faut qu'un bon menuisier vous le rabote et que votre planche soit lisse comme un marbre poli. Ensuite vous allez poser l'enduit et c'est cet enduit, que vous cacherez par des couches successives de peinture, qui donnera à votre tableau cette luminosité qui fait la gloire de la peinture flamande.

— Cet enduit, maître, est-il aussi un secret?

Van Eyck sourit:

— Mais non! Il est constitué, en ce qui me concerne, par une ou deux couches maigres de colle de peau de lapin et de craie en poudre, et de deux couches grasses à base de blanc de plomb et d'un peu d'huile. Ah ! j'oubliais, il faut ajouter de la patience, beaucoup de patience car l'opération n'est pas finie. Avant de toucher aux couleurs, je dois encore recouvrir ma planche d'une mince couche de mine de plomb qui empêchera l'apprêt d'en absorber une partie !

— Les Italiens sont moins minutieux, dit Antonello.

— Eh bien, si je vous apprends à être minutieux — n'oubliez pas mon ami que la peinture est un métier avant tout manuel, comme l'orfèvrerie ou le vitrail, mon premier métier —, vous n'aurez pas perdu votre temps en Flandre !

— Et cette luminosité dont vous parliez ?

— Voilà : la lumière, qu'elle soit solaire ou qu'elle vienne d'une chandelle, va traverser les couches de peinture, très fines et transparentes — encore une spécialité des Flamands —, avant d'être réverbérée par la couche d'apprêt qui joue le rôle d'un miroir. Le vrai secret de la peinture flamande relève beaucoup plus de cette technique que de mes petits travaux d'alchimiste !

Antonello n'était pas dupe. S'il savait que Van Eyck disait vrai pour l'apprêt et la transparence, il restait persuadé que la couleur qu'il utilisait jouait un rôle important dans sa réussite.

Le jeune homme était tout à fait heureux à Bruges. Son ami Rossi lui avait procuré chez une vieille dame la plus belle chambre qu'il eût jamais habitée de sa vie. Les nouvelles demeures, bâties en briques, offraient un confort qui n'était en rien comparable à celui des pauvres habitations italiennes. Si la baie de Naples avait pu d'un coup de baguette magique remplacer les eaux grises et turbulentes de la mer de Zélande, il aurait considéré que Bruges était la plus belle et la plus agréable ville du monde.

Les filles du Nord étaient aussi beaucoup plus libres et plus abordables que les Italiennes. Elles circulaient en ville et donnaient aux rues un aspect gai et coloré qui eût fait frémir les Siciliennes, vouées au deuil depuis leur jeunesse. Rossi, qui connaissait Bruges pour y traîner ses chausses depuis plus de deux ans, s'était mis dans la tête de trouver à Antonello une compagne pas farouche qui puisse lui dispenser quelques saines distractions le soir ou les jours de repos. Lui-même avait une amie, servante chez un commerçant génois installé depuis longtemps à Bruges où il réceptionnait les galères qui circulaient entre l'Italie et le Zwin, chargées de produits rares et chers: vins grecs, tissus précieux d'Orient et les épices arrivées à Venise au terme d'un interminable itinéraire caravanier. L'homme était à la fois client et fournisseur du courtier et c'est en lui rendant visite que Rossi avait connu Anne Stramm, une Flamande assez jolie, flattée de fréquenter un marchand étranger, beau garçon de surcroît. Antonello la connaissait mais n'avait jamais pu échanger trois mots avec elle car elle ne parlait que le flamand. C'est pourtant elle que Rossi avait chargée de trouver une âme sœur à son ami.

Antonello, consulté, n'avait pas émis de réserve à ce projet qui ne lui déplaisait pas mais le troublait tout de même: il n'avait pas osé avouer à Rossi que ses relations avec les femmes, peu nombreuses au demeurant, n'avaient jamais dépassé le stade des caresses furtives.

C'est ainsi qu'« Antonello da Messina », comme l'appelait son maître d'un ton un peu moqueur, perdit sa virginité le jour de la Saint-Thomas. L'amie d'Anne Stramm, choisie par le destin pour procéder à cette initiation, était née à Lille et parlait heureusement le français. Elle n'était pas la douce et mignonne fiancée dont le jeune puceau avait si souvent rêvé, mais elle offrait l'avantage appréciable d'être une bonne fille sans histoires, parfaitement instruite dans le rôle qui lui était dévolu. Elle était l'une de ces filles d'auberge qui présentaient aux amateurs de bière et de vin du Rhin un plateau chargé de tranches de pain et de harengs. Le lendemain du sacrifice, Antonello put rassurer son ami inquiet: au lit, Lucie, qu'il appelait Lucia, ne sentait pas la marée.

Libéré du poids de sa pesante innocence, Antonello put se consacrer à la peinture avec encore plus de passion. Visiblement, Van Eyck l'avait pris en amitié. Son insistance discrète mais constante à vouloir surprendre son secret l'amusait et le flattait. Parfois il songeait que ce fier garçon pourrait prendre sa succession le jour où il abandonnerait l'atelier, et même devenir un mari convenable pour sa fille Lyévine. Celle-ci, hélas, était une mystique.

Elle ne pensait qu'à Dieu, trouvait les tableaux religieux de son père trop réalistes et ne rêvait que d'entrer dans un couvent. Elle s'entendait d'ailleurs bien avec Antonello qui avait pris du prestige à ses yeux le jour où il lui avait dit qu'il avait décoré de fresques l'église Santa Maria del Carmine à Naples. Entre l'atelier où le maître lui confiait des travaux de plus en plus importants, ce qui créait des jalousies, et les moments agréables passés dans les bras de Lucia, Antonello n'avait pas le temps de s'ennuyer, ni de trop penser à l'Italie. Parfois il se remémorait tout ce qu'il avait appris depuis son départ : les leçons de Fra Angelico, son séjour à Amiens et maintenant l'extraordinaire bonheur d'être l'aide de Van Eyck... Il se disait alors qu'il avait vraiment de la chance.

Un soir où il s'était attardé dans l'atelier, le maître fit signe à Antonello de le suivre dans son cabinet. Il était rare qu'un élève soit admis à pénétrer dans le lieu où Van Eyck s'enfermait pour préparer ses mélanges mystérieux. Seul Petrus Christus, le vieux compagnon, avait parfois ce privilège. Connaissait-il les procédés utilisés par le maître ? Antonello le croyait mais cela n'avait aucune conséquence car Petrus ne dirait jamais rien de ce que son ami voulait cacher.

— Antonello, dit Van Eyck, je vous estime beaucoup. Vous travaillez bien et vous êtes aujourd'hui le seul avec qui je puisse parler de ce qui, finalement, aura été, autant que l'art de peindre lui-même, le but de ma vie. Je veux dire l'étude de tout ce qui a trait à la composition des couleurs et des vernis. Un jour je vous révélerai les formules qui résument ce que vous appelez mon secret. Elles vous permettront, une fois rentré en Italie, de peindre avec mes ingrédients. Vous savez aussi bien que moi que ces matières vous faciliteront le travail et vous offriront des possibilités nouvelles mais qu'elles ne vous donneront pas de talent, si vous en manquez.

— Maître, une nouvelle fois, vous me comblez de joie. Merci.

— Bon ! Mais il faut commencer par le commencement si vous voulez comprendre quelque chose à mes essais. Je vais vous raconter une histoire.

— La vôtre ?

— Bien sûr ! Qui se fatiguerait à raconter les histoires des autres ? Vous peut-être, mais vous êtes une exception et c'est pourquoi je m'intéresse à vous. Alors, écoutez. Il y a bien longtemps, j'étais très content d'un panneau que je venais de peindre, à la manière de tout le monde, comme on me l'avait enseigné. Tout de suite après, je l'ai verni pour assurer sa conservation et je l'ai mis, selon l'usage, à sécher au soleil. Mais, soit que la chaleur fût trop forte ou que la jointure des deux planchettes qui constituaient le panneau fût mal faite, mon tableau, dont j'étais si fier, s'ouvrit en deux d'une manière désastreuse. Désastreuse sur l'instant, car cet accident qui me mit fort en colère marqua le commencement de mes recherches. Je réfléchis sur le moyen de trouver soit une peinture ne nécessitant pas d'être vernie, comme c'est le cas pour la détrempe, soit un vernis qui puisse sécher à l'ombre, sans qu'on soit obligé de l'exposer au soleil dévastateur.

— Et vous avez trouvé ?

— Oh ! pas tout de suite. J'ai dû en faire des essais avant de commencer à comprendre ! C'est à ce moment que j'ai pris goût à faire bouillir des huiles, à mélanger des mixtures, à fabriquer des couleurs si légères que leurs couches superposées laissaient passer la lumière jusqu'à l'enduit qui les reflétait. Mais je vous ai déjà appris cela. Regardez ce flacon : il contient ma recette magique.

Antonello n'avait pas besoin d'y être invité pour regarder autour de lui. Partout ce n'étaient que bocaux remplis de poudres, de cristaux, de terres présentant toutes les couleurs de l'arc-en-ciel ; coupelles, pots de grès, tubes de verre, cornues, foyer où rougissaient quelques braises. Van Eyck, lui aussi, laissait ses yeux errer dans ce cabinet auquel la plupart de ses tableaux devaient l'harmonie de leurs tons lumineux et la perfection de détails que n'aurait su rendre l'antique peinture *a tempera*.

Après un silence qu'Antonello s'était bien gardé de rompre, le maître sortit soudain de son rêve :

— Bon ! Je vous en ai assez dit pour aujourd'hui ! Une autre fois, je continuerai de vous apprendre ce que j'ai mis tant de temps à découvrir...

Antonello sentait son cœur battre très vite, comme s'il venait de courir longtemps, mais qu'avait-il fait, depuis

Naples, sinon courir après la beauté des tableaux de Van Eyck ? A cet instant, il sut que le but était proche. C'est presque en pleurant qu'il serra la main de son maître et partit, seul dans le soir, vers la maison de sa logeuse. Il avait besoin de réfléchir à tout ce qu'il avait vu, aux confidences sibyllines de Van Eyck et à toutes les idées qui lui traversaient la tête. Il renonça à aller retrouver Rossi qui devait l'attendre dans une taverne du port et à dîner du hareng le plus dodu, le plus doré, que Lucia n'aurait pas manqué de lui garder. Il se coucha sans souper et s'endormit en rêvant qu'il venait de découvrir, dans son atelier de Venise ou de Florence, un procédé qui améliorait sensiblement la peinture et le vernis de Jan Van Eyck.

Le lendemain était un dimanche. Avant de rejoindre la chambre de Lucia, derrière la basilique Saint-Donatien, il décida de rendre visite à sa chère mule qu'un marchand d'hydromel, ami de la jeune Flamande, consentait à garder et à nourrir à condition de pouvoir l'utiliser pour les livraisons et le ravitaillement en miel dans les fermes de la plaine de la Roye. Naxos lui réserva un accueil mesuré, comme pour lui faire comprendre qu'il ne s'occupait vraiment pas beaucoup d'elle. A part un salut nonchalant de l'oreille droite, il aurait pu croire qu'elle ne le reconnaissait pas. Le picotin d'avoine qu'il lui apportait arrangea heureusement les choses et la mule vint frotter sa tête contre sa poitrine, comme au bon temps du voyage.

— Puisque tu fais la paix, je vais te dire un secret, Naxos. Dès que j'aurai bien mis dans ma tête les recettes que je suis venu chercher, nous reprendrons tous les deux le chemin de l'Italie ! Es-tu contente ?

La mule remua nettement l'oreille gauche, signe qu'Antonello interpréta comme un acquiescement.

En fait, l'aide de Van Eyck n'était pas pressé de quitter Bruges où il apprenait son métier mieux qu'ailleurs et où la vie lui paraissait la plus agréable du monde. Son maître était généreux et ce que gagnait le garçon en donnant du velouté aux robes des dames et des reflets mordorés à leurs bijoux sur les tableaux qu'il avait à charge de terminer suffisait à ses dépenses.

Durant des jours, Jan Van Eyck ne fit aucune allusion à

leur conversation du cabinet, sauf une fois où, le regardant peaufiner à l'aide d'un pinceau effilé comme un bec d'oiseau les poils du petit chien des époux Arnolfini [1], il dit :

— J'espère que vous vous rendez compte, mon ami, que peindre les poils de ce chien un à un, comme vous le faites, serait impossible en employant une peinture à la détrempe. Comme serait impossible de rendre aussi bien que vous l'avez fait le moelleux de la fourrure qui double la robe de l'excellente Signora Arnolfini. Vous voyez bien que ma découverte a du bon !

— Croyez-vous que j'en doute, mon maître ? C'est à cause d'elle que je suis venu de si loin !

— Je le sais bien et je vous fais enrager, je vous laisse ronger votre frein. Mais je tiendrai ma promesse et continuerai ma leçon un de ces jours.

Encore une semaine où le maître resta muet sur son secret et puis, un soir — c'était le seul moment où il pouvait parler en confidence —, il annonça à Antonello qu'il allait lui dire une chose importante :

— Comme je vous l'ai confié, j'ai cherché une formule de vernis protecteur pouvant sécher sans avoir recours à la chaleur du soleil ou à celle d'un feu. Comme tout le monde, j'ai pensé à utiliser l'huile crue. Et je suis arrivé aux mêmes résultats malheureux : une peinture recouverte d'un vernis à base d'huile crue voit en séchant ses couleurs s'altérer : le bleu s'assombrit, le blanc devient gris... C'est que l'huile diffuse, crée un halo sur les peintures maigres à base de colle comme l'est la peinture *a tempera. Vous* me suivez ?

— Oui, maître. Alors qu'avez-vous fait ?

— Faire bouillir l'huile m'aurait ramené au vernis qui me causait du souci. Il fallait donc trouver autre chose : un produit incolore, transparent qui conserverait aux couleurs tout leur éclat. J'ai alors éliminé la résine que contenait l'ancien vernis, j'ai réglé la cuisson idéale de l'huile avec certains ingrédients qui la rendaient assez

1. Les « Époux Arnolfini » sont à la National Gallery de Londres.

épaisse pour être mélangée aux pigments quels qu'ils soient, terres ou pierres de couleur écrasées.

— Ces ingrédients doivent constituer l'essentiel de votre fameux secret ?

— Oui, en partie. Tenez, les voici !

Il prit deux pots de terre et les montra à Antonello. L'un contenait de la poudre d'os calciné, l'autre du verre pilé.

— Mais cela n'a pas été suffisant ?

— Non, car le vernis que j'ai obtenu, s'il était transparent comme je le désirais, était trop épais pour être facilement étendu sur un tableau. Il fallait donc l'alléger...

Antonello ne quittait pas des yeux son maître qui semblait beaucoup s'amuser. Il se doutait qu'il était sur le point de tout savoir, mais Van Eyck n'allait-il pas, une fois de plus, le faire languir ?

Non, il continua :

— C'est là que j'ai eu la bonne idée de ma vie, celle qui est à la base de la manière de peindre qu'on veut bien considérer comme meilleure que les autres. Vous me parlez tous de l'huile. Mais crue, chaude, bouillante, des centaines de peintres l'ont mélangée avant moi à la résine, au jaune d'œuf, à la colle. Et ils ont obtenu, comme moi au début, le vernis long à sécher et destructeur de couleurs dont je vous ai déjà parlé.

— Alors ?

— Alors, monsieur Antonello da Messina, vous voulez vraiment savoir ce que j'ajoute à mon mélange épais et gluant pour le rendre plus liquide, plus facile à étendre, bref pour obtenir, enfin ! un vernis qui ne souille pas les couleurs, qui sèche rapidement et qui protège les tableaux ?

— Maître, vous...

— Prenez ce flacon, là, sur la table. Ce n'est pas de l'eau qu'il contient. Ni une huile quelconque, c'est une essence que j'obtiens en condensant les vapeurs que dégage la térébenthine — c'est la résine liquide qui coule de certains conifères — lorsque je la fais bouillir dans une cornue. C'est un procédé connu depuis longtemps des alchimistes pour fabriquer l'eau d'or, l'eau ardente, l'eau éternelle. Il sert aussi à faire une liqueur très forte qui calme les maux de dents lorsqu'on met du vin dans la cornue. On appelle cela la distillation [1].

— Que vous êtes savant, maître!

— Non. Curieux. Un vieil apothicaire, alchimiste et astrologue qui vivait à la cour de Jean de Bavière, mon premier protecteur, m'a appris beaucoup sur ces choses. Je te montrerai qu'il est facile de fabriquer mon essence de térébenthine.

Pour la première fois, Jan Van Eyck venait de tutoyer Antonello. Cela lui fit plaisir car il savait que c'était une marque de confiance qui ouvrait la porte à d'autres confidences.

— Merci, maître. Comment pourrai-je vous prouver toute ma reconnaissance?

— En devenant un grand peintre, un peu à cause de moi. Même si je ne suis plus sur cette terre pour vérifier que tu as bien retenu mes leçons.

— Je vous le promets, maître. Enfin, je ferai tout ce que je pourrai... Mais vous ne m'avez parlé que du vernis destiné à protéger les tableaux peints à la détrempe. Or, votre secret, c'est autre chose. C'est celui de ces couleurs que vous préparez dans votre cabinet et qui donnent du talent à vos aides...

— Tu as très bien compris, mon garçon. L'essentiel, c'est la couleur et je vais à ce propos te raconter une autre histoire qui doit, enfin! te révéler ce que tu es venu chercher. Je peignais donc *a tempera* comme tout le monde et j'étais très satisfait de mon vernis clair. Et puis, un jour, il se trouve que j'ai éprouvé le besoin de corriger un détail sur le tableau que je venais de finir et de vernir. C'était, je me souviens, le portrait de mon ami Gilles Binchois, l'un des meilleurs musiciens de la cour de Bourgogne. Au bas, j'avais écrit «Tymotheos», le nom du rénovateur de la musique grecque au temps de Platon. On citait souvent ce nom à la cour et j'en avais affublé affectueusement mon ami. J'avais aussi tracé en grosses lettres et en français le mot «Souvenir» ...

— Vous aimiez bien cet ami, n'est-ce pas?

1. Dès 1280, le célèbre alchimiste français Albert le Grand indiquait qu'il existait deux procédés différents pour opérer la distillation.

— Beaucoup. Sa perte m'a affligé... Mais revenons à ce détail que je voulais arranger. Il y avait dans l'œil droit un reflet qui me taquinait. Alors, sans réfléchir — tu vois, il ne faut pas trop réfléchir quand on peint —, je pris un peu de détrempe au bout de mon pinceau et repeignis la partie manquée sur le vernis encore humide. En même temps que je m'apercevais de mon étourderie, je constatais avec stupéfaction que la *tempera se* combinait harmonieusement avec l'huile cuite et la térébenthine de mon vernis.

— C'est donc l'œil de votre ami le musicien qui vous a révélé le secret de vos couleurs ?

— Oui. Devant ce petit miracle, j'essayai aussitôt de mélanger sur ma palette une couleur *a tempera* à quelques gouttes de vernis. Et j'obtins une pâte onctueuse sur le pinceau, fluide à volonté, facile à étaler. C'est la recette que tu rapporteras bientôt dans ton pays. Maintenant, Antonello, il te reste à maîtriser ce procédé. Je crois que tu peux y arriver après ce que je t'ai vu faire. Mais construire un tableau, l'inventer de la première couche d'apprêt au dernier passage de vernis est une tâche longue, difficile et... passionnante. Cela dit, j'ai encore beaucoup de choses à t'apprendre. Tu peux rester à l'atelier le temps que tu voudras. A ta place, j'attendrais un peu avant de reprendre la route vers le soleil. Tu n'as fait que butiner notre peinture flamande, riche de ses nuages gris et des brouillards marins qui forcent à chercher la lumière. Fais donc une ample moisson de nos fleurs avant de repartir.

Le maître avait monologué les yeux fixés sur le miroir bombé, accroché comme un soleil entre les époux Arnolfini et qui les reflétait, de dos, ainsi qu'une partie de la chambre non visible sur le tableau, avec une porte ouverte sur deux autres personnages. Il avait semblé s'adresser autant à son œuvre qu'à Antonello, comme si toutes les confidences qu'il venait de faire constituaient une sorte de testament. Van Eyck n'était pas vieux mais il se savait malade. Si ses familiers se refusaient à le croire et attribuaient ses malaises à l'hypocondrie, Antonello comprit, en écoutant son maître, que celui-ci s'imaginait déjà derrière le miroir et qu'il lui léguait un secret qui ne lui appartenait déjà plus, un secret qu'il le chargeait de divulguer dans l'univers des peintres italiens qu'il ne connaîtrait jamais.

Le jeune Sicilien demeura encore quatre mois à Bruges, quatre mois au cours desquels il apprit à distiller la résine que le droguiste du « Poorterslogie » faisait venir de Chypre, à alléger avec l'essence obtenue l'huile cuite au juste degré, à saupoudrer le mélange d'os calciné et de verre pilé, enfin à y introduire le pigment. Le maître lui montra encore avec patience comment on obtenait sur le panneau des nuances transparentes et lumineuses en superposant les couches de couleurs diluées.

Ce deuxième apprentissage achevé — le premier, en Italie, n'avait vraiment concerné que la peinture à fresque —, il décida de rentrer. Jamais il n'aurait pu supposer la séparation aussi difficile. Bruges l'avait envoûté, noyé dans ses canaux d'émeraude, embarqué sur ses nefs qui exhalaient tous les parfums du monde, accroché à la lumière par la dentelle de ses églises. Surtout, il devait abandonner son maître qui lui avait tout donné, ses compagnons d'atelier qui l'avaient souvent jalousé mais aussi adopté comme un des leurs, son ami Rossi qu'il chérissait comme un frère et aussi la blonde Lucia qu'il n'avait jamais aimée d'amour mais qui avait su l'initier dans la tendresse aux mystères de la chair. Antonello savait surtout qu'il laissait, en quittant Bruges, sa jeunesse ensablée à jamais dans les eaux du Zwin.

Avant les adieux, Rossi fit une dernière chose pour son ami. Alors qu'Antonello commençait ses préparatifs de départ et songeait à faire fabriquer un nouveau bât pour sa mule, il annonça qu'il avait une proposition à lui soumettre :

Tu m'as souvent dit que tu craignais le long voyage du retour sur des routes peu sûres avec pour seul compagnon un mulet efflanqué. J'ai pensé qu'il existait un autre moyen de rejoindre l'Italie : la mer.

— La mer ? Mais je n'ai jamais mis le pied sur un navire, sauf pour traverser le détroit de Messine. Et le voyage risque d'être interminable !

— Bien plus rapide, sûrement, qu'à dos de mule ! Tous

les courtiers et les marchands viennent ici et en repartent par la mer.

— Et sur quel bateau je ferais ce voyage ?

— Je te l'ai trouvé. Il s'agit d'une galère vénitienne qui a apporté à Bruges une cargaison de soieries, de velours, de tapis et d'épices et qui repart chargée de draps de Wervik et de Courtrai pour le compte de Francesco Datini, le marchand de Prato-lez-Florence que je représente. Il est normal que notre « colonie marchande » délègue un employé pour accompagner et surveiller cette cargaison. Si tu le veux, et je te conseille de vouloir, tu seras nommé dès demain courtier délégué de notre compagnie et je te présenterai au capitaine.

— Peut-être devrai-je ramer ?

— Ne plaisante pas. Ma proposition est sérieuse. Il s'agit d'une belle galère de vingt-six avirons maniés par une chiourme professionnelle et dotée de trois belles voiles. Tu seras convenablement installé et assuré de manger tous les jours. Le seul danger est constitué par les pirates, mais cette cargaison ne les intéresse pas.

C'est ainsi qu'avec tristesse Antonello abandonna Naxos au marchand d'hydromel qui tint à l'acheter pour quelques florins.

— C'est une bonne bête, dit-il à Rossi qui traduisait. Elle me rend bien des services et je suis content que vous me la laissiez. Vous pouvez être tranquille, elle sera bien soignée.

Le lendemain, Antonello prit congé de son maître qui essuya une larme en lui souhaitant bonne chance et en lui offrant un colis contenant des fioles de vernis et d'essence de térébenthine, de l'huile de lin et quelques autres ingrédients :

— Avec cela, tu pourras commencer à travailler avant que les droguistes italiens soient en mesure de te procurer ces ingrédients que tu es venu chercher. Ne garde pas trop longtemps notre secret. Tous les artistes doivent en profiter. Après toi, je vais le révéler à tous les compagnons de l'atelier. Va, mon cher Antonello. Et que Dieu te protège.

Sur le quai de Damme où des marins achevaient de charger la galère, Antonello étreignit Rossi qui cachait mal son émotion. Le peintre promu commissionnaire franchit la passerelle et lança un dernier adieu à son ami qui lui cria : « *Avvenga quel che avvenga !* » que les Français auraient pu traduire par « Vogue la galère ! ».

3

LE TRIOMPHE DE L'HUILE

Le capitaine Emilio Pachiero avait passé toute sa vie sur la mer. Vénitien de Chioggia, il avait aidé son père à tirer ses filets dans la lagune avant d'embarquer comme *mozzo* à bord d'une des plus grandes galères de la Sérénissime, à la fois bâtiment de guerre — il fallait se défendre contre les pirates — et navire de commerce, loué par l'État aux marchands désireux d'exporter ces marchandises diverses vers l'Orient ou la Flandre et d'en rapporter d'autres sur les rivages de la Méditerranée et de l'Adriatique. Il en avait fait des voyages, le jeune Emilio, avant de devenir rameur-matelot, puis gabier, acrobate toujours prêt à se hisser au sommet des mâts et à jouer l'araignée au milieu des cordages. Enfin il avait tenu le gouvernail dans la cage de timonerie avant de devenir pilote, seigneur du château de poupe, œil de la galère qu'il dirigeait à l'aide d'une carte des vents et de l' « étoile de mer », boussole éclairée dès le crépuscule par une lanterne de corne. Durant des dizaines d'années, il avait ainsi parcouru les océans sur l'une ou l'autre des galères d'État qui naviguaient en convois pour se protéger des mauvaises rencontres.

Le patron Pachiero était enchanté d'avoir à son bord un commissionnaire capable de lui parler d'autre chose que de cargaisons, de bénéfices et de nouveaux marchés. Intelligent et curieux, il avait passé une grande partie de ses interminables expéditions à enrichir ses connaissances. Il ne partait jamais sans un coffre plein de grimoires et ne manquait pas, à chaque escale, de s'enquérir des monuments ou des sites à visiter. Antonello l'admirait et enviait son savoir. Un jour où il avait dit au patron combien il avait souffert au cours de son voyage d'être si peu instruit, Pachiero lui avait proposé un marché :

— Si tu peins mon portrait, avec l'aide du *scrivano*, je t'enfourne du latin et du français dans ta cervelle de Sicilien, je te fais lire l'Évangile que tu ne connais que par les fresques, toujours les mêmes, qui ornent les églises. Et par-dessus le marché, je t'apprends le ciel et les étoiles !

Rien ne pouvait faire plus plaisir à Antonello, assoiffé de savoir depuis qu'il avait mesuré ses faiblesses à l'aune des connaissances de Van Eyck. Il accepta naturellement la proposition du capitaine et, dès lors, le voyage se déroula dans des conditions qu'il n'aurait jamais osé espérer : « Ma bonne étoile continue de me protéger ! pensa-t-il. Et grâce à Rossi, que j'aurais tant de joie à revoir un jour... »

Quand il n'était pas plongé dans l'étude des mots latins ou français qu'Emilio lui faisait réciter le soir, Antonello s'initiait à la vie complexe de la galère. La *galeazza veneziana da mercanzia*, dont des centaines de répliques assuraient à travers les océans une grande partie du commerce de l'Occident, était de dimensions modestes, vingt-cinq toises[1] de long environ et sept fois moins de large.

Pachiero était fier de vanter les mérites de sa galère qui, sortie moins d'une année auparavant du chantier naval de la Riva degli Schiavoni, sentait encore le neuf.

— Regarde, disait-il, comme elle est effilée et taillée pour la course ! Elle n'a qu'une seule rame de quarante pieds par banc, vingt-six au total, maniées chacune par cinq hommes.

— C'est un métier épouvantable ! remarqua Antonello en regardant les matelots soulever en cadence les lourds avirons.

— Oui. Les hommes ne sont pas mal payés mais les vocations se font rares. J'ai eu beaucoup de mal à réunir un équipage malgré nos trois mâts qui permettent de his-

1. La *tesa* italienne, comme la toise française, représentait environ deux de nos mètres.

ser une grande surface de voiles et d'alléger un peu la peine des galériens, contraints par ailleurs à une discipline de fer nécessaire [1].

— Avez-vous déjà dû résister aux attaques des pirates et faire tonner vos canons? demanda Antonello en montrant l'énorme pièce de bronze installée à l'avant, dans l'axe du bateau.

— Assez souvent, oui. Surtout au cours des voyages en Orient. J'y ai laissé une fois toute une cargaison de soieries et d'épices. Je m'étais laissé surprendre durant la nuit. Les côtes françaises ne sont pas tellement plus sûres mais, rassure-toi, nous ne risquons pas grand-chose car la marchandise que nous transportons n'intéresse pas les coursiers qui guettent des proies plus riches et plus faciles à transborder et à écouler. Et puis, notre armement est bien plus puissant que celui des corsaires. Les bombardelles que tu aperçois, alignées à bâbord et à tribord, feraient peur au plus aventureux! Et je ne parle pas de l'éperon avant, capable d'éventrer n'importe quel navire!

Un peu rassuré, Antonello regardait manœuvrer avec une certaine admiration la trentaine de marins chargés de la voilure et des trois mâts: le trinquet à l'avant le *mezzana* ou mât de misaine à l'arrière et, surtout, le gabier, accroché à soixante pieds de haut, dans sa nacelle d'osier, au sommet du grand *albero maestro*.

La galère n'était pas immense mais le jeune homme découvrait chaque jour quelque nouveau servant de l'étrange machine qui marchait sur les flots au rythme des longues enjambées des rames avancées en cadence. Au bout d'une semaine, il connaissait les cuisiniers, les commis aux vivres, les deux gardiens du parc à bestiaux où chèvres, veaux, moutons, cochons et même un bœuf, solidement encordés, mêlaient leurs cris dans un vacarme effrayant. Il était devenu l'ami du *scrivano* qui remplissait le rôle d'administrateur, d'intendant et qui était à bord le personnage le plus important après le capitaine. C'est lui

1. La galère vénitienne s'armait encore au milieu du XVe siècle de volontaires, des malheureux venus de Slavonie ou de Dalmatie, tentés par le pécule. Bientôt les engagements libres devenant trop rares, on fera appel aux condamnés.

qui tenait les livres d'enregistrement des marchandises, le rôle de l'équipage et assurait les contacts avec les officiers des douanes. Maurizio — c'était son nom — était un homme instruit. A ce titre il bénéficiait de la considération du patron avec lequel il engageait parfois d'étranges discussions sur Dante et la condition humaine. Il raconta à Antonello son entrée dans les ordres à l'âge de vingt ans, la foi dévorante qui l'habitait, le miracle qui l'avait sauvé de la peste et finalement une vision au cours de laquelle un ange lui avait ordonné, au nom du Seigneur, d'abandonner le monastère et de devenir un ambassadeur laïque de la sainte religion à travers les terres et les océans. Né à San Gimignano, dominicain à Fiesole, il n'avait jamais vu la mer quand il s'était engagé, par l'entremise de son prieur, en qualité d'écrivain à bord d'une galère de la Sérénissime qui partait un mois plus tard pour l'Orient.

— Sur la mer j'ai trouvé une bienheureuse quiétude, dit-il à Antonello. Je me sens bien plus près de mon Dieu quand je prie à la poupe en regardant miroiter les vagues sous la lune que dans la chapelle de Fiesole. Nous avions un frère attaché à notre ordre et qui était un peintre merveilleux. Lui avait quitté le monastère pour promener son pinceau magique sur d'autres lieux de prière... Il m'a conseillé de partir...

— Ne s'appelait-il pas Fra Giovanni da Fiesole ?

— Si. Vous avez entendu parler de lui ? Il est, paraît-il, connu dans toute l'Italie et même dans d'autres pays.

— J'ai connu Fra Angelico. J'ai même travaillé pour lui durant plus d'un mois. Il a été mon maître vénéré.

— Venez demain sur le « forum », c'est ainsi qu'on appelle l'espace vide autour du grand mât. Après l'office que je célébrerai sans sacrifice, faute d'hostie, nous parlerons. Je crois, mon ami, que nous avons beaucoup de choses à nous dire.

Antonello, qui craignait tellement de s'ennuyer au cours de ce voyage interminable, coulait au contraire des jours heureux à bord de la galère du capitaine Pachiero qui posait chaque jour pour son portrait en pied, vêtu de son pourpoint en drap de Hollande brodé, de son chapeau à plume et des belles bottes cuissardes qu'il venait de faire faire à Bruges. Le charpentier avait préparé un grand panneau de chêne et le matériel offert par Van Eyck permettait à l'artiste d'essayer seul, pour la première fois, le procédé qui devait désormais être le sien. Il avait tremblé un petit peu en mélangeant l'huile cuite qui semblait bien se conserver dans son flacon, le vernis qui « sentait le Van Eyck », la poudre de charbon et le pigment sur un coin du plat de rame qui lui servait de palette. Mais tout se passa bien et il superposa sans difficulté les couches légères de peinture pour obtenir les tons désirés, comme il l'avait vu faire à son maître.

En dehors de ses couleurs qui lui permettaient d'obtenir des traits de pinceau aussi fins que des cheveux, Antonello ne manquait pas d'occupations utiles et agréables. Il faisait chaque jour de nouveaux progrès en français et en latin. Ses professeurs, le patron et l'écrivain, l'encourageaient.

— On peut être un barbouilleur sans instruction, mais un maître, aujourd'hui, ne peut réussir sans un minimum de connaissances, affirmait doctoralement le capitaine, qui ajoutait : Sois intelligent, profite de l'isolement miraculeux qui t'est offert entre ciel et mer pour apprendre !

Antonello s'entendait moins bien avec quatre jeunes gens, les « gentilshommes de poupe », appelés ainsi parce qu'ils partageaient les repas du capitaine, servis dans la chambre du château arrière. Ces nobles sans fortune étaient placés à bord par le sénat pour apprendre, aux frais de l'État, le métier de marin et de commerçant.

— Ce sont surtout des mauviettes qui doivent s'endurcir et s'habituer aux souffrances et à la fatigue ! disait Pachiero qui n'aimait pas le ton quelque peu méprisant avec lequel ils s'adressaient aux matelots.

Le Sicilien avait depuis longtemps achevé le portrait du capitaine quand celui-ci, montrant une ombre à bâbord, dit : « Voici les côtes d'Espagne ! »

Jusque-là, le voyage s'était déroulé dans des conditions idéales. Le temps, comme la mer, s'était montré clément et, à part un coup de vent au large de la Bretagne, la galère n'avait pas plus souffert que ses passagers. Depuis le cap Lindesnes, pointe extrême de l'Angleterre, le bateau de Pachiero voyageait de conserve avec deux galères parties de Southampton et qui regagnaient comme lui la lagune. Les trois bâtiments — c'était la règle — devaient demeurer en groupe et être toujours capables de communiquer entre eux par signaux.

Pas une seule fois les galères ne s'étaient arrêtées en France. Antonello demanda pourquoi à Pachiero qui répondit que la France, ruinée par la guerre, ne présentait pas d'intérêt commercial.

— D'ailleurs, ajouta-t-il, deux galères assurent le trafic avec Aigues-Mortes et la Catalogne.

— On ne va donc pas faire escale avant l'arrivée ?

— Mais si. Plusieurs fois en Espagne où nous devons livrer des ballots de drap, puis au Portugal. Nous allons faire du cabotage et gagner de l'argent avant de passer le détroit de Djabal-Al-Tariq [1]. Après une escale à Malaga, nous piquerons sur une île que tu connais bien : la Sicile !

La Sicile ! Le souvenir du pays natal, quitté depuis si longtemps, se réveilla soudain dans sa mémoire. Il sentit, comme une bouffée d'air inondant tout son être, l'odeur de « sa » mer, qui n'avait rien de commun avec celle des mers du Nord, le parfum de la poussière sicilienne tamisée par le vent venu de Marsala. Et il revit son père, penché sur son établi d'orfèvre, sa mère qui sans doute avait perdu l'espoir de le revoir... Antonello coupa court et alla se réfugier à la proue, calé dans un rouleau de cordages, à l'endroit où le bateau se cabre, escalade jusqu'au plus haut des vagues et retombe au plus bas des creux. Il se mit à pleurer comme un enfant et se jura, lui, Antonello da Messina, de revenir voir fleurir l'oranger planté devant la *bottega* familiale.

Il y avait un peu plus d'un mois que la galère avait quitté la Flandre et il restait encore autant de mer à franchir, voiles gonflées dans l'allégresse ou éteintes dans la souffrance des rameurs rivés à leur banc.

« Une campagne sans tempête, ça n'existe pas ! » avait affirmé le patron au départ. La tempête avait tardé mais elle survint quand personne ne l'attendait, sauf Pachiero qui savait lire dans l'air du temps. Sans rien dire pour ne pas énerver l'équipage, il avait simplement ordonné de larguer et s'était assuré que les maîtres de mer, qui

1. Gibraltar.

devraient commander les manœuvres, étaient bien à leur poste. Et puis, il avait attendu un rendez-vous qui ne l'impressionnait plus depuis longtemps.

Soudain, le ciel s'obscurcit comme si le soir était là, la pluie se mit à tomber par rafales et le vent excita les vagues qui s'acharnèrent sur la coque blonde de la galère. La chiourme avait rentré les rames que la mer en colère aurait brisées comme des fétus et s'était précipitée sur le pont où chacun avait son rôle à tenir. Antonello, qui voulait assister au spectacle, avait failli être emporté par une déferlante et avait été repoussé sans ménagement dans le château par le moine-écrivain qui jurait comme un diable en commandant la manœuvre décidée par le capitaine. Le vent, ce dernier le savait, allait faiblir et il fallait hisser un peu de toile pour permettre au pilote et au timonier de tenir le bateau dans les vagues qui, elles, n'abandonnaient pas leur proie, sans égard pour les armes vénitiennes et le lion de bronze qui essuyait à la proue les coups de boutoir de la tempête.

Le soir venu, comme cela arrive souvent en Méditerranée, le ciel releva sa casquette de nuages et laissa tranquillement le soleil se coucher. Il restait juste assez de vent pour aider les rameurs à remettre la galère sur la bonne route et retrouver les deux autres bateaux du convoi perdus de vue dans la tourmente.

Pachiero et l'écrivain semblaient heureux, moins d'avoir résisté au coup de chien que de l'avoir rencontré :

— C'est bien, maître Antonello, que vous ayez pu vivre une vraie tempête. Ainsi, vous connaissez la mer sous toutes ses humeurs. Jamais vous n'oublierez ces trois heures difficiles passées à bord de la galère du capitaine Pachiero !

— Maintenant que le calme est revenu, je suis content de les avoir vécues. J'ai eu peur au début mais très vite, j'ai été rassuré par votre impassibilité et par la maîtrise de l'équipage. C'est évidemment une expérience dont je me souviendrai !

Les trois navires continuèrent leur route vers l'est sans difficulté. Antonello eut le temps de parfaire le portrait du capitaine, en particulier les détails du visage et du vêtement, ajoutant ici et là une minuscule tache de lumière, comme il l'avait vu faire à Van Eyck. Il put aussi continuer à se faire expliquer par son ami l'écrivain les *canzioniere* de Dante et à s'émouvoir de son amour pour Béatrice.

Au large de Carthage, une galiote barbaresque s'approcha du convoi. Un peu trop près de l'avis de Pachiero qui ordonna, par prudence, de tirer deux boulets de semonce. Les bombardelles s'acquittèrent de cette tâche dans un bruit assourdissant et la galiote vira de bord aussitôt, à la satisfaction de l'équipage. Ce fut le seul incident jusqu'à la mer Tyrrhénienne où bientôt apparut une côte montagneuse.

— C'est ton pays ! annonça le patron à Antonello. Nous faisons une escale à Palerme puis une autre à Messine avant de contourner la Botte et de remonter sur Venise. Si tu le souhaites, tu peux débarquer chez toi pour revoir tes parents...

Antonello avait souvent pensé à cet arrêt. Il hésitait entre l'occasion qui lui était offerte de découvrir Venise, d'y rencontrer le peintre Paolo Veneziano dont Van Eyck lui avait vanté le talent, et le bonheur immédiat de retrouver son père, sa mère, Colantonio à Naples et, qui sait, Caterina derrière la haie de romarin. Maintenant qu'il apercevait son île, il devait se décider.

— Je descendrai à terre sur le quai de Messine, capitaine, si vous le voulez bien... J'ai des devoirs à remplir dans ma chère ville !

***

Antonello avait quitté Messine pour Naples quatre ans auparavant et n'y était retourné qu'un court instant pour embrasser ses parents avant de partir pour la Flandre. Il se rendit compte tout de suite, en posant le pied sur le môle, que rien n'avait changé. Le cœur en fête, son bagage de marin sur l'épaule, il prit le chemin de la maison. Il reconnaissait chaque ruelle, chaque place où il avait joué et la plupart des gens qu'il croisait et saluait d'un bon sourire. A l'entrée de la Via del Duomo, il eut un petit coup au cœur en reconnaissant le bruit de l'enseigne de la *bottega* paternelle qui se balançait doucement comme pour saluer son retour.

Il poussa la porte et découvrit le père, à peine vieilli, assis devant son établi à la place qu'il ne quittait que pour manger et dormir. Il portait à hauteur de la lumière une coupe d'argent aux formes parfaites et finement ciselée, pour essayer d'y déceler un défaut qu'il faudrait corriger. Ce geste qu'il avait vu son père accomplir des centaines de fois émut Antonello aux larmes. Il y reconnaissait cette dévotion à l'art, cet amour du travail bien fait, cette humilité devant la beauté d'un métier dont il lui avait enseigné les rudiments. En regardant le père qui n'avait pas remarqué sa présence, il eut soudain conscience que c'était à lui, et à lui seul, qu'il devait sa vocation d'artiste. C'est d'une voix bouleversée qu'il murmura :

— Père ! C'est moi, Antonello. Je suis revenu !

L'orfèvre se retourna, posa la coupe et ouvrit les bras à son fils :

— Je ne suis pas tellement surpris de te voir. La nuit dernière, ta mère a rêvé que tu revenais ! C'est le bonheur que tu nous apportes, Antonello ! Que de choses tu dois avoir à raconter... Mais il faut prévenir Maria qui t'attend dans l'angoisse depuis que tu as enfourché ta mule pour aller chercher ton fameux secret. Au fait, le rapportes-tu dans ton bagage ?

— Oui ! C'est un orfèvre encore maladroit qui est parti. C'est un peintre déjà habile, à ce qu'on m'a dit, qui revient !

Antonello alla surprendre sa mère qui remuait dans l'âtre la soupe du soir dont il reconnut tout de suite le parfum. Elle manqua défaillir en voyant son grand garçon qui s'avançait pour l'étreindre, puis elle murmura, en pleurs, des mots confus où revenaient sans cesse le bon Dieu, la Sainte Vierge et — il se demanda pourquoi — saint Barnabé.

Le souper parut à Antonello le meilleur qu'il eût savouré depuis son départ. Maria avait bien ajouté une saucisse de montagne et une large tranche de jambon à la soupe de légumes et de pâtes, mais cette générosité n'était pour rien dans le plaisir qu'éprouvait Antonello en plongeant sa cuiller dans le plat de terre posé au milieu de la table. C'était la saveur de sa jeunesse, le bouquet de l'amour filial qu'il retrouvait dans la chaudrée onctueuse de la mamma à la surface de laquelle les yeux irisés de la graisse semblaient eux-mêmes le reconnaître.

Jusqu'à une heure avancée, Antonello raconta ses aventures, ses rencontres, ses amitiés nouées au hasard des chemins. Il parla de l'accueil de Van Eyck dans sa maison de Bruges, il décrivit l'atelier du canal et le cabinet où le maître inventait la peinture nouvelle. La mamma somnolait depuis un bout de temps quand le père dit que tous ces événements se bousculaient dans son crâne, qu'il préférait attendre le lendemain pour connaître la fin du récit et qu'il fallait aller se reposer. En lui souhaitant une bonne nuit, Antonello ajouta tout de même, sachant qu'il lui ferait le plus grand des plaisirs :

— Tu sais, mon apprentissage d'orfèvre et tes outils emportés dans mon bagage m'ont sauvé souvent de la faim. Sans eux je ne serais jamais parvenu au bout du voyage !

Le peintre resta une semaine avec les parents avant de rejoindre Naples où son second père, le bon Colantonio, prévenu de son retour par un messager, l'attendait avec impatience. A Messine il avait retrouvé les deux êtres qu'il aimait le plus au monde, à Naples il allait rejoindre la peinture.

La traversée du détroit dans le bateau d'un pêcheur lui parut bien innocente après son prodigieux périple à bord de la galère vénitienne. Il demanda au marin de le laisser sur le vieux quai construit avec les dalles d'une ancienne voie romaine et qui s'avançait dans la mer juste au-dessous de Santa Maria del Carmine. Avant toute chose, il voulait voir comment les fresques qui avaient illustré ses débuts dans l'art de peindre avaient supporté leurs premières années. Il n'avait pas oublié cet aphorisme de Colantonio qui aimait parler sentencieusement. « Quand une fresque tient un an, elle dure un siècle ! »

Heureusement les peintures n'avaient pas bougé. Mieux, il trouvait que les couleurs avaient pris de la santé, qu'elles paraissaient plus vives, plus pures depuis que le temps avait parachevé leur séchage. Il s'agenouilla devant la statue de bois de Santa Maria — il lui devait bien ça ! —

et pria. En prenant le chemin de la Via Asprenus, Antonello se promit de revenir communier le lendemain.

Il trouva Colantonio en train de peindre un panneau de belles dimensions. Tout de suite il reconnut l'habileté de son maître à la manière de manier son pinceau, il reconnut aussi l'odeur fade de la détrempe, odeur qu'il avait oubliée en respirant l'air capiteux de l'atelier de Bruges. Colantonio n'était pas homme à se complaire dans de grandes démonstrations. Il aimait sincèrement son élève mais, après l'avoir accueilli, sans plus se préoccuper des détails de son voyage, il passa directement à ce qui l'intéressait le plus :

— Alors ? As-tu rencontré Van Eyck ?

— Oui, mon maître. Je sais comment il travaille et lui-même m'a initié à sa fameuse alchimie des couleurs. Je vous ai dit que vous seriez le premier à qui je confierais le secret. Me voilà !

Le visage de Colantonio s'ouvrit d'un coup. Il répéta plusieurs fois, presque en criant :

— Tu as réussi ! Tu as réussi !

Visiblement, le maître ne s'attendait pas à une telle nouvelle. Après avoir laissé éclater son enthousiasme, il dit :

— Tu vois, mon garçon, même si le secret de Van Eyck n'est pas aussi miraculeux qu'on le pensait, je suis heureux pour toi. Personne ne croyait à la réussite de ton projet insensé. Un si long voyage, presque sans argent ! Quelle victoire et quelle expérience ! Tu me raconteras plus tard tes aventures. Parle-moi d'abord de Van Eyck et de ces fameux peintres flamands.

— Vous avez raison, il n'y a pas de miracle : seulement une longue recherche qui a abouti à un mélange d'ingrédients jusque-là impossible. Vous verrez, ce procédé nouveau permet à un bon peintre d'obtenir des effets de lumière et de transparence exceptionnels. Je vais tout vous montrer et rien ne vous empêchera d'achever votre tableau en utilisant la méthode de Van Eyck.

— C'est un saint Jérôme. Comment le trouves-tu ?

— Très beau, maître. C'est une commande d'église ?

— Oui. Avec son pendant, « Saint François remettant la règle à ses disciples », il est destiné à l'église San Lorenzo. Mais tu me dis que je pourrai continuer mon tableau avec ton mélange. Je peins en détrempe, tu le sais bien, et si je couvre avec une substance huileuse, celle-ci va diffuser, faire des halos...

— Non, mon maître. Je vous montrerai que la *tempera* peut se combiner harmonieusement avec l'huile cuite dans certaines conditions. Mais il va falloir se procurer des produits qu'on ne trouvera peut-être pas chez le droguiste. Et puis, il n'est pas question de faire nos mélanges devant tout le monde. Vous devrez trouver une petite pièce discrète qui nous servira de cabinet...

— Tu m'abasourdis, mon garçon ! Tout cela est bien compliqué pour ma vieille tête ! Naturellement, tu feras ce que tu voudras. Maria va protester mais il faudra qu'elle enlève tout son fourbi, linge et je ne sais quoi, qu'elle garde dans la pièce attenante à l'atelier. Là, nous pourrons travailler ! A propos de Maria, va lui dire que tu es revenu. Elle va pleurer et mettre une poule dans le pot. Dis donc, tu as de la chance que ta chambre soit encore libre ! J'aurais pu prendre un autre aide... En fait, j'en ai essayé un, le fils d'un meunier de Mareschiaro, mais il était doué pour la peinture comme moi pour être moine. Tu vois, on ne remplace pas facilement Antonello !

— Et le roi Alphonse ? Il m'a aidé à partir, peut-être faudrait-il lui faire savoir que je suis rentré et que j'ai réussi à rencontrer Van Eyck. Il va être étonné lui aussi... il ne croyait pas au succès de mon expédition ! Ce serait bien s'il vous commandait quelques tableaux à la manière hollandaise...

— S'il « nous » commandait. A partir de maintenant, tu es mon associé !

***

Le bruit s'était répandu dans la ville qu'Antonello rapportait de son voyage dans les brumes du Nord, non pas la recette d'une nouvelle peinture, mais tout un fourniment de mystérieux flacons remplis d'huiles et de philtres magiques à l'aide desquels Colantonio et lui se livraient à des pratiques secrètes. La brave Maria avait bien du mal à convaincre les bonnes femmes du quartier que ses hommes n'étaient pas en train de devenir des sorciers. Il était pourtant vrai qu'ils se livraient à de curieuses opérations. Les odeurs et les fumées d'huile brûlée, d'os calcinés et d'autres matières indéfinissables qui s'échappaient par moments de la maison des Colantonio avaient de quoi intriguer.

Souvent, le maître disait qu'il avait du mal à reconnaître son élève. Le jeune Sicilien timide venu quêter à Naples le « savoir peindre » était devenu un homme instruit et décidé qui avait des choses — et quelles choses ! — à apprendre à son maître. Ce qu'il faisait avec respect et humilité, sachant bien que si Van Eyck lui avait révélé une technique originale, son art de peindre était encore loin de valoir l'expérience et le talent de Colantonio. Il avait aussi l'impression de découvrir son maître sous un jour nouveau. Il s'apercevait que celui qu'il avait considéré comme un habile artiste sans prétention était un esprit curieux qui s'intéressait aux courants picturaux venus se croiser à Naples et essayait de les assimiler à sa propre peinture. « Je butine dans l'art ibérique et méditerranéen », disait-il à Antonello. Et il ajoutait : « Et maintenant dans la lumière diaphane des Flamands. Grâce à toi ! » Le vieux maître se passionnait pour la reconstitution des mélanges de Van Eyck qu'il essayait fiévreusement sur les morceaux de panneaux qui traînaient dans l'atelier. Pour mieux mesurer l'intérêt de la nouveauté flamande, il avait repris entièrement son saint François en utilisant le fameux vernis solvant dont les deux compères maîtrisaient maintenant la fabrication. Bref, le maître et l'élève jubilaient entre leurs cornues, le grugeoir à couleurs et leur chevalet. Il n'était plus question, semblait-il, de divulguer le secret aux autres peintres. Antonello avait dit : « On verra plus tard. » Colantonio avait approuvé.

Le jeune homme aurait été pleinement heureux dans la maison-atelier où la vie de famille se mêlait harmonieusement à la laborieuse et excitante recherche et au perfectionnement manuel si la réponse à l'une des premières questions qu'il avait posées en arrivant n'avait été aussi décevante. Un an après son départ, les voisins des Colantonio avaient quitté Naples et emmené Caterina rejoindre son père, fabricant de soieries et de brocarts, à Mogliano Veneto, près de Venise. Ces retrouvailles familiales, si loin de Naples, avaient plongé Antonello dans l'affliction, au grand étonnement de Maria :

— Tu connaissais à peine Caterina. Je pensais même que tu ne l'avais jamais rencontrée. Et après plus de deux ans, te voilà malheureux ! Ah, que les jeunes hommes sont sensibles sous leurs airs d'aventuriers ! Si tu tenais tellement à la petite, pourquoi es-tu parti ?

— Vous avez raison, je le sais bien, mais c'est en ne la retrouvant pas que je m'aperçois que je tenais à elle. Sans jamais oublier Caterina, je dois bien avouer que j'ai rarement pensé à elle durant mon voyage.

— Tu vois bien... Ne te tourmente pas. Il y a d'autres jolies filles dans le pays !

— Mon intention était de me rendre à Venise pour voir comment le mélange de Van Eyck pouvait influer sur la peinture de là-bas. Eh bien, j'irai aussi pour essayer de retrouver Caterina !

— Reste tout de même encore un peu avec nous..., dit Maria. Ton maître est si heureux de travailler avec toi ! Et il m'assure tout le temps que vous avez encore beaucoup à faire à propos de ce fichu vernis.

— Je n'ai pas dit que j'allais m'en aller tout de suite. C'est bien vrai que nous avons des perfectionnements à apporter à l'invention de Van Eyck.

On ne reparla plus de Caterina, mais le maître et Maria savaient que la présence d'Antonello était comptée et qu'un jour prochain il quitterait la maison de la Via Asprenus.

En attendant, il fallait peindre pour le roi et le jeune homme, avec l'égoïsme de son âge, entendait bien mettre à profit le temps qui lui restait à travailler avec Colantonio, c'est-à-dire — mais n'est-ce pas la loi éternelle... — puiser dans le savoir de son maître pour essayer de l'égaler et même de le dépasser. Loin de s'en agacer, le vieux peintre était heureux d'enseigner un élève qui mettait autant d'ardeur au travail et qui était doué dans tous les secteurs de son art. Alphonse d'Aragon avait commandé deux panneaux de taille moyenne destinés à son oratoire : une « Crucifixion » et une « Vierge à l'Enfant », en disant que la guerre l'empêchait de consacrer du temps à l'art mais qu'il recevrait Antonello dès qu'il le pourrait car il voulait l'entendre raconter son voyage et la façon dont il avait pu entrer en possession du secret de Van Eyck. Colantonio dit qu'il allait travailler sur la Crucifixion car le sujet l'inspirait et qu'il laissait la Vierge à Antonello, se promettant de surveiller l'exécution du tableau.

Pour le jeune peintre, c'était une fois de plus l'occasion de franchir une nouvelle étape. S'il réussissait le panneau comme il l'imaginait, il pourrait se considérer, et surtout être considéré, comme un véritable artiste. Il pourrait aller à Venise et ne pas rougir en montrant ses œuvres aux peintres du Canal : Domenico Veneziano, Andrea del Castagno ou Bellini.

Antonello avait décidé de s'inspirer d'une Vierge à l'Enfant dont Van Eyck avait exécuté une grande partie devant lui. La Madone était représentée dans une chambre, l'Enfant dans ses bras et assise sur un trône en bois sculpté dont tous les détails apparaissaient dans leur finesse extrême, comme ceux de l'immense drapé rouge sang-de-bœuf perlé qui occupait la plus grande partie de la composition. Antonello se rappelait avoir entendu le maître dire, en peignant la chair de l'Enfant : « Regardez, mon pinceau accuse le plissement de la peau à l'endroit touché par sa mère. Aurais-je pu atteindre un tel réalisme en peignant *a tempera* ? »

Ces paroles étaient restées gravées dans la mémoire d'Antonello comme son œil avait enregistré à jamais l'architecture et la lumière du tableau. Il n'était certes pas question de refaire la glorieuse et suggestive maternité de Van Eyck mais d'appliquer les principes du maître à une œuvre que le jeune homme voulait originale et baignée dans la lumière et la manière flamandes. Jamais il n'avait ressenti, en commençant un tableau, une telle fureur de peindre, un tel bonheur de créer.

Durant des semaines, une prodigieuse émulation régna dans l'atelier. Très vite, Colantonio s'était aperçu que son élève n'avait guère besoin de ses conseils et il n'intervenait que si Antonello le lui demandait. Il avait d'ailleurs assez à faire avec son propre tableau, le premier pour lequel il utilisait, seul, le médium de Van Eyck. Les deux artistes travaillaient côte à côte, dans la bonne lumière, et le maître ne pouvait s'empêcher d'admirer l'adresse qu'avait acquise son élève :

— C'est très beau, Antonello. Tu as tout maintenant pour faire un grand peintre. Bien meilleur que moi, j'en prends conscience aujourd'hui !

— Mon maître, si ce que vous dites est vrai, c'est à vous que je le devrai !

— Oui, à moi ! Mais aussi à ton père qui t'a appris à dessiner, à Fra Angelico qui t'a montré que la lumière venait du ciel. Et à Van Eyck qui t'a ouvert son cœur et son armoire à talent ! Ne les oublie jamais et dis-toi, toujours, que tu as eu beaucoup de chance de les trouver sur ton chemin. Mais c'est toi qui as été au-devant d'eux !...

Finis, les deux tableaux représentaient sûrement ce qu'on avait peint de mieux à Naples et les compères ne se faisaient pas trop de souci en allant porter leurs œuvres au château royal. Antonello était seulement un peu intimidé d'aller livrer sa première vraie commande à un personnage aussi important.

Le roi Alphonse, heureusement, était de bonne humeur. Il venait de chatouiller, assez pour la faire fuir, une troupe de lances plus ou moins dévouée à Francesco Sforza et c'est les bras ouverts qu'il accueillit les deux artistes.

— Messieurs les peintres du roi de Naples, entrez ! Et étonnez-moi en me montrant vos tableaux. Le jeune homme me parlera après de son voyage et du fameux secret des Flamands, mais je veux d'abord me rendre compte si toute cette histoire de vernis et d'huile odorante n'est pas une mystification.

Surpris, Antonello ouvrait déjà la bouche pour défendre l'invention de Van Eyck, mais Colantonio lui rappela d'un geste qu'on ne répondait pas au roi lorsqu'il ne vous posait pas une question précise. Il enchaîna :

— Sire, j'espère que vous apprécierez ces tableaux qui marquent peut-être une date dans l'histoire de la peinture napolitaine. Antonello, enlève ces enveloppes de laine et présente nos œuvres à Sa Majesté.

Antonello s'exécuta et posa les panneaux sur les bras et le dossier de deux fauteuils. Alphonse d'Aragon s'approcha, examina intensément les deux tableaux, recula, fit encore un pas à droite et un à gauche pour mieux juger des effets de perspective et, finalement, planta ses grosses bottes de soldat face aux peintres dont le cœur battait en attendant le jugement royal :

— Messieurs, vous faites honneur à notre art. Il faudrait beaucoup d'artistes comme vous pour que Naples atteigne la renommée de Florence ou de Venise mais, grâce à votre talent, notre ville n'a plus à rougir de l'insignifiance de sa peinture. Expliquez-moi comment vous avez intégré les découvertes de Van Eyck à notre vieille école de l'Italie du Sud.

Dès les premiers mots du roi, Antonello avait retrouvé ses couleurs, son sourire d'enfant et l'aisance que procure la réussite. A l'invite de son maître, il parla longuement de son voyage, des difficultés rencontrées, des dangers courus puis il résuma le but des recherches de Van Eyck et l'avantage inappréciable que leur réussite offrait aux artistes.

Le roi Alphonse n'était pas un amateur de circonstance. D'abord collectionneur passionné, il s'était lui-même essayé à peindre et, bien qu'il ne montrât jamais ses œuvres, c'était, disait-on, un excellent artiste.

— Savez-vous que je peins lorsque ma charge m'en laisse le loisir ? demanda-t-il brusquement.

Antonello, qui l'ignorait, marqua sa surprise mais Colantonio acquiesça :

— Le bruit court, en effet, que vous êtes un bon peintre, sire. Mais on dit aussi que personne n'a vu vos tableaux.

— Un roi ne peut pas risquer son prestige sur quelques coups de pinceau. Mais à vous, à vous seuls, je veux bien dévoiler quelques panneaux. Je ne vous demanderai pas de me donner votre avis, car je ne pourrais pas m'empêcher de penser que vous me flattez, mais j'aimerais que vous me montriez comment je pourrais, moi aussi, profiter du secret de Van Eyck. A moins que vous ne vouliez pas divulguer ce secret, même à votre roi...

— Sire, l'honneur sera grand pour nous, pauvres artistes, de vous initier aux inventions des Flamands. Vous verrez qu'il n'est pas difficile, à un peintre adroit, de rendre ses couleurs translucides et de faire briller la lumière comme dans le tableau de Van Eyck que vous possédez et qui est à l'origine de mon désir de posséder le secret. J'oubliais de dire à Sa Majesté que le maître de Bruges a été heureux et flatté de savoir que son tableau figurait dans votre collection.

— Mes amis, le Grand Conseil m'attend et je ne puis, hélas, consacrer plus de temps aujourd'hui à la peinture. Mais nous nous reverrons. Je serai, croyez bien, un élève attentif. En attendant, je vais voir le chancelier pour que vos deux tableaux vous soient généreusement payés. Voulez-vous attendre et toucher votre rémunération aujourd'hui ?

Maître et élève se regardèrent et Colantonio pensa, le temps d'un éclair, qu'il était difficile de parler d'argent avec un roi. Il murmura :

— *Puo darsi...*

Alphonse d'Aragon éclata de rire :

— Les Français diraient : « Peut-être... » Moi je traduis par : « Les rois n'ont pas de mémoire lorsque cela les arrange, mieux vaut donc être payé tout de suite ! »

Content de sa réplique, il sortit dans un grand bruit de bottes. Colantonio et Antonello, jugeant que les fauteuils dorés devaient être réservés à des séants plus nobles, s'assirent sur le banc de bois de l'antichambre en poussant chacun un soupir de soulagement.

— C'est merveilleux, dit Antonello. Tout s'est bien passé !

— Attends un peu pour le dire. Nous saurons que tout s'est bien passé lorsque nous aurons compté le nombre de ducats contenus dans la bourse qu'on va nous apporter.

La bourse contenait trente-cinq gros ducats. La somme était honnête. Antonello pensa qu'avec ce qui lui reviendrait, il pourrait peut-être acheter un cheval pour se rendre à Venise, un peintre du roi ne pouvant décemment plus voyager à dos de mulet !

***

Une nouvelle fois, Antonello se prépara au départ, un départ qui était, comme les précédents, à la fois une déchirure et une délivrance qui lui ouvrait la porte d'un inconnu qu'il avait hâte de découvrir. Reviendrait-il un jour à Naples ? Reverrait-il sa Sicile ? De quoi peut-on être sûr quand on s'aventure sur les routes, quand on est un peintre dont la destinée dépend des princes, des prieurs de monastères et des notables fortunés qui veulent associer leur nom à une œuvre religieuse ? « Le hasard guidera ton pinceau », lui avait dit naguère Fra Angelico qui, malgré son âge et en dépit de sa renommée, courait de Florence à Orvieto, de Cortona à Rome pour déposer ses anges aux ailes irisées sur les arcs des cathédrales et les autels des églises. Ce métier de *saltimbanco*, il l'avait choisi, il l'aimait, il en acceptait les tourments et les joies.

Pour la première fois, Antonello n'allait pas voyager comme un pauvre. Le roi Alphonse, surmontant son désir de le voir demeurer à son service, lui avait promis de lui offrir un cheval et son harnachement pour le jour où il partirait. Quant à son pécule, arrondi par quelques travaux exécutés pour son maître et généreusement payés, il était suffisant pour lui assurer le vivre et le couvert jusqu'à Venise, qui était devenue le but du voyage, comme Bruges l'avait été durant de longs mois.

Le jour arriva où il lui fallut se séparer des Colantonio. Maria, pour la deuxième fois, pleura et le submergea de recommandations. Le maître lui redit la foi qu'il avait en son talent et lui assura qu'il allait passer le reste de sa vie à améliorer les mixtures de Van Eyck.

— Je te jure, ajouta-t-il, que je ne dévoilerai le secret à personne. Il t'appartient et c'est toi qui dois décider du moment où tous les peintres d'Italie pourront en disposer.

Le cheval du roi était un roussin gris pommelé. A part une légère décharge de l'encolure, c'était une bête puissante, un animal de guerre qui ne pouvait trouver qu'avantage à porter un artiste plutôt qu'un homme d'armes chargé d'un lourd harnois. Après avoir hésité, Antonello décida de lui conférer le nom de sa vieille mule. « J'ai l'habitude de parler à Naxos, pensa-t-il, autant continuer. »

Monter un cheval entier, haut comme une maison et sellé n'a rien de commun avec la conduite d'une mule nonchalante. Ce n'est qu'arrivé à Anagni qu'il commença à se sentir à l'aise sur la large selle faite pour supporter une braconnière de fer. L'allure de Naxos-le-cheval le changeait aussi énormément de la démarche prudente de son prédécesseur. Si la route était droite et pas trop cahoteuse, il ne fallait pas beaucoup agacer ses flancs pour qu'il passe à un inconfortable galop. Un compagnon de route avait recommandé à Antonello le relais d'Anagni où les montures étaient bien soignées et les plats servis à la table d'hôte, abondants. Les chambres, hélas, étaient toutes retenues mais la grange, garnie d'une paille fraîche et odorante, lui rappela bien des souvenirs.

Le patron, apprenant qu'il était artiste peintre, conseilla vivement à Antonello de visiter la cathédrale, symbole d'un passé historique.

— Notre ville a été la patrie de quatre papes! annonça-t-il avec fierté. Allez admirer les trois nefs et les trois absides. En contrebas, vous découvrirez le palais de Boniface VIII. C'était un homme très savant, paraît-il, mais il connut un pontificat agité. C'est dans ce château qu'il fut souffleté par un Français nommé Nogaret, l'envoyé du roi Philippe le Bel...

Antonello félicita l'aubergiste d'aimer autant sa ville et d'en faire connaître les richesses aux voyageurs.

— N'y a-t-il pas par ici des fresques, des tableaux?

— Pas à Anagni, hélas! Vous ne trouverez que de belles sculptures. Mais si vous passez par Sermoneta — le détour n'est pas important —, vous verrez d'abord une belle ville et, dans la cathédrale, un nouveau tableau, œuvre d'un peintre venu de Rome.

Après avoir remercié l'aubergiste qui lui avait fait cadeau du prix de son repas parce qu'il était un artiste, Antonello décida de suivre son conseil. Naxos l'emporta dans un nuage de poussière vers Sermoneta. Demain ou après-demain, il serait à Rome. Il calcula qu'il aurait mis deux fois moins de temps que lors de son premier voyage pour rejoindre la patrie des *Imbrattaleli*. Y retrouverait-il son ami Sangallo? Peu probable: le compagnon avait dû gagner une autre ville... Antonello ne fut pas très content de lui en prenant conscience qu'il ne souhaitait pas le rencontrer car il lui serait difficile de ne pas lui dévoiler le secret de Van Eyck, comme il le lui avait promis.

Arrivé à Sermoneta, une petite bourgade fortifiée qui

devait aussi avoir joué son rôle dans l'histoire du Latium, il se rendit tout de suite à la cathédrale, un grand mot pour désigner une église déjà bien patinée par les ans. Une surprise attendait Antonello : un panneau richement encadré et vibrant de couleurs illuminait le chœur. Ces couleurs lui rappelèrent aussitôt celles de l'Angelico, ce bleu surtout qui servait de fond aux anges entourant la Vierge, et le visage de celle-ci où il semblait se passer tant de choses... Pourtant ce n'était pas un tableau du maître de Fiesole. La Vierge ne tenait pas l'Enfant mais présentait, dans ses mains ouvertes, la ville de Sermoneta dont on reconnaissait les murailles, la cathédrale, et là-bas le château vers les monts Lepini [1].

De qui pouvait être ce panneau ? Un nom lui venait à l'esprit mais il le rejeta, le hasard eût été trop grand. Aucune signature visible ne désignant l'auteur, il alla questionner un prêtre qui mettait de l'ordre dans les rangs d'une armée de cierges plus ou moins consumés.

— Ce tableau, dont nous sommes fiers, a été offert à Dieu par le seigneur de Valvisciolo. Un jeune peintre venu de Rome l'a terminé sur place pour pouvoir représenter convenablement la ville. Vous l'aimez ?

— Oui, mon père, beaucoup. Mais pouvez-vous me dire le nom de l'artiste ?

— Bien sûr : il s'agit de Benozzo Gozzoli. Un charmant garçon plein de talent. Il a logé chez moi pendant la durée de son travail.

Antonello aurait crié de joie en entendant le nom de son ami. C'était évidemment celui auquel il avait pensé. Ainsi Benozzo volait de ses propres ailes. L'Angelico, s'il n'était pas mort, devait être bien vieux et il avait laissé partir son élève le plus doué.

— Je connais Gozzoli, dit Antonello. J'aimerais tellement le revoir. Savez-vous si j'ai des chances de le trouver à Rome ?

— Je l'ignore. Vous savez, les artistes peintres sont comme les oiseaux, ils vont faire leur nid où le vent les pousse.

1. Ce tableau est toujours en place dans la cathédrale de Sermoneta.

— Oui, mon père, je sais... Merci. Que Dieu garde Benozzo Gozzoli.

Dès l'arrivée à Rome, Naxos-le-cheval remit ses sabots dans ceux de la mule et prit sa place dans l'écurie du maître Picousi. L'orfèvre et sa femme, qui avaient accueilli Antonello avec tant de chaleur lors de son premier passage, retrouvèrent le peintre sans cacher leur joie.

— Que de fois nous avons parlé de vous, Antonello! Que de fois nous nous sommes demandé ce que vous étiez devenu, si vous aviez réussi à gagner ce pays du Nord où vous alliez chercher je ne sais quoi...

— Je suis arrivé jusqu'à Bruges et j'en suis revenu. Pas bredouille car le grand peintre Van Eyck m'a confié un secret qui m'a permis de faire de sérieux progrès. Maintenant, je vais à Venise voir si je peux exercer mon métier en concurrence avec les peintres de là-bas. Je vous avais promis de passer à la *bottega* si je revenais à Rome. Me voilà, mais j'ai maintenant la bourse assez garnie pour me payer une chambre en ville. Je vous demande seulement la permission de loger mon cheval dans l'écurie.

— Que dis-tu! s'exclama le maître. Nous serions offensés si tu dédaignais notre hospitalité maintenant que tu as réussi.

— Réussi... Votre bonté me touche mais j'ai encore beaucoup à apprendre! Quant à retrouver pour quelques jours ma chambre au-dessus de l'écurie, c'est un bonheur que je n'ai nulle envie de refuser. Mais vous, donnez-moi de vos nouvelles...

Antonello avait assez de choses à raconter, de souvenirs à évoquer pour satisfaire durant des jours la curiosité enthousiaste et amicale de ses hôtes. Si Picousi le lui avait demandé, il l'aurait volontiers aidé à ciseler quelques pièces d'orfèvrerie, mais aucun travail urgent ne l'exigeait et le jeune homme, qui n'avait pas touché à ses outils depuis longtemps, en fut plutôt content.

Dès le lendemain, Antonello se rendit à la maison des moines libériens qu'occupaient les *Imbrattaleli*. L'ambiance fraternelle du compagnonnage y régnait toujours mais il ne reconnut qu'un seul des compagnons rencontrés durant son premier séjour : Bartolomeo, un peintre miniaturiste qui travaillait pour le monastère. Tous les autres étaient partis tenter leur chance sur les routes d'Italie et Pietro Sangallo, après une halte à Urbino, avait rejoint à Milan Bonifacio Bembo qui décorait le palais des Sforza.

— Et Gozzoli ? demanda Antonello. Je sais qu'il est passé par Rome il n'y a pas longtemps, puisqu'il a peint un très beau tableau à Sermoneta.

— En effet. Il a logé chez nous durant près d'un mois puis est reparti pour Montefalco, en Ombrie, peindre à fresque le tympan de l'église San Fortunato. Où est-il maintenant ?... Benozzo ne tient pas en place !

Sa visite chez les *Imbrattaleli* était décevante. « Comme il est difficile, après deux ans, de renouer les fils de la vie », pensa-t-il, songeur. Il décida de visiter, carnet et mine de plomb en main, les monuments de la Rome antique avant de repartir pour Venise.

Antonello s'arrêta naturellement à Florence où il voulait revoir les fresques du couvent de San Marco, en particulier celle de la cellule dix-huit à laquelle il avait travaillé. Fra Giovanni da Fiesole ne traînait plus dans le couloir sa robe blanche maculée de couleurs, mais son œuvre resplendissait dans la pénombre du monastère.

— Que le spectacle serait magnifique si les fresques de l'Angelico pouvaient être éclairées ! se hasarda-t-il à dire au moine qui le conduisait dans sa visite.

— Mon fils, ces fresques n'ont pas à être magnifiques, s'entendit-il répondre d'un ton réprobateur. Elles sont là pour entourer la méditation qui n'a rien à voir avec je ne sais quelle glorification de la peinture.

Antonello pensa que le vieux moine de Fiesole n'aurait pas aimé qu'on parlât de cette façon stupide d'un art qu'il assimilait à une prière. Il demanda si Fra Angelico était en bonne santé et n'obtint qu'une réponse évasive : il vivait retiré dans le monastère de l'ordre des frères prédicateurs où il était entré au temps de sa jeunesse. Antonello apprit d'une autre source qu'il peignait des miniatures comme à ses débuts.

Un peu désenchanté, Antonello demanda à ses amis compagnons s'il pouvait rencontrer les artistes les plus connus à Florence. Là encore, la réponse ne fut guère encourageante :

— Les plus grands sculpteurs travaillent en ce moment à Florence. Ils sont les héritiers du grand Brunelleschi, je dis « grand » à cause de son génie car c'était un petit homme assez disgracieux, qui vient de mourir. Tu peux essayer de rencontrer Donatello Alberti qui est à la fois écrivain, sculpteur et architecte...

— Mais les peintres ?

— Il semble que la peinture florentine se soit essoufflée. L'Angelico est mourant. Il reste heureusement le vieux Paolo Uccello dont tu pourras voir le « Déluge » à Santa Maria Novella. C'est un sacré bonhomme qui a peint cette fresque à la terre verte. L'effet est prodigieux. Il est féru de mathématiques et passe plus de temps sur ses calculs que devant son chevalet. Son art est très discuté ici, à Florence. Moi j'aime. Va voir le « Déluge », ses morts, la tempête, la fureur des vents, la violence des éclairs...

— Il ne reste tout de même pas qu'un peintre à Florence ?

— Non. Il y a encore Filippo Lippi, vieux lui aussi. C'est déjà un peintre d'hier ! Comme jeune valeur je ne vois que ton ami Benozzo Gozzoli, mais peut-on le considérer comme un peintre florentin ?

Florence vraiment n'était plus la capitale de la peinture italienne. Le redeviendrait-elle ? Antonello décida de ne pas attendre. Le lendemain il galopait vers Bologne.

***

Les peintres avaient beau voyager, s'ignorer souvent d'une ville à l'autre, malgré les guerres et les alliances sans cesse renversées, les nouvelles concernant l'art circulaient à travers la Péninsule sans qu'on sache exactement par quels moyens elles se transmettaient, le plus souvent sans doute par les cours et les établissements religieux qui utilisaient le service des artistes.

A son arrivée à Venise, Antonello fut très surpris de constater qu'il n'était pas l'inconnu qu'il croyait. Certes, son nom ne dit rien au *sensale di cavalli* [1] de Chioggia qui

1. Marchand courtier en chevaux.

lui acheta son cheval, ni à l'aubergiste du Rialto qui lui loua une petite pièce assez sordide dont les seuls mérites étaient la modicité de son prix et la vue sur le Grand Canal qu'offrait une lucarne. L'étonnement était pour le lendemain, lorsqu'il se présenta à l'adresse que lui avaient donnée les *Imbrattaleli* de Florence. C'était celle de l'atelier des frères Vivarini dont la renommée était grande dans toute la Vénétie. Antonello, que tout surprenait dans cette cité lacustre où s'entremêlaient les canaux, les rives bordées de murs rougeâtres, les ruelles capricieuses, avait eu beaucoup de mal à trouver le Campo San Nicolo dei Mendicoli, non loin de la Giudecca. L'atelier des Vivarini était reconnaissable à la grande peinture murale qui recouvrait la façade et représentait une vue de San Marco. La porte était entrebâillée, il entra et se trouva dans une immense pièce bien éclairée où six peintres travaillaient sur des œuvres différentes. Il n'avait jamais vu un atelier aussi vaste et aussi actif.

— Vous êtes peintre? Vous cherchez du travail? demanda tout de suite un garçon d'une trentaine d'années aux longs cheveux et à la barbe noire bien taillée.

Surpris, Antonello répondit par un «Oui... Non...» qui ne voulait rien dire.

— Alors que voulez-vous? questionna l'homme, intrigué par ce visiteur visiblement étranger.

— Oui, je suis peintre. J'arrive de Naples et même de beaucoup plus loin, du pays flamand où j'ai beaucoup appris. Je cherche Antonio Vivarini.

— C'est moi. Mais vous me dites que vous venez de Flandre? Quel est votre nom?

— Antonello. Antonello da Messina.

— Vous êtes Antonello? Mais on ne parle que de vous à Venise! On dit que Van Eyck vous a livré le secret d'une nouvelle couleur. Est-ce vrai?

Éberlué, Antonello demanda:

— Mais comment sait-on cela à Venise? On en connaît moins sur moi à Naples où j'ai vécu et à Messine où je suis né. Même à Florence...

— C'est que Venise n'est pas une ville comme les autres. Vous vous en apercevrez vite, si ce n'est déjà fait. En peinture, Venise avait un siècle de retard sur Florence et Rome. Elle commence à se réveiller. C'est la renaissance de notre art.

— C'est pourquoi je suis là ! Qui sont les autres peintres de la ville ?

— Mon frère Bartolomeo qui travaille en ce moment à Padoue où nous avons aussi un atelier, mon beau-frère Giovanni d'Allemagna et surtout un jeune homme dont on n'a pas fini de parler. Il s'appelle Mantegna. C'est le fils adoptif et l'élève d'un autre bon artiste vénitien, Francesco Squarcione avec qui il s'est fâché... Cela m'étonnerait que vous ne fassiez pas très vite leur connaissance ! Mais au fait, vous ne m'avez pas répondu à propos du secret de Van Eyck !

— « Secret » est un bien grand mot. Le maître de Bruges, c'est vrai, m'a enseigné une certaine manière de peindre, mais cette manière ne donne pas du talent à qui en manque. Un jour je vous en parlerai...

— Bon, je n'insiste pas. Qu'allez-vous faire à Venise ? Voulez-vous travailler avec nous ? L'atelier ne manque pas de commandes et votre réputation ne peut qu'attirer des clients.

— Mon but est de m'installer à mon compte. Mais, pour cela, il faut que je m'acclimate, que je trouve un local pour vivre et travailler. Cette attente peut être longue et j'accepte volontiers votre offre. Je connais la fresque et peins aussi sur panneaux.

— L'affaire est conclue. Venez demain matin. Une femme, bonne cuisinière, nous prépare le repas de midi.

La chance, une nouvelle fois, souriait à Antonello. Sitôt arrivé à Venise, il trouvait du travail dans le meilleur atelier de la ville. Une question pourtant se posait : le secret. Il allait, c'était certain, être l'objet de pressions de la part de tous les peintres vénitiens, à commencer par Antonio qui ne l'avait sûrement pas engagé sans arrière-pensée. Que faire ? Il décida encore une fois de se taire, de peindre avec les mélanges habituels et de garder les huiles magiques de Van Eyck pour le jour où il lui faudrait satisfaire des clients personnels.

Durant près de six mois, Antonello participa aux travaux de l'atelier des Vivarini. Six mois au cours desquels il retrouva les vieilles habitudes de la peinture *a tempera.* Vivarini était devenu un ami avec qui il était agréable de parler, qui aimait sa ville et tenait à la faire découvrir au Sicilien. Quelquefois, il taquinait Antonello sur son secret et le traitait de mauvais camarade, mais ce dernier tenait bon. Jusqu'au jour où il décida de lâcher un peu de lest. Sans rien dévoiler sur le médium à l'huile qui constituait la véritable invention du Flamand, il expliqua comment on pouvait protéger les tableaux sans altérer les couleurs. Il assura ses amis que la composition du vernis était le seul secret que lui avait confié Van Eyck. Antonio fit semblant de le croire et lui sut gré d'un geste qui représentait tout de même un précieux enseignement.

Antonello avait trop voyagé pour ne pas s'intégrer rapidement à la vie vénitienne, vie sans doute la meilleure dont puisse rêver un artiste italien. Venise était la seule république d'Italie épargnée par la guerre depuis de longues années et ses habitants entendaient y mener une existence facile faite de raffinement et de faste où les *funzioni*, les fêtes officielles, permettaient à chacun de se distraire en honorant la patrie au cours de processions féeriques et de cérémonies grandioses. Cette atmosphère de plaisir jointe au goût des Vénitiens pour la beauté commençait à influer sur l'art de la peinture. Les Vivarini comme les autres artistes s'éloignaient de la piété mystique des siècles passés. S'ils continuaient de peindre la Madone et les saints, ils le faisaient en introduisant de plus en plus souvent dans leurs ouvrages le monde de leur temps et des personnages pleins de santé portant des vêtements magnifiques. Antonello retrouvait dans cette peinture certaines particularités de l'art flamand avec, en plus, une liberté nouvelle envers les interprétations religieuses consacrées.

L'adaptation à la vie vénitienne, si particulière, l'attention qu'il portait aux travaux et aux recherches de ses nouveaux amis lui laissaient peu de temps pour rêver au passé et encore moins pour songer à l'avenir. Il vivait comme on vit à Venise, au jour le jour, partagé entre la fête et le travail. Une seule pensée éteignait cette fièvre, le souvenir de Caterina. N'était-ce pas pour elle qu'il était là ? Bien qu'il en fût moins sûr qu'au départ de Naples, la jeune fille aux fleurs hantait toujours sa pensée. Mais comment la retrouver — il ne connaissait pas même son nom — dans la foule immense, désordonnée et colorée qui emplissait les places, les quais, les ruelles tortueuses et les *campielli* de la ville? Plusieurs fois il avait cru la reconnaître, à San Marco ou au détour d'un *sottoportico*. Il s'était précipité mais avait toujours découvert un visage inconnu sous le *cappuccio* de celle dont la silhouette lui rappelait Caterina. La peinture lui réservait heureusement d'autres satisfactions. Le protégé de Van Eyck était vite devenu un homme connu sinon célèbre. Il n'eut donc aucune peine à trouver un Vénitien fortuné disposé à échanger l'usage d'un local convenable contre un petit panneau représentant la Madone.

C'est peu après son installation dans une maison du Campiello San Gaetano qu'Antonello devint l'ami d'Andrea Mantegna qui s'était forgé une réputation de peintre prodige en réalisant à dix-sept ans le tableau du maître-autel [1] de Santa Sophia, à Padoue. Il avait vingt ans maintenant et ses démêlés avec son père adoptif, le peintre padouan Francesco Squarcione, défrayait la chronique vénitienne.

— La tutelle de Squarcione était devenue excessive, disait-il à Antonello. Je peins mieux que lui et il le sait. Sans en prendre ombrage, mais il pense que mon talent lui appartient, que je dois continuer de peindre comme il me l'a appris. C'est pourtant un bon maître. Il avait dans son atelier des moulages de statues antiques et il m'a fait connaître le passé glorieux du monde romain. Pourquoi irions-nous chercher des modèles vivants aux corps pleins de défauts alors que les statues de marbre sont le fruit de la perfection?

— Mais la peinture, c'est aussi la vie, la nôtre, objectait Antonello. Les Romains, avant d'être de marbre, étaient des hommes de chair et de sang.

— Tu es comme Squarcione qui me reproche d'être complètement romanisé, mais c'est lui qui m'a enseigné à prendre le beau, fût-il de marbre, comme modèle!

1. Détruit au XVIIe siècle.

* * *

Antonello menait une vie agréable dans la ville la plus agréable d'Italie. Les peintres vénitiens l'avaient adopté et il avait adopté Venise. Depuis qu'il travaillait à son compte, il voyait moins les Vivarini mais sortait avec les jeunes artistes de la ville, inorganisés mais plus joyeux et fantaisistes que les *Imbrattaleli* de Toscane. Ils s'appelaient Marco Zoppo, Nicolo Pizzolo, Giorgio Schiavone et avaient tous des œuvres dans l'une des innombrables églises de la Vénétie.

Antonello puisait chez tous les Vénitiens des éléments susceptibles de développer son acquis de peintre voyageur. Il ne rencontrait plus depuis longtemps les obstacles techniques qui l'avaient tant gêné lors de ses débuts. Il se sentait prêt à assurer dorénavant les travaux qu'on pouvait attendre d'un maître et les commandes qu'il recevait lui permettaient de vivre confortablement. Il utilisait, maintenant qu'il ne dépendait plus de personne, le liant de Van Eyck qu'il essayait toujours d'améliorer. Il s'apprêtait d'ailleurs à offrir son secret à l'ami Mantegna quand un événement surprenant le prit de court.

Le gouvernement de Venise était le premier à vouloir conserver les traits des hauts fonctionnaires qui avaient servi la République avec dévouement. Jacopo Bellini avait commencé à garnir la salle du Conseil des portraits des derniers doges réalisés d'après les médailles ciselées à leur effigie et c'est pour satisfaire cet usage nouveau qu'Antonello fut prié de faire le portrait d'un sénateur illustre. Le tableau fut si réussi que Venise tout entière voulut l'admirer. Les plus avertis remarquaient les tons harmonieux et diaphanes ainsi que les finesses du visage où l'on pouvait discerner chaque poil de la barbe et même les pores de la peau. La notoriété du Sicilien sortit grandie de l'affaire.

Peu après, un jeune seigneur arrivant de Padoue, disait-il, vint dans l'atelier d'Antonello pour lui demander de faire son portrait. Il offrait vingt ducats d'or, ce qui était honnête. La première séance de pose fut fixée au lendemain car le jeune homme ne devait rester que quelques jours à Venise.

L'inconnu était vêtu avec élégance. Son ton désinvolte et ses manières apprêtées laissaient croire qu'il s'agissait d'un de ces petits nobles inutiles qui pullulaient à Venise. Il disait aimer l'art, comme tout Italien bien né, mais parlait de peinture avec une naïveté et une ignorance qui faisaient sourire le Sicilien.

Antonello avait pourtant remarqué que l'élégant suivait avec une grande insistance son travail de préparation des couleurs. Ses yeux ne le quittaient pas chaque fois qu'il trempait son pinceau dans le godet qui contenait la fameuse mixture de Van Eyck, à laquelle il ajoutait maintenant une petite quantité de pâte au plomb. Il s'en étonna :

— Vous semblez, monsieur, beaucoup vous intéresser à cette cuisine que nous, les peintres, préparons sur la palette. Cela peut paraître compliqué à un néophyte, mais ce n'est rien à côté de l'art de peindre.

— En effet, tous vos gestes me surprennent car c'est la première fois que je vois un peintre travailler. Savez-vous que je n'étais jamais entré dans un atelier avant de venir vous voir ?

Antonello le crut, se disant que ce jeune dindon ne risquait pas de comprendre un jour quelque chose aux recherches de son maître. Il se décida pourtant à le surveiller et à ne pas le laisser seul dans l'atelier. Le lendemain, le curieux continua d'observer Antonello et à poser des questions sans importance particulière. Cependant, vers la fin de la séance, il se leva comme pour se dégourdir les jambes, s'approcha et demanda de l'air le plus indifférent qu'il pût prendre quel était l'ingrédient dans lequel le peintre dissolvait les couleurs. Antonello le regarda et répondit :

— C'est un élixir que j'ai inventé et qui coûte très cher. C'est la raison pour laquelle j'ai dû augmenter le prix de mes tableaux. A ce propos, monsieur, je crois bien que la somme envisagée pour le paiement de votre portrait est beaucoup trop basse.

L'indiscret se le tint pour dit et regagna sa place sans mot dire.

Un peu plus tard, on tambourina à la porte d'entrée qui donnait dans une autre chambre. Antonello n'attendait personne mais, comme on insistait, il décida d'aller ouvrir, en priant son client de l'excuser quelques instants.

Antonello croyait trouver un importun c'est Caterina qui se présenta!

La jeune fille avait changé depuis leur rencontre de Naples. Pourtant, il la reconnut tout de suite, bien que sa longue robe de fin drap rouge sur laquelle flottait une veste blanche en coton brodé n'eût rien de commun avec les habits de paysanne qu'elle portait dans le jardin de la Via Asprenus. Stupéfait, il ne put que murmurer « Vous ? » d'un ton qui la fit rire :

— C'est grâce à votre célébrité que j'ai pu vous retrouver! Ainsi vous avez réussi tout ce que vous souhaitiez. C'est merveilleux!

— Caterina... je vous cherchais en vain dans Venise. Je vous savais quelque part, entre deux canaux, derrière la fenêtre d'un *campiello*, et désespérais de vous rencontrer. Mais vous êtes là!

Brusquement il s'écria :

— J'espère que vous n'êtes pas mariée!

Elle ne répondit pas à la question :

— J'ai beaucoup de choses à vous dire, mon artiste! Ce soir je n'ai pas le temps, mais voulez-vous que nous nous retrouvions demain devant le petit port des gondoliers de la Riva degli Schiavoni ? A deux heures ?

Il fit oui de la tête comme s'il était devenu muet. Caterina lui claqua un baiser sur la joue et disparut. C'est alors qu'il pensa à son modèle resté seul durant tout le temps où il avait parlé à Caterina. Sourire aux lèvres, l'homme attendait sagement sur sa chaise.

— Encore quelques heures de pose demain et vous pourrez repartir pour Padoue, dit Antonello.

— C'est parfait, mon portrait va être très réussi et je vais l'offrir à ma mère. Mais acceptez que je vous règle ce que je vous dois dès aujourd'hui.

— Non, demain. Lorsque le tableau sera achevé.

Le jeune seigneur insista tellement qu'Antonello empocha les vingt pièces d'or qui firent un bruit gracieux en tombant au fond de sa poche. Il pensa que celui qu'il appelait « l'élégant » ou « le dindon » était finalement plutôt sympathique. Comment aurait-il pu pressentir la scène burlesque du lendemain ?

A l'heure convenue, Antonello pria le jeune homme de reprendre une dernière fois la pose, mais ce dernier lui répondit en riant que c'était inutile et qu'il finirait tout seul le portrait.

— Comment cela ? Vous n'êtes pas peintre ! Vous ne connaissez rien au maniement des couleurs et vous allez abîmer à jamais ce portrait, excellent je crois !

— Je confesse que je vous ai menti, maître Antonello. Soyez assez aimable pour me prêter un moment votre palette et vos pinceaux.

Éberlué, Antonello regarda son modèle tremper le bout de son pinceau dans le godet contenant la mixture et diluer sur la palette, avec la minutie et la dextérité d'un professionnel, une trace de pâte d'orpin aux reflets d'or.

— Mais..., essaya de dire Antonello.

— Ne cherchez pas, je vais tout vous expliquer. Mais je vous félicite, votre médium permet d'obtenir des effets impossibles... Regardez comme je peins avec facilité les anneaux de la chaîne que je porte au cou et que vous n'aviez pas terminée. Sans doute auriez-vous fait mieux, mais je suis assez content de moi.

— Mais qui êtes-vous, monsieur ? Pourquoi m'avez-vous trompé ?

— Je suis Giovanni Bellini. Vous connaissez mon père Jacomo et mon frère Gentile, mais pas moi. J'ai travaillé avec le sculpteur Donatello lorsqu'il est venu à Padoue. Et avec Antonio Vivarini. Sans oublier Mantegna. Maintenant je reviens à Venise dans l'atelier de mon père.

— Giovanni Bellini... Mais qu'êtes-vous venu faire chez moi ?

— Gagner vingt ducats et bien plus que cela, sans compter un excellent portrait du maître Antonello. Mais il faut en venir aux raisons qui m'ont poussé à frapper à votre porte et ces raisons, je le crains, risquent de vous fâcher contre moi qui n'espère que devenir votre ami. Voilà, j'avais fait le pari avec quelques autres peintres vénitiens de surprendre votre fameux secret !

— Et vous n'avez rien surpris du tout car rien ne ressemble plus à la mixture de mon godet que n'importe quel autre diluant utilisé à Venise.

— Détrompez-vous. Hier, lorsque vous receviez quelqu'un, j'ai prélevé sans peine un peu de votre élixir dans le flacon où vous le conservez. Je suis rentré chez moi et l'ai essayé de la façon qui est la vôtre et que je connais pour vous avoir bien observé. Cela a marché. Ensuite, je suis allé trouver un alchimiste de mes amis qui a facilement découvert les produits composant le diluant qu'on dit être celui du Hollandais Van Eyck : de l'huile et une sorte d'essence de térébenthine.

Antonello hésita une seconde entre se mettre en colère et chasser le fâcheux, ou accepter avec le sourire une situation qu'il ne pouvait changer. Il éclata de rire et tendit ses deux mains à Giovanni :

— Vous voulez devenir mon ami, je veux être le vôtre. Je ne vous en veux pas car votre subterfuge, que j'aurais trouvé indigne il y a encore quelques mois, me tire aujourd'hui curieusement de l'embarras. J'avais décidé, en effet, de ne plus garder pour moi le secret que m'a confié mon maître et de le divulguer à mes amis vénitiens qui ont été si accueillants. Mais je ne savais trop comment m'y prendre pour ne vexer personne. Je n'ai plus de souci à me faire : demain tout le monde ici utilisera le procédé que vous m'avez subtilisé.

— Ah ! que je suis heureux ! Vous ne m'avez pas jeté dehors et vous acceptez mon amitié. Quant à votre mixture...

— Ma mixture, êtes-vous certain, sachant en partie ce qu'elle contient, de pouvoir la fabriquer quand il vous plaira ? Savez-vous ce qu'il faut ajouter à ces composants, faciles à deviner, pour que leur mélange n'altère pas la *tempera* et que le vernis, car c'est de vernis qu'il s'agit, ne change pas le ton des couleurs en séchant ? Mon maître a cherché des années la température exacte où l'huile doit être portée pour être convenablement mélangée. Moi-même, j'ai fait des centaines d'essais pour perfectionner sa trouvaille.

— Donc, je n'ai pas gagné mon pari ?

— Pas tout à fait, Messer. Mais, sachant ce que vous

savez, rien ne vous empêche de chercher vous aussi... et de trouver vraiment le fameux secret.

— Tout à l'heure, vous me disiez que vous souhaitiez le transmettre aux peintres de Venise.

— Oui, mais quand je vois votre mine déconfite malgré votre coup d'éclat, j'ai bien envie de le garder encore un moment pour moi. Mon cher Giovanni, vous vous êtes donné tant de mal que c'est à vous que je ferai signe lorsque je me déciderai à parler.

Le plus jeune des Bellini quitta la place son portrait sous le bras. Il était moins rayonnant qu'Antonello. Le Sicilien irradiait de bonheur : il allait retrouver demain celle qu'il croyait évanouie à jamais dans les brumes de la lagune. Les pièces d'or qui pesaient au fond de sa poche le firent sourire. Il en conserva une sur lui, mit le reste dans la cachette ménagée sous une poutre et décida d'aller retrouver ses amis dans la *mescita*[1] du Rialto où les peintres de la ville avaient l'habitude de se rencontrer le soir. Il était certain d'y surprendre la plupart de ceux qui avaient monté avec Bellini la mystification de l'après-midi et se proposait de s'amuser à son tour à leurs dépens.

Chez le Padrone Martino, il reconnut tout de suite à une table son ami Mantegna, revenu le matin même de Padoue, et Bartolomeo Vivarini, rentré depuis peu de la chartreuse de Bologne où il avait été installer le polyptyque peint avec son frère. Il y avait aussi Gentile Bellini qui semblait un peu gêné et racontait que l'atelier avait reçu mission de la Scuola della Carita[2] de dessiner et de peindre son gonfalon[3], ce qui n'était pas d'un intérêt capital. Enfin, l'architecte et sculpteur Rizzo, un grand diable originaire de Vérone qui, lui, travaillait au palais ducal où il construisait la Porta della Carta.

« Les larrons sont au courant », pensa Antonello qui les

1. Cabaret où l'on boit surtout du vin

2. Institutions vénitiennes, les *scuole*, au nombre de six (une par quartier), étaient à l'origine un lieu de réunion pour les nobles. Elles se transformèrent en confréries de bienfaisance pour éduquer les jeunes filles pauvres, dans l'art de la musique principalement.

3. Sorte de fanion, d'oriflamme qui servait d'emblème aux familles ou aux associations.

écoutait parler pour ne rien dire en échangeant ces signes discrets. Il décida d'ouvrir le jeu :

— Ton frère Giovanni n'est pas là ? demanda-t-il à Gentile. Sais-tu qu'il m'a payé vingt ducats pour que je fasse son portrait en me disant qu'il ne connaissait pas de bon peintre à Venise, à part moi dont le portrait du sénateur l'avait séduit ? Je crois qu'il avait raison, bien qu'il ne m'ait pas dit qu'il était un Bellini.

— C'est un garçon fantasque. Je me demande où il a pu trouver vingt ducats — un bon prix, entre nous, pour un portrait.

— Dans votre poche, pardi ! Ne jouez pas les innocents. Giovanni m'a tout raconté sauf le nom de ses acolytes. Mais il n'est pas difficile à deviner ! Vous voyez, mes amis, le tout est de savoir si vous allez considérer qu'il a gagné son pari et les vingt ducats que vous avez joués sur sa réussite ! Il croit avoir percé mon secret, pourtant vous ne pourrez tirer bénéfice de l'élixir découvert par Van Eyck et amélioré par moi que le temps nécessaire pour vider le flacon qu'il m'a subtilisé. Ni lui ni vous ne saurez le remplir car vous ignorez le nom d'un certain nombre d'ingrédients indispensables.

Tous étaient penauds. La farce, qui n'était pas aussi innocente qu'ils voulaient le faire croire, tournait au fiasco. Gentile Bellini, le plus courageux, expliqua :

— Tu ne connaissais pas mon frère et nous avons imaginé toute cette fable pour t'obliger à nous dire la vérité sur ton fameux secret. A force, ton silence devenait désobligeant... Avoue que notre stratagème était plus drôle que méchant. Et puisqu'il n'a pas réussi, tu ne peux pas nous en vouloir !

— Oui, Antonello. Garde ton secret. Et aussi notre amitié ! ajouta Vivarini. Il faut aussi te dire que Mantegna ne sait rien. Il n'était pas à Venise quand nous avons mis sur pied notre machination.

Antonello fut content de savoir que son ami n'avait pas trempé dans le complot. Brusquement, sans réfléchir, il prit la décision tant de fois remise :

— Mes amis, j'avais l'intention de tout vous dire — d'abord, sans doute, à Mantegna —, mais votre friponnerie m'oblige à reculer cette révélation.

— Comme tu voudras, dit Bellini. Nous n'allons pas t'infliger la question pour te faire parler.

— Eh bien, vous en saurez bientôt autant que moi. Je vous expliquerai — c'est un peu compliqué — le procédé de fabrication du diluant et du vernis. Seulement je pose une condition.

— Laquelle ?

— En réalité, il y en a deux. La première : le voleur Giovanni devra faire mon portrait. Gratuitement, bien entendu.

La bande éclata de rire en criant « Bravo ! », puis Bartolomeo Vivarini demanda :

— Et la seconde condition ?

— Vous m'inviterez, ainsi qu'une amie que je vous ferai connaître, à festoyer au cours d'une fête comme les peintres d'Italie n'en ont jamais organisé.

Les acclamations fusèrent et chacun dit son enthousiasme de voir ainsi s'achever un épisode peu reluisant de leur jeune vie d'artiste. Ce fut du délire lorsque Mantegna, se levant, surprit l'assistance :

— J'amènerai, si vous le voulez, ma fiancée.

— Comment, tu te maries ?

— Qui est-ce ?

— On la connaît ?

— Oui, mes amis, vous la connaissez : c'est Nicolosia, la fille du maître Jacopo Bellini, la sœur de ces sacripants de Gentile et Giovanni ! J'ai demandé aujourd'hui sa main au père.

Cette annonce fit plaisir à Antonello. Nicolosia était belle et intelligente, elle ferait sûrement une bonne épouse. La nouvelle le fit penser à Caterina qu'il allait retrouver... Mais celle-ci n'avait pas répondu lorsqu'il lui avait demandé si elle était mariée. Et cette idée ne lui était pas agréable.

Le lendemain, la jeune fille, visage à demi caché par son bonnet de velours dont le devant retombait sur ses yeux comme la visière d'un heaume, attendait près du pont de bois du Rialto[1]. Antonello arriva peu après tout

1. Le pont actuel du Rialto ne sera construit qu'en 1580 par Antonio da Ponte.

essoufflé : il avait été arrêté dans la Merceria par Jean Fouquet, un peintre français qu'il avait rencontré à Naples. Il rentrait dans son pays après un long voyage en Italie et admirait sans retenue les portraits flamands. C'était là un sujet de conversation qui aurait mené les deux jeunes gens fort loin dans la soirée si Antonello ne l'avait planté là au bout d'un moment.

— Venez, dit Caterina. Nous allons monter dans une gondole, le seul moyen pour les femmes vénitiennes d'échapper à la réclusion et de goûter à l'exquise liberté des courtisanes. Heureusement, ajouta-t-elle, que je ne suis pas noble car je n'aurais jamais pu sortir en ville[1] !

— C'est partout comme cela en Italie ! remarqua Antonello qui continua : Mais nous avons peut-être autre chose à nous dire que de plaindre le sort des malheureuses Vénitiennes !

— Alors, racontez ! dit Caterina en lui prenant la main.

Lui qui avait tant de questions à poser à celle dont il ne savait rien dut répondre d'abord à une foule de questions, relater son voyage, son séjour à Bruges, expliquer comment il en était revenu porteur du secret qui l'avait tellement aidé à se faire une renommée enviable. Il semblait qu'elle n'en saurait jamais assez et la gondole avait déjà fait deux fois le tour par le Rio de San Marina quand il put enfin demander :

— Et vous, petite reine des fleurs ? Avant tout, je veux savoir si vous êtes mariée, fiancée ou sur le point d'entrer au couvent.

Elle éclata de rire :

— Eh bien, voilà une question directe. Remarquez que je ne vous ai rien demandé qui touche à votre vie privée. Mais je vais vous répondre car, finalement, je trouve votre indiscrétion plutôt flatteuse. Elle prouve que vous vous intéressez encore à moi. Voilà : je ne suis pas mariée et n'entrerai dans les ordres que lorsque j'aurai goûté encore un peu aux plaisirs de la vie.

— Cela veut dire que vous êtes fiancée... J'en étais sûr. Pourquoi ne m'avez-vous pas attendu ? Il est plus

1. La gondole existait à Venise, mais elle n'avait pas encore trouvé sa forme définitive et elle n'était pas noire.

attrayant d'être la femme d'un artiste reconnu que celle d'un marchand drapier. Car c'est cela, n'est-ce pas? Vous allez épouser un drapier?

— Puisque vous le savez, maître Antonello, pourquoi me le demandez-vous? Je dois vous avouer que vous avez presque deviné: mon père souhaite me voir épouser non pas un drapier, mais son associé dans la fabrique de brocarts.

— Et ce qu'un père veut, dans votre bourgeoisie étroite et prétentieuse...

— Mais vous vous mettez en colère! Seriez-vous jaloux?

— Jaloux et malheureux. Depuis que je vous ai revue, je ne pense qu'à la vie merveilleuse que nous pourrions partager. Pourquoi diable êtes-vous venue frapper à ma porte?

— Parce que je voulais savoir comment ces longues années de voyage vous avaient changé. Maintenant je sais. Cela vous ferait plaisir si je vous disais, non pas que je vais tout faire pour me marier avec vous, mais que j'ai beaucoup moins envie d'épouser des aunes de soie...

— Mais votre père?

— J'arriverai difficilement, mais j'arriverai à le convaincre que mon bonheur ne peut se tisser avec des fils d'or. Mais est-ce que je veux vraiment lui arracher ce sacrifice?

— Caterina chérie, vous me dites que je peux garder un espoir. Aujourd'hui, je n'en demande pas plus pour être le peintre le plus heureux d'Italie. C'est à moi de vous persuader que je suis fait pour vous.

Il l'enlaça et elle se laissa embrasser.

— Il ne manque que l'odeur du *rosmarinus*, murmura-t-elle.

***

Venise, vers 1460, était devenue un vrai laboratoire de la nouvelle peinture. Antonello était pour quelque chose dans cette soif de recherche qui marquait, plus qu'à Florence, Rome ou Naples, les peintres de leur temps. Le Sicilien avait non seulement diffusé parmi ses amis les principes de la peinture à l'huile, mais il avait notablement perfectionné l'invention de Van Eyck en introduisant le plomb dans la cuisson des huiles. Comme lui, son ami Giovanni Bellini peignait selon cette formule. Mantegna, le troisième larron de l'art pictural vénitien, préférait, lui, continuer d'employer la *tempera* qu'il disait mieux maîtriser. La science et l'alchimie des couleurs ne l'intéressaient pas. Ses recherches étaient orientées vers l'art de peindre et en particulier la perspective. Le premier, il avait pensé que l'œil du peintre, et donc celui du spectateur, pouvait être dirigé ailleurs qu'au centre du tableau, en dessous par exemple, ce qui lui permettait, en plaçant les pieds et les jambes des personnages principaux en première ligne, d'obtenir par des raccourcis en trompe l'œil des vues fuyantes vers le fond. C'était là une invention originale qui lui valait l'admiration de ses amis sur lesquels il exerçait une grande influence.

Un jour pourtant, sortant de ses études de perspective, de ses gravures sur plaques de cuivre [1], il annonça à Antonello et aux Bellini qu'il essayait de mettre au point une invention qui n'avait rien de théorique.

— Antonello? demanda-t-il, crois-tu que tes pigments à l'huile pourraient prendre sur de l'étoffe, de la toile par exemple, aussi bien que sur la *tàvola?*

— Je pense, oui... Pourquoi?

— Écoutez, les amis, vous avez tous renforcé les joints de panneaux par des bandes de toile imprégnées d'enduit, vous avez peint des bannières. Alors, pourquoi ne pas utiliser du tissu pour peindre les tableaux de chevalet? Il suffirait de tendre une toile sur un cadre de bois, de bien l'enduire et de peindre comme sur une *tàvola*. Les tableaux seraient peut-être plus fragiles, mais très légers et facilement transportables. Vous devriez penser à cela. Comme pour la couleur à l'huile, les peintres vénitiens seront les chevau-légers de la peinture!

L'idée était ingénieuse et l'on se demanda pourquoi on n'y avait pas pensé plus tôt. Puis, après un moment d'enthousiasme, les critiques fusèrent:

— Je ne manquerai pas d'essayer, dit Antonello, mais

1. Selon Vasari, Mantegna serait l'inventeur de la gravure sur cuivre.

je doute que nous tous, qui rêvons de la survie de nos œuvres, fassions vraiment confiance à un support aussi fragile qu'un morceau d'étoffe !

— Je partage l'avis d'Antonello ! déclara Giovanni Bellini. D'ailleurs, les artistes, fussent-ils des Vénitiens, ont horreur du changement. Tout à l'heure, nous parlions de l'huile. Dieu sait si nous avons espéré connaître le secret de Van Eyck. Eh bien, à part Antonello et moi, les peintres de Venise continuent la plupart du temps à peindre *a tempera*. Même toi, Mantegna, tu peins rarement à l'huile ! Comme les autres peintres d'Italie, qui connaissent maintenant le procédé flamand. Alors, pour la toile...

— Je me suis sans doute trompé en pensant aux tableaux de chevalet, dit Mantegna. C'est peut-être pour les grands sujets que le support de toile pourra être utile [1]. Il y a des murs qui refusent la fresque parce qu'ils sont trop humides ou mal construits. Rien n'empêche de peindre de grandes toiles montées sur des cadres de bois. Le tissu serait au contraire un facteur de bonne conservation. Sans compter qu'on pourrait les transporter !

Ainsi allait la vie dans le petit cercle des peintres renommés de Venise. Leur talent étant reconnu, ils ne manquaient pas de clients et menaient une existence aisée.

Le Signore Maggiotto, le père de Caterina, avait finalement cédé aux prières de sa fille. Malgré ses préventions, il s'était fait à l'idée d'avoir pour gendre un artiste peintre, état qui pour lui relevait de la pire fantaisie puisqu'il n'avait pas de place dans l'inventaire des hiérarchies sociales : noblesse, bourgeoisie ! Église, artisanat. L'homme n'était ni sot ni méchant, il voulait le bonheur d'une fille qu'il avait un peu délaissée après la mort de sa femme et ne rugit pas d'horreur lorsque Antonello lui dit qu'il n'avait d'autre fortune qu'une palette et des pinceaux. Le

1. La première œuvre sur toile connue en Italie date de 1554. C'est « Sainte Euphémie », de Mantegna qui peindra plusieurs tableaux sur *tela rensa* (toile de lin) dont neuf grandes toiles, « Les Triomphes de César », chefs-d'œuvre de reconstitution mythologique (conservées à Hampton Court). La toile ne sera couramment employée qu'à partir du XVIe siècle, sans détrôner pourtant tout à fait le panneau de bois.

récit des aventures de voyage du chercheur de couleurs l'avait aussi amadoué :

— J'aurais préféré un garçon avec qui je puisse parler de trames, de fils d'or à triple torsion et de soie effiloquée, mais il paraît que c'est vous que ma fille a trouvé dans une haie d'aubépine...

— Non. De *rosmarinus*, coupa Antonello.

— Comment? Cela a-t-il vraiment de l'importance? demanda le bonhomme, interloqué.

La haie de romarin faisait tellement partie de son univers amoureux que le mot avait jailli de sa bouche, comme pour rectifier une erreur impardonnable. Antonello se rendit compte de sa bévue et s'en tira en célébrant les connaissances botaniques de Caterina. Tout rentra dans l'ordre avec l'arrivée de cette dernière qui salua respectueusement son père et proposa de s'en aller pour ne pas gêner une conversation trop sérieuse pour une jeune fille.

— Non, reste! Puisque ce monsieur m'assure que tu connais le nom latin de toutes les plantes et qu'il peut vendre assez de tableaux pour faire vivre une famille, je lui accorde ta main. Tout de même, je n'aurais jamais pensé que tu épouserais un artiste peintre!

Caterina se jeta au cou de son père en pleurant, tandis qu'Antonello tripotait son béret de velours rouge en se demandant ce qu'il fallait dire dans ce cas à un fabricant de brocarts. Soudain, un trait de lumière lui traversa l'esprit.

— Monsieur, je vous remercie, dit-il. Je trouvais indélicat de vous faire une offre de caractère professionnel avant que vous ne vous soyez prononcé. Mon métier consistant à dessiner avant de peindre, je pourrai peut-être imaginer des motifs originaux pour vos tissus...

Le Signore Maggiotto joignit les mains et leva les yeux comme s'il venait d'être touché par la grâce :

— Venez, mon fils, que je vous embrasse. Je crois que je commence à comprendre à quoi sert un artiste peintre.

Le mariage d'Antonello et de Caterina eut lieu le même mois que celui de Mantegna et de Nicolosia Bellini à Santa Geremia et Lucia, l'une des plus anciennes églises de Venise dont le curé, ami des peintres, venait de commander une fresque à l'un des aides du marié, Palma il

Giovene, qui signa en qualité de témoin le registre de la paroisse avec Giovanni Bellini.

Le ménage s'installa dans une maison voisine du Campo dei Frari qui appartenait au beau-père. Elle était assez vaste pour laisser au maître un bel atelier tout ensoleillé. Les bourgeois y venaient nombreux pour se faire peindre leur portrait. Cette nouvelle clientèle, souvent plus aisée que celle des nobles, transformait le marché de l'art, si longtemps circonscrit en Italie aux commandes princières ou religieuses. Les artistes y trouvaient leur compte mais continuaient, chaque fois que l'occasion leur en était offerte, à travailler pour la décoration des églises et des palais officiels, car de cette peinture dépendait leur vraie renommée. Ces travaux faisaient l'objet de contrats où étaient spécifiés, depuis les débuts du Quattrocento, tous les détails de l'œuvre commandée : la dimension, le sujet, la rétribution du peintre et souvent l'engagement de ce dernier à exécuter le tableau de sa propre main. La qualité des couleurs employées était aussi mentionnée, mais on faisait moins cas qu'auparavant de l'or et du bleu d'outremer, matières chères dont les quantités utilisées avaient longtemps influé sur la valeur marchande de l'œuvre. L'époque était venue où le talent le disputait aux onces d'or, matériau qu'on réservait de plus en plus à l'encadrement. Antonello, pour sa part, avait depuis longtemps appris de Van Eyck à représenter les objets d'or par le truchement de pigments jaunes et blancs.

La joie fut grande le jour où Antonello rapporta à la maison un document portant la signature et le sceau de cire rouge du prieur de la Scuola degli Schiavoni, lui commandant un saint Jérôme pour l'hôpital qui recueillait les vieux matelots et les enfants pauvres de l'Esclavonie[1]. Caterina en lut le texte à haute voix :

« Qu'il soit connu et manifeste que moi, Fra Bernardo, frère de Jésus, ai rédigé de ma propre main ce document qui vaut contrat et commande d'un panneau de la dimension d'un pied six pouces sur un pied deux pouces à Antonello da Messina, peintre, destiné à la Scuola degli Schiavoni.

1. Région de Bulgarie.

« Que ce jour 22 mars 1456, ledit Bernardo s'en remet au susdit Antonello et le charge de peindre le bienheureux saint Jérôme dans son cabinet de travail. Il doit peindre ledit tableau entièrement de sa propre main selon le modèle déposé sur le papier et de la manière indiquée dans tous les détails, selon ce que moi, Bernardo, juge le mieux; et il doit peindre ledit tableau tout entier à ses frais et il doit avoir achevé et livré ledit tableau d'ici à seize mois. Il recevra pour prix de ce tableau, tel qu'il est dit, quatre-vingt-cinq gros florins, s'il me semble à moi, le susnommé Fra Bernardo, qu'il les vaut. Je peux consulter qui me semble le plus compétent pour juger de la valeur du tableau et du travail effectué s'il me paraît ne pas valoir le prix indiqué. Le peintre Antonello recevra son paiement comme il suit : trois gros florins par mois à dater du 1er avril 1456, et ainsi chaque mois. Et si ledit Antonello n'a pas livré le tableau dans le temps prescrit, il sera astreint à une amende de quinze gros florins. »

Caterina battit des mains, laissa le contrat s'enrouler tout seul sur la table et embrassa Antonello :

— C'est la consécration. Je savais que j'avais épousé un grand maître! Maintenant, il va falloir que tu fasses un chef-d'œuvre... Moi, j'aurai sûrement livré le mien avant toi. Surprise pour surprise, j'attends un enfant! Je ne t'avais rien dit avant d'en être sûre... Es-tu heureux de la nouvelle, maître Antonello?

Le maître fit oui de la tête. Il était bien trop ému pour parler et Caterina, bouleversée elle aussi, vit deux larmes couler sur les joues de son mari.

Peu après la naissance du petit Jacobello, le Signore Maggiotto rendit l'âme, léguant à sa fille trois maisons vénitiennes, une ferme dans le Frioul, une gondole en mauvais état et une somme fort honnête. Quand son corps, revêtu du manteau de brocart noir et argent digne d'un doge trépassé, eut été conduit par les gondoliers du Styx jusqu'à l'île de San Michele [1], Antonello se sentit libre de parler à Caterina d'une idée qui lui trottait dans la tête depuis longtemps :

1. Le cimetière de Venise.

— Ma femme chérie, j'ai pris de Venise tout ce qu'elle pouvait m'apporter. Maintenant, je sens que je tourne en rond ; je suis trop jeune, peut-être trop orgueilleux, pour admettre que mon talent a atteint un point d'où il ne progressera pas. Mantegna, les Bellini et tous mes autres amis sont de Vénétie, ils sont chez eux et il est normal qu'ils y restent. Moi, je suis un homme du Sud, je sens bien qu'il n'y a qu'à Naples et à Messine que je pourrai trouver des forces nouvelles.

Caterina avait pâli. Elle connaissait trop bien Antonello pour ne pas avoir deviné qu'il voudrait un jour retourner dans son pays mais, tant qu'il n'avait rien dit, elle avait voulu croire qu'il ne lui demanderait jamais de quitter Venise. Et voilà qu'arrivait le moment du déchirement. Allait-elle céder sans combattre ? Non ! Elle ne manquait pas d'arguments à opposer aux états d'âme de son mari :

— Tu es du Sud, c'est vrai, mais moi je suis vénitienne. Et Jacobello, est-il de Naples ou de Messine ? D'ailleurs, il est bien trop petit pour pouvoir entreprendre un aussi long voyage.

— Mais...

— Laisse-moi continuer. Qu'est-ce que c'est que cette histoire de « trouver des forces nouvelles » ? Les couleurs sont-elles meilleures à Naples ? Les peintres y sont-ils plus célèbres, plus inventifs que Mantegna et Giovanni Bellini ? Toi-même, qui jouis ici d'une belle notoriété, seras-tu tout de suite reconnu dans une ville que tu as quittée depuis longtemps ?

— Je sais que sous l'égide du roi qui est un passionné d'art, Naples est en train de devenir ce qu'était Venise quand j'y suis arrivé. A cause des peintres espagnols, flamands, français, bourguignons et provençaux qui s'y croisent sous l'influence flamande, elle constitue un foyer de recherche auquel il faut que je me réchauffe pour continuer à peindre.

— Réfléchis, Antonello. Pense à notre fils. Je ne te dis pas que je refuse de te suivre, mais je crois qu'il faut attendre...

— Et moi, je ne dis pas que je vais partir tout de suite. D'ailleurs, je n'ai pas terminé le panneau de Fra Bernardo.

La discussion en resta là mais Caterina savait qu'un jour, peut-être lointain, la famille rejoindrait Naples. Elle savait aussi, car l'élève de Van Eyck se trompait rarement quand il était question de son art, qu'Antonello da Messina n'arriverait pas au sommet de son talent ailleurs qu'à Naples et en Sicile. Pour l'instant, toute la passion du peintre était concentrée sur la *tàvola* de la Scuola degli Schiavoni dont le prieur venait régulièrement contrôler l'achèvement. C'est lui qui apprit à Antonello la mort à Rome, où le pape l'avait appelé, de Fra Giovanni da Fiesole. L'Angelico s'était éteint discrètement, comme il avait peint ses chefs-d'œuvre durant une longue vie consacrée à la représentation des anges et des saints. Antonello, très touché par cette mort, se jura d'aller prier sur le tombeau du maître, à l'église de la Minerva, lorsqu'il passerait par Rome en se rendant à Naples.

4

LA MADONE DE FLORENCE

Depuis le jour de sa naissance, la vie n'avait fait que sourire à Antonello. Sa jeunesse à Messine avait été heureuse malgré la condition modeste de sa famille toujours à la merci de commandes irrégulières. Quand le client faisait défaut, le père enseignait à son fils l'art de dessiner des pièces d'orfèvrerie magnifiques qui ne seraient jamais ciselées. En même temps qu'il étudiait le tracé des courbes idéales et des ornementations somptueuses, Antonello apprenait à rêver. Il avait trouvé plus tard chez le maître Colantonio une deuxième famille avant de gagner son pari insensé d'aller chercher à Bruges le secret de Van Eyck. Sa bonne étoile l'avait suivi à Venise où il était devenu un artiste réputé en même temps qu'un époux et un père heureux. L'attente d'un deuxième enfant, autre bonheur, remettait à plus tard le projet du retour à Naples. La vie était si douce sur la lagune qu'Antonello commençait à se croire un vrai Vénitien.

C'est alors que le malheur qui l'avait épargné jusque-là bouleversa soudain la vie d'Antonello. Un soir comme les autres où il avait peint jusqu'à la tombée de la nuit, il entendit Caterina crier dans la chambre. Il se précipita et la trouva baignant dans une mare de sang.

— Vite, préviens la sage-femme, murmura-t-elle.

Le sculpteur Rizzo, qui était venu lui rendre visite, était encore dans l'atelier. Mis au courant du drame, il partit en courant chercher l'accoucheuse qui habitait tout près, au Campo San Stin. Fou d'inquiétude, désemparé de se sentir inutile, Antonello avait pris la main de sa femme et l'exhortait à la patience. La *levatrice* arriva enfin, essoufflée, mais pour constater son impuissance.

Quelques minutes plus tard, la douce Caterina, pâle comme l'un de ces lys qu'elle appelait *lilium*, quitta la vie en regardant Antonello en larmes.

— L'enfant aussi est mort, dit la femme en pleurant. Allez chercher la Domenica, à côté, pour qu'elle m'aide. Et ne remettez pas les pieds dans cette chambre avant que je vous appelle. Tenez, allez donc chercher un prêtre aux Frari...

Les amis, prévenus, étaient aussitôt accourus : les Bellini, Bartolomeo Vivarini, Giovane Palma et le plus affligé de tous, Mantegna, qui arrivait de Padoue, encore couvert de poussière. Tous entouraient Antonello qui, à chaque instant, allait pousser la porte de la chambre et s'agenouillait devant le corps de Caterina que les femmes avaient habillée d'une longue robe blanche garnie de dentelle de Burano, celle qu'elle avait portée le jour de son mariage. Il ne disait pas un mot. La tête entre les mains, il priait, puis regardait longuement la morte, comme s'il voulait fixer à jamais ses traits dans sa mémoire.

— On ne peut pas le laisser comme cela toute la nuit, dit Giovanni Bellini. Il faut faire quelque chose.

Comme Antonello revenait dans l'atelier, toujours muet et hagard, Mantegna lui dit :

— A ta place, je prendrais du papier, une mine de plomb et je dessinerais une dernière fois Caterina. Fais-le. C'est aujourd'hui la seule façon de montrer combien tu l'as aimée.

L'idée était bonne. Après avoir d'abord refusé en disant qu'il était bien incapable de tenir une mine ou un fusain, il se mit à dessiner fébrilement la diaphane silhouette éclairée par quatre cierges. Au bout d'un moment, ses amis constatèrent que l'automatisme du geste, joint à l'attention obligée de l'artiste, calmait Antonello et rendait un peu de vie à son visage défait.

Sous l'œil attentif des meilleurs peintres de Venise, Antonello esquissa des dizaines de dessins.

— Ce qu'il fait est magnifique ! murmura Vivarini. Je

suis sûr qu'il souffre moins son crayon à la main. Mais regardez, il sommeille...

Antonello en effet s'était écroulé la tête posée sur le lit où gisait Caterina. Le lendemain, la gondole de deuil emmena le corps meurtri rejoindre celui de son père dans l'île de San Michele. Quinze jours plus tard, le Sicilien, qui n'avait pas encore repris ses pinceaux et errait dans la ville le regard terne et l'esprit vacant, annonça à Mantegna et à Nicolosia, qui l'avaient invité à souper, qu'il allait quitter Venise :

— Pour ceux qui n'y sont pas nés, Venise n'est pas une ville où l'on peut se guérir de la mort. Il faut que je parte. Je vais confier durant quelques mois, peut-être une année, Jacobello à Maria, la cousine de Caterina...

— Et où vas-tu ? Directement à Naples ?

— Non. Je veux aller à Florence voir mon ami Gozzoli. Avant, je passerai par Arezzo et Borgo Sansepolcro pour essayer de rencontrer Piero della Francesca. Rappelez-vous, nous avons vu l'année dernière un de ses tableaux. Je me suis toujours donné des buts dans la vie et en ce moment plus que jamais, il faut que je me fixe un objectif.

— Nous te comprenons, Antonello, mais reviendras-tu ? Tu vas laisser un grand vide à Venise.

— Je vous laisse un gage, mes amis... Je ne vais pas abandonner Jacobello ! D'ailleurs, je vous donnerai des nouvelles. En Italie, on trouve toujours quelqu'un qui se rend à Venise.

— Sois tranquille, dit Nicolosia. Je veillerai aussi sur Jacobello. En attendant que tu viennes le chercher, il sera le fils de tous les peintres de Venise !

Une semaine plus tard, à bord d'une grande *plate* frétée pour la circonstance, les « frères d'atelier », comme ils s'appelaient entre eux, conduisaient Antonello jusqu'à La Chafouine d'où partait le bateau qui menait à Padoue en empruntant la Brenta. Les frères Bellini essayaient de détendre l'atmosphère en discutant de l'architecture des nouveaux palais en construction sur le Grand Canal, mais un voile de tristesse embuait les esprits. En dehors du procédé de Van Eyck, Antonello avait beaucoup apporté aux peintres de Venise à commencer par la connaissance des effets de la lumière des Flamands. Son départ plongeait tout le monde dans l'affliction et lui-même, au moment de quitter cette ville qui l'avait si chaleureusement accueilli, était tourmenté par le doute. Ce voyage, qu'il avait jusque-là considéré comme une évasion salvatrice, avait-il raison de l'entreprendre ?

— Je vous quitte la mort dans l'âme, murmura-t-il à Nicolosia qui partageait sa banquette. Tu vois, j'ai laissé un peu de mon cœur dans tant d'endroits, à Messine, à Naples, à Bruges et maintenant à Venise, que je me demande s'il me restera assez de forces pour aller jusqu'au bout de la route.

— Mais oui, Antonello. Tu es de la race des nomades. Tu crois qu'il y a toujours quelque chose de bon à découvrir au hasard des chemins et tu as raison. Arrivé au terme, tu auras vécu plusieurs vies alors que nous aurons consumé la nôtre dans un confort sans surprise. Sois tranquille, dès que tu seras à cheval et que tu respireras à pleins poumons l'air de la liberté, tu oublieras Venise.

— Venise peut-être. Mais pas vous, mes amis des bons et des mauvais jours !

Sur le quai de La Chafouine, des cochers en tabliers de cuir attelaient déjà les énormes chevaux qui devaient haler le bateau de la Brenta, un lourd coche se donnant des airs de Bucentaure et dont les hautes voiles brunes suffisaient rarement à assurer l'avance. Les bagages d'Antonello hissés à bord, les adieux furent brefs. Personne ne tenait à prolonger une séparation douloureuse.

Mantegna avait déconseillé à Antonello de s'adresser à son maître Squarcione, avec qui il avait eu de graves différends, et lui avait plutôt recommandé de voir à Padoue son ancien camarade d'atelier, Niccolo Pizzolo. Celui-ci, un bon peintre sans originalité mais très habile, jouissait d'une excellente réputation dans sa ville et ne manquait pas de travail. Il reçut Antonello avec cordialité.

— Chaque fois que Mantegna vient à Padoue, il me parle de toi. Il paraît que tu es un garçon merveilleux. Il m'a initié à la couleur flamande, mais j'hésite à me lancer... Je crois bien que j'en resterai à la détrempe !

— Tu n'es pas le seul. Même à Venise beaucoup hésitent à tâter de l'huile et de la térébenthine. Mais l'essentiel, crois-moi, est de savoir peindre !

— Si tu as un moment avant de repartir, tu m'expliqueras. Au fait, si tu passes voir Squarcione, ne lui parle pas de moi, nous sommes fâchés.

— Toi aussi? Mantegna m'a dit la même chose. Je pense qu'il aurait pu, depuis le temps, revoir son vieux maître.

— Il ne t'a pas mis au courant? Ils étaient presque réconciliés quand Mantegna, dans la dernière fresque de la chapelle de San Cristoforo, a représenté Squarcione sous les traits d'un soldat corpulent tenant une lance à la main. Ce n'était pas bien méchant, mais le maître a pris ce portrait très ressemblant pour une offense! Durant ton séjour à Padoue, tu peux coucher chez moi. Et ce soir, viens manger le *minestrone*. Ma femme sera ravie de te connaître. Demain, je te conduirai chez Ganzolini qui tient le meilleur relais de la ville. Je le connais et lui demanderai de ne pas te vendre un cagneux ombrageux. Tu montes bien à cheval?

— Depuis le temps que je sillonne les routes, le contraire serait étonnant! Un jour il faudra que je calcule le nombre de lieues que j'ai parcourues.

Sur la Piazza dei Signori, en face du palais du Capitanio, Antonello découvrit facilement l'atelier de Squarcione. Il s'agissait plutôt d'un immense débarras où s'empilaient des statues, des moulages de plâtre et d'innombrables débris d'art antique. Mantegna lui avait souvent parlé de ce capharnaüm où il avait été élevé et où la peinture semblait tenir si peu de place. Il fallait se frayer un passage dans ce champ de ruines pour découvrir un aide derrière son chevalet, en train de représenter quelque scène du Nouveau Testament. Ici le maître enseignait, faisait travailler ses élèves les plus doués aux tableaux qu'on lui avait commandés et tenait commerce d'antiquités. Car Squarcione était aussi un marchand connu, son magasin était le rendez-vous des étrangers de passage à Padoue, des poètes et des humanistes qui professaient dans la célèbre université de la ville.

Squarcione, reconnaissable à son immense barbe et à sa robe de velours cramoisi, couleur qu'il s'était arrogé le droit de porter seul dans l'atelier, était justement en grande discussion avec trois doctes personnages. Tous étudiaient les restes d'une statue romaine qu'ils tentaient de reconstituer. « Quel beau tableau cela ferait ! » pensa Antonello en regardant ce groupe d'experts aux costumes multicolores penchés sur ces bras, ces torses, ces jambes et qui semblaient soulevés d'extase en caressant le marbre blanc.

Le maître avait le sourcil ombrageux et l'œil vif. Il s'adressa sans aménité au visiteur qui visiblement dérangeait :

— Que voulez-vous ? Cette Aphrodite dont nous venons de retrouver la tête est évidemment une copie de Praxitèle. Ces messieurs, qui occupent les chaires les plus importantes à l'université, en sont persuadés et cela est sûrement plus intéressant que ce que vous avez à me dire.

Antonello faillit saluer et rebrousser chemin sans mot dire mais il se ravisa. Après tout, cet ours était un personnage hors du commun qui valait sûrement d'être connu :

— Ne vous dérangez pas pour moi, messieurs, je suis le peintre Antonello da Messina, de passage à Padoue, et, comme il est d'usage, je viens rendre hommage à celui qui l'illustre.

Au nom d'Antonello, Squarcione se radoucit :

— Je connais votre nom. Vous êtes l'homme de la peinture à l'huile et vous venez de Venise où vous fréquentez le plus ingrat de ceux qui me doivent tout. Je n'ai que faire de sa reconnaissance mais sa façon de peindre m'inquiète. Mantegna gâche son génie — car il a du génie — en représentant des personnages qui ont l'air de statues de marbre.

— Il a dû avoir connaissance de vos reproches, maître, car il peint aussi, maintenant, d'après des modèles vivants. Mais peut-être a-t-il vécu trop longtemps parmi les antiques... Combien de fois m'a-t-il répété que les belles statues romaines sont plus parfaites que la nature qui rassemble rarement toutes les perfections dans un seul corps...

Cette réplique plongea le maître dans une violente colère. D'un mouvement trop brusque, il renversa la coupe de bleu de Prusse en équilibre sur des bustes décapités.

— Ça, c'est ma leçon presque mot à mot. Mais il y a un

moment où il faut oublier les leçons. Qu'il utilise votre peinture à l'huile, que diable! Qu'il peigne des chairs qui aient la couleur de la chair!

Antonello était éberlué. Voilà que Squarcione prenait à son compte tous les reproches que formulait Mantegna à son égard. Le vieux était capable de jouer la comédie; pourtant, il paraissait sincère. Antonello se posa la question de savoir s'il devait essayer de dissiper l'incroyable malentendu et de tenter un rapprochement entre le maître et l'élève, mais il renonça sagement, sûr que la première discussion se terminerait en farouche empoignade. Il avait vu le phénomène de Padoue, cela lui suffisait! Il prit congé et laissa les prêtres du marbre antique célébrer leur culte.

Après un souper agréable, il passa une mauvaise nuit chez Niccolo Pizzolo dont le dernier *bambino* n'avait cessé de brailler. Son esprit était encore à Venise auprès du petit Jacobello et le doux visage de Caterina ne quittait pas sa mémoire. C'est un homme empli de tristesse, vieilli soudain par le malheur, qui prit le lendemain la route de Ferrare. Mantegna avait travaillé plusieurs mois, en 1449, à la cour de la maison d'Este et y avait rencontré Piero della Francesca. Peut-être ce dernier y était-il encore? En tout état de cause, il y avait toujours au château d'Este quelque artiste étranger qui œuvrait pour les ducs, grands amateurs de peinture et mécènes généreux. Antonello pensait avec raison qu'il ne perdrait pas son temps en s'arrêtant quelques jours ou quelques semaines dans cette ville bénie des peintres.

A Ferrare, Antonello ne trouva pas Piero. Il était reparti un peu plus tôt pour Arezzo. Mais il apprit que le Flamand Rogier Van der Weyden, qu'il n'avait jamais rencontré à Bruges mais dont on lui avait souvent vanté le talent, peignait pour le duc une «Déposition de Croix». L'idée de rencontrer un grand peintre flamand lui plaisait beaucoup. Pour sa peinture d'abord, afin de la comparer à celle de Van Eyck, mais surtout pour parler d'un pays qui lui avait tant donné et apprendre quand et comment son cher maître, dont il avait appris la mort, avait quitté pour toujours la ville des brumes et des béguines.

Van der Weyden avait évidemment entendu parler du

peintre italien, ce jeune audacieux que Van Eyck avait récompensé en lui dévoilant son secret. Il le reçut dans la pièce du palais Schifanoia appelée «la Maison des Délices», qui lui servait d'atelier [1].

— Vous êtes presque un compatriote, Signore Antonello. Je suis heureux de faire votre connaissance. Savez-vous que chez nous, vous êtes connu ? L'estime que vous a portée Van Eyck reste légendaire.

— Le plaisir est partagé. J'ai connu à Bruges le plus grand peintre de son époque, aujourd'hui vous me recevez. Je regrette de ne pas vous avoir rencontré dans votre beau pays des Flandres.

— Je suis né à Tournai et vis beaucoup à Bruxelles. C'est là que j'ai connu Van Eyck que j'ai pu voir peu de temps avant sa mort, il y a maintenant plusieurs années. A moi aussi il a confié le résultat de ses expériences, qui ne sont plus aujourd'hui un secret pour les artistes qui ont le désir, et le courage, de peindre à l'huile et à l'essence. Même en Italie...

— Et qu'est devenu Petrus Christus à la mort du maître ? Lui, je l'ai bien connu à Bruges. Van Eyck faisait grand cas de son talent.

— Marguerite, Mme Van Eyck, est restée dans la maison de la Main-d'Or et Petrus a continué à faire vivre l'atelier. Il a terminé les œuvres inachevées et peint maintenant pour son propre compte.

— N'y a-t-il pas actuellement dans la ville un travail auquel je pourrais apporter ma contribution ? La fresque ne me fait pas peur et j'aimerais bien rester quelques semaines à Padoue. Je voudrais aller admirer les fresques de Giotto dans la chapelle des Scrovegni.

— Vous avez raison. C'est Giotto qui a ouvert toute grande la porte de la peinture italienne. Et n'oubliez pas d'aller voir la statue équestre du condottiere vénitien Erasmo di Narni. Donatello a réussi un chef-d'œuvre. Et aussi Paolo Uccello qui peint actuellement des figures de géants sur la façade de la maison Vitaliani. Peut-être a-t-il

1. Palais demeuré un haut lieu de la Renaissance italienne par les fresques de Francesco del Cossa : allégories des mois de mars, avril et mai.

besoin d'un bon fresquiste. Paolo est un personnage étonnant, déconcertant, qui peint des chevaux rouges aux croupes énormes, des oiseaux aux ailes d'anges et des anges-caméléons. Il vous tiendra d'interminables discours sur la perspective, c'est sa passion !

Le lendemain, Antonello, calé sur un échafaudage, à vingt mètres du sol, aidait Paolo di Dono que tout le monde appelait Uccello, à peindre d'étranges géants dans les tons verdâtres qu'il affectionnait. Paolo avait pris en amitié ce grand garçon un peu triste né en Sicile, un pays qui lui paraissait aussi lointain et mystérieux que la Chine du grand Khan. Il est vrai que les aventures d'Antonello valaient presque celles de Marco Polo. Uccello fit promettre à son nouvel ami de l'initier aux mystères du médium eyckien et surtout de venir le voir à Florence :

— Les règles de l'art italien sont en train de changer. Tu as eu la chance de connaître Fra Angelico mais, depuis, il s'en est passé des choses ! Je te montrerai ma « Bataille de San Romano ». Elle fait crier quelques imbéciles mais je suis sûr que toi tu l'aimeras [1] !

***

Quand les géants eurent pris leur place de chaque côté du portail de la maison Vitaliani, que les échafaudages eurent disparu et que le noble Signore Ottaviano, maître des lieux, eut témoigné sa satisfaction à Uccello, ce dernier annonça qu'il devait rentrer sans attendre à Florence. Antonello hésita. Devait-il accompagner Paolo ou continuer l'itinéraire qu'il s'était fixé vers Arezzo et Sansepolcro, la ville natale de Piero della Francesca qui s'y trouvait justement ? C'est lui qu'il voulait rencontrer. Il décida de prendre la route d'Arezzo. Son travail avec Paolo Uccello l'avait intéressé et lui avait fait un peu oublier ses tourments. C'est un Antonello plus serein qui

1. Les géants de la maison Vitaliani n'existent plus. Mais trois versions de la « Bataille de San Romano » sont au Louvre, aux Offices de Florence et à la National Gallery de Londres. Après avoir été discuté durant des siècles, Uccello a été redécouvert par les cubistes puis par les surréalistes. Il est aujourd'hui unanimement reconnu, et même à la mode.

enfourcha le nouveau cheval qu'il venait d'acheter. Il regrettait seulement de quitter Padoue sans avoir eu l'occasion de rencontrer Borso d'Este qui lui eût peut-être commandé quelques décorations pour l'un de ses palais. « Bah ! pensa-t-il en talonnant les flancs de sa monture, un solide palefroi gris tourdille qui aurait pu figurer sur un tableau d'Uccello, j'ai bien le temps de me lier à un prince, mieux vaut garder encore ma liberté ! »

Des deux routes possibles pour descendre vers le sud, il choisit celle de Ravenne. Un sculpteur rencontré à Ferrare lui avait recommandé de ne pas manquer d'aller admirer les mosaïques de la ville qu'il appelait « la Byzance de l'Occident » :

— Quand tu auras contemplé l'extraordinaire symphonie de couleurs des *tesselle* qui décorent le tombeau de Galla Placidia, tu conviendras que sa beauté dépasse celle des mosaïques de San Marco.

Le sculpteur n'avait pas menti. Antonello, à la vue de la mosaïque du Bon Pasteur dont les petits cubes d'or et de bleu profond éblouissaient, se demanda un instant s'il n'approchait pas, dans cette divine lumière, l'art le plus achevé, et si les peintres n'avaient pas grand tort de considérer les mosaïstes avec dédain.

Le lendemain, après une étape agréable dans les forêts de sapins de la Romagne, Antonello arriva à Casena où l'unique auberge, bondée de voyageurs, ne put le recevoir. Il s'apprêtait à renouer avec le passé en cherchant une grange susceptible de l'abriter durant la nuit quand un cavalier, fâché comme lui de ne pas trouver de chambre, lui proposa de l'accompagner :

— A moins de deux lieues, il y a une possibilité de dormir à l'abri. Il s'agit plus d'une ferme que d'une hôtellerie, mais les patrons sont gentils et servent une bonne cuisine.

L'homme était agréable. Il portait bien ses chausses et son pourpoint de gros drap faits pour le voyage. Et il était bavard !

— Ainsi vous êtes peintre et sicilien… Deux raisons, monsieur, pour m'être sympathique. Je suis né à Catane et travaille actuellement à Naples.

— Et la peinture vous passionne ?

— Je suis l'un des secrétaires de Sa Majesté Alphonse

d'Aragon. Quand on sert le Magnanime, il vaut mieux s'intéresser aux choses de l'art. Mais cela ne me coûte pas : j'aime les beaux objets et la bonne peinture.

— Le hasard, monsieur, est aujourd'hui heureux. Je rentre maintenant à Naples pour revoir mon vieux maître Colantonio et peut-être proposer mes services au roi qui a été très bon avec moi lorsque je suis parti pour les Flandres.

— Les Flandres ?

— Oui. Mais il faut que je reprenne mon histoire depuis le début, sinon vous ne comprendrez rien à mes incessants vagabondages.

Antonello raconta son étrange aventure, comme il l'avait fait si souvent sans lasser une seule seconde son auditoire.

— Mon cher, revenez à Naples, dit le voyageur. Si vous avez quelque talent, mais vous en avez d'après ce que vous venez de me dire, votre fortune est faite !

Au pas, les chevaux suivaient un chemin d'herbe marqué par des ornières :

— Savez-vous où nous arrivons, monsieur l'artiste ?

— Je n'en ai pas la moindre idée.

— Regardez ce petit cours d'eau qui va vers la mer. Nous allons le traverser sur les traces d'un des capitaines les plus illustres de l'histoire.

— Qui donc ? demanda Antonello.

— César, monsieur, César lui-même. Ce fleuve est le Rubicon.

Antonello se rappela soudain les leçons de latin et d'histoire que lui prodiguait naguère l'écrivain à bord de la galère du glorieux Pachiero.

— *Alea jacta est !* s'écria-t-il.

— Bravo, monsieur, vous êtes un homme instruit ! Le Rubicon marquait en effet la limite de la Gaule cisalpine et de l'Italie. Nous allons franchir ce fameux pont pour nous rendre à Savignano sul Rubicone où, si Dieu et César sont avec nous, nous allons pouvoir souper et dormir !

Antonello craignait un peu la nuit, durant laquelle il allait devoir partager la chambre du secrétaire dont le discours emphatique commençait à lui peser, mais la *purea di fave con cicoria* et le *crostone di polenta* qu'on leur servit au souper eurent raison du phraseur. Sitôt couché il s'endormit et Antonello constata avec satisfaction qu'il ne ronflait pas.

Le lendemain, le ciel était bleu, la fraîcheur agréable et la route assez mouvementée pour vaincre la monotonie. Le secrétaire, qui avait dit se nommer Raffaello di Pandoni, empruntait comme Antonello la route d'Arezzo et de Pérouse. Les deux cavaliers décidèrent de voyager ensemble jusqu'à Sansepolcro où le peintre devait s'arrêter. Cette compagnie ne déplaisait pas à Antonello qui connaissait bien les effets néfastes de la solitude au cours des longs voyages à cheval. Raffaello, d'ailleurs, s'était calmé et ses propos plus discrets empêchaient Antonello de penser. Enfin, il serait peut-être utile un jour de connaître le secrétaire d'Alphonse d'Aragon...

Deux jours encore, Antonello et le bavard voyagèrent de compagnie. Ils longeaient la haute vallée du Tibre dans un paysage superbe quand, au pied du mont Fumaiolo, Raffaello prit à gauche le chemin qui rejoignait à Arezzo la route de Rome tandis que le peintre continuait vers Sansepolcro, distant d'une journée au petit trot.

La route était devenue difficile à l'approche de l'Apennin toscan et le cheval d'Antonello faillit tomber deux fois. « Ce n'est pas mon brave Naxos qui m'aurait joué des tours pareils ! » dit-il tout haut en retenant sa monture au bord d'un précipice. Souvent, il lui arrivait de penser à sa bonne mule qui l'avait conduit si loin et qu'il avait abandonnée tout au nord de la Flandre. Mais son nouveau cheval, qu'il appelait naturellement aussi Naxos, était une bête douce et fidèle. Ce n'était tout de même pas sa faute si elle n'avait pas le pied montagnard d'un mulet !

Soudain, la vallée s'ouvrit en vaste amphithéâtre. Antonello s'arrêta près d'un berger qui lui montra au nord les montagnes de l'Alpe della Luna et de la Massa Trabaria, au sud les collines du Castello et à l'ouest l'Alpe di Catenais. Au centre, dominant la haute vallée du Tibre, encore modeste cours d'eau, Sansepolcro s'étalait paresseusement. Dans l'une de ses maisons, Piero della Francesca devait peindre ou dessiner. Antonello attacha Naxos à un arbre et accepta de bon cœur le morceau de fromage et le pain que lui offrait le berger. L'homme avait du mal à comprendre la langue du Sud mâtinée de vénitien que parlait Antonello. Il sut pourtant lui dire que le Maestro Piero avait depuis quelques jours réintégré sa maison.

Le berger reparti avec ses moutons vers les pâturages, Antonello demeura assis sur le talus, à regarder le paysage étagé de l'arc des Apennins, plus doux et plus nuancé vers le fond avant de se cabrer devant le haut mur rocheux de Trabaria et de Caprese. « Dieu a mesuré la lumière de ce pays pour les peintres et Piero a bien raison d'y vivre », pensa-t-il. Puis il se dit que le paysage n'avait pas grande influence sur le talent, que Fra Angelico avait peint les fresques de San Marco à la lueur des chandelles et que Van Eyck voyait plus souvent la brume que le soleil de sa fenêtre. N'empêche que Messine et Naples lui manquaient et que, s'il ne s'était pas promis de rencontrer les plus grands artistes de l'époque afin de se perfectionner dans son art, il filerait à bride abattue vers l'île dont il portait le nom. Il en avait appris des choses au cours de son long voyage initiatique ! Hier encore, Uccello lui avait révélé les grandes lois de la perspective et l'art d'utiliser des camaïeux audacieux. Qu'allait lui apprendre Piero della Francesca, que tous ses pairs considéraient comme le meilleur et le plus original ?

Après avoir conduit son cheval au relais de la Porta del Ponte et retenu un lit pour la nuit, il trouva facilement la maison du grand homme dans la Via della Fonte derrière la cathédrale. La porte ouvrait sur un jardin fleuri mais peu soigné qui permettait d'accéder à une deuxième porte qui était celle d'une vaste pièce aux murs blanchis à la chaux. Antonello avait frappé, demandé s'il y avait quelqu'un mais, n'obtenant pas de réponse, il était entré, découvrant un atelier net, bien rangé qui contrastait étonnamment avec le bric-à-brac de Squarcione. Aux murs étaient suspendus cinq ou six panneaux dont la facture était plus ou moins avancée. Sous l'un de ces tableaux, le plus grand, se trouvaient un escabeau et une table où étaient alignées des coupelles de verdet, de terre d'ombre, de cendre bleue, d'outremer et des rouges de cinabre.

Le maître ne devait pas avoir quitté son travail depuis longtemps car le jaune de Naples coulait encore d'un pinceau posé sur les bords d'un godet. Il n'est pas un peintre qui ne soit intéressé par les pratiques d'un autre artiste. La seule vue de la table aux couleurs permettait à Antonello de percer certaines habitudes de Piero et de constater qu'il ignorait, volontairement ou non, l'usage des solvants de Van Eyck.

Brusquement, le maître entra par une porte du fond qui devait donner dans les pièces d'habitation. Il ne parut pas étonné de trouver un étranger qui le regardait avec franchise. Piero, comme tous les peintres, usait ses vieux habits le pinceau à la main. Sa longue robe était couverte de taches qui mélangeaient toutes les couleurs de l'arc-en-ciel et il portait sur la tête un bonnet rond, gris foncé, qui avait bien du mal à retenir des touffes de cheveux frisés. Son visage était rond, ses traits bien dessinés et ses yeux, grosses amandes noires, ressemblaient à ceux donnés aux personnages des mosaïques de Ravenne.

Il ne laissa pas à Antonello le temps de se présenter.

— Vous êtes un peintre, dit-il. Vous avez un regard de peintre. Est-ce que je me trompe?

— Non, maître. Je m'appelle Antonello da Messina. Tous les peintres qui vous connaissent ont tellement fait votre éloge que j'ai voulu vous rencontrer. J'étais à Venise un ami de Mantegna et de Giovanni Bellini...

— J'ai connu Mantegna. C'est un grand artiste. Prenez modèle sur lui.

— J'ai aussi travaillé pour Fra Giovanni da Fiesole, pour votre ami Paolo Uccello et pour Van Eyck.

— Ah, les Flamands! J'aimerais peindre comme eux, mais en fait leur manière ne me concerne pas trop. J'aime les tons atténués, les jeux de lumière diffus et je m'intéresse finalement plus aux problèmes de mesures et de proportions qu'aux couleurs elles-mêmes. Tenez asseyez-vous sur ce tabouret et racontez-moi votre histoire. Elle n'a pas l'air banale!

Une fois de plus, Antonello raconta et gagna un souper:

— Vous m'intéressez, monsieur le Sicilien. Ce soir vous mangerez avec moi et nous parlerons de peinture.

Brusquement il ajouta:

— Vous connaissez l'arithmétique? la géométrie?

— Bien peu, hélas! J'ai évidemment des notions de perspective et dessine convenablement.

— C'est dommage. Je suis en train de rédiger, entre deux tableaux, un *Trattato d'abaco*[1] destiné aux marchands. Je vous assure qu'il existe une association étroite entre la technique de la mesure et la peinture. La taille de chaque objet ou de chaque personnage doit être calculée avec précision en fonction de sa grandeur réelle et de son éloignement.

Antonello comprenait bien ce rapport mais ne pouvait qu'avouer son ignorance de toute théorie, ce qui plongeait Piero della Francesca dans la désolation.

— Vous savez, ce n'est pas une question d'instruction. Mon père était un modeste cordonnier-corroyeur et il aurait été difficile de trouver dans ce pauvre petit village — je suis né à Sansepolcro — quelqu'un capable de m'enseigner les mathématiques. Le curé m'a donné les premiers rudiments et c'est plus tard, à Florence où j'étais parti apprendre le métier de peintre, que je me suis perfectionné. Paolo Uccello m'a aidé. Lui aussi a compris que la peinture passe par le calcul! Mais je vous ennuie avec ma manie de l'arithmétique. Demain si vous voulez, vous demeurerez près de moi pendant que je terminerai «Le Baptême de Jésus» que vous avez vu tout à l'heure accroché au mur.

Après une nuit durant laquelle il rêva de perspective, de personnages qui s'enfuyaient vers le fond du tableau jusqu'à devenir minuscules chaque fois qu'il posait son pinceau sur la *tàvola* et de calculs arithmétiques qui mettaient son cerveau en ébullition, Antonello se présenta avant six heures, heure fixée par le maître, à la porte de la maison de la Via delle Fonte. Piero della Francesca était déjà au travail devant le panneau resplendissant de couleurs et qui paraissait achevé. Il fit signe au Sicilien de s'asseoir:

— J'ai considéré dix fois que ce tableau était terminé mais dix fois je suis revenu sur un détail ou un autre. Hier,

1. *Abaco*: calcul.

j'ai pensé à quelque chose en m'endormant et il faut que j'en tienne compte.

Antonello admirait ce panneau haut de plus de cinq pieds et large de trois ou quatre. Et il ressentait une impression étrange. Les personnages, le Christ, Jean-Baptiste et un groupe de trois anges semblaient figés, impassibles, ne trahissant aucune émotion. Pourtant l'œuvre exprimait dans sa sévérité, qu'accusait encore le décor, une force extraordinaire. Sans doute à cause des couleurs, qui n'étaient pas du tout celles dont lui avait parlé le maître la veille. Loin du camaïeu et des tons passés, elles exhalaient l'harmonie d'une vie régénérée et vigoureuse.

Une suite de statuettes en terre cuite, alignées sur une étagère, intriguait Antonello qui demanda à quoi servaient ces poupées. Le peintre sourit :

— Les draperies et tous les vêtements m'ont toujours causé du souci. Même avec mes connaissances de dessin et de géométrie, il n'est pas facile d'imaginer et de représenter les mouvements mathématiquement justes d'une étoffe, compte tenu de son poids, de sa nature et de la position du personnage. Alors, j'ai pris l'habitude de confectionner ces figurines en terre de deux pieds de haut que je recouvre d'étoffe légère en arrangeant la tombée naturelle des plis. Ensuite, je n'ai plus qu'à copier. Je ne sais pas si d'autres procèdent de la même façon...

Piero, après avoir réveillé sa palette de couleurs fraîches, avait pris son pinceau le plus fin et semblait jubiler :

— Antonello, fixez bien l'ange de droite. Je veux, pendant que les deux autres regardent la scène qui se déroule, qu'il vous fasse un imperceptible clin d'œil ; à vous, c'est-à-dire au spectateur du tableau, afin de mieux l'impliquer dans l'association subtile qui existe entre le sujet et l'artiste.

D'un geste précis comme celui d'un horloger ou d'un chirurgien, Piero bougea imperceptiblement les prunelles de l'ange porteur d'une robe améthyste et d'une couronne de laurier. Cela suffit pour détourner le regard vers l'extérieur du tableau. Antonello, subjugué, s'écria :

— Maître, vous venez de me donner la plus belle leçon

de peinture... Merci ! Mais pouvez-vous m'expliquer la raison de l'impassibilité de vos personnages ?

— Oh, c'est simple ! Pour moi, l'artiste peint une histoire ; là, une histoire connue puisqu'il s'agit du baptême du Christ. Pourquoi faudrait-il qu'un peintre charge les personnages divins de ses propres émotions ? Peut-il se permettre d'interpréter les sentiments qu'éprouve Jean-Baptiste en ondoyant le Christ ? Pour moi, un artiste doit s'interdire d'exprimer son trouble ou son enthousiasme.

— Quand vous parlez, maître, tout paraît évident. Les peintres, en général, aiment bien pourtant extérioriser leurs sentiments.

— Est-ce que le sculpteur anonyme des frontons du Parthénon, dont j'ai vu le dessin chez le duc d'Urbino, a trahi quelque émotion personnelle ?

Antonello savait qu'il ne retournerait jamais dans ces Apennins sauvages et envoûtants. Sur la route qui le menait à Florence, il eut un dernier regard pour les montagnes bleues de la Verna et se dit qu'il avait choisi le plus beau des métiers, qui lui permettait de rencontrer des êtres rares et de mener une vie à sa guise. Il regretta aussitôt cette dernière pensée en s'accusant d'avoir payé cette liberté de la mort de sa femme et de l'abandon de son enfant. La mort de Caterina était un malheur auquel il ne pouvait rien, mais sa fuite de Venise lui apparaissait souvent comme un acte dont il avait honte. Ce voyage commencé, il devait pourtant le poursuivre, respirer l'air de la peinture florentine puis continuer jusqu'à Naples et Messine. Là, chez lui, il travaillerait, il gagnerait de l'argent, et puis il retournerait à Venise chercher son fils. Il apprendrait à Jacobello les secrets des artistes qu'il avait connus. Il ferait de lui un grand peintre !..

* * *

Comme la plupart des villes, Florence a une odeur. Antonello la reconnut tout de suite en franchissant le petit pont qui menait à la forteresse de Basso d'où il admira la cité agglutinée aux rives de l'Arno. Cette exhalaison qui chatouillait ses narines, c'était celle de la laine brute lavée dans le fleuve, celle de la Via Calimala, fief des gens de la draperie qui teignent et affinent les étoffes venues de France et de Flandre.

Avant toute chose, Antonello voulait retrouver Benozzo Gozzoli qui, entre autres bienfaits, lui avait permis de travailler à ses côtés pour l'Angelico. Benozzo était devenu, il le savait, l'un des peintres les plus importants de Florence. Il faisait partie des artistes protégés par la famille Médicis et jouissait à ce titre d'un prestige et d'une aisance qui élevaient singulièrement le fils du tailleur Alessio, lui-même fils d'un cardeur de laine, dans la hiérarchie sociale florentine.

Le mieux était de s'adresser à la corporation des peintres de la ville. On y connaissait sûrement l'endroit où exerçait actuellement Benozzo. Le siège de la confrérie ne payait pas de mine vu de l'extérieur, mais dès que l'on pénétrait dans le vaste atelier, point de ralliement de tous ceux qui vivaient de leur pinceau, on se trouvait plongé dans un extraordinaire univers de couleurs. Chaque membre de la corporation avait peint un morceau de mur selon son goût, avec pour seule consigne de se représenter dans un lieu de la ville. Cela donnait un étrange panorama qui tranchait sur les scènes, presque toutes d'inspiration religieuse, peintes habituellement par les artistes de l'époque.

Deux jeunes gens jouaient aux dés dans un coin. Ils ne s'intéressèrent au voyageur que lorsque celui-ci demanda où il pourrait trouver Gozzoli.

— Vous tombez bien. Nous sommes ses apprentis. Il doit nous prendre en passant pour rejoindre le palais Médicis où il peint actuellement une fresque dans la chapelle privée de la famille.

Benozzo, en effet, arriva quelques instants plus tard et tomba dans les bras de son ami :

— Antonello ! Quelle surprise ! J'avais appris que tu circulais un peu partout en Italie et je pensais bien que tu passerais un jour par Florence. Il paraît que tu as été longtemps vénitien et même que tu t'es marié là-bas ?

— Hélas, ma femme est morte et j'ai décidé de retourner au pays pour y travailler et gagner de l'argent. Après, j'irai retrouver mon fils qui aura l'âge de voyager...

— Je ne savais pas. Pardonne-moi...

— Tu ne pouvais pas deviner ! Ce retour m'accable et je me demande dix fois par jour si je n'aurais pas dû rester à Venise. Heureusement, tout le monde est gentil avec moi. Tu ne peux pas savoir comme il y a longtemps que je rêvais de te retrouver...

— Voilà, c'est fait ! Moi aussi je suis heureux. Et le fameux secret des Flamands ? Je sais que tu as réussi et que beaucoup de peintres italiens le connaissent.

— Ils le connaissent parce que je n'en ai pas fait longtemps mystère. Ils le connaissent mais, sauf quelques-uns, ne s'en servent pas. Ils ont peur de je ne sais quoi. Mais dans quelques années tout le monde utilisera le solvant et le vernis de Van Eyck. Bien sûr, si tu le souhaites, je t'expliquerai tout !

— Cela m'intéresse. En attendant, je t'emmène au palais des Médicis, sur la Via Larga. J'aimerais beaucoup avoir ton avis sur la fresque que je suis en train de peindre. C'est la procession des Rois Mages vers Bethléem. Mais le cortège est composé des illustres personnages qui ont participé au concile œcuménique de Florence en 1439. Une grande date pour Cosme de Médicis qui reçut alors l'empereur romain d'Orient Jean VIII, le patriarche de Constantinople et le pape Eugène IV. Comme Cosme s'est brouillé peu après avec Sa Sainteté, celui qui devait être le troisième Roi Mage ne figure pas sur ma fresque. Il est remplacé par Laurent, l'aîné des petits-fils qui a quatorze ans. Enfin, tu verras toi-même.

— Je viens volontiers, mais auparavant, je dois mettre mon cheval en garde, trouver un gîte et m'occuper de mon bagage.

— C'est vrai. J'oubliais que tu as toujours sous toi un mulet ou un cheval ! Amène-le. Je connais l'officier des écuries du palais et il acceptera sûrement de garder ta monture. Tu sais pourquoi ? Je l'ai représenté sous les traits d'un des suivants et il en est fier comme Balthazar ! Quant à ton gîte, tu vas loger chez moi. J'ai un grand atelier, tu pourras travailler.

Antonello remerciait encore son ami lorsqu'ils arrivèrent devant l'imposante masse du Palazzo Medici bâti en bossages d'aspect rustique mais, lorsqu'on y regardait de plus près, savamment martelés. Les ouvertures, protégées par d'épais quadrillages forgés, rappelaient que les plus riches banquiers d'Europe, maîtres absolus de Florence par surcroît, entendaient se faire respecter. Bien gardée, la lourde porte cloutée s'ouvrait à l'angle de la Via dei Gari, surmontée d'un formidable fanal de fer forgé qui éclairait à la fois le palais et la rue.

Benozzo était connu et les soldats casqués ouvrirent tout de suite la petite entrée, mais celle-ci n'étant pas assez large pour laisser passer la monture et son chargement, il fallut pousser les deux vantaux principaux, ce qui n'était pas une petite affaire. Après avoir franchi un second portail orné de l'écu aux six boules des Médicis et du blason personnel de Cosme, sculpté de plumes de paon en alternance avec les six boules, Antonello poussa un cri de saisissement. Forteresse à l'extérieur, le palais devenait aimable et accueillant à l'intérieur, avec sa cour carrée aux arcades ornées de médaillons antiques. Partout des statues, des sarcophages montraient que les maîtres des lieux aimaient les antiques. Enfin, au milieu, trônait un majestueux David en bronze de trois brasses de haut [1]. « C'est l'œuvre du grand Donatello qui peut se dire ami personnel de Cosme », remarqua Benozzo.

Naxos installé dans l'écurie en compagnie des chevaux les plus titrés de Toscane, Gozzoli, Antonello et les deux aides se dirigèrent, à travers de longs couloirs, vers la chapelle privée du premier étage. Tout était encore blanc et neuf dans ce palais à peine achevé. L'effet de la grande fresque de Gozzoli, aux couleurs chaudes de tapisserie, n'en était que plus saisissant. Antonello, qui n'avait pas vu de peinture de son ami depuis le premier passage à Florence, fut surpris par l'étonnante composition du tableau : le déroulement, sur le chemin d'une montagne fantastique, du long cortège célébrant à la fois l'Épiphanie et la magnificence de la cour des Médicis. C'était un travail d'orfèvre dont la grande finesse d'exécution révélait les moindres détails des visages, des habits, des harnachements.

— C'est très beau, dit Antonello. Je suis sûr que ta fresque est sur ce mur pour des siècles. En tout cas, elle

1. Trois brasses représentaient à Florence environ 1,80 m.

est bien protégée, mieux que celles de l'Angelico dans le monastère humide de San Marco.

— Crois-tu que le maître serait content de son élève s'il voyait mon travail ?

— La facture lui plairait, mais il n'y retrouverait sans doute pas le mysticisme qui transfigurait sa peinture.

— Fra Angelico était à la fois un génie et un saint. Comment peindre comme lui ?

— Ton œuvre ne représente-t-elle que des personnages importants de la cour ?

— Non. Seulement ceux que les Médicis avaient recommandés à mon attention. Tiens, ce vieillard perdu dans le milieu du tableau, c'est Cosme, Cosme l'Ancien, Cosme le Grand, il n'a voulu figurer qu'à une place discrète. Voilà Jean VIII et le patriarche. Devant, tu l'as deviné, c'est notre futur prince, Laurent, un jeune homme très doué et très instruit. Quand Cosme mourra, c'est sans doute son fils Pierre qui le remplacera, puis Laurent, encore que dans cette ville le pouvoir ne soit pas automatiquement héréditaire et que la politique tente toujours de défaire ce que la force a imposé. Enfin, tant que la banque Médicis restera la plus riche et la plus puissante dans toutes les villes d'Europe où elle a des filiales, à Rome, à Venise, à Milan, à Bruges, à Londres, à Avignon, ses adversaires n'auront pas beaucoup de chances d'enlever le pouvoir à la famille.

— Florence est vraiment une ville étrange.

— Oui, mais pas plus que Venise avec ses doges et son Conseil, Milan avec les Sforza et Rome avec ses cardinaux.

— Tu as raison. Nous avons l'avantage, nous autres artistes, de pouvoir nous désintéresser des friponneries de l'époque.

— Tu crois ? Un peintre qui perd son mécène court le risque de devenir un pauvre, épuisé par la course aux commandes.

— Pour toi, ce risque n'est pas grand. Ton « Cortège des Rois Mages » est magnifique et les Médicis savent reconnaître la bonne peinture [1].

1. Le « Cortège des Rois Mages » est considéré comme l'œuvre majeure de Benozzo Gozzoli.

— Je ne sais pas. J'ai entendu certaines remarques... Et puis, il faut compter avec la jalousie des autres. Les confrères ne sont pas tous des saints ! Enfin, après plus de deux ans de travail, ma fresque est achevée. Les aides n'ont plus qu'à terminer les palmettes de l'encadrement. Mais je ronchonne alors que ton retour est une joie. Ce soir, je t'assure que nous allons le fêter comme il convient !

***

Malgré le temps passé, Antonello et Gozzoli avaient retrouvé d'emblée l'amitié complice du temps où ils priaient avant de peindre avec l'Angelico. Ils convenaient qu'ils n'avaient pas mal réussi. Gozzoli, plus âgé, s'était fait un nom dans la ville où le nombre de peintres rendait l'ascension difficile. Antonello, lui, n'avait qu'à se fixer pour asseoir sa jeune réputation. A la demande du Sicilien, Benozzo avait énuméré les peintres les meilleurs et les plus connus de Florence, ceux à qui il voulait être présenté. Il y avait d'abord Donato, que tout le monde appelait Donatello, qui n'était pas peintre mais sculpteur de génie.

— Nous irons voir Donatello, dit Gozzoli. C'est un vieil homme, aujourd'hui à moitié paralysé, à qui Florence doit en grande partie sa renaissance artistique. Il vit dans une petite maison du Cocomero, près des religieuses de Saint-Nicolas, maison qu'il a préférée à la superbe propriété que lui avaient offerte Cosme et Pierre de Médicis. Le seul revenu de ce don suffisait à assurer son existence jusqu'à la fin de sa vie mais, excédé par les ennuis de gestion de ce patrimoine, il pria Pierre de reprendre le domaine en disant qu'il aimait mieux mourir de faim plutôt que d'avoir à penser au pigeonnier d'une ferme abattu par la tempête ou à la récolte du vignoble menacée par la sécheresse. Pierre a éclaté de rire, a repris la propriété et l'a échangée contre une rente versée chaque semaine par sa banque. Donatello est évidemment navré de ne plus pouvoir travailler mais, tu verras, son infirmité n'a pas tari sa joie de vivre.

— Et qui verrai-je d'autre ?

— Domenico Veneziano qui sait peindre à l'huile, ce qui t'intéressera, mais qui ne tire pas grand profit du procédé nouveau. Filippo Lippi, qui a été moine au couvent des Carmes avant de mener une vie assez dissolue tout en peignant excellemment sous la protection de Cosme. Nous verrons dans son atelier un jeune homme fantasque à l'esprit indépendant qui profite si bien des leçons de son maître qu'il le dépasse dans bien des domaines.

— Comment s'appelle-t-il ?

— Alessandro, fils d'un citoyen aisé de Florence. On l'appelle Sandro Botticelli.

— Et encore ?

— Tu es insatiable ! Je te ferai connaître Verrocchio, l'homme de tous les talents : il est à la fois peintre, orfèvre et sculpteur. Voilà, nous avons fait le tour des meilleurs Florentins. Maintenant, il y a des dizaines de peintres aux dons inégaux qui travaillent dans différents ateliers. Au fait, pourquoi ne t'installerais-tu pas à Florence ? Bénie par les Médicis, c'est la ville phare de l'art italien.

— Non. J'aurais trop peur d'être classé dans la catégorie des peintres aux dons inégaux dont tu parlais à l'instant !

— Voilà le héros de la peinture à l'huile qui se complaît dans l'humilité ! Venise a vraiment changé mon Antonello !

— Pas Venise, mais sans doute l'affreuse épreuve que je viens de subir. Je lutte pour l'oublier mais la blessure est trop récente. Je sais qu'elle m'a fait perdre la confiance en soi sans laquelle on ne peut rien entreprendre.

— C'est vrai. Excuse-moi. Mais ta détresse actuelle va passer. Tu verras, Florence, Fiorenza, Sainte-Marie-de-la-Fleur... ma ville est un bouquet de printemps dont le parfum te rendra l'envie de vivre. Et de peindre ! Car si j'ai bien compris, tu ne peins plus depuis la mort de ta femme ?

— Non. J'ai seulement aidé Paolo Uccello à terminer une fresque. Pour gagner quelque argent.

— Et tu vas vivre comment ? Les mécènes les plus généreux ne donnent la becquée aux oiseaux-peintres que s'ils montrent la couleur de leurs plumes ! Viens souper ce soir avec mes amis, comme autrefois avec les *Imbrattaleli*... Tu te souviens ? Et demain il y a fête, danses et tournois sur la place de la Seigneurie. Nous irons, tu verras le fier Laurent sur son beau cheval blanc, celui de ma fresque !

La chaleur, l'amitié, les chansons, le vin des collines de Chianti... Antonello, ce soir-là, oublia tout.

Le lendemain matin, il se réveilla étonné et heureux dans le lit d'Ondina, la marchande de fleurs du Vieux Marché, modèle des peintres de Florence, dont le beau visage incarnait sur d'innombrables tableaux, commandes de princes ou d'évêques, la Sainte Vierge, Marie-Madeleine, Marthe... Piero della Francesca l'avait fait poser couverte de soieries et d'or dans sa « Présentation de la reine de Saba » et Donatello lui avait fait jurer de ne jamais révéler que son petit David, à la grâce heureuse et à la taille de fleur, c'était elle [1]...

La jeune femme, revêtue de sa seule chemise le regardait. Son sourire était doux, ses longs cheveux châtains cachaient ses épaules blanches. Tout en elle respirait une simplicité, une franchise, une innocence qui expliquaient pourquoi les artistes se la disputaient. Elle ne disait rien mais son regard montrait qu'elle comprenait l'embarras d'Antonello, les remords qui l'assaillaient et la peine, l'immense peine resurgie de la nuit. Tout en elle traduisait aussi son désir d'aider, de consoler, de tendre la main à celui que Gozzoli lui avait présenté la veille comme un être désemparé qu'il fallait guérir de son douloureux désespoir.

— C'est l'un de mes amis les plus chers, lui avait confié Benozzo. Aide-moi à le sortir du marécage de désolation où il s'enfonce sans vrai désir d'en sortir. Joue la Marie-Madeleine de l'Évangile ! Seules la délicatesse et la finesse d'une femme peuvent le secourir.

Ondina, qui passait pour une pécheresse mais qui, en fait, n'avait pas été dans sa vie plus luxurieuse que bien des femmes de bonne réputation, avait accepté d'entourer Antonello d'attentions apaisantes et désintéressées. Elle

1. Sans doute le petit bronze du Bargello fait comme une jeune fille et dont le chapeau, orné de fleurs, est d'une grâce infinie.

était intelligente, elle avait le cœur sur la main et secourir ce bel homme fort fragilisé par le malheur lui semblait une entreprise généreuse et captivante. C'est tout naturellement que, poussée un peu par Gozzoli, elle avait ramené chez elle Antonello grisé et fatigué. Avec douceur, elle l'avait déshabillé, couché et endormi comme un enfant. Entre eux il ne s'était rien passé d'autre que des gestes de tendresse fraternelle, mais Antonello en se réveillant ne le savait pas. Il ne se rappelait que le goût du vin et de la *grappa* dont il avait sûrement abusé. Et du visage flou, illuminé par moments, d'une jeune femme qui ne l'avait guère quitté durant le banquet. Maintenant il la reconnaissait. C'est elle qui le regardait, à demi soulevée sur le lit.

— Vous avez longtemps dormi, monsieur le Sicilien, dit-elle d'une voix qui lui semblait familière.

Il se souvenait d'avoir trouvé cette voix agréablement musicale et même de lui avoir confié que, pour lui, la voix d'une femme était très importante. Les idées les plus folles se bousculaient dans sa tête. Il revoyait Caterina allongée, diaphane, sur son lit de mort, ses amis de Venise qui se mélangeaient aux peintres de Florence, le visage frais de Jacobello qui, dans son jargon de *bambino*, lui reprochait de l'avoir abandonné et d'avoir oublié sa mère... Il fermait les yeux pour fuir ceux d'Ondina... Ondina... Mais oui, elle s'appelle Ondina. Et comme attiré dans le précipice de sa tristesse, il se mit à pleurer.

Sécher les larmes d'un homme est un acte où se complaisent beaucoup de femmes. Ondina s'y employa avec une tendre patience. Sous la caresse de ses doigts les paupières d'Antonello se rouvrirent. Il lui sembla même qu'il esquissait un sourire. Il dit simplement « merci » et abandonna inconsciemment son âme malade aux soins de celle qui connaissait les mots et les gestes qui soulagent.

Quand il se sentit mieux, lorsque l'insecte hideux ou le monstre inconnu qui lui ravageait le cœur se fut calmé, il murmura :

— Je vous reconnais, Ondina. Nous avons échangé bien des propos hier soir. Mais que fais-je ici ? Je suis chez vous, sans doute ? Vous m'avez ramené dans votre chambre, c'est cela, n'est-ce pas ? Comment ai-je pu vous proposer une telle chose ?

— Vous ne m'avez rien proposé du tout. J'avais promis à Benozzo de veiller sur vous avant d'essayer de vous rendre goût à la vie et j'ai pensé que dans l'état où vous étiez...

— J'étais ivre ? Ce n'est pas mon habitude.

— Vous étiez ivre et désespéré. Vous parliez de vous jeter dans l'Arno. Alors, comme j'habitais à côté, j'ai décidé de vous offrir l'hospitalité.

— Et...

— Je ne vous ai rien offert d'autre, si c'est ça que vous voulez savoir. Vous étiez d'ailleurs bien incapable de me demander quoi que ce soit !

— Je préfère. Ma honte aurait été plus grande encore. Il me reste à vous exprimer ma gratitude.

— Pour la gratitude, on verra plus tard. Le mieux, pour l'instant, est que vous alliez vous plonger la tête dans le baquet d'eau froide qui est dans la cour et que nous nous quittions. Les paysans qui me livrent les fleurs, le matin, doivent m'attendre au Vieux Marché. Quant à vous, dès que vous aurez repris vos esprits, vous feriez mieux d'aller peindre quelque chef-d'œuvre chez Gozzoli.

— Je ne peins plus, vous le savez très bien.

— C'est ce que nous verrons !

— Je suis, hélas, incapable de tenir un pinceau depuis la mort de ma femme. C'est physique... La seule chose que je puisse envisager pour me rapprocher de mon métier, c'est de rendre visite aux artistes, de les regarder travailler, de parler avec eux... Quant à peindre moi-même, entreprendre une œuvre quelconque, c'est impossible. Je n'en ai pas envie. Je crois que si je décide de continuer à vivre, ce qui n'est pas certain, il faudra que je cherche un autre métier. Je suis aussi orfèvre, mais l'obstacle est le même : je me sens incapable de reprendre mes poinçons et de marteler une coupe d'argent.

— Bon. N'en parlons plus. Ah, si vous avez envie de me revoir, vous me trouverez au Vieux Marché, chez un peintre ou un sculpteur. Ou encore chez moi. Vous savez où j'habite !

Elle s'était habillée tandis qu'ils parlaient et avait

brossé rapidement ses longs cheveux. Elle déposa deux baisers sur les joues d'Antonello et s'enfuit en criant :

— Fermez la porte et mettez la clé sous le pot de fleurs qui est à l'entrée !

Lorsqu'elle fut partie, Antonello se leva à son tour et se dit qu'il était temps d'aller se rafraîchir, comme Ondina le lui avait conseillé. Il lui semblait que sa tête pesait dix livres ; c'était comme si un orage intérieur déclenchait des éclairs violents dans son crâne. « Je paie mes lampées de chianti », pensait-il en s'aspergeant d'eau. Il avait mal mais, phénomène curieux, il était presque soulagé de souffrir, car ce mal de tête avait chassé celui, bien plus grand, qui lui labourait l'intérieur de la poitrine. « Ma bile noire a cessé de bouillir ! songea-t-il encore. Si seulement cela pouvait durer[1] ! »

Assis maintenant sur le lit, la tête entre les mains, Antonello essayait de se remémorer les événements de la nuit. A chaque étape de la fête qu'il réussissait à situer, le visage d'Ondina réapparaissait, image fugitive et insistante. Comment cette jolie fille, qu'on disait facile et qu'il ne connaissait que depuis quelques heures, avait-elle pu prendre une telle place dans sa vie, alors même que la disparition de Caterina, son grand amour, le plongeait dans une douleur si profonde qu'elle annihilait sa volonté ? Il avait beau se dire qu'Ondina n'était pour lui qu'une brave fille compatissante qui l'avait aidé comme elle aurait aidé n'importe quel autre artiste de la ville, la jeune femme demeurait omniprésente dans ses pensées. Elle n'était pas partie depuis deux minutes qu'il se demandait déjà s'il allait la revoir, ce qui signifiait, il s'en rendait compte, qu'il ferait tout pour qu'il en soit ainsi. Enfin, son mal de tête s'atténuant, il partit d'un pas encore mal assuré pour l'atelier de Benozzo.

Celui-ci l'attendait :

— Je commençais à me demander si tu te remettrais de

1. C'est à la « bile noire » qu'Hippocrate attribua la maladie de l'âme qu'on nomme aujourd'hui « dépression ». Le terme demeura longtemps usité pour désigner ce mal de toujours qui, au cours de l'histoire, n'a pas épargné les grands, de Charles Quint à Alfred de Musset pour ne citer qu'eux.

nos folies de cette nuit. Je t'avais promis une petite fête entre amis pour te faire oublier ton malheur, mais je crois que nous avons un peu forcé la dose. Tu n'étais pas très frais, moi non plus d'ailleurs, lorsque nous avons vidé notre dernière bouteille...

— Alors tu m'as mis dans les bras d'Ondina !

— Heureusement, car j'aurais bien été incapable de te ramener jusqu'ici. Comment cela s'est-il passé? Ondina est une fille merveilleuse...

— J'ai dormi comme une brute que j'étais et, ce matin, Ondina m'a parlé très gentiment, comme à un enfant qui a du chagrin. En fait, je souffrais comme un damné, bourré d'angoisse et de remords. Elle m'a aidé de son mieux et je lui en suis reconnaissant. Maintenant, je veux que tu saches qu'elle n'est rien pour moi et ne sera jamais rien.

— C'est dommage car Ondina est sans doute la seule personne à Florence qui puisse t'aider à revenir à la vie. Je connais le mal qui te ronge. Ce ne sont pas les orviétans des médecins qui le guériront. Personne ne te demande d'oublier Caterina, mais le souvenir peut faire vivre ou faire mourir. Si tu choisis de vivre, vis, travaille et recommence à aimer, bon Dieu ! Tiens, si tu veux te rendre utile, mélange mon bleu de Prusse. C'est un travail d'apprenti, tu vas tout de même savoir !...

— Cela ne sert à rien de me parler comme tu le fais, de me dire de me secouer, de me forcer ! S'il ne s'agissait que de cela, tout serait facile. La passion qui a guidé ma vie me posséderait à nouveau et je m'impliquerais tout entier, avec fureur, dans ma peinture. Mais je te répète que quelque chose est cassé dans ma tête qui m'empêche de reprendre mes pinceaux. Si j'avais les deux mains coupées, tu ne me dirais pas que je dois essayer de peindre !

— Mais oui, tu as raison. Il faut que nous fassions l'effort de te comprendre. Si je te dis cela, c'est parce que je souffre de te voir malheureux, pessimiste, irritable. Je donnerais tout pour te sortir de là !

— Oui, tu m'aideras, vous m'aiderez tous et je survivrai. Tiens, voilà ton bleu. Crois-moi si tu veux, mais le seul fait de respirer l'odeur de la couleur a failli me faire vomir. Tout à l'heure, emmène-moi donc chez Filippo

Lippi, cet ancien frère convers dont tu m'as parlé. Son histoire est, je crois, assez étonnante ?

— Il te la racontera lui-même, il adore cela. Même s'il l'arrange à sa façon, elle ne manque ni d'intérêt ni de piquant.

Les deux amis trouvèrent un peu plus tard Filippo di Tommaso di Lippo dans son atelier, tout près de San Lorenzo. La disposition des lieux, la charpente et la forme des fenêtres laissaient à penser qu'il s'agissait d'une ancienne chapelle. Toute une partie du mur de gauche devait servir depuis longtemps pour les essais de couleurs, et ce bariolage sans signification apportait gaieté et fantaisie dans l'austère bâtisse. Le maître devait se moquer du rangement comme de sa première robe de novice. Le désordre était si grand qu'il semblait organisé. On remarquait vite que les panneaux empilés, les banderoles tendues entre deux statues de plâtre, les colonnes de faux marbre couchées et les chevalets garnis cloisonnaient l'immense pièce pour la rendre plus facile à vivre. Le maître occupait l'une de ces alvéoles. Antonello et Benozzo l'aperçurent de loin faisant de grands gestes devant une *tàvola* de belles dimensions. Un jeune homme un peu rond d'une vingtaine d'années, aux traits sans finesse, semblait l'écouter. Tous deux portaient une longue chasuble lie-de-vin et le même bonnet rond en forme de calotte, la coiffure la plus courante des peintres florentins. Ils s'approchèrent et celui que tout le monde appelait Filippo leva les bras en reconnaissant Gozzoli.

— Comme c'est gentil de venir voir le vieil homme dans son repaire. Il paraît que tu as fait une fresque magnifique pour la chapelle des Médicis. Je ne manquerai pas d'aller l'admirer lorsque j'irai au palais.

— Je voulais vous présenter mon ami Antonello da Messina qui est venu passer quelques mois à Florence. Il est peintre lui aussi.

— Je sais. J'ai entendu parler de sa trouvaille de la peinture à l'huile. Comme tous les gens âgés, j'aime les nouveautés. Je ne vais certes pas changer aujourd'hui mes habitudes, mais j'aimerais bien voir de quoi il s'agit.

— Je viendrai avec plaisir vous faire une démonstration, répondit Antonello en priant le ciel que Filippo ne lui demande pas de se rendre à son atelier l'un des prochains jours.

— Je suis aussi passionné par votre découverte, dit le jeune homme qui était à l'évidence l'élève de Lippi. On m'a raconté votre histoire, votre voyage chez Van Eyck... J'espère que nous pourrons parler de cela un jour.

— Mon jeune élève s'appelle Sandro. Je n'ai jamais vu quelqu'un d'aussi doué ni d'aussi original. Il m'étonne tous les jours et je suis certain que le surnom de Botticelli qu'on lui a donné sera bientôt célèbre.

Filippo Lippi, en effet, ne demandait qu'à parler. Benozzo Gozzoli n'eut aucune peine à le lancer dans le récit de sa jeunesse agitée.

— Qu'est-ce que cela peut vous faire, jeune homme, qu'un vieillard comme moi dont la vie ne tient plus qu'à un fil de pinceau ait été placé à l'âge de huit ans comme frère — tout jeune frère — au couvent des Carmes ? Enfin, si Gozzoli pense que je peux vous intéresser le temps de mon discours, allons-y ! C'est peut-être la dernière fois que je raconte cette histoire car, ici, tout le monde la connaît et il est rare que je trouve un auditoire !

« Eh bien ! autant vous l'avouer, je fus un piètre élève. Pas moyen de m'inculquer la moindre notion de calcul. Quant au latin... Heureusement, j'étais adroit de mes mains et le prieur, un saint homme, Dieu ait son âme ! trouva plus sage de me faire apprendre le dessin et la peinture. Les carmes avaient une chapelle dont les fresques commencées par Masolino et le grand Masaccio m'enchantaient. Je me disais qu'un jour j'achèverais cette chapelle Brancacci que Masaccio, mort à vingt-sept ans, n'avait pu terminer.

« C'est dans cette chapelle où venaient étudier les meilleurs artistes que j'ai appris mon métier. A dix-sept ans j'étais déjà considéré comme un excellent peintre à fresque et j'ai décidé de quitter l'habit. Seul un saint comme mon ami et maître Fra Angelico pouvait concilier l'adoration de Dieu et le métier de peintre.

— Le port de la robe vous eût peut-être épargné vos tribulations en Barbarie ? dit Gozzoli.

— Pas du tout. C'est mon talent de dessinateur qui a mis fin à mon esclavage.

— Quel esclavage ? demanda Antonello qui ne comprenait pas.

— Ah, vous ne savez pas ? Un jour, alors que je me promenais en mer au large d'Ancône avec des amis, nous avons été capturés par des Maures qui flibustaient dans les parages. Nous nous sommes retrouvés enchaînés en Barbarie. J'y suis demeuré dix-huit mois dans des conditions pénibles. Un jour, j'eus heureusement l'idée de dessiner notre maître sur un mur blanc à l'aide d'un morceau de charbon. L'homme trouva cela miraculeux car l'art du portrait était inconnu de ces sauvages. Il me demanda d'exécuter pour lui quelques dessins et me fit ramener sain et sauf à Naples. Voilà comment l'art peut servir la liberté !

— De méchantes langues prétendent que vous n'étiez pas assez sage pour demeurer chez les carmes...

— Elles ont sûrement raison. Mon protecteur Cosme de Médicis était moins sévère que les excellents pères. Il m'a pardonné le jour où je me suis enfui de l'appartement où il m'avait fait enfermer pour que je termine, sans perdre de temps, l'Annonciation qu'il m'avait commandée. J'ai déchiré les draps de mon lit et me suis évadé par une fenêtre pour honorer un rendez-vous galant. Je m'attendais à être vertement tancé mais Cosme me dit, lorsque je revins, qu'il regrettait de m'avoir retenu comme un condamné et, mot pour mot, que « les rares esprits d'une grande qualité sont des êtres angéliques et non des bêtes de somme ». Depuis, il a préféré m'attacher à lui par des faveurs et il n'a pas eu à s'en plaindre. Maintenant vous allez, mon cher Benozzo, me prier de raconter mes démêlés avec les religieuses de Sainte-Marguerite. L'art a encore trouvé son compte dans cette aventure qui m'a apporté un modèle incomparable, un amour sincère et un fils, Filippino qui, à quatorze ans, est déjà un artiste peintre.

— Bien sûr que je vous le demande, mon cher maître. Antonello doit pouvoir rapporter à Messine les détails complets de votre vie... exemplaire. Exemplaire si l'on pense, comme moi, que le bon Dieu aime autant un homme heureux *virtuoso*[1] qu'un malheureux incapable.

— J'ai passé jadis de bien belles heures à Prato, non loin d'ici, en compagnie du frère Diamante qui avait été mon compagnon de noviciat. J'avais aussi de la famille dans cette ville et on me confia de nombreux travaux, des retables et des panneaux pour les églises et les établissements pieux.

« Les religieuses de Sainte-Marguerite me commandèrent à cette époque un retable pour le maître-autel. J'y travaillais lorsque j'ai croisé un jour dans un couloir une jeune nonne dont le visage irradiait la pureté et la beauté. Dans l'instant, je fus persuadé que jamais je ne retrouverais un profil de Madone aussi gracieux et virginal et que je devais la peindre, la faire figurer dans le retable. Je me renseignai et appris que la novice s'appelait Lucrèce et était la fille du citoyen florentin Francesco Butti. Restait à obtenir de la supérieure l'autorisation de la faire poser. Ce ne fut pas chose facile mais je réussis à persuader les religieuses que le retable serait admirable si les traits incomparables de leur pensionnaire y figuraient la Vierge. Le reste est connu de tous les Florentins. Je tombai follement amoureux de mon modèle et celui-ci se montra sensible à mon charme de jeune artiste déjà célèbre. Le jour de la présentation de la ceinture de la Vierge, relique vénérée à Prato, je réussis avec quelques complicités chèrement acquises à l'arracher au couvent. Le scandale fut grand, le père fit tout ce qui était imaginable pour faire revenir Lucrèce qui resta avec moi. Bonheur accru, elle me donna un fils que nous avons appelé lui aussi Filippo et qui deviendra, j'en suis sûr, un peintre plus célèbre que son père[2]. Voilà mon histoire, jeune homme. Je ne prétends

1. *Virtù*, à l'époque de la Renaissance italienne, ne signifiait pas « vertu » au sens moderne du terme, mais « talent », « grâce artistique ». Le *virtuoso* est donc celui qui possède ce don.

2. Filippino Lippi est né en 1457. Il est effectivement devenu l'un des grands peintres de son époque. A la fin de l'année suivante, Lucrèce revint au couvent mais rejoignit le peintre en 1460 en compagnie de sa sœur Spinetta. A la suite d'un procès et sur l'intervention de Cosme de Médicis, le pape Pie II accorda à Lucrèce et à Filippo, demeuré légalement frère carme, l'annulation de leurs vœux monastiques.

pas être un exemple mais je ne regrette rien, arrivé au terme de ma vie, de la façon dont je l'ai menée.

***

Le récit de Filippo avait impressionné Antonello qui y décelait des similitudes avec sa propre existence. L'épisode des barbaresques d'abord: n'avait-il pas lui aussi failli se faire capturer? Ce n'était pas une péripétie courante chez les artistes. La rencontre avec Lucrèce ensuite et la conviction du peintre d'avoir trouvé la Vierge idéale. Antonello n'avait pas revu Ondina, mais son visage lui revenait sans cesse en mémoire, toujours sous les traits de la Madone. Peu à peu il avait pris conscience que, si la passion de peindre lui revenait, ce serait pour donner la figure d'Ondina à la Vierge, dans une «Annonciation» qui marquerait sa propre résurrection.

Le lendemain, il se rendit au Vieux Marché. Ondina n'était pas à sa place habituelle, près du vieux lion de Florence, marbre dont on ignorait l'auteur. Le panier contenant les fleurs à vendre et que le paysan avait déposé depuis le matin n'avait pas encore été déballé. Antonello était déçu et, dans son état, cette déception prit une importance démesurée. Il se sentait mieux depuis deux jours et voilà qu'une simple contrariété réveillait son mal. Il s'assit sur une pierre et essaya de réfléchir malgré les douleurs qui le taraudaient. Ondina, qu'il n'avait entrevue que durant quelques heures — et quelles heures! — n'était pas sa propriété. Elle était libre et payait chèrement sa liberté du mépris des bourgeois. Elle n'avait pas de comptes à lui rendre! Pourtant, l'idée qu'elle pouvait être en train de poser, déshabillée peut-être, chez un autre peintre lui était insupportable. Quand elle apparut sur la place, vêtue d'une simple *veste* [1] blanche nouée à la ceinture par un cordon, à l'antique, il sentit son cœur battre comme lorsque, adolescent, il croisait une jeune fille sur le chemin de l'église. Elle l'avait aperçu qui attendait et approchait d'un pas léger. Elle avait l'air contente qu'il soit venu.

1. Nom de toutes les robes dont la forme, les manches et le décolleté variaient à Florence selon les classes sociales et les saisons.

— Je croyais que je ne vous reverrais pas, monsieur le peintre. M'aviez-vous oubliée ?

— Non. Je voulais attendre un moment où j'irais mieux. Vous ne m'avez vu que dans un état lamentable et je n'avais pas envie de vous infliger à nouveau la présence d'un pleurnichard. Votre arrivée me donne un coup de bonheur comme votre absence tout à l'heure m'avait rendu triste à pleurer. Mais vous êtes là, c'est ce qui compte !

— C'est vrai, je ne suis pas en avance. Aidez-moi donc à installer mes fleurs. Et racontez-moi ce que vous avez fait depuis notre divine nuit.

Elle rit de bon cœur tandis qu'Antonello étalait, avec le même soin extrême qu'il prenait à assortir ses couleurs, les anémones, les giroflées, les pois de senteur et les soucis.

— Je me suis ennuyé... de vous ! Et j'ai rencontré Filippo. Quel personnage ! Et quelle santé à son âge !

— Il vous a raconté ses frasques et l'enlèvement de sa couventine ?

— Gozzoli m'a emmené chez lui pour cela.

— Mais vous savez que c'est un grand artiste ?

— Bien entendu. J'ai vu aussi son élève, Sandro, un curieux garçon. Il paraît qu'il ne peint pas comme tout le monde.

— Non. C'est l'artiste le plus original de la ville Le plus élégant aussi. Il m'a demandé de poser pour lui...

— Ah !

La jeune femme avait remarqué le visage soudain fermé d'Antonello. Elle était fine et sentit que c'était sans doute le moment de tendre la main à l'être fragile qui, ses fleurs à la main, l'attendrissait plus qu'elle ne le pensait.

— J'ai refusé pour le moment. Plus tard peut-être...

— Et pourquoi avez-vous refusé ?

— Parce que j'ai décidé que je ne servirais de modèle à personne avant d'avoir posé pour quelqu'un dont la vie et la peinture me tiennent à cœur.

— Qui est ce peintre heureux ? demanda-t-il d'un ton un peu sarcastique.

— Toi ! Parce je veux être celle qui te sauvera des idées noires et te rendra ton talent.

Elle criait presque en fixant Antonello dans les yeux, comme un exorciseur chassant le démon.

Il ne dit rien, lui prit les mains et les baisa devant les passants qui se demandaient ce qui arrivait à l'Ondina. Elle s'aperçut qu'il pleurait et comprit à cet instant qu'elle avait gagné.

— C'est la deuxième fois que j'essuie vos larmes, monsieur le Sicilien. J'espère que c'est la dernière. Mais il n'est pas bon pour le commerce de se donner en spectacle. Courez chez votre ami Gozzoli pour lui dire que vous commencez demain mon portrait. Il va exploser de joie !

Il dit vaguement « oui, merci, la Madone... » et s'en alla, trop bouleversé pour ajouter le moindre mot. Et s'il était vraiment guéri ? Si les mois abominables qu'il venait de vivre n'étaient plus qu'un souvenir ? Tandis qu'il marchait sans se rendre compte qu'il bousculait les gens qu'il croisait, un tableau s'ébauchait dans sa tête enfin libérée. L'Annonciation, oui, mais sans ange — pauvre Gabriel ! La Vierge seule. Tout se passera sur son visage... Il eut envie de revenir sur ses pas et de serrer Ondina dans ses bras, mais il renonça. Il fallait laisser au temps le soin de le ramener doucement à la vie.

Le lendemain, sa main tremblait tandis qu'il préparait sa palette, ouvrait les sachets de poudre de cochenille, de cinabre, de pourpre de Cassius, de bleu de cobalt et de terre verte inutilisés depuis si longtemps. Avec la minutie d'un apothicaire, il remplit deux petits godets du vernis et du liant de Van Eyck prélevés dans les flacons emportés de Venise comme des talismans. Son inquiétude disparut dès qu'il commença les mélanges. C'était comme si un influx d'énergie, soudain libéré, guidait sa main dans le mouvement de va-et-vient de son pinceau entre les couleurs et les mixtures. Antonello comprit qu'il éprouvait une certaine jouissance à diluer et à malaxer les pâtes sombres ou chatoyantes qui donnaient vie à la palette en même temps qu'à son visage.

Il n'en était pas encore à poser les couleurs, loin de là, mais il avait voulu commencer à les manier, à éprouver leur magie, à les reconnaître avant de dessiner sur le papier le visage qu'il avait en tête et qu'il sacraliserait plus tard sur la *tàvola* dont la blancheur mate s'épanchait sur le chevalet. Benozzo Gozzoli l'avait choisie avec soin et affection dans le meilleur bois qu'il avait pu trouver chez le menuisier Battista qui fournissait la plupart des peintres florentins. Le retour à l'atelier d'Antonello était sa victoire et il avait crié de joie en apprenant que son ami avait décidé de peindre Ondina. Ondina avait été naguère sa maîtresse, aujourd'hui il l'aimait comme une sœur, bonne et un peu perdue dans une époque impitoyable. Le milieu des peintres où elle vivait l'avait sauvée du ruisseau et si sa vertu avait subi des accrocs, elle avait su garder sa dignité. Les deux hommes l'attendaient pour la première séance de pose. En regardant Antonello, affairé, s'occuper de son matériel, Benozzo pensait que si ces deux êtres qu'il aimait pouvaient unir leurs tourments, il en sortirait peut-être un bonheur.

Elle arriva, une brassée de narcisses dans les bras, en disant que les peintres qui n'avaient pas au moins un bouquet de fleurs dans leur atelier ne pouvaient être de bons artistes. Elle rit et embrassa les deux amis :

— Voilà. Je suis la Vierge Marie, prête à attendre *l'annunciata*. Antonello, j'espère que vous allez faire un bon portrait. C'est la première fois qu'on me peindra à l'huile...

— Et peut-être pas la dernière. Sandro Botticelli veut apprendre ! coupa Antonello.

Le visage d'Ondina s'empourpra :

— Que vient faire ici Botticelli ? C'est vous, que je sache, le peintre qui devez m'employer comme modèle ! Qu'attendez-vous de moi ?

— Tout, ma chère Ondina. Votre beauté, votre sourire, votre gentillesse... Pardonnez-moi, je ne sais pas pourquoi je vous ai parlé de Sandro.

« Moi je le sais ! » pensa Benozzo qui changea adroitement de conversation et demanda à voir les projets jetés au charbon sur des feuilles de papier par Antonello. Ce n'étaient que de vagues esquisses destinées à définir l'architecture du tableau :

— Je vois la Vierge couverte d'un manteau bleu de nuit, dit Antonello. Des plis du drap n'émergent que les mains vues en raccourci pour donner de la profondeur. Et naturellement le visage, de face, axé sur le milieu du tableau.

— Et le fond ? demanda Benozzo.

— Obscur ! La Vierge apparaît dans les ténèbres. Éclairée par une lumière zénithale.

— Pas le moindre décor ? Cela risque d'être sinistre. L'Annonciation n'est pas un événement tragique.

— Non, pas de verdure, ni de fleurs : le noir. Mais cela ne sera pas triste car il y aura le visage d'Ondina qui éclatera dans toute sa pureté. Tenez, je vous redessine tout avec plus de soin : les formes géométriques de l'étoffe, le décolleté et le triangle du manteau refermé sur le cœur. Et vers le bas, sous les mains qui s'avancent, je place le bord d'une table avec un petit pupitre sur lequel sera posé un manuscrit.

C'est un autre Antonello qui parlait et qui dessinait à grands traits de charbon taillé. Si Benozzo, soulagé, reconnaissait la fougue et l'enthousiasme de son ami, Ondina le découvrait sous un jour inconnu. Elle regardait, étonnée, ce visage qu'elle n'avait vu que tourmenté et qui, soudain, s'enflammait comme un volcan qu'on avait cru éteint. Et elle le trouvait beau.

— Maintenant je vois assez bien mon tableau. Il faut passer au point suivant. Je cours chez le drapier acheter deux aunes de drap fin. Je veux voir tout de suite le visage d'Ondina enveloppé dans les plis comme un bijou dans un écrin. Vous voyez, c'est important de parler : un bijou dans son écrin, ce doit être cela mon tableau !

— Je t'accompagne, dit la jeune fille.

Gozzoli les regarda partir en souriant et murmura dans sa barbe :

— La vie est tout de même une curieuse chose...

Chaque tableau est une aventure pour un peintre. Le départ est toujours le même : un mur, une toile, un panneau vierge narguant l'artiste d'un possible infini. Pour Antonello, l' « Annonciation » était autre chose. Il l'avait dessinée et peinte tant de fois dans son esprit qu'il se demandait si la concrétisation de son rêve pouvait lui réserver des surprises. Le problème était ailleurs. A mesure que le travail avançait dans un échange permanent de regards avec son modèle, le peintre avait de plus en plus l'impression d'impliquer sa propre vie dans chaque touche de couleur qu'il déposait sur le bois. Ondina parlait peu mais quand elle ouvrait la bouche c'était toujours pour dire quelque chose d'intelligent. Il lui avait tellement expliqué ce qu'il voulait faire qu'elle posait en voyant le tableau terminé. Elle avait repéré à une ligne près la position de ses mains, pourtant inconfortablement suspendues dans le vide, et lorsque, fatiguée, elle demandait un instant de repos, elle les replaçait exactement là où il fallait.

L'étoffe du manteau, un drap finement peigné et moucheté qui prenait la lumière, était moins docile et il était difficile de replacer les plis dans la position choisie une fois pour toutes par l'artiste. Mais tout le monde s'y mettait, même l'apprenti, le petit Zanobi Machiavelli. L'« Annunciata » d'Antonello était devenue l'affaire de tout l'atelier. Chacun ressentait qu'il ne s'agissait pas d'un tableau comme les autres. Il n'avait pas été commandé par un prince ou un évêque, son sujet n'était lié à aucune considération financière, il venait des entrailles du peintre et, s'il avait un prix, c'était celui de sa résurrection. Ondina s'était prise au jeu plus que les autres. Ce tableau, qui jour après jour devenait réalité, finissait par faire partie d'elle-même. Devrait-elle le quitter lorsqu'elle l'aurait nourri de sa chair? Elle n'y pensait pas, comme elle ne pensait pas qu'Antonello puisse un jour ne plus être en face d'elle en train de scruter son visage.

Le soir, il la raccompagnait jusqu'à sa maison. Il n'entrait pas. Au début, elle le lui avait demandé et il avait répondu avec gravité :

— Non, Ondina. Pas encore. Nous vivons, toi et moi, un épisode extraordinaire de notre vie. L'artiste libère parfois des pulsions surnaturelles qui, du moins le croit-il, l'engagent à se surpasser pour atteindre au chef-d'œuvre. Nous travaillons en étroite union, ton regard guide ma main... Je crains que l'intrusion d'un lien charnel, dans cet état de grâce, n'en altère l'harmonie. Ce n'est que lorsque le tableau, notre tableau, sera terminé que notre vie pourra commencer.

— Je comprends, Antonello. Seule l'« Annonciation » a de l'importance.

— Tu sais aussi que c'est un gage d'amour ! Car j'ai follement envie de toi...

Après s'être attaché au dessin, à l'ébauche tonale des différentes parties du sujet, à l'harmonie et au délicat éclairage des plis du manteau, Antonello était parvenu au stade crucial de l'œuvre : donner au visage la *morbidesse* délicate, expressive, délicieuse qui déciderait de la parfaite réussite [1].

C'est là que l'usage de l'huile lui apparut une fois de plus capital. Il se demanda encore pourquoi ses confrères rechignaient à utiliser ce procédé nouveau et incomparable.

— Merci, Van Eyck ! murmurait-il en peignant. Grâce à vous, mon maître, les plis des lèvres, les imperceptibles proéminences des pommettes, les cils apparaissent dans leur pleine réalité. Et cette lumière qui fait vivre les mains, comment l'aurais-je apprivoisée avec une couleur à la colle ?

Il y eut encore à décider du moment fatidique où le tableau serait considéré comme achevé. Depuis des jours, Benozzo disait à Antonello de reposer ses pinceaux et de rendre sa liberté à la Madone du Vieux Marché.

— Arrête ! Ton tableau est magnifique et tes repentirs d'artiste ne peuvent que le gâter. Aucun peintre à Florence n'est capable en ce moment d'égaler ton chef-d'œuvre. Je suis sûr que Cosme est prêt à te le payer une fortune !

— C'est bon, je suis ton conseil. Encore que l'index droit...

— ... est parfait. Mes enfants, nous fêterons ce soir ta réussite. Et ta guérison. Mais je charge Ondina de veiller à modérer ton goût pour le vin de Chianti !

— Je te jure que je serai sage. Cette nuit, Ondina n'aura pas d'ivrogne à ramener à la maison. Quant à vendre le tableau, il ne peut en être question, Cosme m'en proposerait-il un millier de gros ducats d'or ! Tant que je serai en

1. La *morbidesse*, terme employé couramment par les peintres italiens de l'époque désignait la souplesse, la sensibilité, la gracilité dans le modelé des chairs.

vie, il appartiendra au modèle et à son peintre. Après nous, Jacobello en fera ce qu'il voudra[1] !

Gozzoli, comme tout bon Florentin, avait le goût de la fête.

Antonello et Ondina, priés d'aller admirer les portes du Baptistère jusqu'au soir, trouvèrent en revenant l'atelier bouleversé. Cartons, panneaux, moulages et vestiges de marbres antiques avaient été repoussés pour laisser la place à une table posée sur des tréteaux. Le petit nombre de sièges et de bancs prévus montrait qu'il s'agissait d'une fête de famille. Sur le drap blanc qui servait de nappe étincelaient pourtant quelques pièces d'argent dignes d'un repas de notables.

— C'est Andrea del Verrocchio, notre voisin, qui les a prêtées, indiqua Benozzo. Ondina le connaît mais toi, Antonello, tu vas découvrir un artiste extraordinaire. Verrocchio est orfèvre, le meilleur de Florence, et il est aussi sculpteur et peintre. Moins bon peintre que sculpteur, sûrement, mais son atelier est l'un des plus actifs de la ville. Il vient de lui être demandé d'achever — enfin ! — la coupole de Sainte-Marie-de-la-Fleur en fabriquant la sphère de cuivre qui, selon les dispositions laissées par Brunelleschi, doit couronner la cathédrale.

Benozzo et l'apprenti Zanobi s'étaient donné beaucoup de mal pour décorer l'atelier. Une large banderole était tendue sur le mur du fond. Hâtivement peinte, elle représentait Ondina et Antonello priant devant l' « Annonciation ». Le tableau, le vrai, occupait la place d'honneur sur son chevalet, quatre gros cierges étaient prêts à être allumés pour l'éclairer. Sur la table une profusion de fleurs entouraient des plateaux chargés de jambons, de saucisses et de pâtés. Dans l'âtre, sur des charbons à peine rouges cuisaient les fameux haricots blancs de Toscane glissés, selon la tradition, dans un *fiasco* de verre vidé de son vin. A côté, sur un feu plus vif, une énorme marmite pleine d'eau commençait à bouillir.

Antonello était ému, Ondina ne savait pas si elle devait

1. L'« Annunciata » (*olio sul tàvola*, 45 x 35 cm), considérée comme l'un des chefs-d'œuvre du Quattrocento, est aujourd'hui au Musée national de Palerme.

rire ou pleurer en découvrant ce décor de fête. Finalement ils embrassèrent Benozzo, leur ami, leur frère qui les avait unis. Car ils étaient unis. Sans avoir eu besoin d'échanger des promesses, des serments, la mélancolie du peintre et l'élaboration du tableau les avaient lentement rapprochés, transformant sans qu'ils s'en rendissent compte un simple penchant en ferveur amoureuse. Maintenant, tous deux en étaient conscients. Ils savaient qu'ils se retrouveraient ce soir. Et que ce serait pour longtemps.

Tandis que le petit Zanobi — on l'appelait «le petit Zanobi», bien qu'il mesurât trois brasses et demie de haut, pour le différencier de son père — activait les braises, Verrocchio fit son entrée, un luth sous le bras.

C'était un homme grand, mince, au profil d'oiseau. Un bel oiseau d'une quarantaine d'années, peut-être moins, qui apportait avec lui comme une traîne d'intelligence.

— Alors ? Où est ce fameux tableau ? dit-il en embrassant l'atelier du regard, comme s'il ne l'avait pas vu trônant sur son piédestal.

Tranquillement il avait posé son luth et s'était installé sur un tabouret en face de l' «Annonciation» qu'il regardait comme un peintre regarde un tableau, c'est-à-dire autrement qu'un spectateur habituel. Son œil fouillait les détails, évaluait les profondeurs, s'attardait sur le raccourci des mains et comparait la technique d'Antonello à la sienne... Enfin, il se retourna vers Ondina :

— Ma belle, cela ne ferait pas plaisir à certains peintres, mais je te dis que personne ne t'a peinte aussi bien ! Ce tableau est une grande réussite et je suis bien content de fêter l'auteur. Maestro Antonello, si je ne délaissais pas autant la peinture pour me consacrer à la sculpture, je m'intéresserais de près à votre liant. A propos, quelle huile employez-vous ?

— C'est selon. L'huile de lin convient très bien, mais Van Eyck utilisait aussi couramment l'huile de noix.

— Il y a quelqu'un qui rêve de vous questionner sur ce sujet, c'est Sandro Botticelli. Voilà un jeune artiste très personnel qui ne laissera pas passer l'occasion d'expérimenter une méthode nouvelle. Comme nous étions convenus de faire ce soir de la musique, je lui ai demandé de venir. C'est un bon joueur de viole de gambe. Il me soutiendra dans mes improvisations. Et vous pourrez lui parler.

Benozzo toussa et regarda Ondina qui ne broncha pas. Tous deux se doutaient qu'Antonello éprouvait, on ne savait trop pourquoi, un sentiment de jalousie à l'égard de Sandro. Mais l'ombrageux Sicilien, qui ne craignait plus, sans doute, une quelconque rivalité, s'exclama qu'il était très heureux de rencontrer un Florentin épris de progrès.

Verrocchio était un bourreau de travail, un perfectionniste dans tous les arts qu'il professait, mais il savait aussi prendre du bon temps lorsque l'occasion se présentait. Ce soir, il paraissait détendu et disposé à s'amuser.

— Vous verrez, dit-il, Sandro est un garçon agréable et drôle. Il voudrait venir travailler dans ma *bottega* mais cela le gêne de quitter Filippo. Moi, je le prendrais volontiers...

Justement le jeune homme arrivait, portant accrochée sur son dos une viole aussi grande que lui. Son visage rieur le montrait prêt à jouer un bon tour à quelqu'un.

— Merci de m'accueillir, braves artistes de Florence. Si le repas est délectable et la peinture qui le motive regardable, je vous réjouirai de ma musique.

Tout de suite, il sembla impressionné par l'œuvre d'Antonello et ne ménagea pas ses compliments :

— Voilà un beau tableau, monsieur. Et notre gentille Ondina a rudement bien fait de poser pour vous. Tout le monde sait qu'elle est une sainte. Vous en avez fait la Vierge. Je serais fort honoré si, tout à l'heure, vous acceptiez de me donner une leçon de peinture à l'huile.

Le maître de maison coupa court aux propos artistiques en indiquant que toutes les bonnes choses qui se trouvaient sur la table étaient faites pour être mangées.

— Quant à la *pasta*, le seul lien qui unit entre eux les royaumes, républiques et principautés d'Italie, ajouta-t-il, je vous la préparerai moi-même lorsque le moment sera venu !

Cela méritait une ovation, il l'eut. Et Antonello, qui se rappelait l'apologie des pâtes présentée jadis un jour de liesse par Benozzo devant les *Imbrattaleli*, demanda à son ami de reprendre son morceau de bravoure. L'intéressé ne se fit pas prier :

— Mes amis, l'Italie et l'humanité entière ont franchi une grande étape civilisatrice le jour où un inconnu a découvert que le mélange d'eau et de farine cuit sur une pierre ou dans de l'eau bouillante constituait un aliment succulent et bien accepté par les estomacs les plus délicats. Ne vous laissez surtout pas prendre au discours de faux lettrés qui, depuis Marco Polo, attribuent aux Chinois toutes les inventions du monde. Je puis vous certifier, moi, Benozzo Gozzoli, inscrit au registre des artistes peintres de Florence, qu'à Cerveteri, dans les vestiges de tombeaux étrusques datant du IVe siècle avant Jésus-Christ, tout le monde sauf les aveugles peut reconnaître une planche et un rouleau à pâte, un sac de farine et une petite roulette dentelée dont on se demanderait à quoi elle peut bien servir s'il n'était évident que sa fonction, chez nos ancêtres, était de découper la pâte pétrie et aplatie pour en faire ce que vous pensez.

« Quatre siècles avant Jésus-Christ, c'était hier, mes frères. Remontons cent ans plus tôt. Un moine cistercien rencontré à Fiesole m'a dit avoir retrouvé la preuve qu'Horace et Cicéron s'alimentaient de languettes de pâtes minces faites d'eau et de farine appelées *lagane*. Depuis plus d'un siècle, le génie de l'homme n'a plus eu de limites : il a réussi à faire varier la largeur des rubans de pâte. Mieux, il a su utiliser l'incomparable talent des artistes italiens pour leur faire créer des formes nouvelles dont certaines, torsadées, sont empruntées aux sublimes modèles de l'architecture antique.

« Je vous fais grâce des innombrables recettes de pâtes que les ménagères de nos provinces se passent et se repassent au marché ou à la messe. On m'a dit qu'une corporation de fabricants de pâtes venait d'être instituée dans notre ville comme dans d'autres régions d'Italie. Pour ma part, je regrette que l'élaboration des pâtes, réservée jusqu'ici aux ménagères, devienne un artisanat. Celles que vous allez manger ce soir ont été façonnées avec amour par les jolies mains de notre voisine, une jeune veuve qui me rend parfois quelques services et qui viendra nous rejoindre bientôt. Ah, j'oubliais ! Ces pâtes délectables ont été séchées au soleil, comme ont été mûris les raisins dont on a fait le vin de Chianti qu'un vigneron m'a apporté ce matin. Mes amis, mes frères, bon appétit !

Ainsi lancée, la soirée ne pouvait être que réussie. Ondina avait voulu reprendre l'apparence de la Madone du tableau que l'on fêtait, mais elle avait remplacé le manteau de laine bleue par un châle de soie drapé de la même façon. Elle était très belle et son charme naturel était encore augmenté par le bonheur qui irradiait son visage. Antonello ne la quittait guère des yeux et il ne fallait pas être très perspicace pour constater que ces deux-là s'aimaient passionnément. C'en était même émouvant et personne ne songeait à lancer quelques moqueries, habituelles en telles circonstances.

La voisine arriva, au soulagement d'Ondina, contente de n'être plus la seule femme de l'assemblée. Presque tout le monde, sauf peut-être Botticelli qui n'était pas un familier de l'atelier, connaissait la veuve Cetraro, une belle créature brune de peau et de chevelure qui ne faisait pas grand mystère de sa liaison avec Benozzo. Son mari avait occupé une place importante dans l'administration privée des Médicis où il dirigeait le commerce de l'alun, dont la banque avait le monopole. Elle touchait une pension qui lui permettait de vivre confortablement et aurait pu se remarier dix fois si elle n'avait préféré demeurer libre dans la belle maison qui jouxtait celle de Benozzo Gozzoli.

Giulia Cetraro se garda bien de jouer la maîtresse de la maison. Elle accepta tout de même avec plaisir les compliments mérités par sa *pasta*, en réalité cinq plats de pâtes différentes, certaines à l'œuf, d'autres au beurre, aux légumes ou encore moulées en petites boules parfumées au fromage de brebis.

Le vin des collines était bon et quand Benozzo apporta une corbeille de fruits cueillis dans les vergers de la Signora Cetraro, la gaieté était générale. La conversation revenait sans cesse au petit monde de la peinture florentine, à la famille Médicis qui la faisait vivre, aux travaux entrepris dans la ville, à la fresque de Benozzo, au secret des peintres flamands... Comment aurait-il pu en être autrement dans une assemblée qui ne comptait que des artistes ? Mais chacun s'efforçait d'être drôle dans ses propos, même lorsqu'il s'agissait de raconter des choses sérieuses. Ainsi Andrea del Verrocchio amusa la tablée en énumérant ses déboires accumulés au cours de la mise en place de la sphère de Santa Maria del Fiore.

— C'est ma faute, expliqua-t-il. Je l'ai faite trop grosse, quatre brasses! Le problème est de la hisser jusque là-haut. Je l'ai posée sur un support métallique qui accroît encore son poids. Il va bien falloir pourtant la monter. J'avais prévu des chaînes de trois pouces: elles ont cassé! Et quand ma boule sera en place, il faudra encore placer une croix à son sommet! La croix, c'est moi qui la porte. Filippo Brunelleschi aurait pu trouver autre chose pour finir son dôme!

— Et si elle se détachait? demanda Giulia. Vous vous rendez compte, un poids pareil qui tomberait sur les passants!

— Ma belle, je ne pense qu'à cela, au vent qui souffle là-haut! Ah, misère!

— Maître Verrocchio, lança Sandro, vous n'êtes pas sincère en vous plaignant. Vous êtes fier d'avoir été choisi pour poser le dernier ornement de la plus belle cathédrale d'Italie. Songez à la tête que vous auriez faite si l'on avait désigné un autre que vous[1]!

— Tu as raison, mon garçon. N'empêche que cette sacrée boule me fait perdre la mienne. Crois-moi, ce n'est pas demain qu'elle sera en place! En attendant, l'heure passe et nous n'avons pas encore touché à nos instruments. Il serait bon de terminer cette bonne soirée par un peu de musique. Sandro, va chercher ta viole et installons-nous!

Le maître alla prendre son luth, un luth à cordes pincées bien que le luthier de Florence, Antonio Naldi, en fît maintenant à cordes frottées. La nature des instruments n'avait d'ailleurs pas une grande importance car les exécutants étaient, il faut bien le dire, plus habiles un pinceau à la main qu'en essayant de faire vibrer en harmonie leurs

1. La sphère de Santa Maria del Fiore fut commandée en 1467 et mise en place seulement en 1471. Verrocchio avait raison d'être inquiet: son œuvre fut abattue par la foudre en 1600 et naturellement remplacée.

cordes respectives. En fait, il s'agissait plus d'accompagner la voix des dames qui chantaient fort bien les fantaisies villageoises alors en vogue à Florence. Ondina et Giulia furent applaudies, on vida encore un verre de chianti et la joyeuse compagnie interrompit histoires, jeux et musique en se promettant, comme il se doit, de se revoir bientôt. Verrocchio et Botticelli partirent vers la Piazza della Signoria où ils habitaient, l'apprenti était couché depuis longtemps et la Cetraro avait dit qu'elle restait pour ranger l'atelier avec Benozzo. Antonello et Ondina, qui manifestaient poliment le désir de les aider, furent mis gentiment à la porte :

— Puisque Ondina consent à t'héberger, file, l'artiste ! dit Gozzoli en riant. Et soyez sages !

Enlacés, la Madone et son peintre s'engagèrent dans les rues désertes. La maison de la jeune femme qui, en fait, n'était qu'une grande chambre et un appentis apparut au fond de la Via Ferravicchi. La clé était sous le pot de fleurs. Avant de quitter son logis pour se rendre chez Benozzo, Ondina avait répandu un gros bouquet d'œillets et de narcisses sur le lit. C'est dans les fleurs qu'ils s'aimèrent pour la première fois.

***

Antonello était guéri, Ondina radieuse, les astrologues optimistes : la planète de Cosme touchait le Capricorne ascendant, Florence vivait en paix... L'amour et, qui sait, la Vierge elle-même veillaient sur le modèle et son peintre. Celui-ci connaissait pourtant la précarité du bonheur. Sans désespérer Ondina, il la mettait en garde contre les retournements du sort :

— Grâce à toi, grâce à Benozzo, grâce à mes couleurs, nous vivons une vraie félicité. Il faut évidemment prendre ces moments de joie comme ils viennent. Mais il faut aussi les préserver.

— Mais comment ? Je ne demande pas mieux...

— Le climat de Florence, qui est au beau fixe, risque de changer à la mort de Cosme. Si la ville est replongée dans la violence et l'anarchie, un étranger comme moi aura du mal à survivre. D'autre part, je te l'ai dit déjà, la vie libre que tu as menée t'a créé des ennemis dans la ville, des hypocrites ou des jaloux qui nous feront du mal dès qu'ils en auront l'occasion. C'est pourquoi je pense que l'existence nouvelle que nous commençons ne pourra être protégée que si nous quittons Florence.

— Mais Florence est ma patrie. Si j'y ai des ennemis, j'y ai aussi mes amis. Je sais que je peux compter sur eux comme sur toi. J'ai trouvé chez les artistes une vraie famille.

— Et tu as aussi trouvé un mari, si tu veux bien m'épouser !

Ondina bégaya et ses yeux s'emplirent de larmes. Tandis qu'Antonello la prenait dans ses bras, elle finit par bredouiller :

— Comment ? Tu parles sérieusement ? Mais je ne suis pas une fille qu'on épouse. Je t'aime, tu me rends heureuse, je n'en demande pas plus.

— Moi si ! C'est ma femme que je veux ramener à Messine, dans mon île où il y a moins d'artistes qu'ici mais plus de gens de cœur qui t'accueilleront comme la petite Madone que tu es. Crois-moi, nous vivrons plus heureux sans regards malveillants. Des regards que, d'ailleurs, je ne saurais supporter d'aucune façon, à Florence comme ailleurs. Alors, veux-tu partir avec moi, ma femme ?

— Bien sûr que je le veux. Mais laisse-moi me reprendre. Tu vois, je ris, je pleure, je ne réalise pas bien ce qui m'arrive. C'est le bonheur, je crois... Mais je te le demande encore une fois : tu ne regretteras pas demain ce que tu viens de me dire ? Tu veux vraiment que je devienne ta femme ? Devant le curé ? Tu crois qu'un prêtre de Florence acceptera de me marier ?

— Comment un simple curé pourrait-il refuser de marier celle qui a tant de fois incarné les saintes de l'Église ? Et si, malgré tout, il faisait des histoires, Verrocchio et Gozzoli demanderaient à Cosme de le faire excommunier par le pape !

Elle sourit à cette boutade, embrassa Antonello et demanda doucement :

— C'est comment, la Sicile ?

— Tu crois que je peux te raconter mon île comme ça,

en quelques mots ? Il me faudra des jours, des mois pour te peindre en paroles les couleurs de la mer, le soir, au coucher du soleil. Mais nous avons le temps, nous ne partons pas demain. Je dois d'abord peindre quelques panneaux ou fresques pour de généreux seigneurs. Il nous faut des ducats pour acheter des chevaux et vivre durant le voyage.

— Je suis juste montée sur un âne, lorsque j'étais gosse...

— Un cheval, c'est pareil, en plus grand. Ne t'inquiète pas, je serai un bon professeur et je ne t'imposerai pas de traverser trois pays à dos de mulet comme je l'ai fait. Seulement, ma femme devra me servir de modèle si je décroche une commande !

La commande vint, la plus belle, la plus prestigieuse, la plus difficile à satisfaire aussi. Un certain Carlo Benzini, dirigeant influent de l'Arte dei Linaioli [1], voulait offrir un Christ à l'église Santa Felicità. Il s'agissait d'une *tavola* de petit format destinée à remplacer dans une niche du chœur une statuette d'assez vilaine façon. Le notable s'était adressé à Verrocchio dont l'atelier était surchargé et qui lui avait conseillé de voir Benozzo Gozzoli. Celui-ci, qui devait terminer ses Rois Mages pour le palais et souhaitait trouver un travail pour son ami, présenta le riche commanditaire à Antonello. L'« Annonciation », qui était encore sur le chevalet, plut à Carlo Benzini, enchanté d'ailleurs que son tableau fût peint à l'huile, procédé dont on parlait beaucoup à Florence mais qui était encore rarement utilisé.

Représenter le Christ était une tâche que les artistes entreprenaient avec respect et humilité. Antonello pourtant n'était pas inquiet. Après la réussite de son dernier tableau qui lui avait permis d'adhérer, tant pour la forme que pour le côté spirituel, aux innovations toscanes des dernières années, il avait, pour la première fois peut-être, confiance en lui et était certain de mener à bien sa première commande florentine. Ce tableau du Christ, il y pensait depuis longtemps, il avait cent fois réfléchi sur la

1. Confrérie des liniers.

manière dont il userait de la fameuse transparence flamande. Restaient les mains dont le rôle, primordial dans une œuvre religieuse, avait fait l'objet de maintes discussions avec Benozzo. Ce dernier avait été frappé par le mouvement qu'Antonello avait donné aux mains de la Madone :

— Tu as admirablement dessiné et peint ce raccourci qui donne une troisième dimension à ton tableau. Piero della Francesca n'aurait pas mieux usé de la perspective.

C'était là un grand compliment, même si Antonello pensait en lui-même que le geste esquissé par les doigts de sa Vierge était plus expressif que l'habituel traitement perspectif du maître de Sansepolcro. Il décida donc d'employer le même procédé. Il peindrait le Christ de face, rendrait le modelé de sa peau grâce aux superpositions de pigments à l'huile très fluides et projetterait les mains du Seigneur hors du cadre, vers le spectateur. Ces mains sacrées qu'il imaginait libres dans l'espace, il les dessina, les redessina, phalange par phalange, calculant les ombres, les écarts, les angles formés par les doigts entre eux. Il avait aussi pris la décision, c'était encore une innovation, que la main gauche du Christ ne s'appuierait pas sur sa poitrine, selon la tradition, mais s'avancerait, elle aussi, vers l'extérieur.

Antonello aurait préféré peindre un format plus grand. Celui, imposé, de douze pouces sur dix [1] l'obligeait à affiner les traits et à pousser les détails, en se rappelant les règles d'or de la peinture flamande.

En un peu moins d'un mois, Antonello termina son Christ qu'il intitula « Salvator Mundi ». Verrocchio trouva *l'olio sul tàvola* excellente et conseilla d'attendre pour la présenter à son propriétaire :

— S'il sait que tu n'as mis qu'un mois pour peindre son tableau, Messer Benzini pensera que tu n'as pas pris le temps de soigner son travail et que ce travail ne vaut pas ce qu'il t'a promis. Jadis on jugeait la valeur d'un tableau à la quantité et à la qualité de l'or et de l'outremer utilisés. Aujourd'hui, on accepte de prendre en considération le

1. Le format du « Sauveur du monde » (National Gallery, Londres) est de 0,38 x 0,30 m.

talent de l'artiste. A condition qu'il ne donne pas l'impression de gagner trop facilement son argent...

Antonello da Messina, dont le nom commençait à être connu à Florence, peignit encore une *tàvola* et arrangea une fresque du couvent de Santa Trinita qui s'en allait en lambeaux de plâtre. Florence était prête à l'adopter : déjà les Médicis avaient demandé à Benozzo Gozzoli de leur présenter ce « Sicilien qui maniait la couleur à l'huile comme un vrai Flamand ».

— Ondina, il est temps de partir ! jugea Antonello. Si nous ne quittons pas la ville, je serai vite embrigadé et c'en sera fait de notre résolution et de notre liberté. Dès demain nous allons nous mettre en quête de chevaux et commencer à préparer les bagages. Il faudra emballer soigneusement l' « Annonciation »...

— Et nous nous marierons plus tard..., continua Ondina d'un ton sec qui trahissait sa désillusion.

— Nous nous marierons la semaine prochaine. Dom Bartolomeo, le chanoine de Santa Felicità, est tellement content de son Christ qu'il aurait accepté de me marier bigame ! Sans rire, douce Ondina, le chanoine est un saint homme qui n'avalera pas la moitié de la messe. La Signorina Ondina aura un beau mariage, je te le jure !

Le mariage se déroula dans l'intimité, la veille du jour fixé pour le départ. Ondina avait tenu à porter le mantelet de laine bleue de l' « Annonciation » et le prêtre, qui ne connaissait ni la mariée ni le tableau, dit que pour la première fois il avait l'impression de marier une sainte. Le soir, les amis avaient prévu une fête d'atelier comme celle qui avait marqué l'achèvement de la *tàvola*. Tous les convives du premier soir se retrouvèrent autour de la table de Gozzoli. Mais le cœur n'y était pas : le départ d'Antonello causait des regrets. Quant à Ondina, les artistes de Florence avaient l'impression de perdre un membre de leur famille. Le repas de noce, qui promettait d'être joyeux, se traîna dans la langueur. Les adieux furent tristes. Verrocchio redit à Antonello qu'il avait tort de partir au moment où il devenait un peintre influent de Florence. Botticelli regretta l'ami qu'il sentait poindre en lui... Les nouveaux mariés n'étaient guère plus joyeux, mais ils savaient qu'ils avaient le privilège d'être les partants, ceux à qui tout peut arriver... Antonello connaissait bien ce moment de la rupture qu'il avait tant de fois vécu, moment plein de nostalgie et d'espérance qui était chargé, il devait se l'avouer, de l'attrait de l'inconnu. Cette fois, pourtant, c'était différent : il partait avec Ondina. Et il rentrait chez lui.

5

NAISSANCE D'UN GÉNIE

Le 2 août 1464, Cosme de Médicis, mort comme un philosophe antique, avait été inhumé dans la crypte de San Lorenzo. La Seigneurie et le Conseil lui avaient décerné le titre de « Père de la Patrie ». Son fils Pierre poursuivit avec courage l'œuvre du vieux Cosme et réussit à triompher des complots tramés par quelques grandes familles qui jugeaient le moment propice pour reprendre le pouvoir aux Médicis. Durant les cinq années qui lui restaient à vivre, il mena avec sagesse les affaires de l'État et celles de la banque, poursuivant aussi avec passion l'œuvre de mécénat de son père.

Quand « Pierre le Goutteux », comme on le surnommait, mourut en 1469, bien des menaces pesaient sur Florence, mais l'ordre des Médicis régnait. Son fils Laurent, héritier du fardeau d'un pouvoir incertain, n'était âgé que de vingt et un ans.

Chez les artistes dont l'existence dépendait de la générosité et du goût des princes, l'inquiétude était grande. Qu'allait faire ce jeune homme, certes cultivé, mais plus habitué à mener une vie de luxe et de plaisirs qu'à assumer une tâche pesante et difficile ?

Dans son atelier de la Via San Bartolomeo, Andrea del Verrocchio rassurait ses élèves :

— Depuis un siècle, aucun artiste florentin de talent n'est mort de faim. Pourtant la ville en a subi des guerres, des révoltes et des répressions ! Et puis, rien ne dit que le jeune Médicis ne se révélera pas un grand politique.

— S'il réussit à mener les affaires comme il organise les fêtes et les bals, Florence n'a rien à craindre! dit Botticelli. Comme il ne sert à rien de se lamenter, croyons plutôt la devise inscrite sur l'écu que porte Laurent lors des tournois: « L'âge d'or revient. »

— Et si Florence ne veut plus de ses artistes, nous irons ailleurs! conclut Leonardo, l'apprenti, entré dans la *bottega* quinze jours plus tôt et dont le ton assuré fit sourire le maître.

— Tu as raison, ajouta ce dernier. Mantegna, Piero, Bellini, Antonello et bien d'autres ont prouvé qu'on pouvait devenir un grand peintre ailleurs qu'à Florence.

Le « nouveau », comme on l'appelait dans l'atelier, n'était pas de ces êtres qui passent inaperçus. Grand, les traits fins, ses cheveux blonds tombant sur ses larges épaules, Leonardo était d'une beauté insolente. Dès le jour où son père Ser Piero, le notaire de Vinci venu s'établir à Florence, l'avait conduit chez Verrocchio, celui-ci s'était écrié: « Tu es David! Je te sculpterai en David! » Le maître avait tout de suite décelé dans cet adolescent curieux et discret un être d'exception. Ses dessins d'abord, dont certains remontaient à plusieurs années, œuvres d'un enfant qui n'avait jamais bénéficié des leçons d'un maître, étonnaient par leur perfection et leur fraîcheur.

— Ce n'est pas dans la ville que tu as pu apprendre à dessiner comme cela des oiseaux, des salamandres, des chevaux et toutes ces sortes de fleurs..., questionna un jour Sandro Botticelli, fasciné lui aussi par le naturel de son jeune condisciple qui semblait savoir tant de choses sans avoir rien appris.

— Non. J'ai vécu longtemps dans la nature libre et sauvage. Tu parlais d'oiseaux et de fleurs. Ce sont eux et elles qui m'ont appris l'alphabet de la vie. Tu ne connais pas Vinci? Je t'y emmènerai un jour. Tu verras, c'est un village où les doctes professeurs ne tiennent pas école. En fait de leçons, je n'ai connu que celles du *parroco*, le brave curé Piero di Bartolomeo qui m'a baptisé. Il m'a appris l'arithmétique, un peu de grammaire et m'a fait lire la Bible. Pas d'autre livre, hélas, à part les vers de Dante [1]...

— Tu sembles pourtant instruit...

— Par l'oreille. Mon grand-père m'a raconté des histoires toute ma jeunesse, des légendes de la campagne, des contes tirés de Boccace et de Sacchetti. Mais ne me crois pas savant. Je ne sais rien, pas même en peinture...

— Je ne me fais pas de souci pour toi, Leonardo. Tu en sauras bientôt plus que tout le monde ! Mais, dis-moi, tu sais que Verrocchio prend rarement des apprentis dans son atelier ? Il préfère engager des jeunes qui ont fait leurs preuves chez un autre maître, comme moi par exemple chez Filippo Lippi, des jeunes capables de l'aider à réaliser les commandes. Ce sont tes dessins qui l'ont décidé à te prendre parmi nous ?

— Mon père le connaissait et il lui a en effet montré quelques ébauches. Je lui dois au moins cette démarche heureuse...

— Il aurait préféré faire de toi un notaire, comme lui ?

— Non. Je suis un bâtard. Il n'a jamais épousé ma mère, une fille de la campagne, et j'ai été élevé par ses deux femmes. La première, qui était gentille avec moi, est morte sans avoir d'enfant. La seconde m'a supporté. Elle non plus n'a pas d'enfant. Moi je reste le fils illégitime qui revoit sa mère de temps en temps seulement dans la petite ferme près de Vinci où elle habite avec son époux. Elle a je ne sais combien de fils et de filles... Mon père m'aurait sûrement payé des maîtres pour m'apprendre le latin et la philosophie si j'avais été un enfant légitime. Dieu merci, il n'en a rien fait. Je crois qu'il est heureux de s'être débarrassé de moi en me casant chez son ami Verrocchio. De plus, il n'a pas mauvaise conscience puisqu'il exauce mon vœu le plus cher. Je ne sais pas pourquoi je te raconte tout cela...

— Parce que je suis ton ami, Leonardo. La vie pour toi ne s'arrange pas si mal : tu peux apprendre le métier que

1. Gutenberg venait à peine d'inventer les caractères mobiles et l'Italie ignorait encore l'imprimerie. Les livres étaient rares et chers. Seuls pouvaient s'en procurer ceux qui avaient les moyens de payer un copiste ou la possibilité de copier eux-mêmes un livre emprunté.

tu aimes chez le meilleur des maîtres. C'est une grande chance!

***

Leonardo, c'est vrai, n'avait jamais été aussi heureux. Malgré les tâches ingrates qui incombent à tout apprenti, le balayage de l'atelier, la préparation des panneaux et le broyage des couleurs, il se sentait chez Verrocchio au cœur de la magie créatrice, dans l'univers de la tradition toscane qui aime marier les différents arts. Andrea, à trente-cinq ans, était un remarquable orfèvre, le meilleur sculpteur de Florence depuis que son maître Donatello était mort, et aussi un bon peintre dont la réputation était peut-être un peu surfaite mais qui savait, dans cet art comme dans les autres, se montrer l'excellent pédagogue que tous les jeunes Florentins, attirés par le dessin ou la statuaire, rêvaient d'avoir pour maître.

Le jeune homme, s'il ne participait directement à aucun travail destiné à la clientèle, regardait. Il regardait ses aînés, Botticelli et Pietro Perugino, ainsi appelé parce qu'il venait de la province de Pérouse, peindre les fonds ou assurer la finition des œuvres en cours. Il admirait surtout Verrocchio taillant dans le marbre avec une précision extraordinaire, extrayant des reliefs effacés ou modelant une statuette destinée à servir de modèle au bronze que l'atelier fondrait plus tard. Leonardo s'était amusé, enfant, à façonner des petits animaux en glaise. Ici, il avait à sa disposition la fine terre beige qu'il prélevait dans la bassine du maître et, tandis que tout le monde était occupé, il modelait des personnages avec une adresse qui laissait pantois Verrocchio lui-même. Parfois, il reportait ses vieux dessins sur des chutes de panneaux, chipait un peu de couleur à Botticelli et peignait des animaux extraordinaires ou inventait des paysages fabuleux. Le maître le laissait faire et hochait la tête en découvrant ces pochades :

— Je crois, mon garçon, que Ser Piero a bien fait de t'amener chez moi. Florence tient un artiste de plus. Tu as trop de personnalité pour que je la contraigne. Pourtant j'ai beaucoup de choses à t'apprendre en dehors de ce que tu découvriras tout seul. Mais il faut travailler Un jour je te raconterai comment je suis devenu le maître de l'atelier Verrocchio. Tu verras que cela n'a pas été facile! Mais aujourd'hui tout va bien. L'attention amicale que me porte Laurent de Médicis nous vaut des commandes plus que nous ne pouvons en accepter et j'ai eu la chance de pouvoir choisir les meilleurs compagnons pour travailler avec moi.

C'était vrai, il faisait bon vivre dans l'atelier de Verrocchio. Le maître, encore très jeune, s'amusait des farces que se faisaient entre eux ses élèves. Travailleur infatigable, il était exigeant mais savait se montrer bon et compréhensif. Il était aimé et respecté, non seulement par la petite famille de l'atelier mais par ses confrères et ses clients.

Un peu plus tard, un nouveau compagnon vint s'installer dans la *bottega.* Lorenzo di Credi avait l'âge de Leonardo; déjà adroit en orfèvrerie et bon dessinateur, il devait tout apprendre du métier de peintre. Moins fin de traits que Leonardo, c'était tout de même un superbe garçon et le maître disait en riant qu'il possédait dans son atelier les deux plus beaux éphèbes de Florence. Botticelli, lui, était exclu de ce concours : il était petit, trop gros, son charme n'était décelable que dans l'élégance de sa peinture.

Souvent, Sandro parlait d'Antonello. Il n'en voulait pas au Sicilien d'avoir séduit Ondina dont il était amoureux. Il regrettait au contraire l'ami qui lui avait montré à se servir de la peinture à l'huile :

— Le Sicilien serait content de voir que nous n'employons plus à l'atelier que son fameux solvant. Cela a mis du temps, mais maintenant les peintres de Florence comprennent ce que l'huile peut leur apporter.

Leonardo, lui, rongeait son frein en broyant les couleurs qu'il n'utilisait que parcimonieusement sur des planchettes de bois en guise d'exercice. Quand donc son maître lui confierait-il un vrai travail, sur un vrai tableau, comme il le faisait pour Botticelli et Perugino?

Ce jour tant désiré arriva enfin. Verrocchio, qui, on le sait, délaissait souvent la peinture pour se consacrer au marbre ou au bronze, avait en grande partie réalisé de sa propre main la grande *tàvola* en voie d'achèvement qui occupait, à la meilleure lumière, sur le chevalet, la place d'atelier réservée au maître. Il s'agissait du « Baptême du Christ », œuvre commandée par les moines de San Salvi. Sur la gauche du tableau figuraient deux anges. L'un avait été parachevé par Perugino, l'autre n'existait encore qu'à l'état de vague esquisse, quelques traits au charbon destinés à délimiter la surface, surface que Verrocchio avait réservée à Leonardo dont il voulait à la fois récompenser le courage et mesurer les progrès.

A la grande surprise du jeune compagnon qu'il n'avait pas prévenu, il annonça à l'atelier qui se préparait à aller en groupe assister à une fête, place de la Seigneurie :

— Leonardo ne nous accompagne pas. Il va rester seul, comme je le veux, pour peindre l'ange de gauche. Je pense qu'il préférera ce travail à la fête.

Un murmure courut dans l'atelier et Leonardo rougit.

— Merci, maître, balbutia-t-il. Vous me faites un grand honneur de me permettre de participer à votre œuvre. J'espère me montrer digne de votre confiance.

L'atelier déserté, Leonardo essuya les larmes qui coulaient sur ses joues pâles d'adolescent. Il avait conscience de l'enjeu de la partie qui se jouait. Ou il réussissait ce fragment de tableau et les portes de son destin s'ouvriraient sur le Paradis. Ou le maître ferait gratter et effacer ce qu'il aurait peint et ce serait le désespoir de l'échec.

Il se reprit vite, s'assit sur un tabouret devant le panneau haut d'au moins cinq pieds et s'efforça de projeter sur le vide qui le narguait un ange porteur d'originalité mais pas trop, afin qu'il s'accorde à l'ensemble du tableau. Sa réflexion fut de courte durée. « J'exerce un métier manuel, pensa-t-il, ma main va me conduire. »

Sa main, oui, mais aussi sa pensée qui s'ordonnait calmement dans sa tête : s'il voulait que son ange soit remarqué, il fallait qu'un de ses composants ressortît. Il songea aussitôt à la chevelure, cette chevelure ondoyante qu'il distinguait enfant dans les tourbillons de la rivière [1]. Aus-

1. La chevelure, dont Léonard de Vinci assimilera dans ses « carnets » les ondulations aux mouvements de l'eau (autre constante de sa pensée), sera durant toute sa vie l'objet de ses soins attentifs, comme sa barbe magnifique.

sitôt, légèrement chargé de couleur paille, son pinceau traça un fleuve de cheveux dont il dessinerait plus tard les ondulations. Le visage suivit, un profil d'enfant facile à réaliser, puis l'habit, les plis de la robe, les boutons perlés du collet... Pour la première fois, Leonardo ressentait au plus profond de lui la délicieuse jouissance de la création qui efface tout, l'entourage et le temps.

Pris par son travail, il n'entendit pas les autres rentrer. Il terminait de peindre l'auréole — cette auréole superflue qu'il aurait volontiers laissée sur le coin de sa palette mais qu'il fallait bien poser puisque l'ange de Perugino en était couronné —, lorsqu'il s'aperçut que le maître et ses compagnons se tenaient derrière lui et le regardaient travailler.

Surpris, il posa son pinceau et sourit au groupe qui l'entourait. Son ange était loin d'être terminé mais, tel qu'il était, il attirait irrésistiblement le regard, non par un éclat insolite mais par la luminosité qu'irradiait la chevelure, la pureté sereine du visage et l'élégance de la silhouette.

Le maître fixait ce coin de tableau comme si ses yeux ne pouvaient s'en détacher. Enfin, il parla, s'adressant tantôt à Leonardo, tantôt à ses compagnons :

— Tu as parfaitement réussi, Leonardo, tellement réussi que la beauté de ton ange éclipse les autres personnages. N'est-ce pas ton avis, Sandro ? J'aurais dû lui confier la peinture de tout le tableau...

Botticelli cilla. Il n'avait pas beaucoup collaboré à ce tableau dont on pouvait raisonnablement attribuer la paternité à Verrocchio et ne se sentait pas visé par la remarque du maître. Il opina en silence. Son esprit était ailleurs : il venait de découvrir qu'il avait désormais dans l'atelier un redoutable rival. Cela ne le fâchait pas, il aimait Leonardo dont il avait depuis longtemps discerné le talent. « Heureusement, pensa-t-il, nous ne voyons pas la peinture de la même façon et il y a la place à Florence pour deux grands artistes. »

Andrea del Verrocchio reprit :

— Leonardo, non seulement tu vas terminer ton ange, mais tu vas reprendre dans les mêmes tons le paysage fluide vaguement évoqué au-dessus des deux enfants. Le visage de Jésus ne me plaît qu'à moitié. Vois donc si tu peux lui insuffler un peu de naturel. Le reste semble convenable... Non ?

— Très bien, maître. Votre tableau est très beau et j'aurais scrupule à le gâter par quelque intervention maladroite.

— Fais ce que je te dis ! Pour un peu tu me pousserais à ne plus toucher un pinceau ! Ton « savoir peindre » en découragera beaucoup !

Leonardo aurait bien répondu que ce n'était pas tellement la figure du Christ qui le gênait, mais Jean-Baptiste qui semblait accourir dans le tableau comme s'il avait eu peur d'être en retard.

Les moines de San Salvi trouvèrent le « Baptême du Christ » magnifique, surtout l'ange de gauche et le paysage fluide d'un genre tout à fait nouveau. Ils félicitèrent le maître qui était un juste :

— Merci, pères, pour vos compliments. Sachez, pour être honnête, qu'un jeune artiste de l'atelier m'a prêté la main. Je vous dis son nom car vous entendrez parler de lui. C'est le fils d'un notaire de Vinci. Il se nomme Leonardo.

C'en était fait désormais de l'enfant sauvage de Vinci, du modeleur de terre mouillée, de l'apprenti discret et serviable. Verrocchio et l'ange avaient mis le feu aux poudres : la planète Leonardo était lancée sur orbite, dans cette galaxie sensible et explosive qu'on appellera bien plus tard la Renaissance [1].

***

Leonardo n'éprouvait pas le besoin de quitter l'atelier de son maître Verrocchio. Pas encore. Son ami Botticelli, lui, était parti pour fonder sa propre *bottega* et il avait pris sa place de lieutenant auprès du maître qui, s'il n'avait

1. Le « Baptême du Christ », panneau à l'huile de deux mètres de côté, se trouve au musée des Offices à Florence. Les détails de l'ange et du paysage sont reconnus comme étant les premières œuvres picturales de Léonard de Vinci. Vasari raconte qu'à la vue de l'ange, Verrocchio s'écria qu'il « était meilleur que tout le reste du tableau » et qu'il décida de ne plus jamais toucher un pinceau puisque un apprenti en savait plus que lui. On sait qu'il continua de peindre.

pas abandonné la peinture par dépit de voir son élève le dépasser, la négligeait de fait pour se consacrer à une œuvre sculptée qui n'était pas une mince affaire. Laurent et son frère Julien lui avaient commandé le tombeau de leur père et de leur oncle, Pierre et Jean de Médicis. Il s'agissait de sculpter dans un gigantesque bloc de porphyre un sarcophage à décorer de motifs en bronze. L'élaboration de cette œuvre passionnait évidemment le grand Verrocchio et aussi le jeune Leonardo, trop heureux de ne pas se laisser enfermer dans ce métier de peintre qu'il aimait mais qui ne satisfaisait pas entièrement ses goûts encyclopédiques. La peinture, la sculpture, la science dont il entrevoyait le fabuleux avenir, la poésie, son refuge d'enfance, la littérature dont il essayait de forcer les portes malgré le handicap du latin, tout cela ne faisait qu'un dans son esprit insatiable et curieux.

Une œuvre comme le sarcophage des Médicis constituait pour Leonardo une expérience nouvelle et il ne pouvait que s'y plonger avec passion en aidant le maître dans les tâches les plus ingrates. « Ingrates mais non sans intérêt, avait dit Verrocchio. Le plus petit geste a dans l'art sa part du mérite final. Peut-être que je ne peux plus t'apprendre grand-chose en peinture mais je peux, si tu le veux, t'apprendre à tailler le marbre et à fondre le bronze. »

La sculpture du tombeau de San Lorenzo fut pour Leonardo une révélation. Il commença à rêver d'une tête de condottiere qu'il extrayait d'un bloc de carrare et d'un gigantesque cheval de bronze cabriolant sur la place de la Seigneurie. Plus prosaïquement, il aida à composer le grillage de cordes en bronze qui fermait la chapelle des Reliques dans l'église où se retrouvaient depuis deux siècles, morts ou vivants, les membres de la famille Médicis.

Quand le tombeau fut achevé, Leonardo demanda à son maître de le présenter à l'examen qui lui permettrait de devenir membre de la « compagnie des peintres de Florence ». Il fut admis à l'unanimité en décembre 1472.

Le titre flatteur de « peintre de Florence », témoignage de la reconnaissance de ses pairs, ne changea rien à la vie de Leonardo. Un autre aurait été impatient de s'établir à son compte, de fonder son propre atelier; l'enfant rêveur de Vinci, lui, se trouvait bien chez Andrea del Verrocchio qui répétait partout qu'il était un génie. Il était d'autant plus à l'aise dans l'atelier de la Via San Bartolomeo qu'Andrea lui laissait maintenant le soin de diriger la réalisation de la plupart des tableaux. La sculpture l'occupait tout entier, en particulier la statue de David dont il avait déjà presque entièrement modelé dans la glaise la stature élégante et hautaine.

Le David était une occasion pour Leonardo de prendre une leçon de sculpture tout en travaillant à un grand panneau représentant l'Annonciation, une commande du banquier Rucellai.

Un jour où il n'avait plus de terre pour continuer le modelage de son David, le maître, qui ne pouvait rester une seconde sans rien faire, avait rejoint Leonardo et peint le drapé de la robe de la Vierge ainsi qu'une table de marbre dont l'ornementation chargée rappelait celle du tombeau de Pierre et Jean de Médicis. Leonardo se serait bien passé de cette aide, mais comment dire au maître que sa peinture académique ne se mariait pas très bien avec la sienne?

Leonardo vivait pleinement l'existence laborieuse de l'atelier. Il lui fallait apprendre, il apprenait. Il aspirait à peindre autrement que les artistes florentins de l'époque, il le faisait en toute liberté. Il éprouvait le besoin de se retremper dans la nature, il passait ses jours de congé dans la campagne toscane où il dessinait des fleurs et les feuilles des arbres, observant les nuages poussés par le vent, étudiant les nuances des collines fuyant vers l'horizon. Seul, assis à l'ombre d'un bosquet, il oubliait alors la seule frustration dont souffrait son esprit curieux: celle d'être exclu de la vie et de la culture des classes supérieures. C'était le lot de tous les peintres et sculpteurs, fussent-ils les meilleurs, d'être considérés comme des «hommes sans lettres». Leur habileté acquise, leur génie même ne les rendaient pas capables d'entrer dans le cercle des «doctes» parce qu'ils ne connaissaient pas le latin, la langue du savoir.

Le savoir, Leonardo l'acquérait un peu chaque jour. Il

butinait les fleurs de cet humanisme florentin où la Renaissance a pris racine. Il tournait autour des jardins de la villa de Careggi où se réunissait l'Académie platonicienne fondée par Cosme. Il lui arrivait même d'entrer et d'écouter parler les maîtres à penser de ce cercle philosophique, Marsile Ficin, Christoforo Landino et son jeune élève Politien. Dieu merci, ils ne parlaient pas toujours latin et Leonardo découvrait dans les propos de Ficin des idées spiritualistes frôlant l'hérésie qui le séduisaient.

— Hier, dit-il à Botticelli, rencontré un matin près du Baptistère, j'ai entendu Ficin. Tu sais que les humanistes avec leur grec et leur latin ne m'intéressent pas beaucoup. Je les trouve prétentieux. Pourtant, je commence à croire que la peinture, et l'art en général, est aussi philosophie. Dans leurs rapports avec la religion sûrement, et avec l'humanité tout entière !

Ces propos ne touchaient guère Sandro, devenu par son talent et son habileté à supplanter ses rivaux, un peintre célèbre, le plus célèbre de Florence sans doute. Philosophie et métaphysique l'ennuyaient et ses rapports avec Dieu se bornaient à la peinture, lorsqu'il peignait des scènes religieuses. Son manteau de velours rouge, ses chausses vertes moulantes et sa toque noire étaient plus connus dans les cabarets et les rues mal famées de Florence que dans les églises de la ville. Sandro n'était pas beau mais il respirait la joie de vivre et menait, comme on disait déjà à Florence, une « vie de bâton de chaise ». Il amusait Leonardo qui ne fut pas surpris de l'entendre répondre :

— L'humanité pour moi se borne aux Médicis qui me protègent, aux gens qui ont assez de goût pour me commander des tableaux et à mes amis. Comme toi, par exemple !

— Que deviendrait notre amitié si nous étions concurrents ? Par bonheur ta peinture, vraiment superbe, est à l'opposé de la mienne ! Tes premières Madones, trop inspirées de Lippi, ne me plaisaient qu'à moitié mais ta « Force », ta « Judith » et surtout l' « Homme à la médaille » sont magnifiques.

— Je commence demain au palais le portrait de Lucrèce Tornabuoni [1]. J'ai intérêt à me surpasser !

— Passe donc un jour voir notre maître Verrocchio. Il est en train de terminer un bronze, l'« Enfant au dauphin », pour Laurent.

— Oui, je viendrai. Mais dis donc, tu n'as pas envie de quitter l'atelier et de t'installer ? Tu le pourrais facilement.

— Je sais, mais chez le maître je suis tranquille ! Et j'aime bien Verrocchio.

— Lui, il aime plutôt son petit apprenti Lorenzo di Credi. Cela marche toujours entre eux ?

— Tout à fait. Mais, tu sais, Credi n'est pas maladroit ! Il va devenir un bon peintre.

— S'il cesse de te copier. Il t'admire tellement ! Je veux parler de ta peinture, bien entendu !

Sandro éclata d'un rire énorme, rejeta son manteau sur l'épaule et s'en alla vers Santa Maria Novella. Leonardo sourit et murmura :

— Il ne changera jamais ce Sandro !

L'allusion de Botticelli aux mœurs du maître et de son jeune élève n'avait ni surpris ni choqué Leonardo qui n'avait pas connu le temps, remontant à quelques dizaines d'années, où des règles strictes imposaient aux Florentins une vie austère et une moralité sévère. L'époque des lois somptuaires qui allaient jusqu'à prescrire les vêtements que les citoyens pouvaient porter était passée. Les chausses longues et moulantes, naguère considérées comme scandaleuses, habillaient maintenant la plupart des hommes, et les femmes elles-mêmes abandonnaient les vêtements sombres à encolure montante pour des robes élégantes à décolletés profonds. La mode ne faisait que suivre les changements d'une société grisée par l'épanouissement des arts et l'influence des humanistes, poètes, philosophes, linguistes dont la préoccupation majeure était de distinguer l'homme, conçu en temps qu'individu, de la vieille communauté chrétienne du Moyen Age.

Ce levain de l'humanisme, grâce au soutien des Médicis

1. Mère de Laurent le Magnifique, femme cultivée et très pieuse.

qui le répandaient avec zèle, n'exerçait pas que des effets positifs. Le raffinement physique et intellectuel encouragé par les princes aboutissait à un relâchement des mœurs et à une tolérance qui excusaient tous les débordements. Ainsi, le réveil de la civilisation gréco-latine, étudiée et glorifiée par les « doctes », avait entraîné, tout naturellement, une explosion d'homosexualité dans le milieu des lettrés et des artistes. Puisque l'idéal était d'imiter et si possible d'égaler les Grecs et les Latins, pourquoi ne pas les suivre dans leurs habitudes perverses ? Platon, sollicité par Ficin et les membres de l'Académie, donnait par avance l'absolution aux pécheurs.

Il était de notoriété publique que certains maîtres entretenaient des relations particulières avec leurs élèves et le nom d'Andrea del Verrocchio avait été cité plusieurs fois dans des plaintes parvenues à la Seigneurie. Aucune n'avait abouti, les autorités n'ayant nulle envie d'engager des poursuites contre les homosexuels trop nombreux et souvent protégés. Bref, la complaisance était générale. On ne demandait rien d'autre aux artistes que de peindre de bons tableaux et de sculpter de belles statues.

Trop occupé par ses études, ses méditations, ses foucades d'autodidacte génial, Leonardo, qui se mêlait peu à la vie des peintres de Florence, avait échappé jusque-là aux commérages et aux ragots. Au plus faisait-on remarquer qu'on n'avait jamais vu ce jeune homme séduisant et élégant en compagnie féminine. Et les plus fielleux soulignaient sa coquetterie qui était pourtant bien discrète à côté de la façon dont certains ornaient de lourdes dentelles leurs habits aux couleurs voyantes. Leonardo était simplement un homme élégant, soigné de sa personne, qui n'aimait pas plus les tons criards pour ses vêtements que pour sa peinture. Il préférait les teintes nuancées, comme le rose qu'il affectionnait particulièrement.

Pour l'instant, Leonardo vivait dans une grande exaltation. Il peignait son premier portrait, celui de Ginevra, la fille d'Amerigo di Giovanni Benci, un noble Florentin qui s'intéressait à ses travaux. Chaque jour, le peintre se rendait au palais de la Via Macciana, près du Dôme, où habitait la jeune femme, mariée depuis peu, à dix-sept ans, à Luigi di Bernardo di Lippi. Leonardo n'était pas disposé à faire sur commande, comme Botticelli, le portrait de qui pouvait payer. Pour lui, peindre était un acte de foi, il fallait que le sujet soit à la mesure de la passion qui l'animait. Et le visage de Ginevra Benci était le modèle qu'il aurait choisi entre mille : secret, fermé, impénétrable, figé dans une beauté qui ne devait rien à l'idéal de l'époque.

Dès les premières séances de pose durant lesquelles il ne fit que dessiner sur papier, il eut la conviction qu'il ne percerait pas le secret de cette jeune femme qui ne montrait que ce qu'elle ne pouvait cacher : la réserve, la dignité, la froideur aristocratique. Eh bien ! puisqu'il ne pouvait exprimer par la magie de son crayon et de ses couleurs ce qu'elle défendait derrière le mur clos de son front trop haut, il peindrait ce masque qui, il le savait, ne tomberait pas. Il peindrait l'apparence. C'était là un exercice imprévu qui ne lui déplaisait pas.

Ginevra Benci voulait garder son mystère, Leonardo le respectait à travers la luminosité et la transparence de sa peinture. Souvent, il avait essayé d'engager la conversation. Elle écoutait les questions, esquissait un semblant de sourire que contrariait son regard glacial, et ne répondait que s'il s'agissait d'un propos professionnel concernant la pose.

Lorsque le portrait fut considéré par Leonardo comme presque achevé, Ginevra Benci consentit à venir le regarder. Elle resta un moment face à elle-même puis se tourna vers le peintre :

— Ce que vous avez fait est très beau, monsieur. Mais suis-je vraiment comme cela ?

— Je n'en sais rien. Ce dont je suis sûr, c'est que je n'ai vu, et Dieu sait si je vous ai regardée ces dernières semaines, qu'un masque impénétrable, d'ailleurs passionnant à peindre. J'aurais voulu dessiner et colorer votre âme, mais elle est demeurée désespérément fermée. Ne pouvant entrer, j'ai peint la porte... Mais c'est une belle porte !

— Comme vous dites ces choses !... Ne prenez pas mon attitude pour de la hauteur, du mépris ou je ne sais quel sentiment de supériorité. Je suis comme je suis, une jeune femme, presque encore une enfant, qui n'a pas vécu et n'a rien connu de la vie avant qu'on la marie à dix-sept ans.

Ce n'est pas confortable et je crois être plus à plaindre qu'à blâmer.

Leonardo était stupéfait. Pourquoi la chrysalide s'était-elle brusquement ouverte, laissant s'échapper un papillon qui voletait et réveillait le visage figé de Ginevra ? Cela dura quelques secondes puis le rideau se referma. Pas complètement puisqu'une larme coula sur la joue, lisse comme une porcelaine, de la jeune femme. « Comment ces yeux secs peuvent-ils pleurer ? » se demanda-t-il en posant sa palette.

Il y eut un silence, puis il questionna :

— Voulez-vous que nous recommencions le portrait ? Si vous m'y aidez, je peux essayer de faire vibrer votre visage, d'entrouvrir vos lèvres serrées pour y poser un sourire...

— Vous en avez envie ?

— Non. Franchement. Je trouve ce tableau réussi et d'autant plus intéressant qu'il est différent. Comme vous, vous êtes différente...

— Alors je garde mon portrait comme vous l'avez peint. Mais je vois que vous n'avez pas prévu de fond. Peut-être que ce vide ajoute à celui que vous avez imaginé sous la peau de mon front bombé ?

— J'ai, bien entendu, l'intention de faire un fond qui ne fera qu'un avec votre visage. J'y vois la campagne, la nature, l'eau... qui seront vos faire-valoir. C'est là qu'il faudra chercher le peu de chose que j'ai appris de vous. Chaque élément du paysage doit être une tentative d'identification, un sentiment, une nuance psychologique. Je pense par exemple à un étang mort qui exprimera votre impassibilité, à un lointain brumeux qui traduira l'oubli. L'oubli du bonheur peut-être.

Il avait parlé en s'approchant d'elle, pour lui tendre l'un de ses fins mouchoirs de linon qui étaient son luxe. Car maintenant elle pleurait.

— Merci, murmura-t-elle. Vous êtes bon. Pour la première fois, je me sens... Ah ! je ne sais pas dire... Je vais être très malheureuse lorsque vous ne viendrez plus m'installer devant votre chevalet. Je vous en prie, finissez ici votre paysage. Peut-être que je pourrai vous le montrer dans mes yeux...

Soudain, elle se glissa contre lui, posant sa tête blonde, presque rousse, sur la barbe large et ondulée qui se présentait comme un oreiller. Elle se serra encore et tendit ses lèvres à Leonardo, sans doute le plus malheureux des hommes à cet instant. Comment repousser cet oiseau perdu ?

— Nous sommes seuls, murmura-t-elle. Je vous trouve beau, plus beau et plus intelligent que les autres. Prenez-moi. Ou emmenez-moi ! Mon mari ne compte pas plus pour moi qu'un bas troué. Je vous aime, Leonardo. Vous seul pouvez me sortir de mon isolement.

C'est elle qui s'offrait mais c'est lui qui perdait la tête. A part une catin que ses amis avaient mise dans son lit un jour d'ivresse, et dont il n'avait pas gardé le souvenir, Leonardo n'avait jamais approché une personne de l'autre sexe. Et voilà qu'il se retrouvait, au moment où il s'y attendait le moins, avec l'une des femmes les plus séduisantes de Florence dans les bras ! Son cœur battait mais c'était de panique. Il se rendait bien compte que le contact du corps de Ginevra le laissait de marbre. Quant aux lèvres de la belle ténébreuse qu'il avait dû embrasser, elles lui semblaient aussi froides et sèches que les bâtonnets de *lambrucha* avec lesquels il se frottait les dents chaque matin pour les blanchir.

Les avances de Ginevra Benci se faisant de plus en plus pressantes, il eut un sursaut et éloigna la jeune femme d'un geste presque brutal :

— Non, madame. Cela ne se peut pas. Je suis peintre et vous êtes ma cliente. Je terminerai votre portrait dans mon atelier comme je l'avais prévu.

Ginevra avait reçu l'apostrophe de Leonardo comme une insulte. Elle avait pâli mais s'était vite reprise. Son visage s'était refermé, avait retrouvé sa froideur et Leonardo aurait pu y déceler un certain mépris s'il avait été en état d'analyser la situation étrange à laquelle il se trouvait mêlé.

— Faites-moi porter le tableau dès qu'il sera terminé ! dit-elle sèchement. Et faites-vous payer par mon mari. Au revoir, monsieur [1].

Elle sortit comme une reine outragée et Leonardo com-

1. Seule peinture de Léonard de Vinci aux États-Unis (National Gallery, Washington), le portrait de Ginevra Benci, petit panneau de 42 centimètres, a hélas été réduit d'un tiers de sa hauteur et recoupé sur les côtés.

mença fébrilement à ranger son matériel. La peinture du portrait de la Signora Benci se terminait vraiment d'une drôle de manière. Mais une question autrement sérieuse se posait à son esprit méthodique : était-il impuissant ? Il dut s'avouer que cette idée à laquelle il avait souvent pensé n'était pas à exclure. Leonardo haussa les épaules et lança tout haut dans le salon vide :

— Si je ne peux pas aimer les femmes, je peux les peindre. Et mieux que tout le monde !

***

Le cœur de Florence battait au rythme des succès de la maison Médicis et celle-ci se portait bien. Laurent, qu'on appelait « le Magnifique », avait, au prix de quelques horreurs, soumis la rebelle Volterra, riche de ses gisements d'alun [1], et réussissait à imposer sa jeunesse. Son mariage avec la revêche Clarice Orsini, fille de la puissante famille de Rome, ne lui apportait peut-être pas toutes les satisfactions qu'un jeune prince pouvait espérer. Il s'en consolait en collectionnant les gemmes, les vases précieux, les monnaies, en écrivant des poèmes et en entretenant des rapports philosophiques constants avec les doctes de l'Académie platonicienne. Pour le reste, il savait cacher ses soucis d'homme d'État et de financier sous un air d'insouciance, au milieu de ses amis, tous gais lurons.

Cette période de calme sembla propice à Laurent pour organiser l'une de ces fêtes toscanes qui marquent un règne. Il n'avait pas oublié le tournoi de ses vingt ans, en 1469, et décida de célébrer par une manifestation encore plus somptueuse son dernier succès diplomatique : l'alliance conclue le 2 novembre 1474 entre Milan, Florence et Venise.

Les tournois traditionnels de l'hiver qui suivait devaient donc revêtir un éclat exceptionnel et Laurent décréta que le héros de la fête serait son frère cadet Julien, comme il

1. L'alun, minéral qui servait à la teinture des étoffes, de la laine en particulier, constituait la valeur reine de l'époque. L'État pontifical possédait les principaux gisements d'Europe et les Médicis avaient obtenu le monopole de sa vente. Ils en tiraient un bénéfice considérable et tenaient à s'approprier le gisement de Volterra qui risquait de les concurrencer.

l'avait été en 1469. Julien venait d'avoir vingt et un ans. Il était beau, grand, aimait la chasse et les jeux dangereux. Parangon des jeunes nobles florentins fortunés, son charme lui assurait une réputation de séducteur et l'on ne comptait plus ses aventures. Il remercia son frère de lui permettre de briller aux yeux des plus belles femmes de Florence et se prépara, en athlète, aux épreuves que toute la ville attendait.

Quand il fallut choisir celle qui serait la reine du tournoi, il désigna sans hésiter Simonetta Cattaneo, fille de patriciens génois qui avait épousé Marco Vespucci, homme sans grâce et sans culture. Ce choix accrédita aussitôt le bruit que Julien était l'amant de la diaphane Simonetta. La jeune femme, dont la beauté était célèbre, avait la taille fine et la poitrine légère d'une nymphe. Ses longs cheveux blonds encadraient un visage pâle où éclataient de grands yeux bleus. Elle était aimée du peuple qui ne trouvait pas scandaleux qu'une fille aussi belle préférât le beau Julien à un mari insignifiant.

Les préparatifs de la fête occupèrent de longues semaines. Les princes de Milan, de Mantoue, d'Urbino et de Rimini envoyèrent leurs plus beaux chevaux. C'est parmi eux que Laurent et Julien sélectionnèrent ceux qui devaient porter les armes.

Le matin du 29 janvier, Florence se couvrit de couleurs. A toutes les fenêtres, des drapeaux, des bannières, des châles flottaient au vent léger qui, heureusement, venait du sud. Il ne faisait pas chaud mais le soleil brillait, une température idéale pour combattre sous l'armure. Les Florentins attendaient joyeusement le passage du cortège avant de se ruer sur les gradins de la place Santa Croce où devaient se dérouler les joutes.

Un cri monta de la foule lorsque retentirent les premières trompettes. On eut à peine le temps d'applaudir le roi d'armes et les hérauts qu'apparaissaient les premiers champions, tous porteurs de noms illustres. Alberti ouvrait la marche, monté sur un espagnol aux flancs blancs. Il était entouré de ses porteurs d'oriflammes. Suivaient Pitti, Gonzaga, Soderini... Enfin arriva le porte-enseigne du roi de la fête. L'étendard qu'il faisait tournoyer au-dessus de sa tête représentait « Minerve et l'Amour». Celui qui l'avait peint n'était pas n'importe qui. C'était Sandro Botticelli!

Minerve était naturellement la dame de Julien, Simonetta, qui apparaissait debout sur un lit de rameaux d'olivier. Elle tenait d'une main son bouclier où brillait une tête de méduse et brandissait, de l'autre, sa lance. Le soleil l'éclairait de face tandis que l'Amour, attaché à un tronc d'arbre, ses flèches et son arc brisés, semblait attendre un jour meilleur. C'était la première fois que Sandro avait peint la belle Simonetta. Ce ne serait pas la dernière...

Derrière chevauchait l'escouade de Julien douze jeunes gens parmi les plus beaux de Florence, tous montés sur de splendides chevaux blancs, blancs comme leurs habits brodés de fils d'argent. Julien, lui, était vêtu d'une veste de *broccato* brillante comme un grand ducat de Florence et constellée de pierres précieuses. Le bruit courait dans la ville que cet habit avait coûté deux mille florins, ce qui était tout de même exagéré.

Il fallut attendre de longues heures la sonnerie des trompettes annonçant le début du «Tournoi de Julien», le temps pour les concurrents d'ajuster leur pesante armure et pour les palefreniers de préparer les chevaux. Ces opérations se déroulaient à l'abri d'un immense rideau que traversaient des bruits de bataille: le cliquetis des pièces d'armures qu'on ajustait, le marteau du maréchal qui changeait un fer et le hennissement des chevaux excités par ces préparatifs. A la nature et à l'intensité de ces bruits, le public essayait de mesurer le temps qu'il lui restait à patienter. Simonetta Vespucci, vêtue de soie blanche et le front orné d'un diadème royal, vint prendre place dans la loge d'honneur aux côtés de Clarice, de Bartolomeo Scala, chancelier de la République, de Baccio Ugolini, homme de confiance de Laurent, et des autres dignitaires. Le Magnifique arriva le dernier. Il avait voulu assister son frère jusqu'à ce que celui-ci eût enfourché son destrier, ce qui n'était pas une mince affaire. Les trompettes pouvaient enfin retentir et Julien faire son apparition sous une immense clameur. Son heaume, comme celui de Laurent en 1469, avait été exécuté par Verrocchio qui avait également ciselé le casque d'argent promis au vainqueur. L'atelier avait peint l'oriflamme comme Botticelli la bannière de Julien : la fête était aussi le triomphe de la « bande à Verro », comme on l'appelait. Elle était là, à une place d'honneur, autour du maître.

Julien, comme on s'y attendait, gagna la première série des joutes. Son principal rival, Jacoppo Pitti, remporta la seconde avant d'être battu par le cadet des Médicis. Tous les yeux se tournèrent vers Simonetta, reine éphémère du royaume des jeux et de la force. Elle avait régné par sa grâce, sa beauté et sa jeunesse. On la vit trembler de bonheur lorsque son héros vint s'agenouiller devant elle pour recevoir de ses mains le casque d'argent, enjeu du tournoi. Celui-ci, comme l'avait voulu Laurent, avait dépassé par sa magnificence l'éclat de sa propre fête.

Les longues trompettes des hérauts d'armes sonnèrent une dernière fois et la foule commença à se disperser, à se répandre dans les rues de Florence. Andrea del Verrocchio invita Sandro, Leonardo et Credi à vider une cruche de vin de Chianti chez Angelo, le pittoresque patron de la *Taverna del Vescovo* qui se flattait d'être l'ami des artistes. Lorsqu'ils furent installés, Leonardo sortit de sa poche le carnet qu'il avait couvert de dessins durant la fête.

— Fais voir, dit Botticelli. Il y a longtemps que tu ne m'as montré tes dessins. Je suis sûr qu'aujourd'hui, alors que je n'avais d'yeux que pour la belle Simonetta, tu dessinais les chevaux. Il est vrai qu'ils étaient superbes.

Il feuilleta le carnet dont les premières pages étaient pleines de dessins d'animaux : des chiens en train de se disputer un os, des chats lapant une écuelle de lait, des moutons, des lézards et des dragons crachant le feu. Suivaient les croquis de la journée, effectivement tous consacrés aux chevaux, la plupart sans cavalier. Le carnet passa de main en main et tout le monde convint que Leonardo était sans conteste le meilleur des dessinateurs.

L'amour de Leonardo pour les animaux, les chevaux en particulier, était bien connu de tous. Il élevait chez lui des chiens, des chats, une grenouille et des oiseaux qu'il ne gardait pas longtemps car il ne pouvait s'empêcher de les relâcher lorsqu'ils l'avaient émerveillé quelques jours par leur chant et leur plumage coloré. Il trouvait scandaleux qu'on tue des animaux pour les manger et ne vivait que de légumes, de pâtes, d'œufs et de laitages.

— Merci, mes amis, répondit-il aux éloges de ses compagnons. Vous exagérez beaucoup, mais il est vrai que je ne dessine rien de mieux que les animaux. Je ne me lasse pas d'essayer de fixer la beauté des chevaux. Mais comment arriver à traduire d'un trait de crayon cette merveille de la nature qu'est un cheval en mouvement ?

— Il faut le modeler et le couler dans le bronze, dit Verrocchio. Un jour tu essaieras...

Banquets, liesse populaire, chants, défilés et danses conclurent tard dans la nuit, dans tous les quartiers de la ville, le « Tournoi de Julien » dont le souvenir n'était pas près de s'éteindre. La poésie a toujours fait bon ménage avec les joutes, à la fois brutales et pacifiques, où triomphent la force et la beauté. Les poètes de Florence avaient donc aiguisé leurs rimes. Renommée oblige, Politien fut le premier à offrir aux deux frères Médicis, le soir même, l'une de ses œuvres les plus fameuses, célébrant la grâce de Simonetta : « Stances pour le tournoi de Julien de Médicis ». La première strophe déclencha l'enthousiasme :

Candide elle est. Candide est sa tunique
où cependant des roses et des fleurs sont peintes.
Les tresses des cheveux de sa tête dorée
descendent sur son front humble et fier à la fois
Tout autour d'elle rient les arbres des grands bois.
Ses yeux brillent de paix et de sérénité
mais Cupidon y cache un flambeau embrasé.

Laurent aussi chanta Simonetta. Et fort bien parce qu'il était lui-même un poète, un bon poète. Tout le monde connaissait « La Nencia di Barberino », une pièce en vingt strophes de huit vers qu'on se passait et recopiait dans les familles dont un membre savait lire. C'était la déclaration d'amour d'un berger, Vallera, à une jeune paysanne, la bergère Nencia :

Viens-t'en dans ces vallons
que je mêle mon troupeau au tien.
Nous paraîtrons un et pourtant deux nous serons [1]

1. J'emprunte la traduction des vers de Politien et de Laurent à Ivan Cloué, auteur d'un remarquable *Laurent le Magnifique*.

Lectures et récits à la veillée avaient assuré un succès considérable à Nencia qui devint vite un personnage de légende. Un siècle plus tard, des rimeurs qui n'auront pas, hélas, la fraîcheur souriante de Laurent le Magnifique continueront à écrire la suite de la vie de Nencia.

Vue sous cet aspect «cour d'amour», la vie au temps des Médicis ne serait qu'un long sentier fleuri s'enroulant autour des vieilles pierres de Florence et des vertes collines toscanes. Malheureusement le lys rouge cachait un poignard, la violence et la mort rôdaient en permanence dans les jardins virgiliens d'une famille prête à défendre par tous les moyens, fussent-ils d'une cruauté épouvantable, un pouvoir absolu lié à la conservation de son immense fortune. Colosse aux pieds d'argile, le Magnifique? Il n'avait qu'à faire le compte des États hostiles qui l'entouraient, des condottieres payés pour le chasser et des nobles familles toscanes qui rêvaient de prendre sa place, pour en être persuadé. Mais la destinée ne choisit pas toujours le champ de bataille pour régler le sort des humains. Les lendemains de la fête allaient en témoigner.

La beauté de Simonetta devint encore plus célèbre après que le peuple l'eut admirée. Les grands peintres la dessinaient ou la peignaient, les poètes la chantaient et si Julien avait été son roi d'un jour, Laurent avait du mal à cacher les liens qui l'unissaient à la belle. Le fait est que s'il n'entourait pas de mystère ses liaisons avec les paysannes du val d'Arno ou sa muse habituelle, Lucrezia Donati, il taisait ses amours avec Simonetta. Personne pourtant, dans son entourage et dans la société florentine n'était dupe. On s'y montrait content que le prince et la plus belle femme de Toscane trouvent ensemble des moments de bonheur.

Ce bonheur dura des mois, presque une année. Les ennemis de l'intérieur et de l'extérieur contenaient leur impatience et le peuple finissait par croire qu'une longue période de paix pouvait exister. Et puis, un jour, Simonetta cessa de venir auréoler de sa beauté et de son entrain les salons du palais des Médicis ou les jardins de la villa de Careggi. Le bruit courut dans Florence qu'elle était malade, atteinte de cette fièvre qui enlevait le sang des vaisseaux, qui faisait tousser et que les médecins ne savaient pas soigner. Clarice en était atteinte mais résistait. Simonetta, elle, fut consumée par l'anémie[1] en quelques semaines. Elle mourut dans la nuit du 26 au 27 avril 1476. Elle avait vingt-trois ans.

Simonetta n'avait été qu'un oiseau de passage à Florence, mais elle y avait laissé la trace ineffaçable de sa jeunesse. Célébrée vivante, elle fut encensée quand la mort l'emporta. Laurent trempa sa plume dans l'encre du chagrin pour écrire sa douleur profonde et sincère. Il parla d'une nouvelle étoile qui éclipsait dans le ciel par sa clarté, tous les autres corps célestes. Il fit un récit poignant des funérailles de Simonetta : « Transportée le visage découvert jusqu'au cimetière, elle surpassait sa beauté qui nous paraissait insurpassable lorsqu'elle vivait. Et elle faisait penser au vers de Pétrarque : *La mort paraissait belle dessus son beau visage.* »

***

Désolé par la mort de Simonetta, Laurent trouva dans la poésie et dans la philosophie non pas l'oubli mais la force d'accepter une fin aussi injuste. Il vit beaucoup plus souvent Ficin, familier du palais, qu'il considérait comme son maître. S'il n'allait que rarement aux réunions de l'Académie, il ne manquait jamais d'assister au banquet anniversaire de la mort de Platon.

Son œuvre poétique s'enrichit de centaines de vers tandis qu'il découvrait l'élévation spirituelle des théories platoniciennes professées par le maître de Careggi. Celui-ci avait remis à la mode les relations d'amour platonicien tissées entre Socrate et ses jeunes élèves. Ficin était lié depuis plusieurs années à Giovanni Cavalcanti, un éphèbe de vingt ans, et personne ne prenait au sérieux les lettres teintées d'allusions amoureuses qu'il adressait à Laurent. Le Magnifique était d'ailleurs fort occupé par ses liaisons féminines. Ses vers, imités d'Ovide, pouvaient le montrer travesti en nymphe pour séduire Apollon sans qu'on songe à l'accuser d'homosexualité. Qui d'ailleurs aurait osé une pareille médisance ?

1. Sans doute la tuberculose.

Il n'en allait pas de même pour Leonardo, jeune peintre à peine connu. Un matin de 1476, il était encore couché bien que la dixième heure eût sonné au clocher de San Marco, quand des coups violents frappés à la porte de la chambre qu'il occupait chez Verrocchio le détournèrent de ses rêveries. Il se leva et alla ouvrir à deux sbires qui se présentèrent comme « officiers de la nuit et des monastères [1] ».

— Vous êtes bien Leonardo da Vinci, fils de Ser Piero ?

— Oui. Qu'ai-je fait de mal ?

— On vous le dira au Bargello. Suivez-nous.

Cet instant de honte, Leonardo ne l'oubliera jamais. Lui dont le père occupait une situation importante dans la ville. Lui, l'élève d'Andrea del Verrocchio, protégé de Laurent, emmené en prison comme un malfaiteur !

En fait, il se doutait des raisons qui avaient amené son arrestation. Une dénonciation sans doute, comme il y en avait tant à Florence où n'importe qui pouvait porter n'importe quelle accusation, anonymement, contre n'importe qui. Il ne fut pas étonné de retrouver au Bargello Líonardo di Tornabuoni, Bartolomeo di Pasquino, un orfèvre, et Baccino, tailleur à Orasanmichele. Il les connaissait. Tous trois étaient des homosexuels notoires et il lui était pénible de se voir mêlé à un tel groupe. Surtout, il était humilié de devoir répondre à des questions d'une précision avilissante.

L'officier l'informa, ainsi que les trois autres garçons, qu'une déclaration anonyme trouvée dans le *tamburo* [2] du Palazzo Vecchio les accusait de s'être livrés au crime de sodomie active sur la personne d'un jeune homme de dix-sept ans nommé Jacopo Saltarelli, un apprenti orfèvre qui posait pour les peintres et les sculpteurs, ce qui lui valait peut-être sa réputation de prostitué.

Tout en niant les faits qui lui étaient reprochés, Leonardo se demandait quelles raisons avaient pu pousser le dénonciateur. Était-il concerné personnellement ? Sans

1. Policiers chargés à Florence de veiller au respect des bonnes mœurs et qui opéraient en général sur dénonciation.

2. Boîte aux lettres de pierre en forme de tambour, appelée aussi *Buca della Verità*, qui permettait aux Florentins d'accuser commodément un ennemi des pires crimes ou malversations.

doute pas, il menait une vie très discrète. Une vengeance contre son père? Peu probable. Le tailleur et l'orfèvre? Deux invertis parmi des milliers! Restait Lionardo di Tornabuoni qu'on appelait «Teri» et qui appartenait à une grande famille toscane alliée aux Médicis. C'était sûrement lui qui était visé. Mais on ne garde pas un neveu de Laurent le Magnifique en prison: les accusés furent relâchés sous condition de se présenter au tribunal le 9 avril. Faute de preuves, les juges relaxèrent les prévenus, «*absoluti cum conditione ut retamburentur*», ce qui signifiait que leur cause était renvoyée au «tambour» afin de laisser au délateur la possibilité de compléter sa dénonciation par des preuves irréfutables. A l'audience du 7 juin, le «tambour» n'avait pas battu la charge. Au grand soulagement de Leonardo, les juges prononcèrent un non-lieu.

— Je suis content pour toi, dit Verrocchio. Je sais que tu n'étais pas coupable — d'ailleurs coupable de quoi? — mais il est toujours malsain, dans notre bonne ville, de se trouver sur un banc d'accusés.

— Avec Teri dans l'affaire, tu ne risquais pas grand-chose! souligna Perugino.

C'était vrai, mais il s'attira un regard foudroyant de Leonardo qui n'éprouvait guère de sympathie pour le peintre de Pérouse:

— Tu veux dire qu'un procès comme celui que je viens de vivre n'est qu'une vétille? Ces deux mois ont été pour moi abominables! Décidément, je n'aime pas Florence! Dès que je le pourrai, je quitterai cette ville pourrie.

— L'ennui, objecta le maître, c'est que tous les États d'Italie sont de la même farine. Rivalités politiques, rivalités familiales, rivalités de métier... tout est prétexte à la violence, aux conjurations, aux vengeances. Gardons précieusement notre sérénité d'artistes et d'hommes libres. Qui est plus libre, en effet, que le créateur devant son chevalet, un pinceau et une palette dans les mains? ou que le poète devant sa page blanche?

— Vous parlez comme Laurent les jours où il est philosophe. Dommage qu'il puisse être aussi cruel! C'est vrai, je me sens libre quand je peins, mais suis-je un artiste libre quand on vient m'arrêter sur une simple dénonciation ? Le tribunal m'a relaxé, mais que pensent les gens quand ils me croisent dans la rue ? Non ! J'irai ailleurs, dans une ville où personne ne me connaît, où l'on ne me jugera que sur la qualité de ma peinture !

Leonardo pensait vraiment tout ce qu'il disait. Mais il avait une autre raison de détester Florence : Laurent de Médicis n'avait jamais remarqué le peintre de Vinci, ne l'avait pas encouragé, ne lui avait commandé aucune œuvre. Peut-être Leonardo n'en était-il pas conscient mais son dégoût pour Florence venait beaucoup de l'indifférence de son prince.

***

Ce jour-là, la pluie balayait les rues de la ville. Un vent violent entretenait la litanie des enseignes qui gigotaient et geignaient comme des pendus de frais. Andrea del Verrocchio pensait à sa boule de cuivre qu'il voyait toujours en rêve s'arracher de la pointe du Dôme, emportée par la bourrasque. Leonardo, lui, au fond de la *bottega*, se demandait en dessinant des tourbillons d'eau, d'air et de nuages si ce temps d'Apocalypse était bien choisi pour annoncer à son maître qu'il allait le quitter.

Finalement il se décida :

— Mon maître, cela fait plus de dix années que je vis et travaille près de vous. Je n'oublierai jamais ce que je vous dois, mais je crois le temps venu de m'installer. Mon père est propriétaire d'une *bottega* dans le quartier de la Badia et c'est là que je vais essayer de me passer de votre généreuse tutelle et de la bonne compagnie de mes camarades d'atelier.

Verrocchio attendait depuis longtemps ces mots qui le chagrinaient. Au fil des ans, les relations de maître à élève avaient fait place à une collaboration constante et à une affection qu'aucun différend n'avait entachée. Il cacha son émotion, regarda Leonardo et dit simplement :

— Tu vas me manquer. Tu vas nous manquer. Pas seulement parce que nous t'aimons mais parce que tu es le meilleur d'entre nous. J'aimais pouvoir dire que tu faisais partie de mon atelier. Je me contenterai maintenant de rappeler que tu as été mon élève. Ah, avant que tu me quittes, j'ai une bonne nouvelle pour toi. La *Signoria* [1] te passe commande d'un tableau d'autel pour la chapelle Saint-Bernard, au Palazzo Vecchio. Tu recevras une avance de vingt-cinq florins.

— Je ne doute pas, maître, que c'est à vous que je dois cette première commande officielle et je vous remercie infiniment.

Il avait dit cela du ton piqué qu'il employait chaque fois qu'il devait parler des autorités. Le procès n'avait fait qu'aviver son ressentiment. Verrocchio sourit :

— Je sais ce que tu reproches au palais et je le comprends, mais cesse de te croire persécuté. Cette commande que tu ne dois qu'à ton talent sera, j'en suis sûr, la première d'une longue série. Un jour prochain, les grands, les gens en place, les riches t'imploreront de peindre pour eux !

— Vous avez raison, mon maître. Ces petites vanités n'ont pas leur place dans mon esprit plein de désirs, de projets, d'idées nouvelles... La peinture n'y tient peut-être pas le premier rang...

— Ne dis pas de bêtises. C'est elle qui te fera vivre. Avec la sculpture, peut-être, si tu veux bien développer tes dons qui sont grands...

Leonardo s'installa donc à la Badia. Il n'était plus le jeune dandy florentin vêtu de rose dont la beauté impressionnante faisait se retourner sur son passage les femmes, et aussi les hommes. A vingt-six ans, il avait pourtant gardé son charme exquis, son regard bleu qui s'accommodait si bien de ses boucles blondes, et si ses épaules s'étaient élargies, il demeurait l'athlète souple, élancé, habitué à se mouvoir dans les laies des forêts et les sentes des collines.

La solitude ne lui faisait pas peur. Il eut pourtant du mal, au début, à se passer des discussions d'atelier et des farces de ses camarades. Il se jeta alors dans le travail avec fureur. Dessins, croquis, notes s'accumulaient sur sa table tandis qu'il commençait le carton du tableau destiné à la chapelle Saint-Bernard [2].

1. La « Seigneurie », c'est-à-dire le gouvernement de Florence.
2. Il semble que le tableau n'ait jamais été mené à bonne fin. Le carton et les esquisses ont en tout cas disparu.

C'est à ce moment qu'il prit l'habitude de consigner dans des carnets tous ses raisonnements, pensées, desseins et bientôt ses inventions en utilisant une étrange écriture inversée qu'il fallait lire par réflexion dans un miroir. Ainsi nota-t-il le 12 septembre 1478 : « J'ai commencé les deux Vierge Marie. »

Ses carnets, Leonardo les remplissait aussi des croquis les plus divers qui traduisaient l'étendue de ses préoccupations : figures géométriques ou mécaniques, dessins d'anatomie de l'homme et du cheval, animaux, projets de tableaux, armes, personnages en action, études du mouvement des fluides...

Un jour où son ami Sandro Botticelli était venu lui rendre visite et avait tenté de déchiffrer ses notes, il avait dit, perplexe :

— Si dans quelques siècles il prend la fantaisie à quelqu'un de lire tes carnets, il pensera que leur auteur était un fou ou un génie.

— Les deux qualifications me conviennent ! répondit en riant Leonardo.

— Mais pourquoi diable écris-tu à l'envers ?

— Envers, endroit... c'est l'éternelle discussion entre le bon et le mauvais, le juste et l'injuste, le vrai et le faux. Qui sait si ce ne sont pas les autres qui écrivent à l'envers et moi à l'endroit ?

— Tu es quand même un curieux garçon, Leonardo ! Je ne sais jamais si je dois te plaindre ou t'admirer !

— Aime-moi donc simplement comme je suis...

***

C'est le lendemain que tout faillit basculer à Florence : le gouvernement, l'équilibre instable des alliances entre les États d'Italie et la famille Médicis elle-même avec son pouvoir, ses banques et les frais ombrages de Careggi où Laurent sacrifiait un peu trop aux loisirs de l'heure les dangers courus par l'État.

Comment le Magnifique pouvait-il ignorer que l'avènement du nouveau pape Sixte IV mettait sa tranquillité en péril ? Le rétablissement de l'autorité pontificale, voulu par le pape, ne pouvait se faire qu'au détriment des Médicis et Sixte IV pensait trouver dans quelques familles toscanes les alliés qui lui étaient nécessaires pour évincer Laurent et son frère. A Florence même, la riche famille des banquiers Pazzi voyait avec jalousie s'épanouir la puissance des Médicis. Un membre de cette maison venait d'être privé, par une mesure arbitraire, de l'héritage des Borromée et tous étaient rigoureusement éloignés de l'exercice des magistratures. Alors que Laurent lisait des vers, Francesco, le plus irascible des Pazzi, banquier du pape à Rome, fomentait tranquillement avec l'archevêque Salviati le complot qui devait conduire à l'assassinat des deux frères.

Le bruit avait circulé dans Florence que la messe solennelle qui devait être célébrée ce dimanche 26 avril 1478 en l'honneur du nouveau cardinal Rafaello Riario risquait d'être marquée d'incidents. Verrocchio ne fut donc pas étonné d'entendre des cloches sonner à toute volée et des cris qui semblaient venir de la place du Dôme.

— Habille-toi, dit-il à Credi. Allons voir ce qui se passe!

La place de la Seigneurie était en effervescence. Quelques soldats se battaient près de la Loggia dei Lanzi et les gens hurlaient sans trop savoir pourquoi devant les portes closes du palais.

— Tout se passe à l'intérieur! dit à Verrocchio un ami, l'orfèvre Lampugni, venu lui aussi aux nouvelles. Il paraît que des conjurés sont dans le palais.

Au même instant, un groupe de citoyens accourait en criant: «Julien est mort. Laurent est vivant!»

Le drame n'avait pu éclater que dans la cathédrale, durant la messe. Verrocchio et Credi suivirent la foule qui se dirigeait vers Santa Maria del Fiore. Là aussi, les lourdes portes de bronze étaient closes. L'annonce du crime avait mis le peuple en émoi. Ce peuple, que les conjurés espéraient gagner à leur cause, se rangeait du côté des Médicis et réclamait la mort des coupables.

— Viens! dit Verrocchio. La foule est stupide on risque de prendre un mauvais coup.

Ils tournèrent vers la Piazza San Giovanni qui commençait elle aussi à se remplir de monde.

— Allons chez Angelo! décida le maître. On boira une

cruche de vin en attendant les événements. Si l'on peut apprendre quelque chose, c'est là et pas ailleurs.

La *Taverna del Vescovo* bruissait d'une sourde rumeur. D'une table à l'autre on échangeait des réflexions prudentes. Personne ne savait ce qui s'était vraiment passé durant la messe du cardinal et l'inquiétude perçait dans les conversations; la clientèle était en grande partie composée d'artistes et tout changement intervenant dans la haute magistrature de la ville risquait d'avoir des répercussions sur la vie quotidienne de tous ceux qui peignaient, sculptaient ou ciselaient.

Un peu plus tard, Sandro Botticelli poussa la porte. Il était pâle et semblait agité. Il s'assit près des deux amis et murmura:

— J'y étais. C'était abominable! Mais parlons doucement, je ne tiens pas à faire une déclaration publique.

— Qu'est-ce que tu faisais à la messe de Riario? demanda Credi. Je ne te savais pas si pieux...

— C'est vrai que je ne vais pas tous les jours à l'église, mais j'étais invité par une noble famille qui m'a commandé le portrait du jeune homme de la maison.

— Alors? Raconte!

— La messe s'est déroulée normalement. Julien est seulement arrivé un peu en retard. Il avait été accidenté à la chasse et le médecin avait dû panser sa jambe. Il a rejoint sa place, à côté de son frère, et c'est juste après l'*ite missa est* de l'officiant que le processus infernal, dirigé paraît-il par les Pazzi, s'est déclenché. Laurent et Julien marchaient vers la sortie de la cathédrale quand nous avons aperçu le plus jeune des deux frères tomber sous la lame d'un poignard. Ce qui s'est passé ensuite est inimaginable. Un seigneur, qui ne serait autre que Francesco Pazzi, s'est précipité sur le corps inerte de Julien et s'est acharné à lui porter des coups si violents et si désordonnés qu'il s'est blessé lui-même avec sa dague.

— Et Laurent?

— Il a eu plus de chance, Dieu merci! Deux prêtres étaient chargés de l'assassiner. L'un d'eux, trop nerveux, a dû avoir une attitude suspecte et Laurent, alerté, a réussi à parer le coup qui l'a seulement touché légèrement à l'épaule. Le second, de son côté, a hésité et notre vénéré seigneur qui n'est pas une mauviette a pu tirer l'épée, se défendre et, couvert par ses amis Cavalcanti, sauter pardessus la barrière du chœur et se réfugier dans la nouvelle sacristie. Politien — la poésie et la philosophie n'empêchent pas la présence d'esprit — a fermé la porte aussitôt. Laurent était sauvé.

— Les meurtriers ont-ils pu s'échapper ?

— Ils ont essayé mais, repris hors de la cathédrale, ils ont été frappés à mort par la foule. Il s'agissait des deux prêtres[1]. Le troisième a réussi à prendre la fuite à cheval[2]. Quant à Francesco Pazzi, blessé, il se fait soigner, paraît-il, dans le palais familial, mais je crois qu'il ne vivra pas vieux, même si sa blessure est sans gravité[3].

— Est-on sûr que la Seigneurie n'a pas été prise ? demanda Verrocchio. Lorsque nous sommes passés, la porte était close.

— Tout est fini ! annonça peu après un nouvel arrivant. Les troupes qui ont attaqué le Palazzo Vecchio ont été massacrées. La foule crie partout «*Palle, palle*[4]». Les Médicis sont sauvés !

— Tant mieux ! lança Verrocchio. Ils ne sont pas parfaits mais les Pazzi, alliés à des prêtres assassins qui n'hésitent pas à profaner une cathédrale avec l'appui du pape, me révulsent.

La douleur de Laurent fut immense. Il avait toujours vécu auprès de ce frère qui partageait un bon nombre de ses passions et qui l'aidait à accomplir sa tâche au gouvernement de la ville. A quelques années de distance, Julien avait suivi dans la mort la belle Simonetta, héroïne de la grande fête dont il avait été le roi. Les deux êtres que Laurent avait le plus aimés étaient rayés de sa vie, une vie

1. Antonio Maffei, originaire de Volterra, et Stefano di Bagnone, chapelain des Pazzi.

2. Bernardo Bandini, un aventurier, réussira à atteindre la frontière de l'État et à gagner Constantinople. Un an plus tard, Laurent obtiendra son expulsion de Mahomet II. Il finira pendu à une fenêtre du Bargello.

3. La foule envahit le palais Pazzi, s'empara de Francesco blessé et le tira, dénudé, jusqu'à la Seigneurie où il fut pendu avec d'autres conjurés à une fenêtre.

4. *Palle* : boules. Six boules figuraient sur le blason des Médicis.

qu'il jura de consacrer, le temps qu'il faudrait, à une impitoyable vengeance.

Rentré sain et sauf au palais, Laurent convoqua les magistrats de la Seigneurie, les amis qui l'avaient aidé à échapper à la mort et se fit tenir au courant minute par minute des résultats de la chasse aux assassins qu'il se refusait à appeler des conspirateurs, jugeant ce mot trop faible pour désigner ceux qui avaient massacré son frère et avaient tenté de le tuer.

Il apprit que les deux prêtres arrêtés ainsi que quelques complices étaient pendus par un pied aux fenêtres du Palazzo Vecchio. Son visage était resté froid à l'annonce de ces premières exécutions. Il s'anima un peu lorsque fut connu le supplice infligé à Francesco Pazzi et à l'archevêque Salviati qui se balançaient eux aussi au bout d'une corde.

— Tous les Pazzi doivent payer, dit-il.

Et il ajouta *mezza-voce :*

— Le pape était naturellement au courant de tout. Mais savait-il que le sang allait couler ?

— Nous le saurons, monseigneur ! affirma avec conviction son ami et conseiller Soderini.

La répression n'avait fait que commencer. Ce qui restait de la petite armée des comploteurs avait été traqué dans Florence. Quelques hommes de main réchappés de la vindicte populaire furent jugés, condamnés à mort et pendus.

Deux jours plus tard, lors du conseil, un gonfalonier vint prévenir que Renato, le plus modéré de la famille Pazzi, et le vieux Jacopo qui, après avoir refusé d'aider la conjuration, s'était finalement décidé à y participer, avaient été arrêtés dans la campagne déguisés en paysans. « Qu'on les juge le plus vite possible ! » dit Laurent. Dès le lendemain, tous deux étaient pendus et enterrés. Jacopo, ou plutôt son corps, n'en avait pas fini avec les outrages. Exhumé un mois plus tard de la sépulture familiale, il fut enterré sous les murs de la ville puis déterré une nouvelle fois par des enfants et traîné sur les pavés jusqu'à l'Arno. D'autres enfants repêchèrent le corps en décomposition, le pendirent à un arbre puis le rendirent au fleuve. Les derniers os de Jacopo Pazzi furent retrouvés sous les ponts de Pise.

Ces pauvres restes étaient le symbole de l'anéantissement d'une des familles les plus puissantes d'Italie : un décret interdit le nom même des Pazzi et les employés de la voirie s'activèrent à faire disparaître ses armoiries — cinq croix et deux dauphins — de tous les édifices où elles figuraient.

Laurent avait dit que la vengeance durerait. Pour la prolonger, la Seigneurie recourut à un vieil usage tombé en désuétude depuis 1434 [1]. Elle décida de charger un peintre de la ville de représenter sur la façade du Bargello l'exécution des principaux coupables. C'est Sandro Botticelli, le peintre des Madones-enfants et des vénustés, qui fut chargé de cette fresque macabre pour un salaire de quarante florins d'or [2]. Une tâche que n'aurait refusée aucun artiste. Pas même sans doute Leonardo qui n'avait pas manqué de crayonner sur son carnet l'effrayant spectacle des pendus de la Seigneurie [3]. Laurent vint voir en personne le travail de Botticelli, félicita ce dernier et lui demanda d'ajouter le portrait de Bandino, toujours en fuite, avec cette inscription : « Je suis le nouveau Judas. Auteur d'un crime dans la cathédrale, je serai puni un prochain jour d'une mort cruelle. »

Certains Pazzi, qui n'avaient pas été mêlés à la conjuration, furent néanmoins recherchés et frappés d'exil ou de longues peines de prison. Ainsi Galeotto fut-il retrouvé en train de prier, déguisé en femme, à Santa Croce. Son frère Giovanni, lui, fut découvert dans le monastère des Anges. Une cellule les attendait dans la forteresse de Volterra.

Restait à régler le cas délicat de Guglielmo Pazzi, l'époux de Bianca, le beau-frère de Laurent, réfugié au palais des Médicis. Après quelque hésitation le chef de famille décida de l'envoyer en résidence surveillée dans la campagne, à plus de cinq milles et à moins de quinze de

1. L'année où le peintre Andrea del Castagno reçut commande de la représentation d'un criminel pendu, ce qui lui valut le surnom d'« Andrea degli Impiccati » (le peintre des pendus).

2. Fresque détruite en 1494.

3. Quelques mois plus tard, Leonardo en tirera un magnifique dessin à la plume : « Le pendu. » Actuellement au musée Bonnat à Bayonne.

Florence. Il dut laisser femme et enfants dans le palais de la Via Larga et réussit peu après à se réfugier à Rome, ce qui arrangeait tout le monde.

La « conjuration des Pazzi », nom sous lequel le complot manqué devait rester dans l'histoire, avait commencé et fini dans le sang, mais Laurent en sortait plus « Magnifique » que jamais après l'exécution d'une centaine de coupables, le dernier ayant été le condottiere Montesecco dont le bourreau avait tranché la tête sur la place publique. Le peuple et les corps de l'État avaient soutenu Laurent, ce qui était essentiel, mais le jeune maître de Florence avait aussi beaucoup appris durant ces semaines tragiques. Il avait appris la prudence, la précarité de la richesse et des honneurs. Cette leçon lui avait coûté la mort de son frère, mais les conjurés qui voulaient l'abattre avaient finalement renforcé et légitimé son pouvoir à Florence et à l'étranger. Le roi de France Louis XI, en considérant dans son message de condoléances l'assassinat de Julien comme un crime de lèse-majesté, lui conférait, comme l'avait fait le peuple, tous les pouvoirs d'un roi, pouvoirs que malheureusement ne reconnaissaient ni le Très Saint Père, humilié par le triste sort réservé à l'archevêque Salviati, ni le roi Ferrante de Naples, son allié. Il faudra encore de longues et dangereuses années à Laurent pour doubler le cap des tempêtes, obtenir sans grands dommages le pardon de Sixte IV et cette paix qui, pour demeurer précaire, n'en constituait pas moins une victoire personnelle.

***

Chaque soir, la *Taverna del Vescovo* faisait le plein des artistes de la ville. Il y avait le coin des orfèvres où trônait le vieux Tommaso et où venaient souvent s'asseoir Verrocchio et le groupe des peintres habitués à se réunir près de l'entrée, ce qui leur permettait, l'été, de déborder sous la tonnelle. Le maître Verrocchio en était sans conteste le chef de file. Son atelier était le plus important, parce qu'il était ouvert à toutes les disciplines — travail de l'argent, sculpture, fresque, peinture de chevalet — et à cause de la qualité des artistes qui en faisaient partie ou qui avaient été les élèves du maître. Après lui, le plus célèbre était Sandro Botticelli, peintre favori du palais. Incapable d'honorer les trop nombreuses commandes qui lui étaient faites, il refusait de s'entourer d'aides. En cela il ressemblait à son ami Leonardo qui, lui, peignait peu, préférant les spéculations intellectuelles à l'exercice régulier d'un art dont ses amis se demandaient parfois s'il n'était pas le cadet de ses soucis. Leonardo aussi était célèbre à Florence. « Il est le meilleur d'entre nous », répétait Verrocchio. Les mécènes, les commanditaires en étaient persuadés mais s'ils désiraient offrir un tableau ou une fresque à leur paroisse, s'ils souhaitaient faire faire un portrait, ils savaient qu'il était plus sûr de s'adresser à Botticelli. Ou au jeune Domenico Ghirlandajo, nouvelle figure de l'art florentin.

Aîné de Botticelli, cadet de Leonardo, Domenico di Tommaso, appelé Ghirlandajo, faisait prospérer son atelier où travaillaient aussi ses deux jeunes frères, David et Benedetto. Artisan adroit, technicien émérite de la fresque, bon portraitiste, il lui manquait pourtant, comme à Gozzoli, l'étincelle qui différencie l'ouvrier irréprochable de l'artiste créatif et convaincant.

Ce soir-là, Tommaso était radieux et offrait à boire à ses amis :

— Angelo ! Porte-nous *una fiasca de vini de Tebbiano* ! J'ai une bonne nouvelle à fêter.

— Que t'arrive-t-il, Ghirlandajo ? As-tu inventé un nouveau colifichet pour les dames ? Tu as bien raison. Quand on a de l'ambition, c'est par les dames qu'on arrive.

— Oui. C'est grâce aux femmes que j'ai gagné un nom. Avant même d'avoir peint mon premier tableau [1]... Mais aujourd'hui, c'est autre chose. J'étais au palais cet après-midi et Niccolo Michelozzi, le chancelier, m'a confié que le pape, bien calmé, a demandé à Laurent de lui envoyer quelques-uns de ses meilleurs peintres pour décorer sa chapelle.

1. Domenico était encore orfèvre chez son père quand il eut l'idée de fabriquer un ornement de tête pour les jeunes filles florentines. La mode de ces guirlandes eut beaucoup de succès et il lui en resta le nom de Ghirlandajo.

— Et qui sont les élus ? demanda aussitôt Sandro.

— Toi, bien sûr, Perugino, Signorelli et moi.

Un lourd silence suivit les derniers mots de Ghirlandajo. Toutes les têtes s'étaient tournées vers Leonardo, impassible.

— Comment ? Vinci n'a pas été choisi par Laurent ? Ce n'est pas normal ! s'exclama Sandro Botticelli.

— Je suis heureux de faire partie du voyage, dit le jeune Luca Signorelli, mais c'est évidemment Leonardo qui aurait dû être désigné.

Si Leonardo da Vinci, comme tout le monde l'appelait maintenant, ressentait du dépit, il ne le montra pas. Souriant, au contraire, il fit semblant de justifier le choix de Laurent le Magnifique :

— Il est certain que Laurent n'apprécie pas ma manière de peindre. Dans ces conditions, il n'avait aucune raison de me choisir. Ghirlandajo est un bien meilleur fresquiste que moi et Luca saura faire exactement ce qu'on lui demandera. Avec mes goûts et mon caractère, il y a toujours des risques et je comprends que Laurent, désireux de faire plaisir au pape, ne les prenne pas ! Tenez, pour marquer le déplaisir que j'inspire à notre vénéré Laurent, j'offre une autre cruche de vin !

Quand, au mois d'octobre 1481, Leonardo vit ses camarades partir pour Rome, il ressentit tout de même de l'amertume. Mais il était sincère en justifiant devant ses amis le choix de Laurent. Et il était lucide en pensant que le Magnifique n'aimait pas sa peinture. D'ailleurs, il était vrai qu'au travail d'un groupe disparate dont les membres se disputaient les pans de murs à décorer, il préférait s'atteler à une œuvre personnelle d'envergure. Justement, Ser Piero, son père, était le notaire des frères de San Donato, à Scopeto. Sur sa recommandation, Leonardo obtint, à un moment où il avait besoin qu'on croie en lui, un contrat intéressant. Il s'agissait de peindre un grand retable pour le maître-autel représentant l' « Adoration des Mages ». Le sujet était sans doute celui qui avait été le plus souvent traité par les peintres italiens, mais cela ne le dérangeait pas : il avait en tête une œuvre qui ne devrait rien à l'iconographie habituelle. Les Rois, décida-t-il, ne porteraient ni turbans bariolés ni chasubles d'or. Balthazar lui-même ne serait pas noir, il serait, comme ses deux compagnons venus rendre hommage à l'Enfant-Dieu, un noble vieillard, un sage discret et respectueux.

Et Leonardo se mit au travail, c'est-à-dire qu'il remplit des dizaines et des dizaines de feuilles de papier de dessins, d'ébauches, d'études qui concourraient à la conception finale du tableau : un immense panneau de six pieds et demi de côté, surface où il allait faire se mouvoir une foule de personnages convergeant vers le centre où se trouvait l'essentiel, la Sainte Famille.

Les moines de San Donato poursuivaient Ser Piero de leurs doléances : Leonardo avait-il commencé à peindre ? Pouvait-on compter sur son engagement de livrer le retable dans le délai prescrit ? Ne s'engageait-il pas dans une création trop éloignée des représentations habituelles ? Une visite du prieur à l'atelier de Vinci n'avait pas rassuré les religieux de San Donato. Il avait vu le peintre dessiner avec un soin extrême sur le blanc de l'enduit un grand nombre de personnages dont les derniers se perdaient dans un décor de campagne et de ruines. La Vierge et l'Enfant lui plaisaient. Mais le reste !

Ce soir-là, après avoir continué de travailler jusqu'à la nuit à son « Adoration », Leonardo écrivit sur son carnet : « Le mouvement est la cause et le principe de toute vie. » Il dessina sur le reste de la page une sorte d'ange monté sur un cheval hennissant. Il savait où il placerait ce cavalier porteur lui aussi de la bonne nouvelle : à gauche du tableau, pour fermer dans une irrésistible envolée le cercle fourmillant des adorateurs. Oui, c'était bien cela, c'était le mouvement qui devait être l'expression première de son tableau ! Il se dit qu'il répétait souvent la même vérité mais il écrivit encore de son étrange écriture retournée : « Tout est mouvement. Sans le mouvement, la vie cesserait. »

Botticelli, sur la route de Rome, n'était pas là pour commenter, critiquer ou applaudir son travail et il se trouvait bien seul. Heureusement on frappa à la porte : c'était l'ami Verrocchio. Le maître regarda longuement le grand carré de bois qui n'était encore qu'une esquisse et murmura en hochant la tête :

— Que veux-tu que je dise... Ce que tu es en train de

faire est tellement nouveau, tellement différent de ce qu'ont peint tous les autres artistes sur le même sujet, que je suis saisi d'étonnement et d'admiration. Mon bon Leonardo, tu réinventes la peinture mais je ne suis pas sûr que beaucoup de gens soient prêts à l'admettre et à le comprendre.

— Merci, mon maître. J'avais besoin qu'on me dise cela. Vous me rendez courage. Peu m'importe ce qu'on pense de ma peinture ! Quitte à vivre comme un pauvre...

— Les moines de San Donato ne t'ont pas versé une avance ?

— Quatre livres, il y a des mois, pour acheter des couleurs à la droguerie. De temps en temps, ils me paient en nature : une charrette de bois : je n'aurai pas froid cet hiver ; et un baril de vin rouge — je n'aurai pas soif ! Tiens, nous allons en boire quelques verres à la santé de Donato, un saint qui ne m'est pas tellement sympathique, pourtant !

Leonardo s'acharna encore plusieurs mois sur l' « Adoration des Mages ». Le stade du dessin était achevé mais au lieu de passer directement à la pose des couleurs dans leur vrai ton, il commença à modeler chaque figure, chaque personnage en clair-obscur à l'aide d'ocre jaune et de brun. Puis il couvrit les zones claires, simple réserve du fond des panneaux, de différents blancs de céruse. Quand toutes les valeurs furent ainsi définies, il obtint un tableau en camaïeu qu'il laissa durant de longs jours sur le mur de l'atelier. Il écrivait, il dessinait, il notait. De temps à autre, il se levait pour venir regarder son œuvre. Et comme cela arrive souvent aux personnes qui vivent seules, il parlait tout haut :

— En l'état, je trouve mon « Adoration » réussie. Vais-je avoir le courage de couvrir ces tons subtils de couleurs qui risquent de détruire l'atmosphère poétique que lui confère cette unité ocrée ?

Avant de se décider, il demanda à son maître de lui donner un conseil. Verrocchio fut catégorique :

— Ton tableau est magnifique. Essence et huile légères lui donnent une transparence inégalable. Si j'étais le commanditaire de cette « Adoration », je te demanderais de n'y plus toucher et le garderais comme il est. Mais tu as une commande et les moines veulent que leur retable éclate de couleurs. Jamais ils n'accepteront une ébauche dans laquelle ils ne verront qu'une chose : une œuvre inachevée.

— Je le sais et cela m'est parfaitement égal. En vérité, ils ne demandent qu'une faveur, celle de ne pas me payer. Fini ou pas, mon tableau ne les intéresse plus et je sais qu'ils ont demandé à Filippino Lippi, un homme sûr, qui livre à l'heure et ignore les audaces, de peindre leur « Adoration ».

— Alors ne touche plus à ton panneau. Mais es-tu certain que les religieux de San Donato ne vont pas charger ton père de t'intenter un procès ?

Ils rirent et finirent pour la circonstance le vin rouge des moines. Leonardo, qui aurait renoncé de toute façon à finir son tableau à la manière « léchée » des peintres de Florence, était ravi :

— Je vais pouvoir faire sans remords ce qui me plaît ! s'écria-t-il.

— Comme si tu ne faisais pas toujours ce qui te plaît ! A propos, qu'est-ce qui te plaît ? Quelle est ta nouvelle lubie ? L'anatomie du corps humain ? La botanique ? L'hydraulique ?

— Non, la musique !

Leonardo, c'était connu, chantait juste, connaissait le solfège et jouait joliment du luth. Ses talents musicaux n'avaient toutefois jamais dépassé le cadre des réunions d'amis.

— Comment, la musique ? demanda le maître. Tu ne vas tout de même pas jouer du luth ou de la lyre dans un orchestre de cour ?

— Non, mais j'étudie depuis un moment la propagation des sons et imagine des formes d'instruments nouveaux. Tenez, regardez mes dessins.

Feuilleter un carnet de Vinci, malgré l'inconvénient de la lecture indirecte, réservait un rare plaisir à ceux qui étaient admis à jouir de cette faveur. Verrocchio pensait toujours trouver dans ces pages surprenantes une explication au caractère étrange d'un être qu'il connaissait depuis quinze ans et dont il n'avait jamais réussi à percer le mystère. Cette fois encore, la nature des dessins, leur diversité le laissaient pantois. Une page entière était remplie de croquis représentant des instruments de musique : trompettes, violes, violes de gambe, flûtes, tambours et cloches à clavier, auxquels semblaient accrochés des petits bouts de phrases que Verrocchio déchiffrait à l'aide d'un miroir, et dont le sens lui échappait. Il lut ainsi avec étonnement sous un diagramme très compliqué : « Comment le son de la voix se perd en raison de la distance. » Ou : « Ceci indique comment se meut l'archet d'un joueur de viole... »

Sur la page d'en face, trônait un dessin plus grand et visiblement travaillé. Dessin étrange, bien dans la manière de Leonardo, il semblait représenter un crâne d'animal, celui d'un cheval sans doute, ou une tête de dragon... Sur la partie inférieure de la caisse de résonance ainsi constituée, Verrocchio remarqua trois cordes tendues. C'était évidemment un instrument de musique [1].

— Crois-tu que quelqu'un jouera sur cet os d'argent ?

— Moi, naturellement !

— Mais ce n'est qu'un dessin ! Et, malheureusement ou heureusement, tes projets ne demeurent souvent que des dessins.

— Ce luth-tête de cheval, je suis en train de le construire avec l'aide du luthier Reynaldis de la Via del Casagno. Il sera en bois et en argent et rendra des sons d'une pureté inégalable. J'applique dans ce travail passionnant le résultat de mes recherches sur l'acoustique.

— C'est plus intéressant que la peinture ? Que d'énergie perdue, mon pauvre Leonardo, dans ces études, ces inventions, ces dissertations sur tous les sujets qui te passent par la tête. Je vais te dire : je crois que tu as quitté l'atelier pour ne plus avoir sur le dos un maître qui te rappelait sans cesse que ton métier était de peindre !

— Vous avez raison, maître Verrocchio, et je ne vous l'ai jamais caché : peindre est souvent pour moi un plaisir, mais quand je n'en ai plus envie, personne ne peut m'y obliger ! A Florence tout au moins, cette ville que je déteste.

Il était vrai que les recherches désordonnées de Leo-

1. La fabrication d'instruments de musique aux formes bizarres était à la mode à cette époque à Florence.

nardo restaient souvent, comme ses tableaux, à l'état d'épure. Le luth en forme de crâne de cheval eut, lui, un meilleur sort. Il arriva à terme après plusieurs semaines de labeur dans la *bottega* du luthier Reynaldus, conquis par l'enthousiasme du peintre qui couvrait ses murs de dessins, ornait les flancs rebondis de la viole de plaques d'argent ciselées, mettait en valeur les motifs de marqueterie et procédait sans cesse à d'étranges essais de sonorité. Le résultat fut à la hauteur des espoirs des deux artistes : l'objet était surprenant mais beau, sa sonorité exceptionnelle.

Sur son instrument, Leonardo se surpassait, devenait un véritable virtuose. Verrocchio, convié à venir un soir l'écouter jouer, dut avouer qu'il n'avait jamais rien entendu d'aussi beau et une convocation au palais de la Via Larga lui permit, le lendemain, de raconter au conseiller Soderini, toujours à l'affût de nouvelles, l'histoire du luth en forme de crâne de cheval. Le nom de Leonardo da Vinci n'était naturellement pas inconnu du confident de Laurent.

— Il s'agit de votre élève, n'est-ce pas ? Un artiste, paraît-il, incomparable mais qui a la fâcheuse réputation de ne pas achever ses œuvres. Laurent souhaite depuis longtemps faire la connaissance de ce phénomène. Le luth pourrait servir de prétexte à une rencontre. Si je réussis à susciter la curiosité du Magnifique, votre protégé peut s'attendre à venir jouer au palais.

Alors qu'il avait tant souhaité que le prince remarque sa peinture, c'est par le biais inattendu de la musique que Leonardo fut introduit un soir de septembre 1482 dans le salon de Laurent le Magnifique. Curieuse rencontre que celle de ces deux hommes du même âge, que tout différenciait, sauf une allure certaine de seigneur. Le maître de Florence, malgré son surnom de « Magnifique », était plutôt laid. Son long nez pointu rejoignait presque des lèvres trop minces mais il avait un regard pétillant d'intelligence qui faisait oublier ses disgrâces et sa voix criarde. En face de lui : Leonardo dont l'éclat étonnait toujours avec son élégance naturelle, ses yeux bleus habitués à piéger la beauté et sa longue barbe blonde taillée comme un cyprès de Toscane.

— J'ai beaucoup entendu parler de vous, monsieur Leonardo. Il paraît que Dieu vous a auréolé de tous les dons et que votre maître, mon ami Verrocchio, vous considère comme une sorte de génie. Nous aurons sûrement l'occasion de nous revoir afin d'envisager comment vous pourriez servir l'art de la cité. Aujourd'hui, c'est le musicien qui m'intéresse. Montrez-moi donc cet instrument merveilleux que vous avez imaginé et faites-moi entendre les sons que vous savez en tirer.

Leonardo s'était incliné en arrivant et avait écouté en silence. Maintenant, il fallait répondre, avec respect mais sans platitude, comme le lui avait conseillé son maître.

— Monseigneur, vous me comblez de compliments que je ne mérite pas. Mais peut-être apprécierez-vous ce luth que j'ai conçu un peu comme une sculpture, sans oublier pourtant qu'un tel instrument est fait pour charmer l'oreille avant d'étonner le regard.

Il sortit de sa housse le luth en forme de crâne de cheval et le tendit au prince. Celui-ci l'examina, remarqua son étrange et belle forme, dit qu'il n'avait encore jamais vu un luth en argent et que, s'il sonnait aussi bien qu'il brillait, il constituait un vrai prodige.

Leonardo prit son archet et joua divinement. Le Magnifique applaudit et dit que, malgré l'envie qu'il avait de conserver l'instrument, il allait l'acheter pour l'offrir au maître de Milan, Ludovic le More, grand amateur de musique.

L'affaire prenait décidément bonne tournure et Leonardo ne cachait pas sa satisfaction. Laurent parut réfléchir un instant et dit :

— Et pourquoi n'iriez-vous pas offrir votre luth de ma part au duc de Milan ? Florence a beaucoup d'artistes de grand talent et je me fais un devoir de prêter les meilleurs aux princes, mes amis, qui en sont dépourvus. Ainsi quatre de nos meilleurs peintres sont à Rome pour décorer la chapelle Sixtine. Sa Sainteté, avec laquelle j'étais en froid, me sait gré de ce geste. Je suis sûr que Ludovic le More, dont l'alliance m'est précieuse, saura aussi reconnaître le présent que je lui fais en envoyant près de lui un artiste et un ingénieur tel que vous. Allez lui offrir le luth et mettez-vous pour un temps à son service.

Leonardo, qui ne pensait qu'à quitter Florence, ne pouvait rêver plus agréable projet. Il n'avait pas été choisi pour se rendre à Rome ? Il irait à Milan. Et seul ! Cette mission qui l'honorait et le comblait lui enlevait de surcroît tout remords d'abandonner l'« Adoration » Son père n'eut aucun mal à négocier avec les moines de San Donato l'annulation d'un contrat dont aucune des parties n'avait vraiment respecté les clauses. Avant de prendre la route de Milan, Leonardo céda le tableau non terminé à un collectionneur qui l'avait souvent aidé, Amerigo Benci, proche parent de Ginevra dont il avait fait naguère le portrait[1].

Maintenant qu'il savait son départ proche, Leonardo poursuivait dans la fièvre les derniers préparatifs Pour la première fois depuis longtemps, l'argent ne lui faisait pas défaut. La vente du tableau, celle du luth et la bourse versée par le palais pour les frais de voyage constituaient un joli pécule qu'il se promit de ne pas dilapider en futilités. Il ne s'offrit que les vêtements de route nécessaires et un bon cheval. A la dernière minute, il contribua pourtant à payer l'équipement de deux compagnons de voyage : le musicien et chanteur Atalante Migliorotti, pour lequel il avait de l'affection, et un personnage bizarre qui se faisait appeler Zoroastro da Peretola — son vrai nom était Tommaso Masini — et voulait accompagner Leonardo pour construire les machines que ce dernier se proposait d'inventer. Il était en effet connu à Florence comme mécanicien mais se prétendait aussi mage, peintre et mosaïste.

Les trois voyageurs discutèrent longuement sur l'opportunité de se faire suivre par un chariot chargé des bagages mais, finalement, ils renoncèrent à cette pratique coûteuse qui aurait retardé les cavaliers. Ils préférèrent s'alléger, n'emporter que quelques habits de rechange et naturellement le luth, emmailloté comme un nouveau-né dans du drap fin et casé au fond d'une sacoche. Leonardo emporta aussi ses derniers carnets et un portefeuille de

1. L'« Adoration » sera ensuite consignée dans plusieurs palais florentins avant d'entrer en 1794 aux Offices où l'on peut toujours l'admirer dans l'état où Léonard l'avait laissée.

dessins. Pour le reste, il ne s'embarrassa pas de matériel. S'il avait à peindre, il achèterait des couleurs et des pinceaux à Milan. S'il devait sculpter, des ciseaux et des ébauchoirs [1].

Contrairement à beaucoup d'autres artistes, Leonardo n'avait jamais voyagé. Sa plus longue course à cheval l'avait mené un jour à San Gimignano et la seule route qu'il connaissait vraiment était celle de Vinci, son village. La Lombardie, pourtant assez proche — à bien moins de cent lieues —, lui paraissait une contrée lointaine. Ne lui avait-on pas assuré que les mœurs et la mentalité y étaient différentes? Pourrait-il même s'y faire comprendre? Il n'en prit pas moins la route avec bonne humeur un matin de l'hiver 1482. La saison n'était guère propice aux voyages, mais elle assurait au moins les trois compères de ne pas se trouver mêlés à quelque combat: les condottieres gardaient leurs précieuses troupes au chaud en attendant le printemps.

Leonardo emportait aussi, soigneusement pliée et protégée au fond d'une poche, une lettre sur laquelle il comptait beaucoup pour se faire admettre à la cour des Sforza. Comme son écriture n'était guère plus lisible à l'endroit qu'à l'envers et qu'il n'était pas sûr de son style et de son orthographe, il avait demandé à son père de l'écrire. Aux premiers mots, Ser Piero se demanda si son fils n'était pas devenu fou de vouloir faire parvenir une telle lettre à un prince aussi considérable que Ludovic le More. Il croyait Leonardo peintre, sculpteur à l'occasion, et c'était un ingénieur militaire, un constructeur de fortifications, un inventeur d'armes nouvelles qui faisait des offres de service au duc de Milan!

— Comment, dit-il, peux-tu te faire passer pour un architecte de guerre? Où as-tu été chercher ces balivernes qui vont te faire jeter à la porte de la Lombardie?

— Mon cher père, le More n'a pas besoin d'un artiste de plus. En revanche, il rêve, comme tous les autres princes d'Italie, de posséder une armée sûre et puissante.

1. La liste des dessins emportés est sans doute celle qui figure dans ses carnets. Elle montre qu'alors, il s'intéressait surtout à la figure humaine.

Alors, j'ai pensé lui proposer ce qui peut l'intéresser. Les armes, vous ne le savez pas, m'ont toujours passionné et j'ai réfléchi à la façon mécanique d'augmenter leur puissance. J'ai lu tous les traités écrits sur la question et j'ai des inventions plein la tête. Que diriez-vous, par exemple, d'une pièce d'artillerie montée sur roues et tirant en jeu d'orgue par onze ou douze bouches à feu?

— Je n'en dis rien et j'accède à ta demande puisque, si savant que tu sois, tu ne sais pas écrire correctement. Va, je t'écoute.

Sous la dictée de son fils, il commença à écrire de sa belle écriture de notaire:

«Illustre duc, j'ai étudié depuis des années les idées et les réalisations de ceux qui se prétendent ingénieurs d'armes et j'ai constaté, sans critiquer personne, qu'il ne sortait rien de nouveau de ces travaux qui ne font que répéter ce qui existe. Si Votre Seigneurie le désire, je puis lui révéler mes secrets, propositions sérieuses et claires que je me fais fort de mettre à exécution.

«J'ai dessiné un modèle de pont solide et très léger, facile à transporter et qui peut rendre des services immenses dans la poursuite d'un ennemi et au besoin dans une retraite. Et d'autres plus solides, capables de résister au feu, faciles à construire et à démonter. Je sais aussi comment brûler et anéantir ceux de l'ennemi.

«Je connais une manière de vider l'eau des fossés lors d'un siège et je sais comment construire tous les engins, échelles d'escalade, ponts de fortune, béliers, permettant de traverser les fossés et d'attaquer les murailles.

«Si en raison de la hauteur des murs ou de la force de la citadelle, on ne peut pas utiliser les bombardes, je connais les moyens de démolir n'importe quel fort, à condition qu'il ne soit pas élevé sur le roc.

«J'ai le plan de bombardes faciles à transporter qui multiplient la puissance des engins, font pleuvoir sur l'ennemi des pluies de projectiles et produisent une épaisse fumée qui plonge l'adversaire dans la confusion.

«Je connais les moyens de creuser sans bruit des souterrains, même sous les rivières et les fossés, pour atteindre n'importe quel point.

«Je peux construire des chars couverts, résistant aux

attaques et capables de pénétrer dans les lignes ennemies. Derrière ces machines invulnérables, l'infanterie pourra s'avancer sans courir de risques.

« Pour les combats sur mer, je peux construire des systèmes aussi efficaces en attaque qu'en défense et des vaisseaux capables de résister aux plus grosses bombardes, au feu et à la fumée.

« En temps de paix, je m'estime capable de rivaliser avec n'importe quel architecte pour construire des édifices publics ou privés, et pour assurer la conduite de l'eau d'un endroit à un autre. De même, je peux rivaliser avec n'importe quel artiste en sculpture de marbre, de bronze ou de terre. En particulier, j'aurais honneur à travailler au cavalier de bronze que vous souhaitez édifier à la gloire immortelle de votre père d'illustre mémoire, fondateur de la grandissime maison des Sforza.

« Si l'une des propositions énumérées ci-dessus paraissait impossible ou irréalisable à quelqu'un, je suis prêt à faire l'expérience dans votre parc ou dans tout lieu à la convenance de Votre Excellence à laquelle je me recommande humblement [1]. »

Cette lettre que Leonardo portait comme un talisman, la donnerait-il au duc ? Il ne le savait pas. Cela dépendrait de la manière dont le More l'accueillerait à Milan. Elle lui avait au moins permis de réfléchir à la partie qu'il allait devoir jouer et qui, il en avait conscience, allait marquer un tournant dans sa vie. Le fait que dans l'énoncé minutieux des talents qu'il se reconnaissait, il n'ait mentionné qu'à la fin, et brièvement, les arts dans lesquels il excellait, montrait qu'il entendait mettre à profit toutes les ressources de l'universalité de son intelligence. Au long du chemin, il expliquait à son ami Migliorotti les plans qu'il échafaudait pour séduire le prince mais Atalante, plus jeune que lui de dix ans et qui ne s'intéressait qu'à la musique et au chant, n'était pas un interlocuteur encourageant :

1. L'original de cette lettre n'existe plus, mais le brouillon dont l'authenticité ne fait pas de doute (traces manuscrites de la main de Vinci au dos) figure dans les abondantes archives trouvées en Touraine après la mort de Léonard.

— Tu crois que le More t'attend pour équiper son armée? S'il te reçoit, ce qui n'est pas sûr, ce sera pour t'écouter jouer d'un luth aux formes inattendues. Commence donc d'abord par le charmer de quelques improvisations et essaie ensuite d'obtenir la commande d'une fresque ou d'un tableau.

— Tu parles comme mon père! Poussons plutôt nos chevaux, j'ai hâte d'arriver à Milan.

Les trois Florentins remarquèrent, en passant la porte Ticinese, une activité guerrière qui ressemblait à une veillée d'armes et paraissait plus occuper la population que le paisible négoce de la laine et du drap, source de sa richesse. La ville elle-même ressemblait à une immense forteresse couronnée par les tours du château des Sforza. Les rues comptaient partout des ateliers où l'on battait le fer des armures. Dans d'autres boutiques, des ouvriers fourbissaient des armes de toutes sortes.

— Je crois bien que tu as tort, dit Leonardo. Milan se prépare à entrer en guerre et va avoir davantage besoin d'ingénieurs militaires que d'artistes.

C'est pourtant le *trovatore*[1] qu'accepta de recevoir un matin le duc Ludovic, sur la demande de l'ambassadeur de Florence. Son luth sous le bras, Leonardo longea l'interminable muraille des remparts jusqu'à un pont-levis gardé par une petite armée. Un officier le conduisit jusqu'au donjon en forme de pagode construit par Filarete et il déboucha sur la place d'armes encombrée de lanciers qui piquaient des galops en soulevant la poussière. Enfin, son guide lui montra la Rochetta, fort de pierre rouge enserré dans la citadelle comme dans un écrin.

— C'est là que le duc va vous accorder une audience. Présentez-vous à la garde; quant à moi, ma mission est terminée.

Leonardo ne manquait pas d'assurance. Son allure fière et son charme lui donnaient une aisance qui l'avaient beaucoup servi. Pourtant, ce jour-là, il ne pouvait s'empêcher d'être inquiet en patientant dans l'antichambre gla-

1. Trouvère.

ciale d'un château dont la sévérité tranchait sur l'atmosphère plaisante du palais des Médicis.

Enfin, un valet vint le chercher. Il s'attendait à être introduit dans une salle immense et triste, mais le duc l'attendait dans un modeste salon où brûlait un grand feu. L'homme qu'on disait le plus riche et le plus puissant d'Italie était vêtu aussi simplement que Laurent le Magnifique. Seule une bordure d'hermine égayait sa longue tunique de velours bleu nuit. Il était souriant et paraissait affable. Il regarda un moment Leonardo, comme s'il eût voulu le jauger, et l'accueillit avec bonté :

— Monsieur l'ambassadeur de Florence m'a dit que vous étiez porteur d'un cadeau de mon cher ami Laurent le Magnifique. Il paraît même que ce n'est pas un cadeau banal !

— Jugez-en, monseigneur, dit Leonardo d'une voix bien timbrée, pour cacher son trouble.

Il lui tendit le luth en ajoutant :

— Je suis l'auteur de cet instrument un peu bizarre. C'est la raison pour laquelle Sa Seigneurie Laurent de Médicis m'a envoyé vous l'offrir de sa part.

Leonardo crut revivre la scène du palais de la Via Larga lorsqu'il était venu montrer son luth à Laurent. Le More parut à la fois étonné, curieux, ravi et demanda à écouter le prodigieux instrument.

Pour la dernière fois, l'élève de Verrocchio joua de son luth et il en ressentit du regret. Il était vrai qu'il en tirait le meilleur et que le crâne de cheval était un remarquable instrument. Le prince se dit enchanté et eut plein de mots aimables. Leonardo ne sut que remercier en s'inclinant. Il ne sortit pas la lettre de sa poche et ne parla pas de bombardes à répétition. Dehors, il se dit qu'il était un sot. Il lui restait tout de même un espoir. Les derniers mots du prince avaient été : « Je vous reverrai, monsieur... »

***

Leonardo, ce matin-là, était morose. Il venait de relire les deux dernières pages de son carnet, celle en particulier où il décrivait le prodigieux coucher de soleil auquel il avait assisté : « J'ai vu l'entassement des nuages que voici :

au-dessus de Milan, vers le lac Majeur, un nuage en forme de grande montagne, plein de falaises embrasées, car les rayons du soleil déjà arrivé à l'horizon empourpré le teintaient de ses feux. Ce nuage attirait à lui tous les petits nuages, tout en restant immobile, et il retint la lumière du soleil sur son sommet pendant une heure après le crépuscule. »

Le Florentin restait imprégné de cette nature qu'il avait découverte dans son enfance et il ne se passait pas de semaine sans qu'il consignât dans ses cahiers une impression, un détail, une réflexion poétique ou scientifique sur les éléments, une note personnelle noyée entre des dessins de fortifications et des descriptions de machines à tisser ou à détruire.

Cette activité intellectuelle intense et dispersée ne rapportait, hélas, pas le moindre sol ; la vie devenait difficile pour les trois amis. Zoroastro s'absentait souvent pour exploiter ses talents d'astrologue dans les foires et revenait avec un peu d'argent. De son côté, Atalante trouvait parfois un engagement dans un orchestre. Seul Leonardo ne gagnait rien et le pécule réuni à Florence était depuis longtemps dépensé.

Après bien des hésitations, il avait demandé à l'ambassadeur de Laurent de remettre sa lettre à Sforza. Il n'avait reçu aucune réponse. Le duc, menacé sur ses frontières, n'avait sans doute ni le temps ni l'envie de mettre à l'essai les mirobolants projets du joueur de luth. Il s'était renseigné sur le curieux émissaire que lui avait envoyé Laurent et s'était promis, s'il l'employait un jour, d'utiliser son génie d'artiste plutôt que ses aptitudes saugrenues détaillées dans la lettre.

Leonardo ressassait ces pensées déprimantes quand Atalante, sorti très tôt, revint dans la pauvre chambre qu'ils partageaient :

— Nous ne pouvons continuer ainsi, dit-il. Il n'y a qu'une façon de s'en sortir : cesse de vouloir aider le More à faire la guerre et recommence à peindre !

— Tu as toujours raison, mon petit. C'est pour cela que je t'aime. Qu'est-ce que je deviendrais sans toi qui as de la raison pour deux ! Et tu es beau, de surcroît. Dis-moi ce que je dois peindre.

— J'ai une proposition à te faire de la part des frères De Predis, ces peintres qui ont un atelier près de la Porta Ticinese. Ils souhaiteraient s'associer avec toi et peuvent nous loger derrière leur atelier. Ce n'est pas un palais mais c'est mieux que ce galetas sordide.

— Et ils ont assez de travail pour chercher un associé ?

— Ils se débrouillent. Ils ne sont pas introduits à la cour mais le plus jeune, Ambrogio, est un bon portraitiste. En ce moment, il a suffisamment de commandes pour te proposer d'achever certains portraits de dames et de gentilshommes.

Leonardo éclata de rire :

— Tu ne trouves pas comique qu'on fasse appel à moi pour terminer des tableaux ? Moi qui ai la réputation de laisser en plan mes propres œuvres ! Mais il faut bien vivre et je suis prêt à finir ce que l'on voudra. Les moines m'ont bien fait repeindre une pendule ! Allons donc chez les De Predis.

Le ménage, encore que les relations entre Leonardo et Atalante restassent prudentes et discrètes, s'installa donc Porta Ticinese. Ambrogio et son frère Evangelista étaient d'excellents peintres qui jouissaient d'une bonne réputation à Milan. Sans enthousiasme, mais très consciencieusement, Vinci prêta la main à ses associés et put bientôt remplacer ses chausses et ses bottes toutes rapiécées. Le fils de Ser Piero avait frôlé la misère, il ne connaissait plus que la gêne quand les trois artistes furent sollicités par la confrérie de la Conception pour peindre un retable.

Les moines attendaient beaucoup du Florentin qui se plia à toutes les exigences d'un contrat aussi précis que sévère, contrat où lui seul, il est vrai, était appelé « magister ». Les volontés des commanditaires étaient si clairement exprimées qu'elles laissaient peu de place aux fantaisies : Dieu le Père devait occuper la partie supérieure, la Vierge entourée d'anges le milieu, le bas du tableau étant occupé par une crèche avec l'Enfant Jésus devant un panorama de montagnes. Leonardo faillit tout refuser en se voyant contraint de peindre la Vierge vêtue d'une « robe de dessus de brocart bleu d'outremer », couleur prescrite aussi pour le bon Dieu, tandis que les anges devaient porter des « tuniques de style grec ». Le document décrivait aussi les personnages annexes en insistant sur la « perfection des édifices et paysages ».

Ces clauses draconiennes ne surprenaient pas les frères De Predis, habitués, comme tous les artistes milanais, à exécuter fidèlement ce que le client souhaitait. Mais naturellement, avec Leonardo dans l'affaire, les choses ne pouvaient se passer selon l'accord conclu. Le Florentin n'avait jamais pu respecter un délai et la date de livraison prévue pour la fête de l'Immaculée Conception, c'est-à-dire le 8 décembre 1483, avait peu de chances d'être respectée. Pas plus que le sujet si minutieusement décrit et qui ne plaisait pas à Leonardo.

Au jour fixé, les moines se virent présenter un chef-d'œuvre, l'ébauche très poussée de la « Vierge aux Rochers », et furent désappointés. Dans la pénombre d'une grotte fleurie et plantée d'arbres, une atmosphère hautement spirituelle, la Vierge regardait l'Enfant jouant à ses pieds. Les religieux jugèrent l'œuvre inachevée et le prieur n'offrit finalement que vingt-cinq ducats aux artistes au lieu des deux cents prévus. Rien, décidément, n'était simple avec Leonardo. Les frères De Predis et lui en appelèrent au duc. Le litige durera quinze ans [1] !

***

Dans les villes d'Europe, la peste frappait tous les vingt ou trente ans. Considérées comme des malédictions du ciel, les épidémies étaient supportées avec fatalisme par les riches comme par les pauvres, car si ces derniers étaient le plus souvent touchés en raison de conditions d'hygiène épouvantables, les nobles et les bourgeois n'étaient pas épargnés.

Un jour d'août 1484, Ambrogio De Predis rapporta du centre de la ville, où il avait été acheter du matériel à peindre, la terrible nouvelle : la peste avait fait plus de cent morts dans le quartier de San Gottaro et gagnait vers

1. Il existe finalement deux versions de la « Vierge aux Rochers ». L'une se trouve à Londres et est sans doute le tableau commandé en 1482 et terminé plus tard par les frères De Predis. Celle du Louvre fut achetée par Louis XII en 1508 à Léonard et envoyée en France. Des doutes demeurent sur la date et le lieu où a été peinte cette version.

le Duomo. Bientôt, c'était certain, toute la ville serait atteinte.

Les deux frères avaient déjà connu une épidémie alors qu'ils étaient enfants, mais Leonardo avait échappé à celle qui avait ravagé Florence quand, tout jeune, il vivait à Vinci chez son grand-père. Un tremblement le parcourut. Il craignait la maladie, et la peste encore plus que le typhus ou la variole.

— Partons! s'écria-t-il. Je suis sûr que le More est déjà dans sa résidence de Vigevano! Ah, si nous étions à Florence, nous nous installerions à Vinci, là où l'air est pur et remplace les médecins!

— Où aller? demanda Evangelista. La campagne proche ne sera pas épargnée et nous devrions laisser l'atelier aux mains des pillards. Nous avons la chance d'habiter un quartier assez sain où la misère sordide n'existe pas. Il faut seulement prendre des précautions et sortir le moins possible. Attention aux puces surtout: c'est par elles que la maladie se transmet!

— Les médecins vont faire fortune en ne soignant que les riches, comme d'habitude, dit Leonardo. Remarquez, c'est une chance pour les pauvres car le seul résultat de la médecine est de faire mourir les gens plus vite en prétendant les soigner. On va ressortir tous les remèdes ridicules: la thériaque, le bol d'Arménie et l'huile contre-poison [1].

Le soir, il écrivit dans son carnet: « Les hommes veulent être riches pour amasser de l'argent et le donner aux médecins. » Il dessina des hommes de classes différentes se contorsionnant de douleur sur les marches d'une église. Et un peu plus loin il ajouta: « Efforce-toi de garder la santé, ce à quoi tu parviendras d'autant mieux que tu fuiras les médecins dont les compositions sont de l'alchimie au sujet de laquelle il n'existe pas moins de livres que de remèdes. »

Cette réflexion négative n'empêchait pas Leonardo d'essayer d'inventer un moyen de combattre la peste.

1. Ingrédients et mélanges variables d'une ville à l'autre, souvent à base d'opium et de vipères écrasées, évidemment sans effets sur la maladie.

Faute de vouloir imaginer un produit miracle à la manière des alchimistes, il mit au point un plan destiné à assainir les rues, à supprimer les « humeurs pestilentielles », à traiter le problème des ordures qui s'accumulaient en cloaques. De la maison, il passa à la rue puis au quartier, enfin à la cité. En proie à une fébrile agitation, il conçut en une nuit la « ville idéale » dont il se proposait d'envoyer les plans au duc : une cité modèle qui par sa disposition et son organisation mettrait les habitants à l'abri des épidémies.

La grande innovation de Leonardo était la construction d'une ville à deux niveaux. Celui du dessus, soutenu par des piliers, serait constitué de rues larges plantées d'arbres et de jardins suspendus. Une sorte de Babylone en somme, tandis que le niveau inférieur, carrément souterrain, serait réservé aux pauvres et parcouru par un courant d'eau permanent qui conduirait les immondices du haut et du bas vers la rivière.

Au petit matin, il perfectionna son projet : « Dans les rues supérieures, écrivit-il, les voitures et choses du même genre ne doivent pas circuler : elles sont réservées aux gentilshommes. Au contraire, le niveau inférieur sera ouvert à la circulation, aux chevaux, aux mulets, aux chiens, tous animaux qui transmettent les miasmes de la maladie. On doit vider les latrines, les écuries et autres choses malodorantes devant les portes des rues inférieures. »

Et Leonardo conclut à l'intention du More : « De la sorte seront dispersés ces amas de gens qui vivent entassés les uns sur les autres, répandant partout la puanteur et semant les germes de la maladie et de la mort. »

Le jeune Atalante sursauta en lisant ce projet effarant :

— Es-tu sûr de ne jamais être obligé de vivre au niveau inférieur ? demanda-t-il en fixant son ami.

— Mais ce n'est pas moi qui ai créé cette ligne de partage entre les classes ! Elle a toujours existé et continue d'être une règle impitoyable. Je n'enlève rien aux pauvres, d'ailleurs que pourrais-je leur enlever ? Je cherche à diminuer les risques d'épidémie. Forcément, les favorisés de la société seront les premiers bénéficiaires de mon plan, mais nous n'y pouvons rien !

— Tu n'as, mon cher Leonardo, aucun sens des réalités. De sa villa de Vigevano, Ludovic ne cesse de montrer sa sollicitude pour les pauvres en envoyant des dons aux hôpitaux. Il a besoin de l'appui des malheureux autant que du concours des nobles et des riches pour se maintenir au pouvoir. Jamais il ne prendra en considération un projet aussi radical!

S'il n'avait pas l'ouverture d'esprit de son génial ami, Atalante était intelligent, plein d'un bon sens acquis au cours d'une enfance et d'une adolescence difficiles, bon sens qui manquait souvent à Leonardo, égaré dans ses spéculations intellectuelles. D'un geste, le Florentin balaya les objections de Migliorotti :

— Il faut tout de même tenter quelque chose contre cette maladie qui dépeuple villes et campagnes et ruine ceux qui survivent! J'enverrai ce projet au duc!

Il ne reçut pas plus de réponse à son plan de «cité idéale» qu'à toutes ses propositions d'ordre militaire. D'ailleurs, la peste ayant abandonné Milan, on pensa à autre chose.

Peut-être intrigué par le personnage ou plus vraisemblablement informé de son talent de peintre, Ludovic pria Leonardo de venir à la cour.

— Abandonnez les sièges meurtriers et les champs de bataille, monsieur Leonardo da Vinci, et pensez à votre art, lui dit-il en l'accueillant. J'ai l'intention de vous demander de faire le portrait de Mme Cecilia Gallerani, tableau que je compte offrir au roi de Hongrie. Acceptez-vous ?

Comment Leonardo aurait-il pu refuser une telle commande qui lui ouvrait le chemin de la cour? Il s'inclina trois fois, remercia et dit qu'il était heureux et honoré de peindre le portrait d'une femme aussi belle et distinguée que Mme Gallerani.

Cecilia était de notoriété publique la maîtresse du duc. Issue d'une famille noble, on la disait fort cultivée; elle parlait le latin et savait trousser de jolis poèmes. De plus elle était très belle. Si on avait demandé à Leonardo, peu porté, on le sait, vers les dames, quelle femme il souhaitait peindre, il aurait répondu Cecilia Gallerani qui, aux qualités qu'on lui prêtait, ajoutait le privilège d'être la favorite du duc.

Leonardo ne conservait pas un très bon souvenir des séances posées naguère à Florence par Ginevra Benci. Au contraire, Cecilia le conquit tout de suite. Par sa beauté d'abord, qu'il jugeait essentielle pour la réussite du tableau, puis par sa gentillesse qui l'engagea, dès le premier jour, à se montrer lui-même sous son aspect le plus charmeur. Beaucoup de femmes trouvent agréable la compagnie des homosexuels qui savent trouver les manières délicates de les distraire. S'agissant de Leonardo, beau comme un dieu et brillant dans ses moindres propos, le couple peintre-modèle, souvent difficile à entrer en communion, ne pouvait cette fois que réussir. Une amicale complicité s'établit entre Cecilia et Leonardo, deux personnalités faites pour se comprendre. Lui se laissa aller à des confidences qu'il n'avait jamais faites à personne ; il se dévoila, avoua que chez les femmes, seuls l'intéressaient la beauté de leur visage et leur esprit. Elle lui dit qu'elle aimait le duc et qu'elle ne se marierait que pour sauver la face s'il épousait Beatrice d'Este comme les intérêts de l'État le lui commandaient. Elle rit quand il lui proposa de lui faire tenir, sur le tableau, une hermine dans les bras.

— Quelle idée ! Pourquoi une hermine ?

— Parce que l'hermine est le symbole de la mesure et de la pureté. C'est un animal qui occupe une place de choix dans mon bestiaire Voici ce que j'ai écrit hier soir dans mes carnets en songeant à la faire figurer sur le tableau : « Dans sa modération, l'hermine ne mange qu'une fois par jour ; elle se laisse capturer par le chasseur plutôt que de se réfugier dans un abri fangeux où sa pureté risquerait de se souiller. »

— Allons pour l'hermine, maître Leonardo. Mais promettez-moi de me recopier cette jolie phrase que vous venez de prononcer.

Il ne dit pas qu'il écrivait à l'envers et se promit de demander à Atalante de le faire pour lui. Le musicien, dont il partageait la vie depuis l'installation à Milan, lui causait justement du tourment. Leurs relations se modifiaient chaque jour un peu plus et, bien que rien ne fût dit, un être aussi sensible que Leonardo ne pouvait pas ne pas remarquer que son ami s'éloignait de lui. Il en souffrait, les soupçons le taraudaient et il faisait appel à tous les beaux préceptes sur la maîtrise de soi qu'il avait écrits, pour ne pas laisser voir son chagrin. Tant qu'il se trouvait au palais en compagnie de Cecilia, c'était facile car il était entièrement absorbé par son travail et par la conversation. C'est le soir, à la maison, tandis qu'il attendait Atalante, de plus en plus souvent absent, que la jalousie lui déchirait le cœur.

Enfin, un matin, le jeune musicien se décida à dire la vérité :

— Leonardo, il faut que je te parle franchement. Les liens qui nous unissent sont trop forts, notre histoire est trop belle pour les ternir par des mensonges. Je vais donc te dire la vérité en espérant qu'elle n'entraînera pas la fin de notre affection. Je te respecte, je t'admire, je veux demeurer ton ami.

Leonardo ne broncha pas. Il réussit même à sourire :

— Ne dis rien, je ne veux rien savoir. Sauf une chose : est-ce un homme ou une femme ?

— Une femme.

— Je préfère cela, mon bel Atalante. Sois heureux et reste mon ami le plus cher. Si je pouvais t'imiter, peut-être que je le ferais. Mais je sais que cela me sera vraisemblablement impossible...

Atalante avait rencontré à l'école de musique de l'Ospedale Maggiore, où il enseignait le luth et le chant, une jeune fille jolie et délurée comme l'étaient beaucoup de Milanaises, qui s'était piquée de séduire ce beau garçon que les élèves savaient égaré sur le chemin d'une inversion qu'elles trouvaient regrettable[1]. Orpheline de mère, son père, trésorier à la banque Médicis de Milan, lui laissait beaucoup de liberté ; elle n'avait pas eu de mal à faire comprendre à Atalante qu'il l'intéressait.

Le jeune homme quitta donc l'atelier des frères De Predis et s'installa dans une chambre de l'Ospedale. Bientôt,

1. Etre reconnu homosexuel à l'époque de Léonard n'était pas déshonorant dans les milieux artistiques et littéraires.

Leonardo lui demanda de ne plus lui rendre visite durant quelque temps. Il se murait dans sa solitude, noircissant des pages de notules qu'il se proposait de réunir un jour sous le titre de « Codex Vaticanus. Traité de la peinture ». Il termina aussi, avec un soin auquel il n'avait pas habitué les religieux toscans, le portrait de Cecilia Gallerani dont il avait réussi à rendre l'aristocratique beauté et la blancheur du teint avec un tel bonheur que la dame s'en montra enchantée et fit partager son jugement par le More. Celui-ci déclara qu'il n'était plus question de laisser partir le portrait de sa bien-aimée chez le roi de Hongrie. Il le fit accrocher dans ses appartements privés[1].

Un tableau qui plaisait au modèle, ce modèle étant la maîtresse du duc de Milan, était l'atout qui manquait à Leonardo pour aborder la deuxième partie de sa vie dans cette Lombardie préférée à sa Toscane natale. D'un coup, il avait cessé d'être « le Florentin aux idées bizarres qui ne termine pas ses œuvres » pour devenir Leonardo da Vinci ou même « le Vinci », peintre important auquel Bellincioni, le poète officiel de la cour, consacrait quelques vers en chantant les mérites de Cecilia et de son portrait dont « la nature elle-même se montre jalouse, car la belle jeune femme est si vivante qu'elle semble écouter et que seule la parole lui manque ».

Ce succès, qui lui ouvrait les portes du palais ducal, le consolait un peu de l'abandon d'Atalante. A ce propos, il avait écrit dans son carnet : « Si la liberté t'est chère, puisses-tu ne jamais découvrir que mon visage est la prison de l'amour. » Et il avait commencé à oublier.

Comble de la réussite : Ludovic le More mit à sa disposition un atelier à la Corte Vecchia, à deux pas du Duomo. N'importe quel artiste aurait profité des circonstances et confirmé sa notoriété en continuant de peindre pour le compte des courtisans prêts à lui commander le portrait de leur femme, ou quelque œuvre pour leur paroisse. Leonardo, lui, laissait sa palette sécher et préférait perfectionner ses connaissances. En italien d'abord car le dialecte florentin faisait sourire à la cour, en latin ensuite

1. Sans qu'on sache à la suite de quelles tribulations, le tableau la « Dame à l'hermine » se trouve aujourd'hui au musée de Cracovie.

pour sortir le mieux qu'il pouvait de son état d'« homme sans lettres », handicap qui l'humiliait et le gênait depuis son enfance.

En fait, Leonardo continuait à demeurer indifférent aux tentations de la gloire immédiate. S'il fréquentait parfois la cour, c'était surtout pour étudier de près une société qu'il connaissait mal et qui le fascinait, comme tout ce qui touchait à l'homme. Alors qu'on attendait de lui des fresques et des tableaux, il rendait service à la famille ducale en imaginant des mécanismes destinés à améliorer le confort d'une demeure qui en manquait singulièrement. C'est ainsi qu'il inventa un système de poulies pour manœuvrer les rideaux et un mélangeur d'eau froide et d'eau chaude adapté à la baignoire du prince.

Un seul désir artistique le tenaillait : obtenir du More la commande du monument grandiose que les Sforza avaient décidé d'élever à la gloire de l'aïeul, l'illustrissime Francesco. Le duc voulait une statue équestre, la plus gigantesque qu'on ait jamais fondue dans le bronze. *A priori*, le Florentin n'était pas l'artiste le mieux préparé à une tâche devant laquelle plusieurs architectes et sculpteurs lombards s'étaient récusés. Il n'avait pour lui que les leçons et l'exemple de son maître Verrocchio qu'il avait aidé plusieurs fois à réaliser des chevaux en bronze. Justement, son maître avait quitté Florence pour exécuter à la demande de la République de Venise la statue équestre du Colleone, le condottiere de Bergame. Il l'imaginait en train de construire en glaise, sur son bâti de bois, ce cheval avançant dans les airs et, sur sa selle, le guerrier qui avait sauvé Venise. Mais cette bête puissante, déjà énorme, n'était rien à côté de celle dont rêvaient les Sforza. Ils la voulaient deux fois plus haute, gigantesque, et Leonardo brûlait de relever ce défi. Personne ne lui avait encore rien demandé, mais il couvrait des pages et des pages de dessins : des destriers dans toutes les positions, dressés sur les pattes arrière, de face, de profil, au galop, au repos. Il passait des journées entières dans les écuries du duc, couvrait de signes et de mensurations le dessin du « Grand genet de Messer Galeazzo » comme il l'indiquait en référence sur son carnet.

Quand « il descendait de cheval », comme il disait, Leonardo se penchait sur les proportions du corps humain. Il avait lu Vitruve[1] qui affirmait que la morphologie de l'homme relevait entièrement du cercle et du carré et n'avait de cesse qu'il ne traduisît en dessins cette proposition qu'il jugeait fascinante. Il ne savait pas, en traçant les contours d'un homme, jambes et bras écartés inclus à la fois dans un cercle et un carré, qu'il dessinait son plus célèbre croquis.

Enfin, Leonardo fut chargé officiellement d'exécuter le monument de Francesco Sforza et il commença aussitôt d'en dresser la maquette. Il en était à ce point quand Ludovic le chargea d'une mission bien différente : imaginer et organiser une fête grandiose à l'occasion du mariage de Gian Galeazzo Sforza, neveu du More et duc légitime de Milan[2], avec Isabelle d'Aragon, nièce du roi de Naples.

1. Architecte et ingénieur romain (Ier siècle av. J.-C.), auteur de *De architectura* dédié à Auguste, ouvrage souvent utilisé et interprété durant la Renaissance.

2. En titre mais pas en fait : son oncle le tenait sous sa coupe et il n'avait aucun pouvoir.

6

LAURENT LE MAGNIFIQUE

Au moment où Leonardo commençait une nouvelle carrière de maître des cérémonies et de metteur en scène, à Florence un garçon de treize ans se faisait sévèrement corriger par son père dans une maison de la Via dei Bentaccordi. Qu'avait donc fait le petit Michelangelo pour mériter une telle correction ? Le gamin ne pleurait pas, il se contentait de parer les coups de ses deux bras, sans toujours y réussir. Il vit avec soulagement arriver sa grand-mère, la vieille Buonarroti Mona Alessandra, qui s'interposa avec autorité :

— Arrête donc ! Tu le bats encore pour cette histoire de peintre ? Après tout, il y a des artistes qui jouissent de considération et qui gagnent bien leur vie. Tu crois, mon fils, qu'il est mieux d'inscrire Michelangelo à la guilde de la laine plutôt qu'à celle des peintres, mais le petit a le droit de dire ce qui lui plaît. Après, tu pourras décider.

Lodovico Buonarroti voyait son autorité menacée. Il s'emporta :

— Je t'ai payé de bonnes études afin que tu deviennes commerçant. C'est comme cela que tu pourras peut-être un jour posséder ta propre filature, devenir riche et rendre sa superbe au nom des Buonarroti. A la naissance de la plupart des grandes fortunes, il y a un apprenti, jamais un artiste ! Tu oublies que nous appartenons à une famille bourgeoise des plus anciennes. Le fait de n'avoir plus beaucoup d'argent n'efface pas notre histoire !

— Mon père, je tiens autant que vous à l'honneur de

notre nom. Je suis sûr de le servir en entrant chez le maître Ghirlandajo.

— Tu ne sais même pas s'il voudrait t'engager. Il n'a que faire d'un nouvel apprenti...

Son père consentait à discuter! C'était peut-être une première marque de faiblesse, le signe d'un revirement. Michelangelo se prit à espérer et redressa la tête:

— Si! Grâce à mon ami Granacci, j'ai vu le maître qui m'a dit que je possédais des dons exceptionnels pour le dessin et que, si vous étiez d'accord, il me prendrait dans son atelier et ferait de moi un grand peintre.

En réalité il n'avait fait qu'entrevoir Ghirlandajo qui, à sa demande, avait répondu qu'il n'avait pas besoin d'un apprenti et que, d'ailleurs, il était déjà trop âgé pour apprendre le métier. «Chez moi, on commence à dix ans!» avait-il lancé. Pourtant, patient, obstiné, sûr de sa vocation, Michelangelo n'avait pas considéré cette rebuffade comme un refus sans appel. S'il obtenait l'autorisation de son père, il reviendrait à la charge en lui montrant ses dessins ou, au besoin, en en crayonnant d'autres devant lui. C'était faire preuve d'une grande assurance pour un garçon de treize ans!

Buonarroti reprit:

— Ainsi, tu as été voir Ghirlandajo sans me prévenir! Tu mériterais pour cela une nouvelle correction... Si, à l'encontre de tout bon sens, j'acceptais, t'es-tu posé la question de savoir qui paierait ton maître? Il ne va pas t'apprendre le métier gracieusement, et tu sais très bien que mes moyens ne me permettent en ce moment aucune dépense supplémentaire. Les petites terres et la ferme que nous possédons suffisent tout juste à nous faire vivre...

Michelangelo mentit. Il répondit comme si Ghirlandajo avait accepté de l'engager:

— Il ne vous en coûtera pas un sol, mon père. Au contraire, c'est moi qui serai payé et qui apporterai de l'argent à la maison!

Interloqué, Lodovico haussa les épaules et dit:

— C'est bon. Passons à table!

La table était le seul luxe que se permettaient les Buonarroti. Il est vrai que Lucrezia, la belle-mère de Michelangelo, épousée par son père après la mort de sa première femme, était une fameuse cuisinière. Lodovico disait qu'elle le ruinait par ses achats inconsidérés au marché et chez Piloni, le boucher. La *madre* répondait qu'elle ne pouvait nourrir sans dépenses une tablée de neuf Buonarroti.

Ce jour-là, elle avait préparé le *minestre lombardo*, soupe épaisse où tenait le *romaiolo* [1]. Cela aurait suffi à rassasier n'importe qui, mais le père avait un appétit d'ogre et il demanda une large tranche de lard avec la salade, cardamine des prés toute mauve, ruisselante d'huile d'olive.

On parlait peu à table chez les Buonarroti, et Michelangelo se garda bien d'ouvrir la bouche. De temps en temps, il lançait un regard du côté de Lucrezia qui était bonne pour lui et en qui il trouvait toujours une alliée. A la fin du repas, tandis que la petite bonne débarrassait la table, elle lui glissa à l'oreille :

— Je crois que tu as gagné, *Michelangelo mio* !

Il avait peut-être gagné à la maison mais il lui restait à convaincre Ghirlandajo, ce qui n'était pas rien. Il monta dans la chambre qu'il partageait avec son frère Lionardo, décidé, lui, à entrer dans les ordres, et s'installa près de la fenêtre, son cahier de dessins sur les genoux, celui où il avait reporté ses meilleurs croquis qu'il comptait emporter le lendemain chez Ghirlandajo qu'il appelait déjà son maître. Il y avait de tout dans ces crayonnages : le grand-père assis devant l'âtre, sa belle-mère chargée d'un immense plat de *pasta*, des tailleurs de pierre au travail et même un drôle de petit bonhomme, minuscule, en train de sculpter une gigantesque statue. Il feuilleta lentement le carnet, apporta une ou deux retouches et arracha une page dont le dessin ne le satisfaisait pas. Puis il se coucha et s'endormit en rêvant qu'il était un maître renommé et qu'il donnait des leçons à un jeune élève qui avait les traits de Ghirlandajo.

Le lendemain, dès six heures, moment où il savait que Granacci quittait sa maison pour se rendre à l'atelier de Ghirlandajo dont il était l'apprenti depuis déjà trois ans, il rejoignait son ami dans la Via dei Tedaldini :

1. Cuiller à pot.

— Bonjour, cher grand artiste. Comment vas-tu ce matin ?

— *Bene, bene...* Et toi ?

— J'ai dit à mon père que je voulais entrer chez Ghirlandajo, j'ai pris une bonne raclée, mais je crois avoir obtenu gain de cause. Reste à circonvenir ton maître. Ce serait trop bête qu'il refuse de m'engager...

— Viens ! C'est le meilleur moment pour lui parler, avant qu'il ait commencé de travailler. Tu as tes dessins ?

— Oui. Je trouve même qu'ils ne sont pas mauvais.

— Je sais que tu te tiens en haute estime mais c'est Ghirlandajo qui doit les trouver bons. Surtout, ne joue pas au fanfaron. Et fais-lui sentir que tu l'admires. Tu peux car c'est un grand artiste.

Via dei Tavolini, la porte de l'atelier était grande ouverte. Le dernier apprenti entré balayait autour des chevalets et des tabourets disposés contre une longue table où quelques compagnons travaillaient déjà. Au fond, sur une sorte d'estrade, le maître se mettait à l'aise car la journée s'annonçait chaude. Il avait troqué sa cape rouge et sa veste contre une large chasuble de lin grège et regardait s'avancer vers lui les deux garçons :

— Maître, Michelangelo Buonarroti désire encore vous parler. Il a apporté ses dessins.

Michelangelo se sentit transpercé par un regard dont l'acuité était connue. Il s'inclina et dit :

— Maître, ne vous offusquez pas de mon insistance. Elle est la manifestation du désir que j'ai de travailler pour vous. Je vous demande de bien vouloir regarder mes dessins.

— Tu t'exprimes bien mais on ne devient pas artiste avec des paroles. Allons, montre-moi ce cahier.

Domenico s'assit sur son tabouret et examina chaque page avec attention. Puis il s'adressa à Granacci, en semblant ignorer Michelangelo qui attendait le verdict en tremblant :

— Pour quelqu'un qui n'a pas pris de leçons, qui dessine d'instinct, ce n'est pas mal. C'est même bien. Peut-être as-tu eu une bonne idée de m'amener cet entêté. Mais j'aimerais bien le voir dessiner. Tiens, donne-lui du papier et un fusain.

— Que voulez-vous que je dessine, maître? demanda Michelangelo.

— Ce que tu voudras.

— Mon ami Granacci au travail. Cela vous convient-il?

— Tu joues la difficulté. Enfin, je pense que tu sais ce que tu fais. Toi, Francesco, va prendre la pose devant un chevalet. Je ne te demande pas un portrait, simplement une esquisse...

La feuille calée sur une planchette inclinée contre ses genoux, Michelangelo commença son dessin. Le fusain ne se prêtant pas aux détails, il prit le parti de suggérer plutôt que de représenter avec minutie son modèle. A petits coups de charbon, il s'attacha surtout à respecter les proportions puis à indiquer les gestes. Restait le visage, bien petit pour être ressemblant. Là, il précisa un peu les traits sans arriver, il le savait, à rendre son ami vraiment reconnaissable.

Au bout d'un quart d'heure, Michelangelo sentit qu'on lui touchait l'épaule. Il se retourna et vit le maître qui hochait la tête sans se départir de son calme habituel. Enfin, il dit:

— Tu as une bonne main et tu sais saisir l'essentiel. Deux qualités qui doivent te permettre de faire rapidement des progrès. Ton père est-il d'accord pour signer le contrat? Si c'est le cas, je t'engage dans l'atelier.

— Oui, maître. Mon père signera. Pas de gaieté de cœur puisqu'il m'a battu encore hier soir quand je lui ai dit que je voulais être peintre, peut-être aussi sculpteur. Mais il s'est adouci lorsque je lui ai dit que c'était chez vous que je souhaitais entrer. Votre illustre nom vaincra ses réticences. Il voulait faire de moi un marchand drapier. Mais moi, je veux être un artiste!

Ces mots plurent à Ghirlandajo:

— Naturellement, ton père ne veut me verser aucune indemnité pour les leçons que je vais te donner? Eh bien! on va lui clore le bec à ce monsieur qui juge sans doute dégradant l'état d'artiste. C'est moi qui te paierai. Tu toucheras six florins la première année!

— Merci, maître. Je vais être le plus heureux des apprentis. Mais, vous savez, mon père n'est pas mauvais.

Il nous élève bien et veut que nous réussissions mieux que lui. Je l'aime bien...

— C'est bon. Il faut aimer ses parents. Dis donc au Signore Buonarroti de passer me voir.

Ainsi commença la vie d'artiste, ardente et passionnée, de Michelangelo. Un deuxième phare de la Renaissance s'allumait à Florence alors que le premier, fort déjà de toutes ses possibilités, servait l'art et les Sforza dans les châteaux du Milanais.

***

Leonardo menait enfin la vie dont il avait toujours rêvé. Il avouait que la notoriété lui était agréable dans la mesure où elle lui permettait de faire ce que bon lui semblait. Une seule contrainte le privait parfois d'une escapade dans la nature ou d'une retraite parmi ses livres et ses carnets : le cheval. Pour que Francesco Sforza, taillé dans le bronze, domine la ville dont il avait jadis assuré la puissance, Ludovic entretenait généreusement son Florentin à l'aise dans un bâtiment de l'ancien palais ducal, la Corte Vecchia, qu'il appelait la « fabrique » et où travaillaient les aides embauchés par Vinci. Celui-ci recevait même une pension qui dépassait ses espérances.

Parfois, le More s'impatientait et disait qu'il allait faire appel à d'autres sculpteurs. Leonardo le calmait en déroulant des brasses de dessins qu'il ne pouvait s'empêcher de trouver magnifiques.

— Le Cheval est prêt sur le papier, monseigneur. Laissez-moi le temps de le transformer en bronze !

Le bronze, il était déjà dans la « fabrique » : un énorme tas composé de vieux canons, de barres d'étain et de cuivre, qui montait toujours plus haut, comme si le Cheval devait un jour hennir dans les nuages.

— Je vous ai fait encore tenir trois chariots de cuivre, Signore Leonardo. Où en est notre monument ? demanda un jour le More à l'artiste croisé dans un couloir du palais.

— Le Cheval avance. Au trot. Nous avons commencé à construire le bâti de bois. Seulement, monseigneur, la fête du mariage me prend tout mon temps. Et je sais le prix que vous attachez à sa réussite.

La fête, il est vrai, ne pouvait souffrir de retard. Le cortège, avec ses litières, ses chariots chargés de bagages, ses archers chamarrés entourant Isabelle, avait déjà pénétré dans les terres des Sforza, et tout devait être prêt pour son arrivée. Cette fois Leonardo ne fut pas en retard. Il fit planter le dernier clou soutenant les tentures au moment où la cour de Naples faisait son entrée dans le château par la Porta Jovia.

Le soir même, bien que la princesse fût fatiguée par le voyage, eut lieu une première réception, simple répétition malgré la décoration somptueuse et les énormes quantités de victuailles englouties, de la véritable fête du mariage, celle pour laquelle Leonardo s'était fait magicien. Ludovic, conseillé par son astrologue Ambrogio de Varèse, avait lui-même choisi le thème : « Ce sera la fête des étoiles... le bal des planètes... Ou mieux, avait-il dit, la fête du Paradis. »

Va pour le Paradis. Leonardo avait dessiné assez de saints pour imaginer un éden à surprises. Enfin, son goût pour les machines et les mécanismes, dont ses carnets étaient bourrés, allait pouvoir se montrer utile. « Étonnez les Napolitains ! » avait dit Ludovic. Il allait leur offrir le ciel.

Le 13 janvier 1490, il neigeait sur Milan, les salles du château des Sforza étaient glaciales. Leonardo s'employa toute la journée à les faire chauffer. Une forêt entière brûla dans les hautes cheminées et, à l'heure fixée par l'astrologue Da Rosate, le banquet put commencer dans un froid supportable. Le vin, heureusement, fit vite monter la température dans la salle verte du dernier étage où les tables étaient dressées. Le poète Bellincioni avait écrit des vers appétissants pour célébrer chaque plat. De jeunes pages habillés de soie les disaient avec entrain chaque fois que le maître de bouche faisait son entrée à la tête d'une escouade de serveurs, porteurs d'un nouveau régal.

Le lendemain, l'ambassadeur de Ferrare, Trotti, dressera pour la postérité la liste des plats présentés : « Tourtes, fouaces, massepains précédant des asperges énormes, des perdrix rôties, des têtes de veau et des génisses entières. Ont suivi des chapons, des saucissons de toutes les régions, du gibier, des poulets cuits dans le sucre. Et pour finir, douze sortes de tartes, des fruits confits, des confitures... Il convient aussi de souligner la richesse de l'argenterie des Sforza : plats et assiettes brillaient comme des diamants. »

Cent gentilshommes d'honneur assistaient le jeune duc Gian Galeazzo dans ses appartements tandis que cent jeunes filles choisies pour leur beauté et le renom de leur famille tenaient compagnie à la mariée. L'astrologue avait aussi fixé l'heure d'arrivée de Ludovic qui fit son entrée avec sa suite. Il portait un pourpoint de velours et de soie tissée d'or, une cape bleue doublée de zibeline et des chausses à l'espagnole. Le More salua quelques personnalités et se rendit aussitôt chez Gian Galeazzo pour l'emmener chercher la mariée. Gian Galeazzo Sforza n'avait pu effacer ses tics d'éphèbe équivoque. Il portait trop de diamants et l'énorme rubis de la famille saignait comme une blessure sur son pourpoint blanc.

— Il n'aurait pas dû choisir ce rubis, glissa Da Rosate à l'oreille de Ludovic. Il porte malheur !

Dans son appartement, la princesse reçut avec grâce son nouvel époux. Sa cape de satin blanc laissait voir une robe extraordinaire brodée de perles. « Isabelle, écrira Trotti, était si éclatante qu'on aurait dit un soleil ! »

Dans l'orchestre qui s'était installé, Leonardo reconnut son luth d'argent avec lequel jouait un jeune musicien dont il remarqua la beauté. Il fut tenté d'aller le trouver et de lui raconter l'histoire de l'instrument fétiche pour engager la conversation. Il refréna son désir car la princesse dansait une danse de son pays natal au son de fifres et de tambourins. Quand elle eut regagné sa place sur la tribune les ambassadeurs et invités des cours étrangères vinrent s'incliner devant les mariés et Ludovic.

Minuit approchait, Leonardo tremblait un peu. Non de froid mais d'inquiétude : bientôt il allait devoir ouvrir les portes de son paradis devant la plus noble assemblée d'Italie. Et si l'un de ses engrenages de manœuvre venait à se bloquer... ? Il n'eut pas le temps de se tracasser. Le More lui avait fait signe et conduisait les invités dans la grande pièce demeurée jusque-là close, celle où Leonardo allait donner le signal de départ du spectacle tant attendu.

On dut se serrer pour trouver une place dans l'antichambre du « Paradis ». Celui-ci avait la forme d'une moitié d'œuf peint en bleu et or et supportait les planètes du Zodiaque éclairées par des flambeaux. Devant chaque signe se trouvait un garçon — Leonardo les avait choisis lui-même —, costumé en dieu de la mythologie. Son tour venu, il disait des vers de Bellincioni en s'accompagnant d'un instrument. Puis Apollon arriva pour se plaindre que Jupiter eût permis l'existence d'une créature plus parfaite que lui. Et tous les dieux s'accordèrent pour chanter la beauté de la mariée.

Jusque-là aucun incident n'était survenu, mais nul mouvement mécanique n'avait encore modifié le décor. Leonardo fit signe en priant le ciel à un aide qui tira une manette. On entendit quelques bruits de machine vite couverts par la musique, et la voûte céleste s'ouvrit pour laisser descendre du Paradis les Trois Grâces qui chantèrent en s'accompagnant de luths. D'autres mécanismes firent tourner les planètes sur leur orbite puis refermèrent l'œuf-paradis tandis que le petit Apollon demandait aux nymphes, toujours en vers, de conduire Gian Galeazzo et Isabelle dans la chambre nuptiale. Le Signore da Vinci n'avait plus froid. Il s'épongea le front et dit à Bellincioni qui venait le féliciter :

— Il est plus facile de peindre dix tableaux que de remplacer Dieu au Paradis !

Le poète rit et lui répondit :

— Songez, mon cher, que les dieux, les déesses et leur cohorte d'anges et de nymphes m'ont coûté plus de cinq mille vers !

Le lendemain, Leonardo ouvrit un carnet neuf. Pensif, il écrivit : « Ce jour j'ai commencé ce livre et je vais recommencer le Cheval. » Il ne fit aucune allusion au spectacle princier qu'il avait mis en scène [1].

Les fastes de la fête avaient suscité l'admiration des

1. Les détails de la fête ne nous sont connus que grâce au récit de l'ambassadeur Trotti découvert dans la bibliothèque d'Este. On ne trouve dans le manuscrit « B » de Léonard de Vinci qu'une note décrivant la façon d'orner une tribune de fête et de dresser des échafaudages mobiles. Un dessin montre aussi un système d'éclairage à lentille pouvant servir de projecteur.

envoyés de toutes les cours d'Europe, mais les candélabres étaient à peine éteints que les échos du mariage ricochaient dans les conversations. Et pas seulement dans celles de la haute noblesse : il n'était pas une *bottega* milanaise où l'on ne parlât du lendemain des noces. Princes, ambassadeurs étrangers et Ludovic le More lui-même ne purent démentir que le mariage d'Isabelle et de Gian Galeazzo n'avait pas été consommé. Le More, qui n'avait guère confiance dans la virilité de son neveu, avait chargé Ambrogio d'appeler sur le couple la bienveillance des astres. En vain puisque Isabelle devait avouer à sa nourrice, la rage au cœur, que son dévoyé de mari « était froid comme un serpent surpris par l'hiver ».

On savait que le jeune duc s'intéressait peu aux femmes, mais on pensait que la raison d'État l'emporterait, ne fût-ce qu'une nuit, sur ses penchants habituels. Les jours suivants n'apportant pas la nouvelle que la cour attendait, l'affaire devint une affaire publique et politique. Le More ne décolérait pas et le roi Ferrante, connu pour sa violence, considérait l'impuissance du jeune duc comme un affront. Il menaçait d'en référer au pape, informé d'ailleurs depuis le début, et réclamait la restitution des vingt mille ducats, montant de la dot de sa nièce.

Les astres s'étant montrés inefficaces, le More fit appel à l'archevêque et à la religion puis aux médecins. En pure perte. Ce n'est qu'un an plus tard, alors qu'une ambassade du roi de Naples était en route pour venir reprendre et la dot et la nièce, que la bonne nouvelle se répandit : Trotti put consigner dans son journal diplomatique : « La duchesse de Milan est enceinte. Le duc semble un peu affaibli, sans doute parce qu'il travaille trop le terrain. »

L'affaire avait amusé Leonardo mais sa pensée était maintenant occupée par d'autres intérêts. Le Cheval, d'abord, dont la carcasse de bois, presque entièrement assemblée, occupait l'immense place qu'il avait fait couvrir derrière son atelier de la Corte Vecchia. Ensuite, un événement personnel bouleversait quelque peu sa vie. Sur la première page d'un nouveau carnet, il avait écrit : « Giacomo est venu vivre chez moi le jour de sainte Marie-Madeleine de l'an 1490. »

Il avait rencontré dans la rue, quelques jours auparavant, Giacomo Caprotti, un gamin de dix ans qui vivait de mendicité et de rapines. Leonardo savait qu'il n'aurait jamais d'enfant et avait été ému par la condition lamentable du *ragazzo* qui cachait sous sa misère — le fait n'est pas sans importance — un visage d'une incroyable beauté. Leonardo l'avait emmené chez lui, l'avait lavé, un peu habillé puis, finalement, avait décidé qu'il vivrait dorénavant dans une petite chambre située derrière la « fabrique ».

Tout de suite, l'arrivée de Giacomo avait perturbé la vie de l'atelier. Ce gosse mal élevé, même pas élevé du tout, chapardeur, canaille, s'était attiré l'animosité des aides de Leonardo, Marco d'Oggiono et Boltraffio, deux jeunes sculpteurs engagés pour la réalisation du Cheval. Ils étaient, bien sûr, un peu jaloux mais, surtout, ils s'étaient aperçus que Giacomo, bien qu'il n'y fût plus contraint pour vivre, continuait de voler. Ils le surnommèrent Salai, « Petit Diable » en dialecte. Leonardo lui-même prit l'habitude d'appeler ainsi son jeune protégé, qui devait durant de longues années demeurer son élève, son serviteur, son commissionnaire et aussi son complice de jeux dont la nature ne fait plus de doute aujourd'hui.

Leonardo sermonnait le petit voleur mais ne cachait-il pas un sourire amusé lorsque l'enfant lui disait que les pièces dérobées avaient servi à acheter des gaufres et des bonbons ? Souvent, malheureusement, les larcins étaient plus graves et le maître s'inquiétait. Avait-il raison d'avoir tant d'indulgence pour ce mauvais sujet dont il aimait tant caresser les boucles blondes ? Mais à qui confier des doutes de ce genre ? Pas à ses assistants qui détestaient l'enfant. Seul Botticelli, peut-être, l'aurait compris. Mais Sandro n'était pas là. Était-il même rentré de Rome où il avait été peindre les murs de la chapelle du pape Sixte IV ? Alors il fit ce qu'il n'avait jamais fait et ne referait pour aucun être. Il ouvrit son carnet et son cœur, comme si énumérer les méfaits de celui dont il ne pouvait pas se passer et comptabiliser les dépenses engagées pour lui allaient solder sa peine : « Voleur, chenapan, menteur, gourmand, j'ai dépensé pour l'habiller : un manteau, six chemises, quatre paires de chausses : deux livres. Trois pourpoints: une livre. Quatre paires de souliers: cinq livres. Des lacets de ceinture: une livre.»

Un autre jour, entre deux notes sur la propagation de la lumière, il cita comme dans un rapport de sbire, les indélicatesses auxquelles s'était livré Salai, qu'il continuait de choyer sans songer un instant à s'en séparer: «Giacomo a dérobé un stylet d'argent dans l'atelier d'une valeur de vingt-deux sols, appartenant à Marco. Volé aussi la bourse d'un invité. Un ami peintre de Pavie m'avait fait cadeau d'une peau turque pour faire des bottes. Giacomo l'a vendue à un savetier...»

Les Milanais que fréquentait Leonardo s'étaient au début posé mille questions sur ce garçon d'une étonnante beauté qui accompagnait le peintre dans tous ses déplacements. Puis on s'était habitué à ce couple étrange que rien ne semblait pouvoir séparer. Vêtu comme un enfant de riches bourgeois, Salai était un messager gracieux que les correspondants de Vinci accueillaient avec bienveillance. En faisant seulement attention à ce que ses mains ne traînassent pas là où il y avait quelque chose à subtiliser: Giacomo était connu comme la pie blanche! «Après tout, disait-on, si Leonardo est heureux avec son Salai, pourquoi s'en passerait-il?»

Leonardo avait franchi un pas important dans la réalisation du Cheval. Le squelette de bois achevé, il avait commencé à modeler l'énorme bête. Il était loin des petites statuettes de glaise qu'il avait parfois façonnées avec bonheur. A «la fabrique», c'était dans de vastes auges que les aides préparaient l'argile. Des treuils la hissaient dans des seaux à hauteur d'échafaudage où Leonardo se démenait, truelle en main, la barbe tachée par des projections de terre.

Ce travail exténuant produisait des effets variés sur l'humeur du maître. En général, il pestait contre la sculpture et clamait du haut de son échelle que ce n'était qu'un art mécanique qui engendrait sueur et fatigue corporelle chez son ouvrier. C'est l'époque où il nota: «La peinture est de plus grand raisonnement mental que la sculpture, laquelle est de très bref discours où n'intervient pas l'esprit mais seulement l'effort physique.»

Parfois pourtant, sale, les mains pleines de glaise, il s'extasiait devant une forme réussie, un galbe parfait :

— Regardez, l'encolure... N'est-ce pas celle d'un cheval ? On devine les muscles tendus par l'effort ! Quel bel animal, tout de même ! Bien plus réussi que l'homme qui, lorsqu'il n'est pas difforme, ne sait pas vieillir !

Le cheval, animal roi pour Vinci, tenait depuis toujours une place primordiale dans son mental. Jamais il n'était aussi bon dessinateur que lorsqu'il esquissait un cheval, et Dieu sait s'il en avait dessiné ! Un jour où il avait lancé une diatribe contre la sculpture devant son ami, l'architecte Giuliano da Sangallo, celui-ci lui avait demandé :

— Si tu détestes autant la sculpture, pourquoi as-tu si longtemps intrigué pour qu'on te confie la statue de Francesco Sforza ?

— La statue du Cheval, s'il te plaît ! Il est vrai que je me moque de la sculpture et encore plus du père de Ludovic. J'ai demandé cette commande pour le cheval ! D'ailleurs, remarque que quand j'en parle, je ne dis jamais « la statue de Francesco » ou « le monument des Sforza ». Je dis « le Cheval », parce que c'est lui et lui seul qui m'intéresse ! Je n'ai même pas encore dessiné la silhouette du vieux duc. Quand il n'y aura plus qu'à l'asseoir tout en haut, je pourrai crier victoire. Oui, plus j'y pense, plus je me dis que le personnage important de cette œuvre est le cheval !

Ainsi, poignée d'argile après poignée d'argile, coups de colère après déclarations enthousiastes, le fameux Cheval finit par être terminé. Leonardo n'aimait peut-être pas la sculpture, mais il avait modelé un chef-d'œuvre. Sans doute restait-il à le couler dans le bronze, opération que les fondeurs de cloches et de canons jugeaient irréalisable. Sans compter le cavalier, la statue mesurait en effet plus de dix-huit pieds de haut [1] et aucun procédé connu ne permettait une telle opération. Leonardo le savait et comptait sur son génie inventif pour rendre immortel son fragile monument d'argile.

Finis dès lors les innombrables croquis de chevaux. Tandis que le bruit s'était répandu en Italie, et jusqu'en France, qu'un fantastique cheval s'élevait à Milan dans la

1. Sept mètres environ.

« fabrique » du Maestro da Vinci, Leonardo ne s'attachait plus, dans ses cahiers, qu'à résoudre les problèmes techniques posés par la fonte de la statue. Il dessinait les fours nécessaires à la fusion du métal, l'armature compliquée qui devait permettre l'acheminement du moule jusqu'au lieu de la fonderie ; il calculait les dimensions de la fosse où se déroulerait l'opération, dressait les plans des grues et des rigoles d'écoulement du bronze fondu jusqu'aux embouchures du moule. Bref, avec la conscience et la minutie souvent maniaque qu'il avait toujours apportées aux détails, le maître s'acharnait.

Il avait tout prévu, des incidents mineurs jusqu'aux accidents de transport du moule. Tout, sauf les hésitations de Ludovic le More en proie à bien d'autres soucis. Le duc, sensible aux observations de ses conseillers, se demandait maintenant s'il était raisonnable, au moment où la guerre menaçait, de consacrer une somme énorme à la fonte de la statue et d'utiliser à cet effet une réserve de bronze qui serait tellement utile à la fabrication de canons. L'heure n'était plus aux rêves de grandeur. Il fallait attendre des jours meilleurs. Tout au plus Leonardo obtint-il de tirer un moulage de plâtre plus résistant que l'argile, moulage qui fut exposé au château lors du mariage de l'empereur Maximilien d'Autriche et de Bianca Maria, la fille naturelle que le More avait eue de Cecilia Gallerani. L'effet produit par le Cheval sur les invités fut considérable. Bellincioni traduisit l'admiration générale dans un sonnet dont les derniers vers chantaient comme une musique de gloire :

La Grèce et Rome n'ont jamais vu plus grand
Léonard a été seul à le faire.

Vinci, faute de bronze, mélangea ses huiles et ses pigments. Il se remit à peindre des portraits, souvent des œuvres d'atelier auxquelles il ajoutait le coup de pinceau final et qui l'intéressaient médiocrement. Il n'en allait pas de même d'une autre commande, grandiose celle-là : Ludovic lui demandait de peindre le dernier repas de Jésus sur un mur du couvent des Dominicains attenant à l'église Santa Maria delle Grazie que l'architecte Bramante venait d'achever, en la coiffant d'une magnifique coupole à sept pans. La Cène! Voilà le genre d'œuvre où Leonardo pouvait donner libre cours à son génie de la dramatisation, de la composition et de la perspective!

La première chose qu'il fit fut d'aller voir de près le mur du fond du réfectoire qu'il avait mission d'imprégner de l'« ineffable vérité ». Leonardo, qui avait pour habitude de travailler lentement, de revenir plusieurs fois sur son sujet, était tout le contraire d'un peintre à fresque, spécialité qui, on le sait, exige une grande rapidité d'exécution sur l'enduit frais et exclut tout repentir. Après avoir longuement réfléchi, il décida de ne pas courir le risque d'un échec et de peindre sa Cène à la détrempe, procédé qu'il maîtrisait pour l'avoir utilisé à ses débuts chez Verrocchio, sur panneaux de bois, avant d'employer le diluant à l'huile.

Il lui suffirait, pensait-il, de bien préparer le mur, de l'enduire comme une *tàvola* et de peindre à son rythme, avec l'avantage de pouvoir user de nuances ignorées dans la peinture à fresque. Il procéda à des essais sur un bout de mur et se dit qu'il avait eu une riche idée : il obtenait une finesse des traits et des tonalités inimaginables. L'avenir devait prouver, hélas, qu'il commettait la plus tragique des erreurs!

La technique arrêtée, il lui restait à imaginer l'œuvre. Pas plus qu'il ne l'avait respectée dans l' « Adoration des Mages », il décida de négliger la tradition. On lui demandait de peindre la Cène : il ferait du Vinci! Et puisque les personnages ne pouvaient bouger, il saisirait les traits de leur visage, leur attitude, leur état d'âme au moment le plus grave du drame : celui où Jésus dit aux apôtres : « L'un de vous me trahira! »

Ces douze visages, et celui du Christ, Leonardo pouvait, à l'exemple de bien des peintres, les inventer. Mais il les voulait vrais, vivants, frappés d'étonnement, en proie à des sentiments forts mais différents. Il décida d'aller les chercher dans la rue, dans les églises, à la cour même où on le voyait se promener son carnet de dessins à la main. Quand il eut réuni un certain nombre de croquis, il commença à organiser son tableau sur une grande feuille de papier, comme un maître de théâtre l'aurait fait sur une scène. Cet arrêt sur image du drame, il le voyait dans sa tête et, pour ne pas l'oublier, il l'enregistrait sur son carnet : « Un qui buvait laisse sa tasse et tourne sa tête vers celui qui parle. Un autre croise ses doigts et, le regard étonné, se tourne vers son compagnon ; un autre montre les paumes de ses mains ouvertes et hausse les épaules, bouche bée de stupeur. Un autre parle à l'oreille d'un voisin et celui qui l'écoute se tourne vers lui en tendant l'oreille, tenant d'une main un couteau et de l'autre un pain à moitié coupé. Un autre se retourne le couteau en main, renverse un verre sur la table. Un autre pose les mains sur la table et regarde, un autre souffle sur une bouchée ; un autre a un mouvement de recul derrière l'homme penché et, entre lui et le mur, il observe celui qui parle. »

De ce scénario, il fit un dessin, celui du carton qui, reporté sur le mur, permettait à Leonardo de commencer à peindre. C'était un événement et un spectacle. Les Milanais se rendaient à Santa Maria delle Grazie pour se glisser dans le réfectoire et regarder le grand Vinci travailler. On n'était d'ailleurs jamais sûr de le trouver, car si Leonardo était capable de monter à l'aube sur son échafaudage et de n'en descendre qu'à la nuit, sans avoir pris le temps de manger, il pouvait aussi bien rester plusieurs jours sans mettre les pieds sur le chantier ou y venir simplement donner trois coups de pinceau et s'en retourner.

Naturellement, le prieur du couvent des Dominicains, Vincenzo Bandello, trouvait que le travail n'avançait pas assez vite et venait souvent relancer Leonardo. Celui-ci, lorsqu'il se trouvait sur l'échafaudage, faisait la sourde oreille. Agacé, il lui arrivait même de laisser choir ostensiblement aux pieds du prélat un récipient d'eau ou une éponge imbibée de couleur. Quand le prieur le surprenait au sol, il fallait bien parler et la conversation, le plus souvent, tournait mal. Le père Bandello ne pouvait critiquer ouvertement l'œuvre dont tout le monde célébrait la beauté et que Ludovic trouvait magnifique. Alors il posait des questions qu'il croyait embarrassantes :

— Maître Leonardo, il est d'usage de représenter les saints et les apôtres avec une auréole. Or, sur votre tableau, même Jésus...

Leonardo souriait :

— Vous savez, mon père, que j'ai banni l'auréole au-dessus de la tête des personnages de l'histoire sainte depuis que j'ai quitté l'atelier de mon bon maître Verrocchio. Cet accessoire n'est mentionné par aucun des évangélistes et s'il était utile au temps où les fresques d'église avaient pour mission d'instruire les illettrés dans la foi chrétienne, je pense que la peinture d'aujourd'hui peut s'en passer. Je me fais fort de rendre Judas reconnaissable autrement qu'en le peignant sans auréole au milieu de Jésus et des apôtres coiffés, eux, de ce curieux courant d'air.

— Vous frôlez le blasphème, maître Leonardo. Vous êtes le seul peintre italien à bafouer la tradition en privant nos saints de leur auréole.

— Non. Pas « le seul », mon père, « le premier » !

Malgré ces remontrances, ou peut-être à cause d'elles, le tableau du réfectoire avançait. Le mur nu et froid se couvrait de couleurs et d'histoire. Il restait encore à peindre Judas et le Christ. Leurs silhouettes voisinaient dans le centre de la scène, mais Vinci hésitait sur les traits qu'il donnerait à leur figure. Pour Judas, il retrouva un instant le goût de la mystification qui avait égayé ses années d'apprentissage : il lui fit la figure du prieur Bandello. Après avoir bien ri, Bramante, venu voir son ami, lui fit remarquer la gravité de l'offense et ses conséquences probables. Leonardo consentit à contrecœur à allonger le nez du traître et à modifier son regard. L'histoire fit tout de même le tour de Florence et chaque visiteur s'ingénia à reconnaître Bandello sous les traits d'un personnage qui ne lui ressemblait plus.

Au Christ, vers qui convergeaient tous les regards, il donna finalement un visage inspiré par celui d'un jeune seigneur de la cour. Et pour bien montrer que Jésus marchait vers la lumière, il ouvrit derrière lui, au milieu du mur et du tableau une triple fenêtre sur la nature victorieuse [1].

1. L'erreur de Vinci dans le choix de sa technique eut des effets désastreux. Dès les décades qui suivirent l'achèvement de l'œuvre, l'humidité, le salpêtre et l'effritement de la couche picturale commencèrent à l'altérer. Une fresque eût résisté, la détrempe se dilua dans le temps et dans les désastres de la guerre qui ne ménagea pas l'œuvre que certains critiques considèrent comme la plus magistrale de Léonard de Vinci. Des restaurations nombreuses, surtout les plus récentes, ont permis une récupération partielle de la « Cène » (visible à Milan).

*
* *

La gloire de la Cène de Santa Maria delle Grazie ajoutée à celle du Cheval faisait de Leonardo da Vinci l'artiste le plus célèbre d'Italie. Son renom avait franchi les inextricables frontières des royaumes, des duchés, des principautés. Même si la rente que lui assurait le More tardait parfois à lui être versée, même s'il devait assaillir son protecteur de réclamations pour obtenir son « dû » : le règlement d'une redevance sur l'eau qu'on lui avait promise et qui n'avait jamais été honorée, Leonardo menait une existence aisée, « au-dessus de ses moyens » disaient quelques jaloux.

Libéré de son mur, il se replongea avec délices dans ses études, ses projets, ses dessins. Il jubilait en découvrant le fonctionnement de la vue et en proposant une sorte de « lentille de contact » qui permettrait de combattre les inconvénients de la presbytie, et plus encore, en imaginant son « Horloge pour ceux qui sont avares de leur temps » : un réveille-matin à l'eau. L'eau s'écoulait d'un récipient durant la nuit, en remplissait un autre qui basculait lorsqu'il était plein. Le poids de l'eau brusquement accru agitait grâce à une tringle les pieds du dormeur !

Cela valait naturellement une bonne page de dessins et de descriptions minutieuses dans le carnet qu'il complétait sans transition par une note d'ordre personnel :

Dépenses de Salai.
Le manteau de Salai, quatrième jour d'avril :

Quatre brasses de drap d'argent	*15 L*	*4 sols*
Velours vert pour la garniture	*9 L*	
Rubans		*9 s*
Petits anneaux		*12 s*
Façon	*11 L*	
Ruban pour le devant		*5 s*

13 grossoni [1] *pour lui. Salai a volé les sols.*

1. *Grossoni :* monnaie florentine de l'époque.

Puis, plus sérieusement, il revenait à un problème qui le fascinait depuis toujours, celui de la mécanique du vol. S'il vénérait le cheval, être vivant proche de la perfection physique, il portait aux oiseaux, symboles de la liberté absolue, un amour presque fraternel. On l'avait vu plusieurs fois, au marché, acheter un oiseau pour le libérer et presque religieusement, le regarder regagner les profondeurs du ciel.

Ces préoccupations mythiques et poétiques à propos de l'oiseau ne pouvaient pourtant satisfaire l'homme de science qu'était Vinci. Et il se mit à observer, à analyser, à essayer de comprendre son vol: «Comme différents organes, les jambes, les pieds, les genoux... permettent à l'homme de marcher, d'autres organes permettent à l'oiseau de voler. Quand j'aurai compris comment cette mécanique s'organise, rien ne pourra m'empêcher de la reconstituer, d'inventer un appareil muni d'ailes, qui sera capable d'imiter l'oiseau et de voler.»

Fort de cette certitude, Leonardo se plongea dans les calculs, les épures, les plans. De temps en temps, il levait les yeux vers la fenêtre et regardait les martinets décrire leur éternel ballet dans le ciel. «Je ferai le grand oiseau!» se jurait-il.

Certes, la légende d'Icare n'était pas absente de ses pensées mais il n'était pas question pour lui d'imaginer pour son oiseau des ailes emplumées. La solution ne pouvait être que scientifique; il se mit alors à étudier les effets du vent et des courants, seuls capables d'emporter et de soutenir un homme dans le ciel. L'oiseau fait-il autre chose que s'appuyer sur les courants et profiter de leur aide?

Chemin faisant, en regardant une feuille tomber lentement, Leonardo inventa le parachute. Sa forme? Une sorte de dôme, de pyramide à quatre côtés coupée dans du taffetas amidonné. Sous les dessins qui concrétisaient ses idées il écrivit: «Avec cet appareil on pourra se lancer de n'importe quelle hauteur sans se faire le moindre mal.»

Il conçut aussi la «vis aérienne» capable, en s'enfonçant dans l'air, de s'élever verticalement [1]. Mais la grande affaire demeurait la machine à voler. Après d'innom-

1. On y reconnaîtra plus tard le principe de l'hélicoptère.

brables dessins, il avait renoncé à composer un corps d'oiseau et, reprenant son idée de vis, explorait les possibilités de remplacer les ailes par une hélice à pédale. Ses dessins ne ressemblaient plus du tout à ceux d'un oiseau, seul son rêve s'envolait avec les croquis de son nouvel appareil : la science du mécanicien remplaçait l'élégance du poète.

Construirait-il un jour ces « drôles d'oiseaux » ? Quand on lui posait la question — cela arrivait souvent —, il répondait :

— Avec mon ami Zoroastro, je m'élèverai au-dessus de cette terre sans joie !

Entre deux tentatives graphiques d'envol, il avait conçu un engin bizarre, terrestre celui-là : un char automobile en forme de tonneau capable, comme il l'avait écrit jadis au More, de résister à tous les assauts et de protéger les troupes à pied. L'idée première, comme beaucoup d'autres, n'était pas de lui mais de l'ingénieur militaire Vigevano, l'un de ses prédécesseurs. Mais d'un dessin grossier, il avait tiré les plans d'une machine dont les moindres détails étaient prévus et prête, disait-il, à être fabriquée. Si son moteur à ressort avait peu de chances d'aller loin, il avait pensé que des roulements montés sur billes pouvaient diminuer les frottements...

C'est vers cette époque que Leonardo reçut des nouvelles des peintres florentins partis pour peindre la chapelle Sixtine de Rome. Il savait que ses amis, sauf Pinturicchio, l'aide de Perugino, et Piero di Cosimo étaient rentrés à Florence mais il attendait toujours la lettre que Sandro Botticelli lui avait promise. Il reconnut enfin avec joie l'écriture de Sandro sur le pli que lui apporta un jour Jacopo del Sellajo, un élève que le Florentin gardait dans son atelier pour assurer la besogne courante. Bien qu'il eût quelque peine à déchiffrer les caractères chargés de fioritures de son ami, il lut :

« Mon cher Leonardo,

« Je te dois cette lettre depuis trop longtemps et sans doute m'en veux-tu de t'écrire avec tant de retard. Moi, je n'avais pas il est vrai, besoin d'attendre ta réponse pour avoir de tes nouvelles. Il n'est question à Florence que d'un cheval fabuleux que tu dois couler dans le bronze et d'une extraordinaire peinture dont tu as orné un mur du monastère des Dominicains. Je sais que tu es maintenant un artiste célèbre qui a la chance de servir un maître puissant et généreux. Pour un peu je viendrais bien te rejoindre à Milan. Mais, ici, la vie est calme et j'ai assez de commandes pour bien vivre. Les meilleurs peintres sont toujours ceux que tu as connus : Perugino, Ghirlandajo et ses deux frères. Ton ami Sangallo, l'architecte, parle sans cesse de toi.

« Laurent, à mon sens, ne fait pas assez pour l'art et le renom de la ville. Il se passionne plus pour la philosophie et ses collections de gemmes que pour la peinture ou la sculpture. Il écrit toujours beaucoup et vient de nous infliger une pièce de douze cents vers et trente-deux rôles qui a été jouée plusieurs fois sur la place de la Seigneurie. C'est " La Représentation sacrée des saints Jean et Paul". Les enfants du Magnifique y participaient, notamment Julien, le plus jeune fils.

« Pic de la Mirandole, malgré la protection de Laurent, a dû s'enfuir en France pour échapper à la vindicte du pape. Ah, j'oubliais : un prédicateur dominicain du nom de Savonarole commence à faire beaucoup parler de lui. Lecteur au couvent de San Marco, il était plutôt discret quand il a eu une vision : Dieu lui a, paraît-il, annoncé que le temps de la punition était venu et qu'il devait répandre la terrible nouvelle. En récompense il lui aurait promis le martyre. Depuis cette révélation, le moine prêche l'arrivée de l'Apocalypse avec une énergie farouche. Je l'ai entendu lors du premier jeudi de carême et je dois dire qu'il est convaincant !

« Tu ne serais pas content si je ne te parlais pas du travail que nous avons accompli au Vatican. Je sais que tu as été peiné de ne pas avoir été choisi pour nous accompagner, mais je peux te dire maintenant que la tâche a été rude et difficile, d'autant que nous devions respecter les trop courts délais qui nous étaient imposés. Comme nous peignions à fresque, il a fallu commencer par le haut, c'est-à-dire par toute la série des papes. Tu vois l'intérêt ! Nous nous sommes partagé les Saintetés et Fra Diamante, mon aide, a peint ceux qui m'avaient été désignés. Les grandes compositions, sous les figures de papes, nous ont heureusement réservé quelque plaisir artistique. Tandis que Perugino peignait l'"Assomption" et la "Circoncision", que les Ghirlandajo travaillaient sur la "Submersion de Pharaon", j'ai traité les "Événements de la jeunesse de Moïse" : sept épisodes à raconter dans un seul cadre ! Moi qui préfère les sujets délimités, nets et précieux, comme mon "Printemps" que tu aimeras, j'espère... Il a fallu doubler par de fausses tapisseries les panneaux du bas. Chaque unité — papes, grande composition et soubassement — nous a été payée deux cent cinquante ducats. Ce n'est pas beaucoup !

« Une dernière chose, cher Leonardo. Domenico Ghirlandajo a engagé un apprenti qui semble avoir de l'avenir. Je ne sais pas si ce sera un grand peintre mais, sans avoir vraiment appris, il dessine comme un dieu. Il s'appelle Michelangelo Buonarroti. Cela m'étonnerait qu'on n'entende pas parler de lui un jour.

« Florence ne te manque pas ? N'as-tu pas envie de revenir voir l'Arno et d'aller te promener dans ta chère campagne de Vinci ? J'espère te revoir bientôt.

« Sandro. »

Leonardo était plus ému qu'il ne voulait le laisser paraître. Captivé par sa lecture, il avait oublié le jeune Jacopo qui attendait en feuilletant avec étonnement une liasse de dessins représentant des oiseaux bizarres, des machines mystérieuses et compliquées. Le maître se confondit en excuses et appela Salai :

— Nous avons un invité pour la *cena*. Jacopo del Sellajo, que m'envoie mon cher ami Sandro, va nous parler de Florence et nous dire si nous pouvons lui être utiles.

— Merci, maître. Je vous parlerai volontiers de notre ville durant mon séjour. Celui-ci malheureusement sera bref. Je viens seulement d'apporter, en dehors de votre lettre, un cadeau du Magnifique destiné à monseigneur Ludovic Sforza.

— Ce n'est pas un luth ? demanda Leonardo en riant.

— Non. Pourquoi ?

— Je te raconterai cela tout à l'heure quand nous serons à table.

— Le cadeau est un portrait peint par mon maître. Je ne peux malheureusement pas vous le montrer car je l'ai déjà déposé au palais.

***

Le prodige dont parlait Sandro ne perdait pas de temps dans l'atelier de Ghirlandajo. Celui-ci et les autres élèves trouvaient même qu'il allait trop vite en besogne. N'avait-il pas été jusqu'à corriger une esquisse du *padrone*? Pis, il avait déclaré devant tout l'atelier que le dessin, ainsi modifié, avait acquis la force et l'élégance qui lui manquaient.

Ghirlandajo, arrivé sur ces entrefaites, trouva plus habile de sourire et de prendre prétexte de l'insolence du jeune Michelangelo pour donner une leçon :

— Buonarroti ne nous montre pas, par ces surcharges, qu'il possède, comme il le croit, un don pictural. En revanche, ses traits sont ceux d'un sculpteur. Dommage que l'atelier ne produise pas de statues ! Tiens ! Garde ce dessin. Tu t'apercevras plus tard que j'ai raison.

Le jeune homme s'excusa et reprit le lendemain avec détermination sa tâche ingrate de broyeur de couleurs à Santa Maria Novella où Ghirlandajo travaillait aux fresques du chœur, un chef-d'œuvre que tout Florence venait admirer. Michelangelo rongeait son frein en regardant peindre le maître et son ami Granacci. Il les enviait et étouffait la rébellion qui montait en lui. Mais puisqu'il était là, autant profiter de la leçon ! Il se calmait et enregistrait tous les gestes qui distinguent un bon fresquiste d'un tâcheron. Comment le bouillant apprenti aurait-il pu savoir, que vingt années plus tard, il se souviendrait des conseils de son maître en peignant les plafonds de la chapelle Sixtine ?

L'allusion à la sculpture de Ghirlandajo n'était pas tombée dans l'oreille d'un sourd. Déjà le marbre, la pierre, la création de volumes dans l'espace fascinaient Michelangelo. Granacci l'avait emmené dans le jardin de San Marco où les Médicis rassemblaient depuis près d'un siècle les statues qu'ils avaient fait venir de Rome et de toute l'Italie. Laurent en avait fait une académie de sculpture dirigée par le vieux Bertoldo, un ancien élève de Donatello. En fait, il ne manquait dans le jardin de pierre et de bronze que des bons sculpteurs. Bertoldo ne modelait plus que des statuettes et il était de notoriété publique que, depuis la mort de Verrocchio, aucun artiste digne de ce nom n'avait perpétué la tradition des grands sculpteurs florentins.

San Marco était pourtant le paradis pour Michelangelo. Dès qu'il se trouvait avec son ami sous les ombrages où les dieux romains tenaient salon, lui, le taciturne, devenait bavard.

— Vois-tu, disait-il, la peinture ne m'intéresse pas. Le maître m'assomme, je n'ai pour lui ni admiration ni amour. Il ne m'a dit qu'une chose importante : que je dessinais comme un sculpteur. Et c'est un sculpteur que je veux être !

— Mais on ne naît pas sculpteur ! rétorquait Granacci. Il faut apprendre. C'est comme tout !

— Si je ne suis pas né sculpteur, j'ai connu, tout jeune, l'odeur de la pierre. Lorsque ma mère est morte, j'ai vécu plusieurs années chez une nourrice qui était la femme du meilleur *scapellino* de Settignano, mon village, celui où furent taillées presque toutes les pierres des palais de Florence. Je n'ai pas appris le latin parce qu'il n'y avait pas de maître, mais j'ai tenu tout gosse le maillet et le ciseau. Je suis sûr que je suis encore capable de tailler, de chanfreiner, de polir la *pietra serena*.

— Qu'est-ce que cela ?

— La pierre de Florence ! Celle dont on a fait la ville ! Tu ne savais pas cela ?

— Non. Mais il y a tout de même une différence entre tailler une pierre du palais Médicis et sculpter la statue qui en décorera l'entrée !

— Je ne sculpterai peut-être jamais de statue, mais je préférerais mille fois tailler la *pietra serena* que de moisir dans un atelier de peinture !

— Allons ! Tu dis des bêtises... Mais tu ne m'avais jamais parlé de ton enfance, de l'odeur de ta terre et de ta pierre ! Moi aussi j'aimerais sculpter !

— Je t'apprendrai à tenir le ciseau. C'est le même outil qui sert à sculpter une Vénus et à guillocher la pierre du palais des Pazzi. Le *scapellino* et le *scultore* sont des frères jumeaux !

— En attendant, il faut rentrer à l'atelier. Le maître n'aime pas beaucoup nos escapades !

Ni l'un ni l'autre ne se doutait, en remontant à grandes enjambées la Via del Sol, que leur rêve était bien près de se réaliser. Le lendemain de la San Giovanni, jour où la *bottega* avait été fermée et où les deux amis s'étaient promenés dans la ville en liesse, Domenico Ghirlandajo demanda à Michelangelo et à Granacci de venir le voir sur l'estrade où trônait son chevalet et d'où il dominait l'atelier.

Les deux garçons se regardèrent, ce genre d'invitation du maître préludant le plus souvent à une admonestation.

— Qu'as-tu encore fait ? demanda Granacci.

Michelangelo haussa les épaules et, résigné, suivit son compagnon.

Ils remarquèrent tout de suite que Ghirlandajo n'avait pas son air des mauvais jours. Au contraire, il souriait, ce qui était plutôt rare.

— Notre prince le Magnifique, dit-il, s'il se réjouit de l'éventail de talents qu'offrent de nos jours les artistes peintres, regrette de voir Florence privée de sculpteurs de renom. Il rêve du temps où Ghiberti formait Donatello et les frères Pollaiolo, où Donato lui-même avait pour disciples Luca Della Robbia et Verrocchio. Alors, il m'a demandé si je n'avais pas dans l'atelier deux garçons doués, capables de se passionner pour la sculpture et d'apprendre cet art au jardin de la place San Marco.

Michelangelo sentit son cœur battre plus fort. Si le maître les avait appelés eux, et non pas Jacopo ou Tedesco, c'était qu'il les avait choisis... Mais se pouvait-il que le destin se montre aussi favorable ? Il doutait encore lorsque Domenico continua :

— J'ai répondu au prince que vous étiez deux de mes meilleurs éléments et que vous me donniez de grandes espérances. Voulez-vous aller à San Marco ? Vous aurez pour guide et pour chef Bertoldo qui a été un grand artiste. Il est bien vieux maintenant pour faire un bon professeur, mais il saura vous dire ce qu'il ne faut pas faire. C'est déjà beaucoup. Pour le reste, ce sera à vous de montrer ce que vous valez. Toi, Michelangelo, qui cries sur les toits — on me l'a répété — que l'apprentissage dans l'atelier d'un maître est un non-sens et que le véritable artiste se forme tout seul, tu vas pouvoir t'épanouir.

— Maître, je n'ai jamais pensé...

— Cela n'a aucune importance. La seule chose qui compte, c'est de réussir. Et je crois que tu es capable de réussir. De souffrir aussi, car ton caractère te jouera des tours. Quant à Granacci, nous avons déjà fait un bon bout de chemin ensemble. Je le connais et je crois qu'il est bon qu'il s'essaie à la sculpture. J'ai tellement regretté de n'avoir jamais appris à tenir la *subbia* !

Michelangelo était au comble de la joie mais il lui restait à convaincre son père une seconde fois. Lodovico blêmit de colère lorsque son fils lui annonça que son maître l'avait désigné pour apprendre la sculpture dans le Jardin des Médicis :

— Comment ? Il y a à peine une année que tu es entré, contre mon gré, chez Ghirlandajo et tu veux déjà changer de métier ? Tu as la chance de profiter des leçons du meilleur maître de Florence et tu vas me faire le plaisir de demeurer avec lui !

Le garçon laissa passer l'orage et dit doucement :

— Mon père, c'est le prince lui-même qui a demandé à Ghirlandajo d'envoyer ses deux meilleurs élèves travailler avec le grand sculpteur Bertoldo. Il serait peut-être maladroit de laisser passer cette chance. Mon vœu le plus cher a toujours été de devenir sculpteur. Mes années de jeunesse passées à Settignano avec les *scapellini* m'ont fait aimer la pierre et les outils pour la tailler...

— C'est cela ! Tu veux devenir un tailleur de pierre, un tâcheron !

— Non. Un sculpteur. Et puis, comment aller contre la décision de mon maître ? Laissez-moi, je vous en prie, essayer de montrer à Laurent le Magnifique qu'il y a encore à Florence les sculpteurs qui manquent à sa gloire.

Mettre Laurent dans l'affaire était une arme à double tranchant. Lodovico pouvait être flatté mais il savait aussi que les princes ont l'esprit changeant. D'autre part, il connaissait Ghirlandajo, célèbre à Florence, mais ignorait jusqu'à l'existence de ce Bertoldo, modeste talent enfoui depuis des lustres sous les frondaisons du Jardin. Le père ne répondit pas. Pensif, il alla s'enfermer dans la pièce qu'il appelait son bureau et qui lui servait à tenir les comptes des fermages et de la maison. On ne le revit qu'au moment du repas du soir, quand Lucrezia appela la maisonnée à se mettre à table.

Lodovico était calmé. Michelangelo crut même remarquer un léger sourire sur ses lèvres minces lorsque la petite domestique apporta la soupière de faïence d'où s'exhalait un fumet prometteur, celui d'une *ribolita*, soupe de haricots gratinée, plat favori du maître de maison. Michelangelo se prit à espérer.

Le père attendit d'avoir gratté avec sa cuiller le dernier vestige du dernier haricot dans son écuelle pour déclarer le plus simplement du monde :

— Puisque Laurent te demande, tu iras taper sur les pierres de son Jardin.

L'ironie du propos n'échappa pas au jeune garçon, mais que représentait ce sarcasme à côté de la victoire qu'il venait de remporter ? Il se leva pour remercier respectueusement son père :

— Désormais, mes efforts n'auront pour dessein que de mériter votre confiance.

***

Dès le lendemain matin, d'un pas fier, Michelangelo franchissait la grille du Jardin de San Marco. Il se faufila entre les arbres et les statues pour gagner la maison cachée dans la verdure où se tenait Bertoldo, le maître des lieux, à la fois sculpteur, gardien, professeur et conservateur de cet étrange musée sorti des fouilles romaines et transporté jusqu'au bord de l'Arno par la volonté du prince.

— Tu es sûrement Michelangelo Buonarroti ? Ton ami Granacci vient d'arriver. Suis-moi, nous allons parler. Ici, il y a des bancs partout, presque devant chaque statue. Laquelle choisis-tu ?

Le jeune homme regarda autour de lui et montra le marbre d'un athlète.

— Ton goût est bon. Il s'agit d'une excellente réplique

du « Discobole » de Myron, Vᵉ siècle avant Jésus-Christ. Regarde l'équilibre ! Et l'arc décrit par le bras. On croirait vraiment que le javelot va jaillir.

L'œil de Bertoldo brillait de malice dans son visage rose encadré de cheveux de neige. C'était un homme frêle, mais on devinait des muscles encore fermes sous la peau ridée de ses avant-bras, qu'il dégageait des manches de sa tunique d'un geste machinal.

— Bienvenue, mes amis, dans le Jardin de Laurent le Magnifique. Vous n'êtes plus dans un atelier où l'on est toujours en retard d'un tableau à livrer. Ici, rien ne nous presse. Nous avons le temps devant nous pour apprendre. Je vous aiderai, j'essaierai de répondre à vos questions, non comme un docte professeur que je ne suis pas mais comme quelqu'un qui a vécu déjà longtemps et qui est quelque chose comme la mémoire de la sculpture florentine. Donatello m'a parlé de son maître Ghiberti. Je vous rapporterai les paroles de Donatello, mais pas plus qu'il n'a fait de moi un artiste de génie à son image, je ne ferai de vous des grands sculpteurs si vos dons et votre courage ne le permettent pas. Ici, chacun est libre. Toute l'argile que vous voudrez est à votre disposition. Une seule obligation : ne pas toucher à un bloc de marbre ou de pierre sans ma permission. Tenez, voici Torrigiani qui est avec nous depuis plus de deux ans. Il vous parlera de la maison et du Jardin. Ah ! j'oubliais... Je suis gourmand et je fais très bien la cuisine. J'ai même écrit un livre avec mes recettes. Je trouve que la cuisine est un art qui complète très bien la peinture et encore plus la sculpture : un coup de feu en trop, comme un coup de ciseau en plus, et tout est raté. Chaque semaine, je prie deux ou trois de mes pensionnaires à dîner. En qualité de nouveaux arrivants, considérez-vous comme invités demain. A midi juste. Voilà : je vous ai dit toutes les choses importantes. Bonne chance !

Le vieil homme, heureux de son effet, s'en retourna vers sa maison, vers sa cuisine peut-être. Michelangelo et Granacci se regardèrent, éberlués.

— Curieux bonhomme ! dit Buonarroti.

— Il va nous changer de Ghirlandajo ! répondit son ami tandis que le jeune homme à carrure de bûcheron que le maître leur avait dit s'appeler Torrigiani s'avançait vers eux :

— Alors ? Le bon Bertoldo vous a fait son accueil de charme ? C'est le plus brave homme de la terre. Et drôle ! Il adore les plaisanteries mais pas celles qui le concernent. Il vous a invités à dîner ?

— Oui, demain.

— Vous mangerez un *pollo alla fiorentina*. Il élève des poulets là-bas, derrière ces affreux Silènes qui ravissent des Nymphes, deux statues qui ne méritent pas d'être copiées !

Les hommes sont souvent attirés par les êtres qui leur ressemblent le moins ou même par ceux qui semblent leurs contraires. Ce fut le cas pour Michelangelo, tout de suite fasciné par la beauté physique de Torrigiani qui le dominait par la taille, une assurance tranquille et une beauté qui touchait presque à la perfection. Lui qui connaissait l'irrégularité de ses traits, sa petite stature et sa difficulté d'être, découvrait soudain son opposé et en était ému au point d'inquiéter Granacci qui lui demanda s'il n'était pas souffrant. Heureusement, arriva un autre élève du Jardin, plus âgé, doux et discret, qui dit s'appeler Sansovino.

— Je ne suis plus apprenti depuis longtemps, ni même élève. Laurent s'intéresse à moi et j'espère réaliser bientôt une œuvre importante. Je suis prêt à vous aider de mon mieux. N'hésitez pas à faire appel à l'« ancien ».

C'était une vie tout à fait nouvelle qui commençait pour les deux amis. Michelangelo s'était mis tout de suite au travail. Il avait demandé à Bertoldo l'autorisation de « doubler » à titre d'exercice Torrigiani dans le modelage en ronde bosse des figures qu'il lui avait données à faire. Le résultat fut encourageant et il continua, en demandant conseil à l'un et à l'autre, de copier en glaise des têtes romaines, des mains, des membres... Jusqu'au jour où le maître lui permit d'utiliser un vieux bloc de marbre pour commencer à user du ciseau.

Une tête de faune, laide et grimaçante, qu'il regardait chaque jour en passant dans une allée, l'inspira :

— Ce sera ma première copie d'antique ! dit-il à Torrigiani étonné.

— Mais tu n'as jamais taillé le marbre. Ni tenu un outil !

— Le marbre, non. Mais les outils, oui !

Michelangelo se retira dans un coin du Jardin et demanda à ses amis de le laisser, de ne pas le regarder entreprendre la tâche qu'il s'imposait. Il savait bien qu'il jouait son crédit auprès de Bertoldo, sa place sans doute et peut-être sa carrière. « C'est drôle, pensa-t-il, de se dire que sa vie dépend de quelques parcelles arrachées à un bloc de marbre... »

Il aurait pu être inquiet, poursuivi par le doute, trembler comme cette feuille d'érable qui venait de se poser sur son bras. Mais il était calme, détendu comme les athlètes romains du parc figés dans l'attente de l'épreuve. Il portait son bloc de pierre dans les bras comme il eût tenu un enfant, le posa sur la souche qu'il avait préparée et étala sur l'herbe trois dessins du faune choisis parmi tous ceux qu'il avait tracés ces derniers jours. Michelangelo ne voulait pas avoir le modèle sous les yeux. Déjà les croquis s'en distinguaient nettement et son œuvre, la première, devait, il se l'était juré, comporter une part importante de création.

Quand il leva son *martello* pour faire sauter le premier copeau de marbre, un oiseau se mit à chanter. Il vit là un heureux présage et frappa d'un coup sec la tête du ciseau. Ni trop fort ni trop légèrement, juste ce qu'il fallait pour entailler le marbre sans le blesser. Alors il respira : une voix intérieure lui dit qu'il n'avait rien perdu de ses sensations de jeunesse. Topolino, le mari de sa nourrice, le ciseleur des pierres du palais, lui avait dit un jour qu'il avait naturellement le « toucher », ce don sans lequel on ne pouvait devenir ni un *scapellino* ni un *scultore*.

Maintenant, il sculptait d'instinct. Il n'avait plus besoin de regarder ses dessins. Il était devenu une mécanique intelligente, parfaitement réglée, bien huilée, qui obéissait aux impulsions du cerveau plein de l'image de son faune.

Un soir, après une journée où il avait bien avancé dans son travail, à l'heure où la main est fatiguée et où le poignet perd de sa fermeté, Torrigiani et Granacci se hasardèrent jusqu'à son repaire et demandèrent de loin s'ils pouvaient approcher. Michelangelo les laissa venir, content finalement d'être jugé par ses amis avant de l'être par Bertoldo.

Le stade de l'ébauche était atteint et le jeune Buonarroti commençait à affiner la tête dont on devinait déjà les traits caractéristiques. Les deux compagnons s'arrêtèrent bouche bée, puis en même temps s'écrièrent :

— C'est très beau. Tu as réussi !

— Je ne croyais pas que tu en serais capable ! ajouta Torrigiani. Je me trompais. Le vieux Bertoldo ne va pas en croire ses yeux !

— Mais tu n'as pas copié l'antique ? demanda Granacci. Ton faune est aussi laid que le modèle mais ce n'est pas le même.

— Je n'ai jamais voulu faire une réplique servile. Et puis, j'ai refait une bouche à ce malheureux qu'un accident avait dû défigurer.

Ils rirent car la bouche en question ricanait assez hideusement.

— Tâche de finir rapidement car Laurent doit venir dans quelques jours voir ce que font les élèves.

— Non. Je ne vais pas me presser. Laurent est assez connaisseur pour juger une sculpture en cours de finition. Croyez-vous que lui et Bertoldo trouveront mon faune acceptable ?

— Jamais le Magnifique ne pourra croire que c'est ta première sculpture !

— Tu oublies la *pietra serena* de mon village. En dehors de tout ce que les artisans de Settignano m'ont appris, je suis sûr que j'ai tiré du lait de ma nourrice la façon de me servir d'une masse et d'un ciseau ! C'est en tétant les gros seins de Monna Margherita que j'ai commencé mon apprentissage !

Prévenu par Torrigiani et Granacci, Bertoldo, qui se levait chaque matin à l'aube, se précipita le lendemain matin dans le fond du parc. Curieux de ce qu'il allait découvrir, il enleva d'un geste prompt le chiffon de laine dont Michelangelo avait recouvert sa statue.

— Mon Dieu ! s'écria-t-il pour les chardonnerets qui donnaient leur premier concert, nous avons un prodige dans le Jardin ! Ce jeune Buonarroti, taciturne et sans charme, est un génie ! Je crois que le prince sera content.

Deux jours plus tard, le prince fut content. Il fut surtout stupéfait d'apprendre que l'auteur, ce petit jeune homme qui tenait dans la main le chiffon mouillé et enduit de *pietra ardita* avec lequel il polissait le front du faune, en était à son coup d'essai.

— Où as-tu appris à sculpter? demanda-t-il avec la gentillesse dont il usait pour parler aux gens de toutes conditions.

— Chez les tailleurs de pierre de Settignano, Votre Excellence.

— Eh oui, monseigneur. Je crois bien que, si vous voulez des sculpteurs, c'est chez eux plutôt qu'ici qu'il faut envoyer vos apprentis.

C'est Bertoldo qui avait parlé. Le Magnifique hocha la tête:

— Ne mésestimez pas vos mérites, mon ami. Cela dit, votre apprenti nous réserve sûrement de grandes surprises. Comment s'appelle-t-il?

— Michelangelo Buonarroti. Mais avez-vous remarqué qu'il n'a pas copié votre faune?

— Naturellement, et c'est cela qui m'étonne le plus. Mais dis donc, mon garçon, cette bouche contorsionnée n'est pas tout à fait celle que devrait avoir ce vieux faune usé par les ans. Tu n'ignores pas que les vieillards n'ont pas toutes leurs dents. Il leur en manque toujours quelques-unes!

Michelangelo était heureux des compliments que son maître et le prince ne lui avaient pas ménagés. Pourtant, il avait pris la plaisanterie de Laurent pour argent comptant et elle le chagrinait un peu. Dès qu'il fut seul, il empoigna son ciseau et rompit une dent à son faune, mais cet arrachage sauvage ne le satisfit pas. Sans cette maudite dent, le visage semblait déséquilibré. Il fallait en tenir compte, modifier la lèvre pour indiquer le creux de la gencive. Il s'y employa puis continua de polir son marbre.

Laurent revint le surlendemain pour régler certaines affaires avec Bertoldo et fit son tour de parc habituel, échangeant quelques mots avec les artistes qui, dans tous les coins, restauraient des antiques arrivés depuis peu des fouilles romaines. Il s'arrêta devant Michelangelo et s'aperçut tout de suite que celui-ci avait tenu compte de son observation. Il rit de bon cœur et constata que le jeune homme s'était tiré avec beaucoup d'habileté d'un problème technique difficile. Il félicita encore le petit prodige puis, tout à trac, suivant une idée qui venait de lui traverser l'esprit, il le questionna sur sa famille, son enfance, le métier de son père avant de lui demander :

— Veux-tu continuer de travailler et d'apprendre avec le maître Bertoldo ?

— C'est mon désir le plus cher, mais il faudrait bien que j'aide un peu ma famille. Mon ancien maître Ghirlandajo me payait un peu, ici je ne gagne rien...

— Je comprends. Une bouche de moins à nourrir, c'est déjà quelque chose : si tu le veux et si ton père est d'accord, tu habiteras le palais. Je pourrai ainsi suivre de près tes progrès. Et puis, je verrai ce que je peux faire pour Messer Buonarroti. Dis-lui de venir me voir. C'est que, vois-tu, Bertoldo et moi pensons que tu as toutes les qualités pour devenir un grand sculpteur.

Michelangelo ne savait pas ce qui lui arrivait. Ainsi le Magnifique lui proposait de vivre au palais, comme un noble... Lui dont la famille avait tant de peine à joindre les deux bouts ! Cela lui semblait tellement loin de la réalité qu'il osa demander :

— Mais où mangerai-je, monseigneur ? Et je ne possède que quelques pauvres habits indignes d'être portés dans le palais des Médicis...

— Tu prendras tes repas avec ma famille, avec mes enfants et on t'habillera comme il convient. Tu sais, tu n'es pas le premier sculpteur invité dans ce palais : il y a soixante ans, mon grand-père y faisait venir un artiste qui s'appelait Donatello. C'était pour sculpter son David ! Tu vois, il y a des précédents !

L'ascension du jeune Michelangelo — il avait alors presque seize ans — relevait du prodige. Il y avait seulement un peu plus d'un an qu'il était entré chez Domenico Ghirlandajo et il avait déjà gagné le titre recherché par les meilleurs artistes de Florence, celui de protégé du prince. Mieux, il était son invité. Outre les Médicis, il se retrouvait à table en compagnie des grands esprits de la ville, tous amis de Laurent. Il s'était troublé quand on l'avait présenté à Marsile Ficin, le fondateur de l'académie platonicienne, à Angelo Poliziano — Politien —, reconnu comme le plus érudit de la Péninsule, à un homme jeune et attrayant qui portait le nom bizarre de Pic de la Mirandole et qui, Bertoldo le lui avait affirmé, lisait et écrivait vingt-deux langues.

On aurait été intimidé à moins et malgré l'éloge public qu'avait fait de lui Laurent en racontant l'extraordinaire exploit de la sculpture du faune, Michelangelo se sentait bien petit au milieu de cet aréopage. A part la dernière fille de Laurent qui lui souriait chaque fois que leurs yeux se croisaient, la famille, sans être désagréable à son égard, l'ignorait. Giovanni, le deuxième fils du Magnifique, avait à peu près son âge mais il ne quittait guère son cousin Giulio, un gros garçon aux joues empâtées [1].

Michelangelo, déjà doté d'un caractère ombrageux, supportait difficilement cette vie de palais que tant de gens lui enviaient. Alors, il s'étourdissait de travail. Au Jardin, il retrouvait la paix, la beauté et ses amis. Et aussi le maître Bertoldo qui, sans doute à la demande de Laurent, ne relâchait pas son enseignement.

— Il est vrai, lui disait-il, que tu as « la main », que tes amis les *scapellini* t'ont appris à aimer, à respecter la pierre et à manier les outils les plus courants. Avec ce simple acquis, tes dons qui sont exceptionnels t'ont permis de réaliser avec succès ta tête de faune. Mais dis-toi bien que la sculpture c'est autre chose, un métier tout simplement ! Peut-être que si on te laissait tailler dans tous les marbres du Jardin à ta guise, selon ta seule intuition, tu arriverais à découvrir les règles, les secrets, les trucs qui constituent ce métier. Mais cela, si tu y arrives, demandera des années. Tu perdras un temps précieux que Laurent me reprochera car il veut que tu deviennes, vite, le sculpteur dont il rêve. Et puis moi, je ne te le cache pas, je suis fatigué, je vieillis et je voudrais bien voir avant de mourir jusqu'où ton talent peut te mener.

Quand le maître lui parlait ainsi, Michelangelo avait les larmes aux yeux. Et il écoutait religieusement ses conseils.

1. Giulio était le fils naturel de Julien de Médicis, frère de Laurent, assassiné lors de la conjuration des Pazzi. Laurent l'avait recueilli chez lui et élevé avec ses enfants.

Il aurait certes préféré entreprendre tout seul une autre sculpture mais il savait que le vieux Bertoldo avait raison quand il l'envoyait au Carmine, copier avec les autres les fresques de Masaccio « qui dessinait comme un sculpteur », ou qu'il lui montrait le maniement d'outils que n'utilisaient pas les tailleurs de pierre : l'*ugnetto* et le *scarpello*.

La nouvelle vie que menait Michelangelo au palais n'était pas sans conséquence sur ses rapports avec les pensionnaires du Jardin. L'amitié qui le liait depuis l'enfance à Granacci n'était pas affectée mais ses relations avec Pietro Torrigiani devenaient difficiles.

Depuis le jour de leur rencontre, Michelangelo avait été subjugué par cet archange aux yeux clairs, éclatant de beauté, bien habillé, parlant haut, souvent méprisant mais qui savait aussi se montrer prévenant et généreux. Il avait bien compris que cette attirance était différente de la camaraderie qui le rapprochait de Granacci. Cette idée le tourmentait mais il ne lui venait pas à l'idée de l'assimiler à ces coutumes homosexuelles dont on parlait tant à Florence. Il n'avait jamais, comme certains autres apprentis de Ghirlandajo, cherché la compagnie des jeunes filles et avait auprès de ses compagnons la réputation d'être un garçon sauvage, solitaire et craintif. C'était la première fois qu'il éprouvait pour quelqu'un un tel sentiment où l'admiration le disputait au malaise.

Un jour, Granacci, son seul vrai ami, s'était étonné :

— Tu le trouves tellement attirant, le fier Pietro ? On dirait qu'il te fascine. S'il s'agissait d'une fille, je penserais que tu es amoureux...

Il avait rougi avant de rire :

— Ce fils de riche se moque bien de nous ! Il ferait mieux de travailler à la minoterie de son père plutôt que d'apprendre un art pour lequel il n'a aucune disposition. Au début peut-être, il m'intriguait...

— Alors, ne lui fais pas croire qu'il t'intéresse. Tu n'as rien à faire avec lui, sauf le prendre pour modèle de ta prochaine statue. Mais je doute que ce prétentieux accepte un tel rôle.

Il n'avait plus été question entre eux de Torrigiani, mais la conversation lui revenait souvent à l'esprit, le soir, quand il avait du mal à s'endormir. Cette attirance pour les hommes, fort commune pourtant à l'époque, Michelangelo ne l'assumera jamais. Sa longue vie durant, il tirera un voile opaque sur sa vie privée et ces relations jugées par lui inavouables. Il en souffrira beaucoup...

Il est vrai que Torrigiani, s'il avait remarqué l'émotion de Michelangelo, n'y prêtait aucune attention, trop occupé qu'il était par les rapports amoureux qu'il entretenait discrètement avec une jeune veuve, nièce de Giovanfrancesco Aldovani, un homme de confiance de Laurent. Quant à ses dons pour la peinture et la sculpture, ils valaient ceux de la plupart des élèves du Jardin [1]. Ses relations avec Michelangelo devaient d'ailleurs être interrompues d'une façon aussi brutale qu'inattendue.

Le jeune prodige venait d'achever sa première œuvre véritable, la tête de faune n'étant considérée que comme un essai réussi par Laurent qui attendait bien autre chose de son protégé. Il lui avait demandé de sculpter une Madone en s'inspirant de celle de Donatello qui occupait une place d'honneur dans le palais.

— Seigneur, avait-il répondu, je ferai une Madone. Pourrai-je choisir mon marbre ?

— Fais comme tu l'entends. Arrange-toi avec notre cher Bertoldo.

Il avait cherché durant des jours avec Granacci, qui s'occupait maintenant de l'intendance du Jardin pour soulager le maître, le bloc de marbre idéal, sans veines trop apparentes, de ce blanc laiteux plus fin que la peau et qui chante sous le soleil. Encore une fois il n'avait pas voulu travailler dans l'atelier commun mais seul au fond du parc, dans une baraque qu'il avait vidée du bois qui l'encombrait. Il avait laissé de côté les dessins et les modelages de préparation. Il n'en avait pas besoin : l'architecture du bas-relief, les formes de la Vierge, les plis de sa robe, le décor de fond étaient gravés dans sa mémoire. Et en moins de quinze jours, travaillant du matin au soir sans prendre le plus souvent le temps de manger, il sculpta son premier chef-d'œuvre, qui présentait déjà la

1. Il devint un sculpteur honoré en Angleterre.

plupart des caractéristiques de l'art le plus mûri de Michelangelo. Il venait d'avoir seize ans.

Dès qu'il le vit, Laurent s'écria devant tout le monde :

— C'est magnifique ! Nous l'appellerons la « Madone à l'escalier ». Saluez, messieurs, la naissance du plus grand sculpteur des décennies futures.

Le Magnifique l'avait ainsi baptisée à cause de l'escalier qui monte sur la gauche, au sommet duquel se tenaient trois amours à peine esquissés dans le marbre, selon une technique de « non fini » à laquelle il restera toujours fidèle : son fameux *schiaccato*. La Vierge au profil impassible et sévère s'apparentait plus aux divinités grecques qu'à la manière florentine. Autre innovation qui ne devait rien à Donatello : l'Enfant Dieu était représenté de dos, la tête reposant sur le sein de sa mère.

Pendant longtemps, au palais et au Jardin, on parla de la « Madone à l'escalier ».

Tous ses camarades avaient félicité le plus doué d'entre eux. Tous, sauf Torrigiani que le succès de Michelangelo rendait amer. Le jeune garçon en fut affligé. Il avait réussi à oublier Pietro durant sa bataille contre le marbre de Carrare, mais maintenant qu'il était libéré, ses pensées allaient de nouveau vers celui qui l'ignorait ostensiblement.

Un matin, ils se retrouvèrent dans l'église Santa Maria del Carmine où le maître aimait réunir ses élèves devant les fresques de Masaccio et tenir un discours qui les plongeait dans l'ennui car ils l'avaient déjà entendu dix fois. Par respect pour le vieux Bertoldo, tous acceptaient ce rituel, Michelangelo le premier qui en profitait pour copier quelques personnages. Torrigiani s'approcha, l'air belliqueux :

— Alors, petit artiste ? Quand trop grands sont les compliments, nulle est leur valeur. Personne ne te le dit, moi je prétends que ton marbre est raté ! Les mains de ta Vierge sont disproportionnées et le Christ a des épaules de gladiateur !

Michelangelo était devenu pâle. La critique féroce de Pietro le touchait d'autant plus qu'il connaissait les défauts de son œuvre, défauts qu'on oubliait tant l'ensemble était beau.

Alors, comme souvent les timides, Michelangelo s'emporta, ne contrôla plus ses paroles et, couvrant la voix du maître, cria que Torrigiani n'avait jamais fait que de mauvais dessins et des modelages si épouvantables qu'on ne lui avait jamais confié le moindre vieux caillou à sculpter. A cette tirade d'amant déçu, il ajouta que sans les relations de son père il n'aurait jamais mis les pieds dans le Jardin et que ses airs de matamore prétentieux n'étonnaient plus personne.

La rage étreignit Torrigiani qui se précipita sur le fluet Buonarroti et écrasa son nez d'un formidable coup de poing. Michelangelo s'effondra dans une mare de sang. Scandalisé, Bertoldo signifia à Pietro qu'il ne faisait plus partie de l'académie. Le coupable, menacé par les autres élèves, préféra s'enfuir. On ramena le blessé au palais où le médecin personnel de Laurent ne put que constater la fracture de l'os et l'écrasement des cartilages, une blessure qui devait le marquer à vie.

Cet incident, dont le jeune Buonarroti sortait défiguré, eut pourtant un côté positif. Soigné au palais, il s'aperçut qu'il était moins seul qu'il ne le pensait. Bertoldo, bien sûr, venait le voir, accompagné de Granacci, mais aussi Giovanni, le fils de Laurent. Et son cousin Giulio. Les deux garçons qui, pensait-il, le méprisaient, étaient attentifs à sa santé et montraient qu'ils avaient du cœur[1]. D'autres visiteurs venaient souvent bavarder à son chevet: les amis de Laurent, dont la culture le rendait, disait-il, minuscule. Un jour, c'était Poliziano, « l'homme le plus intelligent d'Italie », affirmait Laurent, que le talent précoce de Michelangelo fascinait. Ou Girolamo Bienvieni, le meilleur rimeur du palais, qui venait lui réciter des vers et lui montrer comment on composait un sonnet. C'est un Michelangelo au nez cassé et aplati, mais mûri et plus sûr de lui qui reprit le chemin du Jardin.

Au cours d'une conversation, Poliziano lui avait conseillé de sculpter un relief sur le thème de la bataille légendaire qui opposa les Lapithes aux Centaures. Poliziano, qui venait de traduire *Les Métamorphoses* d'Ovide, lui avait décrit cette mêlée générale avec un grand

1. Tous les deux deviendront papes.

enthousiasme. Et il avait malheureusement ajouté devant l'intéressé :

— Notre ami Bertoldo a sculpté un bas-relief sur ce même sujet, mais il s'est inspiré d'un sarcophage antique. Toi, tu peux réaliser une œuvre vraiment originale.

Bertoldo, vexé, s'était mis en colère :

— C'est un mensonge. Je n'ai jamais copié le sarcophage de Pise. Tous les personnages, je les ai créés ! Je trouve scandaleux que tu me fasses passer pour un copiste de second ordre aux yeux de mon élève !

Michelangelo et Poliziano l'avaient calmé par de bonnes paroles et le jeune sculpteur s'attaqua au combat des Centaures avec la fougue de Pirithoos et de Thésée. La « Tête de faune » était un essai, la « Madone à l'escalier » présentait quelques incohérences, la « Bataille des Centaures » révéla toute la sculpture de Michelangelo, son intensité dramatique et déjà la maîtrise d'une technique qui marquera toute son œuvre, cet art de faire exploser la grandeur par l'inachèvement volontaire des formes et des figures.

***

Comme tous les Florentins, Michelangelo avait entendu parler de Savonarole mais, pris tout entier par son art, il n'avait pas attaché d'importance aux troubles suscités dans l'opinion par les prêches inspirés du moine de San Marco. Aussi, sa surprise fut grande lorsqu'il entendit son frère Lionardo annoncer à sa famille qu'il la quittait pour rejoindre les fidèles de Savonarole au monastère de San Marco. Comme Michelangelo remettait au père trois pièces d'or provenant du salaire que lui faisait verser Laurent, Lionardo s'emporta et se livra à une violente attaque visiblement inspirée des prédications de son idole :

— Cet or est le fruit des vices païens de la cité des Médicis. Je fais bien de quitter cette maison car je ne veux ni de près ni de loin en profiter. L'art de la peinture et de la sculpture auquel tu te prêtes est une vile tromperie. Il détourne de Dieu les âmes dont les yeux s'égarent sur toutes les imageries qui garnissent les murs des églises. Au lieu de tailler des saints dans la pierre, tu ferais mieux de pleurer tes fautes!

Abasourdi, Michelangelo regardait son frère qu'il n'avait jamais vu dans un tel état d'excitation. Il s'était jusque-là bien entendu avec lui et sa foi profonde l'avait toujours incliné vers une fraternelle bienveillance. Que signifiait cette furieuse apostrophe?

— Holà, mon frère! Tu déraisonnes! C'est pour la gloire de Dieu que les artistes tapissent églises et couvents de pieuses représentations. Est-il désormais interdit de sculpter un crucifix ou de peindre la Sainte Vierge? Je sais que ton Savonarole ne mâche pas ses mots mais je crois que tu en rajoutes!

— Non! L'Église de Dieu n'est qu'un autel et un pavement sur lequel on s'agenouille et on se prosterne. Viens donc un jour écouter frère Jérôme!

— Je viendrai sûrement. Par curiosité! Mais j'y pense, j'espère qu'à San Marco on ne va pas te mettre dans une cellule décorée par Fra Angelico? Que pense donc Savonarole de Fra Giovanni da Fiesole? Va-t-il détruire ses fresques?

— Cela ne me gênerait pas. Ce qui est important, c'est l'Apocalypse qu'il nous annonce. Malheur à ceux qui ne s'y seront pas préparés!

Michelangelo se rendit compte que toute discussion était impossible. Il haussa les épaules, regarda Monna Alessandra qui ne comprenait pas grand-chose à ce qui se passait, dit au revoir au père et gagna à grandes enjambées le Jardin en se demandant quelle raison avait bien pu pousser Laurent, l'humaniste, à accueillir à Florence le moine prêcheur de discorde. Comme s'il ne savait pas que c'était Pic de la Mirandole qui avait conseillé au Magnifique d'agir ainsi! Pic ne devait qu'à Laurent le droit de vivre librement à Florence après que le Vatican eut obtenu son bannissement. Et voilà que ce puits de science se disait ouvertement touché par frère Jérôme, son éloquence fiévreuse, ses prophéties pleureuses! Vraiment, il n'y avait plus rien à comprendre dans cette sorte de folie qui gagnait la ville. Non seulement les masses populaires étaient touchées par Savonarole, mais certains artistes et intellectuels se disaient prêts à abandonner leur œuvre pour se consacrer à l'adoration de Dieu. Sandro Botticelli, disait-on, s'était enflammé pour le moine de San Marco, encore que les attaques de ce dernier contre les Médicis et l'idée d'un bûcher destiné à détruire peintures, sculptures et livres jugés indésirables par le prédicateur n'eussent pas son approbation. Michelangelo ne connaissait pas Botticelli, mais son ancien maître Ghirlandajo qui détestait les *Piagnoni*, surnom donné à Florence aux partisans de Savonarole, lui avait parlé de Sandro en termes assez cruels.

— Botticelli ne sait pas ce qu'il veut. Il est partagé entre sa fidélité à Laurent et son désir de ne pas aller en enfer. La double accusation portée récemment contre lui pour infraction aux bonnes mœurs, si elle n'a pas eu de suite judiciaire, semble beaucoup l'impressionner. Il songe à son salut. Et qui songe à son salut à notre époque se range dans le camp de Savonarole.

Les sermons de frère Jérôme attiraient de plus en plus de monde, si bien qu'il dut quitter San Rocco pour venir prêcher au Duomo. Au deuxième dimanche du Carême, plus de dix mille Florentins étaient venus l'écouter. Parmi eux, Michelangelo qui, cédant aux instances de son frère, s'était mêlé à ce flot humain qui lui faisait peur et le fascinait. Comment, avec de simples paroles, un homme pouvait-il remuer l'âme de toute une population ?

Il comprit en entendant cette voix qui semblait venir d'ailleurs emplir la cathédrale et s'adresser à chacun des assistants comme s'il avait été seul, comme s'il représentait Florence mise en accusation :

— Florence ! Florence ! Dieu ne t'a pas épargné les conseils. Il ne te les refuse pas ! Il t'aime comme il aime son Église. Mais la vérité est triste. Écoute-la : ta vie se passe au lit, dans les commérages, dans les conversations oiseuses, dans les orgies infâmes, dans une débauche innommable. Ta vie, Florence, est celle des porcs ! Et tu n'as pas peur des châtiments, ces châtiments que je t'ai prédits. Réponds : t'ai-je laissé ou non ignorer ce qui te menaçait ? Moi, pauvre frère qui ne suis rien, qui ne vaux rien, qui par moi-même ne sais rien, ne suis-je pas inspiré par Dieu et notre Roi Jésus pour te délivrer des Médicis et t'arracher aux griffes menaçantes des Français ? Laurent est un tyran. Tout le bien et le mal de la ville dépendent de lui ; lourde est sa responsabilité. Et les tyrans sont incorrigibles parce qu'ils sont orgueilleux. Ils ne prêtent pas l'oreille aux doléances du pauvre et, pas davantage, ne condamnent le riche...

Michelangelo qui, depuis le début du sermon, essayait de faire la part de la démagogie dans le discours de frère Jérôme, tressaillit à l'accusation violente contre Laurent. Le Magnifique l'avait aidé, lui avait témoigné de l'affection, l'avait reçu comme un membre de sa famille. Chaque coup porté à son image lui était pénible. Laurent, il le connaissait mieux que ce moine déchaîné qui l'accusait maintenant d'avoir utilisé pour son propre usage la Caisse des Douaires alimentée par les familles pauvres pour assurer une dot à leurs filles. Avec cet argent, criait-il, il a acheté ou fait réaliser des œuvres d'art impies et a organisé des orgies qui font aujourd'hui du peuple florentin la proie du démon !

Comme si Laurent, l'homme le plus riche d'Italie, avait besoin de l'argent des pauvres pour aider à vivre les savants humanistes et les artistes qui faisaient la gloire de la ville ! Michelangelo était scandalisé. Il aurait voulu défendre son bienfaiteur, crier à l'imposture... Mais à la moindre protestation, il se serait fait écharper, tuer sans doute au nom du saint Évangile. Il quitta le Duomo empli de tristesse et se dit qu'il n'était à sa place qu'un ciseau à la main dans son cher Jardin, où un autre Dieu que celui de Savonarole guidait sa pensée et ses gestes.

C'est dans ce grand désordre que Giovanni, nommé cardinal à dix-sept ans, quitta Florence en compagnie de son cousin Giulio pour rejoindre Rome et le pape Innocent VIII qu'on disait très malade. Cette double absence pesait sur la vie du palais où flottait une atmosphère de fin de règne qui semblait donner raison aux sinistres prédictions de Savonarole. Le bon Bertoldo était mort dans la résidence des Médicis qu'il préférait, celle de Poggio, où il avait été transféré à sa demande. Ses élèves étaient à ses côtés. Granacci et Michelangelo recueillirent les dernières paroles du maître. Souriant devant la fenêtre grande ouverte sur la vallée de l'Ombrone, il murmura :

— Dieu a permis que vous exerciez le plus beau, le plus

complet des arts. C'est une chance qui m'a rendu heureux ma vie durant. Mais soyez exigeants : la sculpture n'est pas un jeu où l'on triche ! On peut toujours enlever dans un bloc de marbre, mais jamais ajouter ! Mes enfants, je n'ai rien à vous léguer car ma richesse ne s'est jamais comptée en pièces d'or. Si, tout de même : mes outils. Vous vous les partagerez...

Et voilà que pour adjoindre à ce nuage de tristesse, Laurent, qui souffrait de plus en plus de la goutte, maladie qui avait emporté son père, s'était fait transporter à Careggi, le refuge familial des mauvais jours. Son fils aîné Piero, avec lequel Michelangelo n'avait jamais entretenu de très bonnes relations, avait pris la direction des affaires. Mais le vrai maître de Florence n'était-il pas déjà Savonarole, qui régnait par le verbe du haut de sa chaire ?

Dans la nuit du 8 avril 1492, Laurent sentit que ses forces l'abandonnaient. Il fit chercher Piero et ses amis Pic de la Mirandole et Poliziano. Et il se produisit un fait étrange. Un prêtre encapuchonné arriva à Careggi et demanda à voir le prince. A part Pic qui n'était peut-être pas étranger à cette venue, tout le monde se regarda, interdit. Savonarole en personne se tenait devant le lit où Laurent le Magnifique vivait ses derniers instants.

— C'est moi qui vous ai envoyé chercher, frère Jérôme, dit le mourant.

— Me voilà, Laurent de Médicis. Que souhaitez-vous ?

— Mourir dans la paix de Dieu et des hommes. Donnez-moi l'absolution.

— Avant, je vous exhorte à garder la foi. Et à vous amender si vous survivez à votre maladie.

— Je suis depuis toujours un croyant fervent et je m'amenderai.

Savonarole répondit en récitant la prière des agonisants. D'une voix de plus en plus faible, Laurent répétait chaque phrase après frère Jérôme. Celui-ci, lorsqu'il eut terminé, dessina dans l'air, de sa main émaciée, un grand signe de croix, ramena son célèbre *cappuccio* de bure sur sa tête et quitta la pièce sans se soucier de ceux qui priaient en pleurant autour du lit. Il y avait là Piero de Médicis, Pic et Poliziano, quelques serviteurs et le docteur Leoni qui ne cachait pas sa douleur et répétait : « J'aurais dû le sauver, je suis un ignorant. Comment mon malade peut-il mourir à quarante-quatre ans ! »

Dans un brouhaha de plaintes, de prières et de sanglots, Laurent le Magnifique quitta le monde et entra dans la légende. Il laissait sans réponse une question obsédante pour ses proches : pourquoi ce grand esprit, cet homme fort et courageux qui avait tenu dans les moments les plus difficiles Florence, sa chère ville, à bout de bras, pourquoi ce sage, défenseur de l'humanisme et de l'esprit de tolérance, avait-il fait appeler à l'instant de sa mort son ennemi le plus irréductible, Savonarole, à qui il donnait ainsi quitus de ses inspirations apocalyptiques et démagogiques, lui permettant de triompher en affirmant que Dieu, conformément à ses prédictions, lui avait permis de vaincre Laurent et tout ce qu'il représentait de vil, d'abject et de méprisable ?

Le lendemain, un jardinier trouvait le corps du docteur Leoni noyé au fond d'un puits. Il n'avait pas voulu survivre à son illustre patient. Au palais, le gouvernement revenait à Piero qui, tout de suite, au lieu de suivre l'exemple de son père, préféra user d'une autorité qu'il était bien incapable d'assumer. A la mort de Pierre le Goutteux, Laurent avait mis quelques semaines à se faire aimer. Il en fallut moins à Piero pour se faire détester. A San Marco, dans la cellule du fond, sans décor qu'il s'était réservée, Savonarole réfléchissait à la manière de prendre le pouvoir que les Médicis allaient, c'était évident, lui abandonner. Son projet de gouvernement populaire était prêt, Florence n'attendait que son signal pour lui offrir les clés de la Seigneurie.

La disparition de Laurent laissait Michelangelo désemparé. Le Jardin avait perdu son âme avec celles du Magnifique et de Bertoldo. Ses grilles étaient closes et les herbes montaient à l'assaut des statues. Ce qu'il savait de la vie au palais ne lui donnait pas envie d'y retourner, d'ailleurs Piero ne le lui avait pas demandé. Restait l'atelier de Ghirlandajo où il savait qu'il serait bien accueilli, et la maison paternelle où la bonne Lucrezia lui gardait son lit et sa part de *pasta*. C'est là qu'il se réfugia, travaillant parfois pour son ancien maître et se perfectionnant dans son art. Un énorme bloc de marbre, propriété de la ville, était depuis longtemps exposé aux intempéries. Il réussit à l'acheter pour quelques florins et commença un Hercule. Il sculpta aussi dans le bois un crucifix qu'il offrit au prieur de San Spirito qui lui permettait d'accéder à la bibliothèque du couvent. C'est à cette époque qu'il apprit que le grand Leonardo da Vinci, avant de partir pour Milan, avait étudié l'anatomie sur les cadavres d'une morgue de la ville. Comment l'idée ne lui était-elle pas venue plus tôt d'apprendre le fonctionnement des muscles, leur relation dans le mouvement, leur texture? Leonardo l'avait compris avant lui: pour dessiner ou sculpter un corps humain, il faut le connaître dans les moindres détails. Son Hercule était là pour le lui rappeler. Mais qui pouvait lui procurer des cadavres à découper?

Le prieur Bichiellini qui régnait aussi sur l'hôpital du monastère avait évidemment la possibilité de lui ouvrir les portes de la pièce où séjournaient les morts non réclamés avant d'être conduits au cimetière. Mais la dissection était considérée comme un sacrilège et le brave homme n'allait pas risquer l'excommunication pour permettre à un artiste un peu maniaque d'étudier comment est fabriqué un pauvre pécheur!

Pourtant, Michelangelo obtint gain de cause. Les fresques de Simone Martini sur les murs du chapitre et celles de Cimabue sous les arcades avaient souffert de la rigueur des récents hivers. La clé de la chambre mortuaire, contre la cicatrisation des blessures subies par quelques saints: le marché avec le ciel fut conclu par sous-entendus, sans que Michelangelo dise vraiment ce qu'il voulait faire. Le fait est que le jeune artiste apprit en quelques mois de travaux plutôt répugnants ce qu'il rêvait de savoir: grâce à la complicité du père Bichiellini, aucun muscle, si petit soit-il, ne manquerait désormais à ses statues et à ses peintures. On pouvait penser que la main qui maniait le scalpel la nuit, dans le monastère endormi, ne pouvait tenir le ciseau le jour. Hercule n'en était même pas au stade de l'ébauche et à part les travaux de restauration des fresques, Michelangelo, encore bouleversé par la mort de Laurent, délaissait son art et les artistes. Il passait une grande partie de la journée dans la bibliothèque de San Spirito. Il lisait les poèmes de Pétrarque, les apprenait par cœur et, aux mythes de Platon si chers à ses amis du palais, il préférait les scènes tragiques de *La Divine Comédie.* Il admirait Dante auquel il essayait de s'identifier en écrivant ses premiers sonnets :

Être Dante ! Pour une si haute fortune
J'échangerais le plus heureux état du monde
Contre son douloureux exil et sa vertu.

Pendant que Michelangelo attendait des jours meilleurs qui réveilleraient ses désirs de création, Piero de Médicis accumulait les erreurs et se faisait des ennemis de ceux qui avaient soutenu son père. Celui-ci ménageait la Seigneurie, le jeune prince négligeait ses avis. Laurent se mêlait volontiers à la foule et répondait avec une grande gentillesse à chacun, Piero ne sortait qu'encadré par des gens en armes rébarbatifs et brutaux. Dans les autres États d'Italie, les alliés que Laurent avait su maintenir en paix grâce à une politique de sagesse, d'équilibre et de médiation permanente se préparaient à se combattre alors que le roi de France Charles VIII balayait les troupes napolitaines à Rapallo et était reçu splendidement à Milan par son allié Ludovic le More. Dans ce désordre qui annonçait la fin de la prospérité italienne et l'interminable tragédie des guerres étrangères, Laurent aurait pu sans doute tirer son épingle du jeu et sauvegarder Florence. Piero, pris de panique, préféra abandonner le gouvernement à un moine fanatique qui le poursuivait de ses anathèmes. Un soir, dans le plus grand secret, il gagna avec une petite escorte la Porta San Gallo où l'attendaient les Orsini. Sous leur protection il réussit à rejoindre Bologne. Il n'avait fallu que quelques heures pour réduire à néant l'œuvre de quatre générations de Médicis !

La peur ! Elle gagnait toute la ville, remuée comme un tas de fumier par Savonarole et ses *Piagnoni.* La terreur que répandait le moine illuminé ressemblait par bien des côtés à celle que faisait régner la peste au cours des grandes épidémies. Ceux qui résistaient à la fièvre des capuchons bruns ne se sentaient pas en sécurité. Beaucoup fuyaient Florence. Comme pour couronner la déchéance des Médicis, le sage Poliziano était mort et Pic de la Mirandole, le bouquet des connaissances du siècle de Laurent, avait été sauvagement assassiné par son domestique. Ghirlandajo, qui avait toujours réussi à demeurer en dehors des chapelles et des luttes religieuses, était mort lui aussi au cours de l'année tragique d'une fièvre pernicieuse. Tous ceux qui avaient été ses élèves — cela faisait beaucoup de monde — avaient suivi l'enterrement sous la neige et assisté à son ensevelissement dans l'église Santa Maria Novella dont il avait achevé de peindre les fresques du chœur quelques mois auparavant. Il n'avait que quarante-trois ans. On mourait jeune sous les imprécations de frère Jérôme!

Cette disparition, survenant après tant d'autres drames, avait été durement ressentie par Michelangelo dont l'âme craquait sous tant d'injustices. Dès son enfance, il avait connu des moments d'angoisse et de terreur irraisonnée. Adolescent puis adulte, il avait réussi à masquer cette anxiété latente qui l'eût plus d'une fois conduit à la fugue sans sa volonté de ne pas interrompre cet apprentissage privilégié. Cette fois, la force lui manqua pour résister, d'autant que les conditions étaient bien différentes. Contrairement à beaucoup de jeunes, il n'avait pas succombé au verbe du moine. Rien ne le retenait à Florence où le tyran de Dieu brûlait les ouvrages des philosophes, détruisait les œuvres peintes ou sculptées qui ne lui plaisaient pas et engageait les familles à la délation. C'est ce fanatisme où se complaisait son frère qu'il décida de fuir. Il n'avait que ses économies du Jardin mais aussi ses outils. Il savait qu'il portait une œuvre bien plus importante que les quelques sculptures qu'il laissait à Florence. C'était cette œuvre qu'il fallait sauver! Il avait soigneusement étudié le plan de sa fuite avec deux de ses amis désireux d'échapper au terrorisme de Savonarole: Bugiardini et Jacopo, des anciens du Jardin. Ils avaient choisi Venise comme destination. C'était loin mais la Sérénissime, haut lieu de l'art italien, était aussi l'État le plus calme de la Péninsule. Le plus difficile avait été de trouver des chevaux. La désorganisation du palais était telle depuis la fuite de Piero, que Bugiardini réussit à convaincre un garçon d'écurie qu'il était facile de gagner cinq florins en les laissant enfourcher trois bonnes bêtes le soir du départ.

Comme Piero, ils passèrent sans encombre la Porta San Gallo et s'engagèrent sur la route de Bologne. Pour la première fois depuis longtemps, Michelangelo ne se sentait plus oppressé, le souffle de la liberté s'engouffrait dans son manteau entrouvert. Il remercia Dieu de lui avoir permis d'échapper aux griffes de Savonarole.

Les trois compères ménageaient leurs montures car le moindre accident survenu à l'un des chevaux aurait mis fin au voyage. La modicité du pécule de Michelangelo les obligeait à être économes, ils mangeaient peu, le plus souvent du pain et un morceau de *parmigiano* acheté à un berger, quelquefois une large feuille de *mortadella* ou une rondelle de *pancetta*. Quand leur sac à provisions était vide, ils s'arrêtaient près d'une belle église — il y en avait à chaque détour du chemin — et s'extasiaient devant quelque statue vieille de plusieurs siècles. Bugiardini, le plus croyant, priait la Vierge de ne pas les laisser mourir de faim. Il arrivait qu'il soit exaucé et que le curé leur offre un bol de soupe épaisse ou une miche de pain.

— C'est frère Jérôme qui serait content de nous voir si éloignés des nourritures terrestres! plaisantait Jacopo.

En fait, cette longue promenade dans la campagne n'était pas désagréable. Ils étaient heureux, jeunes et joyeux. Michelangelo décida de ne pas s'arrêter à Bologne comme ils en avaient eu l'intention, afin d'arriver plus vite à Venise où la vie leur parut tout de suite bien compliquée, à commencer par la garde des chevaux hors de la lagune, le logement et tous les inconvénients qu'il y a à découvrir une grande ville quand on n'a pas d'argent et qu'on n'y connaît personne. Giovanni Bellini, l'artiste vénitien le plus célèbre, travaillait chez Isabelle d'Este, et Carpaccio était trop occupé par la peinture de son cycle de l'« Histoire de sainte Ursule » pour s'occuper de trois voyageurs inconnus. Après avoir visité rapidement la ville et admiré la statue équestre du Colleone, l'œuvre glorieuse de leur compatriote Verrocchio, ils décidèrent de rentrer à Florence, en passant cette fois par Bologne qui se montrerait peut être plus accueillante.

Leur arrivée dans la capitale de l'Émilie se passa pourtant mal. Ils avaient à peine franchi les remparts et gagné la Piazza Comunale qu'un groupe d'argousins les pria de descendre de cheval :

— Vous êtes étrangers à la ville ?

— Florentins, répondit Michelangelo.

— Alors montrez-nous votre billet de reconnaissance. On a dû vous le délivrer à l'entrée de la ville.

— Nous n'avons pas ce billet.

— Ni de cachet rouge sur votre pouce gauche ?

— Non.

— Veuillez nous suivre jusqu'au bureau de la douane.

— Mais...

— Vous êtes en état d'arrestation. Vous vous expliquerez avec l'officier.

Celui-ci, installé dans un local sombre sous les portiques, leur expliqua que tout étranger devait être muni d'un certificat pour pouvoir ensuite ressortir de la ville.

— Mais comment le savoir ? Personne ne nous a prévenus, protesta Michelangelo.

— C'est la loi. Vous tombez sous le coup d'une pénalité de cinquante livres bolognaises. Pas de chance : cette ordonnance du podestat Bentivogli date d'hier.

— Mais nous ne possédons pas cinquante livres ! s'exclama Jacopo.

— Alors vous ferez cinquante jours de prison !

Les trois Florentins n'étaient pas remis de cette désagréable surprise qu'un homme élégant, qui venait sans doute régler quelque affaire de douane, se présenta :

— Attendez, monsieur l'officier. Je me nomme Aldovrandi et suis membre du Conseil. Je crois que je connais l'un de ces jeunes gens.

L'intervenant se tourna vers Michelangelo.

— Nous avons soupé ensemble à la table de Laurent, monsieur Buonarroti. Et j'ai pu admirer quelques-unes de vos œuvres. Que diable faites-vous à Bologne ?

— Je me rappelle maintenant très bien de vous, Excellence. Vous étiez l'un des familiers du palais. Pour répondre à votre question, je vous dirai que nous pensions trouver à Bologne une vie plus... tranquille qu'à Florence. Je ne suis pas sûr que nous ayons eu raison !

L'homme, élégamment vêtu, la quarantaine grisonnante sous son bonnet de velours cramoisi, éclata de rire :

— Je vais me porter garant de vous trois et vous ne connaîtrez pas les geôles bolognaises. Je compte aussi faire en sorte de vous faire découvrir notre ville sous un meilleur jour. Meilleur qu'à Florence en tout cas où il se passe des choses épouvantables. Je suis au courant de la fuite de Piero de Médicis. Il est passé ici avec son escorte il y a quelques jours. La mort de Laurent est un drame pour toute l'Italie. Mais c'est tout l'esprit de l'humanisme qui est mort! J'ai appris que Poliziano était décédé il y a quelques semaines.

— Pic de la Mirandole aussi.

— Comment? Pic est mort? Il venait juste d'avoir trente ans...

— Assassiné par son domestique!

— Comme tout cela est triste! Restez donc chez nous, monsieur Buonarroti. Bologne est une ville de musiciens mais pas de sculpteurs. Vous aurez des commandes... En attendant, vous souperez chez moi ce soir, si cela vous convient.

— Merci, Excellence. Il faut vous dire que nous n'avons pas fait de plantureux repas depuis vingt jours que nous sommes partis.

— Eh bien! voilà une raison de plus pour rester travailler chez nous. Ce n'est pas pour rien qu'on surnomme Bologne «la Grassa». On y mange mieux qu'ailleurs! Et vous, messieurs? Vous êtes aussi des artistes?

— Des apprentis. Nous n'avons pas le talent de Michelangelo.

— Bien. On trouvera à vous loger. Quant à vous, Buonarroti, vous avez une chambre qui vous attend dans mon modeste palais. J'aurai grand plaisir à converser avec un familier des grands humanistes laurentistes.

C'est ainsi que Michelangelo se retrouva dans une maison de rêve après avoir failli croupir dans un cachot. Le palais d'Aldovrandi n'avait certes rien de commun avec la forteresse de luxe des Médicis, mais il faisait bon y vivre. Le Florentin se disait qu'il ne lui manquait qu'un bon bloc de marbre et une commande pour être parfaitement heureux.

Au bout d'une semaine, Bugiardini et Jacopo pensèrent qu'ils avaient étanché leur soif d'aventures et décidèrent de rentrer à Florence. Michelangelo leur confia une lettre pour sa famille et leur donna la moitié du restant de sa bourse. Lui avait confiance. Il savait qu'avec la protection du podestat, il réussirait à gagner sa vie dans une ville qui se révélait accueillante et pleine de gaieté.

La maison aussi était gaie. La Signora Aldovrandi était une belle jeune femme qui veillait avec le sourire sur les six fils de son mari dont deux étaient ses enfants. Des rires fusaient dans toutes les pièces et dans les couloirs. Le soir, pour échapper au vacarme, le maître de maison entraînait Michelangelo dans la bibliothèque où il était fier de lui montrer les derniers livres imprimés parus et les manuscrits des grands auteurs italiens. Le jeune homme retrouvait avec un plaisir sans nom Dante, Pétrarque et Boccace. Il aimait dire des vers et son hôte aimait les entendre. Parfois, Michelangelo récitait le poème qu'il avait composé la veille. Et il s'enhardissait à demander:

— Croyez-vous, Messer Aldovrandi, que j'obtiendrai une commande? Il me tarde de retrouver mes outils. Et s'il n'y a pas de commande, procurez-moi un morceau de bon marbre de Carrare et je vous sculpterai une statue pour votre maison.

— Patientez, jeune homme. Arracher une commande officielle aux Bolognais est une chose difficile. D'abord, la sculpture ne les intéresse pas beaucoup; ensuite ils tiennent à faire travailler les artistes de la ville. Comme s'ils ne savaient pas que depuis la mort de Jacopo Della Quercia, qui d'ailleurs était un Siennois, il n'y a plus un sculpteur digne de ce nom à Bologne.

Un jour, Aldovrandi l'emmena à l'église San Petronio.

— Je vais vous montrer quelque chose d'admirable. Des panneaux sculptés dans le marbre par Della Quercia, qui sont aussi bons que des Ghiberti.

Le podestat ne se trompait pas. Il s'agissait d'authentiques chefs-d'œuvre.

— Et dire que le nom de Della Quercia est quasiment inconnu hors des murs de la ville! dit Michelangelo, très impressionné.

— Je suis heureux que vous partagiez mon enthousiasme. Maintenant, allons voir le tombeau de saint Dominique dans l'église qui porte son nom. C'est justice puisqu'il est mort à Bologne il y a plus de deux siècles.

Aldovrandi connaissait sa ville et il était un véritable expert en art. Après avoir fait fortune dans la banque, il pouvait, malgré son âge encore jeune, s'adonner aux seules occupations qu'il jugeait intéressantes : exercer une charge dans le gouvernement de la ville et enrichir ses connaissances en lettres, en peinture et en sculpture. Comme chaque fois qu'il pénétrait dans la nef de San Domenico, il laissa échapper un cri d'admiration devant l'*arca*, le tombeau du saint :

— Mon Dieu que c'est beau ! Le tombeau date du XIIIe siècle mais Nicolo dell' Arca l'a agrandi et orné il y a une vingtaine d'années. Qu'en pensez-vous ?

— Les sculptures m'intéressent moins que l'architecture qui est une grande réussite.

— Regardez bien les statues.

— Il en manque quatre.

— Oui, deux statuettes d'angelots, une statue de saint Procule et une autre dont il faudra un jour choisir le sujet.

Michelangelo, qui craignait une déception, faisait celui qui ne comprenait pas et évitait de croiser le regard d'Aldovrandi. Alors, après un silence qui parut une éternité au sculpteur, celui-ci dit doucement :

— Voulez-vous remplir ces vides et terminer l'œuvre la plus célèbre de Bologne ?

Le visage de Michelangelo s'éclaira. Il demanda :

— Vous m'avez obtenu la commande ?

— Le Conseil vient de te l'accorder.

Il l'avait tutoyé. Comme Laurent. Le jeune Florentin vit dans cette familiarité amicale un signe favorable. Il remercia chaleureusement son nouveau protecteur.

Dès le lendemain, tandis qu'Aldovrandi faisait rechercher trois beaux blocs de carrare, Michelangelo se mit à l'ouvrage selon un ordre qui était déjà devenu une habitude : esquisses, modelage dans l'argile avant d'attaquer le marbre. Le *scapellino* prodige était devenu un *scultore*.

7

LE GRAND CHEVAL

Le prestige de Leonardo grandissait. A la cour de Ludovic Sforza, on considérait maintenant comme un génie le peintre de la « Cène » et le sculpteur du « Grand Cheval ». On appréciait aussi le magicien, organisateur de spectacles scéniques qui n'avaient leur égal nulle part en Europe. Et si personne ne les avait vues fonctionner, on parlait avec passion des fabuleuses machines qu'il inventait.

Leonardo s'estimait sans doute assez illustre pour n'avoir pas besoin d'ajouter de sa propre volonté quelques nouveaux chefs-d'œuvre à son palmarès. Il ne peignait que lorsque son protecteur l'exigeait : le portrait de Lucrezia Crivelli, la nouvelle maîtresse du duc, celui de Béatrice, son épouse. En dehors de ces travaux épisodiques, Leonardo restait le génie à tout faire du More, qu'il accompagnait dans ses déplacements afin de le conseiller sur les adductions d'eau, la construction des écluses du canal de la Martesana ou l'aménagement des abords du château de Vigevano que le duc venait d'agrandir.

Pas de quoi passionner Leonardo. Sa vraie vie, il la vivait dans son atelier entre ses études personnelles, ses carnets dont le poids commençait à faire fléchir sa table et son cher Salai toujours prêt à le servir, à l'aider et à vider sa bourse.

Depuis qu'il avait été chercher les personnages de la Cène dans la rue, il s'intéressait à tous les gens qu'il croisait, à leur tête, à leur démarche, à leurs habitudes. Il était capable de suivre une journée entière un homme ou une femme qui avait retenu son attention. Pour l'étudier, esquisser ses traits dans le carnet qui ne quittait pas sa poche et noter les réflexions qu'il ou elle lui inspirait. Quand on lui demandait s'il préparait un tableau, il répondait :

— Un peintre prépare toujours un tableau. Les figures que j'ai dessinées aujourd'hui me serviront un jour.

— Mais pourquoi choisis-tu le plus souvent des individus au corps difformes ? avait questionné Salai.

— Peut-être parce que j'ai passé trop de temps à rechercher la perfection, j'éprouve le besoin de connaître l'autre côté du miroir. Mais ne prends pas cette recherche pour une curiosité morbide. Tiens, un sujet me trotte par la tête depuis quelque temps : c'est Léda et le cygne.

— Je ne connais pas...

Avec patience Leonardo expliqua à Salai la légende de la belle princesse d'Étolie. Il aimait, lui l' « homme sans lettres », transmettre ce qu'il avait appris à l'enfant qu'il avait recueilli inculte dans une rue de la ville. Constamment, il essayait d'exciter sa curiosité et il lui arrivait de noter sur son cahier un progrès particulièrement sensible de celui qui, après tout, était officiellement son élève. Justement, Léda suscita chez le jeune homme une question pertinente :

— Tu me dis que ta Léda sera nue. Qui prendras-tu pour modèle ?

— C'est évidemment un problème ! Si j'avais une jeune et jolie femme, je la ferais poser... Mais tu sais bien que je n'ai épousé que mon art... Alors, je ne vois qu'une solution : le *bordello*. Nous irons y faire un tour. Pour dessiner bien entendu !

Il rit. Mais la question l'intéressait ; le soir, il consigna à titre d'aide-mémoire : « Voir du côté de la Porta Vercellina les femmes de Messer Jacomo Alfeo. Pour Léda [1]. »

Et comme toute idée mérite d'être exploitée jusqu'au bout, il traça le plan d'une maison où portes et couloirs

1. Manuscrit de Windsor.

étaient agencés de manière que les clients ne puissent pas se rencontrer.

La mort de Gian Galeazzo, le « Petit Duc », qui n'avait jamais détenu le pouvoir lui revenant de droit, permit au More de se proclamer officiellement duc de Milan, ce qui ne changea rien à la vie somptueuse de la cour. En revanche, la perte de Béatrice, la duchesse, sembla, à l'étonnement général, plonger Ludovic dans une affliction profonde. Après tout, peut-être aimait-il cette jeune femme qu'il n'avait cessé de tromper et qui était morte à vingt-deux ans, pour avoir voulu danser toute une nuit alors qu'elle était enceinte !

Les décès, comme les mariages et les réceptions protocolaires, apportaient toujours à l'« artiste du duc » quelque commande de circonstance. Leonardo avait ainsi été consulté pour organiser les obsèques grandioses de la duchesse, puis pour décorer une pièce du château consacrée à sa mémoire. Cette *Saletta Negra* occupa Leonardo plus d'un mois. Le temps pour le More d'oublier sa peine, de reprendre ses relations avec Lucrezia en même temps que les rênes d'une diplomatie malmenée par les événements. En effet, Charles VIII, le roi de France, dont il avait demandé l'aide et qu'on disait sans tête, était mort sottement en heurtant du front une porte basse du château d'Amboise. Son cousin, qui lui succédait sous le nom de Louis XII, se montrait moins bien disposé. En fait d'aider le duc, il se préparait à prendre sa place en qualité d'héritier de sa grand-mère Visconti. L'armée française, que Ludovic avait appelée à la rescousse contre Naples, s'apprêtait à envahir la Lombardie !

La situation était donc grave. Pourtant, les princes aiment, lorsque la chance semble les abandonner, lancer quelques grands travaux coûteux afin de montrer que l'avenir leur appartient encore. En même temps qu'il ourdissait de sombres et vaines intrigues à Venise, à Pise et à Florence, Ludovic le More commandait à Leonardo de décorer la voûte et les murs d'une vaste salle de la tour est du palais. Encore une fresque ! Le Florentin n'était pas enthousiaste, mais comment aller contre les désirs d'un duc que la conjoncture rendait nerveux ? Un édit du 23 avril 1494 ordonna de débarrasser la salle des planches et échafaudages qui l'encombraient et de ne laisser qu'une estrade afin que le maître Leonardo da Vinci puisse achever les peintures avant le mois de septembre [1].

Selon son habitude, Leonardo retardait le moment de se mettre à l'ouvrage. C'est qu'il était fort occupé par des recherches qui devaient, selon ses calculs, lui rapporter soixante mille ducats par an, dix fois plus que sa peinture. Il avait longuement regardé les tisserands travailler et avait conçu différentes machines destinées à leur faciliter la besogne et à leur faire gagner un temps précieux. Il dessinait ce matin-là la structure d'une tondeuse pour éliminer la bourre des tissus de laine et celle d'une autre machine, une affûteuse d'aiguilles, quand Salai entra, porteur d'un message du palais :

— Ouvre et lis ! dit le maître, mécontent d'être dérangé.

— Tu vois, mon cher Leonardo, combien je te suis utile depuis que je sais lire ! Je ne suis plus seulement ton élève mais aussi ton secrétaire.

— C'est bien ainsi car l'élève ne fait pas tellement honneur au maître : tu n'as pas fait de grands progrès en peinture ! Mais tu sais que tu es bien autre chose pour moi ! Va, lis !

Le jeune homme commença en déclamant, comme s'il lisait des vers, ce qui fit rire son maître :

— « Sur ordre de Son Excellence le duc de Milan, je vous prie, moi, comte Melzi, d'être présent au palais dans les plus brefs délais, afin de décorer en toute urgence la grande salle voûtée de la tour est. Son Excellence souhaite pouvoir donner rapidement son accord au projet que vous lui soumettrez. »

Le visage de Leonardo s'était renfrogné :

— Allons, me voilà encore pour des mois juché sur un échafaudage ! Qu'est-ce que je vais bien pouvoir lui peindre sur sa voûte ? Alors que j'ai tellement de choses en

1. Salle appelée pour cette raison *Sala delle Asse* (des planches). Les décorations de Léonard de Vinci, cachées sous une couche de plâtre, ont été mises au jour en 1901. Malgré une restauration maladroite, on retrouve aujourd'hui les grandes lignes du décor conçu par Léonard de Vinci (château des Sforza).

cours ! Et l'ami Pacioli qui est en train de m'apprendre Euclide !

Luca Pacioli justement entrait dans l'atelier. Un peu plus âgé que le peintre, plus grand aussi, Fra Pacioli était dans son domaine aussi célèbre que Leonardo dans le sien. Mathématicien connu dans toute l'Italie, il avait enseigné à Rome, à Pérouse, à Venise avant de venir à Milan où sa rencontre avec le peintre s'était muée très vite en une solide amitié. Ils s'admiraient mutuellement. Les travaux de Vinci, ses carnets qu'il feuilletait avec passion, son esprit curieux et universel fascinaient le moine franciscain. D'autre part, les connaissances de ce dernier, c'est-à-dire l'ensemble du savoir mathématique qu'il savait transmettre avec une intelligence tranquille, représentaient pour le chercheur, le scientifique autodidacte, l'inventeur et l'architecte qui se cachaient sous la barbe de l'artiste une source incomparable de richesses.

— Mon ami, dit Leonardo, le duc me prive pour je ne sais combien de temps de votre enseignement amical et fécond. Alors que vous stimulez un peu plus chaque jour mon appétit pour les racines carrées, les équations, les fractions, l'algèbre et tous les jeux géométriques, je dois aller peindre un plafond au château !

— Holà ! Du calme, monsieur l'artiste ! Je vous connais maintenant assez bien pour deviner que vous saurez garder un peu de temps à consacrer aux chiffres et à leurs combinaisons. C'est par votre art que vous laisserez un souvenir après votre mort. Dans des siècles, on viendra admirer votre plafond mais qui ira chercher ma *Summa de arithmetica* oubliée au fond de quelque grenier poussiéreux ? Je vous en supplie, ne mésestimez ni votre génie ni votre métier !

— Vous avez raison, mon frère ! Rappelez-moi le théorème de Regiomontanus, que je n'ai pas bien compris, et je vais chercher pour notre prince un motif de décoration qui lui fera oublier un instant ses déconvenues politiques. Tenez, je pense à un ornement qui l'aidera à se raccrocher aux branches !

Il éclata de rire tandis que Fra Luca Pacioli le regardait étonné.

— Vous voyez, mon frère, que vous ne me connaissez

pas encore très bien. Sinon vous sauriez que je suis un incorrigible farceur. Cela depuis le temps de mon apprentissage chez Verrocchio, avec Sandro Botticelli. J'aime jouer : certains soirs, je passe mon temps à inventer des jeux, des fables, des prophéties. J'aime jouer avec les mots comme vous avec les chiffres. Mais je suis moins habile... Un jour je vous montrerai : tout est écrit dans mes carnets, mais il faudra retrouver ce qui est écrit !

— Vous me surprendrez toujours, ami Leonardo. Mais quel est donc ce motif que vous avez déjà imaginé et qui vous fait rire dans votre barbe ?

— Pour que le More, notre protecteur, puisse se raccrocher aux branches, je vais peindre la voûte d'arbres mêlant confusément leurs grosses branches et leurs rameaux, comme dans une forêt. Au sommet je vois un peu de ciel bleu dans la clairière et dans le bleu les armes des Sforza. Mais attention ! Cette gigantesque ramure ne sera pas un enchevêtrement informe de feuilles et de branches. Je vois l'affaire, pour peu qu'on y fasse attention, se présenter avec méthode, dans un rythme harmonieux. Pourquoi pas un ordre mathématique, Fra Pacioli ?

Il rit à nouveau, content de son effet, et ajouta :

— Pour relier tous les feuillus, l'idée me vient d'un ruban d'or qui courrait dans la verdure en formant une suite ininterrompue de nœuds et d'entrelacs. Oui, tiens, j'aime bien l'idée de ce ruban sans fin... ni commencement.

Leonardo était comme cela et l'âge n'y faisait rien. Il passait de la colère à la franche gaieté, de l'extrême politesse à l'irrévérence et, après avoir pesté contre une commande, se lançait avec un plaisir fébrile dans la nouveauté qu'on lui proposait. Durant des jours il dessina des entrelacs qui, à première vue, n'avaient aucun rapport avec le plafond de la *Sala delle Asse*. Mais ils étaient tous beaux, originaux, dignes du génie qui les imaginait tour à tour brodés sur la robe de Lucrezia ou peints sur des carreaux de cuisine.

Tandis que Leonardo, aidé de deux compagnons et de Salai, finissait de couvrir son plafond dont parlaient déjà les dames de Florence, le duc commençait à méditer sur la précarité du pouvoir et des honneurs. Louis XII, s'il n'avait pas abandonné le projet de s'approprier Naples, guignait le duché de Milan qu'il savait mal défendu. Le More, devant la menace, avait en vain essayé de rallier à sa cause Mantoue et Ferrare, tandis que le roi de France s'assurait la neutralité de Florence et l'alliance de Venise. Mais amis et mercenaires se défilaient; il était trop tard pour armer des places fortes, trop tard aussi pour transformer en bombardes le bronze du « Grand Cheval » : rien ne pouvait arrêter la marche de l'imposante armée française.

Dans le palais où Leonardo rangeait ses pinceaux, son travail accompli, Ludovic recevait de fâcheuses nouvelles : les messagers lui annonçaient qu'une à une les forteresses tombaient autour de Milan, que les Vénitiens attaquaient la Lombardie à l'est et que ses officiers commençaient à déserter. Il ne lui restait qu'à abandonner son beau duché, le fier château des Sforza, la *Sala delle Asse* dont les entrelacs n'étaient pas encore secs et à rejoindre ses enfants qu'il avait prudemment envoyés en Allemagne auprès de l'empereur Maximilien.

Le More fit une dernière fois le tour de son palais déjà déserté et quitta Milan pour gagner Innsbruck à dos de mulet, par des chemins détournés. Le lendemain, sur la foi de quelques citoyens qui disaient avoir vu dans la nuit la longue caravane se dissoudre dans la brume, le bruit se répandit que Ludovic emportait tout son or dans deux cents sacs et que le commandant du château, chargé de résister avec quelques centaines de mercenaires, avait préféré s'enfuir lui aussi. Ces nouvelles suffirent à déchaîner le peuple milanais qui se rua sur les bureaux de gabelle, brûla les livres, saccagea les palais des nobles qui se dispersèrent vers Bergame, Côme ou Mantoue. Après ce sauve-qui-peut, Louis XII n'avait plus qu'à entrer dans la ville sous les ovations. La population criait « France ! France ! ». Comme si une nation pouvait espérer avoir une chance de tirer profit d'une invasion étrangère !

Leonardo n'avait pas été trop surpris par la tournure dramatique prise par les événements. Il avait pressenti le déclin des Sforza puis la chute inéluctable de Ludovic. La veille de la fuite du duc, il avait dit à son ami Pacioli :

— Mon frère, il va falloir que nous trouvions un nouveau protecteur car le More est à bout de souffle. Tous les princes d'Italie lui tournent le dos et j'ai appris au palais qu'on préparait son départ. Ah, que j'aimerais me trouver dans ma campagne de Vinci !

— Qu'allons-nous faire ? demanda le moine que les spéculations mathématiques avaient mal préparé aux aléas de la vie.

— Pour l'instant, rien ! Il est inutile et dangereux de se mêler aux fuyards de la cour. D'ailleurs, qu'avons-nous à sauver ? Notre richesse est cachée au fond de nous-mêmes et je doute qu'elle intéresse les soudards de Louis XII. Voyez-vous, malgré toutes les machines à détruire que j'ai pu imaginer, je méprise la guerre, cette folie bestiale. Je me suis cru malin en inventant des engins fantastiques, mais les princes répugnent à la nouveauté dans ce domaine. A mon arbalète géante, grande comme dix hommes debout et qu'on aurait manœuvrée avec des engrenages et des treuils — tenez, regardez mon dessin —, le duc a préféré un condottiere !

— Croyez-vous vraiment, maître Leonardo, que votre arbalète aurait sauvé le More ?

— Non. Pas plus que ma catapulte à boulets chargés d'une matière capable d'endormir l'ennemi. Mais les rois adorent s'entourer d'ingénieurs qui les font rêver à des exploits glorieux et dont ils n'écoutent pas les conseils. Cela dit, je me suis passionné pour le mouvement des projectiles. Je suis le premier à avoir découvert que leur trajectoire est une ligne courbe continue. Vous voyez, je rejoins les mathématiques...

— Et que pensez-vous de Ludovic Sforza ? Moi, je l'ai connu trop peu de temps pour me permettre de le juger.

— Vous savez que le nom de Sforza fut donné par la reine de Naples à son condottiere et amant préféré. Ludovic a gardé quelque chose des « soldats de fortune » que furent ses ancêtres. Personnellement, je ne veux garder de lui que ce qui nous intéresse, nous les hommes d'art, de lettres et de science. Il a été notre protecteur éclairé et généreux. En échange de quelques peintures, d'un « Grand Cheval » que je n'ai pu terminer, de plans pour l'aménagement des cours d'eau de Lombardie et de projets de fortifications, il m'a permis de vivre l'existence que je souhaitais. Peut-être ne m'a-t-il pas toujours payé en temps voulu ce qu'il me devait, mais je ne peux oublier que récemment, alors qu'il pressentait son échec, il m'a donné en toute propriété un terrain planté de vignes près de la Porta Vercellina : « Pour vous dédommager, m'a-t-il dit, des sommes que je vous dois. » Les Milanais sont des ingrats qui ne le jugent aujourd'hui que sur les déconvenues récentes. J'espère sincèrement qu'il réussira à échapper à ses ennemis et qu'il reconquerra un jour son duché.

— Mais nous, maître Leonardo, qui sommes les condottieres de la pensée et louons nos services aux princes, pouvons-nous attendre quelque chose des Français et de ce roi entreprenant qui compte s'installer en Italie ?

— Je n'en sais rien. Je préfère vous répondre par l'une des prophéties que je me plais à consigner régulièrement dans mes carnets : « Les hommes poursuivront la chose la plus redoutée, c'est-à-dire qu'ils seront misérables par crainte de la misère. » Attendons, mon ami. Attendons !

Sur cette dernière parole qui laissait Pacioli perplexe, Salai entra dans l'atelier essoufflé et en proie à une vive excitation :

— Maître, le « Grand Cheval »...

— Qu'a-t-il donc, le « Grand Cheval » ? Les Français lui ont mis des ailes et, comme Pégase, il s'est envolé ?

— Non, maître. Il sert de cible aux Gascons pour leurs exercices de tir et il est déjà à moitié démoli !

C'était comme si la flèche d'une arbalète des soudards venait de le frapper au cœur. Leonardo s'effondra sur le banc, pâle, immobile. Le moine marmonna quelques jurons et Salai se précipita pour essuyer les larmes qui coulaient dans la barbe de son maître. Il murmura :

— C'est peut-être mieux ainsi, *Leonardo caro*. Le « Grand Cheval » était maudit. Il nous a toujours porté malheur...

Salai savait toujours trouver les mots qui convenaient. Leonardo releva la tête et esquissa un sourire triste :

— Tu as raison, mon garçon ! Le colosse était fragile. Parce qu'il était beau... Tout de même, dix-sept ans d'études et de travail pour en arriver là ! Je crois que cette malheureuse aventure va m'inspirer de nouvelles prophéties. En attendant, mon frère, voici une réponse à la question que vous me posiez concernant les Français...

C'est à ce moment qu'il prit une décision qui allait marquer un nouvel épisode de sa vie. Il se leva et dit :

— Frère Luca, je vais quitter Milan avec Salai. Venez-vous avec nous ? Il y a encore beaucoup de problèmes mathématiques que je voudrais éclaircir...

— Où que vous alliez, mon ami, ce sera un honneur de voyager en votre compagnie.

— Je veux rentrer à Florence, naturellement. Mais par le chemin des vagabonds. Je ne tiens pas à trouver en arrivant ce moine nommé Savonarole installé à la Seigneurie. Salai, nous allons dès ce soir préparer notre départ.

Tous les Français ne s'acharnaient pas sur le « Grand Cheval ». Tandis que Leonardo dressait la liste des objets à caser dans les trois malles qu'il comptait emporter, une estafette frappa à la porte :

— Maître Leonardo da Vinci, le chef des armées, le comte de Ligny, m'a chargé de vous informer qu'il vous rendra visite à trois heures.

Il s'était bien juré de n'avoir aucun contact avec les soldats du roi de France. Pourtant... si Ligny lui-même désirait le voir, c'était une occasion de lui dire ce qu'il pensait du massacre de son œuvre. Il accepta en se promettant d'être à peine aimable et reprit son mémorandum :

« ... Divers livres dont traité de physique, traité de perspective, manuel de dessins d'architecture, ouvrages de mathématiques.

« Acheter nappes et serviettes. Un chapeau, des souliers, quatre paires de chausses, un grand manteau en peau de chamois. Du cuir.

« Trois rames de papier et des couleurs. Des graines de lys et de melon d'eau [1]. »

M. de Ligny arriva à l'heure convenue accompagné d'un homme élégant qu'il présenta comme étant Jean Perréal dit « Jean de Paris », peintre de la maison du roi, qui parlait la langue du Milanais et s'offrait à servir d'inter-

1. On ne saura jamais à quelle utilisation Léonard destinait les graines mentionnées dans ce mémorandum.

prète. C'était pour déverser un flot de compliments au grand maître, lequel fit répondre poliment à l'officier que les troupes gasconnes du roi de France ne devaient pas partager cette admiration puisqu'elles venaient de prendre pour cible une œuvre que l'Europe entière et le roi Charles VIII avaient trouvée magnifique.

— Vous avez détruit une statue, fruit de longues années de travail. Je croyais les Français plus respectueux des œuvres d'art.

Leonardo n'était pas mécontent de sa sortie et accepta les excuses que M. de Ligny lui fit au nom du roi.

— Vous êtes très célèbre chez nous, continua l'officier. Le roi vient d'aller admirer la Cène que vous avez peinte dans le réfectoire des Dominicains. Il l'a trouvée tellement belle qu'il a demandé s'il n'était pas possible de transférer ce chef-d'œuvre en France.

Vinci n'eut pas le temps de protester, Jean Perréal ajouta aussitôt :

— Inutile de vous dire que j'ai répondu par la négative. Maintenant, et c'est le but principal de notre visite, comment pouvons-nous essayer de vous faire oublier la sottise de nos troupes ?

— Le désastre, hélas, est irréparable. Pas plus qu'on ne peut transporter un mur de l'autre côté des Alpes, on ne peut refaire une statue de plâtre réduite en poussière.

— Bien sûr, mais M. de Ligny peut vous être utile, moi aussi. Il n'est pas mauvais de bénéficier d'une protection dans les tourments que connaît actuellement Milan.

— Bon. Je retiens votre offre. Je vais incessamment quitter la ville et vous pouvez sûrement m'aider à accomplir certaines démarches...

— Très bien, maître, répondit Jean Perréal. Préparez vos dossiers, je passerai demain et réglerai très vite vos difficultés. Si vous le voulez bien, nous pourrons aussi parler de peinture. Je vous admire tellement...

L'homme avait l'air sincère. Flatté mais tout de même méfiant, Leonardo répondit qu'il attendait son distingué confrère. Perréal était un homme aimable et un bon peintre. Ses dessins coloriés de batailles, pris sur le vif lors de la prise de la forteresse d'Annone, plurent à Leonardo :

— Je vois que vous aimez les chevaux, vous les dessinez bien. Vous êtes comme moi. Un jour, il faudra que je peigne une bataille! Mais comment avez-vous réussi à colorier à sec? Je ne connais pas ce procédé.

— Quel honneur pour moi d'apprendre quelque chose au grand Leonardo. Je me ferai un plaisir de vous apporter une boîte de ces poudres pigmentées qu'on étend avec le doigt. Le procédé, nouveau en France, réussit encore mieux sur du papier teinté. Je vous en donnerai quelques feuilles et, surtout, je vous montrerai comment le préparer [1].

Finalement, Leonardo était enchanté de cette rencontre. Il avait oublié son Cheval abattu par l'ennemi et ne pensait plus qu'au départ. Jean de Paris, comme il l'appelait, lui avait permis d'expédier sans formalités le montant de ses économies — six cents ducats — à l'hôpital Santa Maria de Florence qui, grâce à sa banque-caisse d'épargne, prenait soin de l'argent des fidèles comme il prenait soin de leur âme et de leur santé. Perréal s'occupa de légaliser la propriété de la vigne de la Porta Vercellina et facilita sa location à un certain Pietro d'Oppreno. Quand il eut aidé de son mieux son illustre confrère il lui demanda comme une faveur la permission de crayonner son portrait afin d'en conserver le souvenir. Leonardo n'aimait pas beaucoup se faire représenter par ses confrères, mais il accepta et se dit satisfait de l'esquisse [2].

— La guerre a tout de même du bon quand elle permet aux artistes de se rencontrer, dit Leonardo en donnant l'accolade à Jean de Paris.

Avant de partir, le lendemain matin, il nota, sans faire d'autre allusion à la fuite des Sforza et à son propre voyage: « Le 1er avril 1499, il me reste 218 livres. Salai 20 livres, Bartolomeo 5 livres. »

Il refermait son carnet quand Salai entra pour prévenir que les mules étaient prêtes, chargées de tous les bagages. Quant aux chevaux, Leonardo avait tenu à aller lui-même

1. Ces couleurs à sec que découvre Léonard doivent correspondre aux pastels.
2. Perréal aurait représenté Léonard dans un manuscrit qui se trouve à la Bibliothèque nationale.

les choisir dans les écuries du palais. C'était une dernière grâce de M. de Ligny. « Trois beaux destriers contre votre cheval de plâtre qui, n'importe comment, n'aurait pas survécu aux intempéries, finalement vous ne faites pas une mauvaise affaire ! » avait dit le Français. La plaisanterie n'avait pas fait rire Leonardo, mais il était vrai que, pour l'heure, trois chevaux fringants lui étaient plus utiles que son colosse. La troupe se mit en route gaiement, direction Mantoue et Venise, pas fâchée de quitter une ville en plein désarroi. Leonardo et Luca Pacioli chevauchaient le plus souvent en tête. Ils parlaient naturellement de mathématiques et, lorsque le pas ou le trot des chevaux troublait leurs spéculations, ils s'arrêtaient afin de discuter plus sérieusement. Salai en profitait pour aller de l'avant et reconnaître le chemin ou, si le soir tombait, trouver une auberge pour la nuit. Derrière suivaient tranquillement les mules dirigées par Bartolomeo, un vieil élève devenu le factotum de l'atelier.

Fait rare chez les artistes qui étaient toujours par monts et par vaux, Leonardo n'avait guère voyagé. Depuis son arrivée à Milan, il avait juste accompagné quelquefois le More dans ses reconnaissances topographiques et défensives, des déplacements officiels qui ne prêtaient pas à la fantaisie. Le voyage vers Mantoue était tout différent. C'était l'aventure, sur fond de guerre bien qu'ils n'eussent rencontré jusque-là aucun soldat ; c'était la communion géométrique qui unissait harmonieusement le savant et l'artiste ; c'était l'attrait de la nature dans cette riche Lombardie orientale où Leonardo retrouvait les sensations et les senteurs de son pays de Vinci.

Parfois les deux hommes chevauchaient de conserve et échangeaient leurs réflexions, parfois le moine préférait s'abstraire et Leonardo le laissait méditer seul, quelques longueurs en arrière. Inlassablement, Luca poursuivait son rêve : quantifier la divine proportion. Quand il rejoignait ses compagnons, il annonçait qu'il frôlait la vérité et qu'il arrivait au terme de ses recherches. Mais la « divine proportion » devait avoir des ailes comme un oiseau et s'envoler chaque fois que le moine croyait la saisir.

Quand Leonardo, le sceptique, avait fait le plein de certitudes mathématiques, il appelait la musique qui finalement constituait, plus que la peinture, la constante de cet esprit multiforme. Le Florentin avait toujours sous la main, dans la sacoche de sa selle, un luth qui lui était cher parce qu'il lui avait été offert par son ami Salvaterra, le plus fameux luthier de Milan. Salai, de son côté, avait emporté l'instrument bizarre imaginé par son maître et dont il jouait fort bien. Souvent à l'heure de la pause, tandis que les chevaux et les mules se reposaient, Leonardo entamait un air qu'il avait composé et improvisait des paroles comme il l'avait fait si souvent à la cour des Sforza. Salai l'accompagnait et Luca Pacioli, qui avait été chantre durant son noviciat, remplaçait de sa belle voix de basse la viole de gambe qui manquait dans cet étonnant trio. A l'auberge, des voyageurs mêlaient souvent leurs voix ou leurs instruments au concert. Pour la première fois depuis longtemps, Leonardo da Vinci, l'auteur célèbre de la «Cène» et du «Grand Cheval», goûtait la paix des gens et des choses simples. Il avait bien du mal à réaliser qu'il venait de passer dix-sept ans à Milan et se jurait, quel que fût son nouveau protecteur, de ne jamais demeurer aussi longtemps loin de sa Toscane.

Le but du voyage était Venise. Il pensait trouver dans la vieille République harcelée par les Turcs des oreilles complaisantes à ses projets militaires. Et le moine y avait gardé d'excellentes relations dans les milieux cultivés. Mais rien ne pressait les «cavaliers de l'Apocalypse», comme ils se nommaient en plaisantant, et Leonardo avait prévu de s'arrêter un temps à Mantoue où Isabelle d'Este accueillait depuis longtemps les plus grands artistes. Soit au cours de ses visites à sa sœur Béatrice et à son beau-frère Ludovic, soit par l'intermédiaire d'ambassadeurs, elle avait longtemps poursuivi Leonardo pour qu'il fît son portrait. Selon son habitude, il avait toujours réussi à remettre à plus tard cette commande qui ne l'inspirait pas. Mais à la guerre comme à la guerre, la route était encore longue jusqu'à Venise et Florence, et il convenait de regarnir la bourse du voyage : puisque Isabelle souhaitait tellement le voir et l'employer, on allait frapper à sa porte.

Isabelle avait toujours été considérée comme la princesse idéale. Depuis la mort de sa sœur, on disait qu'elle était la plus belle d'Italie. Dans toutes les cours on rendait grâce à son courage et à son érudition. Collectionneuse avertie, elle avait attiré successivement à Mantoue Mantegna, son peintre attitré, Perugino, Giovanni Bellini et une quantité d'autres artistes moins connus [1]. Vinci avait donc sa place dans cette congrégation de talents, à condition bien entendu qu'il en acceptât les règles.

La femme exceptionnelle reçut l'artiste exceptionnel avec suffisamment de chaleur pour le persuader qu'il allait trouver dans le château de son père Hercule Ier un confort et des commandes dignes de sa renommée.

— L'Arioste, notre plus grand poète, est attaché depuis longtemps à la famille. C'est vous dire que vous serez ici en bonne compagnie. L'idée que vous allez faire mon portrait, un vieux rêve que vous n'avez encore jamais consenti à réaliser, me comble de joie.

Leonardo accueillit cet hommage appuyé avec la reconnaissance qui convenait, mais ce qui lui causa le plus de plaisir fut la rencontre inattendue, dans un couloir, d'Atalante Miglioretti, son ami le chanteur qui l'avait autrefois accompagné à Milan et qui était chargé d'organiser les réjouissances musicales du palais.

Les deux compagnons tombèrent dans les bras l'un de l'autre. Ils n'étaient plus les jeunes hommes sans fortune qui venaient chercher la consécration derrière les murailles des Sforza. Ils avaient, chacun de leur côté, accompli un long bout de chemin.

— Je savais que nous nous reverrions un jour, dit Atalante. J'ai suivi tes succès milanais et je suis heureux de te savoir célèbre. Pour ma part je suis marié, j'ai trois enfants, et la musique, cette vieille et fidèle compagne, me permet de bien vivre. Isabelle, si férue d'art et de poésie, n'entend heureusement pas grand-chose à la musique. Alors je fais un peu ce que je veux.

— Comment est-elle, cette Isabelle qui me harcèle depuis dix ans pour que je fasse son portrait ? J'ai constaté qu'elle était belle mais est-elle agréable ?

— Ce n'est pas le mot que j'emploierais. Disons qu'elle

1. Plus tard, elle protégea Raphaël et Titien.

entend commander et se faire écouter. Elle s'est créé un univers très personnel dans son *studiolo*[1] et n'y laisse de place que pour les œuvres choisies, imaginées par elle et réalisées selon ses directives.

— Tel que je me connais, nos relations risquent d'être difficiles !

— Giovanni Bellini sait ce qu'il lui en coûte d'avoir voulu faire preuve d'initiative !

— Que lui est-il arrivé ? On ne l'a tout de même pas condamné au cachot ?

— Non. Mais elle le traîne en justice parce qu'il n'a pas exécuté exactement l'œuvre qu'elle lui avait commandée et qu'il ne veut pas rendre les avances qu'il a perçues. Quant à Perugino, dont la souplesse est bien connue, elle l'assomme de lettres pour lui spécifier dans le détail comment l'allégorie vantant ses mérites qu'elle lui a commandée doit être achevée.

— Je n'étais pas rassuré mais tes propos me terrifient. Mes rapports avec les femmes sont déjà difficiles. Alors, avec cette impétueuse beauté !... Enfin, j'essaierai de tenir le temps d'un portrait !

De son côté, Isabelle, prévenue du caractère ombrageux de son hôte, mit des formes pour lui parler de ce fameux tableau.

— Maître Leonardo, je connais vos mérites et me garderai bien de vous donner des conseils. J'ai vu le portrait que vous avez fait de ma sœur et celui de la maîtresse de son mari. Cette « Dame à l'hermine » me plaît beaucoup. Vous devriez trouver un animal aussi original pour m'accompagner. J'y penserai de mon côté si vous le voulez bien... Quant au visage lui-même, je me vois...

Le maître n'écoutait plus. C'était trop pour lui. Tandis qu'elle parlait, il cherchait dans sa tête un moyen de se tirer avec élégance du mauvais pas où il s'était mis. Il crut avoir trouvé et esquissa un sourire qu'Isabelle prit pour un acquiescement à ses désirs. Décidé à ne jamais peindre ce portrait, Leonardo s'en fut trouver son ami Luca et lui raconta son entrevue avec la dame de Mantoue.

1. Appartement privé.

— Mon ami, la charmante Isabelle prétend m'indiquer comment je dois la peindre et diriger mon pinceau comme si c'était la rêne de son cheval. Ce n'est pas le genre de conseils que j'apprécie et ce n'est pas encore cette fois qu'elle aura son portrait !

— Alors, que comptez-vous faire ? Les mathématiques ne donnent pas la solution de tels problèmes et je ne peux guère vous conseiller.

— J'ai trouvé une parade habile. Je vais dessiner de son joli visage une esquisse dont je lui ferai cadeau en lui disant que, pressé de quitter Mantoue, j'emporte la copie pour en tirer très vite le tableau qu'elle désire. Cela sera suffisant, je pense, pour la remercier de son hospitalité.

— Faites donc ! Et partons pour Venise. Je me doutais que l'atmosphère de cette cour ne serait pas propice à l'épanouissement de votre art. Vous venez à peine d'arriver que, déjà, les peintres et sculpteurs en place vous taillent des croupières. Atalante vous le confirmera : votre venue ne leur fait pas plaisir.

— Tout est dit. Je fais mon dessin et nous repartons pour Venise le plus tôt possible.

Mise au courant avec délicatesse par Leonardo, Isabelle fit contre mauvaise fortune bon cœur et accepta de poser, se disant sans doute qu'un bon dessin du maître florentin valait mieux que rien. D'ailleurs, peut-être tiendrait-il parole et la peindrait-il dans le recueillement de son atelier...

En une seule séance de pose, Leonardo dessina à la pierre noire un beau profil de la jeune femme. Quelques touches de sanguine dans les cheveux, d'habiles rehauts de « couleur sèche » sur la robe et les chairs ne transformaient certes pas un simple dessin en tableau mais, comme tout ce que touchait la main gauche du génial Florentin, il en résultait un petit chef-d'œuvre que la dame de Mantoue eut le bon goût de trouver remarquable. C'était la première fois que le peintre essayait le procédé de Jean de Paris et il fut satisfait du résultat. La bourse de trois cents ducats que lui remit Isabelle l'impressionna. La générosité du geste lui causa même quelques remords : s'était-il bien conduit envers celle qui croyait peut-être trop en son talent ? Il se dit qu'il ferait ce qu'il avait promis et commencerait le portrait d'Isabelle d'Este dès qu'il serait rentré à Florence[1] !

La route n'était pas très longue de Mantoue à Venise. Vinci et ses compagnons arrivèrent, hélas, à un moment dramatique. On jugeait le capitaine général Antonio Grimani, coupable d'avoir perdu la bataille de Zouchio contre les Turcs, une défaite catastrophique après le désastre de la flotte vénitienne à Lépante. Les Douze étaient partagés : six voulaient que le malheureux capitaine fût décapité sur la Piazetta, les autres avaient voté le bannissement. Finalement, le doge, dont la voix était prépondérante, fit pencher la sérénissime balance en faveur de l'accusé, condamné en outre à une amende de cinquante mille ducats. Triste consolation, celui-ci eut droit à une planche de croquis dans le carnet de Leonardo, qui avait assisté à l'audience publique.

Milan n'était guère mieux loti que Venise. Au début de l'année 1500 parvenait la nouvelle que le More avait dépensé toute sa fortune pour reconstituer une armée et tenter de reprendre sa ville. Huit mille Suisses et cinq cents lances franc-comtoises auraient peut-être pu réussir un coup d'éclat avec l'aide de Dieu, mais la dépêche suivante annonçait que les Suisses avaient refusé au dernier moment de combattre leurs compatriotes servant dans les troupes du roi de France et que le More, défait, avait été capturé alors qu'il tentait de fuir sous un déguisement et immédiatement emmené vers la France.

Le dernier espoir pour Leonardo de retrouver son puissant protecteur s'évanouissait. Que faire, perdu dans une Venise humiliée et à demi ruinée ? Le soir, dans un logis proche du Rialto qu'un ami de Luca Pacioli leur avait prêté, le Florentin feuilletait, désabusé, les carnets qui contenaient la plupart de ses machines de guerre. Tandis que son ami s'abstrayait dans ses chiffres, il réfléchissait : le More n'avait pas fait confiance à son génie inventif et avait été honteusement chassé de son Etat. Pourquoi les Vénitiens, dans une situation analogue, ne prendraient-ils pas, eux, certaines de ses découvertes au sérieux ? Le sca-

1. Léonard de Vinci n'en fera rien. L'esquisse est aujourd'hui au Louvre, il y en a des copies aux Offices et au British Museum.

phandrier par exemple, judicieusement utilisé, pouvait permettre à une escouade sous-marine légère de couler les navires turcs ancrés à Lépante et de reprendre le port.

Patiemment, sous l'œil dubitatif du moine, Leonardo perfectionnait ses croquis, complétait les explications, cherchait à réfuter par avance les objections qu'on pouvait lui opposer. Puisqu'il s'avérait difficile de trouver une commande artistique dans la ville en plein chaos, l'ingénieur militaire pouvait peut-être tenter sa chance... Il tombait plutôt bien : les armées turques ravageaient le Frioul et les autorités vénitiennes étaient prêtes à pactiser avec le diable pour mettre fin au désastre. Leonardo n'était pas le diable mais ses offres de service ne furent pas écartées. Il obtint rapidement, ce qui eût été inimaginable en période normale, d'être entendu par le Sénat. Les dignitaires de la République, stupéfaits, l'écoutèrent développer avec force détails son plan d'attaque sous-marine. Ils se passèrent en hochant la tête le dessin de son chevalier des mers, coiffé d'un casque à lunettes de verre et harnaché d'un réservoir d'air. Le projet d'inondation de la vallée de l'Isonzo, où séjournaient les soldats turcs, sembla davantage retenir leur attention. Mais était-il possible, en peu de temps, de construire une énorme digue et de détourner un fleuve ? Le doge remercia Leonardo da Vinci, l'*illustrissimo maestro* et l'*ingegnarius cameralis* du duc de Milan, et dit qu'il fallait réfléchir.

Finalement, plutôt que de lever une armée de scaphandriers, la Sérénissime préféra conclure une paix acceptable avec la Sublime Porte. Le peintre-inventeur décida de rentrer à Florence.

***

Leonardo savait cacher ses émotions et maîtriser son humeur. Il éprouva pourtant un choc en arrivant sur les hauteurs de Florence et en découvrant la ville inondée de soleil. Son cœur se mit tout à coup à battre si fort qu'il posa sa main sur l'épaule de Salai qui chevauchait à son côté.

— Je vieillis ! dit-il. Il n'y a pas de quoi être troublé à ce point ! Peut-être ai-je eu tort de ne pas revenir chez moi une seule fois en vingt ans. Rien ne semble changé, regarde la coupole de Brunelleschi... mais qu'allons-nous trouver derrière cet admirable décor?

— Le souvenir des morts sûrement! Combien de nos amis ont disparu? A commencer par Verrocchio...

— Mon maître, oui... Je ne l'oublie pas! Au moins, il reste Sandro en compagnie de qui j'ai crayonné mes premiers dessins. C'est aussi pour le revoir que j'ai abandonné Venise. Mais le nom de Botticelli ne te dit pas grand-chose. Tu n'étais encore qu'un enfant.

— Non, maître, je me souviens très bien de Sandro. Moi aussi je suis heureux de le revoir. Il est si drôle!

Drôle, Botticelli ne l'était plus depuis que le moine prêcheur avait réveillé en lui un fond insoupçonnable de mysticisme. Ils découvrirent, assis dans son atelier, un être morose, qui se tenait la tête entre les mains et semblait perdu dans ses pensées. Il entendit tout de même la voix de Leonardo et son visage s'éclaira:

— Te voilà enfin revenu! Viens dans mes bras, mon frère.

Il se leva et les deux hommes s'étreignirent. Le passé soudain surgissait et rapprochait deux hommes devenus si différents.

— Il faut que je t'explique, dit Sandro. Ma vie s'est soudain trouvée bouleversée par Savonarole.

— Oui, je sais. Ce moine possédait le pouvoir terrifiant de culpabiliser les autres et mon Sandro a eu honte des chefs-d'œuvre qu'il avait peints. On a raconté à Milan que tu avais jeté toi-même tes tableaux dans le «bûcher des vanités». Alors, je ne verrai pas la «Naissance de Vénus», ni le «Printemps»?

— Heureusement si. J'ai brûlé seulement quelques dessins.

— Pour te donner bonne conscience ou parce que tu avais peur du moine?

— Ne me juge pas. Pour ces deux raisons sans doute. Enfin, depuis cette crise, j'ai compris beaucoup de choses. Ta présence va m'aider.

— Je l'espère. Mais que fais-tu maintenant?

— Je recommence à peindre. Ce ne sont pas les clients qui manquent. Seulement je ne représente plus de femmes nues. Le visage de la belle Simonetta ne hante plus mes tableaux. J'ai illustré *La Divine Comédie* et je peins de vraies scènes religieuses. Ah, j'ai aussi acheté une maison à la campagne !

— Tu as bien fait. Il y a des moments dans la vie où il est nécessaire de renouer avec la nature, de prendre un peu de terre bien grasse dans sa main, de suivre matin après matin les progrès d'un bourgeon de rose et son éclatement dans le soleil. Je vais moi-même retourner à Vinci et y vivre un moment. Mais je te sens réticent lorsque tu parles de ton moine...

— Mon moine, mon moine... C'était aussi le moine de l'immense majorité des Florentins qu'il avait su convaincre. Tu n'étais pas là, mais je me suis souvent posé la question : « Comment réagirait Leonardo s'il était à Florence ? » Je ne suis pas certain que tu n'aurais pas jeté, toi aussi, quelques esquisses dans les flammes du fameux bûcher. Pic de la Mirandole, les Della Robbia, même au début, le jeune Michelangelo...

— Ah, celui-là ! il paraît qu'il est à Rome. Je ne l'aime pas. Il m'est antipathique, je ne sais pas pourquoi.

— Moi, je sais. On t'a dit, tu l'as même appris lorsque tu étais encore à Milan, que ce Buonarroti était un génie, qu'il excellait dans la sculpture comme dans la peinture. Peut-être aussi t'a-t-on répété quelques propos désobligeants qu'il a tenus sur toi. Bref, tu perçois en lui le rival, le seul concurrent qui puisse un jour te gêner. Vous semblez tous les deux sortis du même moule et vous êtes tellement différents ! Comme artistes et comme hommes.

— Tu as peut-être raison. Nous nous croiserons bien un jour et nous verrons ce qui se passera ! Mais tu me parlais de Savonarole. Ce moine me fascine. Raconte-moi la fin de son histoire.

— Le tyran spirituel est vite devenu un tyran politique. Après avoir fait choir les Médicis de leur empyrée, il est devenu le maître absolu de la nouvelle République florentine, en fait une dictature théocratique. Faire proclamer Jésus-Christ roi du peuple florentin est une chose, convertir les débauchés, remplacer les fêtes par des cantiques, bannir les banquiers juifs en est une autre. Pour mener à bien cette tâche impopulaire il a eu recours à la pire des mesures : l'organisation d'un système de surveillance et d'espionnage policier. Je lui ai tourné le dos quand il a commencé d'encourager les délations des serviteurs et des enfants. Le reste, tu le connais : ses démêlés avec le Saint-Siège, son excommunication et finalement le retournement du peuple et de la bourgeoisie contre leur idole. Ceux qui s'entassaient sous la coupole du Duomo pour l'entendre prêcher se sont battus pour assister à son martyre. On l'a pendu place de la Seigneurie avant de le brûler avec deux autres moines et de jeter leurs corps dans l'Arno.

— Tu n'as pas dessiné cette exécution ?

— Non. J'ai représenté jadis, tu t'en souviens, l'un des assassins en fuite de Julien de Médicis sur un mur du Bargello. Cela me suffit.

— Moi, je l'aurais fait. Des dessins de lui ont circulé à Milan. J'aurais eu, non pas du plaisir, mais de l'intérêt à étudier le visage de ce moine frénétique, peu intelligent en définitive, avec son museau en avant, son nez énorme et ses yeux de fou, ardents et dévorants...

— Leonardo, si nous allions boire une cruche de vin à la *Taverna del Vescovo* ? Le vieil Angelo n'est plus là pour servir les artistes, mais son fils l'a remplacé. Cela nous rappellera notre jeunesse.

La jeunesse, c'est vrai, était passée. Il avait retrouvé Sandro amaigri et comme détaché des contingences quotidiennes. Lui-même, s'il avait gardé sa stature imposante, regardait chaque matin dans le miroir sa barbe grisonnante en se disant que la vieillesse était bien pressée. Florence aussi avait changé. Il avait quitté une ville gaie, florissante et il retrouvait une cité morne, désorganisée, que le gonfalonier Piero Soderini, élu à vie, essayait vainement de relever. Un fait, pourtant, le comblait : la réputation que lui avait value la « Cène » s'était répandue au-delà des frontières de Lombardie. Parti quasiment inconnu, il revenait célèbre dans sa ville natale et ne tarda pas à être submergé de commandes.

Sans parler d'Isabelle d'Este, marquise de Gonzague, qui lui envoyait émissaire sur émissaire pour réclamer son tableau, couvents et congrégations essayaient de s'attacher son talent. Les moines de l'Annonciade, les premiers, lui avaient demandé de peindre un retable pour leur autel. Afin d'être assurés de garder l'homme-oiseau sous leur aile, les religieux lui avaient offert l'hospitalité et l'avaient pris en charge avec les siens, c'est-à-dire Salai et deux aides.

Malheureusement pour les bons moines, Leonardo se passionnait à l'époque pour la quadrature du cercle, expérience qu'il n'avait nulle chance de réussir à l'aide d'une règle et d'un compas. N'ayant plus sous la main son ami Pacioli, il faisait le tour de tous les mathématiciens de la ville pour leur demander conseil. Quant aux frères de l'Annonciade, ils pensèrent avec bienveillance que le plaisir de sa conversation et le prestige que retirait leur monastère de la présence d'un génie n'avaient pas de prix[1].

Leonardo pourtant dessinait et peignait un peu. Oh! pas de grandes œuvres, à part un superbe carton au fusain rehaussé de blanc, l'une des études sur sainte Anne qui aboutiront plus tard au chef-d'œuvre du Louvre. Il brossait un petit panneau pour un gentilhomme français et des portraits. En réalité, ces tableaux étaient l'œuvre de ses aides. Il en traçait généralement l'esquisse et se contentait d'y mettre parfois la main, avant la livraison. Il avait l'esprit ailleurs, il s'ennuyait à Florence dont l'atmosphère trouble ne l'engageait pas à répondre aux demandes, officielles ou non. Leonardo avait conscience qu'il traversait une période d'attente et préférait consacrer la majeure partie de son temps à ses recherches mathématiques et scientifiques.

Le retour à Florence de Michelangelo allait réveiller l'artiste perdu dans ses rêveries savantes. Le jeune Buonarroti avait fait du chemin depuis ses esquisses d'apprenti chez Ghirlandajo et ses premiers coups de ciseau dans les marbres du Jardin. A Bologne, son saint Pétrone, choisi finalement par les dominicains pour compléter le tombeau de leur patron, avait pris place dans sa niche à côté de saint Procule et des sculptures de Nicolas dell'Arca. Ces travaux lui avaient permis de s'affirmer et

1. Léonard restera malgré tout en bons termes avec les religieux de l'Annonciade.

même de retenir l'attention du cardinal Riario qui le pria d'accepter son hospitalité dans son palais romain. Le temps de passer par Florence pour voir ses parents et le jeune homme au nez cassé avait gagné la Ville éternelle avec une ardeur conquérante. Mais le cardinal n'était pas Laurent. Ses artistes ne faisaient pas partie de la famille, et Michelangelo se retrouva dans une des misérables chambres réservées au personnel du palais. Plus grave, le prélat l'oublia, ne lui passa aucune commande et, finalement, le paya pour n'avoir rien fait d'un pauvre bloc de marbre. Buonarroti en fit un Cupidon très coquin qu'il vendit au riche collectionneur d'antiques Jacopo Galli. Cupidon allait lui apporter la chance : un bloc de carrare magnifique et l'offre de venir travailler dans la maison et le jardin de son nouveau protecteur. Il y trouva la paix nécessaire à la création de sa première véritable grande œuvre : un « Bacchus ivre [1] » et la commande de son premier chef-d'œuvre : la « Pietà » de Saint-Pierre-de-Rome qui devait devenir la plus célèbre statue du monde chrétien.

Du jardin de Galli, où Michelangelo sculptait sous l'ombrage paisible d'un tulipier géant, jusqu'au centre de Rome, il n'y avait pas une demi-heure de cheval. Et pourtant le voyageur passait de l'ordre serein à la plus sanglante tragédie. Prince plus que pape, le cardinal Borgia devenu Alexandre VI maintenait tant bien que mal l'ordre et la justice dans Rome entraînée, comme tous les autres Etats, dans des luttes anarchiques [2]. Comme si cela ne suffisait pas, le pape avait une famille, et quelle famille ! Les Borgia se trouvaient mêlés à des événements qui ensanglantaient la ville et faisaient trembler d'horreur l'Italie tout entière.

Cela avait commencé par l'assassinat sauvage du duc de Gandie, le fils préféré du pape. On avait retrouvé son cadavre dans le Tibre, les mains liées. Il avait été égorgé et criblé de coups de couteau. Ses bottes, le gant encore à sa ceinture et la bourse dans sa poche prouvaient qu'il

1. Le « Bacchus ivre » est aujourd'hui au musée du Bargello.
2. La postérité rendra justice à Alexandre VI pour avoir offert un refuge aux Juifs et aux Marranes chassés d'Espagne.

n'avait pas été attaqué par des voleurs. Le désespoir du pape avait été immense et l'on avait attribué tout de suite le meurtre à la famille Orsini, irréductible ennemie des Borgia. Personne cependant n'avait été arrêté.

Trois mois plus tard, une seconde tragédie mystérieuse avait suscité bien des bavardages en ville. Du Tibre, toujours, des pêcheurs avaient retiré le cadavre d'un jeune homme d'une extraordinaire beauté. Ce n'était pas un inconnu mais le camérier et l'un des favoris d'Alexandre VI. On chuchota, de porte en porte, que le jeune homme avait été poignardé par César Borgia, un autre fils du Saint-Père, alors qu'il se protégeait sous le manteau du pape dont le visage, ajoutait-on, avait été éclaboussé de sang. S'agissait-il d'une hypothèse gratuite ?

Ce n'en était pas fini avec la terrible famille. Un peu plus tard, c'était le duc de Bisceglie, fils naturel du roi de Naples et époux de la blonde Lucrèce Borgia, la fille du pape, qui était assailli sur les marches de Saint-Pierre par des spadassins et grièvement blessé. Soigné dans les appartements pontificaux, il s'était à peu près remis de ses blessures quand César Borgia, à qui le roi de France Louis XII venait de décerner le titre de duc de Valentinois, entra dans la pièce où se trouvait son beau-frère et ordonna au bourreau qui le suivait d'étrangler sous ses yeux le malheureux.

***

La « Pietà » achevée, Buonarroti eut envie de revoir Florence. Contrairement à Vinci qui n'appréciait guère les voyages, il aimait bouger, changer d'horizon, abandonner une ville dont il s'était lassé pour en découvrir une nouvelle. Là, il voulait rentrer chez lui. La maison familiale lui manquait, ainsi que la Piazza della Signora, si belle au soleil d'automne. Et puis, il se rappelait le désir de Laurent le Magnifique : faire que Florence retrouve une sculpture digne de son passé. Oui, il avait une dette envers sa ville et ce serait bien le diable s'il n'arrivait pas à trouver une congrégation, un mécène ou, pourquoi pas, la cité elle-même pour lui donner la possibilité d'offrir une ou plusieurs statues à ses concitoyens.

Chevauchant sur la route du retour, il souriait en songeant à la scène qui, la veille de son départ, l'avait plongé dans une de ces colères que craignaient ses intimes. Il était allé revoir sa « Pietà » installée dans la nef de Saint-Pierre. Trois étrangers la contemplaient et le sculpteur ne pouvait s'empêcher de goûter un délicieux sentiment de fierté en écoutant leurs louanges. C'est alors que l'un d'eux avait demandé le nom de l'artiste, auteur du chef-d'œuvre, et s'était entendu répondre : « Gobbo de Milan ». C'était comme si on lui avait volé un trésor ; il était peiné, vexé, trahi et avait décidé de revenir la nuit suivante, muni d'une autorisation en règle, de sa trousse à outils et d'une lanterne. Durant trois heures, le bruit de sa masse avait résonné comme une cloche dans le silence de Dieu, tandis qu'il gravait son nom en latin sur l'écharpe de la Vierge : *Michael Angelus Bonarotus Florent Faciebat* [1].

A cet instant son cheval, piqué par un frelon, fit un écart et le projeta à terre. Il retrouva aussitôt les sensations qu'il avait éprouvées lorsque Pietro Torrigiani lui avait écrasé le nez d'un coup de poing : une violente douleur suivie d'une sorte de vertige qui l'emmenait très loin. Dans les bras de sa mère qu'il avait si peu connue... Non, dans ceux de la Vierge à qui il venait de donner les traits d'une éternelle jeunesse, tenant le Christ mort sur ses genoux... Il se réveilla et vérifia que le filet de sang qui coulait sur sa joue ne venait pas de son nez mais d'une légère coupure au front. A part cette petite blessure, il n'avait rien de cassé. Il se releva et siffla son cheval qui goûtait un peu plus loin à l'herbe du chemin.

— Voilà, se dit-il en remontant en selle, une œuvre que je n'oublierai jamais. Ai-je donné inconsciemment à Marie le visage de ma mère ? Il y a tellement de magie dans la sculpture !

Cinq jours plus tard, le 19 juin 1501, Michelangelo retrouvait sa ville, sa maison, sa famille. Le règne de Savonarole sur Florence et les consciences n'était plus qu'un cauchemar oublié et les artistes, si perturbés par les sinistres prophéties du moine, avaient repris leurs habi-

1. C'est la seule œuvre qu'il signera.

tudes. Les ateliers renaissaient dans la cité et les arrivées presque concomitantes de Leonardo et de Michelangelo étaient pour les Florentins le signe que la ville reprenait sa place, la première, dans la vie artistique italienne.

***

Michelangelo avait vingt-six ans, Leonardo plus de cinquante. Le premier trouvait que le succès auquel il était sûr de pouvoir prétendre était long à venir, que sans l'aide inespérée de Jacopo Galli il ne serait qu'un pauvre tailleur de pierre, obligé pour vivre d'aller retrouver ses amis les *scapellini*. Sa « Pietà » était à Rome, il ne pouvait pas la montrer et dire : « Celui qui a sculpté ce marbre est capable d'exécuter des œuvres encore plus accomplies. » En face de ce jeune impatient, nerveux et déçu de l'accueil que lui faisait sa ville, se dressait le majestueux Leonardo da Vinci qui écrivait dans ses carnets : « La sagesse de l'âme est le souverain bien pour l'homme conscient : rien ne peut lui être comparé. » « Que suis-je, se répétait Michelangelo, à côté de cette célébrité reconnue et admirée, de cet artiste incomparable, de cet inventeur, de ce savant, de ce philosophe ? Et pourtant c'est à lui que je dois me mesurer ! »

Cette rivalité encore latente se traduisait par une hostilité assez vaine. Leonardo riait des propos discourtois, voire méchants, tenus par le jeune homme et qu'on ne manquait pas de lui rapporter.

« Si Michelangelo a autant de mérite qu'il le dit, il le montrera. Il y a bien tout de même entre Florence, Rome et Milan la place pour deux artistes de valeur », disait-il.

Les deux hommes s'étaient rencontrés chez Sandro Botticelli qui aurait souhaité les voir se lier d'amitié mais, chaque fois, le contact avait été froid, comme s'il eût existé entre eux un mur infranchissable. Ces relations sans chaleur faillirent devenir franchement mauvaises le jour où Leonardo, croisant dans la rue un groupe d'artistes où se trouvaient Sangallo, Caprino et Michelangelo, entendit ce dernier murmurer en le désignant : « C'est le génie qui n'a pas su terminer la statue équestre de Sforza. »

Leonardo fut touché par cette remarque qui ravivait le grand regret de sa vie. Il fallut toute la diplomatie de Sandro pour le calmer :

— Que veux-tu, il est comme toi, d'un caractère entier et intransigeant. Il est agressif parce qu'il t'admire. Il voudrait être toi. Cela lui passera quand il aura pris quelques années...

— Tu as raison. Il n'empêche que j'aime entretenir de bons rapports avec tout le monde et qu'il me déteste.

— Il souffre de n'être pas encore ton rival déclaré et cela te gêne de savoir qu'un jeune est en passe de t'égaler.

— Tout cela n'est pas faux. Mais il ne m'égalera pas : il fera autre chose !

Pour que le duel commençât vraiment entre les deux artistes, il fallait, comme dans un tournoi, qu'une autorité donne l'ordre de départ. Un bloc de marbre, oublié depuis plus de trente-cinq ans chez les fabriciens de Santa Maria del Fiore, joua le rôle de détonateur. Déjà du temps de Piero de Médicis, on parlait de ce marbre qui reposait à même la terre et avait été abandonné en 1464 par Agostini di Duccio, un sculpteur qui devait devenir célèbre en le massacrant. A l'origine, il s'agissait d'un magnifique bloc de carrare d'une taille et d'un poids considérables ; de quoi faire la plus grande statue de tous les temps. Malheureusement, Duccio, en ébauchant l'œuvre qui devait lui assurer la gloire, avait laissé son ciseau pénétrer trop profondément dans le marbre vif du géant et avait ainsi abîmé gravement la pierre, laissant un trou et des épaisseurs trop réduites pour en extraire une statue équilibrée. Aucun sculpteur n'avait osé, au cours des ans, poursuivre le travail de Duccio. Beaucoup étaient venus à la fabrique[1] examiner le bloc, le mesurer et imaginer comment il était possible d'y trouver la matière d'une figure convenable. Andrea Contucci, de Montesansovino, un

1. Fabrique : terme de l'époque de la Renaissance. Assemblée des fabriciens clercs et laïcs chargés des fonds destinés à la construction et à l'entretien d'une église. Par extension : chantiers-ateliers-entrepôts attenant à l'église où travaillaient architectes, tailleurs de pierre, sculpteurs.

excellent sculpteur, était le dernier à avoir été pressenti mais il s'était récusé après une étude sérieuse.

Pier Soderini, le gonfalonier, avait bien consulté Leonardo mais celui-ci avait refusé — on le comprend — de se lancer dans une nouvelle aventure de sculpture géante. Restait Michelangelo, prêt à tout pour saisir ses outils et se mesurer à la matière. Soderini le connaissait du temps où il était un familier de la cour de Laurent et savait ce qu'était capable d'entreprendre ce jeune artiste aussi doué qu'ambitieux. Il le fit convoquer à la Seigneurie :

— Je sais ce que vous avez fait à Rome, Buonarroti, et je songe, depuis que vous êtes rentré, à vous commander un travail. Malheureusement, l'heure n'est pas encore venue où la ville pourra à nouveau engager de grosses sommes dans le développement des arts. Je pense que le Conseil serait mieux disposé si je pouvais lui annoncer que la statue de Duccio, de triste mémoire, va être enfin sauvée. Les moines ne veulent plus de ce marbre encombrant qui commence à s'écailler dans la cour de la fabrique. Si vous êtes d'accord, je vous le donne ! C'est une occasion de montrer vos talents aux Florentins. Si vous échouez, personne ne vous en voudra, mais si vous réussissez...

— Je réussirai, seigneur Soderini. Ce bloc, je l'ai lorgné bien des fois en passant devant le Duomo et je crois être capable d'en tirer un colosse en n'utilisant que le marbre laissé par Duccio sans avoir à rajouter le moindre morceau. Si vous me donnez la commande, je la prends !

— C'est bon. Mesurez, faites des dessins et extrayez un chef-d'œuvre de ce bloc que trop de gens disent à tort inutilisable.

— Et le sujet, monseigneur ? Y avez-vous pensé ?

— Duccio devait faire un David pour la place du Palazzo Vecchio. Je vous propose de ne pas changer le projet, s'il vous inspire...

— Depuis le jour où j'ai vu les David en bronze et en marbre de Donatello, je rêve de sculpter le jeune héros vainqueur du géant Goliath. Car c'est ce David-là qui m'intéresse, pas le prophète barbu auquel pensait, m'a-t-on dit, Duccio.

En sortant du palais, Michelangelo embrassa la place

du regard, puis il se plaça le plus loin possible de la façade qui rougeoyait sous le soleil du soir. « Bientôt, se dit-il, mon géant imposera ici sa haute stature blanche. Sa tête dépassera les premières fenêtres, il attestera jusqu'au plus profond des temps que Michelangelo Buonarroti était le meilleur sculpteur de son époque ! » Il gonfla d'air sa poitrine un peu étriquée et se rendit chez son vieil ami Granacci pour lui annoncer la nouvelle.

Francesco Granacci était un artiste heureux. Un héritage lui avait donné l'aisance et il avait assez de talent, en peinture surtout, pour honorer les commandes qui lui convenaient. Il avait toujours vécu son métier un peu dans l'ombre de Michelangelo qu'il admirait. A la mort de Domenico Ghirlandajo, il avait aidé ses deux fils. Maintenant encore, il avait sa place et son chevalet dans l'atelier de son maître. C'est là que Michelangelo le retrouva.

— Mon ami, j'ai enfin une bonne nouvelle à t'annoncer, lança-t-il en poussant la porte. Le gonfalonier vient de me donner le bloc de marbre de la fabrique.

— Celui de Duccio ?

— Oui. Avec mission d'en faire un David géant et triomphant !

— Tu as l'air tellement heureux que je le suis aussi. Mais je ne peux m'empêcher de penser qu'il s'agit peut-être d'un cadeau empoisonné. Tu connais les noms de tous ceux qui se sont cassé les dents en voulant mordre ce marbre maudit. Leonardo lui-même a refusé de tenter de sauver cette vieille relique...

— C'est peut-être ce refus de Leonardo qui m'a poussé à accepter le pari. J'en connais tous les risques mais je suis sûr de gagner.

— Toujours cette rivalité ridicule !

— Elle me stimule. Je vais réussir à trouver dans ce bloc informe la matière nécessaire à l'éclosion de mon géant, le vainqueur des Philistins. C'est le citoyen guerrier, celui qui affronte les lions du désert avant de terrasser Goliath. Comme lui, je suis le berger quelque peu dédaigné. En ce moment le géant de Florence, c'est Leonardo da Vinci. Si je sculpte un chef-d'œuvre, je deviendrai son égal !

— Lui n'a jamais sculpté David. Les géants que tu vas

devoir égaler se nomment Donatello et Verrocchio. Et tu sais aussi bien que moi ce qu'ils ont fait. Mais ne crois pas que je veuille te décourager. D'autres ne vont pas manquer de s'en charger. Tu sais que tu peux compter sur moi. Je suis prêt à t'aider et, si tu veux savoir le fond de ma pensée, j'y crois aussi à ton David!

Rentré chez lui, Michelangelo ne dit rien de l'offre du gonfalonier. Il craignait de susciter une longue et stérile discussion et voulait demeurer serein pour réfléchir une fois couché.

Quand il eut éteint la chandelle et jeté, comme il le faisait chaque soir, un regard sur les toits orangés qui s'étageaient devant sa fenêtre avant de s'estomper au loin dans les brumes de Fiesole, il commença à dresser son plan de bataille. Car c'était bien d'une bataille qu'il s'agissait. Dès le lendemain matin il allait s'engager à fond dans une aventure qui durerait des mois, ou plutôt des années. Le centre de sa vie allait devenir ce bout de terrain vague entouré de murs, caché derrière le Duomo. La colonne de Duccio y gisait, inerte, couverte de mousse et de taches noirâtres. Il allait la réveiller, la redresser et lui insuffler la force du géant de la Bible. Mais d'abord il fallait dessiner, esquisser ce colosse, lui inventer un visage, des muscles, des mains. Il était surtout capital de calculer la position des membres, l'envolée de la silhouette, l'étendue de ses gestes en fonction des limites de la pierre. A la difficulté inhérente à chaque œuvre s'ajoutait la contrainte des malheureux coups de ciseau de Duccio qui avaient transformé le marbre en poussière là où devait normalement aboutir une main ou se tendre une jambe.

Il s'endormit en se promettant de faire un détour le lendemain pour aller revoir le bronze de Verrocchio qu'il avait admiré si souvent dans le palais Médicis avant qu'il ne soit transporté au Palazzo Vecchio après le sac du château.

Au réveil, l'esprit encore plein de ses réflexions, Michelangelo prit une décision: il ne représenterait pas David au combat, mais le saisirait dans le bref instant qui précède l'effort, quand les muscles sont tendus, que les veines des mains semblent prêtes à se rompre sous l'afflux du sang, que les ongles s'enfoncent dans les phalanges et que le visage reflète, de la bouche aux rides du front, la tension extrême contenue par la seule volonté.

Et il dessina, et il mesura, et il brûla des dizaines de feuilles, brouillons de sculpture, essais avortés ou inutiles parce que déjà gravés dans sa mémoire. Lorsqu'il escalada l'échafaudage monté par son ami Sangallo autour de la colonne relevée, pour donner son premier coup de ciseau, la statue était déjà toute dans sa tête.

*
* *

Tandis que Michelangelo se battait contre le marbre, dormant peu, mangeant le plus souvent sur le chantier, celui qu'il rêvait de détrôner, Leonardo, s'ennuyait en dirigeant ses aides et ne pensait déjà qu'à quitter Florence. Pas pour s'expatrier de longues années, comme il l'avait fait à Milan, mais pour découvrir d'autres pays et d'autres visages. L'Orient le fascinait. Il se rappelait ce que lui avaient dit les Vénitiens à propos de la puissance des Turcs, de leurs richesses infinies et du fabuleux sultan Bajazet II qui faisait trembler toute la chrétienté. On lui avait rapporté de Rome que la Sublime Porte cherchait des ingénieurs et il se voyait déjà se promenant avec Salai dans le bazar de Constantinople entre deux séances de travail avec les ministres du sultan. Les projets qui pouvaient intéresser le Grand Turc ne manquaient pas, dans ses carnets ou dans sa cervelle universelle ; à commencer par un pont géant de quarante coudées de largeur, soixante-dix coudées au-dessus de l'eau et six cents coudées de longueur, pour relier Pera à Constantinople...

Finalement, il se décida à écrire à Bajazet avec l'aide d'un secrétaire-traducteur. Leonardo se déclarait dans sa lettre le serviteur humble et dévoué du sultan, déclinait ses titres et services d'ingénieur et présentait quelques projets susceptibles d'appâter le maître de Topkapi : un moulin à vent perfectionné, un dispositif permettant d'assécher une coque de navire, une vue descriptive du fameux pont de Pera et, comme si ce dernier n'avait pas assez d'envergure pour lui, un gigantesque pont mobile franchissant le Bosphore pour relier l'Anatolie à Constantinople[1].

Plus sérieusement, au mois de mai 1502, Leonardo répondait favorablement à l'invitation, quelque peu provoquée, de César Borgia. Il était prêt à partir et notait : « Où se trouve exactement en ce moment le Valentinois ? » Suivait une liste d'objets à ne pas oublier : « Bottes, monture de lunettes, la cape... » Puis : « Voir pour les caisses en douanes. »

A la fin du mois, l'ordre de César arrivait et Vinci, sans s'encombrer de son matériel de peintre, se mettait en route pour Piombino.

Bartolomeo et naturellement Salai étaient du voyage. Luca Pacioli, fatigué, n'avait pas voulu entreprendre une nouvelle vadrouille mathématique avec son ami, et sa conversation manquait à Leonardo au cours des longues étapes. Il lui restait à réfléchir sur sa vie : à cinquante ans, il venait de se voir offrir la situation dont il avait tant rêvé, celle d'ingénieur militaire, et son nouveau protecteur n'était pas n'importe qui mais César Borgia, l'homme qui faisait trembler tous les petits despotes depuis que son père, le pape, l'avait chargé d'en débarrasser l'Italie.

Certes, des bruits fâcheux couraient sur César mais personne n'avait jamais pu apporter la preuve qu'il était pour quelque chose dans la série de drames qui s'étaient succédé chez les Borgia[2]. D'ailleurs, Leonardo ne se sentait concerné ni par la politique que menaient ses illustres employeurs, ni par les considérations morales qui l'inspiraient. L'âme en paix, il atteignit Piombino dont la citadelle se dressait en face de l'île d'Elbe. C'était l'une des nombreuses petites villes conquises par César Borgia qui

1. La lettre a été miraculeusement retrouvée dans les archives de Topkapi en 1952. Le sultan ne semble pas en avoir pris connaissance.

2. César Borgia incarne pour beaucoup les vices de la Renaissance. Accusé de meurtres, d'inceste sur sa sœur Lucrèce et de barbarie, le personnage, qui n'est certes pas un saint, retrouve aujourd'hui grâce auprès des historiens. On souligne qu'il se battait contre des tyrans plus effroyables que lui et que l'époque elle-même était barbare. Cette appréciation plus nuancée est étayée par le fait que les peuples qu'il libérait généralement d'affreux tyrans lui savaient gré de supprimer des privilèges féodaux et d'instaurer une magistrature civile plus humaine.

entendait les mettre à l'abri d'une reconquête toujours possible. Là commençait la mission de Leonardo.

Les deux hommes étaient faits pour se comprendre. L'audacieux capitaine s'était formé lui-même, comme l'universel artiste-ingénieur. Tous deux des bâtards, ils méprisaient les conventions et les préjugés. Leur intelligence pragmatique, enfin, les rapprochait. Quelques jours après son arrivée, Leonardo prenait ses fonctions.

Sa mission première était d'envisager l'assèchement des marais de Piombino, une tâche qui l'intéressait et pour laquelle ses carnets étaient pleins de références ; une occasion aussi de compléter ses connaissances sur les mouvements de la mer, la formation des tempêtes et le mécanisme des marées.

Borgia n'était pas homme à demeurer longtemps au même endroit. Il ne déplaisait pas à Leonardo de le suivre ou de le retrouver dans quelque ville de Toscane où l'appelait un nouveau travail : la levée des plans de la région d'Arezzo, par exemple, où le capitaine Vitellozzo matait une révolte. Peu après, ce lieutenant de César Borgia attaquait Borgo Sansepolcro, et Leonardo dut inventer et faire construire sur place un matériel destiné à faciliter l'investissement. Il se félicita que Luca Pacioli ne fût pas du voyage : Sansepolcro était sa ville natale.

Cette vie errante ne déplaisait pas à Vinci. Lui qui avait détesté les voyages trouvait de l'agrément à un vagabondage studieux qui lui permettait, en dehors des services qui lui incombaient, de faire ce que bon lui semblait. Ici il reprenait ses interminables développements sur la quadrature du cercle, là il dessinait un escalier monumental ou s'émerveillait devant une fontaine musicale, celle de Rimini, qu'il se proposait de perfectionner.

A Casena où il étudiait la construction d'un canal reliant la ville au port, un messager apporta à la maison où il logeait un pli du « Valentinois », comme Leonardo appelait César. Salai, qui ne perdait jamais une occasion de se livrer à quelque pitrerie, pour la grande joie du maître, lui présenta la missive déguisé en Turc enturbanné et moustachu :

— Grand Vizir da Vinci, un pli du sultan Bajazet.

C'était tout de même une bonne nouvelle : César lui

envoyait un laissez-passer qui le confirmait dans ses fonctions d'ingénieur militaire et ordonnait à tous, châtelains, capitaines, condottieres, officiers et soldats, de se mettre à la disposition de l'ingénieur-général Leonardo da Vinci, de le laisser étudier et examiner ce qu'il désirerait, de l'aider dans ses travaux et de n'exécuter aucun ouvrage sans avoir conféré avec lui et s'être conformé à son jugement.

Les pleins pouvoirs! C'était plus qu'il n'en avait jamais espéré. Décidément, la vie d'artiste avait du bon quand aucun importun ne vous demandait de faire son portrait! L'existence de nomade officiel qu'il menait, outre l'agrément de voyager dans les meilleures conditions, lui permettait de rencontrer les gens les plus divers, condottieres, hommes de troupe, diplomates, princes, paysans et bourgeois. Il étudiait le caractère de ces êtres vivants comme il avait observé les muscles des cadavres au temps de sa jeunesse, avec curiosité et minutie.

L'intérêt de ces contacts variait naturellement avec la qualité et l'originalité des individus. César Borgia, le bâtard du pape, l'avait fasciné, peut-être à cause de ses pulsions sanguinaires. Nicolas Machiavel, décrié par les uns, porté aux nues par les autres, le séduisit par quelques histoires racontées avec une verve délicieuse et un geste élégant.

— Vous rencontrer, maître Leonardo, était mon désir le plus cher. C'est chose faite aujourd'hui grâce à notre hôte commun, le noble César. Par sa grâce, nous voilà embarqués tous deux dans des aventures guerrières qui sont à l'opposé de nos dispositions personnelles... Ah! j'ai l'habitude, lorsque le hasard me fait rencontrer un homme exceptionnel — cela n'arrive pas souvent —, de lui offrir l'un des petits livres de poésies, faciles à mettre dans sa poche, qu'un de mes amis imprime à Florence.

Il sortit de sa robe plusieurs ouvrages plus pratiques que précieux :

— Choisissez, mon ami. Votre préférence va aux auteurs italiens? Voici Dante et Pétrarque. Les latins vous plaisent mieux? Ovide et Tibulle sont à vous. Je n'avais jamais pensé que l'imprimerie, dont j'envisage parfois les vertigineuses possibilités, nous permettrait de mettre Tite-Live dans notre poche !

— Comment vous remercier de votre attention ? Je prends Dante. Il me suivra jusqu'au paradis. Ou en enfer ! Quant à l'imprimerie, c'est pour moi le miracle de notre siècle. Tout le reste, à commencer par mes tableaux qui n'attendent pas ma mort pour se détériorer, les conquêtes d'un prince-condottiere et même, cher Machiavel, vos ambassades les plus réussies, ne sont que poussière dont l'histoire des hommes ne retiendra rien. L'imprimerie au contraire va permettre d'enregistrer tout le savoir du monde et de le diffuser. C'est pourquoi l'une des inventions dont je suis le plus fier est celle d'une presse à imprimer.

A la cour des Borgia comme dans les déplacements militaires, les deux hommes étaient vite devenus inséparables. Non par franche amitié car il y en avait peu dans leur relation, mais parce que chacun avait conscience des richesses que l'autre pouvait lui apporter. En fait, deux charmeurs et deux intelligences se trouvaient confrontés et étaient ravis de l'être. Le jour ils servaient leurs maîtres respectifs, Leonardo le Valentinois, Machiavel sa patrie florentine qui l'avait envoyé sonder les pensées cachées de César. Le soir et souvent tard dans la nuit, ils échangeaient leurs idées, leurs réactions, leurs doctrines et concluaient en riant qu'ils étaient aussi honnêtes et cyniques l'un que l'autre.

— Le désordre m'exaspère ! disait Niccolo. Je rêve de voir surgir un héros antique venu des grandeurs de Rome, un « rédempteur » de l'Italie. Ai-je tort à votre avis de penser que César Borgia pourrait être ce sauveur ?

— Il est sûr que ce tyran magnifique, capable du pire pour triompher, ne rêve en fin de compte que de s'emparer de l'Italie, petits duchés et grandes républiques. Voit-il plus loin ? Songe-t-il à une patrie italienne unifiée ? C'est, je pense, le sens de votre question et je ne sais pas y répondre.

— Moi non plus. C'est curieux, je n'appartiens pas à Borgia mais je songe souvent à unir Florence, mon pays vénéré, au destin de cet incomparable meneur d'hommes. Peut-être que je le juge inconsidérément, c'est un reproche qu'on me fait, mais Borgia fait partie de ces êtres entiers, excessifs, sans scrupules qui laissent parfois leur nom dans l'histoire. Je me suis promis, plus tard, d'écrire l'histoire du «Valentinois», de disséquer son caractère, d'éclairer ses actions et d'analyser son sens politique. Cet ouvrage a déjà un titre: *Le Prince.* Ceux qui prétendent gouverner les hommes y trouveront peut-être des conseils et même se reconnaîtront dans certaines situations. Mais combien d'entre eux auront le courage, comme César, de vendre leur âme, d'aller jusqu'au crime pour faire triompher leur politique? Car en politique la fin justifie toujours les moyens [1].

— Prenez donc tout de suite le temps d'écrire! Votre mission vous laisse assez de loisirs. Moi qui mène toujours plusieurs tâches à la fois, je vous assure qu'on trouve de l'agrément à la variété!

Cela faisait presque deux ans que Leonardo était au service du duc. Il avait dressé des centaines de plans, étudié la modification de plusieurs cours d'eau, dessiné des fortifications... C'était assez pour lasser l'homme du changement perpétuel qui commençait, d'autre part, à juger les actes du «Valentinois», ce qu'il avait évité de faire jusque-là.

La nuit du 31 décembre 1503 avait été particulièrement agitée à Senigallia où cantonnait le duc. Quelques seigneurs proches de César étaient soupçonnés d'avoir fomenté une révolte. Parmi eux se trouvait Vitellozo Vitelli, capitaine à tout faire et exécuteur privilégié des basses besognes, qui avait été invité à venir célébrer l'amitié et l'an neuf en compagnie d'un autre condottiere, Oliverotto da Fermo. Tandis que les deux hommes étaient inclinés devant Borgia pour lui souhaiter le bonheur des armes et de l'amour, deux bourreaux s'étaient discrètement avancés par-derrière et les avaient étranglés. Leonardo connaissait Vitelli et avait été troublé par cette traîtrise. Le duc était ensuite allé assiéger Sienne. Machiavel, comme Leonardo, n'était pas certain qu'il n'allait pas

1. Machiavel écrira *Le Prince* en 1513. Livre qui sera controversé et plusieurs fois banni. Aujourd'hui la pensée de Machiavel est considérée plus favorablement.

ensuite se jeter sur Florence. Heureusement le pape l'appela d'urgence à Rome. C'est qu'il se passait encore de drôles de choses chez Sa Sainteté !

— Cher Machiavel, dit Leonardo à son ami, l'affaire de la conjuration des capitaines ne me plaît pas. Je connaissais Vitelli. Je l'ai vu à l'œuvre à Sansepolcro : ce n'était pas un saint mais un fier soldat qui avait un certain sens de l'honneur. Il ne méritait pas de périr dans un guet-apens aussi odieux.

— Mon ami, le monde, depuis sa naissance, a été habité par des êtres humains qui ont toujours eu les mêmes passions. L'homme bon qui veut vivre au milieu de tant d'hommes qui ne le sont pas est perdu d'avance. Le geste du « Valentinois » est certes odieux mais peut-être s'est-il dit qu'il valait mieux tuer que mourir le premier...

— Vous avez toujours de bonnes excuses lorsqu'il s'agit de Borgia !

— N'en croyez rien. Je suis un homme de vérité, habité par un humble scepticisme, qui essaie de comprendre comment fonctionne le cerveau d'un tyran absolu. Cela dit, j'estime que ma mission prend fin avec cette nuit détestable. Si vous pensez vous-même en avoir terminé avec vos terrassements et votre eau vagabonde, je vous propose de reprendre ensemble, un jour prochain, la route de Florence. En ce moment il fait froid et les chemins risquent d'être gelés, mais nous pouvons attendre le mois de mars. Rentrer dans la ville des fleurs avec le printemps me semble un projet digne d'intérêt. Quel est votre sentiment ?

— Le vôtre, que je partage avec honneur. « Le Valentinois » vient de partir pour Rome, appelé par son père. Avez-vous quelque lumière sur les événements qui se déroulent là-bas ? On raconte tellement de choses...

— J'ai vu hier un secrétaire de la Seigneurie qui rentre à Florence porteur de nouvelles assez graves. Il règne au Vatican, paraît-il, un climat de terreur et de suspicion à propos d'une affaire de poison, la fameuse « poudre blanche » des Borgia, qui ferait des ravages chez les cardinaux.

— Peut-on prêter du crédit à un tel scandale ?

— Je le crains. Ainsi, le très illustre, et surtout très

riche cardinal vénitien Michiel vient de mourir dans des conditions curieuses en laissant sa fortune à Alexandre VI, fortune qui doit échoir à César Borgia pour financer ses guerres. Le nom de l'homme de main qui aurait versé le poison dans le vin du prélat circule dans Rome. Il s'agirait d'un certain Asquinio Colloredo.

— Ce n'est pas la première fois qu'on parle de meurtre chez les Borgia!

— Et pas la dernière. Le cardinal Giambattista Orsini ne pourra plus en témoigner. Son corps vient d'être remis à sa sœur qui avait versé une rançon, une perle fabuleuse qui plaisait à Lucrèce, pour obtenir sa liberté.

— C'était un Orsini...

— Voilà! Vous commencez à comprendre, sinon à admettre la fatalité politique. Entre les Borgia et les Orsini, la haine, vous le savez, est tenace. Le cardinal est le troisième membre de la famille assassiné en trois mois, rappelez-vous le duc de Gravina et Paolo Orsini. Ce qui m'intéresse, moi, Nicolas Machiavel, ce n'est pas la mort de ces trois personnages que je ne connaissais pas, mais les vraies raisons de la lutte impitoyable qui oppose les deux plus nobles familles romaines.

— Raisons politiques, naturellement?

— Vous avez deviné. Le destin politique du pape Alexandre VI est d'affranchir l'Etat pontifical du joug des potentats romains, donc, en premier lieu, de celui de la puissante famille Orsini: vous voyez, tout s'explique! Mon informateur m'a dit aussi que le pape vient de faire plusieurs cardinaux et que cette nomination lui a rapporté cent trente mille ducats. Ah, la politique coûte cher et est toujours difficile à financer!

***

Dès son retour à Florence, Machiavel avait été nommé secrétaire de la Seigneurie, un poste à hautes responsabilités qui couvrait spécialement les entreprises guerrières et la politique extérieure de l'Etat. Il s'agissait d'abord pour lui de récupérer Pise qui s'était affranchie de la tutelle florentine: «C'est là un gage de notre liberté!» avait déclaré Machiavel devant le Conseil des Dix.

Cette guerre fratricide s'annonçait longue et coûteuse. Machiavel pensa aussitôt faire appel à son ami Leonardo pour trouver un moyen économique de venir à bout des Pisans. Pour la première fois, le peintre-ingénieur se trouvait investi directement dans un conflit avec, enfin, la quasi-certitude de voir appliquer ses propositions. Il ne travaillait plus pour un prince étranger mais pour sa patrie, et collaborer avec un esprit aussi libre et aussi subtil que Machiavel était pour lui un plaisir raffiné qu'il appréciait.

Chaque jour, les deux stratèges se réunissaient à la Seigneurie pour se plonger dans les cartes, parler de fortifications et concevoir un moyen de gagner la guerre sans vraiment la faire. Leonardo, qui délaissait si facilement ses œuvres artistiques, devenait opiniâtre lorsqu'il était question de ses inventions ou de ses réflexions sur l'art militaire. Il n'avait ainsi jamais renoncé à son idée de détourner les fleuves afin de noyer l'ennemi ou de le priver d'une eau indispensable. Les Vénitiens n'avaient pas voulu inonder les Turcs? Il détournerait l'Arno sur Stagno, près de Livourne, et assécherait les Pisans!

En accord avec Machiavel, chaud partisan de ce déluge artificiel qui comblait ses aspirations poétiques, il mit l'opération au point. Il calcula, à la pelletée de terre près, son coût et la durée des travaux. Pier Soderini, le gonfalonier, réticent au début, défendit finalement l'entreprise devant le Conseil des Dix, et tout Florence vécut au rythme effréné du gigantesque chantier protégé en permanence par les soldats contre les coups de main des Pisans. Vingt coudées de large, sept de profondeur, cela en faisait de la terre à remuer! Et le plan était compliqué par un barrage de bois et deux dérivations!

On poursuivait pourtant les travaux avec acharnement, bien que les calculs du début s'avérassent trop optimistes. Leonardo, lui, n'avait pas la responsabilité des chantiers. Quand Machiavel faisait part à l'ingénieur-conseil des difficultés rencontrées, accentuées encore par une crue de l'Arno, il se disait navré pour son ami mais ne semblait pas attacher trop d'importance à l'échec qui s'annonçait. Son esprit était déjà occupé ailleurs.

Le Conseil avait décidé de lui confier la réalisation de la

plus grande œuvre picturale jamais envisagée pour l'embellissement de Florence : la décoration à fresque d'un des murs de la salle du Conseil au Palazzo Vecchio. La commande venait à point pour séduire Leonardo qui, lassé des travaux publics, commençait à être démangé par l'envie de tenir un pinceau.

Le contrat signé avec la ville en mai 1503 précisait qu'il s'agissait de peindre un sujet cher aux Florentins : la bataille d'Anghiari, remportée contre les troupes milanaises en 1440. Machiavel n'était pas pour rien dans la désignation de Vinci, mais il fallait bien constater que ce dernier était l'artiste le plus célèbre de l'époque.

— Ne croyez pas que vous me devez cette commande officielle, lui disait-il. Elle vous revenait de droit. Quant au sujet, il vaudra ce que vous en ferez : la bataille d'Anghiari n'a été, en fait, qu'un combat sans grande importance comme s'en livrent entre eux les condottieres désireux avant tout de ménager leurs troupes en épargnant celles de l'adversaire. Je vous dirai un jour comment il faut renoncer à ces armées de mercenaires étrangers qui sont la perte de l'Italie.

— Mais le tableau ?

— Rassurez-vous. La réussite d'une scène de bataille ne doit rien, heureusement, au nombre de morts mais au talent de l'artiste. Il s'est tout de même passé des choses à Anghiari et j'ai demandé à mon secrétaire de rédiger et de vous remettre un récit de notre victoire. Vous trouverez dans cette suite de faits d'armes, devenus vrais avec le temps, la matière d'un tableau héroïque. D'autant que mon secrétaire, le gentil Agostino, ne manque pas d'imagination et va ajouter quelques belles scènes de son cru.

Leonardo reçut en effet un récit apocalyptique où des escadrons de cavaliers et de lanciers s'étripaient dans une mêlée confuse. Les actions épiques se succédaient dans ce qu'Agostino nommait « un grand carnage ». Il y avait dans cette relation outrée de quoi peindre tous les tableaux qu'on voulait. Le peintre sourit en comparant cette version officielle des faits à ce que Machiavel lui avait dit. Finalement, après avoir couvert les marges du récit de dessins de machines volantes, il décida de choisir pour centre de sa peinture la lutte pour la prise d'un étendard ennemi, bien que cet événement ne figurât pas dans le texte d'Agostino.

Le sujet adopté d'emblée sur la présentation d'une simple esquisse au gonfalonier Soderini et à Machiavel, Leonardo commença à travailler dans les locaux de Santa Maria Novella qu'on avait mis à sa disposition. La grande salle, dite « du pape », se prêtait à la réalisation du carton de la fresque qui devait mesurer douze brasses sur cinq [1]. Mais il n'en était pas là : Leonardo avait commandé trois rames de papier pour les dessins préparatoires [2] !

Il n'était pas question dans son esprit de dessiner puis de peindre une image conventionnelle avec des lignes et des carrés bien formés. Sa bataille, il la voulait terrible, pleine de sang et de fureur. Les dessins, violents, réalistes, s'accumulaient sur sa table. Parfois il appelait Salai pour lui demander son avis. Il était le seul, avec Machiavel, qui fût autorisé à suivre l'avancement de la « Bataille ».

Ces esquisses de mêlées confuses devaient elles-mêmes se joindre pour former le corps de la fresque où éclaterait le motif central : la prise du drapeau. Leonardo avait retrouvé dans ses carnets le projet descriptif d'un tableau de bataille imaginé dix ans auparavant et qui se terminait par cette phrase terrible : « Aie soin de ne pas laisser un seul endroit plat qui ne soit piétiné et saturé de sang [3]. »

Ce qu'on appelait « carton » était un véritable tableau. La taille de celui que peignait Leonardo lui conférait, à peine commencé, la réputation d'une œuvre fabuleuse, empreinte de ce mystère dont le maître de Vinci nimbait tout ce qu'il entreprenait.

Souvent, le soir, Machiavel venait retrouver Leonardo et Salai à Santa Maria Novella. Le peintre descendait alors de son échafaudage, une curieuse plate-forme articulée qui pouvait monter ou descendre jusqu'à la hauteur du travail en cours. C'était évidemment une invention du maître.

Le thème même du tableau permettait à Machiavel d'innombrables commentaires et digressions sur la puis-

1. Environ 20 mètres sur 8.
2. Dessins conservés à l'Accadèmia de Venise.
3. Manuscrits de la Bibliothèque nationale.

sance des Etats, les forces armées, les guerres, la chance sans laquelle les plus grands desseins échouent. L'entrevue commençait toujours par les mêmes phrases :

— Alors Leonardo, combien de Milanais avez-vous tués avec votre pinceau depuis ma dernière visite ?

Invariablement, le peintre répondait :

— Dieu merci, aucun. Le sang qui coule de mon pinceau est un symbole de vie.

Et il s'expliquait avec véhémence :

— La guerre est *una pazzia bestialissima* qui ne m'inspire aucunement. Ce que j'entends exprimer, mais ne le dites pas au gonfalonier qui est satisfait de la fable patriotique qu'il m'a commandée, c'est l'atrocité de la guerre. Je ne crois pas aux vertus militaires.

— Moi non plus, mon ami, mais méditez cet apologue : le lion malgré sa force se laisse prendre aux rets, le renard ne sait pas résister aux attaques des loups. Il convient donc d'être renard pour connaître les filets et lion pour faire peur aux loups.

— Cela ne justifie aucunement la guerre.

— Non, mais cela montre qu'on peut parfois l'éviter en étant le plus malin.

— Puisque vous parlez des animaux, remarquez que sur mon carton ils ne le cèdent en rien aux hommes. Fureur, haine et rage sont aussi perceptibles chez les chevaux que chez les hommes. Regardez ces deux-là, les pattes avant emmêlées, qui mènent avec leurs dents un combat aussi acharné que les cavaliers dans la lutte pour le drapeau.

— Je croyais, ami, que vous aviez une certaine vénération pour les chevaux. N'est-ce pas les abaisser que d'en faire dans la sauvagerie les égaux des hommes ?

— J'aime les chevaux pour leur beauté, leur élégance, leur puissance contenue ou débordante. J'aime les dessiner, les peindre, je n'ose plus dire les sculpter, parce qu'ils offrent à l'artiste d'innombrables possibilités d'expression. Je prends certes plus de plaisir à saisir au fusain un cheval qui se cabre qu'un de nos congénères en train de marcher ! L'intelligence, hélas, est l'apanage des hommes. Ce sont eux qui, en les employant misérablement, rendent les animaux aussi barbares !

— Il est rare de vous voir défendre avec autant de passion vos convictions, vous qui avez la réputation d'être quelqu'un de sage, de modéré en toute circonstance.

— Vous connaissez mal mon maître, dit Salai qui assistait à la scène. Je dirais plutôt qu'il réussit le plus souvent à refréner ses emportements !

Leonardo rit de bon cœur et dit qu'il avait assez travaillé.

— Viens, Salai ! Laissons hommes et bêtes s'entre-déchirer. Cher Machiavel, si le modeste et frugal souper d'un artiste peut un soir vous faire oublier les somptueux repas du palais, venez partager nos œufs et nos légumes. Car vous le savez pour avoir souvent voyagé avec moi, je ne peux pas manger la chair des animaux que je dessine.

— Votre conversation remplace avantageusement les mets les plus raffinés dont je suis d'ailleurs lassé. Je vous accompagne volontiers. Ah ! Savez-vous que Michelangelo Buonarroti a terminé son David ?

— Oui. On me l'a dit et je sais qu'il a réussi l'impossible. J'irai d'ailleurs dès demain voir le colosse et féliciter celui qui ne m'inspire guère de sympathie mais dont j'admire le talent.

***

Prisonnier entre les murs de la fabrique, David apparut à Vinci colossal, arrogant, sûr de sa force herculéenne et éclatant de blancheur. A ses pieds, minuscule, voûté mais le regard triomphant, se tenait Buonarroti.

Leonardo était venu seul. Les deux hommes se rencontraient pour la première fois sans témoin. La perfection de la statue, la beauté de ses formes et l'impression de grâce qui en émanait excluaient toute manifestation, même superficielle, d'inimitié. Sans la moindre réserve, Vinci rejoignit Michelangelo, lui ouvrit les bras et lui donna l'accolade :

— Un simple regard m'a suffi pour me rendre compte que vous avez sculpté un chef-d'œuvre. J'aurais été bien incapable d'en faire autant et je vous dis mon admiration. J'espère qu'un séjour à Rome me permettra d'apprécier votre « Pietà » dont on m'a vanté tous les mérites. Oubliez comme je les oublie les futilités qui nous ont opposés et considérez le vieil artiste que je suis comme un ami.

Michelangelo était ému et rassuré. Il n'était pas inquiet sur la réussite de son œuvre mais une critique de son illustre aîné l'eût mortifié. Il sourit :

— Comme je vous suis reconnaissant d'être venu et comme j'apprécie vos compliments. Ce sont en réalité les seuls qui me tiennent à cœur car, moi aussi, je vous admire. Et cela ne date pas d'hier ! Je vais vous avouer que je me suis introduit en cachette, un jour où vous étiez absent, dans la « salle du pape » de Santa Maria Novella. Votre carton m'a ébloui et j'en ai crayonné une copie. J'espère que vous ne m'en voudrez pas. Vous resterez toujours pour moi le premier qu'il faut essayer de rejoindre tout en sachant que ce sera impossible.

— Vous dites des sottises. Il ne s'agit pas de me rejoindre puisque nous ne marchons pas sur la même route, enfin pas tout à fait. Vous excellez dans un domaine royal, la sculpture, où je ne m'aventurerai plus jamais. Reste la peinture où vous brillerez sans doute un jour. Laissons les imbéciles mesurer et comparer nos talents. Ils oublieront toujours de mettre dans la balance les fonds qui nous sont peut-être les plus chers : pour vous la poésie — j'ai lu quelques-uns de vos sonnets — et pour moi la recherche inventive. Une confidence en vaut une autre : ne répétez pas au gonfalonier que j'ai repris mes études sur ma machine volante, dont le succès me tient plus à cœur que celui de la « Bataille d'Anghiari ».

Les deux artistes les plus célèbres de Florence et même d'Italie se séparèrent dans une sincère compréhension. Cette paix des braves, déclarée sous l'œil vaguement sceptique de David, allait-elle durer et même devenir une amitié ? En s'en retournant à Santa Maria Novella, Leonardo se posait la question sans y répondre. De son côté, Michelangelo tentait d'analyser les relations curieuses qu'il entretenait avec son illustre rival et modèle. Il leva la tête vers le géant blanc et lui dit comme avec regret :

— David, je crois bien qu'avec Vinci nous continuerons à nous admirer. Et à nous détester cordialement !

Une divergence de vues ne tarda d'ailleurs pas à les mettre à nouveau en conflit. La Seigneurie avait convoqué une commission chargée de désigner l'emplacement où devait être érigé le David de Michelangelo. Leonardo en faisait partie, aux côtés des meilleurs artistes de Florence : Perugino, Sandro Botticelli, Filippino Lippi, Cronaca, Andrea Della Robbia et quelques fonctionnaires

— La statue de Michelangelo est trop belle pour subir les intempéries, déclara Vinci en ouvrant la séance. Je propose, ainsi que plusieurs des artistes présents avec moi, que le David soit placé à l'intérieur de la *Loggia dei Lanzi* où il sera à l'abri.

L'auteur n'était pas de cet avis et il le proclama avec véhémence, selon son habitude :

— L'idée de Leonardo, que je ne veux pas croire dictée par la jalousie, ne me convient pas du tout. David est mon œuvre. Je l'ai sculpté pour qu'il s'élève fièrement dans la lumière de la place, à l'endroit que j'ai choisi : à gauche de l'entrée du palais de la Seigneurie.

Des mouvements divers accueillirent ces paroles et le gonfalonier Soderini eut quelque mal à rétablir l'ordre.

— Je ne relèverai pas les insinuations désobligeantes de Buonarroti, dit Leonardo en se drapant dans sa célèbre cape rose. Mon opinion est fondée sur une constatation technique. Le marbre de cette magnifique statue a été malmené. Il est fragile, Michelangelo le sait mieux que personne. S'il veut voir son œuvre s'effriter sous la chaleur de l'été, le froid de l'hiver et les pluies, il n'a qu'à la laisser en plein air. J'ai dit ce que je pensais, en toute bonne foi. Je me tairai désormais sur ce sujet.

On discuta encore. Botticelli était de l'avis de Leonardo, Filippino Lippi contre. Finalement l'auteur eut gain de cause : il fut décidé que son David occuperait la place qu'il avait choisie [1].

Il restait à transporter le géant, toujours au secret dans les murs de la fabrique de Santa Maria del Fiore, jusqu'au Palazzo Vecchio. Les frères Sangallo conçurent, pour mener à bien cette opération délicate, une cage de bois très solide dans laquelle la statue fut suspendue et maintenue de tous côtés par d'épaisses cordes de chanvre afin

1. Léonard de Vinci aura raison trois siècles plus tard. En 1873, le David de Michel-Ange, abîmé, sera remplacé par une copie.

d'éviter qu'elle ne soit brisée par les secousses du trajet. Celui-ci s'effectua de nuit mais de nombreux Florentins, réveillés par le vacarme des chariots et des attelages, se pressèrent sur le passage du convoi, heureux d'être les premiers à apercevoir ce David dont ils entendaient parler depuis si longtemps.

Le plus dur n'était pas fait. A l'arrivée sur la place, au petit matin, il fallait encore relever la statue et la fixer sur son socle. Les Sangallo avaient prévu pour cette dernière manœuvre un système de câbles et de palans si ingénieux qu'il suscita presque autant de louanges que la statue elle-même. Le gonfalonier avait regardé de sa fenêtre ce spectacle exceptionnel qui valait bien toutes les fêtes et défilés qui s'étaient déroulés depuis deux siècles sur les petits pavés de la place. Puis il était descendu voir de près le colosse qui, croyait-il, lui devait autant qu'à Buonarroti. Les officiels disent beaucoup de sottises lors de l'inauguration des œuvres d'art. Soderini ne manqua pas à la tradition. Alors que Michelangelo était monté à l'aide d'une échelle nettoyer l'épaule de son colosse, salie durant le déplacement, le gonfalonier, sans doute pour montrer qu'il régnait aussi sur les statues de la ville, cria à l'artiste que le nez de David lui paraissait un peu fort.

Agacé mais respectueux, Michelangelo descendit et s'aperçut que Soderini, qui regardait son géant par en dessous, ne pouvait pas en avoir une vision convenable. Il refréna son envie de répondre par quelques phrases insolentes et se confondit au contraire en propos exagérément complaisants :

— Sa Seigneurie a vraiment un œil d'artiste. Rien ne lui échappe, pas même ce léger défaut que je n'avais pas décelé et que je vais rectifier sans attendre.

Il prit un ciseau et une masse qui traînaient sur le chantier et remonta lestement à l'échelle. Tous les regards étaient fixés sur la tête de David cachée par la silhouette de l'artiste. On vit tomber un peu de poussière de marbre que Michelangelo avait puisée dans la poche de sa blouse. Le gonfalonier entendit quelques coups de masse frappés sur le bâti de l'échelle et la voix de Buonarroti :

— Reculez-vous un peu, Excellence. Et regardez...

Très sérieux, satisfait, Soderini déclara :

— Je l'aime mieux ainsi. Trois coups de ciseau et vous lui avez donné la vie !

Leonardo et Machiavel rirent de cette scène.

— La docilité feinte de Michelangelo a été moins gratuite que vous ne le pensez, dit le secrétaire du Conseil à son ami, le lendemain. Soderini, content de son effet, a augmenté son salaire de cinquante écus [1].

Leonardo, lui, n'en avait pas fini avec sa « Bataille ». Le transport des cartons collés entre eux et roulés jusqu'à la grande salle du Conseil, où il devait les transférer sur le mur préparé par ses aides, s'était effectué dans les plus mauvaises conditions. Une pluie diluvienne survenue en cours de route les avait en partie détrempés. Heureusement, la surface où était représentée la prise du drapeau n'avait pas souffert et Vinci déclara que l'incident n'allait pas retarder son travail. En effet il se mit à peindre le motif central : un tourbillon de cavaliers autour de l'étendard défendu farouchement par les Milanais brandissant leur sabre d'une main et s'agrippant de l'autre à la hampe. A Machiavel venu le voir, il déclara avec un enthousiasme qui ne lui était pas habituel :

— Je crois que je tiens ma « Bataille d'Anghiari » ! Comme je vous l'ai dit, cette peinture patriotique sera en fait un véhément plaidoyer contre la guerre !

La fresque, il est vrai, s'annonçait comme un chef-d'œuvre. Comme lorsqu'il peignait la « Cène » à Milan, toute la ville parlait du génie qui faisait éclater les couleurs et vivre les murs. Cette rumeur admirative lui réchauffait le cœur et encourageait sa fureur de peindre. La partie centrale de l'œuvre était pratiquement achevée. Il allait s'occuper des motifs périphériques, beaucoup plus faciles, quand plusieurs nouvelles et un incident grave vinrent une fois encore enrayer la merveilleuse machine à peindre qu'était la main gauche de Leonardo.

L'homme à la longue barbe fleurie et aux vêtements recherchés était pudique sur ses sentiments. Salai lui-

1. Michel-Ange a reçu 400 écus de la ville de Florence pour sa statue de David.

même ne sut pas si la mort de son père, Ser Piero [1], l'avait vraiment touché, mais ses amis connurent sa déception quand il apprit par hasard, peu après, que le second mur de la salle du Grand Conseil avait été offert à Michelangelo afin qu'il y peigne à fresque une autre bataille qui ferait face à la sienne. Tacitement la salle lui était réservée et il reçut l'annonce de cette commande confiée à son rival comme une offense. Il ne voulait pas croire au revirement de Soderini mais Machiavel ne put que lui confirmer la décision du gonfalonier :

— J'ai fait ce que j'ai pu pour rappeler sa promesse à Soderini mais celui-ci m'a répondu qu'il n'avait signé avec vous aucun engagement. En fait, depuis le succès de David auprès de la population et les félicitations qu'il a reçues des étrangers, il ne jure que par Buonarroti, le nouveau génie révélé de la sculpture et de la peinture florentine. Et puis, il n'est pas le seul à se distraire de cette confrontation entre les deux plus célèbres artistes de Florence, qui se détestent de surcroît !

— Comment voulez-vous que nous soyons amis : le sort et le monde s'acharnent à nous opposer ! Enfin, j'ai écrit un jour qu'il faut savoir coopérer avec l'inévitable. C'est le moment de s'en souvenir. Finalement je suis curieux, moi aussi, de voir ce que va faire Buonarroti de son mur ! Et s'il jouit plus que moi des faveurs du pouvoir, tant mieux pour lui !

Survint hélas, un désastre qui ne devait rien à Soderini ni à Michelangelo. Tandis que ce dernier travaillait dans une salle de l'hôpital des teinturiers mise à sa disposition, au carton de *sa* « Bataille », celle de Cascina, Leonardo s'apercevait que le motif majeur de sa fresque, qu'il venait de terminer, séchait mal. Ce n'était pas très étonnant puisque, comme pour la « Cène », il avait préféré le pigment à l'huile au vieux procédé de la *vera fresca* italienne qui avait tant de fois fait ses preuves. Cette fois pourtant, il croyait avoir pris ses précautions. A titre d'essai il avait

1. Le 9 juillet 1504, il note brièvement l'événement, sans émotion apparente, mais les carnets sont consacrés aux études, aux réflexions scientifiques ou aux comptes de la maison et ne revêtent jamais un caractère sentimental.

séché une petite planche peinte à l'aide d'un feu de bois. Fort de cette expérience concluante, il avait décidé d'allumer un brasier au bas de la fresque rebelle.

Salai était arrivé dans la grande salle au moment où les flammes montaient jusqu'à la partie inférieure.

— Grands dieux ! Que faites-vous, mon maître ?

Impassible, Leonardo, les bras croisés sur la vieille robe qu'il enfilait pour travailler, regardait son œuvre fixement. Déjà, il avait compris que si la partie basse de sa fresque séchait convenablement, parce qu'elle était proche de la source de chaleur, le reste allait infailliblement se décomposer.

— Regardez, Leonardo. La peinture coule ! s'écria Salai.

— C'est grave ! dit le maître. Eteignons le feu. Nous reviendrons demain matin constater les dégâts et voir ce qu'on peut faire pour y remédier. Le séchage est une chose, mais j'ai commis une autre erreur : j'ai utilisé comme fond un mélange que je croyais excellent, à base de colophane, de blanc de plomb et d'huile de lin. Je pensais être sûr d'avoir trouvé avec cette pâte la parade aux accidents survenus à Santa Maria delle Grazie. Je me suis trompé, c'est encore pire !

La soirée fut triste ce jour-là, chez Leonardo. Salai ne réussit pas à consoler le maître, debout le lendemain à six heures pour aller voir sa fresque. Les couleurs avaient cessé de couler et commençaient à sécher.

— Nous sommes sauvés ! constata Salai. Vous en serez quitte pour quelques retouches.

— Non, mon bon Salai ! dit tristement Leonardo. Je ferai les retouches, naturellement, et ma bataille paraîtra gagnée. On me félicitera, comme à Milan. Mais je sais très bien que les couleurs ne tiendront pas. Une nouvelle fois, l'humidité dont j'ai cru me jouer va détruire lentement la fresque. C'est vrai, bon sang, que mon esprit trop inventif gâche ce que crée l'habileté de ma main. Chez moi, le théoricien tue le praticien. Ne le répète pas, mais Buonarroti est meilleur que moi !

— Ne dites pas cela, mon maître. Vous savez que ce n'est pas vrai. Mais il y a une solution : faites gratter votre peinture, jetez dans l'Arno votre maudite colophane et vos mélanges trop savants. Et recommencez *a fresco*, comme Giotto, comme Gozzoli, comme Paolo Uccello! Buonarroti ne va rien inventer. Il va peindre selon la bonne vieille méthode. Faites comme lui!

— Tu as raison, mon petit. C'est ce que je devrais faire. Mais je ne sais pas peindre *a fresco*. Mon crayon est sûr mais mon pinceau a besoin de revenir sur le sujet... Enfin, je vais réfléchir...

Réfléchir à quoi? Michelangelo avait dessiné et peint son carton avec une rapidité étonnante. Et déjà toute la jeunesse artistique de Florence criait au chef-d'œuvre. Elle avait raison. Buonarroti avait choisi un épisode de l'interminable guerre entre Pise et Florence. Chez lui nulle violence mais une anecdote: les Florentins, surpris en train de se baigner par des soldats pisans, se précipitaient en hâte sur leurs vêtements et leurs armes. C'était une vue instantanée, comme prise sur le vif, et combien inattendue! Le carton avait été accroché au mur de la salle du Grand Conseil, en face de celui de Leonardo et de sa fresque non achevée dont il avait seulement retouché les parties suintantes. Miracle: malgré le désastre, l'œuvre de Vinci supportait la comparaison avec les « Baigneurs » de son rival. Les artistes venaient des autres villes pour copier les deux tableaux, ceux de Florence travaillaient à longueur de journée dans la salle de l'exposition devenue la « Bataille des cartons ».

Leonardo se désintéressait de cette agitation et reprenait paisiblement ses études sur le vol des oiseaux et ses recherches sur l'appareil qui lui permettrait un jour, il en était sûr, de s'élever dans les airs depuis un tertre qu'il avait repéré sur les hauteurs de Fiesole. Comme chaque fois que la réalité était douloureuse, il se réfugiait dans l'imaginaire.

Cela ne l'empêchait pas de recevoir avec gentillesse ses amis qui venaient le voir dans son atelier aux murs constellés de dessins d'ailes en mouvement et d'étranges machines à voler. Botticelli y croisait Perugino et Filippino Lippi. Michelangelo, l'ennemi intime, arrivait à l'improviste et mêlait ses louanges à celles de Lorenzo di Credi, d'Andrea del Sarto: « Personne ne refera votre "Bataille d'Anghiari"! » A ces artistes illustres se joignait timidement un garçon d'une vingtaine d'années, natif d'Urbino, qui vouait un véritable culte au maître de Vinci : il s'appelait Raffaello Sanzio.

A ceux qui demandaient à Vinci pourquoi il avait abandonné sa « Bataille » et ne peignait plus, il répondait : « Dans la vie il y a un temps pour tout et pour moi le temps n'est pas à la couleur. » Les autorités elles-mêmes avaient renoncé à user de menaces pour le faire reprendre ses pinceaux. Elles avaient, en revanche, fait construire un cadre de bois pour protéger la furieuse et fragile mêlée d'Anghiari [1].

Avait-il vraiment renoncé à reprendre sa fresque ? Rien n'était jamais sûr chez Leonardo et lui-même disait parfois : « Un jour, peut-être... » La destinée allait mettre un terme à cette incertitude. En mai 1506, alors qu'il venait de renoncer à s'élancer du haut de la Corte Vecchia pour essayer sa dernière trouvaille volante et qu'il commençait à se poser des questions sur son avenir proche, Salai s'était fait encore une fois le messager du renouveau.

— Maître, vint-il dire un matin à Leonardo perdu dans ses pensées, un envoyé du chancelier de France désire vous entretenir.

— Que peuvent bien vouloir les Français ? Allons... Fais entrer ce gentilhomme.

L'émissaire du comte de Chaumont arrivait directement de Milan. Il pria le maître d'excuser sa tenue peu protocolaire :

— Pardonnez la poussière qui colle à mes bottes et à mes vêtements...

— Monsieur, la poussière de la route est plus saine et agréable que les miasmes de cette ville porteurs de toutes

1. Les deux œuvres de Michel-Ange et de Léonard de Vinci étaient vouées à un destin funeste. Le premier, appelé à Rome, ne peindra jamais la « Bataille de Cascina » dont le carton sera détruit au cours d'une émeute en 1512. La partie centrale de la fresque de Léonard de Vinci restera plus longtemps sur le mur de la Seigneurie où de nombreux artistes continueront de la copier. Elle disparaîtra définitivement en 1560 quand Vasari la remplacera, sur l'ordre des Médicis revenus à Florence, par les médiocres peintures qu'on peut voir aujourd'hui. Une copie de la « Bataille de Cascina » (discutée) est à Norfolk. Rubens a magnifiquement reconstitué l'œuvre de Léonard d'après une gravure d'époque (musée du Louvre).

les maladies. Vous avez dit à mon élève que vous apportiez un message de monsieur le gouverneur du Milanais ?

— Oui... Mais le message émane en réalité de Sa Majesté le roi de France. Je suis porteur d'une lettre destinée au gonfalonier qui réclame votre présence à Milan, à la cour du gouverneur que le roi souhaite bientôt rejoindre. Le comte de Chaumont, que vous connaissez aussi sous le nom de Charles d'Amboise, a appris qu'à Florence vous n'étiez pas, comment dirais-je... dans des dispositions heureuses. La lettre au gonfalonier parle de vous confier un certain travail d'architecture mais je suis autorisé à vous révéler que le but du roi est de vous attacher à la France comme peintre de la cour.

— L'honneur est grand et j'y suis sensible. Si la Seigneurie n'y fait pas obstacle, je me ferai une joie d'accepter l'invitation.

Son artiste favori, Michelangelo, parti pour Rome en laissant vide le mur de la salle du Conseil, Soderini voyait d'un mauvais œil Leonardo abandonner lui aussi sa ville. Certes, il n'avait pas honoré son contrat en n'achevant pas sa fresque, mais l'espoir demeurait de le voir un jour reprendre le chemin du Palazzo Vecchio. En outre, la seule présence du génie dans la ville assurait à celle-ci un éclat prestigieux. Mais comment la Seigneurie pouvait-elle opposer un refus au roi de France, son puissant allié dans la guerre contre Sienne ? Une fois encore, Machiavel arrangea les choses :

— Puisque vous voulez partir, et je vous comprends ! partez, cher Leonardo. Mais Soderini tient à manifester son désaccord : il vous accorde un congé de trois mois et vous serez taxé d'une amende de cent cinquante florins par mois en cas de retard.

— Comme il ne sera sans doute plus là quand je reviendrai à Florence, je ne vais pas me faire de souci pour cette bagatelle. Mon seul regret, en quittant cette ville qui décidément ne m'est guère favorable, c'est de vous perdre, Machiavel. Vos spéculations cyniques mais brillantes vont me manquer !

— Vous me manquerez aussi. Mais vous savez, tous les chemins se croisent et nul ne peut prévoir où il se trouvera le mois suivant. Je suis certain que nous nous reverrons... Quelle est donc cette peinture sur votre chevalet? Je ne la connaissais pas.

Il ajouta d'un air faussement naïf:

— Dois-je prévenir le gonfalonier que votre aile volante vous a ramené sur terre et que l'envie de peindre vous a repris?

— Faites-le si vous voulez me garder. Soderini ne me laisse partir que parce qu'il croit que je ne veux plus peindre.

— Erreur, mon ami. Il vous laisse partir parce qu'il ne peut pas faire autrement. Comment ne pas satisfaire un désir exprimé par le roi de France? Vous voyez, Leonardo, vous êtes l'une des rares personnes qui se moquent de déplaire. C'est ce trait de caractère qui, chez vous, me séduit le plus. Mais qui peut se permettre une telle liberté dans notre société? Pas Soderini, pas moi, pas César Borgia, pourtant un modèle d'insolence, de brutalité, d'efficience politique et finalement obligé de se réfugier en Espagne [1]. Pas non plus le roi de France qui fait les yeux doux au nouveau pape. Seuls les artistes...

— Les artistes? Ce sont les premiers qui ont l'obligation de plaire, coupa Leonardo. Non pour conquérir le pouvoir comme vos princes mais simplement pour vivre. Un peintre ou un sculpteur qui ne satisfait pas son protecteur et ses clients est condamné à changer de métier ou à mourir de faim.

— Bien sûr, l'artiste doit plaire pour se faire connaître et gagner la notoriété, mais lorsqu'il est devenu célèbre il est libre de faire à peu près ce qui lui plaît.

Il sourit et ajouta:

— De ne pas honorer un contrat par exemple, acte qui le mènerait tout droit au tribunal s'il était marchand de chevaux ou tisserand. Mais, si l'on réfléchit, ce n'est pas l'artiste qui peut jouir de ce privilège. C'est le génie. Et il en existe peu!

1. Après la mort (due à un empoisonnement) de son père le pape Alexandre VI et l'élection du nouveau souverain pontife Jules II, César Borgia dut livrer ses forteresses, abandonner tout pouvoir et fuir l'Italie en rejoignant son beau-frère le roi de Navarre. Il fut tué en Espagne lors d'un combat en 1507.

Leonardo ne détestait pas les louanges. Etre considéré comme un génie par quelqu'un d'aussi intelligent que Machiavel lui faisait plaisir. Il n'eut pas l'hypocrisie de jouer les modestes et se contenta de rire :

— C'est l'avenir qui décidera si j'ai eu du génie. Mais vous vous intéressiez à ce tableau qui n'est encore, vous le constatez, qu'une ébauche imparfaite.

— Peut-être, mais ce portrait s'annonce magnifique. Les mains, déjà bien esquissées, et cette bouche... Quelle beauté a posé pour vous ?

— Ah ! C'est toute une histoire ! J'ai commencé ce tableau il y a plusieurs années, lorsque je pensais à mon carton de la « Bataille d'Anghiari ». De temps en temps je le reprends... Je me ménage ainsi des rendez-vous avec une dame qui a sa place dans ma vie. Vous savez que ce n'est pas pour moi une chose courante !

Machiavel l'arrêta :

— La beauté de cette femme est extraordinaire. Tel quel, son portrait est envoûtant. J'espère que vous allez le terminer !

— Certainement. Je poursuis à travers lui un certain idéal. Ce portrait deviendra sans doute de moins en moins ressemblant à mesure que j'y travaillerai mais il devrait, en fin de compte, exalter la beauté telle que je la conçois. Je vais emporter à Milan cette planchette qui sera peut-être mon œuvre la plus poussée. N'en parlez pas, s'il vous plaît. Personne n'a vu ma dame, à part vous et Salai. Ah ! il y a aussi Raffaello, ce jeune peintre d'Urbino, qui m'a surpris un jour et m'a supplié de le laisser copier Mona Lisa. Florence devrait s'occuper de ce garçon qui est bien le plus doué que j'ai rencontré depuis Leonardo !

— Elle s'appelle Mona Lisa ? demanda Machiavel qui s'intéressait plus au modèle de son ami qu'au peintre d'Urbino.

— Oui. Vous connaissez son mari, Francesco di Zanobi del Giocondo, ce patricien florentin qui siégeait près de moi à la commission du David. Il a accepté que son épouse pose pour moi. J'avais remarqué son visage un jour où j'avais croisé le couple dans la rue et ses traits me hantaient. Non pas, vous vous en doutez, parce que j'étais tombé amoureux, mais parce que j'étais sûr d'avoir rencontré la femme exceptionnelle au sourire pensant. Le rêve pour un peintre! Au cours de cinq ou six séances de pose, j'ai dessiné dix fois, vingt fois sa bouche, son regard et ses mains puis j'ai esquissé l'architecture de son visage. Mais le portrait était dans ma tête. Il y est toujours. Je me battrai s'il le faut jusqu'à mon dernier souffle pour qu'il atteigne la perfection.

— Leonardo, vous êtes extraordinaire. Vous vous êtes inventé une écriture mais savez-vous que votre langage n'est pas non plus celui de tout le monde? Je vous envie de pouvoir vivre dans un monde autre que ce fourmillement d'esclaves qui est notre lot!

La semaine suivante, Salai terminait les bagages. Sous l'œil du maître, il avait enveloppé avec le soin d'une nourrice les tableaux que Vinci tenait à emporter. Il y avait bien sûr le portrait en cours de Mona Lisa, le grand carton de sainte Anne, magnifique fusain estompé avec des rehauts de blanc, et deux Madones, inachevées elles aussi et destinées à son protecteur Charles d'Amboise[1].

Le matin du 6 juin 1508, Leonardo reprenait le chemin de Milan.

* * *

A la même heure, au Vatican, se renouvelait une scène devenue rituelle: Michelangelo Buonarroti faisait son entrée dans la chapelle dite «la Sixtine», du nom de son fondateur.

Deux aides qui mélangeaient depuis le petit matin des stigmates de safran, de blanc de travertin et de la poudre d'ombre dans des mortiers de marbre se redressèrent et saluèrent le maître. Celui-ci eut bientôt quitté ses habits de ville et endossé la large camisole de toile maculée de peinture qu'il portait pour peindre. Les broyeurs de couleurs se regardèrent: le maître était rarement de bonne humeur mais, ce matin, il paraissait franchement irrité. Il fallait filer doux en attendant qu'il ait gagné son perchoir, à soixante pieds du sol. Là, il n'ouvrirait plus la bouche que pour demander une éponge, une couleur, un pinceau,

1. Ces deux madones auxquelles Léonard de Vinci fait allusion dans ses carnets ont disparu.

quelquefois un peu de fromage et du pain, mais la plupart du temps il n'interrompait pas son travail pour manger.

Cela faisait trois mois que Michelangelo avait commencé à peindre la voûte de la chapelle. Sur l'ordre du pape Jules II. Et contre son gré. Dès son arrivée à Rome, il avait travaillé au mausolée du souverain pontife : quarante statues grandeur nature, une œuvre à laquelle il n'aurait jamais osé rêvé. Son David n'était qu'une statuette à côté de ce projet grandiose qui devait être le monument symbole de l'époque. Il avait passé des mois à Carrare pour choisir les plus beaux blocs, avait surveillé leur acheminement vers Rome et avait connu l'ivresse des premiers coups de ciseau. Et puis, le pape avait changé d'idée. Pis, il avait refusé de le recevoir alors qu'il venait réclamer de l'argent pour payer ses aides !

Un conflit avec le pape qui l'avait outragé ? Inimaginable à Rome ! Brusquement, il ressentit les mêmes angoisses que celles qui lui avaient fait quitter Florence douze ans plus tôt. Il ne se sentait plus en sécurité. Bramante, à qui Jules II venait de confier la construction de la nouvelle basilique Saint-Pierre, était, croyait-il, son ennemi. A la fois craintif et violent, il décida de couper les ponts avec une ville qui lui était hostile. A l'affront du Saint-Père, il répondit brutalement :

— Vous direz au pape que dorénavant, s'il a besoin de mes services, il aille me chercher ailleurs qu'à Rome.

Le 17 avril, il pria ses ouvriers de vendre ses meubles pour se payer, quitta Rome, chevaucha la nuit pour n'être pas reconnu et ne s'arrêta qu'à Poggibonsi en terre florentine. Etait-il vraiment menacé ? Bramante en voulait-il à sa vie ? Le fait est que le pape, furieux, essaya par tous les moyens de récupérer son sculpteur soi-disant persécuté. Soderini, soucieux de ne pas contrecarrer les désirs du pape, s'ingénia à négocier une réconciliation. Grâce à l'entremise du cardinal de Pavie, le pape rassura Michelangelo sur ses bonnes dispositions et garantit personnellement sa sécurité. Le sculpteur accepta alors de rejoindre son irritable protecteur. Celui-ci n'était pas à Rome. Casqué et cuirassé comme un condottiere, il commandait une armée de cinq cents lances et de mille arbalétriers pour s'emparer de Bologne. Il venait de faire une entrée triomphale et apostolique dans la ville quand Michelangelo l'y retrouva.

Les deux hommes, aussi violents l'un que l'autre, s'étaient calmés et les retrouvailles se passèrent convenablement. Buonarroti s'agenouilla, le pape lui adressa quelques reproches et lui annonça que, s'il n'était plus question du tombeau, il lui commandait une statue de bronze plus grande que nature le représentant la main droite levée pour bénir la foule.

Sitôt rentré à Rome avec la suite pontificale, Michelangelo se mit au travail.

— Je propose à Sa Sainteté de tenir un livre dans la main, dit-il à Jules II en lui présentant une maquette.

— Pourquoi un livre ? répondit le pape. Je suis un guerrier et non un humaniste. C'est avec une épée que je veux bénir les fidèles !

Quand il en arriva à la fonte de la statue, le sculpteur regretta de s'être moqué jadis de Leonardo, incapable de couler dans le bronze son gigantesque Sforza. Un premier essai réalisé avec des fondeurs venus de Florence s'était avéré désastreux. Il fallut recommencer deux fois. Finalement, la statue fut mise en place au grand soulagement de Michelangelo.

— Comme je préfère me battre avec le marbre ! dit-il au cardinal de Pavie venu assister à l'inauguration.

Ce n'étaient pas des blocs de marbre que lui réservait maintenant le pape mais une tâche bien plus dure : peindre le plafond de la chapelle Sixtine dont les artistes florentins avaient décoré les murs, laissant vide le ciel bleu de la voûte. Encore une commande qui ne satisfaisait pas celui qui répétait sans cesse qu'il n'était pas peintre mais sculpteur. Si encore il s'était agi d'un panneau à l'huile ; il avait réussi jadis « la Sainte Famille » à Florence, mais peindre à fresque ! Le pape, en l'appelant à Rome, l'avait écarté du péril que représentait pour lui la mise à mur de la « Bataille de Cascina » et voilà qu'il lui imposait une épreuve bien plus scabreuse ! Michelangelo ne put s'empêcher de voir dans ce choix l'influence maligne de Bramante désireux de le ridiculiser au moment où, appelé à Rome, son protégé, le jeune Raffaello, commençait à peindre avec une grande réussite les chambres du Vatican. Mais le Toscan, s'il était emporté de nature et incapable de nouer une amitié durable avec quiconque, possédait un caractère de vainqueur.

— On veut me tendre un piège, eh bien ! je le déjouerai, dit-il à Mario, le jeune homme qui s'occupait de sa maison, un peu à la manière de Salai pour Leonardo, et qui était à peu près le seul être avec lequel il entretenait des relations. Je n'ai jamais peint à fresque ? La belle affaire ! Avec deux bons aides au plancher je décorerai seul l'immense voûte de la chapelle. Nul autre que moi ne travaillera sur l'échafaudage. Ainsi on ne pourra pas dire que quelqu'un a tenu le pinceau à ma place !

Avec acharnement, le Michelangelo pugnace de la « Pietà » de Rome et du « David » de Florence se mit au travail. Oh, il n'essaya pas, comme son vieux rival, d'imaginer un nouveau procédé qui lui permettrait de peindre en utilisant des couleurs à l'huile comme il savait le faire sur une *tàvola*, il appliqua avec minutie et humilité la bonne vieille méthode qui avait si bien réussi à l'Angelico, à Giotto, à Masaccio. Et comme il était un artiste de génie, dès le deuxième jour, il était à l'aise dans son nuage, au milieu des personnages bibliques.

***

Ce matin-là, ses aides avaient tort de s'inquiéter. S'il était entré le visage sombre et renfrogné, un regard vers le camaïeu de son univers l'avait, dans l'instant, rendu de meilleure humeur. La surface peinte la veille avait séché et ce qu'il en voyait d'en bas, à travers les baliveaux et les écoperches de l'échafaudage, lui paraissait tout à fait réussi. C'était une scène du Déluge, celle où Noé, ivre, dort tandis que les naufragés luttent en vain contre les flots. Il était satisfait car, dans un paysage considéré comme secondaire, ses personnages semblaient sortir de la voûte. Ils exprimaient leur terreur avec la violence et la vérité qu'il aurait pu obtenir, si cela avait été possible, en travaillant au ciseau la pierre du plafond. « Allons, se dit-il, même en peignant je demeure un sculpteur ! »

Maintenant que le maître était installé sur son perchoir, les deux aides contemplaient en hochant la tête un étrange spectacle. Michelangelo avait cédé la place à une sorte d'arlequin-funambule étendu sur le dos, la chevelure couverte d'un chapeau de carton ruisselant de peinture, et qui brossait furieusement de son pinceau au manche allongé les contours d'une nacelle flottante qui symbolisait l'arche. L'humidité de l'enduit ajoutée à l'eau ruisselante des couleurs donnait à l'image du Déluge un étonnant réalisme.

— Nous avons de la chance de travailler pour un tel maître, dit Giacometto, le premier aide, qui venait de l'atelier d'un peintre obscur du quartier de San Petronio.

— Dommage qu'il ne soit pas plus aimable, répondit l'autre. J'aimerais lui parler, lui poser des questions. Il a bien été lui aussi un apprenti!

— Il n'aime pas les Romains. Il s'en méfie. Peut-être que nous réussirons à amadouer ce barbare. Moi aussi j'aimerais bien l'entendre nous expliquer la beauté... Mon cousin Paolo, tu sais, travaille pour Raffaello d'Urbino. Il paraît que lui n'arrête pas de plaisanter... C'est curieux, tout de même, de voir deux artistes, les meilleurs de Rome sans doute, aussi différents.

Là-haut, Michelangelo se débattait dans les eaux en pestant. Il ne savait pas, c'était là son drame, qu'il vivait les heures les plus exaltantes de sa vie. Là où Leonardo aurait été heureux d'un profil réussi, d'une silhouette bien campée, il ne s'accordait qu'une maigre satisfaction aussitôt annihilée par le doute. Sans se rendre compte que sa frénésie créatrice faisait avancer son œuvre à grands pas et qu'il fallait souvent changer la place de l'échafaudage pour suivre ces progrès, il tombait le soir dans un profond découragement. Et s'il écrivait à son père, c'était pour lui dire: «Je suis dans un grand abattement d'esprit Mon œuvre n'avance pas. Cela tient à la difficulté du travail et à ce que ce n'est point là ma profession. J'ai l'impression de perdre mon temps. Dieu m'assiste!»

A deux pas du chantier biblique de Michelangelo, dans les appartements privés du pape, un troisième génie rejoignait ses aînés. A vingt-cinq ans, Raffaello Sanzio arrivait de Florence avec un beau palmarès. Un «Saint Georges», «La Muette», le «Songe du chevalier» et «Les Trois Grâces» témoignaient de son précoce talent. Il avait stupéfié et ravi Leonardo sur les bords de l'Arno. Au Vatican, Michelangelo faisait son éloge, conscient que ce beau garçon de dix ans son cadet, amateur de femmes et de bons vins, intelligent et cultivé, pressé de briller dans la société de son temps — c'est-à-dire son contraire en tout point —, était devenu son vrai rival.

Raffaello ne ressemblait à Michelangelo que par sa prodigieuse puissance de travail. Nulle angoisse ni timidité ne l'avait torturé lorsqu'il avait installé son atelier dans l'or des appartements pontificaux où les œuvres de son compatriote Piero della Francesca, de Luca Signorelli, de Bramante constituaient des exemples difficiles à égaler. Le pape, qui hésitait à mettre les pieds dans la Sixtine de crainte de déclencher quelque accès de mauvaise humeur de la part de l'irascible Michelangelo, pouvait s'intéresser sans appréhension au travail de Raffaello. Celui-ci avait commencé de dessiner le décor qu'il avait imaginé pour la deuxième salle de la galerie des chambres. Mais la présence d'autres fresques rendait le travail quasiment impossible. Il s'en ouvrit au pape venu un jour le visiter :

— Très Saint-Père, voici le tracé de mon projet : sur le mur de droite, je peindrai la « Dispute du saint sacrement », glorification de l'Eglise triomphante, et à gauche un groupe de savants, de philosophes. On y verra Platon, Socrate, Zénon, Epicure et Diogène. Ce sera le triomphe de la philosophie. S'il fallait lui donner un nom, je l'appellerais l'« Ecole d'Athènes ». Hélas, tout cela est impossible !

— Pourquoi donc, mon fils ? Je trouve votre projet excellent.

— Mais il existe déjà certaines scènes sur les murs. Et non des moindres.

— J'ai toujours pensé que si l'on voulait donner une unité à la décoration de ces appartements, il fallait enlever les anciennes fresques. Je conçois votre retenue à l'idée d'effacer de pareilles œuvres, mais il faut savoir ce que l'on veut : badigeonnez tout cela et faites mieux ! A propos, savez-vous comment on appelle cette salle, la première que vous allez peindre ?

— Je l'ignore, Très Saint-Père.

— La *Stanza della Signatura*. C'est ici que le pape signe ses bulles. Je crois que je devrai trouver provisoirement un autre endroit !

***

La destinée de Michelangelo et de Raffaello semblait fixée à Rome pour de longs mois, voire des années, l'un, solitaire, sur son échafaudage de la chapelle Sixtine, l'autre au milieu de sa cour, dans les appartements privés du pape. Leonardo da Vinci, le maître vénérable, menait, lui, à Milan, l'existence qui convenait à ses désirs mesurés et à son goût d'indépendance.

Charles d'Amboise, le jeune gouverneur, était vite passé du rang d'admirateur à celui d'ami. Il riait des lettres de Soderini désireux de récupérer son génie. Mais la Seigneurie insistait : « Vinci a touché une forte somme d'argent sans avoir terminé son travail ; il s'est conduit en traître et a manqué à la parole donnée ! Toute nouvelle sollicitation des Français serait irrecevable. »

Charles rassurait Leonardo :

— Ne vous inquiétez pas, mon ami. Je vais répondre en faisant votre éloge, ce qui va agacer le gonfalonier, et lui dirai qu'en dehors de vos qualités de peintre, le roi compte utiliser pour le bien de la Lombardie vos talents d'architecte et d'ingénieur ! Cela doit beaucoup vous distraire de voir deux gouvernements se disputer vos services ?

— Oh ! J'ai passé l'âge de ces enfantillages et sais depuis longtemps que les Etats sont généralement aussi ingrats qu'instables envers les artistes. Je ne parle ni pour vous ni pour la France qui me fait confiance et que je souhaite honorer autant que je le pourrai.

Leonardo honorait effectivement ses nouveaux protecteurs en dressant les plans d'un palais digne du gouverneur, autour duquel il imaginait un jardin extraordinaire planté d'arbres rares et cerné de jeux d'eau féeriques. Il avait aussi repris son pinceau et, ce qui était bon signe, s'intéressait aux plus doués des jeunes artistes fréquentant son atelier. En dehors de Salai qui avait fini par devenir un bon peintre, Leonardo n'avait jamais vraiment eu d'élèves. Aujourd'hui, il éprouvait du plaisir à enseigner, ce qui lui permettait d'ailleurs de pouvoir confier à ses disciples favoris les travaux ennuyeux de finition pour de petites œuvres qui lui étaient demandées :

— Personne, leur disait-il, ne doit pouvoir faire la différence entre un tableau de l'atelier et un panneau peint entièrement de ma main.

L'un des élèves illustrait parfaitement ce dessein. Il s'appelait Cesare da Sesto et était très vite devenu un scrupuleux imitateur de son maître. Il avait entre autres saisi son coup de crayon et la manière dont Leonardo s'y prenait pour préluder à l'exécution de ses tableaux : la mise en place du sujet, l'esquisse, les volumes... Cette imitation atteignait parfois un tel degré de perfection que personne ne pouvait dire qui, du maître ou de l'élève, avait dessiné telle figure ou tel paysage de fond [1].

Et puis, il y avait la divine Mona Lisa qui attendait, retournée contre le mur, que le maître lui accorde quelques heures de son temps.

— Je pourrais terminer ce panneau en moins d'une semaine, disait-il à Charles d'Amboise, que cette œuvre inachevée intriguait autant qu'elle avait intrigué Machiavel. Mais c'est en la traitant avec douceur, par d'infimes touches translucides qui doivent avoir le temps de sécher, que je réussirai à la voir me parler comme elle le faisait en posant, à laisser entrevoir l'intériorité de l'être et l'infini de l'âme. Vous voyez ce que je veux atteindre avec ce tableau : la quintessence de l'art !

C'est le matin avant l'arrivée des élèves, pendant que le fidèle Salai préparait la *zuppa di verdura* que Leonardo avalait pour commencer la journée, qu'il plaçait avec la minutie d'un horloger les fameuses petites touches vaporeuses. Pour le reste, en dehors des travaux d'architecture et d'aménagement hydraulique dont il était redevable à la ville, il esquissait les œuvres qui lui tenaient à cœur, comme cette « Léda » à laquelle il pensait depuis si longtemps. Ses carnets et ses cartons apportés de Florence

1. Aujourd'hui encore, les critiques et les experts n'ont pas réussi à établir de façon certaine l'authenticité de certains dessins figurant dans les musées du monde entier.

étaient pleins de croquis, pris jadis dans le lupanar de Jacomo Alfeo, d'études, de dessins agrandis et poussés presque jusqu'à la perfection. De toutes ces feuilles, Leonardo avait tiré un carton puis le panneau auquel il travaillait. C'était une Léda debout presque entièrement nue et enlaçant le cygne. A ses pieds deux coquilles d'œuf d'où quatre enfants venaient de sortir : Castor et Pollux, Hélène et Clytemnestre [1].

Depuis toujours, Leonardo travaillait à plusieurs œuvres en même temps et ajoutait à ces occupations artistiques des réflexions nouvelles sur la nature ou sur quelque surprenante machine. Il avait aussi repris le panneau de sa sainte Anne qu'il chérissait presque autant que Mona Lisa. Le grand tableau à la composition pyramidale se dressait sur un chevalet et suscitait l'admiration bien qu'il ne fût pas terminé. La Vierge, assise sur les genoux de sainte Anne, rattrapait l'Enfant Jésus qui tentait de s'échapper pour jouer avec un agneau [2].

— Vous n'auriez peint que ce tableau, cher Leonardo, que votre gloire eût été assurée, lui disait Charles d'Amboise.

— Vous exagérez. Il est vrai que je retrouve en vieillissant le goût de peindre. Je me suis beaucoup dispersé et j'ai passé souvent plus de temps à étudier le mouvement des eaux et des nuages qu'à satisfaire les commandes qui m'étaient faites. Mais je crois que pour un homme comme moi, curieux de tout, assoiffé de connaissances et de découvertes, la dévotion à un seul art, fût-ce la peinture ou la sculpture, eût signifié le dépérissement de mes facultés.

— C'est pourquoi vous êtes plus qu'un artiste : un homme universel ! A propos d'homme universel, il me devient de plus en plus difficile de vous garder à Milan. Soderini fait de votre retour une affaire personnelle et je dois presque chaque jour subir les assauts de son ambassadeur.

1. La « Léda » a disparu. Probablement en France, où le panneau a été remarqué en mauvais état au XVIe siècle. On en a connaissance par des études conservées de Léonard et par les nombreuses copies de l'époque.
2. Au Louvre.

— C'est là une bien mauvaise nouvelle que vous m'apprenez. Au moment où je me sens de plus en plus français de cœur ! Ne m'a-t-on pas nommé peintre du roi ?

— Oui. Et le roi est attendu prochainement à Milan. Lui seul peut faire taire vos concitoyens. Si je ne peux pas tenir jusqu'à son arrivée, je lui demanderai d'intervenir par lettre auprès de Soderini. Comme il tient à vous garder, il le fera !

Sans trop d'inquiétude, Leonardo, qui n'avait pas bougé depuis longtemps, dut partir reconnaître une région qu'il ne connaissait pas et qui offrait des possibilités d'aménager le réseau navigable lombard. Tout de suite, son esprit visionnaire lui fit imaginer un système fort voisin des idées qui avaient effrayé le More, les Turcs et les Vénitiens. Le projet consistait à construire un canal et une unique et énorme écluse entre Milan et la rivière de l'Ada [1].

Des relevés topographiques, effectués dans cette vallée riante toute fleurie et plantée d'arbres fruitiers, lui avaient permis de faire la connaissance de la plus charmante famille qu'il eût rencontrée depuis longtemps, les Melzi, qui appartenaient à l'aristocratie lombarde et avaient naturellement entendu parler de Leonardo da Vinci. Ils habitaient sur les bords de l'Ada une demeure qui n'était ni un château ni un palais mais où il était agréable de vivre. Il en était l'hôte et partageait son temps entre le calcul du volume de terre à transporter, celui de la hauteur de la digue à construire et une vie de famille qui lui paraissait d'autant plus douce qu'il en avait été si souvent privé.

Les Melzi étaient musiciens, et Leonardo, qui n'avait pas touché à une lyre depuis des années, retrouva avec bonheur son toucher frémissant. Il improvisait, le soir au bord de l'eau, et Francesco, le fils de la maison, qui avait une jolie voix de soprano, chantait les fleurs et les oiseaux.

On ne pouvait pas ne pas remarquer Francesco Melzi, Leonardo moins qu'un autre. C'était un jeune garçon âgé d'une quinzaine d'années, un peu frêle mais dont le visage

1. Le projet, simplifié, sera réalisé un siècle plus tard. Ce sera pour les Lombards la *màcchina francese*.

irradiait une rare beauté avec de grands yeux clairs en amande, des traits fins et une longue chevelure tombant jusqu'aux épaules.

Francesco dessinait joliment et Leonardo corrigeait ses esquisses, l'initiait aux règles de la perspective, lui apprenait l'art des contrastes.

— Regarde, disait-il, ton dessin du petit pont, près de la maison, est excellent. Il lui manque pourtant quelque chose, il est fade, un peu ennuyeux.

Il saisissait alors un crayon gras ou un morceau de fusain, renforçait certains éléments et disposait quelques zones d'ombre. Ce n'était rien, trois ou quatre traits de la main magique, et le dessin avait acquis instantanément un volume, une profondeur, une force qui transformaient le devoir appliqué en un petit tableau vivant et attachant.

— Vous lui avez donné la vie, c'est merveilleux! s'exclamait le garçon. Je suis sûr que vous pourriez faire de moi un grand artiste. Prenez-moi comme élève dans votre atelier!

Leonardo regardait attendri le garçon qui, il le savait, l'admirait comme un dieu. En regardant ce visage d'adolescent aux traits presque féminins, ces cheveux blonds qu'il avait envie de caresser et cette silhouette délicate qu'il aurait aimé dessiner et peindre, il ne pouvait s'empêcher de penser à Salai, le petit voyou à tête d'ange qu'il avait ramassé dans la rue dix-huit ans plus tôt et qui ne l'avait plus quitté. A cette heure même, il l'attendait dans l'atelier de Milan. C'était la première fois que Salai ne l'accompagnait pas dans l'un de ses voyages. Il était resté pour assurer la finition d'un petit portrait de la Vierge promis à un officier qui rentrait en France. « Il aurait dû venir, pensait-il. S'il était là, je n'éprouverais sûrement pas cette attirance qui me fait peur... »

Le jeune garçon attendait-il vraiment une réponse à la question qu'il venait de poser? Leonardo préféra se lever pour s'éloigner, mais Francesco le retint par la manche:

— Voulez-vous de moi comme apprenti, maître Leonardo? répéta-t-il.

Cette fois, il fallait bien répondre:

— Cela n'est pas possible, Francesco. Tu appartiens à la noblesse de ce pays et on n'a jamais vu un jeune noble venir se salir les mains dans un atelier. Les bourgeois eux-mêmes considèrent les artistes comme de vulgaires travailleurs manuels voués à la pauvreté. Mon père n'était qu'un petit notaire sans fortune, mais si tu savais ce que j'ai dû lutter pour devenir l'apprenti du grand Verrocchio !

— Mais tout cela est faux. Vous n'avez jamais connu la pauvreté, vous avez vécu le plus souvent à la cour des princes et aujourd'hui vous êtes plus honoré qu'un roi. Mon père qui est un homme juste et bon...

— Ton père ne te laissera jamais ternir le renom et l'honneur de ta famille parmi les artistes de Milan ou de Florence. Quant à ma réussite, elle est l'exception dans un métier qui connaît plus d'humbles peintres *da sellaio* ou *da ceri* que d'artistes reconnus et considérés [1]. Continue de dessiner et de peindre pour ton plaisir. Envoie-moi tes dessins pour que je te donne mon avis. Et oublie vite cette idée de devenir mon apprenti !

Quelques jours plus tard, Leonardo prenait congé de ses hôtes. Avant qu'il n'enfourche sa monture, Francesco lui dit :

— Maître, embrassez-moi et souhaitez-moi bonne chance. Je ne renoncerai pas à mon choix !

1. Les peintres les plus humbles et les moins doués étaient appelés péjorativement à l'époque de la Renaissance *da contado* (de la campagne), *da sellaio* (pour selliers) ou *da ceri* (pour les cierges décorés de façon artisanale).

8

LE DIVIN RAFFAELLO

Arrivé trop jeune à Rome pour être reconnu d'emblée comme un maître avec qui les artistes de la ville allaient devoir compter, Raffaello Sanzio avait vite conquis dans les salles du Vatican la plus flatteuse des réputations. Jules II Della Rovere, s'il était soldat plus que prêtre, était aussi meilleur amateur d'art qu'habile politique[1]. Sans connaissances esthétiques ou techniques, il ignorait tout parti pris et avait attiré auprès de lui les représentants des écoles ombrienne, aussi bien que florentine ou vénitienne. Tous étaient des artistes de valeur, pressés de reussir, peu disposés à faciliter l'entrée dans leur essaim d'une nouvelle abeille au bourdonnement ambitieux.

Heureusement pour lui, Raffaello, s'il était prêt à piquer, cachait son aiguillon sous l'élégance d'une grande affabilité et d'une réelle gentillesse. Et puis, l'enfant d'Urbino était protégé par son concitoyen Bramante qui faisait la pluie et le beau temps à la cour pontificale. Surtout, Raffaello avait su, dès ses premiers coups de pinceau, faire éclater son talent sur les murs de la salle de la Signature et gagner la confiance et l'admiration du Saint-Père. En fait, à part Michelangelo, ceux qui l'avaient précédé à Rome n'étaient pas de taille à lui tenir tête

1. Jules II s'était voulu fondateur de l'unité italienne en chassant les Français mais, en fin de compte, il assura la domination des Espagnols. Sa patrie n'avait pas gagné au change.

longtemps : de ses rivaux il sut faire des alliés et des collaborateurs. Même Perugino, le Pérugin, qui avait été son maître durant quelques années, se rangeait sous la bannière de l'étoile montante de la peinture, comme Sodoma, Signorelli et Lorenzo Lotto. Tous avaient commencé le travail, il leur demanda de l'aider à le refaire et, contre l'avis du pape qui voulait tout effacer, il obtint de conserver deux plafonds peints par le Pérugin et Sodoma. Aucun de ces concurrents évincés ne gardait rancune à Raffaello parce qu'il était de ces êtres qu'on ne peut s'empêcher d'aimer. La douce franchise de ses manières lui ouvrait les portes et les cœurs comme par enchantement. Sa peinture pleine de lumière et de délicatesse faisait le reste. Comme le disait Sodoma, on appréciait à la fois l'homme et son art car ils ne faisaient qu'un. C'est dire si la peinture des fresques du Vatican avait commencé sous de bons auspices !

« Cette pièce, la plus belle, doit célébrer le culte des lettres sacrées et profanes, avait dit le Saint-Père. Pour le choix des sujets, j'entends donner mon avis mais je crois, cher Raffaello, que vous auriez intérêt à consulter les humanistes qui fréquentent ma cour. Vous êtes trop intelligent pour ne pas comprendre qu'une telle œuvre ne peut être conçue par un seul homme, si brillant soit-il. Vous êtes le maître mais les idées de mes têtes pensantes peuvent vous aider. »

Loin de s'offusquer de ces conseils, le jeune homme avait aussitôt fait appel à ces savants, à ces philosophes qui perpétuaient à Rome l'esprit des pionniers de l'humanisme qui avaient naguère fait à Florence la gloire de la cour de Laurent le Magnifique. Il y avait parmi eux Sigismond Conti, Sadoleto, Bembo, Baldassare Castiglione, philosophes ou exégètes, et le délicieux historien Raffaello Maffei, bibliothécaire de la Vaticane. Très vite, tous étaient devenus les amis du peintre.

Ainsi naquirent dans le bonheur de la création les images des sciences. La théologie, sur les conseils de Bembo, rappelait la figure de Béatrice telle qu'elle apparut à Dante. Avant de la peindre, Raffaello avait appris par cœur les vers célèbres :

La tête ceinte d'olivier sous le voile blanc
Une femme m'apparut ; sous son manteau vert
Resplendissait la couleur de la flamme vive...

La « Justice », armée du glaive et de la balance, était entourée de quatre enfants et le « Péché originel » représentait une Eve très belle dont les traits rappelaient ceux de la « Léda » de Leonardo que Raffaello avait naguère copiée sur un dessin du maître florentin. Dans la « Dispute du saint sacrement », par laquelle Jules II voulait exalter la puissance morale de l'Eglise, le peintre avait réuni dans une composition admirable les Pères du christianisme autour de Jésus rayonnant. A droite, il avait tenu à placer Fra Angelico, le peintre des gloires célestes.

Un jour, Sodoma amena sur le chantier un homme de belle prestance qui disait être venu du sud de l'Italie pour voir travailler les artistes du Vatican. Il n'avait naturellement pas pu approcher de la Sixtine, verrouillée par Michelangelo, mais Raffaello le reçut avec chaleur :

— Vous venez de si loin pour voir travailler des peintres comme les autres ? Même si nous ne méritons pas un tel pèlerinage, nous sommes flattés par votre visite. Sans doute êtes-vous peintre vous-même ?

— Oui, j'ai ma *bottega* à Messine, en Sicile, mais je travaille aussi beaucoup à Naples. Mon nom est Antonello da Saliba.

— Messine... Antonello... Etes-vous parent du peintre Antonello da Messina ?

— C'était mon oncle et je suis, dans le Sud, son plus fidèle continuateur.

— Nous savons si peu de chose de lui ! J'ai vu de très beaux portraits à Milan, dont son « Condottiere » qui est un chef-d'œuvre. Et puis il y a son histoire fantastique devenue une légende qu'on raconte aux apprentis dans les ateliers... Avez-vous connu votre oncle ?

— J'avais douze ans quand il est mort, mais c'est lui qui m'a enseigné les premiers rudiments du métier.

— J'aimerais que vous me parliez de lui. Voulez-vous souper en notre compagnie ?

— Vous demandez à un capitaine s'il veut des soldats !

Maître Raffaello, je ne sais comment vous remercier de votre accueil.

Dès son arrivée à Rome, Raffaello avait loué un atelier près du Campo dei Fiori. Il y travaillait les cartons des fresques de la salle de la Signature et y avait installé ses élèves qui étaient pour la plupart des artistes déjà expérimentés. Certains œuvraient avec lui au Vatican, d'autres s'occupaient des commandes de tableaux. Son succès avait été si rapide qu'il était devenu en quelques mois l'élu des palais. Posséder un portrait peint par Raffaello Sanzio, ou tout au moins sortant de son atelier, était un signe de prestige. Le maître, en général, procédait à une ou deux séances de pose, esquissait le portrait et confiait à l'un de ses élèves le reste du travail, travail dont il suivait scrupuleusement le déroulement. Son plus fidèle collaborateur, avec Sodoma, était un jeune garçon très doué, Giulio Pippi, que son maître avait baptisé pour son temps et la postérité Giulio Romano. Malgré son âge — il n'avait guère plus de seize ans —, Giulio était habile, pour la fresque comme pour la peinture de chevalet. Naturellement, il adorait Raffaello et était prêt à tout pour lui faire plaisir, même à s'occuper du souper avec la jeune servante Fioretta lorsque le maître conviait des amis, ce qui arrivait souvent.

Ce soir-là, le Sicilien Antonello s'ajoutait à une liste d'invités connus. On attendait au Campo dei Fiori l'architecte Bramante, auquel le pape avait confié la construction de la nouvelle basilique Saint-Pierre, Perugino, l'ancien maître vénéré de Raffaello, l'humaniste latiniste Bembo et un petit homme à l'œil perçant et au long nez qui vivait depuis quelque temps à Rome et qu'on disait suprêmement intelligent et érudit. Il était né à Rotterdam en pays flamand et se nommait Didier Erasme.

Giulio avait fait préparer un plat de charcuterie d'Emilie ainsi qu'une soupière de *tagliatelle* que Fioretta, native de Bologne, réussissait à merveille. On avait prévenu Raffaello que le Dottore Erasme détestait les ripailles, mais il avait décidé que ce n'était pas une raison pour laisser les autres invités sur leur faim. Le déroulement du repas devait lui donner raison. Erasme ne justifia en rien la réputation d'ascète qu'on lui prêtait. Il fit honneur à la *coppa* et à la *pancetta*. Quant aux *tagliatelle*, il en offrit l'historique aux convives avec la précision qui caractérisait ses travaux de linguiste :

— Ah, ce feuilletage ! Quelles mains expertes l'ont travaillé ? Savez-vous qu'il y a vingt ans on ignorait encore ce prodige ? Les *tagliatelle* ont été inventées en 1487 à l'occasion du repas de mariage de Lucrèce Borgia et du duc de Ferrare par un cuisinier de la région de Bentivoglio. Je connais même son nom : il s'appelait Zaffirano. Un prélat de Bologne m'a assuré que cet homme estimable avait trouvé son inspiration dans les boucles blondes de la belle Lucrèce !

Mais la conversation prit vite un tour plus sérieux. Erasme raconta comment il avait passé les Alpes en août 1506, décroché un diplôme de théologie à Bologne avant de s'arrêter à Venise, à Padoue et à Ferrare où il avait eu la chance de rencontrer l'Arioste.

— Rome vous plaît-elle ? demanda Raffaello.

— Dois-je avouer qu'elle m'a déçu ? Je n'y ai vu d'abord que des ruines, des décombres, les vestiges de ses malheurs. Et tous ces espaces vides malgré, çà et là, quelques chantiers dont on se demande s'ils sont destinés à la construction ou à la démolition !... On m'a montré hier une nouvelle rue, la Via Giulia, qui n'est qu'un long fossé.

— Comme vous parlez des vestiges romains, maître ! C'est toute notre histoire qui resplendit encore dans le Forum, dévasté certes mais sublime ! Le Colisée est toujours debout et nous relèverons les pierres des thermes de Dioclétien et de Caracalla !

C'est Pietro Bembo qui avait parlé. Il vouait aux antiques une véritable passion et son logis était plein de marbres, de statues, ce qui n'empêchait pas ce littérateur, l'un des plus fins de son époque, de collectionner les tableaux de son temps. Il possédait son portrait par Raffaello, un « Saint Sébastien » de Mantegna et même un diptyque de Memling qui faisait l'envie de tout le Sacré Collège.

— Pardonnez mon impression sommaire de Rome,

s'excusa Erasme. Si je ne suis pas un grand amateur d'antiques, j'en comprends la beauté. Et puis, Rome est la ville qui rassemble aujourd'hui tellement de savoir, tellement de science et tellement de talent! Mon ami le philologue Inghirani m'a fait visiter le Vatican. Ce que j'y ai vu a effacé mes premières impressions. Je n'ai pu admirer le plafond de Michelangelo, mais j'ai découvert l'ineffable beauté de vos fresques, maître Raffaello.

Un être aussi sensible que Raffaello n'avait pas pu ne pas remarquer le climat conflictuel qui s'était installé depuis le début du souper entre Bembo et Erasme. Chacun d'eux était habitué à briller et à prendre l'avantage dans les assemblées où ils étaient conviés. Il n'y avait eu jusque-là que des escarmouches mais, pensait le peintre, non sans une certaine jubilation, la joute pouvait s'engager au moindre prétexte. Ce fut Bramante qui sans le vouloir mit le feu aux poudres :

— Dottore Erasme, demanda-t-il, on dit que vous êtes venu à Rome pour étudier le grec...

— C'est que le meilleur helléniste a toujours quelque chose à apprendre et je trouve effectivement à Rome des occasions de parler le grec comme j'entends qu'on doive le parler.

— En employant la prononciation moderne, naturellement, précisa Pietro Bembo.

— Non, monsieur. Je suis sûr qu'il convient de parler le grec comme les anciens.

— Et vous savez comment parlaient les anciens Grecs ? Vous les avez entendus ?

— Ils ne prononçaient certainement pas leurs discours en plaçant partout des iotas ridicules. La prononciation sera celle des anciens ou la langue grecque disparaîtra.

— L'humanisme n'est pas l'archaïsme! Et le latin? Allez-vous prétendre qu'un autre latin que celui de Cicéron soit digne d'être employé ?

— Naturellement, soutint Erasme. J'ai toujours défendu et je continuerai à défendre la langue des autres grands classiques latins!

Raffaello pensa qu'il fallait mettre un terme à ce duel

d'érudits capables, sait-on jamais, d'en venir aux mains pour un iota.

— Mes amis! s'exclama-t-il en riant. Votre enthousiasme est magnifique mais, jouant le rôle d'arbitre en qualité de maître de maison, je déclare d'égale vérité vos savants arguments et vous désigne tous deux vainqueurs!

Tout le monde éclata de rire, les deux adversaires les premiers.

— On voit, mes amis, conclut Bembo, que vous n'avez pas l'habitude des réunions de clercs, de lettrés ou de linguistes. On nous croit des sages mais il nous arrive de nous injurier comme des cochers à propos d'un mot. Les artistes sont les vrais philosophes et vos pinceaux plus raisonnables que nos langues!

— Eh bien, parlons de peinture! dit Perugino Nous avons la chance d'avoir ce soir à notre table un confrère dont le nom nous est cher. Tous les peintres d'Italie, s'ils avaient un peu de reconnaissance, devraient se cotiser afin d'élever une statue à l'oncle de notre ami. Il s'appelait Antonello da Messina et nous lui devons l'usage de couleurs à l'huile qui doublent notre talent.

— L'histoire de cet artiste est fantastique, continua Raffaello. Je propose que son neveu, Antonello da Saliba, nous la raconte.

Le Sicilien ne se fit pas prier et narra par le détail l'apprentissage chez le père orfèvre, la découverte de l'art de la fresque à Naples chez Colantonio et enfin le voyage en Flandre, la quête du solvant à l'huile et les recherches pour perfectionner le procédé de Van Eyck.

— Nous savons qu'Antonello a vécu un moment à Venise où il aurait eu un fils, mais après? questionna Raffaello.

— Mon oncle a perdu sa femme. Désespéré, il est rentré au pays laissant l'enfant à la garde de ses amis Bellini. Plus tard il est allé le rechercher et en a fait un bon peintre, mort malheureusement très jeune. Antonello a passé le reste de sa vie entre Messine et Naples. Il a beaucoup peint. Et de très belles choses.

— Vit-il encore? demanda Bramante.

— Hélas non! Il est mort en 1479, le pinceau à la

main. Il allait avoir cinquante ans. Il a été inhumé à Messine. Tenez, j'ai sur moi la traduction de son épitaphe gravée en latin. Je vais vous la lire car elle est très belle.

Il sortit une feuille pliée de sa poche et lut dans le silence :

« D.O.M. Le peintre Antonello, honneur suprême de Messine et de toute la Sicile, est abrité sous cette terre. Non seulement par ses peintures, d'une beauté et d'une conception singulières, mais aussi parce qu'il a apporté le premier à la peinture italienne la splendeur et la pérennité de la peinture à l'huile, il sera à jamais célébré avec une immense dévotion par les artistes. »

— Merci, Antonello da Saliba, dit Raffaello. Nous allons boire le dernier verre de *vino dei Castelli* à la mémoire de celui à qui nous devons tant.

***

Loin de cette agitation de l'esprit et des sens, loin de cette vie de travail et de plaisir qui usait l'aimable génie de Raffaello, Michelangelo, collé à la voûte de la Sixtine, continuait son combat solitaire. A l'automne 1509, il avait achevé quatre grands tableaux du centre : l'« Ivresse de Noé », le « Déluge », le « Sacrifice de Noé », le « Péché originel » et venait de terminer la « Création d'Eve ». Malgré le doute permanent qui le rongeait, les fresques lui semblaient réussies et il se sentait prêt à entreprendre la suivante qu'il avait cent fois pensée et dessinée, dans son esprit et sur le papier : la « Création d'Adam ».

Le moment était venu où il atteignit au sommet de son art, loin de toute influence, ne croyant qu'à sa seule inspiration pour rendre gloire à Dieu. Cette première relation entre l'homme et Dieu, il allait en faire une rencontre aussi simple que sublime : Adam, émerveillé de sortir du sommeil, aurait la force de tendre sa main à la Divinité en prenant appui sur son genou. Il ne toucherait pas le doigt bienveillant de Dieu mais les deux mains s'approcheraient assez l'une de l'autre pour que l'étincelle divine anime le premier homme.

Cette fresque, qui allait supporter le poids de tout

l'œuvre peint de la chapelle et devenir pour les siècles futurs l'une des images les plus admirables de l'histoire, Michelangelo, qui avait tant peiné sur les premières évocations, la peignit en quelques semaines.

Le pape n'était venu qu'une seule fois, un an auparavant, voir la scène du Déluge. Non pas qu'il se désintéressât du travail de son peintre mais Michelangelo, enfermé dans la chapelle, refusait toute visite et reculait même respectueusement, semaine après semaine, celle de Jules II. Enfin, la première moitié de la voûte achevée, il fallait bien accéder au désir du pape. Michelangelo obtint encore un délai pour peindre dans les coins quatre éphèbes nus qu'on eût dit sculptés dans le marbre et, au-dessous, la sibylle de Cumes et le prophète Ezéchiel.

Le pape, enfin, trouva grande ouverte la porte de la chapelle Sixtine. Michelangelo l'accueillit avec dévotion et le mena à l'échafaudage encore en place et qui cachait inégalement les fresques. Ce qu'on en apercevait entre les poutrelles et les tentures de protection ruisselait de beauté et de lumière.

— Très Saint-Père, je vais vous aider à monter sur la plate-forme. De là vous pourrez voir tout ce qui a été peint.

Jules II était un vieil homme que la perspective d'escalader une échelle n'enchantait pas. Cet inconvénient, joint aux mauvaises nouvelles militaires qu'il venait de recevoir de Bologne, l'avait mis de méchante humeur. Il monta tout de même, leva les yeux et ne put éviter de laisser paraître son admiration bien qu'il fût décidé à se montrer désagréable envers le peintre qui n'en finissait pas d'achever son travail et l'obligeait à faire des acrobaties au lieu d'avoir tout simplement démonté l'échafaudage.

— C'est bien, Buonarroti, lâcha-t-il comme à regret.

Le compliment était maigre et Michelango le reçut comme un soufflet. Son visage se rembrunit tandis que le pape continuait d'un ton sec :

— Je veux montrer ma chapelle. Faites démolir dès demain vos échelles de malheur !

— Il faut encore attendre un peu, Très Saint-Père, car il reste certains détails...

— On m'avait dit que cette première partie était terminée et on m'a menti. Alors, quand donc cette chapelle sera-t-elle prête ?

Michelango était aussi susceptible et colérique que le pape. Seulement il n'était pas le pape. Perdant son contrôle, il répondit sèchement :

— Quand je pourrai, Saint-Père !

Jules II devint tout rouge et s'écria :

— Quand je pourrai... quand je pourrai ! Je te la ferai bien finir, moi, cette chapelle !

Exaspéré, il leva sa canne et en frappa deux fois le dos de Michelangelo.

Le silence se fit aussitôt dans la chapelle. Les deux hommes se toisèrent un instant, soudain conscients de l'énormité de l'incident : le souverain pontife rossant son illustre peintre comme un vil paltoquet !

Enfin, Michelangelo, surmontant les douleurs de son dos déjà fragilisé par des mois de postures inconfortables, dit d'un ton calme et froid :

— Très Saint-Père, l'échafaudage sera démonté dès demain selon votre désir et vous pourrez montrer la chapelle inachevée.

Jules II ne répondit pas et sortit en compagnie du cardinal de Pavie, tout remué par la scène à laquelle il venait d'assister. Michelangelo, seul, s'assit sur la première planche de l'échafaudage et se prit la tête entre les mains, comme l'homme peint là-haut dans la fresque du Déluge.

Michelangelo réfléchissait : c'était la deuxième querelle qui l'opposait au Saint-Père et, cette fois, il fallait quitter Rome le plus vite possible. Tout était à craindre avec ce pape qui se donnait des airs de condotierre et qui l'avait battu en public. Il pouvait aussi bien le faire arrêter et l'envoyer dessiner des graffiti sur les murs d'une cellule du château Saint-Ange. Tant pis pour l'argent qui lui restait dû, il allait faire ses bagages, trouver un cheval et rentrer à Florence ! Le dos endolori, le cœur en berne de ne pouvoir terminer cette voûte qui lui avait coûté tant de temps et de soucis, il se dirigea vers son atelier, celui que le pape, justement, lui avait donné près du Duomo.

Chez lui, il trouva le jeune garçon qu'il appelait Jonas

depuis qu'il l'avait pris pour modèle du prophète et qui, plus prosaïquement, s'occupait de la maison.

— Prépare-moi un bain très chaud car mes côtes me font mal et sauve-toi. Si l'on vient m'arrêter, il est inutile qu'on t'emmène avec moi.

— Vous arrêter ? Vous, Michelangelo Buonarroti ? Mon maître, vous vous moquez de moi !

— Hélas, non ! J'ai eu une dispute très pénible avec le pape. Il m'a même frappé et je crois qu'il est prudent de rentrer à Florence. Va, dépêche-toi.

— Vous m'abandonnez, mon maître ?

— Si tu veux m'accompagner, on te trouvera un cheval. Mais ne reste pas ici ce soir. On peut frapper à la porte d'un moment à l'autre.

Michelangelo avait vu juste. Il venait à peine de sortir du bain qu'on cognait à la vitre

— Eh bien ! ils n'ont pas attendu, murmura le peintre en allant ouvrir.

Il s'attendait à trouver des soldats venus lui signifier son arrestation, mais c'était Gondri, le camérier du pape, qui lui souriait gentiment :

— Laissez-moi entrer, Michelangelo. Je viens de la part de Sa Sainteté.

— Vous n'avez pas de bâton, j'espère ? Si c'est pour me dire de quitter la ville, dites au pape que je fais mes bagages et pars dès demain matin.

Gondri éclata de rire :

— Qui vous parle de partir ? Et vos fresques ? Qui les achèvera ?

— Qui vous voudrez. Cela m'est égal ! En tout cas, il sera amusant de voir comment se débrouillera mon successeur pour que sa peinture s'accorde avec la mienne. Vous savez bien que je suis inimitable !

— Holà ! Calmez-vous, Buonarroti. Regardez plutôt ce que le Saint-Père m'a chargé de vous remettre !

Il lança sur la table un sac assez lourd pour faire un bruit mat en touchant le bois :

— Cinq cents gros ducats d'or ! C'est, je crois, la somme qu'on vous devait. Vous êtes content ?

— Pas du tout ! D'abord parce qu'il est normal de

payer ses dettes, même pour un pape. Ensuite parce que j'ai été humilié et que tout l'or du monde ne peut guérir une telle blessure ! Songez que demain tout Rome saura que j'ai reçu la bastonnade ! Je vois d'ici le plaisir que va prendre Bramante à raconter que le pape m'a battu. Il va dire que c'est parce que mes fresques ne lui ont pas plu !

— Laissez donc dire ! Bramante ne vous déteste pas autant que vous le pensez. En tout cas, il juge votre œuvre à sa juste valeur et ne manque pas une occasion de dire que vous êtes le meilleur. La seule chose importante, c'est que le pape regrette ce qui s'est passé. Il m'a chargé de vous faire ses excuses. C'est dire combien il vous aime et vous admire ! Alors, de votre côté, ne faites pas la mauvaise tête et oubliez cette malheureuse affaire qui a tout de même eu son bon côté : celui de vous faire payer ! Il vous prie de terminer la première partie de la chapelle à votre guise. Après quoi, vous ferez démonter l'échafaudage et avant qu'on le reconstruise pour finir la voûte il fera admirer vos merveilles à sa maison, aux ambassadeurs étrangers et aux voyageurs de passage.

Michelangelo bougonna quelque chose que le camérier prit pour un assentiment. Déjà il pensait aux cartons des prophètes Daniel et Jérémie, aux sibylles de Perse et de Libye : il avait du pain sur la planche avant de rejoindre les hauteurs de la Sixtine.

Jules II décida de dévoiler l'œuvre de Michelangelo au cours de la semaine de la fête de l'Assomption. L'élite romaine se bouscula durant deux jours pour admirer ces fresques qui ne ressemblaient à rien de ce qui avait été fait. Dieu, les prophètes, les chérubins, le peuple de la Bible étaient si bien peints en trompe l'œil qu'ils semblaient sortir statufiés de la voûte, cette voûte qui, par la grâce du pinceau de Michelangelo, n'était plus celle de la chapelle mais le ciel lui-même où éclataient les bleus légers ou profonds, les gris d'argent, les ocres couleur de chair, les rouges sombres et les mauves éthérés.

A l'admiration s'ajoutait la stupeur de découvrir autour des tableaux des jeunes gens nus dont l'anatomie prêtait à bien des interprétations. Beaucoup pensaient que Michelangelo s'était fait plaisir en peignant ces éphèbes chez qui on essayait de reconnaître les traits d'adolescents romains. C'était peine perdue car le maître avait ses cartons pleins de corps et de figures de jeunes gens dessinés depuis des années. Personne d'ailleurs ne cria au scandale car le goût pour la beauté masculine connaissait alors à Rome un plein épanouissement.

Le pape devait encore six cents ducats à Buonarroti mais préférait acheter des armes et des soldats que de payer ses dettes. En attendant que le Saint-Père le paie, Buonarroti travaillait aux cartons. L'argent continuait de jouer un rôle important dans sa vie. Pas pour en jouir personnellement, comme Raffaello ou Bramante dont le train de vie était fastueux, mais pour assurer le présent et l'avenir de sa famille. S'il vivait comme un pauvre, son père et ses frères savaient dépenser les ducats qu'il leur envoyait et ses lettres étaient pleines de reproches et de conseils : « Utilisez les trois cents ducats que vous recevrez à l'achat d'une vigne ou d'une terre. Ne les gaspillez pas car je me tue au travail pour les gagner... » Les rares amis qu'il fréquentait encore étaient navrés de le savoir toujours hargneux et malheureux. « Buonarroti est ainsi fait, disait Sangallo. Quand il n'a pas d'infortune, il s'en crée, quand il n'a pas d'ennemi, il s'en invente. Il ne sait vivre et travailler que dans l'épreuve ou l'affliction ! »

Sa seule lumière, en dehors de son art, restait la poésie qu'il maniait avec adresse depuis sa jeunesse. Il s'épanchait dans ses sonnets, où se glissait parfois une nuance de moquerie. Ainsi avait-il composé ce poème alors qu'il souffrait d'être demeuré trop longtemps à peindre dans une position peu naturelle :

« J'ai attrapé un goitre en peignant ainsi (comme l'eau en cause aux chats en Lombardie ou en tout autre pays que l'on voudra) : le ventre me remonta sous le menton.

« Je sens ma barbe grimper au ciel et ma nuque tomber sous ma brosse ; j'ai une poitrine de harpie. Et mon pinceau qui coule sans trêve, goutte à goutte, fait de mon visage un plaisant pavement.

« Et mes reins remontent dans mon ventre. Je fais par contrepoids une bosse de mon cul et je bats mes pieds dans le vide sans les voir.

« Ma peau s'allonge sur le devant et se fronce sur le derrière à force d'être tendue comme un arc de Turquie.

« Alors, trompeurs et biscornus sont mes jugements : avec une sarbacane tordue, on ajuste mal. »

Michelangelo avait tout de même des raisons plausibles de se faire du souci. Le pape, oubliant son âge et ses fatigues, s'était brusquement lancé dans la guerre. Sans avoir donné à son peintre l'autorisation de poursuivre les travaux de la Sixtine, il était parti à la tête de son armée, casqué et cuirassé, afin de chasser les troupes françaises de l'Italie du Nord. C'était sa vieille idée pour affermir la force et la liberté des Etats pontificaux, une idée qui déplaisait à Michelangelo car une défaite des Français mettrait à coup sûr sa chère Florence sous la coupe du pape. Il écrivit à sa famille de se réfugier à Sienne si les choses se gâtaient et attendit les nouvelles du champ de bataille.

Il apprit quelques semaines plus tard, comme tous les Romains, que les choses avaient mal tourné à Ferrare et à Bologne. Le pape était sur le point de négocier sa reddition quand les troupes espagnoles et vénitiennes étaient arrivées pour le tirer de ce mauvais pas. C'est tout de même un pape vaincu qui rentra à Rome, un vieillard humilié et malade qui, sans doute, pensa faire œuvre de piété en demandant à Michelangelo de continuer sa chapelle. Les échafaudages furent remontés sous le ciel vide et le maître recommença à martyriser son corps pour peindre les héros de la Bible.

Un jour, sur le chemin du Vatican, il avait croisé Sangallo et appris une nouvelle qui, curieusement, ne l'avait guère touché :

— Quand le pape a quitté Bologne, les habitants qui le haïssent depuis si longtemps se sont rués Piazza Maggiore et ont jeté à bas ta statue de bronze. Le duc de Ferrare, pour fêter sa victoire, l'a fait fondre pour en tirer un canon. Par dérision, il l'a appelé « Julius »...

— Cela m'est égal. Je n'ai jamais aimé cette statue. Ce n'est pas comme si l'on avait détruit ma « Pietà » ou mon « David ». Tu vois, j'ai raison de préférer le marbre : on n'en fait pas des canons !

Jules II, qui avait dû confier le commandement de ses armées aux officiers espagnols, s'intéressait de plus en plus à la chapelle. Sans cesse il convoquait Michelangelo pour le presser :

— Auras-tu bientôt fini ? Cela fait presque deux ans que j'ai béni la première moitié ! Presse-toi !...

— Mais l'art, Très Saint-Père...

— Pour moi, l'art finira avec ma mort. Et je veux la voir et l'inaugurer avant de mourir, notre chère Sixtine !

Les aides de Michelangelo démontèrent l'échafaudage aux premières tristesses de l'hiver, et Jules II, radieux, célébra la messe dans sa chapelle le jour de la Toussaint 1512. Cette cérémonie triomphale, qu'il associait dans son esprit à l'enthousiasme suscité par les fresques de Raffaello dans la chambre de la Signature, donna au vieux pape malade un sursaut d'énergie. Apprenant que le roi de France Louis XII convoquait un concile à Pise pour réformer l'Eglise et le destituer, Jules II se releva plus farouche que jamais. Avec Ferdinand le Catholique, Henry VIII d'Angleterre et les Suisses, honorés du titre de « défenseurs du Saint-Siège », il réunit une « Sainte Ligue » qui réalisa son vieux rêve de chasser les Français d'Italie. Emportés dans le souffle de cette furieuse tempête, les Médicis étaient rentrés à Florence peu après la fuite du gonfalonier Soderini. Le pape semblait avoir gagné la partie. Avait-il raison de se croire le maître de l'Italie et de se laisser aller à l'exaltation du triomphe ? Le fait est qu'il convoqua ses artistes

— Mon ami, dit-il au Florentin, nous voilà débarrassés de ce Soderini qui m'a trahi en me refusant son aide et qui n'a pas toujours été tendre avec nous. Les Médicis qui ont fait votre carrière vous retrouveront avec joie. Mais, vous rappelez-vous qu'une commande que je vous avais faite reste toujours en suspens ?

— Très Saint-Père, vous m'avez en effet parlé de peindre le mur du fond de la chapelle. Vous aviez même pensé au Jugement dernier...

— Plus tard, plus tard. Ce n'est pas à ce mur que je fais allusion mais à mon tombeau. Si je ne me trompe, c'est pour ce travail que je vous ai appelé à Rome !

— Un travail, Très Saint-Père, que vous m'avez ordonné d'interrompre !

— Peut-être mais vous allez le reprendre.

— Je n'ai jamais cessé d'y penser. Hier encore, je dessinais certaines statues.

— Très bien. Mais votre projet est trop grandiose et demanderait des dizaines d'années pour être réalisé. Etudiez un programme réduit, en volume et en argent. J'ai chargé mes amis le cardinal d'Agen et le cardinal Santiquattro de veiller après ma mort à l'achèvement du monument. Considérez-vous comme engagé envers eux.

— Je vous fais le serment, Très Saint-Père, d'accomplir cette tâche avec piété et conscience.

En sortant, Michelangelo croisa dans la grande galerie Raffaello qui se dirigeait vers le cabinet du pape. Il s'avança les mains ouvertes et prit celles du Florentin :

— Michelangelo, j'attendais ce moment pour vous dire que vous avez réussi dans la Sixtine un chef-d'œuvre inégalable qui assure votre gloire pour des siècles.

— Merci pour vos compliments. J'ai vu vos peintures de la chambre de la Signature. Vous êtes l'artiste le plus doué de notre époque. Cela, je le sais depuis vos débuts. Vous avez fait beaucoup de chemin en quelques années !

Comme si cet échange de politesses n'était pas suffisant, Raffaello ajouta :

— Vous restez mon modèle, Michelangelo. Je me suis inspiré de votre prophète Isaïe pour mon tableau de l'église Saint-Augustin.

— J'en suis honoré mais votre peinture date de plus de deux ans. Comment avez-vous pu avoir à cette époque connaissance de mes prophètes ?

— Je vais tout vous avouer. Bramante possédait une clé de la Sixtine et il m'y a introduit un jour où vous étiez absent...

— Pour vous permettre d'étudier mon travail et de me concurrencer avec vos propres œuvres ! Comme si vous aviez besoin de cela pour faire éclater votre talent ! Décidément, ce pauvre Bramante m'aura poursuivi de sa vindicte toute sa vie. J'ai même su que, lorsque le Saint-Père a fait appel à moi pour la chapelle, il a intrigué afin que la commande vous fût confiée à ma place ! Mais tout cela n'a pas d'importance. Ce qui m'inquiète, c'est la manière dont il construit les fondations de la nouvelle basilique Saint-Pierre. Son mortier est de mauvaise qualité et cet édifice qui est fait pour durer autant que notre humanité risque de ne pas tenir longtemps.

— Ce que vous affirmez là est grave, maître Michelangelo. Bramante est mon ami. Nous sommes tous deux d'Urbino et il m'a toujours soutenu. Sans lui, je n'aurais jamais été désigné pour décorer les chambres du Vatican. Alors, vous m'embarrassez beaucoup...

— Je connais les liens qui vous unissent et ne cherche pas à détruire une si vieille amitié. Je n'aurais pas dû vous parler de la basilique, un sujet qui m'est d'ailleurs tout à fait étranger. Vous voyez, dans le rôle inverse, Bramante n'hésiterait pas à faire part au pape de ses craintes...

— Vous, vous vous tairez ?

— Probablement. A moins que votre compatriote ne me joue encore un de ses méchants tours... Mais quand vous passerez à Saint-Pierre, jetez un coup d'œil sur le chantier !

Raffaello, qui était d'un naturel bienveillant et que son succès éloignait des querelles et des jalousies, courantes dans le milieu des artistes romains, haussa les épaules en s'en allant : « Comment, pensa-t-il, expliquer qu'un génie comme Buonarroti s'empoisonne ainsi la vie ? »

Le pape aimait ses artistes mais tout le monde savait qu'il avait un faible pour ce jeune homme beau, intelligent, cultivé, dont le charme n'échappait à personne. Il était persuadé qu'il avait découvert cet enfant prodige de la peinture et que, sans lui, Jules II, les multiples talents de Raffaello seraient demeurés ignorés au fond de quelque atelier. Il ne lui en portait que plus d'attachement et de tendresse.

— Je n'ai reçu que des compliments pour vos fresques de la chambre de la Signature, lui dit-il. Je vois chaque jour que j'ai eu raison de croire en vous. Votre travail me rend heureux mais vous, Raffaello, êtes-vous heureux ? Vous avez l'air fatigué. Est-ce le travail dont vous êtes surchargé qui vous rend si pâle ? Vous savez qu'on me dit tout. Eh bien, quelqu'un m'a affirmé que vous ne meniez pas une existence très sage. Vous êtes beau, célèbre, riche — car vous êtes riche, n'est-ce pas ? — et il est normal que de nombreuses dames de Rome répondent à vos attraits. Mais faites attention ! C'est le vieil homme, le père qui parle et non le pape : la santé est comme une fresque mal faite, quand elle commence à se dégrader, nul pinceau ne peut la sauver. Vivez longtemps, mon fils, pour faire beaucoup de chefs-d'œuvre. Ce sont les seules richesses qui demeurent. La puissance, le pouvoir, les honneurs ne sont rien à côté de votre « Ecole d'Athènes » ou de la « Création d'Adam » de Michelangelo. Voyez-vous, je suis aussi fier d'avoir permis à ces deux œuvres d'exister que du rétablissement de l'autorité de notre Eglise !

— Très Saint-Père, vos paroles pleines de bonté me touchent. Je suivrai vos conseils et me reposerai un peu plus souvent.

— Très bien ! Mais cela ne veut pas dire qu'il ne faut rien faire. Veux-tu continuer à peindre les salles de mes appartements ? La *Stanza della Signatura* traduit l'idéal humaniste, la seconde devra consacrer la grandeur de la religion et la puissance du chef de l'Eglise. Plus de réminiscences profanes ni d'allusions poétiques, il nous faut choisir les sujets que tu traiteras !

Jules II n'avait pas l'habitude de tutoyer Raffaello, ce qu'il faisait avec Michelangelo et Bramante. Le peintre se dit, comme ses prédécesseurs, qu'il avait franchi un échelon dans la hiérarchie affective du Saint-Père.

— Très Saint-Père, rien ne peut m'enchanter plus que de peindre une nouvelle salle. Pensez-vous à la grande chambre qui a deux grandes fenêtres comme la salle de la Signature ?

— Oui. Mon successeur verra plus tard pour les autres. Ah ! n'hésite pas à me représenter dans tes fresques. C'est un peu mon testament que je te donne à peindre ! Tu seras payé comme pour la première salle : mille deux cents ducats. C'est ce que j'ai donné à Michelangelo pour la chapelle Sixtine, mais il a travaillé comme un fou durant des années !...

Raffaello avait bien compris qu'il s'agissait de peindre

des thèmes religieux se prêtant à des allusions à la politique de Jules II, restaurateur de l'unité territoriale de l'Eglise. Quarante-huit heures plus tard, le pape faisait remettre à son peintre une liste dont il ne sut jamais si elle avait été dressée par le pape lui-même ou par son entourage de têtes pensantes. Raffaello avait assez d'amis savants, religieux ou non, pour lui fournir les détails qu'il désirait sur cet Héliodore qui avait été chassé du Temple, sur la messe de Bolsena ou sur la rencontre de saint Léon et d'Attila... Toutes ces histoires pouvaient facilement être transposées en versions flatteuses des grandes entreprises politiques et militaires du pape.

Dès le début, il fut convenu que la nouvelle chambre s'appellerait la *Stanza d'Eliodoro*. L'ennui était que cette pièce avait été décorée une première fois sous Nicolas V par Piero della Francesca et que Raffaello se sentait, comme pour la première salle, envahi de scrupules à l'idée de détruire l'œuvre d'un si grand maître. Jules II, consulté, répondit qu'il prenait les scrupules à son compte et qu'on ne pouvait pas peindre deux fresques sur le même mur. Il avait ruiné tant de villes ennemies au cours de sa vie et fait tuer tant de chrétiens qu'il n'allait pas faire un cas de conscience du badigeonnage de peintures déjà éraillées. Raffaello ne pouvant sauver les fresques de son illustre prédécesseur voulut en perpétuer le souvenir: il les fit copier par ses élèves avant de les recouvrir.

Pour la chambre de la Signature, Raffaello avait peint lui-même l'essentiel, ne laissant à ses aides que des travaux de finition faciles. Maintenant, il avait trop de commandes en retard dans son atelier pour se consacrer entièrement à la nouvelle œuvre entreprise. Lorenzo Lotto, Michele del Becca et le Flamand Jean Ruysch prirent, malgré quelques remontrances du pape, une part importante dans le travail, conçu et dirigé, il est vrai, par le maître.

Jules II ne vit pas grand-chose des fresques de la *Stanza d'Eliodoro*. Tout juste sut-il aussi que Michelangelo avait commencé à tailler le marbre de son tombeau, quand il mourut le 20 février 1513. Les deux artistes, ainsi que

Bramante et tous les peintres et sculpteurs que la passion du pape pour la beauté avait fait vivre, pleurèrent le fougueux vieillard. Aux regrets sincères qui les animaient tous, même Michelangelo dont les rapports avec le Saint-Père avaient été pourtant difficiles, se mêlait un sentiment de crainte compréhensible : le nouveau pape continuerait-il l'œuvre entreprise par son prédécesseur ? Raffaello allait-il devoir faire démonter ses échafaudages du Vatican et se replier dans sa *bottega* ? Michelangelo devrait-il encore une fois abandonner le tombeau et Bramante replier les plans de la nouvelle basilique ?

C'est pour essayer de répondre à ces questions pressantes que Raffaello vint un soir trouver Michelangelo dans sa nouvelle maison au Macel de'Corvi, l'ancien forum de Trajan. C'était la plus grande bâtisse de cette petite place, assez triste, poussiéreuse ou boueuse selon le temps, clairière sans grâce au milieu de la Rome antique.

Le sculpteur avait choisi cette demeure à cause de sa grande cour, où pouvaient être entreposés les blocs de marbre, et d'une immense pièce de plain-pied, capable de contenir plusieurs statues.

— Maître Michelangelo, dit Raffaello, je sais que vous détestez être dérangé dans votre travail, mais je voulais vous entretenir des problèmes que la mort du Saint-Père ne va pas manquer de poser aux artistes.

— Tout dépendra du pape qui sera choisi pour succéder à Jules II. Si c'est le cardinal Jean de Médicis, comme on le murmure, je crois que nous n'avons pas grand-chose à craindre. Le fils de Laurent le Magnifique ne peut que posséder l'amour des arts, de la philosophie et des lettres. J'ai, il est vrai, vécu un moment sous le toit des Médicis, au temps du *giardino*, et j'ai connu celui dont son père disait : « C'est le plus sage de mes fils, on en fera un cardinal. Et pourquoi pas un pape ? » Mais il n'a jamais existé d'amitié entre nous bien que nous ayons le même âge, de l'estime peut-être... Je me rappelle qu'il m'a fait lire Marsile Ficin ! Mais je ne vois pas pourquoi vous vous inquiétez. Vous habitez une maison qui est presque un palais, vous êtes célèbre, vous avez plus de commandes que vous ne pouvez en honorer. Si quelqu'un n'a rien à craindre, c'est bien vous, cher Raffaello. Tandis que mon tombeau...

— En dehors du fait que je serais désolé de devoir abandonner les chambres du Vatican, je me fais du souci surtout pour ceux qui travaillent pour moi, mes aides, mes élèves...

Michelangelo ne put s'empêcher de lui répondre d'un ton un peu sarcastique :

— C'est vrai, vous marchez toujours entouré d'une suite, comme un général.

Raffaello était le plus gentil garçon du monde mais s'il était conciliant, il savait répondre par l'ironie aux remarques qui lui paraissaient désobligeantes. Plus d'un personnage important s'était ainsi fait clouer le bec par l'une de ses reparties. Michelangelo n'avait pas terminé sa phrase qu'il s'entendit répondre :

— Vous, vous marchez seul. Comme le bourreau !

Désarçonné, Michelangelo sourit :

— Pardonnez-moi. Vous avez plus d'esprit que j'ai de mauvaiseté. Serrons-nous la main !

— De grand cœur. Je vous admire tellement ! A propos, cela vous ennuierait beaucoup de me laisser revoir vos dessins du tombeau ?...

— Je vais vous les montrer parce que je vous dois quelque chose.

— Quoi ? De m'avoir comparé à un général ? Ce n'était pas injurieux...

— Non, je vous dois le plaisir que m'a procuré le spectacle de vos fresques du Vatican. Vous avez quelque chose que ni Leonardo, ni moi, ni les plus grands peintres qui nous ont précédés n'ont ou n'ont eu. C'est cela être un grand artiste !

***

Leonardo avait vu d'assez près les horreurs de la guerre lorsqu'il accompagnait César Borgia, pour fuir maintenant comme la peste les hordes soldatesques. Non seulement il n'inventait plus des machines de guerre, mais le plus lointain bruit de canon lui traversait la tête comme l'une des flèches prévues pour son arbalète géante. Ainsi s'était-il réfugié à Vaprio, chez les parents du jeune Melzi, dès les premières escarmouches de la bataille qui devait chasser les Français de Milan. Leonardo avait passé une année heureuse dans le calme de la vallée de l'Ada, à dresser les plans d'un projet d'agrandissement de la demeure de ses hôtes, à poursuivre ses travaux d'anatomie et à dessiner les paysages rencontrés au cours de ses promenades avec Melzi, devenu officiellement élève du maître.

Leonardo ne pouvait cependant s'éterniser dans la famille de son jeune ami. Mais où trouver une ville accueillante et digne de sa renommée? Où rencontrer, surtout, un protecteur stable et généreux? Milan, où trônait ce fantoche de Maximilien Sforza, pâle réplique de son père, déplaisait maintenant au maître. Florence le boudait depuis les mésaventures de la « Bataille ». Isabelle d'Este elle-même, qui l'avait tant sollicité, s'intéressait à Raffaello, le nouveau dieu de la peinture. Restait Rome où le fils cadet de Laurent le Magnifique, devenu Léon X, continuait à faire vivre dans l'opulence les artistes appelés par son prédécesseur. Mais Leonardo n'était pas un jeune artiste qui pouvait débarquer à Rome pour y tenter sa chance. Son renom était immense, il avait servi les plus illustres familles, il ne lui était permis de gagner la Ville éternelle que s'il était invité. C'est alors qu'il pensa à Giuliano de Médicis, frère du nouveau pape, qu'il avait aussi côtoyé chez Laurent puis rencontré durant son premier séjour à Rome. Il se rappelait ce jeune homme inquiet, mélancolique mais attachant, qui s'intéressait aux sciences de la nature et qui composait des vers élégiaques. Giuliano, qui avait été alors conquis par l'esprit universel de Leonardo, était aujourd'hui commandant des milices pontificales et détenait en fait une grande partie du pouvoir temporel du Saint-Siège. Leonardo tenta une lettre. Giuliano y répondit par une invitation en bonne et due forme pour le maître et sa suite.

Leonardo, qui avait peu aimé les voyages au temps de sa jeunesse, était tout heureux à l'idée de retrouver sur les chemins d'Italie la grâce mélancolique des matinées d'automne, ces paysages embués qu'il aimait tant et le martèlement des sabots qui orchestrait les fantaisies de son imagination. Tout en surveillant ses compagnons de route et les gens de la maison qui arrimaient sur les montures les malles et les sacs alourdis par les milliers de pages de notes et les tableaux qu'il s'était juré de conserver avec lui jusqu'à sa mort, Leonardo écrivit sur la première page d'un carnet neuf: « Je suis parti de Milan pour Rome le 24 septembre 1513 avec Giovanni Francesco de Melzi, Salai, Lorenzo et le Fanfoia [1]. »

La caravane du maître qui quitta Vaprio aux premières heures du jour était semblable à celles de beaucoup d'autres voyageurs croisés sur la route. On la distinguait pourtant des convois de marchands à l'allure royale de l'homme à longue barbe blanche qui la conduisait, escorté de deux jeunes cavaliers vêtus de couleurs claires, beaux et gais comme ceux que les petits maîtres aiment peindre sur les tableautins destinés à orner les demeures bourgeoises.

Souvent, Leonardo laissait pendre la bride sur le cou de son cheval et se perdait dans ses rêves. Les jeunes cavaliers savaient alors qu'il ne fallait pas le déranger et en profitaient pour caracoler en avant. Quand ils revenaient, le maître avait retrouvé son assiette fière et élégante. Il souriait. Ses compagnons savaient qu'il avait inventé quelque fable ou devinette et se serraient autour de lui pour l'écouter. A soixante ans, l'artiste le plus réputé de son temps avait conservé son âme d'enfant et le goût de la plaisanterie.

— Deux écus à celui qui résoudra cette petite énigme, lançait-il. Ecoutez bien! « Ceux qui auront le mieux travaillé seront les plus frappés, leurs enfants arrachés et dépouillés. Et leurs os seront brisés et écrasés. »

— Répétez, mon maître, disait Salai. J'ai vraiment besoin de ces écus pour notre arrêt à Florence.

Leonardo répétait en riant dans sa barbe et laissait ses

1. Lorenzo est le jeune élève engagé en 1505 au moment de la « Bataille d'Anghiari ». Le Fanfoia est un serviteur.

jeunes amis chercher une réponse qu'il savait introuvable. Enfin, au bout d'un moment il disait :

— Vous êtes des sots et je garde mes écus. La réponse était pourtant bien simple : il s'agissait d'un noyer dont on gaule les noix !

Un peu plus loin sur la route, il racontait une fable mûrie au soleil de septembre :

— Un chien dormait allongé sur une peau de mouton. La plus aventureuse des puces qui vivaient dans ses poils, subodorant l'odeur du suint, estima que la peau du mouton devait constituer un asile plus sûr et plus agréable. Sans plus réfléchir elle quitta le chien et tenta à grand-peine de s'insinuer jusqu'à la racine des poils, entreprise qui malgré ses efforts demeura vaine car ils étaient trop touffus pour qu'elle atteignît un épiderme d'ailleurs mort. Alors, à bout d'efforts, épuisée, elle décida de retourner à son chien. Mais il était parti et la puce, après un long repentir et des larmes amères, fut réduite à mourir de faim.

Ce n'étaient qu'amusettes pour faire passer le temps. Leonardo attendait le soir, quand, sur une route désespérément plate, les chevaux alanguis traînaient des sabots, pour lâcher la bride à son invention. S'il n'avait pas été peintre, Vinci aurait pu être romancier. Il était capable de créer des êtres, d'imaginer des pays, de vivre des aventures inouïes comme il pouvait inventer des machines ou laisser sa fantaisie visionnaire s'exprimer dans ses tableaux.

Il avait déjà raconté à ses amis le fabuleux voyage en Orient consigné dans ses carnets, récit si précis, si vrai, si documenté que seul Salai pouvait dire qu'il était imaginaire parce qu'il savait que son maître n'avait jamais été appelé en Asie par le Devatdar de Syrie, lieutenant du Sacré Sultan de Babylone.

Ce soir-là, alors que la caravane s'avançait lentement vers Fidenza, Leonardo appela ses compagnons à marcher avec lui sur les pas du Géant. Le Géant faisait partie de la mythologie léonardesque comme le Grand Oiseau ou le visage mystérieux de Mona Lisa qu'il avait encore caressé de son pinceau quelques jours avant de partir.

Salai, l'être qui connaissait le mieux Leonardo, avait entendu dix fois, vingt fois son maître évoquer le Géant, mais jamais de la même manière. Seule était immuable l'origine du personnage : le désert de Libye. Sa longévité aussi demeurait une constante : il avait combattu Artaxerxès avec les Egyptiens, les Arabes, les Mèdes et les Perses. Après, l'imagination de Leonardo l'emportait comme un fétu de paille dans le fantastique absolu.

— Où va-t-il cette fois emmener le Géant ? glissa Melzi à Salai.

— Nul ne le sait. Pas même le maître...

Celui-ci pourtant commençait de sa voix profonde, formée jadis par le chant :

— Le Géant dont je vous ai dit qu'il venait du désert vivait alors dans la mer. Il se nourrissait de baleines, de grands cachalots et de navires...

Le récit interrompu seulement une fois parce que les chevaux avaient soif dura jusqu'aux portes de Fidenza où était prévue l'étape du jour. La famille Melzi y avait des parents, le comte et la comtesse de Medescano qui pleurèrent de joie en apprenant qu'ils allaient héberger pour la nuit l'illustrissime Leonardo da Vinci. Il en était ainsi presque tous les jours : il était rare qu'un noble ou un personnage important n'offre pas l'hospitalité à l'auteur du « Grand Cheval », œuvre devenue mythique depuis sa destruction, et de la « Cène » dont le renom grandissait à mesure qu'elle s'effaçait sur le mur de Santa Maria delle Grazie.

La « caravane du bonheur », comme l'appelait joliment le maître, arriva tranquillement un soir d'octobre à Florence. Leonardo eut un pincement au cœur, comme chaque fois qu'il retrouvait les tours, les coupoles et les toits de sa ville dans les brumes de l'Arno. Les voyageurs ne devaient rester que quelques jours, mais ils durent attendre un peu plus d'une semaine le passage à Florence de Giulio de Médicis qui venait de Pise et en compagnie duquel ils devaient rejoindre Rome.

— Fini le voyage familial à travers la campagne, dit Leonardo. Nous allons finir notre trajet avec la suite du commandant des milices pontificales. Il sera plus difficile de rêver et de plaisanter entourés de casques et d'armures! Comme j'ai eu raison de vous conseiller de profiter de la naturelle beauté du monde tant que nous étions libres de vagabonder!

Leonardo avait profité de son passage à Florence pour emmener ses compagnons à Vinci, dans la maison de la famille, pour revoir quelques vieux amis et pour déposer à la banque trois cents florins, le montant de ses économies. Il avait appris avec tristesse que Machiavel avait été arrêté après le départ en exil du gonfalonier Soderini, qu'il avait été maltraité puis finalement relâché mais privé de tout emploi. Il s'était réfugié dans sa maison de Sant'Andrea in Percussina, un village situé non loin de San Casciano. C'était à quelques lieues de la Porta Romana. Leonardo décida de lui rendre visite en compagnie de Melzi et de Salai.

Machiavel ne possédait qu'un modeste bien de famille dans cette riche région de Toscane: une maison des champs, quelques arpents de terre, une vigne et un petit bois. Les trois voyageurs le trouvèrent dans son jardin en train de s'occuper de ses salades. Il était amaigri, semblait se mouvoir avec peine mais avait conservé son air distingué, un peu moqueur. Il parut heureux de revoir Vinci et l'étreignit, s'excusant d'avoir peut-être taché sa veste avec ses mains terreuses de jardinier:

— Voilà, mon cher Leonardo, le secrétaire de la Seigneurie dans ses nouvelles attributions. Les Médicis m'ont cassé et privé de ressources. Je vis ici pour guérir les blessures de l'humiliation et me faire oublier. On a trouvé mon nom figurant dans une liste saisie sur deux jeunes connus pour leurs sentiments républicains. Cela a suffi pour me faire arrêter. Puisqu'on ne m'a pas coupé la tête, j'attends des jours meilleurs.

— J'espère que vous faites autre chose que du jardinage. Vous étiez plein d'idées lorsque nous nous sommes rencontrés dans la maison de Borgia. Des livres, une pièce...

— Oui, rassurez-vous, j'écris. Mais j'écris comme vous peignez, à petits coups de plume, quand le moment me semble venu. Allons, entrez dans ma maison. Marietta a mis à la broche les grives que j'ai capturées ce matin avec les filets et les gluaux. Vous allez les manger avec nous...

— Cette pratique cruelle me répugne, Machiavel. Je préférerais manger deux œufs de votre poulailler et l'une de ces salades que vous cueillez avec délicatesse. Sans doute parce que vous les avez fait pousser.

— Comme vous voudrez. Mais n'allez pas dire dans le village que la chasse aux grives est barbare. Ici tout le monde la pratique. Ne pensez-vous pas que nous avons vu pire à Piombino et à Sansepolcro?

Marietta accueillit les voyageurs avec une riante simplicité. Les maternités n'avaient pas eu raison de son agréable silhouette. Une solide instruction — elle était capable de traduire Tite-Live —, jointe à une grande finesse, lui permettait de tenir tête au discours ambigu et paradoxal de son mari.

— Maître Leonardo, c'est une joie pour moi de vous recevoir. Niccolo m'a souvent parlé de vous et j'avais envie de connaître le peintre de la « Bataille d'Anghiari ». Asseyez-vous, messieurs, si nos quatre enfants veulent bien vous laisser un peu de place. Ah! les trois malheureuses bestioles qu'a prises mon mari ne peuvent nourrir notre tablée. Rassurez-vous, nous avons souvent des visites imprévues et j'ai l'habitude de prévoir un plat solide. Aujourd'hui, c'est de la semoule de maïs cuite avec des *funghi porcini* ramassés ce matin et des légumes du jardin hachés menu.

Leonardo dit qu'il n'échangerait pas un bol de semoule contre deux douzaines de grives et qu'il se trouvait très heureux dans la famille de son ami. Il ajouta :

— Comme la vie dans ce village doit vous paraître pénible, madame, vous qui étiez habituée aux fastes de la Seigneurie.

— Vous voulez dire qu'ici c'est le rêve! Niccolo n'est pas obligé d'aller courir les routes et il peut vivre enfin avec moi et les enfants! Je ne souhaite qu'une chose, c'est que les Médicis ne le rappellent pas!

Après le repas, tandis que Melzi et Salai dessinaient pour les enfants des vaches et des chevaux, Machiavel entraîna Leonardo vers un banc installé au fond du jardin :

— Vous m'avez demandé, mon ami, comment je passais mon temps à Sant'Andrea. Je suis un homme d'ordre, vous le savez, je me suis donc composé un emploi du temps qui convient aux circonstances et à mes aspirations intellectuelles. Voilà : le matin, je chasse, je relève les collets tendus le soir et je veille au bon développement des légumes qui constituent l'essentiel de notre subsistance. Une courte sieste après le déjeuner et j'entame la deuxième partie de ma vie paysanne, car il serait ridicule, habitant un village, et privé à peu près de ressources, de me donner des airs de seigneur auprès de pauvres gens qui m'aident autant qu'ils le peuvent à supporter ma disgrâce. C'est mon personnage commun. Je vis comme tout le monde et ne fais d'ombre à personne. L'après-midi, donc, ma route d'exil me conduit vers San Casciano mais je m'arrête bien avant, à l'auberge. La commande d'un verre de vin de chianti me permet de rester toute la journée et je me délecte à être rustre parmi les rustres. D'ailleurs, attention ! les rustres recèlent souvent des richesses sous leurs habits rapiécés. Je me distrais à les découvrir au gré de conversations qui feraient rire les imbéciles de cour mais qui m'instruisent et m'amusent. L'hôte est un bon causeur, le menuisier sait parler du bois, matériau noble s'il en est, comme personne. Savez-vous que c'est passionnant le bois ? Bien plus que l'étude d'un projet d'édit concernant les argousins de la Seigneurie ! Un peu plus tard, dans la soirée, quand le soleil de l'été toscan ne brûle plus la façade de l'auberge, on s'installe sous un platane pour jouer à la *mora* ou à la *cricca*. L'enjeu est d'un liard et on s'injurie, on blasphème comme s'il s'agissait du trésor de Rome. On est à deux doigts d'en venir aux mains mais, soudain, tout s'apaise. Vittorio, le charron, lâche une plaisanterie consternante qui fait rire tout le monde. Et croyez-moi, cher Leonardo, je ne suis pas le dernier à rire pour rien, pour le seul plaisir de se montrer qu'on est là, bien vivant, à boire un dernier gobelet de vin avant de s'en retourner chez soi.

— Et après ? Quand la fièvre est tombée et que vous vous retrouvez seul, dans votre monotonie ?

— C'est l'heure divine. Les enfants sont couchés, Marietta s'apprête à en faire autant mais elle m'a préparé avant une grande écuelle de soupe et un bain chaud. Je me retrouve seul, en effet, mais seul devant mes pensées qui ne demandent qu'à éclater comme des bombes d'artifice. Je me lave, je me brosse, je me rase et me parfume à l'eau de rose que Marietta fabrique aux beaux jours. J'ai ôté mes vêtements poussiéreux et troués de paysan, j'ai rangé avec eux la vulgarité de la journée et j'ouvre mon coffre pour y choisir l'un de mes habits d'autrefois. Il me reste, Dieu merci, assez de chemises fines pour habiller durant des années mes fêtes vespérales. J'enfile une robe de cour dont les broderies chatoient à la lumière des chandelles, ou je serre mon pourpoint de velours. Je suis prêt à vivre des heures fantastiques entre Virgile, quelques autres grands esprits antiques et la rame de papier blanc qu'il me tarde de couvrir de mon écriture de grand secrétaire.

— Machiavel, vous me fascinez ! J'ai toujours rejeté au cours de ma vie les existences banales, conformes aux usages, ou simplement normales, qui s'ouvraient devant moi. En ce sens j'ai assez bien réussi. Vous, vous réalisez le chef-d'œuvre de l'esprit singulier et libre. Je vous admire. Alors, cette étrange transformation vous prépare à écrire ?...

— Pas seulement. La nuit n'est purificatrice et complice que si on l'honore. Je l'honore et elle m'aide à écrire.

— Le livre qui n'était pas commencé mais dont vous m'avez tant parlé ?

— Oui, je termine *Le Prince* qui sera bientôt imprimé. Ma plume va me venger des peuples obtus et des rois maudits. Certains y verront des conseils, des directives pour courir après le pouvoir. Moi je vois plutôt mon *Prince* comme une étude de caractère... Mais je travaille aussi à une pièce qui s'appellera *La Mandragore*. Et j'ai bien d'autres idées dans ma tête...

Sur la route qui les ramenait à Florence, Leonardo

parla à ses jeunes compagnons de l'homme étrange qui réussissait à dédoubler son existence de proscrit pour la rendre acceptable :

— Les Florentins oublient en ce moment Machiavel, mais je suis sûr que la postérité lui rendra justice. Il fait partie des hommes qu'on est heureux d'avoir rencontrés. Vous vous rappellerez toujours cette visite au gueux magnifique de Sant'Andrea in Percussina !

***

Tandis que Leonardo et ses deux écuyers de charme chevauchaient sans grand plaisir vers Rome au milieu de la cohorte de Giulio de Médicis, un aide de Bramante, Giuliano Leno, préparait un appartement au Belvédère, villa appartenant au Vatican, pour le maître et sa suite. Le frère du pape avait donné des ordres pour que la demeure romaine de son hôte soit digne de sa gloire. On avait refait les planchers et les plafonds, des murs avaient été abattus pour libérer l'espace d'un vaste atelier, des fenêtres avaient été percées, une grande cuisine aménagée, ainsi que de nombreuses chambres. Bien située dans un jardin voisin du palais pontifical, la villa offrait bien plus de confort que le vieil atelier de Florence.

— Leonardo sera content ! dit Donato Bramante venu visiter la maison.

Il ajouta en essuyant une larme qui coulait sur son visage ridé :

— Moi aussi je suis heureux que Dieu m'ait permis de revoir mon vieil ami. J'espère qu'il n'arrivera pas trop tard...

— Pourquoi trop tard ? demanda Leno, un jeune architecte qui veillait sur son maître comme un chien fidèle.

— Parce que je vais bientôt mourir, Leno.

— Vous dites des sottises, maître. Le médecin...

— Le médecin est un âne, comme tous ses congénères. Moi, j'ai bâti assez de palais, de maisons et d'églises pour savoir quand une bâtisse va s'écrouler. Les fondations me lâchent, Leno, et j'ai fait mon temps sur cette terre. A propos de fondations, j'ai appris que Michelangelo trouvait mon mortier trop faible à Saint-Pierre.

— Michelangelo dit n'importe quoi pour vous être désagréable. Il ne vous aime pas!

— Non. Il a raison. J'ai eu tort de faire confiance à ce maçon détestable de Maglina. Tu me feras le plaisir de remettre tout en ordre dès demain matin et de faire consolider ce qui a été fait. Tu vois, ce sera mon seul regret de quitter le monde: ne pas voir terminée la nouvelle basilique Saint-Pierre. J'aurais aimé donner ce dernier coup de chapeau à notre ville et à la Sainte Religion. Est-ce que Raffaello aura la force de me remplacer? Il est jeune mais il n'est guère plus solide que moi!

Quelques jours plus tard, Leonardo serrait Bramante dans ses bras devant la villa fraîchement repeinte:

— Giulio de Médicis m'a donné carte blanche pour ton installation. J'espère que tu seras content. Tu as bien fait de venir: ta place en ce moment est à Rome. Il se produit ici des événements considérables. Notre ami commun Michelangelo (il éclata de rire) termine la Sixtine. Il a fait un travail magnifique qui va te surprendre. Le jeune Raffaello s'est révélé dans les salles du Vatican un artiste exceptionnel. Moi, j'ai construit beaucoup pour Jules II et, comme tu dois le savoir, on m'a confié l'édification de la nouvelle basilique. Hélas, je ne l'achèverai pas!...

— Pourquoi?

— Je suis malade. Si tu étais venu dans six mois ou un an, tu ne m'aurais sûrement pas trouvé.

Leonardo regarda plus attentivement le visage de son ami et remarqua sa pâleur. Etait-il possible que Bramante, ce colosse qui avait préféré à la peinture le métier plus viril de bâtisseur, abandonne ses vieux compagnons de route? Il est vrai qu'il était le plus vieux d'entre eux, il devait aller sur ses soixante-dix ans... Leonardo hésita à répondre par une boutade faussement rassurante. Il préféra serrer un peu plus fort le bras de l'architecte de Saint-Pierre avant de le regarder s'éloigner, soutenu par Giuliano Leno.

Dès le lendemain, Leonardo se rendit au palais du Vatican. Il voulait voir sans tarder les prodiges réalisés par ses confrères. « Je suis sûr, pensa-t-il, que Michelangelo a peint un chef-d'œuvre et que je vais devoir le lui dire... Cela ne me plaît pas tellement... Serais-je jaloux, moi qui ai la réputation de ne jamais terminer mes travaux ? »

La rencontre des deux géants florentins se déroula comme elle se devait, sans effusion mais dans la dignité, celle qu'impose le respect mutuel du talent. Leonardo s'attendait à un choc mais la grandeur du spectacle de la voûte le laissa sans voix. Il retira son manteau, l'étala sur le carrelage et s'allongea sur le dos pour contempler les fresques sans être obligé de se contorsionner. Quand il se releva, Michelangelo lui dit :

— Tu es le premier à avoir vu mon plafond comme il convenait, couché, les yeux plongés dans le ciel. Personne n'y a pensé avant toi. Dis-moi maintenant ce que tu penses, car ton jugement m'importe plus, crois-moi, que celui du Sacré Collège !

— Avec la Sixtine, tu ajoutes un trésor au patrimoine artistique de l'humanité. Après ton « David » et la « Pietà », cela fait beaucoup. Et tu es encore jeune. Je ne suis pas jaloux mais je t'envie...

— Merci. Je suis content. Maintenant va voir les chambres de Raffaello. Une autre surprise t'attend. J'ai cru longtemps que Bramante soutenait ce blanc-bec pour me nuire mais je me trompais : le petit jeune homme que nous avons connu à Florence frôle aujourd'hui le génie, s'il ne l'a pas atteint. Raffaello ne possède pas ta profondeur psychologique, ni la puissance que je dois à la sculpture, mais il a autre chose : la mesure, la clarté, l'harmonie, la sérénité qu'impliquent ses formes parfaites. Son talent manquait à notre temps. Maintenant que tu es là, Rome tient dans ses murs un fameux trio !

Leonardo goûtait avec sa nonchalance studieuse le charme de l'automne romain. Bien installé, il avait repris le cours de ses études. La pesanteur, la géométrie, les mathématiques, surtout, occupaient la majeure partie de ses journées. Quand il levait les yeux de ses carnets, c'était pour regarder les tableaux qu'il avait apportés. Côté nord, pour que le soleil ne brûle pas les couleurs, le sourire troublant de Mona Lisa emplissait la pièce de son mystère. « Dois-je encore le modeler de quelques touches, là, à la commissure des lèvres ? » se demandait-il.

Le portrait de l'impassible épouse de Francesco del Giocondo était devenu l'une des curiosités artistiques de la ville avec la Sixtine et les *stanze* du palais pontifical. Cardinaux, évêques, ambassadeurs étrangers se succédaient aux pieds de celle que l'impertinent Salai avait depuis longtemps baptisé la « Joconda ». Ces allées et venues importunaient le maître qui transporta le tableau dans sa chambre et fit savoir dans les couloirs du Vatican qu'il avait été expédié à Florence à son propriétaire. Seuls ses amis étaient admis dans la ruelle de la belle Florentine.

Avec Donato Bramante dont l'état de santé s'aggravait, Leonardo avait retrouvé le musicien Atalante Migliorotti, son compagnon de jeunesse qu'il avait déjà croisé à Mantoue chez Isabelle d'Este. Il était devenu intendant des concerts pontificaux. Il rencontrait aussi souvent les architectes-ingénieurs Fra Giocondo et Sangallo et, naturellement, Raffaello qui vouait une admiration sans bornes à celui qu'il appelait « mon maître » bien qu'il ne lui eût donné que quelques conseils lorsqu'il était passé à Florence. Les entrevues avec Michelangelo étaient plus rares. « Ces deux-là, moins ils se voient, mieux cela vaut ! » disait le pieux Fra Bartolomeo qui, lui aussi, avait quitté Florence et le couvent de San Marco pour venir se frotter aux artistes romains.

Leonardo portait beaucoup d'amitié à Raffaello qui l'avait représenté sous les traits de Platon dans sa fresque de l'« Ecole d'Athènes ». Souvent, le jeune homme venait se confier à lui, demandait conseil et l'invitait, ainsi que Salai et Melzi, à l'une des soirées qui rassemblaient dans sa splendide maison l'élite de la noblesse et du clergé romains. Leonardo y retrouvait presque toujours son bienfaiteur Julien de Médicis qui lui posait la même question :

— Alors, maître Leonardo, qu'avez-vous inventé cette semaine ?

Il répondait selon la circonstance :

— Une machine pour battre la monnaie, monseigneur.

Je crois qu'elle intéresse mon vieil ami Antonio Segni, le maître des monnaies de Sa Sainteté.

Ou bien :

— Une machine à tresser les cordes.

Personne, curieusement, ne pensait à commander une peinture à celui qui était considéré comme le grand maître de son époque. Pensait-on qu'avec sa vénérable barbe blanche il était un ancêtre dépassé ? Craignait-on qu'il n'achevât pas le travail qu'on lui commanderait ? En fait, tous les jeunes artistes, poètes et musiciens qui émargeaient à la cour ne favorisaient pas son entrée dans le groupe des favoris du pape. De son côté, Leonardo se contentait de la pension que lui versait son mécène et il n'avait nulle envie de se mêler aux cabales qui emplissaient de tumulte les couloirs du Vatican.

Raffaello lui avait proposé plusieurs fois d'intervenir en sa faveur auprès du pape qui semblait ignorer jusqu'à sa présence à Rome. Leonardo l'avait supplié de n'en rien faire, trop intéressé qu'il était, disait-il, par l'étude sur l'assèchement des marais Pontins qu'on venait de lui confier. Il avait ajouté :

— Vous voudriez que je reprenne mes pinceaux, n'est-ce pas ?

— Oui, maître. Vous nous devez encore quelques œuvres magistrales. Bramante et Michelangelo pensent comme moi.

— Eh bien ! à mon âge je peux me permettre de choisir le sujet que j'aimerais traiter. Je peindrai donc saint Jean-Baptiste. C'est un personnage qui m'a toujours fasciné. Tu vois mon garçon, je verrais bien Jean-Baptiste comme dernière œuvre. Mais changeons de sujet, je ne suis pas si intéressant. Comment va Bramante ?

— Il se meurt. Encore quelques jours peut-être...

— Et Michelangelo ?

— Il se meurt aussi. Mais d'impatience. Il ne rêve que d'une chose : continuer le tombeau de Jules II, et le pape ne semble guère pressé de le laisser honorer le contrat qu'il a passé avec les héritiers du Saint-Père. C'était un Della Rovere !

— Tu vois que j'ai raison de me féliciter de n'être point dans les faveurs suprêmes.

— Vous êtes un sage, maître. Le pape me couvre d'or mais à condition que l'obéissance et la célérité répondent aux désirs qu'il exprime. Et il m'accable de travaux. Un jour je dois improviser les décors d'une pièce, un autre esquisser le profil d'une médaille ou dresser les plans d'une construction. C'est trop pour un homme. Alors je me fais aider de plus en plus et je perds parfois le goût du vrai travail !

— Attention, Raffaello. Ne t'épuise pas. Ménage tes forces ou tu tomberas malade. Si cela arrive, méfie-toi des médecins.

La mort de Bramante survint le lendemain de cette conversation. Michelangelo, Leonardo et Raffaello, à la tête des artistes de Rome, conduisirent le deuil. En présence de la cour pontificale, l'architecte de Saint-Pierre fut enterré dans la basilique à l'achèvement de laquelle il avait, en vain, sacrifié ses dernières forces.

La mort de Bramante fut pour Raffaello un grand malheur. Non seulement elle le privait de celui qu'il considérait comme son second père, un homme bon et juste qui l'avait toujours soutenu et conseillé, mais elle allait le forcer à supporter un fardeau surhumain. C'est à lui en effet que Léon X confia la direction des travaux de Saint-Pierre. Comme si le jeune homme d'Urbino, devenu *il divino Raffaello,* n'avait pas eu assez à faire avec la chambre d'Héliodore, où deux fresques restaient inachevées, les cartons de dix tapisseries destinées à couvrir les lambris de la chapelle Sixtine et les cinquante-deux compositions devant orner les Loges dans la partie supérieure du Vatican ! Encore ne s'agissait-il là que des commandes officielles du pape. Raffaello venait de se joindre aux artistes chargés de décorer le nouveau palais du banquier Chigi, la future Farnesina, et il portait toujours sur lui la longue liste des Romains, nobles ou riches bourgeois, qui lui avaient commandé leur portrait et souvent versé des avances.

Raffaello n'était pas architecte mais il avait à ses côtés deux illustres spécialistes, hélas très âgés : Giuliano da

Sangallo et Fra Giocondo. Sur leurs conseils, il décida de construire la nouvelle basilique en forme de croix latine [1]. Michelangelo, lui, travaillait comme un damné — pouvait-il sculpter autrement ? — au tombeau de Jules II. L'œuvre, dont la famille Della Rovere suivait les progrès, était devenue l'obsession du Florentin qui inventait des systèmes d'éclairage à chandelles multiples et mobiles pour pouvoir continuer la nuit l'ébauche de son Moïse géant qui devait être la pièce maîtresse du tombeau.

Un matin, son ciseau, martelé à coups réguliers, fouillait le carrare dans un nuage de poussière quand un émissaire vint l'informer que le Saint-Père désirait le voir à trois heures au Vatican. Michelangelo, toujours inquiet, se demanda ce que le pape lui voulait. Léon X s'était toujours montré bienveillant à son égard mais cette convocation précipitée ne lui laissait rien présager de bon. « Au mieux, se dit-il, il va me confier un travail qui m'obligera à abandonner le tombeau quelques semaines. »

Le pape était dans sa bibliothèque et regardait avec son frère Guilio un manuscrit qu'on venait de lui offrir.

— Maître Michelangelo, vous êtes, n'est-ce pas, le sculpteur des Médicis ? demanda-t-il d'emblée.

— Naturellement, Très Saint-Père, et ce titre m'honore. Je ne demande qu'à vous servir avec dévouement.

— Bien, dit le pape. Je vous ai fait venir pour que vous m'assuriez de votre appartenance à notre famille et pour vous dire qu'il est très déplaisant de voir le sculpteur des Médicis passer ses jours et même ses nuits, m'a-t-on rapporté, à tailler des statues pour les Della Rovere.

— Mais, Très Saint-Père, vous savez que j'ai un contrat signé par Sa Sainteté Jules II. Le tombeau…

— Il n'y a plus de tombeau ! Mais rassurez-vous, nous ne voulons pas vous laisser inactif, reprit Giulio. Nous avons l'intention de vous confier une commande considérable. Sans doute la plus grande avec Saint-Pierre. Vous êtes florentin comme nous et vous savez ce que représente pour notre patrie et notre famille l'église San Lorenzo…

1. Le projet de Raphaël ne sera pas exécuté.

— Je veux, dit à son tour le pape, que vous donniez une magnifique façade à San Lorenzo, comme mon père le souhaitait. Il est indécent que les Médicis abandonnent à l'état brut le front de leur église ! Vous laisserez donc le tombeau de mon prédécesseur et dresserez les plans que j'attends avec impatience.

— Mais les Della Rovere vont me faire un procès !

— On ne fait pas de procès à un artiste du pape ! Et puis, assez parlé des Della Rovere. Montrez-moi votre projet et partez pour Florence. Cela ne vous plaît pas de revenir dans notre patrie ? Avant, vous vous rendrez le temps qu'il faudra à Carrare pour choisir vos marbres.

— Abandonner le monument auquel j'ai déjà tant donné... C'est un supplice terrible auquel vous me condamnez, Très Saint-Père. Vous me crucifiez...

Tranchant, Léon X se leva :

— Qui êtes-vous donc, Buonarroti, pour parler ainsi au pape ? Si vous refusez de terminer San Lorenzo dites-le !

— Je ne refuse pas, Très Saint-Père. C'est une tâche à laquelle je n'aurais jamais osé rêver.

— Alors tout est dit. Vous aurez bien le temps de le reprendre votre mausolée quand les briques de San Lorenzo seront enfin recouvertes de marbre et de statues !

Le cœur déchiré, Michelangelo regagna tristement sa maison du forum de Trajan.

— Jonas, dit-il en entrant, le pape m'oblige à abandonner mon œuvre. Demain nous irons acheter de la toile pour recouvrir les statues et tu commenceras à faire les bagages.

— Et où irons-nous, mon maître ?

— A Carrare, paraît-il. Puis à Florence [1]...

Il s'assit sur le banc et se mit à pleurer. Un peu plus tard Jonas vint le chercher avec un respect et une douceur qui touchèrent le sculpteur :

— Maître, le souper est prêt. Dites-moi pourquoi le pape vous fait du mal ?

1. Michel-Ange passera des années entre Carrare et Florence pour préparer le revêtement de San Lorenzo. Que de temps précieux perdu puisque, finalement, l'église conservera sa façade de brique.

— Parce qu'un pape ne se soucie pas de la sensibilité d'un artiste et encore moins des souffrances qu'il lui inflige.

Calmé, il sourit :

— Sais-tu à quoi je pense ? Je me dis que Leonardo a eu bien de la chance de ne jamais travailler pour un pape !

Il ne savait pas que Léon X avait justement commandé le tableau d'une Vierge à l'Enfant à Leonardo mais que ce dernier, au lieu de se précipiter sur ses fusains et ses pinceaux, s'était lancé dans la préparation d'un nouveau vernis de son invention. Le pape, mis au courant de ce contretemps, s'était écrié :

— Ce Vinci ne fera jamais rien ; il pense à l'achèvement de son ouvrage avant de l'avoir commencé !

Leonardo, en effet, ne vernira pas le tableau du pape car il ne le commencera jamais !

***

Ce soir-là il y avait réception chez le banquier Agostino Chigi dans son palais du Trastevere. C'était un événement que les Romains qui avaient la chance d'être invités n'auraient manqué pour rien au monde. D'abord en raison de la personnalité du maître de maison, ensuite pour la variété et la qualité des gens qu'on était sûr d'y rencontrer.

Fils d'une famille patricienne siennoise peu fortunée, Agostino Chigi avait réussi à devenir à cinquante ans le personnage le plus important de Rome après le pape, encore que ce dernier dût compter avec lui... les emprunts qu'il sollicitait. Il n'avait fondé sa banque à Rome qu'en 1502 avec le modeste capital réuni à Sienne au cours de ses premières transactions. L'Italie avait besoin d'un financier actif et compétent pour remplacer les Médicis défaillants, et nul mieux qu'Agostino, homme modèle d'une époque en pleine mutation commerciale et artistique, pouvait jouer ce rôle. Autant par goût que par nécessité d'affirmer sa puissance, lui qui n'était ni noble, ni dignitaire de l'Eglise, ni haut fonctionnaire s'était fait mécène. De Sienne, il avait amené Baldassare Peruzzi, un jeune homme tranquille qui ne demandait qu'à exercer son talent avec modestie, et Giovannantonio Bazzi, doué lui aussi, mais extraverti et licencieux. Tous deux avaient fait leur trou dans la ville pontificale grâce au soutien d'Agostino. Le second surtout, dont la sympathique exubérance avait conquis la société romaine toujours à l'affût d'une distraction nouvelle.

Dans le palais Chigi où bruissaient déjà les robes des belles Romaines et des cardinaux, Giovannantonio n'était pas l'invité le plus prestigieux mais il était à coup sûr le plus original et le plus élégant. La maison était un peu la sienne car il participait activement à la décoration de ses murs neufs.

L'assistance se pressait ce jour-là dans la chambre à coucher où Giovannantonio venait d'achever une grande fresque, le « Mariage d'Alexandre et de Roxane ». On se montrait des amours semant des fleurs sur le lit ou délaçant la cuirasse d'Alexandre tandis que d'autres angelots lui ôtaient ses brodequins.

Giovannantonio recevait les félicitations avec distinction, entouré comme à son habitude de quelques adolescents imberbes. Il ne cachait pas ses goûts et avait répondu un jour à quelqu'un qui lui demandait s'il ne s'était pas choisi un surnom à l'exemple de nombreux peintres : « Appelez-moi Sodoma [1]. » Comme à cette époque rien, ou presque rien, n'était un motif de scandale, la plupart des gens le nommaient maintenant ainsi. Seuls les moines de San Oliveto pour lesquels il avait peint une vie de saint Benoît l'appelaient « Mattaccio » tellement il les avait amusés par ses extravagances [2].

Sodoma, donc, virevoltait d'un groupe à l'autre suivi de sa cour et faisait admirer ses vêtements. Il avait abandonné au vestiaire sa cape bordée de galons d'or et arborait un pourpoint de brocart à fond bleu qui faisait paraître encore plus blanche la paire de chausses qui

1. C'est sous ce nom de Sodoma que Giovanni Antonio Bazzi passera à la postérité et figurera dans les grands musées du monde.
2. *Mattaccio* : farceur.

moulait ses formes d'une manière provocante. Dès qu'il l'aperçut, Agostino Chigi alla vers lui :

— Sodoma, tu es superbe ! Aussi beau que ton Alexandre. Raffaello, qui peint en ce moment dans la *Loggia* une Galatée, n'aurait pas mieux réussi.

Le caractère bouffon de l'excellent peintre qu'était Giovannantonio plaisait au banquier. Chigi se disait son ami et c'était vrai : il ne manquait pas une occasion de lui montrer sa bonté. Après l'avoir félicité, il l'entraîna dans un coin tranquille :

— Grâce à moi, tu as travaillé au Vatican avec Perugino. Mais Jules II n'aimait pas beaucoup ton personnage. Je crois que ton aimable folie et ta réputation lui faisaient peur. Il en va autrement avec notre nouveau pape Léon X qui aime s'entourer d'êtres originaux, irréfléchis et fantaisistes. Tu devrais lui plaire et je vais m'arranger pour que tu le rencontres ! Tiens, le meilleur moyen est de lui offrir un tableau. Mais attention ! Il sait reconnaître la bonne peinture. Alors, pas d'extravagance ni de travail bâclé. Qu'as-tu envie de présenter au pape ?

— J'ai peint une Lucrèce pour Assucro Rettori. C'est un sujet qui m'inspire et je peux faire beaucoup mieux si je m'en donne la peine.

— Va pour une Lucrèce. Si elle est réussie, je te la paierai mais c'est toi qui l'offriras officiellement au pape. Cela te convient ?

— Votre bonté me gêne, Signore Agostino. Je ne la mérite pas.

— C'est vrai. Tiens, ton ami Raffaello vient d'arriver. Essaie de le dérider car il a l'air bien sombre.

En se rendant vers la salle où se trouvaient les tables chargées de mets variés et recherchés, salle que venaient de déclarer ouverte deux écuyers en tenue de gala vert et rouge, Agostino Chigi reconnut le jeune Melzi qui parlait à l'orfèvre Antonio da San Marino. Il se joignit à eux :

— Leonardo ne vous accompagne pas ? demanda-t-il au jeune homme. Je n'aperçois nulle part sa barbe de prophète.

— Le maître m'a prié d'excuser son absence et de vous

transmettre ses chaleureuses amitiés. Il se sentait fatigué et a préféré ne pas sortir.

— Dites plutôt que, plongé dans de savants calculs ou une nouvelle invention, il a renoncé à quitter sa table de travail. Je le comprends, mais vous lui direz qu'il me doit en compensation quelque chose pour ma maison. Je ne me fais pas trop d'illusion sur la suite qu'il donnera à cette prière, mais dites-lui tout de même combien je suis chagriné de penser que Leonardo da Vinci est le seul des grands artistes que j'aime qui ne participe pas à la décoration de mon palais! Ah, s'il consentait à me vendre le sourire de sa Mona Lisa! J'ai entrevu une fois ce tableau et j'en suis tombé amoureux. Je donnerais une fortune pour l'avoir chez moi!

— N'y compte pas, dit l'orfèvre Antonio, qui faisait partie des intimes du banquier. Vinci s'est juré de le conserver jusqu'à sa mort et répète depuis des années qu'il n'est pas terminé. Tu pourrais lui offrir le trésor du pape qu'il refuserait de s'en séparer.

— Il aurait raison car la trésorerie du Saint-Père — son banquier peut vous le confier — ressemble plus à une haridelle boiteuse qu'au Veau d'or!

— Mon maître m'inquiète! reprit Melzi. Il s'ennuie, prétend que la vie à Rome n'a pas d'intérêt et qu'il y passe la plus mauvaise période de son existence. Malgré les liens qui l'attachent à Giuliano de Médicis, je le crois disposé à partir dès qu'une occasion se présentera.

— Eh bien! Leonardo parti, sur sa machine volante peut-être, Michelangelo envoyé par le pape chercher des pierres à Carrare, il ne va nous rester qu'un génie: le divin Raffaello qui, lui, est bien obligé de rester à Rome avec tout le travail que le pape lui confie. Il paraît même qu'il vient d'être nommé conservateur des antiquités et que le pape l'a chargé d'établir la carte archéologique de Rome. C'est du délire! Tiens, je vais aller demander encore une fois à Raffaello pourquoi il ne regimbe pas et accepte tout ce qu'on lui offre.

Agostino, pourtant, ne posa pas sa question en découvrant la mine défaite et l'air triste du peintre. Il prit simplement de ses nouvelles:

— Que vous arrive-t-il, Raffaello? N'êtes-vous pas malade, épuisé?

— Ni l'un ni l'autre, mon ami. C'est côté cœur qu'il faut chercher ma tristesse. Vous savez qu'en dépit de nombreuses aventures sans lendemain, j'aime profondément Margherita. Elle est la femme de ma vie et je ne saurais exister sans elle. Eh bien, elle me quitte! A quoi me servent dorénavant ma richesse, mon palais, ma renommée? Je suis venu ce soir parce que je savais que mon absence vous aurait chagriné, mais je suis le plus malheureux des hommes.

— Croyez-vous, mon cher Raffaello, être le premier à souffrir du mal d'amour? Avouez que la vie libertine que vous menez n'incite pas la femme que vous prétendez aimer à vous être agréable! Au fait, pourquoi ne vous mariez-vous pas? Il me semble qu'il avait été naguère question d'une union avec la nièce de notre ami Bernardo[1]. Qu'en est-il de ce projet qui semblait vous agréer?

— J'avais dit au cardinal Bibbiena que ma situation n'était pas encore assez assise pour songer à me marier, mais j'ai ajouté que m'unir à son illustre famille me convenait et qu'il fallait attendre un peu pour que ces fiançailles se terminent par un mariage. Aujourd'hui, Bibbiena revient à la charge et me demande de tenir parole. Je me sens contraint d'accepter et Margherita ne supporte pas cette idée...

— Dame! Mettez-vous à sa place!

— En fait, je ne veux pas du tout me marier. Je vais faire traîner les choses... Mais il faut que Margherita comprenne et me revienne. Sinon, je serai incapable de tenir un pinceau!

— Ne dites pas de sottises, Raffaello. Votre maîtresse vous reviendra. Mais n'avez-vous pas une idée derrière la tête en repoussant la perspective d'un mariage?

— Vous savez donc ce qu'on m'a laissé entendre?

— C'est mon métier de deviner ce que pensent les gens

1. Bernardo Dovizi, cardinal de Bibbiena, était l'ami de Chigi et de Raphaël.

et de me faire aider au besoin pour y parvenir. C'est comme cela que je suis devenu un bon banquier !

— Je n'en crois rien. Mais que savez-vous précisément ?

— Je sais qu'on vous a fait miroiter un chapeau de cardinal pour vous faire oublier votre créance envers le pape et je trouve cela parfaitement ridicule. Que feriez-vous d'un chapeau rouge ? Vous êtes un prince, plus riche que beaucoup de princes, vous êtes un artiste adulé, vous hésitez bien sûr entre une épouse et une maîtresse mais quel homme n'est pas passé par là ? Pas plus que moi vous ne serez cardinal. Mais c'est une idée qui ne me vient pas à l'esprit. Je règne sur le Sacré Collège mieux qu'un pape à demi ruiné. Vous me voyez échanger ce pouvoir contre un chapeau ?

— C'est vrai, on m'a laissé entendre au Vatican... Sans le dire vraiment...

— Oubliez tout cela, Raffaello, et contentez-vous des titres déjà ronflants que le pape vous a octroyés. Camérier pontifical et chevalier de l'Eperon d'Or ! Aucun maître, ni Leonardo, ni Michelangelo, ni votre père spirituel Bramante n'ont accédé à cet honneur. Et ils ne s'en sont pas plus mal portés ! Quant à votre chère Margherita, attendez quelques jours. Je sais comment je peux la remettre sur le chemin de votre palais.

Raffaello, en effet, n'habitait pas comme ses illustres aînés une maison quelconque, prêtée le plus souvent par un mécène. Bramante lui avait construit dans le Borgo un bijou de palais où il menait de front ses amours et son travail. Il y abritait et nourrissait de surcroît ses principaux aides et élèves. La maison s'était pourtant révélée trop petite et Raffaello avait dû en acheter une autre, Via Sistina, dans une rue voisine, puis en louer une troisième dans la Via Alessandrina près du pont Saint-Ange. Agrandir ainsi son patrimoine par l'acquisition de locaux n'était pas sot mais ne répondait pas à la question qu'il se posait de plus en plus souvent : « Est-ce que cette richesse me fait vivre mieux, est-ce qu'elle me rend plus heureux ? » Comme la réponse lui faisait peur, il balayait les incertitudes et poursuivait sa course en avant, acceptant trois ou quatre fois plus de commandes qu'il ne pouvait en satisfaire et faisant appel à des aides qui exécutaient ses projets avec plus ou moins de réussite.

Deux jours après la réception au palais Chigi, Margherita poussait la porte de la maison du Borgo et demandait à Giulio Romano, qui peignait avec entrain une sainte Elisabeth commencée par Raffaello, si le maître était à l'étage. L'ambassade d'Agostino s'était montrée souveraine : la belle était contente d'avoir donné une leçon à son génie coureur de jupons et de s'être vu offrir un beau bracelet de perles pour rentrer au bercail.

Si l'on pénétrait facilement dans la maison, on n'accédait pas à l'appartement-atelier du maître sans montrer patte blanche. Deux domestiques étaient chargés d'éconduire les importuns. Margherita, elle, montait comme elle le voulait à l'étage sacré. Sans frapper ni se faire annoncer, elle entra radieuse dans l'appartement de Raffaello, composé de deux pièces où régnait un somptueux désordre. L'existence fiévreuse qu'il menait entre son travail intense et ses amours ne lui laissait pas le temps de se créer un logement digne de sa fortune et de sa renommée. Les objets d'art, bronzes, statues, roches précieuses étaient entassés entre les chevalets, les tapisseries roulées, les tablettes à couleurs et d'innombrables panneaux et toiles, vierges ou ébauchés, alignés contre les murs.

Raffaello leva la tête du carton qu'il était en train de dessiner et se leva inondé de bonheur :

— Après des jours et des jours de brume et de mélancolie, le soleil entre chez moi ! Viens, ma Margherita, viens dans mes bras !

Elle éclata de rire :

— Ne te prends pas pour l'Arioste et n'exagère pas tes tourments ! Cela ne fait que trois jours que nous ne nous sommes pas vus ! Je suis aussi heureuse de te retrouver, mais je suis là aujourd'hui parce que ton ami Chigi m'a assuré que tu avais renoncé à me tromper avec des nièces de cardinaux comme avec les prostituées de la ville. Je te préviens : à la première incartade, je file et tu ne me reverras pas !

— Sois tranquille, ma fleur. Tu es ma vie, tu es mon

bonheur et je veux avant tout te garder... Viens dans mes bras que je t'embrasse enfin! Et enlève vite cette robe dont le velours est si rugueux sur ta douce peau.

Le lit était dans la pièce voisine, moins désordonnée. Raffaello avait tout de même pris le temps d'accrocher le portrait dont lui avait fait présent son ami d'apprentissage Francesco Francia et celui que venait de lui envoyer Dürer. Leurs vêtements abandonnés aux quatre coins de la chambre, ils se retrouvèrent dans les draps et s'étreignirent. Personne ne les dérangea jusqu'au soir, quand le valet vint frapper à la porte pour annoncer que le maître était servi.

La vieille Pelagia, qui était dans la cuisine ce que son maître était dans son atelier, savait varier les menus selon les circonstances. Elle n'avait pas eu besoin de le consulter pour connaître ce qu'il avait envie de manger un jour comme celui-là, ni quelle vaisselle d'argent elle devait disposer sur la table. Ce fut la fête dans les assiettes comme dans les cœurs. La *gallina regina* [1] était dorée à souhait, la sauce des écrevisses légère et diaphane comme le rouge d'une fresque romaine. Quant au dessert, c'était une œuvre d'art qui semblait sortie de la palette du maître. Les crèmes, les châtaignes, les miels et les fruits confits, mêlés ou juxtaposés selon une recette connue de la seule Pelagia, étaient là pour redonner des forces aux amoureux. Ceux-ci en avaient besoin s'ils voulaient terminer la nuit comme ils avaient commencé l'après-midi.

Le lendemain, Raffaello reprit mollement son carton, sous l'œil un peu moqueur de Margherita. Soudain, il dit :

— Sais-tu que je me suis aperçu ces derniers jours que je ne possédais aucun portrait, ni même un dessin de toi ?

— Je t'ai proposé plusieurs fois de te servir de modèle mais tu n'as pas voulu, prétendant que mon visage et mon corps n'avaient rien à faire dans les chambres de cardinaux libidineux.

— C'est vrai, mais aujourd'hui je vais te peindre. Pour moi seulement. Et nous allons commencer tout de suite !

1. Gelinotte.

Tant pis pour la fresque de Chigi. Il n'avait qu'à te laisser chez toi!

Ils rirent et Raffaello alla choisir une toile préparée par ses aides [1], puis il la posa sur le chevalet débarrassé d'une Sirène destinée au palais de la Farnesina. A l'aide d'un couteau et d'un chiffon, il nettoya sa palette.

— Ta peau est si douce, si nacrée, qu'elle réclame des couleurs neuves, dit-il.

— Vois comme tu es gentil! Si je n'étais pas partie tu n'aurais jamais trouvé le temps de faire mon portrait. Je crois bien qu'il faudra que je m'arrange pour te manquer de temps à autre!

— N'en fais rien, misérable! Pour l'instant, enlève le haut de ta robe car te peindre sans montrer tes seins de déesse serait une insulte à la beauté.

Il l'installa sur un haut tabouret, la main gauche posée sur ses genoux, la droite maintenant une écharpe de mousseline entre les deux seins, sans cacher ceux-ci, leur donnant au contraire un relief calculé.

— Tu es belle avec tes yeux noirs immenses et ta bouche sensuelle. Tu ressembles à une Romaine de l'Antiquité. Tiens, cela me fait penser à cacher en partie ta chevelure sous un turban. Tu dois avoir cela dans tes affaires. Je verrais bien aussi une perle, une seule, perdue dans tes cheveux comme une lumière dans la nuit.

Elle se laissait faire, ravie, en se disant que toutes les belles femmes de Rome rêveraient d'être à sa place. Il s'éloignait, la regardait paupières à demi closes, revenait, corrigeait un pli, remettait une mèche en place.

— C'est le plus difficile, dit-il. Après, il n'y a plus qu'à copier. Aujourd'hui, je dois dessiner aussi précisément que possible ton visage et ton corps jusqu'à la taille. Il faudra pouvoir retrouver demain ta place exacte... L'ennui, c'est que cette pose est très provocante. Tu me troubles, ma *vesta*. Je suis sûr que je ne pourrai pas peindre avant de t'avoir aimée...

2. A l'époque, la toile était loin d'avoir supplanté le panneau de bois. Ni Léonard de Vinci ni Michel-Ange ne l'utilisèrent comme support de leurs tableaux. Raphaël fut le premier grand peintre à préférer la toile pour beaucoup de ses œuvres.

— Encore, mon ami ? Mais nous allons être épuisés. Tu ne vas pas me peindre avec des yeux cernés de luxure ?

— Si, justement. C'est ce visage, rendu de fatigue et d'amour, que j'aime. Viens, mon chef-d'œuvre !

Le chef-d'œuvre suivit en effet ces séances de pose entrecoupées de voluptueuses récréations et c'est ainsi que Margherita Luti entra dans l'histoire de la peinture par les sentiers mystérieux de l'amour. La fille du boulanger de Sienne, déifiée par la passion de Raffaello, faisait désormais partie de la famille des inspiratrices de génies. Pour authentifier cet acte de foi, le peintre orna le bras gauche de sa maîtresse d'un étroit ruban noir bordé d'or sur lequel il écrivit de la pointe de son pinceau : *Raffaello. Urbino.*

Il faillit dire : « Cela vaut tous les actes de mariage du monde », mais il se reprit, pensant qu'il était inutile de donner des idées à sa « Fornarina », comme il appelait souvent la fille du boulanger [1]. Le portrait était maintenant terminé. Les chairs nacrées et vivantes de Margherita ressortaient, voluptueuses, sur un fond noir où l'on devinait un feuillage azuré. C'était un bon tableau.

— L'un des meilleurs portraits que j'ai peints, dit-il à son modèle.

Il ajouta :

— Je le garderai toute ma vie. Nous allons faire sculpter un beau cadre et nous l'accrocherons face au lit. Quand je quitterai cette vie, il te reviendra.

— Ne dis pas des choses aussi bêtes. Mon portrait est à nous deux. Pour longtemps.

Raffaello se reposait des peintures à fresque du Vatican et du palais Chigi en faisant plaisir à ses amis, historiens, poètes et écrivains qui l'accompagnaient dans les promenades qu'il trouvait encore le temps de faire dans le Forum malgré ses pressantes occupations : il peignait leur portrait. C'était un genre où il avait toujours excellé et qui lui permettait maintenant, en travaillant sur toile, d'obte-

1. Le portrait restera célèbre sous le nom de la « Fornarina » (la boulangère) (Rome, Musée national).

nir des transparences lumineuses qui faisaient l'admiration de tous. Ainsi exécuta-t-il l'un de ses meilleurs portraits, celui du comte Baldassare Castiglione, l'un des plus célèbres personnages de son temps. A trente-cinq ans, Baldassare, doux colosse épris de poésie, observateur amusé du monde et diplomate apprécié du duc d'Urbino dont il était l'ambassadeur, était avec Sodoma l'homme le plus en vue de Rome. Il était devenu un intime de Raffaello depuis qu'il avait fait son éloge dans son *Cortigiano* [1], un livre critique sans complaisance, sur la vie de cour avec ses flatteurs, ses imposteurs, ses flagorneurs. Castiglione était aussi, naturellement, un ami d'Agostino Chigi qui admirait en lui ce qui lui manquerait toujours: la culture et un talent d'écrivain, lacunes qu'il compensait par la vivacité de son intelligence et la sûreté de son jugement. L'érudition lui était étrangère mais il était attiré par ceux qui possédaient le savoir et pouvaient contribuer à embellir son existence, à asseoir sa réputation d'homme de goût, ce qu'il était vraiment.

A ces personnages importants, il fallait ajouter les poètes philosophes Navagero, Beazzono et un troisième Vénitien, Marco Michiel, pour compter les compères de la joyeuse compagnie de Raffaello Sanzio. Les promenades archéologiques étaient prétextes à de longues conversations pleines d'esprit et à des agapes campagnardes quand on sortait de la ville. Les «compagnons», comme ils se nommaient entre eux, parlaient encore six mois après d'une mémorable excursion à Tivoli.

Agostino Chigi profitait évidemment de ces rencontres pour rappeler à Raffaello qu'il n'avait pas terminé la décoration de l'entrée de sa maison et qu'il se fâcherait avec lui s'il ne revenait pas travailler à la Farnesina. Il croyait avoir trouvé un moyen d'attacher l'artiste à sa tâche en le faisant habiter la villa qu'il n'aurait pas de raison de quitter puisqu'il y serait logé et nourri. Mais dès le deuxième jour, Raffaello s'était envolé, laissant ce simple mot à son mécène: «Je suis désolé, cher ami Agostino, mais je n'ai pas trouvé de femme dans votre palais.» Le

1. *Le Courtisan.*

lendemain, le banquier installait la Fornarina dans la maison et l'incontinent génie terminait sans façon les frises entourant Galatée.

***

Durant ce temps, les relations ne s'arrangeaient pas entre Michelangelo et le pape. L'artiste ne rêvait que de reprendre sa masse et son ciseau pour continuer la sculpture du tombeau de Jules II ; Léon X, lui, souhaitait éloigner de Rome cet encombrant génie dont il reconnaissait l'inimitable talent mais qui l'agaçait en osant contrecarrer ses projets et en poursuivant ses interminables querelles avec ses confrères. « Il a une *terribilita,* disait-il, il ne veut jamais entendre raison. Qu'il aille donc à Carrare chercher les marbres de San Lorenzo ! »

C'est ainsi que Michelangelo se retrouva dans les carrières de Battaglino, de la Grotta Colombara et de Ronco à chercher avec les équipes d'« hommes blancs » — ainsi appelés parce qu'ils rentraient le soir couverts de *poggio,* poussière de marbre blanche comme la neige — les blocs nécessaires à la façade de l'église des Médicis. Il était à l'aise, l'ami des *scapellini* de Florence, parmi ces ouvriers de la pierre, secs comme des sarments, durs à la tâche malgré leur petite taille ; ils lui ressemblaient. Le maître avait plaisir à partager dans la montagne aride et étincelante leur tranche de gros pain mouillée d'huile d'olive.

Seules les exigences jugées abusives du sculpteur gâtaient parfois ce climat d'amitié. Les blocs dégagés de leur gangue après des efforts inouïs n'étaient jamais assez purs. Michelangelo voulait monter plus haut, jusqu'au Polvaccio d'où l'on avait, disait-il, extrait jadis le marbre de sa « Pietà ». Mais l'escalade était dangereuse et le travail sur la falaise encore plus. Selon son habitude, Michelangelo s'entêtait, refusait de payer les blocs trop veinés et lassait ses ouvriers qui menaient au village de Carrare une vie communautaire et parlaient d'une seule voix. Un jour, ils lui dirent que c'était fini, qu'aucun compagnon ne travaillerait plus pour lui. Il en eut de la peine et aussi du souci :

— Mais j'ai acheté pour la guilde de la laine de Florence, commanditaire des travaux, pour mille ducats de marbres qui se trouvent toujours dans les carrières. Que vont-ils devenir ?

— Votre contrat prévoit qu'ils seront descendus jusqu'à la côte et ils le seront. Mais il vous faudra trouver des bateaux et des bateliers pour les transporter jusqu'à Pise et j'ai l'impression que vous aurez du mal. Ici, nous exerçons un métier dangereux, insuffisamment payé, mais nous sommes solidaires !

Il ne restait plus à Buonarroti qu'à revenir à Rome rendre compte au pape et lui montrer les dessins de la future façade de San Lorenzo. Comme toutes les fois qu'il devait rencontrer le Saint-Père, il était inquiet, se demandant quel nouveau tour il allait lui jouer. Le pape, qui craignait les réactions de son irascible artiste, n'était guère plus rassuré. Pourtant l'accueil au Vatican fut chaleureux. Léon X semblait heureux de retrouver le génie de la Sixtine :

— Venez, mon fils, me raconter où en sont nos projets.

Il entraîna Michelangelo dans la bibliothèque où, comme par hasard, Raffaello discutait avec le cardinal Giulio. Les deux hommes se saluèrent poliment mais assez froidement. Comme Sanzio prenait congé, le pape dit :

— Alors Buonarroti ? Toujours fâché avec vos confrères. Cela me chagrine de ne pas voir l'harmonie régner chez mes artistes. Enfin... Montrez-moi vos dessins.

Le pape et son frère jugèrent excellent le projet et trouvèrent même raisonnable le délai de neuf ans, ce qui étonna le Florentin.

— Nous saurons nous montrer généreux, dit le pape. Vous disposerez de tout l'argent nécessaire.

— Merci, Très Saint-Père. Je peux vous assurer que ma façade fera l'émerveillement de toute l'Italie. Mais les marbres de Carrare...

— Nous n'en voulons plus. La façade et les statues devront être en marbre de Pietrasanta, le plus blanc, le plus fin, le meilleur du monde entier.

Michelangelo ferma les yeux durant quelques secondes.

La mauvaise surprise arrivait comme il l'avait craint. Dix-huit mois d'efforts, dix-huit mois au cours desquels il aurait pu avancer le tombeau, étaient perdus. Quant au marbre de Pietrasanta...

— Eh bien, Michelangelo, vous êtes muet ? Pietrasanta ne produit pas un bon marbre ?

— Si, Votre Sainteté. Mais on n'en a jamais tiré que de très petits blocs. La carrière, je me suis renseigné à Carrare, est pratiquement inaccessible. Il n'existe aucune route, aucun chemin pour descendre jusqu'en bas les gros blocs dont nous avons besoin. Les anciens Romains n'ont, paraît-il, jamais réussi à percer cette route.

— Les nouveaux Romains y parviendront. Il suffit de trouver la main-d'œuvre.

— Cela aussi sera difficile.

Le double menton de Léon X commençait à trembler, ce qui était mauvais signe. L'attitude négative de Michelangelo allait finir par le plonger dans une de ces colères dont il sortait épuisé.

Le cardinal jugea bon de calmer les esprits.

— Nous ne cherchons pas à vous ennuyer, dit-il à Michelangelo. Mais nous devons donner une leçon aux Carrarais, des révoltés qui refusent de coopérer avec le Vatican. Au contraire, les carriers de Pietrasanta sont loyaux. Ils ont passé un contrat avec Florence pour l'achat de tout leur marbre. Nous aurons donc le meilleur au meilleur prix.

— Merci, monsieur le cardinal, de me donner les raisons d'un choix que j'avais du mal à comprendre. Mais les difficultés demeurent pour extraire et descendre les marbres.

— Bon ! coupa le pape. Vous irez à Pietrasanta, vous monterez au sommet du mont Altissimo où se trouvent les meilleurs gisements et m'adresserez un rapport.

Il n'y avait rien à répondre. Une fois de plus, Michelangelo quitta le Vatican accablé. Pour combien de temps allait-il devoir reprendre dans la montagne ce métier de maître carrier qui n'était pas le sien ? Sculpterait-il à nouveau un jour ? Il en doutait en regagnant sa maison où l'attendait, petit réconfort, son Moïse inachevé.

— Jonas, dit-il, enlève ces toiles que je revoie mon prophète.

Il s'assit et contempla longtemps le géant. Puis il dit :

— C'est tout de même une sacrée statue !

Et Michelangelo retourna chercher le marbre blanc dans les carrières lointaines. Il resta encore plus d'un an à Pietrasanta, une année durant laquelle lui, Buonarroti, dont les mains étaient faites pour tenir le pinceau ou la gradine, dut ouvrir une route dans la montagne, enfoncer des pilotis dans les champs marécageux, discuter avec les notaires...

Les premières colonnes commençaient à être descendues à grand-peine des pentes du mont Altissimo quand Michelangelo fut rappelé à Florence où séjournait alors le cardinal Giulio. Celui-ci le reçut, l'œil sombre, dans le cabinet qui avait été autrefois celui du Magnifique, un lieu où le sculpteur n'entrait pas sans un serrement de cœur.

— Monsieur le cardinal, je suis à vos ordres. L'expédition a été difficile mais je pense que neuf grandes colonnes pourront être descendues avant l'hiver sur la plage de Pietrasanta.

— Nous n'aurons pas besoin de tout ce marbre, interrompit Giulio de Médicis.

— Pas besoin ? Mais nous avons calculé précisément ce qui était nécessaire !

— Sa Sainteté a décidé d'abandonner la façade de San Lorenzo !

On aurait dit à Michelangelo que le pape se rangeait aux idées de Luther qu'il n'aurait pas été plus stupéfait. Il perdit contenance et balbutia des mots incompréhensibles. Puis il se reprit et salua le cardinal avec gravité :

— Monsieur le cardinal, l'affront qu'on me fait aujourd'hui vient après beaucoup d'autres. Ces trois dernières années m'ont éprouvé. Je me sens malade du corps comme de l'âme et je n'exprime qu'une prière dans mon désarroi : je souhaite retrouver ma liberté et exercer mon art comme mes confrères, dans la quiétude et l'humilité.

Le visage du cardinal Giulio se ferma. Il dit simplement :

— Sa Sainteté sera informée. Vous pouvez vous retirer.

Michelangelo sortit désabusé du Palazzo Vecchio. Il eut un regard pour son David qui lui fit penser, Dieu sait pourquoi, à son vieux rival Leonardo. Lui aussi avait dû souvent subir la loi des princes, mais il avait toujours su garder sa dignité et revendiquer sa liberté d'artiste dans les conflits qui l'avaient opposé à ses mécènes. A propos, où était-il, Leonardo? Ne devait-il pas quitter Rome et revenir dans sa Toscane natale? Michelangelo se promit de se renseigner. Pourquoi éprouvait-il soudain le désir de revoir celui qu'il avait fui toute sa vie?

***

Michelangelo poussa quelques jours plus tard la porte du vieil atelier où Leonardo, penché sur une liasse de feuilles couvertes de son écriture, semblait chercher quelque secret qu'il y aurait enfoui jadis. Il leva la tête et un sourire perça son envahissante barbe blanche :

— Buonarroti! C'est curieux, j'ai pensé à toi ce matin. Je me disais que je ne devais pas quitter ce pays sans avoir revu mon vieux rival. Tu vois, je crois que personne n'a admiré comme moi son ennemi... Car nous avons été ennemis. Des ennemis respectueux mais des ennemis tout de même. Comme tout cela paraît ridicule aujourd'hui!

— C'est pour te le dire que je suis là! Mais tu viens de dire que tu quittais le pays. Pour la Toscane sans doute. Où vas-tu maintenant traîner tes chausses?

— C'est l'Italie que je quitte. Je vais m'installer en France puisque Rome m'a ignoré et que Florence ne m'a pas ouvert les bras. Les Français sont à Milan et tant qu'à vivre avec eux, autant aller en France. Cela ne posera pas de difficultés puisque je suis peintre officiel de la cour. Et puis, l'idée de partir, de découvrir un nouveau pays me plonge dans l'exaltation. Je me sens rajeunir. Ma curiosité sans doute...

— Je t'envie. On a toujours dit que tu étais le plus sage d'entre nous. C'est vrai. Moi, je me sens englué dans mes rapports confus avec le Vatican. Depuis trois ans, le pape me martyrise par ses sautes d'humeur et ses tergiversations. Il m'a contraint à abandonner le tombeau de

Jules II pour me donner la façade de San Lorenzo. J'y ai travaillé trois ans, j'ai laissé ma santé dans les carrières de Carrare et voilà qu'il renonce ! Je ne sais pas ce que je vais faire. Reprendre ma liberté, je crois, et faire le portrait des riches bourgeois pour gagner ma vie. J'en ai assez des mécènes pontificaux, infaillibles et inconséquents.

— Je te comprends, mon ami... N'oublie pas cependant que Jules II, s'il t'a flanqué quelques coups de bâton, t'a permis de réaliser une œuvre grandiose qui assurera ta gloire.

— La gloire... Tu y crois, toi, à la gloire ?

— Chaque fois qu'elle a percé le bout de l'oreille, j'ai refusé de la saisir pour pouvoir continuer d'occuper mon temps à vivre de la manière qui me plaisait. J'en ai des choses à raconter là-dessus ! Je ne sais pas si je peindrai en France, mais je suis sûr d'y écrire mon testament d'« homme universel », comme on m'appelle parfois par dérision.

— Salai part avec toi ?

— Non. Je lui ai rendu sa liberté. Il parle de se marier et d'aller vivre à Milan dans une maison qu'il veut construire près de la vigne que m'a donnée Ludovic le More. La rupture a été pénible mais la présence de Melzi compliquait trop la vie. C'est lui qui m'accompagnera... Pourtant, comment pourrai-je oublier le petit effronté au visage d'ange qui m'a offert sa jeunesse et sa beauté durant tant d'années ? Car tu t'en souviens, il était beau, Salai ! Et comme j'avais plaisir à me ruiner en vêtements et en ornements pour qu'il soit encore plus beau !

— Jamais je n'aurais pensé que tu me ferais un jour de pareilles confidences.

— Tu es le premier à qui je me confie. Peut-être parce que je sais que tu me comprends...

— Et Melzi ?

— Melzi, c'est autre chose. Lui aussi est jeune, beau et attachant. Il me voue une admiration sans bornes et m'est plus fidèle que s'il était mon fils. Il m'aime, il dit qu'il ne peut se passer de moi. Et c'est vrai : il a quitté sa famille pour me suivre et recevoir mes leçons. Si je vis assez longtemps, j'en ferai un bon peintre...

Les deux génies échangèrent leurs pensées, leurs regrets, leurs espoirs jusque tard dans le soir, lorsque Melzi revint chargé de colis, de couvertures et de cahiers vierges.

— Quand pars-tu ? demanda Michelangelo.

— Demain pour Milan où je resterai quelques jours. Et puis, après, la montagne, les Alpes... et la France.

— Passer la montagne à cette saison ne te fait pas peur ? Tu n'es plus un jeune homme.

— Mais si. Quand je ne me sentirai plus un jeune homme, je mourrai !

— Cher vieil ennemi, je te souhaite un bon voyage et un heureux séjour chez le roi François. Comptes-tu finir tes jours en France ?

— Il faudrait que Dieu en décide ainsi. Il existe un oiseau migrateur, le zuba, qui passe son existence à chercher l'endroit idéal pour construire son nid et ne le trouve jamais. Je suis comme lui. Je pense que je reviendrai un jour à Florence. Ne serait-ce que pour revoir ma maison de Vinci...

— Et que vont te demander les Français en échange de leur hospitalité ? Des tableaux ? Des dessins d'armes nouvelles ?

— J'ai été à leur service à Milan et ils m'ont laissé agir à ma guise. Le cardinal d'Amboise m'a donné toutes les assurances pour le cas où j'accepterais de répondre à l'invitation du roi.

— Si cela se passe ainsi, tu as beaucoup de chance. Je te souhaite du bonheur, Leonardo. Et de la tranquillité. Ah ! la tranquillité !

Quand il eut refermé la porte, Leonardo dit à Jonas :

— La tranquillité, il ne l'aura jamais, ce pauvre Buonarroti. Mais peut-il travailler autrement qu'avec le pape pendu à ses basques comme un mâtin !

C'est le surlendemain que Leonardo prit la route pour Milan et la haute montagne, ce fantastique ensemble de pics, de crêtes et de vallées qui avait habillé tant de ses tableaux, de la sainte Anne à la chère Mona Lisa.

« Sainte Anne », « Mona Lisa », c'étaient les deux panneaux qu'il emportait avec le carton de « Saint Jean-Baptiste », trois précieux ballots soigneusement emballés et chargés sur le mulet du milieu. On était loin de la joyeuse et pittoresque compagnie de disciples qui avait accompagné le maître, quatre ans auparavant, sur les chemins qui menaient à Rome. Salai, qui allait pourtant s'installer à Milan, n'avait pas voulu partir avec lui. Il avait préféré faire ses adieux à Leonardo dans la *bottega* où il avait si longtemps partagé sa vie. Des adieux pénibles qui s'étaient terminés dans les larmes... Aujourd'hui, sur la route de Prato, manquaient aussi Zoroastro da Peretola, le mage-mécanicien qui avait ouvert une boutique d'orfèvrerie à Florence, et le cher Fanfoia, compagnon des bons et des mauvais jours, qui avait mis le sac à terre quelque part du côté de Bologne. Le maître avait toujours une allure de seigneur sur son cheval plus blanc que sa barbe, mais ses traits s'étaient creusés et ses grands yeux s'étaient plissés sous ses épais sourcils. Il avait à peine soixante ans mais en paraissait dix de plus. A ses côtés chevauchait Melzi qui essayait d'amuser Leonardo sans bien y réussir. Suivaient les trois mulets chargés des bagages et Battista, le serviteur dévoué qui s'était juré de suivre son maître partout où il irait. C'est Melzi qui dit ce que chacun pensait :

— Il manque Salai...

Leonardo hocha la tête en signe d'assentiment mais ne dit rien. C'est bien plus loin qu'il souffla à son jeune compagnon :

— Comment oublier Salai ! Heureusement, tu es là, mon petit...

Les voyageurs arrivèrent à Milan pour trouver les Français en pleine euphorie. Le roi avait en quelques semaines vaincu les Suisses du pape à Marignan, investi toute la Lombardie et signé avec Léon X, devenu un agneau, un concordat qui arrangeait les deux parties.

Leonardo n'eut donc aucune peine à renouer des liens privilégiés avec ses anciens amis, en particulier le seigneur Artus, officier de la chambre du roi. Dès que François Ier eut connaissance de la présence de Vinci à Milan, il demanda qu'il lui soit présenté au plus tôt.

Rien ne semblait devoir rapprocher ce roi, grand amateur de chasse et de femmes, au caractère superficiel et capricieux, de l'austère savant qu'était devenu Leonardo. Rien sinon l'admiration et l'amitié que François Ier, subjugué, porta immédiatement à l'artiste florentin.

— Le roi Louis XII vous avait naguère attaché à la maison de France. Je vous y lie pour toujours. Je rentre en France dans une ou deux semaines : vous voyagerez avec ma suite car je veux vous ramener chez nous sans attendre.

Le fait est que le roi s'enquérait plusieurs fois par jour de l'endroit où se trouvait son protégé et le faisait appeler. Il disait à son entourage qu'il « ne se lassait pas d'écouter raisonner Leonardo et qu'il ne croyait pas qu'il y eût au monde un autre homme aussi savant, non tant en sculpture ou en peinture que dans le domaine de la philosophie où il excellait ».

Leonardo avait fréquenté assez de princes pour savoir qu'il fallait donner, tout au moins au début, tous les gages de satisfaction possibles à un seigneur qui vous faisait la grâce de son amitié. Ce n'était pas une attitude vile mais le simple respect des termes d'un marché. D'ailleurs, le maître éprouvait plutôt du plaisir à intéresser un roi qui ne lui voulait que du bien et le considérait comme un grand homme.

Ainsi fut-il ravi le jour où François Ier lui demanda de créer quelque chose de nouveau afin d'agrémenter la fête qu'il donnait trois jours plus tard pour célébrer l'heureuse fin de son expédition italienne :

— Maître Leonardo, je sais que vous avez réussi jadis des miracles à la cour des Sforza. Les fêtes que vous avez imaginées sont encore dans toutes les mémoires. Alors, je vous en prie, mon ami, étonnez-moi, étonnez mes amis, étonnez tous les ambassadeurs qui seront présents.

— J'étais jeune dans ce temps-là, sire.

— Il n'y a pas d'âge pour faire plaisir au roi. Je suis sûr que vous allez nous réserver une extraordinaire surprise.

— Il en sera fait selon votre désir, sire.

Leonardo pria Melzi de se mettre en quête d'un orfèvre bien installé qui pourrait l'accueillir dans sa *bottega* et lui prêter des outils.

— Il me faudra aussi quelques plaques de bon fer assez minces pour pouvoir être travaillées.

Et il se mit aussitôt à dessiner avec une joie d'enfant les différentes pièces d'un objet indéfinissable. Melzi, une mine de plomb et une feuille de papier à la main, devait noter tous les accessoires que lui nommait le maître en dessinant. Cela allait d'une série de ressorts à acheter chez l'horloger à une peau de renard et des couleurs de différents tons.

— Mais qu'allez-vous donc nous fabriquer? demanda Melzi.

— Comment? Tu n'as pas deviné? Tu me déçois. Je vais faire un lion, bien sûr!

Dès le lendemain, Leonardo se mit au travail chez l'orfèvre Filippi qui tenait boutique et atelier derrière la cathédrale. Auparavant, il était allé jeter un coup d'œil à sa « Cène » dans le couvent de Santa Maria delle Grazie. En vingt ans, la fresque avait vieilli comme il l'avait prédit. Si elle avait conservé l'empreinte de son génie et était encore une œuvre magnifique, l'humidité commençait en plusieurs endroits à lancer des attaques sournoises. Çà et là des moisissures mangeaient un pan de vêtement, une émergence de salpêtre apparaissait sur un visage et, plus grave encore, la couche picturale commençait à s'écailler sur la partie droite. Ces désastres, qui ne pouvaient que s'amplifier avec le temps, Leonardo les avait prévus dès qu'il s'était rendu compte de son erreur de technique. Leur découverte lui était pourtant douloureuse. Il le dit à Melzi qui l'avait accompagné dans le réfectoire :

— C'est tout de même dommage... Tu vois, je n'ai pas eu le courage d'écouter mes amis qui m'imploraient de tout gratter pour recommencer la fresque en utilisant le procédé classique.

— Et pourquoi, maître, ne les avez-vous pas suivis, puisque vous saviez ce qui allait arriver?

— J'ai souvent pensé à cela. Et à la « Bataille d'Anghiari » qui a subi le même sort. Eh bien, je vais te dire : j'étais sûr de faire moins bien, peut-être même de rater complètement la reprise à fresque. Alors j'ai préféré l'œuvre quasiment parfaite mais éphémère, à un double durable mais médiocre.

Il oublia vite cette visite amère devant l'établi du maître Filippi. Ses longs doigts minces retrouvèrent leur adresse et leur vigueur pour découper la tôle, river entre eux les différents morceaux du jeu de patience, tailler la peau du renard et donner forme au lion dont la crinière avait été prélevée sur une queue de cheval.

Ce n'était pas le premier automate que construisait Leonardo, mais jamais il n'avait mis autant de cœur à l'ouvrage. Si François lui avait demandé, pour premier témoignage de son attachement, de peindre une Madone, il aurait peint une Madone comme il aurait dressé le plan des fortifications de Milan. Il l'avait prié de l'étonner ? Il lui fabriquait une mécanique étonnante.

Quand le lion eut vraiment l'air d'un lion, le maître le remplit de mouvements d'horlogerie, de leviers et d'engrenages. Il y avait de la malice et du plaisir dans l'œil de Leonardo qui trouvait hautement réjouissante la perspective d'amuser un roi qui lui proposait, il le lui avait répété, un petit château à côté du sien.

Le succès de la fête se termina en triomphe quand le lion de Leonardo entra en grognant dans la salle et se dirigea vers le roi. Dès qu'il se fut arrêté, Leonardo demanda à François Ier de le frapper trois fois avec une badine. Le roi s'exécuta de bonne grâce et le spectacle devint fantasmagorique : la poitrine du lion s'ouvrit et l'on vit de l'intérieur peint en bleu de France jaillir une profusion de fleurs de lys.

Le soir, Leonardo dit en riant à Melzi :

— Tous les artistes, même les plus grands, réalisent des chefs-d'œuvre pour encourager la générosité de leurs mécènes et conserver leur protection. Mais il n'y a que Leonardo da Vinci qui soit capable d'offrir un lion mécanique !

Une semaine plus tard, la maison de France se mit en route vers le nord. Cette fois, Leonardo appréciait le confort relatif que lui apportait l'escorte royale : un bon cheval — toujours blanc comme il le voulait — et, surtout, la possibilité d'user d'un chariot-litière en cas de difficulté ou de fatigue extrême. Il avait aussi engagé avant le départ de Milan une servante, Malcina, qui pourrait aider Battista de Villanis lorsqu'ils seraient installés. Pour l'instant, la malheureuse bringuebalait sur une mule derrière le trio des Florentins reconnaissable à la barbe fleurie de son chef.

Le roi avait commandé de mener grand train et la troupe arriva bientôt sur la rive du lac Majeur, une sorte d'Eden où les palmiers se penchaient en tremblant sur l'eau calme et chaude, si chaude que Melzi s'arrêta pour s'y baigner et dut galoper à bride abattue pour rattraper la caravane. Puis ce furent les grandes taches sombres des sapins, les montées interminables dans les rochers, les rivières à contourner et le froid des glaciers. Quand un aide de camp du roi vint apporter à Leonardo un épais manteau de fourrure pour qu'il ne prenne pas froid dans la montagne, le maître sut qu'il avait trouvé le protecteur dont il avait rêvé toute sa vie. En remerciement, il chargea le messager de porter au roi l'un des dessins qu'il avait crayonnés à l'étape de Baveno : les carrières de granit qui s'étageaient en terrasses au-dessus des eaux du lac.

Leonardo n'avait jamais franchi les Alpes. Il n'était jamais venu non plus en France. Il la découvrit passé Genève et la trouva douce et accueillante. En voyant le Rhône et la Saône il pensa à tout ce qu'on pourrait faire avec cette eau claire... Mais, jour après jour, la fatigue le gagnait. Il avait hâte d'arriver sur l'autre fleuve, la Loire, là où il allait vivre.

— Tu vois, dit-il à Melzi. Je pensais revenir un jour en Toscane. Aujourd'hui je sais que je ne referai pas le voyage du retour. J'espère que nous allons être bien chez le roi François...

— Nous y serons bien, mon maître. Mais pourquoi vous posez-vous cette question ?

— Parce que là où nous allons, ce sera ma dernière maison. J'y vivrai le reste de mon âge. Avec toi si Dieu le permet.

— Vous savez bien, mon maître, que je ne vous abandonnerai jamais.

L'arrivée dans le val de Loire, le pays chéri de la Maison de France, fit oublier à Leonardo ses fatigues et ses angoisses. Il découvrit, son carnet de croquis à portée de main, les vignobles accrochés aux coteaux, les saules et les bouleaux alignés au bord du fleuve qui s'écoulait doucement entre les bancs de sable doré.

Enfin, la cohorte royale — qui avait perdu François depuis plusieurs jours, le souverain impatient ayant voulu aller de l'avant sur les chevaux frais qu'on lui avait préparés aux relais — arriva en vue d'Amboise. Le vieux château fort, rénové, agrandi par Charles VII de retour d'Italie, puis par Louis XII et François Ier, dominait la ville dont les rues enchevêtrées rappelaient au Toscan celles de sa chère Florence.

Dans la cour du château, François Ier, en tenue de chasse, attendait son hôte. C'est en italien qu'il lui souhaita la bienvenue :

— Monsieur l'ingénieur, peintre de la cour de France, avez-vous fait bon voyage ?

— Très bon mais un peu fatigant pour un vieil homme comme moi, sire.

— L'air de notre campagne de Loire va vite vous remettre, mon ami. Surtout, je veux que vous vous considériez ici comme un seigneur qui jouit de toute sa liberté. Vous pouvez peindre, dessiner, inventer, jouer de la musique comme bon vous semble. Vous êtes la gloire de notre cour et je vous suis reconnaissant d'accepter une invitation qui durera le temps que vous voudrez. Si par bonheur vous décidiez de vous fixer dans notre pays, sachez que je vous considère depuis longtemps comme français, une nationalité que vous avait d'ailleurs octroyée mon illustre beau-père le roi Louis XII. Mais je vous importune avec ces discours. Vous devez vous reposer. Je donne des ordres pour qu'on vous conduise avec votre suite dans la maison qui sera la vôtre, tout près du château.

Leonardo fut bien aise, lui qui n'avait jamais eu de goût pour les palais, de se retrouver devant un élégant castel.

Modeste par la taille, la demeure de huit grandes pièces avait abrité avant lui Étienne le Loup, un ministre de Louis XI qui l'avait fait bâtir, Louis Morin, trésorier de France, le duc d'Alençon et la reine Louise de Savoie. C'est dire qu'il s'agissait d'une belle maison qu'on appelait le château du Clos-Lucé bien que la dénomination de manoir eût été plus appropriée.

Tandis que Melzi et Villanis déchargeaient les bêtes, Leonardo passa la porte à cintre surbaissé, s'arrêta un instant dans la galerie ouverte sur les jardins de la vallée de l'Amasse et monta l'escalier à double volée qui menait à l'étage. Là, un écuyer lui montra sa chambre, la plus belle pièce, où crépitait dans une haute cheminée un grand feu d'automne.

Leonardo se dit enchanté de sa nouvelle demeure, et il l'était. En dehors du lit somptueux, des chaises et des fauteuils attendaient des visiteurs et un large bureau plat s'offrait, près d'une fenêtre, à recevoir le *fornimento* du maître : ses carnets, fusains, crayons, pointes de sanguine, compas, règles et couteaux, objets indispensables à son confort créatif. Un grand chevalet dressait son armature de chêne ciré devant l'autre fenêtre. Leonardo y déposa le portrait de la « Joconda » que Melzi venait de déballer. Contre le mur il posa sainte Anne et le carton de saint Jean. Il regarda longuement ce dernier et dit au jeune homme :

— Je ne crois pas que je peindrai encore beaucoup de tableaux mais, tu vois, ce Jean-Baptiste, je le terminerai. Si ce devait être ma dernière œuvre, j'en serais content.

C'est en effet à saint Jean-Baptiste que Leonardo s'attacha quand le roi fut reparti combattre on ne savait plus qui dans la vallée du Pô. Vinci n'avait rien peint d'important depuis longtemps et il appréhendait de reprendre ses pinceaux. Une douleur persistante à la main droite le gênait pour tenir sa palette. Heureusement, il était gaucher et les « bons doigts », comme il disait, n'avaient rien perdu de leur admirable précision. Melzi lui avait fait préparer un panneau de chêne de deux pieds de haut et c'est avec enthousiasme qu'il commença à transposer sur le bois les contours du carton.

— Melzi, s'écria-t-il, je crois que je suis saisi à nouveau par le démon de la peinture. A mon âge, il n'est plus question d'innover mais de sublimer les résultats de toutes mes recherches. Ce tableau n'a de raison d'être que s'il est l'aboutissement des expériences de toute ma vie. Alors broie-moi vite du *giallolino* [1] et de la terre brûlée car je vais en user beaucoup!

Leonardo peignait déjà depuis des semaines, et la figure impénétrable, impalpable et lumineuse de Jean-Baptiste commençait à habiter le panneau. Un peu plus tard on discerna son sourire suave, délicat, énigmatique, qui n'était pas celui de Mona Lisa mais traduisait une ambiguïté évidente entre une féminité insistante et une masculinité languissante.

Enfin apparut saint Jean-Baptiste debout, vêtu d'une peau de bête et d'une masse de cheveux bouclés, l'index droit tendu vers le ciel.

— C'est votre plus beau tableau! dit Melzi.

— Si tu le dis, je le crois. Alors, considère-le comme mon testament spirituel. Ce n'est sûrement pas le saint Jean-Baptiste ermite et marqué par les privations qu'on a l'habitude de voir représenté. Le mien n'est pas tourmenté. Son visage exprime, je pense, beaucoup plus le mystère de la nature humaine. Mais je ne suis pas sûr que tout ce que j'ai voulu suggérer plaise à tout le monde [2]...!

***

Leonardo ne vivait pas en reclus avec son entourage habituel qu'il appelait «ma famille». Le château d'Amboise était tout près, au-delà d'un petit bois, et aucun personnage important n'y passait sans rendre visite à l'hôte illustre du roi. Leonardo recevait ces visiteurs en seigneur. Il avait toujours aimé les beaux vêtements et main-

1. Les peintres de la Renaissance appelaient *giallolino* le jaune de Naples, couleur encore utilisée de nos jours.

2. Louis XIII en effet n'aima pas le «Saint Jean», et l'échangea à Charles Ier d'Angleterre contre un Holbein et un Titien. Mazarin racheta le tableau en 1661 et ses héritiers le cédèrent à Louis XIV. Il est aujourd'hui au Louvre.

tenant que la pension que lui versait François Ier lui permettait de ne plus compter, il s'habillait aussi richement que les nobles de la cour. Leonardo graduait ses attentions, non en fonction de l'importance de son hôte mais selon la sympathie qu'il lui inspirait. Tout le monde pouvait admirer les tableaux mais seuls les privilégiés avaient droit de regard sur un choix de dessins que le maître commentait.

C'est ainsi que le 10 octobre 1517, un an après l'installation à Cloux, Antonio de Beatis, cardinal d'Aragon, rendit visite au maître de Vinci. Une visite comme une autre, qui serait passée inaperçue si le cardinal n'avait pas eu le bon goût de comprendre l'importance de cette rencontre et d'en écrire le récit :

« J'ai vu le maître Leonardo dans le petit château où il est l'hôte du roi de France. C'est un vieillard de plus de soixante-dix ans [1] et qui m'a montré de superbes tableaux, entre autres le portrait d'une certaine femme florentine, "Jean-Baptiste", "La Vierge, l'Enfant Jésus et sainte Anne". Tous parfaits. Il est bien vrai qu'à cause d'une certaine paralysie de la main droite on ne peut plus attendre aucune bonne chose de lui. Il a bien instruit un certain Milanais [2] qui travaille très bien. Bien que ledit M. Léonard ne puisse plus rendre les couleurs avec cette douceur qui lui était habituelle, il peut encore dessiner et enseigner aux autres [3]. »

Naturellement, Leonardo revint encore souvent sur son saint Jean-Baptiste, mais pour d'infimes retouches. Déjà il avait chassé la peinture de ses préoccupations et repris ses études mathématiques. Il avait aussi décidé de mettre de l'ordre dans ses notes entassées au fond des malles rapportées de Milan, en tout plus de treize mille pages de réflexions, dessins, plans de machines, poésies, précisions scientifiques. C'était là la somme d'un demi-siècle de connaissances acquises par un génie solitaire et autodi-

1. Il en avait soixante-cinq mais avait beaucoup vieilli en quelques années.

2. Francesco Melzi.

3. C'est grâce à ce récit que l'on sait avec certitude quels tableaux Léonard de Vinci a rapportés d'Italie.

dacte. Emporté par sa soif de savoir, il avait toujours remis à plus tard ce tri qui devait précéder la mise en forme d'ouvrages qu'il se promettait de publier afin de laisser une trace de son labeur. Et aujourd'hui, au moment de réaliser son projet, il se sentait accablé par l'immensité de la tâche. Il avait noté tant de choses sur l'art de peindre, il avait inventé tant de machines, fait fonctionner avec son esprit et son crayon tant d'engrenages, de pistons, de leviers, il avait étudié avec tant de passion la formidable puissance des eaux et leur domestication qu'il se rendait compte de la vanité de son entreprise. Et cette machine volante qui avait hanté ses nuits ! D'autres, un jour, il en était sûr, réussiraient à suivre les oiseaux dans leurs incessantes voltiges. Mais lui était resté au sol ! Défilait alors sous son front dénudé et ridé la liste noire de ses échecs : le « Grand Cheval » mutilé, la « Cène » effacée, la « Bataille d'Anghiari » détruite... Et tous ces cartons qu'il n'avait jamais transformés en tableaux !

Melzi, assis près de lui devant la table croulant sous les liasses et les cahiers, comprenait. Il souriait à Leonardo et disait :

— Mon maître, regardez plutôt les visages de Jean-Baptiste et de Mona Lisa. Quand on a peint deux œuvres aussi belles, on ne peut avoir manqué sa vie.

Les traits du vieil homme s'animaient à cette remarque :

— Tu as raison, mon fils. Si ce n'était cette main droite qui ne veut plus m'obéir, je serais l'artiste le plus comblé ! Tiens, pour nous changer les idées, pensons plutôt à notre prochaine représentation !

Leonardo avait gardé de sa jeunesse le goût de la fête. Même si ses obligations l'arrachaient parfois à ses études, il se mêlait volontiers à la société des dames et des gentilshommes qui entouraient le roi. Comme à l'époque de Ludovic le More, il enchantait la cour avec ses « prophéties », ses devinettes et ses fables. Et même, dans les grandes occasions, il reprenait son rôle de metteur en scène.

Il s'agissait cette fois de célébrer les noces de Lorenzo

de Médicis, duc d'Urbino, avec Madeleine de la Tour d'Auvergne, la nièce du roi. « Puisque vous organisez le divertissement, cher Leonardo, avait dit François, c'est vous qui nous recevrez dans les jardins de votre maison. »

Aidés par les gens du château, le maître du Clos-Lucé et Melzi transformèrent en théâtre la grande terrasse qui donnait sur le parc d'Amboise. Leonardo avait trouvé commode d'imaginer une réplique du « Paradis » qui avait obtenu tant de succès chez les Sforza.

Une nouvelle fois, la magie léonardienne émerveilla son siècle. L'historien Marino Sanudo, qui assistait à la fête, en fit une description enthousiaste : « Les jardins du Clos avaient été tendus de draperies de couleur bleue parsemées d'étoiles d'or. Dans ce ciel divin tournaient les principales planètes. Mars, Jupiter et Saturne occupaient leur place dans le ciel zodiacal où brillaient les douze signes. Le Soleil à droite, la Lune à gauche encadraient le firmament de Leonardo da Vinci. »

Leonardo sentait ses forces décliner mais, s'il marchait moins vite aux côtés de Melzi, il aimait autant la nature et continuait à se promener à travers la campagne. Le fleuve naturellement l'attirait et il partait, à cheval cette fois, dans la vallée pour reconnaître le terrain et dresser avec Melzi un plan de la région. Il avait repéré la petite ville de Romorantin et voulait en faire le point de départ d'un canal destiné à relier la Loire au Rhône. Outre l'irrigation des terres, cette voie navigable devait être très utile. Dans le projet que Leonardo proposa au roi, elle passait par les vallées du Charolais et rejoignait le Rhône à Mâcon. Le roi était enthousiaste : « Dès que l'état du Trésor le permettra, nous commencerons les travaux », avait-il déclaré [1].

L'année 1518 commença sous d'heureux auspices. Le maître reprit des forces et put même accompagner le roi, avec lequel il passa plusieurs jours à Tours. Les fêtes consacrées au baptême du dauphin l'occupèrent tout le printemps puis, les chaleurs venant, il sentit de nouveau

1. Par manque d'argent sans doute, François Ier n'entreprit pas ces travaux.

ses forces décliner. Heureusement, Melzi veillait et l'encourageait à dessiner. Il lui fit même commencer un nouveau carnet. Le génie n'avait plus envie d'inventer ou de se pencher sur les tourbillons de l'eau, mais il avait encore beaucoup de choses à dire sur la vie. Et sur la mort, qu'il envisageait sans crainte avec sa lucidité habituelle. Un soir, il écrivit : « De même qu'une journée bien employée donne un sommeil heureux, de même une vie bien dépensée donne une heureuse mort. » Et il demanda à Melzi :

— Crois-tu que j'ai bien dépensé ma vie ?

— Maître, si vous en doutez, regardez autour de vous comme je vous l'ai déjà conseillé. Et mesurez les piles de ces carnets qui vous enlèvent de la lumière sur votre table.

— Melzi, quel jour sommes-nous ?

— Mais le 24 juin. C'est la Saint-Jean-Baptiste.

— La Saint-Jean... ?

Il reprit son crayon pour tracer deux mots, de droite à gauche, comme il avait écrit jadis les deux premiers mots de son premier carnet : « Je continuerai. »

C'est à ce moment de son existence, alors qu'il imaginait les pentes du couchant, qui auraient pu servir de fond à un autoportrait qu'il n'avait jamais peint, que Leonardo commença à penser à la présence céleste de Dieu. Il se rappela avoir écrit un jour : « Celui-là ne se détourne pas de sa route qui est affecté à une étoile. » Où était son étoile ? L'index de son saint Jean dressé vers le ciel la lui montrait, il s'en persuadait de toutes ses forces.

Le 23 avril 1519, le maître Leonardo da Vinci demanda à Melzi d'aller prévenir le notaire d'Amboise qu'il désirait le voir pour lui dicter son testament.

— Vous sentez-vous mal ? demanda le jeune homme, inquiet.

— Non, mais il y a des choses qui doivent être faites.

Le notaire Guillaume Boreau, habitué à partager des carrés de vigne et des prés entre les modestes héritiers du bourg, n'avait jamais imaginé qu'il recueillerait un jour les dernières volontés d'un génie florentin venu expirer chez le roi. Ému comme à son premier testament, il trempa sa plume d'oie dans l'encrier du maître et rédigea sur sa parole l'acte de succession.

Leonardo léguait à ses frères l'argent déposé à l'Ospedale, effaçant ainsi le différend qui l'avait séparé d'eux. Il nommait Francesco Melzi son exécuteur testamentaire et lui léguait, en récompense des services rendus, tout ce qu'il possédait à Cloux, ses notes, ses carnets, ses dessins et ses tableaux [1]. La vigne de Milan revenait à Salai qui y avait déjà construit sa maison, une autre terre au fidèle Battista de Villanis. Il n'oubliait pas sa servante française, Mathurine, qui recevait de l'argent et de quoi se faire des vêtements chauds.

Ayant ainsi partagé son patrimoine, Leonardo retrouva un peu de sérénité. Il eut même la force de demander à Melzi de l'installer devant un miroir et de lui apporter du papier ainsi qu'une pierre sanguine. Il fit alors, pour la première fois, son autoportrait : un dessin admirable, qui illustrait les ravages d'une vie de travail intense et d'étude à travers un regard méditatif et une bouche tombante.

Quand il eut terminé son portrait, sa main gauche lâcha le crayon et sa tête s'inclina. Ce modeste effort l'avait épuisé et Melzi appela Mathurine pour l'aider à recoucher le maître. Le lendemain, Leonardo décida de s'occuper du salut de son âme et fit appeler un prêtre. Hôte du roi, se devait-il de respecter les convenances ou éprouvait-il vraiment le désir de rentrer dans une orthodoxie catholique qu'il avait ignorée toute sa vie ? Le fait est qu'il se confessa et demanda que l'on célébrât après sa mort trois grand-messes et trente messes basses dans trois églises différentes.

Le lendemain, le 2 mai 1519, ses amis durent le soutenir car il ne tenait plus debout et voulait recevoir l'extrême-onction hors de son lit. On le recoucha vite et, peu après, Melzi l'informa que le roi arrivait. Depuis que l'état de santé de Leonardo s'était aggravé, Fran-

1. « La Joconde » et « Saint Jean-Baptiste » ont été cédés à François Ier dans des conditions qui restent ignorées. Melzi ne rapportera en Italie avec les manuscrits et dessins que « La Vierge, l'Enfant Jésus et sainte Anne », tableau que Richelieu achètera un siècle plus tard pour l'offrir à Louis XIII.

çois Ier avait coutume de lui rendre souvent d'affectueuses visites [1].

Le mourant balbutia quelques mots pour remercier le roi de sa sollicitude et lui dit combien, au cours de sa vie, il avait offensé Dieu et les hommes en ne travaillant pas dans son art comme il aurait dû. Vint, tout de suite après, un spasme avant-coureur de la mort et le roi s'approcha. Il passa son bras sous les épaules du vieil homme, le souleva et laissa la tête reposer sur sa poitrine pour lui manifester sa tendresse et soulager sa souffrance. Le divin Leonardo da Vinci expira ainsi en serrant la main royale, son regard dirigé vers Mona Lisa dont le sourire n'avait jamais parlé qu'à lui seul...

1. Affirmée par Vasari, la présence de François Ier au Clos-Lucé au moment de la mort de Léonard de Vinci a été contestée sur la foi de certains documents montrant que le roi se trouvait alors à Saint-Germain. L'historien Jean Adhémar affirme, lui, que ces documents ne sont pas probants et que la présence du roi au chevet de Léonard n'est pas à exclure. Entre deux vérités l'auteur se devait de choisir la légende la plus belle, celle qui a inspiré Ingres pour son tableau : « La mort de Léonard de Vinci ».

9

ET LA BASILIQUE SORTIT DE TERRE

Le mois de mai touchait à sa fin, déjà l'été romain parfumait d'odeurs nouvelles les jardins qui entouraient la basilique. Les fenêtres du palais du Borgo, donnant sur les frondaisons d'un tremble centenaire, étaient ouvertes et il en sortait une légère vapeur. C'étaient celles de la salle où Raffaello prenait son bain. Une grande agitation régnait autour de la baignoire de cuivre capitonnée d'un linge épais. Deux valets y versaient de l'eau chaude tandis que la capiteuse Margherita Luti, vêtue d'une simple chemise de toile, massait avec grâce le dos et les épaules du maître. Celui-ci, les yeux fermés, goûtait avec un égal plaisir les caresses de l'eau tiède et celles de la Fornarina.

Raffaello avait pourtant trop de choses à faire pour se laisser aller longtemps à cette douce somnolence. Il fit un signe et se souleva un peu. Cela voulait dire qu'on pouvait laisser entrer ceux de ses principaux collaborateurs qui voulaient l'entretenir des travaux en cours. C'est qu'il n'y avait guère à Rome de grande maison, de palais ou d'église à qui son atelier ne fût pas redevable de quelque commande.

Giulio Romano, l'élève en qui il avait le plus confiance, entra le premier :

— Maître, la « Sainte Marguerite » est terminée. J'espère que vous serez satisfait.

— Je passerai voir cela tout à l'heure. Mais j'ai une autre mission à te confier. Elle demande de l'habileté et beaucoup de tact. Je crois que ce sont deux qualités qui ne te font pas défaut.

— Merci. Je suis intrigué...

— Voilà. Notre ami, le cardinal Bibbiena, veut offrir une de mes œuvres au roi François Ier. Il a choisi de lui envoyer un portrait de la princesse Jeanne d'Aragon. Elle a seize ou dix-sept ans et est, paraît-il, d'une éclatante beauté. Comme je ne peux quitter Rome en ce moment avec la « Transfiguration » que je tiens à peindre moi-même, tu vas aller à Naples pour me faire des esquisses du modèle princier. Après, j'aviserai.

— Ce voyage m'enchante car je ne connais pas Naples et j'aimerais bien y voir certains portraits d'Antonello da Messina.

— Tu verras ce que tu voudras, mais tu ne resteras tout de même pas longtemps. Tu sais que je suis perdu quand tu n'es pas là.

— Soyez tranquille. Mais la princesse est-elle prévenue que ce n'est pas le maître mais l'un de ses modestes élèves qui viendra relever les traits de son profil ?

— Elle le sera. Et cesse de jouer les humbles. A ton âge, mon maître Perugino ne me confiait pas des travaux aussi importants que ceux que j'abandonne à ton talent.

— Je pars quand ?

— Demain. Tu as la journée pour trouver un cheval et faire tes adieux à la mignonne du Quirinal.

Sur ces derniers mots, Chigi entra à son tour :

— Il fait une chaleur atroce ici ! s'écria-t-il. Vous allez vous tuer en prenant des bains bouillants. Comment allez-vous ?

— J'allais très bien avant que vous ne m'annonciez ma mort prochaine. Mais qu'est-ce qui vous amène à pareille heure ?

— J'ai appris tout à l'heure que Leonardo était mort en France le 2 mai.

Le silence se fit dans la pièce comme si chacun, au même instant, mesurait la place considérable qu'avait occupée le géant florentin dans l'art de son siècle.

— Je dois beaucoup à Leonardo, dit Raffaello au bout d'un moment. Il m'a fait comprendre, alors que j'étais un jeune apprenti, la différence qui existe entre le talent et le génie. Il ne m'a pas dit grand-chose, simplement il m'a montré le bon chemin et m'a dit de ne jamais m'en détourner... J'ai longtemps suivi son conseil, mais voyez-vous, Chigi, c'est maintenant que je m'égare !

— Vous vous égarez ? Que voulez-vous dire ?

— Je me retrouve jeune encore, riche et adulé mais fatigué, comme entraîné par une machine infernale qui m'oblige à entreprendre chaque jour davantage. On m'achète, très cher, des tableaux que je n'ai pas peints. Je me sens devenir un marchand plus qu'un artiste ! Leonardo, lui, a toujours su résister. Il n'a pu éviter toutes les servitudes du talent, mais il a fui chaque fois qu'elles devenaient trop contraignantes. Il était fort, moi je suis un faible. C'est aussi pour cela que je l'admire. A-t-il eu en France des obsèques dignes de sa renommée ?

— Sûrement. Le roi l'a fait inhumer dans la collégiale d'Amboise [1]. Mais vous, Raffaello, le pape ne vous laisse-t-il pas quelque répit après tout ce que vous avez fait au Vatican ?

— Non. Il est pris au contraire d'une frénésie de création. C'est à croire qu'il veut que chaque mur garde la trace de son passage. Les Loges à peine terminées, il me commande une « Sainte Famille » pour le roi de France, un « Saint Michel » pour le duc de Ferrare, un rapport sur l'art antique romain et un autre sur la poursuite des travaux de Saint-Pierre. Ajoutez à cela une « Transfiguration » que le cardinal de Médicis destine à la cathédrale de son évêché de Narbonne, le portrait de Jeanne d'Aragon et je ne sais combien de Vierges que mes élèves exécutent avec le plus grand soin mais auxquelles je dois tout de même m'intéresser, et vous aurez l'idée de ce qu'est la vie du peintre le plus fortuné d'Italie.

— Il y a pire, Raffaello ! Le succès est toujours, hélas, assorti de désagréments dont il faut s'accommoder.

— C'est ce que je n'arrête pas de me dire !... Allons,

1. Des actes de vandalisme commis durant la Révolution puis la démolition des vestiges de la collégiale sous Napoléon ont détruit toute trace de la sépulture de Léonard de Vinci.

laissez-moi tous maintenant. Je dois terminer et retrouver ma « Transfiguration ». Il y a bien longtemps qu'une peinture ne m'a causé autant de plaisir. Tant pis pour le reste. Ce tableau, personne d'autre que moi n'y mettra la main !

Raffaello sortit du bain et Margherita le couvrit de serviettes avant de le frictionner à l'eau de lavande que continuaient de lui fournir avec bonté les religieuses de Monte Luce, à titre d'avance sur un « Couronnement de la Vierge » qu'elles lui avaient commandé dix ans auparavant et qu'il n'avait jamais commencé.

Contrairement à l'habitude, le bain chaud l'avait fatigué. Il s'assit et dit à Margherita qu'il allait se reposer un moment avant de s'habiller. Dix minutes plus tard son cœur battait normalement et il mit sur le compte de l'émotion causée par l'annonce de la mort de Leonardo la petite douleur qu'il ressentait en marchant et qui, finalement, disparut lorsqu'il eut saisi sa palette.

Cette « Transfiguration » l'enchantait et il y travaillait avec une joie qui lui rappelait sa jeunesse et ses premières œuvres. Raffaello avait oublié son malaise et trouvait tout de suite les couleurs, les tons, les fondus qui convenaient à sa vision globale du tableau dont il ne regardait même plus le carton posé devant lui.

Il travailla ainsi jusqu'au soir, et le lendemain, et les jours suivants avant de décider de laisser sécher les couleurs et de se consacrer à d'autres tâches durant ce temps.

*
* *

Une fois encore, le palais du Borgo Nuovo était en fête. Plus de cent lanternes éclairaient la façade dessinée par Bramante et une musique douce, comme l'aimait Raffaello, filtrait des fenêtres ouvertes. Plusieurs fois dans l'année, le maître invitait son atelier, de l'apprenti à Giulio Romano, ainsi que ses amis les plus intimes. Il trouvait toujours une occasion, la livraison d'un tableau important ou un anniversaire, pour fêter les compagnons qui assuraient la bonne marche de l'atelier. Cette fois, une œuvre à laquelle beaucoup d'élèves avaient travaillé allait quitter le palais pour la France. Raffaello l'avait dessinée et mise en place sur une grande toile, Giulio Romano avait peint l'essentiel, plusieurs élèves s'étaient attachés aux détails et le maître lui avait donné pour terminer ce fini, cette imperceptible douceur, ce charme inimitable qui faisait reconnaître entre cent le toucher de Raffaello. Il s'agissait de la « Sainte Famille », cadeau offert par les Médicis à François Ier. Haut de plus de six pieds, le tableau avait tenu une grande place dans l'atelier et tous ceux qui y avaient posé la pointe de leur pinceau, ceux aussi qui avaient simplement broyé l'outremer de la robe de la Vierge ou le pourpre du manteau de Joseph avaient de la peine à voir la toile quitter le grand chevalet sur lequel, au cours des mois, sa surface blanche s'était muée en chef-d'œuvre.

Raffaello était heureux au milieu de ses aides dont beaucoup n'étaient guère plus jeunes que lui. Tous avaient pourtant pour le maître une admiration respectueuse. Le cœur tenait autant de place que la reconnaissance de son talent dans l'influence que Raffaello exerçait sur eux. L'amitié qu'il leur portait lui permettait de maintenir dans l'atelier une profitable émulation. Ce soir, les plus doués comme les débutants se sentaient membres d'une même famille. Ensemble ils avaient préparé dans la joie la décoration de la maison et aidé à l'installation des tables où les valets venaient de déposer, sous les acclamations, des plats chargés des meilleures victuailles de la ville.

Le maître allait d'un groupe à l'autre, félicitait un jeune homme pour la beauté de sa fiancée, accueillait la femme de Pellegrino de Modène qui l'avait tant aidé pour les Loges, remerciait un apprenti d'avoir broyé avec soin ses couleurs dans l'après-midi :

— Francesco, c'est aux premiers gestes du métier qu'on reconnaît un garçon d'avenir. Tu feras un bon peintre !

Le gamin rougissait de plaisir et se sentait prêt à tous les sacrifices pour avoir un jour le droit de déposer sur le coin d'une œuvre de l'atelier quelques traces de pâte aux couleurs magiques.

Un peu plus tard dans la soirée, Baldassare Castiglione fit son entrée. C'était une surprise car le poète et amateur d'art était reparti vivre depuis plus d'un an dans son pays, à Urbino. Il se jeta dans les bras de Raffaello :

— Mon frère ! C'est aussi pour te revoir que je suis revenu passer quelque temps à Rome mais, décidément, cette ville ne me plaît pas. Ah, si tu acceptais de te fixer chez nous, à Mantoue ou à Urbino ! Tu n'aurais pas constamment sur le dos cette insupportable cour du Vatican. Tu es bien assez riche pour pouvoir maintenant travailler à ton aise !

— Hélas ! Mes contrats, mes promesses, les avances que j'ai touchées... tout me retient à Rome pour longtemps encore. Et puis, ces papes qui me tyrannisent, gentiment il faut bien le dire, m'ont permis de me hisser en quelques années au premier rang. Je ne peux pas oublier ce que je leur dois !

— C'est vrai. Ici tu es un prince. Ailleurs tu ne serais qu'un génie !

Raffaello sentit la raillerie qui perçait sous les propos de son ami. Il ne répondit pas et changea de sujet :

— Tu me répètes que je suis riche. Je le suis trop et il faut que je fasse quelque chose avec mon argent. Pas plus tard que cet après-midi, j'ai acheté au chapitre de Saint-Pierre un vaste terrain dans la Via Giulia. J'ai l'intention d'y faire construire un vrai palais où je pourrai vivre et loger tout mon monde.

— Via Giulia ! Te voilà en effet devenu un grand personnage [1]. Tu sais bien que si je t'ai parlé tout à l'heure d'Urbino et de Mantoue, c'est parce que je t'aime et suis inquiet de te voir brûler ta vie par tous les bouts. On m'a même dit que tu avais été fatigué il y a quelques mois.

— Qui t'a raconté ces sornettes ? Je vais très bien. Si tu veux tout savoir, ma Fornarina me fatigue plus que Léon X !

Ils rirent et allèrent retrouver Chigi pour l'entraîner vers un guéridon où un valet vint leur servir un verre de falerno avec des *mazzancolle* grillées. Les trois amis

1. La Via Giulia, voie encore élégante de nos jours, était habitée à l'époque par les seigneurs, les prélats, les banquiers. Raphaël n'était pas déplacé parmi ces favoris de la fortune.

étaient heureux de se retrouver dans la chaude ambiance de l'atelier en fête. Le banquier se faisait désigner les meilleurs soldats de l'armée raphaélique, ceux qui seraient demain les successeurs de Giulio Romano et de Giovanni Penni, dit « Fattore », lieutenants déjà galonnés de Raffaello qui disait : « Ces deux-là peignent maintenant aussi bien que moi. Quand je mourrai, ils pourront signer autant de "Raffaello" qu'ils voudront, personne ne s'en apercevra ! »

On s'amusa fort tard au Borgo Nuovo. Passé minuit, des pauvres du Trastevere vinrent chercher, selon la tradition, les restes du festin et il y avait de quoi régaler plusieurs familles. A une heure, tout le monde s'en retourna, sauf ceux qui logeaient au palais, et Raffaello dit à Margherita qu'il avait hâte d'être couché et de s'endormir dans ses bras. Malgré les tendres efforts de la jeune femme, il passa une très mauvaise nuit et ne se leva pas le lendemain. Il semblait abattu par une extrême fatigue. Chigi, prévenu, envoya son médecin, « le meilleur de Rome, disait-il, et pas parce qu'il est le plus cher ! ». Pour être le meilleur, cet honorable praticien n'en était pas moins un âne. Il saigna Raffaello déjà anémié, ce qui eut des effets déplorables.

La gravité du mal n'échappait pas à ses amis mais la rapidité avec laquelle il se développait étonnait tout le monde. Le 20 mars, le maître avait reçu l'envoyé du duc de Ferrare et avait promis de dessiner des modèles de cheminées pour le château d'Este ; deux jours plus tard, il avait signé l'acte d'acquisition du terrain de la Via Giulia, fait mille projets et organisé la fête de l'atelier. Et voilà qu'on était subitement contraint de considérer la mort comme l'issue probable d'un mal qui empirait chaque jour.

L'annonce de la maladie s'était vite répandue dans le milieu artistique de Rome. La cour pontificale se disait inquiète et le pape envoyait matin et soir demander des nouvelles du malade qui, le dernier jour du mois, fit convoquer un notaire. Celui qui avait conclu l'achat du terrain vint une semaine plus tard rédiger l'acte de son partage entre Antonio Battifero, cousin du peintre, et son ami l'orfèvre Antonio de San Marino. Raffaello, d'une voix faible mais nette, indiqua ensuite comment il souhaitait qu'on dispose du reste de sa fortune qui s'élevait au chiffre de seize mille ducats d'or.

— Je veux qu'après ma mort, murmura-t-il, mes tableaux, finis ou non, mes dessins, mes cartons, mon matériel, bref mon patrimoine artistique, deviennent la propriété de mes deux auxiliaires et amis Giulio Romano et Giovanni Penni, à charge pour eux de terminer les travaux en cours. Chacun de mes serviteurs recevra trois cents ducats d'or.

Raffaello demanda à se reposer un moment puis continua :

— Une somme de mille écus sera consacrée à l'achat d'une maison dont les revenus serviront à l'entretien de la chapelle du Panthéon que j'ai fondée et où je veux reposer. J'ai déjà confié à monsieur le notaire les détails de la dotation qui doit assurer l'avenir de la femme que j'ai aimée passionnément, la Signorina Margherita Luti. Le reste de ma fortune ira à ma famille d'Urbino.

Un accès de fièvre comme il lui arrivait souvent d'en avoir depuis quelques semaines le terrassa. Cette fois, hélas, il ne céda ni aux bains froids ni aux remèdes qu'on lui administra. Quarante-huit heures plus tard — c'était le vendredi saint, jour anniversaire de sa naissance —, le peintre des Madones souriantes, le metteur en scène lumineux des *Stanze* du Vatican, le portraitiste des humanistes et des belles Romaines expira à dix heures. Il avait tout juste trente-sept ans.

Les jeunes morts sont ceux qui font couler le plus de larmes. La disparition subite de « la planète bleue », comme l'appelait son ami Bibbiena, plongea Rome dans l'affliction. Le pape pleura en apprenant la nouvelle, l'atelier tout entier connut le désespoir et Margherita refusa longtemps d'abandonner la main de son amant qu'elle avait tenue serrée jusqu'à son dernier souffle.

Le premier moment de stupeur passé, des bruits invraisemblables commencèrent à circuler : Raffaello ne serait pas mort de la fièvre pernicieuse, courante à Rome à cette époque, mais d'un excès d'ébats amoureux. Ses amis, s'ils pensaient que l'état de surmenage du peintre avait pu l'empêcher de lutter contre la maladie, trouvaient évidemment ridicule d'incriminer les désordres de sa conduite. C'était pourtant cette thèse, plus scandaleuse, qui avait la préférence du public. On disait aussi que Raffaello avait pris froid en courant chez le pape qui l'avait fait demander. Enfin, l'hypothèse de l'empoisonnement, fort à la mode il est vrai dans les coulisses du Vatican, avait aussi ses partisans.

Au palais du Borgo, la tristesse était trop grande pour qu'on s'intéressât à toutes ces sottises. Le corps de l'artiste le plus aimé d'Italie reposait dans sa chambre du premier étage. N'aurait été la pâleur de la mort, son visage avait retrouvé dans le repos les traits du beau jeune homme insouciant qui, dix ans auparavant, arrivait à Rome en quête de gloire. Face au lit mortuaire, Giulio Romano et Fattore avaient disposé sur un chevalet la «Transfiguration», que Raffaello avait eu juste le temps de terminer avant de tomber malade et qui répandait dans la pièce l'odeur un peu fade de l'huile et de la térébenthine encore fraîches.

Méticuleux, Raffaello avait tout prévu pour ses obsèques et son inhumation sous la *Rotonda* du Panthéon. Rien ne fut plus triste que cet adieu au jeune homme d'Urbino. Tous les artistes de Rome, les peintres, les sculpteurs, les architectes, les orfèvres se pressaient sous l'impressionnante coupole de pierre bâtie par Agrippa [1]. Près d'eux, on distinguait les poètes. Eux aussi étaient tous là: Bembo, l'Arioste, Tebaldeo et Castiglione qui allaient chacun célébrer la beauté effacée. Bembo lut le distique qui devait être gravé sur le marbre du tombeau [2]. Castiglione dit, d'une voix étouffée par les sanglots:

— Il me semble, comme vous, que nous ne sommes

1. Le Panthéon, l'un des plus beaux monuments hérités de la Rome antique, ne sera consacré au culte chrétien, sous le nom de Santa Maria dei Martiri, qu'en 1609.

2. Pietro Bembo, fin lettré et poète, venait à l'époque d'avoir un troisième enfant d'une dame nommée Morosina. Cela ne l'empêchera pas, plus tard, de recevoir sous Paul III la pourpre cardinalice.

plus à Rome puisque notre pauvre cher Raffaello n'est plus. Que Dieu accueille cette âme bénie...

***

Sans le turbulent Charles d'Autriche, qui avait succédé à son grand-père l'empereur Maximilien et nourrissait l'ambition de devenir l'arbitre de la chrétienté en se faisant couronner à Rome, Léon X aurait été le plus heureux des papes. Pour l'heure, après avoir pêché la tanche, le brochet et l'anguille dans le lac de Bolsena, le Saint-Père passait benoîtement l'automne dans sa résidence d'Ostie, le château que Jules II, encore cardinal, avait fait construire pour venir y respirer l'air marin. Entouré d'amis humanistes dont certains avaient fréquenté la cour de Laurent le Magnifique et suivi les enseignements de Marsile Ficin, Léon X goûtait, en dilettante raffiné, les plaisirs de la conversation. Il était souvent question du « frère Martin », un certain Luther dont les thèses causaient de tels désordres qu'il avait été excommunié et mis au ban de l'Empire par la diète de Worms. Ne prétendait-il pas que le salut du chrétien ne peut être une affaire d'argent ? C'était là une opinion qui ne pouvait que déplaire à Rome où la vente des indulgences était si fructueuse depuis Jules II ! Mais, bah ! Wittenberg était loin du Vatican et le soleil brillait sur la mer Tyrrhénienne...

La nouvelle parvint un jour à Ostie que les Impériaux avaient triomphé dans le Milanais. Le pape avait joint, en gage de bienveillance, un petit contingent de ses troupes à celles de Charles Quint mais l'avancée de celui-ci prenait une tournure trop inquiétante et le Saint-Père décida, fin novembre, de rentrer à Rome. Ce fut malheureusement pour s'aliter. Victime peut-être de la fièvre pernicieuse qui avait tué Raffaello, Léon X mourut le 1er décembre 1521, sans avoir eu le temps d'être administré.

A qui irait la tiare ? Charles Quint avait bien des raisons de vouloir sortir la papauté de l'emprise des grandes familles italiennes. Comme il était suffisamment puissant pour imposer le candidat de son choix, c'est Adrien VI, son ancien précepteur, qui fut élu. Et le Vatican commença à trembler dans ses fresques. Ce bonhomme venu d'Utrecht, qui ne parlait pas un mot d'italien et que la pompe pontificale n'impressionnait pas, avait résolu de mettre de l'ordre dans la maison chrétienne, et surtout dans ses finances. Léon X avait laissé plus d'un million de dettes et comme il n'était pas question, après les pamphlets de Luther, de vendre des chapeaux, il fallait faire des économies, ce qui convenait à cet homme pieux et simple, soucieux de rendre son honneur à l'Église et de disqualifier les Réformateurs. Il pourchassa alors la Curie dispendieuse, les prélats immoraux et tous les gens de la cour, danseurs, musiciens, parasites de toutes sortes.

Les bruits les plus alarmistes couraient dans le petit cercle des érudits et des artistes naguère protégés par Léon X. On disait que le pape voulait détruire les statues et les peintures trop licencieuses, ce qui était faux mais vida Rome en moins d'une semaine de ceux qui se flattaient d'être les plus cultivés. Bembo avait quitté la ville juste avant le décès de Léon X, Sadolet partit pour Carpentras, Castiglione rejoignit Mantoue. L'époque du divin Raffaello était close. Galatée et Psyché endormaient leurs formes exquises sur les murs de la villa Chigi dont le maître venait de mourir, suivi dans la tombe par le cardinal Bibbiena qui léguait au futur camerlingue sa chambre de bains du Vatican, sa *stufetta* dont les murs racontaient l'histoire de Vénus et de Cupidon peinte par Raffaello.

L'aura du « prince de la couleur » n'était pas de celles qui s'évanouissent avec la vie. Raffaello avait réussi de son vivant à établir des liens si profonds entre les membres de son atelier que cette concorde, bien inhabituelle chez les artistes, se poursuivit tout naturellement après sa mort. Lorenzetto, le jeune Florentin dont il avait fait un bon sculpteur, épousa selon les vœux du maître la sœur de Giulio Romano et Perino del Vaga, la sœur du Fattore. Ce dernier et Romano, on le sait, devaient s'associer pour terminer les ouvrages laissés inachevés par Raffaello. Deux élèves plus obscurs, Polydore de Caravaggio et Maturino, résolurent de travailler et de vivre ensemble jusqu'à leur mort. Tous vénéraient la mémoire de leur maître, si bien qu'un jour le peintre Rosso, qui s'était permis des remarques désobligeantes sur son talent, fut contraint de s'enfuir de Rome pour échapper à la rossée des élèves indignés.

Les anciens compagnons de Raffaello continuaient donc d'occuper la scène artistique de Rome, parallèlement au seul peintre qui, Michelangelo absent, avait pu prétendre rivaliser avec le maître d'Urbino : Sebastiano[1].

Curieux homme que ce Vénitien, plein de talent au demeurant, que Michelangelo avait pensé mettre au travers de la route triomphale de Raffaello en lui prodiguant ses conseils et en lui composant ses dessins. Michelangelo, toujours retenu à Florence où il menait de front la sculpture du tombeau de Jules II et celle de la sacristie des Médicis, possédait donc à Rome un allié et un informateur d'autant plus dévoué qu'il haïssait lui aussi Raffaello parvenu au sommet de sa gloire.

C'est ainsi que Sebastiano écrivit un soir à son ami florentin une lettre qui ne pouvait que lui apporter des satisfactions :

« Très cher compère,

« Ne vous étonnez pas si j'ai tardé à vous écrire mais j'ai aujourd'hui une nouvelle capitale à vous apprendre. Vous savez que Sa Sainteté Adrien VI est mort sans finalement avoir fait grand-chose pour l'Église. Son remplacement par celui qui a été votre protecteur, le cardinal Giulio de Médicis, est une aubaine pour vous et vos amis. Il est, dit-on, une créature de Charles Quint, comme son prédécesseur. Il est pieux, passe pour sérieux et juste. J'espère qu'il comprendra que les jeunes gens de feu Raffaello à qui ont été confiés les travaux du Vatican sont incapables de les mener à bien et qu'il me les donnera. Surtout si vous l'y incitez, mon très cher compère ! Je me suis d'ailleurs per-

1. Il restera plus tard dans l'histoire de la peinture sous le nom de Sebastiano del Piombo. Le pape Clément VII, en récompense de portraits réussis et de services rendus, lui donnera en effet l'habit ainsi que la sinécure, fort enviée au Vatican, de l'Office du plomb.

mis de lui faire dire que, secondé par vous, je me sentais la force nécessaire pour enfanter des merveilles.

« Que le Christ vous conserve la santé. Votre compère Bastiano.

« A Rome, le 15 juillet 1523. »

*
* *

Dans son grand atelier florentin peuplé des premières statues destinées au tombeau, les quatre « Esclaves », Michelangelo sculptait avec la fureur de ses vingt ans la première œuvre de la nouvelle sacristie. Le « Vainqueur », un colosse haut de plus de sept pieds, exprimait l'angoisse, la passion, la crainte qui débordaient de son âme plus désespérée que jamais. Et pourtant, nouvelle preuve de l'étrange dualisme qui déchirait l'artiste, le « Vainqueur » paraissait animé d'une force intérieure rayonnante. Heureux ou malheureux ? Son corps et sa tête étaient ceux d'un jeune aristocrate que Michelangelo avait rencontré chez un ami. Une tendre amitié avait jailli du premier choc de leurs regards, comme la vie du contact de la main de Dieu avec l'index d'Adam au plafond de la Sixtine. Gherardo Perini était beau, il admirait le génie et répondait à l'admiration du grand homme qui se manifestait par des lettres ardentes chaque fois qu'un voyage les séparait. Ce jour-là, Gherardo était à Pesaro :

« Au prudent jeune homme Gherardo Perini, dans les Marches.

« Tous vos amis, et moi avec eux, mon très cher Gherardo, et plus que tous ceux que vous savez vous aimer davantage, se sont beaucoup réjouis en recevant du très fidèle Zampino votre dernière lettre qui nous donne de très bonnes nouvelles de votre santé. Et, bien que l'amabilité de votre lettre exige une réponse, je ne me sens pas capable de la faire convenablement.

« Espérant que vous serez bientôt ici, je pourrai vous faire cette réponse de vive voix, plus explicitement et vous parler en détail de choses qui sont pour moi importantes.

« Au jour, je ne sais lequel, en février selon ma servante.

« Votre fidèle et pauvre ami. »

Michelangelo relut sa lettre, se demanda si certains termes n'étaient pas trop allusifs et si Gherardo, qui se référait souvent, en souriant, aux frontières platoniciennes, n'allait pas être fâché. Mais non, c'était une lettre peut-être embarrassée mais convenable. Il ne la signa pas mais dessina en bas de la page un angelot avec deux ailes et les trois boules des Médicis que Léon X lui avait conférées avec le titre de comte palatin.

Perini répondit : « Quand j'ai une lettre de vous, il me semble être avec vous et c'est mon plus cher désir. Considérez-moi comme votre fils chéri. »

L'hiver était bien froid cette année-là et le petit groupe des amis de Buonarroti avait repris les veillées du soir autour de la grande cheminée de l'atelier. Les flammes jetaient des lueurs fauves sur les statues qui prenaient alors vie sur leurs socles de bois.

Il y avait là, en train de manger les châtaignes apportées par l'orfèvre Giovanni di Baldassare — qu'on appelait, personne ne savait pourquoi, Piloto —, Giovanni Francesco, un élève, Antonio Mini et, naturellement, Gherardo Perini. On parlait peu, chacun savourait en esthète et en poète cet instant privilégié de calme et d'amitié.

— L'Italie est à feu et à sang, dit Gherardo, mais, Dieu merci, la paix règne sur le monde des statues.

— Oui, profitons du spectacle de la sculpture magnifiée par le feu, ajouta Michelangelo en regardant Gherardo.

— C'est beau parce que vos statues sont belles !

— Mais non ! Avec un éclairage aussi flamboyant, même les sculptures de Bandinelli paraîtraient magnifiques.

Piloto retira en se brûlant et en jurant des châtaignes de l'âtre et demanda si l'élection de Clément VII allait modifier l'ordonnance des travaux de Buonarroti.

— Sûrement ! répondit le maître. N'oubliez pas que le

père du pape a été assassiné par les Pazzi, qu'il est un Médicis. Il m'a déjà fait dire par le cardinal de Florence qu'il serait enchanté de me voir abandonner une nouvelle fois le tombeau de Jules II. Il veut que je me consacre à la sacristie, ce qui m'arrange car l'œuvre est finalement plus intéressante. Seulement, je vais avoir les Della Rovere sur le dos! Enfin, il sera dit que cette histoire me poursuivra toute ma vie...

Un peu plus tard, quand Antonio Mini eut servi les bols de vin chaud, la conversation revint sur la nouvelle sacristie de San Lorenzo:

— J'ai vu la lanterne finie, dit Francesco. Je la trouve plus belle que celle du Duomo.

— Tu es un flatteur. On peut faire autre chose que Brunelleschi, mais on ne peut pas faire mieux. C'est d'ailleurs lui qui a commencé la sacristie et je la termine en respectant son architecture. Il reste la boule que Piloto n'a pas encore livrée.

— Pardon! Tu me l'as commandée il y a un mois en exigeant qu'elle ait soixante-douze faces! Si tu trouves à Florence un orfèvre plus rapide, je te paie des cerises.

— Allons! Ne te fâche pas! Mais surtout, n'oublie pas l'une des faces au fond de ta *bottega*!

On rit. Il était tard. Gherardo dit qu'il était plus raisonnable qu'il passât la nuit à l'atelier...

Michelangelo était fort épris, tout le monde le savait, de son jeune athlète. Il était malheureux quand il quittait Rome et lui écrivait des lettres et des poèmes enflammés: « Le souvenir de vos yeux et l'espoir qu'ils donnent, grâce auquel non seulement je vis, mais vis heureux, me poursuit à toute heure. Il me semble que la force, la raison, l'amour, la nature et l'habitude me contraignent à vous admirer pendant tout le temps qu'il me reste à vivre... »

Cette admiration n'était pourtant pas exclusive. Comme Leonardo, vivant avec Salai, n'avait pu résister à la jeunesse de Melzi, Michelangelo, tout en cachetant la lettre destinée à Gherardo, songeait à la captivante beauté de Luigi Pulci, une beauté un peu trouble qu'il devait peut-être à une ascendance peu commune. Il avait hérité de son grand-père — un écrivain familier de la cour de Laurent le Magnifique et lui aussi prénommé Luigi — le don de la poésie et de la musique ; le goût aussi de la littérature latine dont il connaissait tous les auteurs. Mais qu'avait-il gardé de son père condamné à la décapitation pour avoir abusé de sa propre fille ? A Florence, il était au service de l'évêque Lattuchini et était le meilleur improvisateur des concerts qui se donnaient aux beaux jours dans les différents quartiers de la ville. C'est là que Buonarroti l'avait rencontré une nuit où il se promenait avec Piloto et l'orfèvre Benvenuto Cellini. Depuis, Michelangelo ne manquait jamais d'aller l'écouter. Au début de l'hiver, le garçon était parti pour Rome avec sa viole, son insolente beauté et sa déplorable réputation. Le maître retrouva alors sa sérénité et reprit avec acharnement son travail à la sacristie.

Le bâtiment était maintenant terminé. Des aides œuvraient aux sarcophages, on attendait l'arrivée de Giovanni da Udine, le célèbre stucateur, qui devait orner la chapelle de son fameux mélange de poussière de marbre et de colle. Sur les onze statues prévues, deux étaient achevées et quatre commencées. Michelangelo savait maintenant que la nouvelle sacristie serait à la mesure de ses espoirs, conforme à l'image qui le hantait depuis tant d'années. Le pape serait content de cette chapelle funéraire qu'il avait commandée alors qu'il n'était que le cardinal Giulio de Médicis !

Pour l'heure, Michelangelo travaillait à la « Nuit » qui, au centre du mausolée, devait faire pendant au « Jour », à l'« Aurore » et au « Crépuscule ». Jamais artiste n'avait serré de si près les fameuses théories du néo-platonisme ébauchées au cours des discussions du palais Larga. Ce n'était pas un Florentin qui dégrossissait à la gradine les formes de la beauté abandonnée au sommeil, mais un sculpteur grec, à peine latin, qui extrayait du marbre une statue destinée à orner l'agora de quelque cité.

La « Nuit » était sa préférée. Avant de prendre la route de Rome, Luigi Pulci était venu saluer le maître dans l'atelier voisin de la sacristie où il sculptait et avait griffonné ce quatrain :

La Nuit que tu vois dans cette si douce pose
Endormie, fut sculptée par un ange
Dans ce bloc. Dormant, elle vit.
Si tu en doutes éveille-la. Elle te parlera.

Michelangelo avait rangé ce précieux souvenir dans le carnet où il écrivait sa propre poésie et y avait répondu par quatre vers bien plus beaux :

Le sommeil m'est cher et plus encore mon rêve de pierre
Tant que durent le mal et le déshonneur.
Ne pas voir, ne pas sentir est mon bonheur.
De grâce, ne me réveillez pas. Parlez bas.

***

Si, à Florence, seul le bruit de la masse de Michelangelo rompait le calme du quartier de San Lorenzo, il n'en allait pas de même à Rome, secouée par une tourmente dont le Vatican était l'épicentre. Léon X et Adrien VI avaient observé jusque-là une neutralité prudente à l'égard de Charles Quint. Clément VII, lui, comme tous les timides, avait parfois des réactions brutales, sans conséquences graves en temps normal mais dangereuses en cas de crise politique. Les succès français dans le Milanais l'avaient engagé à se rapprocher de François Ier, mais le désastre de Pavie et la capture du roi l'avaient presque aussitôt ramené vers l'empereur et la conclusion d'une alliance hasardeuse. Et voilà que la réflexion et les conseils de son dataire Giberti le faisaient une nouvelle fois changer de camp : l'Italie, affirmait-il, était perdue pour longtemps si on laissait Charles Quint, déjà maître de Naples et de Milan, poursuivre sa politique de conquêtes. Mais la résistance en politique ne se prête pas à la faiblesse et Clément VII allait payer chèrement la sienne : se fiant aux promesses pacifiques d'une ambassade de l'empereur, il licencia les troupes qui défendaient Rome. Le lendemain, des hordes à la solde de la famille Colonna, vieille ennemie des Médicis, entraient par surprise dans la ville, pillaient la sacristie de Saint-Pierre, de nombreux palais et tentaient de s'emparer du souverain pontife qui eut juste le temps de se réfugier au fort Saint-Ange avec sa garde pour organiser la riposte et chasser les Colonna.

Ce n'était là qu'une escarmouche à côté des malheurs qui attendaient Rome. Par le hasard de circonstances singulières, Charles de Bourbon, héros de Marignan, qui avait reçu de François Ier l'épée de connétable, s'était mis du côté des Allemands et des Espagnols. Il se trouvait à la tête d'une armée de hors-la-loi et de treize mille lansquenets du luthérien Frundsberg. Une troupe sans discipline et sans vivres qui fonçait vers Rome plus pour la piller que pour la purifier. Rome où le pape attendait avec une poignée de fidèles le déferlement des soudards de Charles Quint, qui n'écoutaient plus les ordres, se mutinaient, tuaient leurs officiers, menaçaient le connétable français passé aux ennemis du Vatican [1]. Ils joignaient à l'avidité des mercenaires la fureur des sectaires. Ne leur avait-on pas dit qu'ils feraient œuvre sainte en portant le fer et le feu dans la ville sacrilège ?

Beaucoup d'artistes avaient quitté Rome. Il en restait pourtant quelques-uns qui, comme Rosso, n'avaient pas voulu abandonner leurs œuvres en cours, ou que, comme Benvenuto Cellini, le goût de l'aventure avait fait s'engager dans les groupes de volontaires qui se recrutaient au hasard des rues et des tavernes. Quelques centaines d'arquebusiers licenciés avaient été ainsi rameutés à côté d'une escouade de Suisses et de mercenaires sans emploi. Cela faisait à peine quatre mille hommes pour défendre les murs de Rome et ce n'était pas le vieux général Renzo de Ceri qui allait rééquilibrer les forces en armant les palefreniers des cardinaux !

Ce matin-là, le 6 mai 1527, Benvenuto Cellini, connu déjà comme le meilleur orfèvre de la ville, jouait les capitaines courageux. Il s'était fabriqué lors de l'attaque des Colonna une chasuble de mailles fines qu'il cachait sous son habit de gros drap. De ses poches sortaient les crosses de deux escopettes façonnées également par lui. De vrais

1. Charles de Bourbon, cousin de François Ier, est passé aux Espagnols en 1523. Il se plaignait d'être en butte aux persécutions de la reine mère Louise de Savoie et d'être menacé de spoliation.

bijoux aussi polis que le miroir le plus net et destinés à la chasse. Seul le gibier avait changé.

Alessandro del Bene, un noble romain, lui avait demandé de défendre sa maison et si possible la ville, lui donnant les moyens de lever une compagnie de cinquante hommes. Ce qu'il avait fait avec un plaisir gourmand. A vingt-sept ans, Cellini était solide comme un lingot et se rappelait qu'il avait rêvé tout jeune de devenir un condottiere. Avec ses cinq dizaines de soldats-camarades, il avait peu de chances de sauver le Vatican mais, comme il le répétait en remplissant d'une fine poudre noire dont il avait le secret sa poire à feu, « on peut tout de même leur faire du mal à ces bandits teutons ! ».

La maison d'Alessandro était le quartier général de la petite troupe et le maître des lieux n'entendait pas rester en dehors du combat :

— Benvenuto, dit-il, l'armée de Bourbon est maintenant sous les murs de Rome. Je crois qu'il serait intéressant d'aller voir de près à quoi elle ressemble.

Ils prirent avec eux l'un des plus solides volontaires, vérifièrent leurs armes, une arquebuse, des escopettes et des épées, puis se mirent en route vers les murailles du Campo Santo. Un peu plus loin, un jeune homme de belle prestance nommé Cecchino leur offrit de les accompagner. Le chemin de ronde montait maintenant sèchement. Au point le plus élevé, cachés derrière un muret, les quatre Romains découvrirent en bas le fourmillement de l'armée qui s'efforçait d'entrer dans la ville.

Déjà la résistance faiblissait. Des jeunes se battaient encore avec acharnement, mais une brèche était ouverte dans la défense.

— La situation n'est pas tenable ! dit Benvenuto. Les nôtres s'enfuient !

— Plût à Dieu que nous ne fussions point venus ! s'écria Alessandro.

Il s'apprêtait à s'en retourner quand Benvenuto le retint :

— Alessandro, puisque vous nous avez amenés ici, il serait malséant que nous ne prêtions la main à quelque action digne d'un homme.

— A vos ordres, capitaine, dit Alessandro confus. Que pouvons-nous tenter?

— Nous poster et pointer nos arquebuses sur ce groupe qui est le plus compact. On y discute. Ce sont sûrement des officiers.

Un épais nuage de poussière les gênait pour viser mais les protégeait aussi, Benvenuto était sûrement le tireur le plus expérimenté des trois. Et il était le chef. Il vérifia la position de ses acolytes, leur dit de faire feu à son commandement et de se mettre aussitôt à l'abri d'une riposte.

Les coups partaient tellement nombreux du bas qu'on n'entendit pas trop le fracas de l'artillerie de Benvenuto. Quand chacun eut tiré deux coups, l'orfèvre s'avança prudemment pour voir le résultat.

— Il règne à l'endroit où se trouvait le groupe une confusion extraordinaire, annonça Cellini. On emporte comme mort le personnage vêtu de blanc argent, celui qui dominait ceux qui l'entouraient. Il y a sûrement d'autres victimes. Mais ramassons les armes et partons!

Les trois compères battirent hâtivement en retraite par le Campo Santo, se retrouvèrent à Saint-Pierre et sortirent derrière l'église Santo Agnolo.

— Essayons de gagner le château! cria Benvenuto. C'est là que nous pourrons être le plus utiles.

— Vite. Les assiégeants sont déjà sur nos talons. Si nous n'entrons pas, nous sommes morts!

Ils arrivèrent au moment où le gouverneur du château ordonnait de baisser la herse et passèrent parmi les derniers, tandis que le pape Clément, empruntant le passage souterrain qui reliait Saint-Pierre au fort Saint-Ange, réussissait lui aussi à se mettre à l'abri.

Le gouvernement de Rome est là où se trouve le pape. Mais qui aurait osé à ce moment parler de cour ou de gouvernement? Clément VII se retrouvait dans la vieille et triste citadelle avec treize cardinaux, une cohue de prélats, de gens de la maison pontificale, d'ambassadeurs, de femmes, d'enfants et de simples citoyens venus chercher refuge. De la tour nord, le pape regardait brûler sur le Monte Mario la villa qu'il venait de se faire construire. Aux créneaux, les hommes mettaient le feu aux pièces sans se soucier des objectifs et Cellini voyait avec terreur les assiégeants s'approcher du château :

— Si nous continuons ainsi, dit-il au cardinal Palloni, ils vont s'emparer de Saint-Ange. Laissez-moi m'occuper des bombardes !

Autorisé par le cardinal tremblant de peur, l'orfèvre ordonna de braquer les sacres et fauconneaux sur les points avancés de l'ennemi et donna l'ordre d'allumer les mèches. Félicité par Messer Antonio Santa Croce qui commandait les bombardiers, il dit en souriant :

— J'ai peut-être plus de dispositions pour ce métier que pour celui d'orfèvre. Donnez-moi des pièces d'artillerie, des hommes, du pain, du vin et je vais continuer à tuer ces sauvages.

Ainsi fut fait. Benvenuto se retrouva avec les bombardes au sommet du château, du côté de l'Agnolo qui donne à la fois sur les Prati et sur la ville. La nuit venue, il s'assit sur une couleuvrine encore chaude d'avoir tiré et, pensif, regarda Rome brûler.

Le siège, qui allait durer un long mois, commençait. Le pape avait espéré un moment que la Ligue composée de Vénitiens, de Français et de pontificaux viendrait le délivrer, mais il perdait peu à peu ses illusions. Un messager, qui avait réussi à s'infiltrer jusqu'au château par la longue galerie de la cité Léonine, permit aux assiégés de mesurer l'ampleur du désastre. Les troupes impériales avaient abattu environ six mille hommes, pillé la cité, emporté tous les trésors des églises et des palais, brûlé une bonne partie de Rome.

Les cardinaux demeurés dans la ville parce qu'ils étaient notoirement partisans de l'empereur n'avaient pas été épargnés. Ils avaient tous dû payer rançon. Le général des franciscains avait été traîné au Capitole et on avait célébré devant lui son service funèbre. Les lansquenets s'étaient divertis en souillant les reliques, en promenant le voile de Véronique dans les bouges. Des tombeaux avaient été profanés à Saint-Pierre, des religieuses violées, des osties jetées au ruisseau.

Clément VII pleura en lisant cet épouvantable état des violences subies par sa ville :

— Jamais, dans toute son histoire, Rome n'a connu de pareilles horreurs. Avons-nous tant péché, mes fils, pour que Dieu les ait permises ?

Le 5 juin, un mois jour pour jour après le début du sac, le pape capitula. Il n'en était pas quitte pour autant : il demeurait prisonnier aussi longtemps qu'il n'aurait pas versé la somme colossale de quatre cent mille ducats d'or aux bandes obéissant à Charles Quint.

***

A Florence, on suivait de loin mais avec attention les événements de Rome. Enragés et Pleurnicheurs avaient reparu comme au temps de Savonarole, et Michelangelo qui continuait de sculpter les tombeaux des Médicis, considérés ici comme tyrans de la ville, devait compter avec les excités de tout poil qui voulaient faire la loi dans les rues et les familles. Heureusement, il jouissait chez lui d'une certaine popularité. Florence était fière d'avoir donné le jour à une gloire universelle et était prête à le lui montrer pourvu qu'il prît position contre les Médicis dont le plus illustre représentant, le pape, venait d'être déclaré prisonnier après le sac de Rome. Que se passa-t-il alors dans la tête du génie ? Courageux souvent, peureux quelquefois, angoissé toujours, choqué par les événements, Michelangelo prit parti pour les furieux partisans d'un régime inspiré de Savonarole, contre l'autorité papale.

Cet engagement, qui ne présentait guère d'inconvénients tant que Clément VII demeurait réduit à l'impuissance, devint hasardeux le jour où Charles Quint conclut à Cambrai une paix qui abandonnait Florence au pape. Clément VII ne pouvait pardonner le sac de Rome à Charles Quint, mais il était bien obligé d'admettre l'inévitable et de coopérer avec l'empereur qui s'était résigné à le supporter puisqu'il n'avait pas réussi à le déposer, malgré un bain de sang et des destructions abominables.

C'est ainsi qu'au moment où Florence était virtuellement condamnée à voir réapparaître les Médicis, Michelangelo se vit confier par les patriotes le poste de gouverneur général des fortifications de la République.

Une tâche à haute responsabilité, à laquelle rien ne l'avait préparé mais qu'il entreprit avec la même détermination qu'une grande sculpture. Excellent architecte, il se révéla bon ingénieur et, après avoir visité les sites défendus, porta ses efforts sur San Miniato, point faible de la défense et qu'il prévoyait être le premier objectif des envahisseurs.

En inspectant un jour les bastions qu'il installait autour de la colline, il sourit en pensant que son vieux rival Leonardo avait rempli trente ans auparavant les mêmes fonctions auprès de César Borgia. Il se découvrait aussi un talent d'inventeur. Il ne construisait pas ses bastions avec de la terre, des souches et des branches comme cela se faisait habituellement, mais utilisait des armatures tressées de châtaignier pour retenir des masses de briques crues faites de bouse et d'étoupe.

Comme il l'avait prévu, l'armée du prince d'Orange attaqua d'abord San Miniato. Les bastions tinrent bon; seule la plus haute tour, celle de l'église la plus ancienne d'Italie et au sommet de laquelle des bombardes tiraient sur le camp ennemi, semblait menacée par les boulets qui la faisaient chanceler. Michelangelo eut alors l'idée de doubler les murailles du campanile de longs matelas de laine fabriqués en hâte par les femmes de Florence et suspendus depuis le sommet à une certaine distance des parois. Étouffés, les boulets perdaient leur force de frappe. A Francesco Ferruci, le jeune officier qui avait pris le commandement de la défense et qui le félicitait, Michelangelo répondit en souriant :

— Les matelas de San Miniato assureront mieux ma gloire, vous le verrez, que mes statues et mes tableaux !

A Bologne, à la cour de Charles Quint et à Rome, on s'attendait à une reddition rapide de la ville, mais Florence résista aux assaillants tout un hiver, tout un printemps et aussi une bonne partie de l'été. Ferrucci se couvrit de gloire et fut tué ; en face, le prince d'Orange subit le même sort et, le 8 août 1530, Florence écrasée se livra au condottiere Baglioni qui, chargé de défendre la ville, était en réalité un traître à la solde de Charles Quint.

C'en était fait du peu d'indépendance dont jouissait encore la Toscane.

Naturellement les perdants devaient payer la casse. Ceux qui à un titre ou un autre avaient assumé des responsabilités dans la lutte, qu'ils soient *Arrabbiati* (Enragés) ou bien *Piagnoni* (Pleurnicheurs), furent pourchassés et le plus souvent exécutés.

Et Michelangelo, le gouverneur des fortifications, dans tout cela ? Comment le sculpteur de la « Pietà » de Saint-Pierre allait-il se tirer du guêpier où il s'était fourré ? Il ne lui restait, pour se sauver, que sa masse et son ciseau, mais c'étaient des armes plus efficaces que toutes les bombardes d'Italie. Réfugié dans le clocher de San Niccolo Oltra Arno, tout près du campanile encore caparaçonné de ses matelas, il apprit que le pape avait donné l'ordre de le ménager. Il devait se remettre sans tarder à sculpter les tombeaux des Médicis après avoir rendu visite au nonce, monseigneur Valori.

C'est un homme abattu, déjà dégrisé du rêve insensé qui l'avait mené aux portes de la mort, qui demanda à être reçu par le nonce dans le palais épiscopal. Il était passé chez lui, avait fait un peu de toilette et revêtu un pourpoint propre. Michelangelo avait aussi enveloppé dans un morceau de couverture et emporté une statuette d'Apollon qu'il avait terminée pour se détendre quelques jours avant l'attaque de San Miniato. Baccio Valori l'accueillit sèchement :

— Buonarroti, vous ne devez qu'à la bonté du Saint-Père de pouvoir vous présenter vivant devant moi. Sa Sainteté Clément VII, qui savait dans quelle voie funeste vous vous fourvoyiez, vous a fait demander de quitter Florence et de venir à Rome. Vos amis, l'orfèvre Piloto et votre aide Antonio Mini ont obéi. Vous, vous êtes resté pour faire cause commune avec les fous furieux de la ville contre le pape.

— Monseigneur, je me repens de mon attitude. J'ai même tenté de fuir à Venise...

— Oui, mais vous êtes revenu à Florence. Vous avez aussi proféré certaines paroles qui à elles seules valaient une condamnation à mort.

— Je ne me rappelle pas... Je n'ai pas tiré un seul coup d'arquebuse contre les assiégeants.

— Vous avez fait bien plus de mal en fortifiant la ville. Est-ce ce titre ridicule de « gouverneur général des fortifications » qui vous a tourné la tête ? Mais puisque vous ne vous souvenez pas de ce que vous avez déclaré, je vais vous rafraîchir la mémoire. Vous avez demandé qu'on détruise le palais des Médicis pour créer une place publique qu'on appellerait la « Place des Mulets », allusion indigne à la naissance illégitime de certains membres de la famille !

— Monseigneur, je ne peux que demander pardon au Très Saint-Père et lui promettre de travailler sans relâche au tombeau. Pour vous prouver ma bonne foi, je me suis permis d'apporter pour vous l'offrir une statuette d'Apollon...

Il déplia son paquet et perçut dans le regard du nonce une lueur de convoitise. Tous les princes, les ducs, les cardinaux étaient prêts à payer très cher une œuvre de Michelangelo. Le nonce, qui n'avait pas de fortune, savait qu'il ne pourrait jamais s'offrir une telle fantaisie. Son visage sévère s'adoucit en admirant l'Apollon qui, s'il le voulait, ne manquerait pas d'attiser bientôt la jalousie des autres membres de la cour apostolique. Le prélat ne se posa pas longtemps la question de savoir s'il pouvait, dans la situation présente, accepter un tel cadeau.

— Maître Michelangelo, dit-il, Sa Sainteté a pardonné et je ne me reconnais pas le droit de vous faire offense en refusant ce gage de votre repentir. Votre statue est belle, comme le sont toutes vos œuvres. Je la garderai précieusement jusqu'à mon dernier jour. Maintenant, allez vite vous mettre au travail.

Buonarroti ne demandait pas autre chose. Il fit revenir Antonio Mini et s'enferma dans la sacristie comme il s'était isolé jadis dans la Sixtine. Il travailla nuit et jour, et acheva en six mois plusieurs figures. Il ne se sentait en sécurité que dans la chapelle. En effet, Alexandre de Médicis, nouveau maître de Florence, le détestait : celui qu'on disait être le bâtard du pape n'avait pas, comme le Saint-Père, oublié la déshonorante « Place des Mulets » et aurait sans doute assouvi sa vengeance sans la protection efficace de Clément VII et de Baccio Valori.

Michelangelo trouvait une paix précaire auprès de ses statues mais, dès qu'il avait reposé la masse et le ciseau, la vie lui apparaissait comme un champ d'angoisse et de mort. On assassinait beaucoup sous la tyrannie d'Alexandre de Médicis, prince haineux et cruel, et la peste qui rôdait toujours du côté de San Gaetano fauchait ceux qui avaient échappé à la vindicte du prince. Buonarroti travaillait tellement qu'il perdait ses forces et devait souvent rester alité. Alors il composait des poèmes désespérés où la mort côtoyait l'amour. Gherardo Perini ne le voyait plus que de temps en temps, par pitié, il s'en rendait compte. Quant à ses autres amis de rencontre, il savait bien qu'ils ne cherchaient qu'à le gruger. Il se sentait près du suicide lorsqu'il écrivait: « Avec moi la raison se tourmente de me voir toujours espérer le bonheur en amour. Sans cesse elle me rappelle mes hontes: Qu'attends-tu de ce brillant soleil sinon la mort? »

Il était si mal que le pape, tenu au courant par Baccio Valori, l'exhortait à prendre soin de sa santé et lui faisait dire par Sebastiano del Piombo qu'il l'aimait et qu'il espérait autant d'affection de sa part qu'il lui en portait lui-même. De son côté, le secrétaire de Clément VII lui écrivait sous la dictée de son maître: « Dis-lui que je le supplie de faire son travail à l'aise, de n'en faire que ce qu'il peut, car je ne voudrais pas qu'il se surmenât, qu'il s'attirât quelque maladie. Dis-lui de se promener. »

Cet état de détresse morale n'était pourtant pas complètement négatif. Son inspiration y gagnait un sens pathétique. Il finissait justement la statue de Laurent, le petit-fils du Magnifique représenté dans une pose méditative. Il n'avait pas voulu sculpter le portrait du jeune prince mais celui de l'homme en train de s'interroger: lui-même en quelque sorte. Un jour, un dignitaire de Rome venu voir où en étaient les travaux crut bon de lui reprocher le manque de ressemblance du « Pensieroso ». Michelangelo lui répondit: « Qui s'en rendra compte dans cinq cents ans? »

*
* *

Au moment où Michelangelo vivait les instants les plus sombres de sa vie, une nouvelle étoile commençait à briller dans le ciel vénitien. La quarantaine épanouie, beau visage régulier qu'il laissait parfois envahir par une barbe blonde, Tiziano Vecellio, né à Cadore dans le Frioul, parti à dix-sept ans à la conquête de Venise, commençait à connaître le bonheur de la notoriété. La peinture à fresque du nouveau Fondaco dei Tedeschi près du Rialto l'avait en quelques mois rendu aussi célèbre que les meilleurs peintres de la lagune, les Bellini, Lorenzo Lotto ou Giorgione. Il s'était peu après montré un excellent portraitiste et les commandes affluaient dans son atelier de San Samuele où vivait son heureuse famille, entre San Marco et le Rialto.

Ce jour-là, il sacrifiait à l'amitié chez celui qui était devenu son plus cher compagnon depuis qu'il s'était fixé à Venise après avoir échappé à la tragédie du sac de Rome : Pietro Aretino. Très tôt, ce fils de cordonnier, né l'année du premier voyage de Christophe Colomb en Amérique, s'était aperçu qu'il pouvait vivre de sa plume comme les bons peintres vivaient de leur peinture. C'est que la plume d'Aretino n'était pas celle de la plupart des tourneurs de vers qui pullulaient en Italie. Elle était infiniment talentueuse et pouvait aussi bien trousser la louange que distiller les plus outrageantes satires et les révélations scandaleuses. Ses pasquinades l'avaient fait un temps devenir l'amuseur de la cour de Léon X, mais des commentaires libertins sur des dessins non moins licencieux de Giulio Romano l'avaient obligé à quitter Rome, jusqu'à ce que des odes flatteuses en l'honneur du nouveau pape Clément VII l'aident à rentrer en grâce.

Maintenant, Venise était sa ville. Il s'y sentait chez lui, il la chantait : « Toutes les autres villes sont des fours, des bouges, des cavernes auprès de ma parfaite bien-aimée, de ma très excellente et adorable Venise, le diadème du monde. »

Il avait loué à son arrivée une vaste maison sur le Grand Canal, demeure qu'il meublait, au fil des mois, grâce aux cadeaux des personnages influents qu'il avait encensés ou qui avaient acheté son silence. Car s'il se défendait d'être un maître chanteur, Aretino pouvait accepter, dans certaines circonstances, de retirer de la circulation la lettre quasi quotidienne qu'il rédigeait pour mettre en lumière des informations confidentielles qui faisaient le délice de la société vénitienne où l'on se passait sous le manteau ces nouvelles croustillantes.

***

Quand Tiziano arriva dans le salon à verrière du palais où trônait un buste du maître de maison, il y avait déjà un autre ami, le troisième membre de ce cercle qu'on appelait le « triumvirat » : Jacopo Tatti, dit Sansovino. Lui aussi avait conquis comme architecte et sculpteur la célébrité à Rome. Lui aussi avait fui les horreurs du sac et avait trouvé à Venise la paix qui convenait à son caractère doux et charmant.

Le peintre embrassa ses amis et demanda :

— Combien serons-nous ce soir ?

— Trois, répondit Aretino. Figure-toi que Messer Niccolo m'a fait parvenir une dinde superbe. Mon cuisinier Paolo, qui vous connaît, l'a jugée juste assez grasse pour satisfaire nos appétits. Nous serons donc entre nous, ce qui vous plaît, je l'espère, autant qu'à moi.

Les deux compères approuvèrent. Tiziano se versa un verre de bardolino et Aretino dit qu'il devait encore ajouter quelques mots au message de remerciement destiné au généreux donateur. Il le fit sur son pupitre où il rédigeait, debout, son œuvre épistolière quotidienne et lut pour ses amis :

« Pour la superbe et excellente dinde, que l'affable bonté de votre parfaite courtoisie m'a fait parvenir de Padoue, je vous prie d'agréer autant de mercis qu'elle compte de plumes. »

— Que savais-tu d'affreux sur sa personne ? demanda Sansovino.

— Rien ! Mais il doit croire que je sais quelque chose.
Les trois compères levèrent leur verre à l'amitié.

— Et au doge ! ajouta Sansovino.

— Au doge ? s'étonna Aretino. Pourquoi diable devons-nous boire à la santé de cette vieille canaille ?

— Parce que, sur sa demande, le Sénat va me décerner le titre de « grand maître des procurateurs de Saint-Marc » ! Il paraît que j'ai sauvé la basilique en consolidant ses fondations minées par les eaux et en réparant les piles croulantes. C'est d'ailleurs la vérité, encore que les travaux soient loin d'être terminés.

— Et ce titre ronflant, que va-t-il te rapporter ? s'enquit Tiziano que les questions d'argent ne laissaient jamais indifférent.

— Un bon salaire et une maison où je pourrai enfin vous recevoir, mes amis, dans des conditions appropriées à votre condition !

— Prenez votre verre et venez vous installer sur le balcon, dit Aretino. C'est l'heure magique du coucher du soleil. Regardez ces nuages soyeux qui baignent la ville d'une lumière de rêve et transforment les maisons en palais de féeries. Bientôt les ombres profondes vont contraster étrangement avec l'éclat des marbres et le vermillon des toits de tuile... Pourquoi, Tiziano, ne peins-tu pas le Grand Canal plutôt que les têtes de tous les imbéciles de la terre ?

— Parce que les toits n'achèteraient pas ses tableaux ! lança Sansovino.

Tous trois éclatèrent de rire.

— Mais les princes sont, hélas, souvent de vraies tuiles, continua Tiziano. Sais-tu, Aretino, que Frédéric de Gonzague vient seulement de me payer ton portrait que je lui ai envoyé il y a deux ans ! Il me doit encore une sublime sainte Catherine avec la Vierge[1] !

La conversation entre les trois amis se poursuivit tard dans la nuit, bien après qu'ils eurent savouré la dinde de Messer Niccolo. Le cuisinier, que le poète-chroniqueur avait débauché de la maison d'un seigneur parce qu'il

1. Sans doute « La Madone au lapin », aujourd'hui au Louvre.

était l'un des meilleurs de Venise, l'avait préparée à la mode du Latium, farcie de *peperoni al guancial*[1]. Ils avaient commencé le souper avec des melons et l'avaient achevé par des *fritole*, ces délicieux beignets vénitiens dont il faut mesurer les composants, citrons, pignons, raisins secs, cannelle et cédrat, avec la minutie d'un apothicaire. Aretino avait raconté mille histoires, lu quelques-unes des lettres d'insultes qu'il avait reçues en terminant par celle-ci qui le faisait rire à gorge déployée :

« Vous êtes un cynique, un calomniateur dépravé, un parasite engraissé aux dépens de la corruption d'autrui, tel un champignon vénéneux sur un tas de fumier »

— Cette lettre est signée ? demanda Sansovino.

— Non. Anonyme. Mais je me doute d'où elle vient et son auteur verra, par la riposte que je lui prépare, qu'il vaut mieux avoir du talent pour atteindre les autres et que la politesse peut être bien plus terrible que la vulgarité ordurière ! Je suis dans mon genre un moraliste et si mes commentaires sont mordants, ils n'en sont pas moins vrais et touchent là où il faut les pédants imposteurs, les marchands cupides et les courtisans rampants. La seule chose qui m'importe, c'est l'opinion qu'ont de moi mes amis !

— Elle est bonne ! répondit Tiziano. Tous les gens de talent t'apprécient. Il n'y a que nous deux qui te détestons !

— Et mon compère, l'autre poète, le vrai, l'Arioste qui me désigne plaisamment à la vindicte comme « le divin Aretino, le fléau des princes ».

A ces soupers sans façons du « triumvirat » s'ajoutaient souvent des réunions moins intimes mais toujours composées de gens de goût et de talent. C'est ainsi que le savant latiniste Francesco Priscianese, de passage à Venise, fut invité à se joindre au dîner donné par Tiziano Vecellio dans sa maison de Biri Grande à l'occasion de la *ferrare agosto*, sorte de bacchanale célébrée à Venise le 1er août.

Plutôt que sur les rives du Grand Canal, trop bruyantes, Tiziano avait choisi de s'installer tout au nord de Venise,

1. Poivrons au lard.

sur le bord de la lagune, lieu inondé de lumière d'où l'on pouvait apercevoir les îles, Murano, Torcello et, plus proche, San Michele, le cimetière de Venise.

La maison s'ouvrait par de grandes baies sur un jardin fleuri et planté de grands arbres. Le maître, souriant au milieu d'une assistance déjà nombreuse, alla accueillir son hôte dès qu'il l'aperçut :

— Venez, Messer Francesco. Votre illustre présence nous honore et je vais vous présenter mes invités : l'imprimeur et éditeur Marcolini, les frères Zuccati, meilleurs mosaïstes de Venise, Giacomo Nardi, Francesco Sonnica qui arrive de Padoue, Ippolito Rinaldi, célèbre jurisconsulte de Ferrare. Et, enfin, mes plus chers amis, je devrais dire mes frères : Pietro Aretino dont vous avez sûrement entendu parler, en bien ou en mal, et Sansovino le sculpteur, qui restaure en ce moment San Marco. Un peu plus tard quelques charmantes dames viendront illuminer notre compagnie de leur beauté et de la grâce de leur esprit. Mais le soir tombe. Avant que le souper ne soit servi, allons voir les gondoles qui sortent sur la lagune et écoutons les musiques que l'on y joue. Ah, voici mon épouse...

Cecilia Vecellio sortait de la maison en compagnie de deux jolies femmes que Tiziano présenta à son hôte :

— Signora Franceschini, qui joue merveilleusement du luth et qu'on aura sans doute le plaisir d'écouter tout à l'heure, et Irène de Spilimbergo qui est mon élève.

— Une femme peintre ? s'étonna Priscianese.

— Eh oui ! C'est sans doute la seule en Italie. Et je vous assure qu'elle a du talent ! Irène écrit aussi et fait de la musique !

La Signora Tiziano, qui servait souvent de modèle à son mari, était d'une beauté discrète. Son air un peu mélancolique lui donnait beaucoup de charme et tous ses amis disaient à Tiziano qu'ils l'enviaient d'avoir une telle épouse. Il répondait en souriant que les hommes ont les femmes qu'ils méritent. En fait, Cecilia, fille d'un barbier de Cadore, la ville natale du peintre, avait été cinq ans sa gouvernante, sa maîtresse, et lui avait donné deux fils, Pomponio et Orazio, avant qu'il ne l'épouse. Ce qu'il avait fait finalement par amour. La preuve : il lui était fidèle, ce qui n'était pas si courant à Venise. Une nouvelle naissance, celle de Lavinia, venait d'apporter encore une touche rose au tableau du parfait bonheur de ce couple comblé.

Qui aurait pu prévoir en goûtant les charmes de cette soirée de rêve dans le jardin du maître Tiziano que la douce Cecilia n'y paraîtrait plus jamais ? Elle mourut trois jours plus tard, après une courte maladie inexpliquée, dans les bras de son mari en pleurs.

Le drame qui s'abattait sur son foyer plongea Tiziano dans l'abattement le plus profond. Il laissa sécher sa palette, ses pinceaux et abandonna les deux tableaux qui étaient en cours d'exécution : le portrait de la Signora Cornelia, la femme d'un sénateur, et un nu pour lequel Cecilia avait posé. C'est dans ce moment de pleine détresse que l'ambassadeur d'Espagne à Venise lui fit savoir que son maître l'empereur, qui avait entendu louer souvent son talent, souhaitait le voir à Bologne une semaine plus tard pour illustrer de son pinceau génial l'événement historique le plus considérable du siècle : son couronnement par le pape. Aucun peintre n'avait reçu une offre d'un protecteur aussi magnifique que Charles Quint, mais Tiziano la refusa sans hésiter, son état déplorable l'empêchant de tenir un pinceau.

C'est sans la présence du grand peintre que le fils de Philippe le Beau et Jeanne la Folle, déjà grand d'Espagne, s'agenouilla devant Clément VII pour recevoir sur le front la couronne impériale qui le sacrait officiellement chef du Saint Empire d'Occident. Qu'aurait rapporté Tiziano de ces festivités fabuleuses ? Une toile de l'empereur revêtu d'une armure d'or et d'un somptueux manteau d'apparat ? Celle de Clément VII couvert d'ornements sacerdotaux tissés d'or ? Un panorama du défilé des cardinaux, des docteurs en robe violette, des ambassadeurs couverts de soie et de velours ?

Tandis que les cérémonies déroulaient leurs fastes dans les rues pavoisées de bannières et d'étendards, Tiziano allongé face à la lagune écoutait ses amis Aretino et Sansovino l'exhorter à retrouver son art. Après un interminable mois de tristesse, le peintre accepta de reprendre le tableau de sa femme morte et alla faire chercher sa sœur Orsa pour s'occuper de la maison et des enfants. La vie avait changé. Mais elle continuait...

Dix-huit mois plus tard, Charles Quint, qui avait oublié l'artiste vénitien, était reçu à Mantoue par Frédéric de Gonzague qui lui montra ses collections d'armes et de peintures. Un portrait du duc, avec son chien blanc, attira son attention.

— Quel maître vous a peint ainsi ? demanda l'empereur. C'est un portrait magnifique.

— Tiziano Vecellio qui vit à Venise. Il est attaché à notre maison depuis longtemps. Chacun de ses portraits est une œuvre d'art.

— On m'a déjà signalé son existence. Je veux absolument poser devant lui. Les peintres allemands réussissent mieux mes boutons et la poignée de mon épée que mon visage. Qu'on le fasse venir à Bologne où je vais séjourner quelque temps.

Dans sa maison de Biri Grande, Tiziano s'était peu à peu remis au travail. Il avait pris du retard dans ses commandes, et le manque à gagner, conjoncture qu'il supportait mal, l'engageait à ne pas perdre de temps. Il finissait enfin le « nu couché » destiné à la duchesse de Savoie quand on vint le prévenir de faire ses bagages et de partir sans attendre pour Bologne où Charles Quint venait d'arriver. L'ordre le laissait hésitant :

— Je suis encore bien faible pour voyager, dit-il à son compère Pietro Aretino qui se trouvait près de lui pour lire sa nouvelle satire sur les petits seigneurs de la cour.

— Tu n'es pas plus faible que le Colleone de Verrocchio ! Ce voyage au contraire va te faire le plus grand bien. Tu as besoin de changer d'air. Et puis, quand César choisit un artiste pour faire son portrait, l'artiste, quel qu'il soit, doit obéir. Et Charles Quint sait, dit-on, se montrer très généreux ! ajouta-t-il avec un sourire narquois.

Huit jours plus tard, Tiziano était aux portes de Bologne. Il pressa son cheval, apeuré par la foule de plus en plus dense à mesure qu'il avançait vers le centre. Il eut un regard pour la Torre Garisenda dangereusement penchée comme sa voisine, la Torre degli Asinelli, et se trouva bientôt devant le Palazzo del Podestà, résidence de l'empereur. Il était fatigué, n'osait rêver d'un bain mais espérait qu'on allait lui donner une chambre agréable où il pourrait se reposer en attendant que Charles Quint le convoquât. Celle où le conduisit un domestique peu aimable était petite, sombre et empuantie par des odeurs désagréables qui venaient du corridor. Tiziano inspecta rapidement le réduit où on voulait le faire loger et s'indigna :

— Qui a choisi cet antre pour loger Tiziano ? s'écria-t-il. Ne sait-on pas ici que l'empereur m'a invité pour que je fasse son portrait ? Menez-moi tout de suite à l'officier qui commande le château, il n'est pas question que je reste une minute de plus ici !

L'esclandre fit grand bruit, les officiers dirent que l'intendant de la cour était responsable. Celui-ci menaça de faire remplacer toute la garde et de l'envoyer sur le champ de bataille. Finalement, Tiziano se retrouva correctement logé dans l'aile réservée aux visiteurs de marque. Il défit ses bagages, sortit le matériel de dessin, ses pierres sanguines et les quelques couleurs qu'il avait apportées pour les premières esquisses. Et il attendit.

Le soir, on le fit prévenir que l'empereur le recevrait dans l'après-midi du lendemain. Il décida d'aller se promener en ville et de chercher une auberge où il pourrait dîner. Il traversait la Piazza del Nettuno quand il s'entendit héler par une voix qui ne lui était pas inconnue. C'était celle d'un vieil ami, le sculpteur Alfonso Lombardi qu'il avait connu jadis à Ferrare.

— Que fais-tu à Bologne ? demanda celui-ci.

— Je viens faire le portrait de l'empereur et c'est une commande qui m'est très agréable.

— Je te comprends ! Accepterais-tu de me rendre un service ?

— Pourquoi pas, si tu ne me demandes pas la lune.

— Je rêve de voir de près cet illustre personnage. Permets-moi de t'accompagner au titre d'aide. Je porterai ton matériel et me ferai tout petit pendant que tu travailleras.

— D'accord, Alfonso. A condition que tu m'invites à souper.

Le lendemain, Charles Quint, après quelques paroles aimables, se mit à la disposition du maître :

— Je vous consacre deux heures de pose. Après, je repars pour Barcelone. Ah ! je souhaiterais vous montrer tout à l'heure le portrait qu'a fait de moi le peintre autrichien Seisenegger. Pour que vous me représentiez différemment. Ce tableau ne me plaît pas.

Sur un carton qu'il cala entre ses genoux et le dos d'une chaise, Tiziano commença une esquisse à la sanguine et au fusain. Puis il en dessina une autre plus précise. Enfin, sur une dernière feuille il traça les détails du vêtement de son illustre modèle. Le justaucorps le serrait à la taille, faisait ressortir son buste. Ses jambes minces et bien tournées, serrées dans des grègues travaillées au fil d'or et dans des chausses de soie beige, donnaient de l'élégance à une silhouette qu'on devinait affinée par l'exercice des armes, le cheval et la chasse.

De temps en temps, le monarque posait une question portant sur la peinture et la sculpture. Puis il se taisait et semblait réfléchir, mettant à profit ce moment de calme dans son existence mouvementée.

Lombardi s'était placé derrière Tiziano qui l'avait vu sortir de sa poche avec agacement une petite boîte contenant de la cire et des ébauchoirs. Tout le temps que le peintre dessinait, lui modelait la tête de l'empereur, ce qui n'avait pas été envisagé quand Tiziano avait accepté de l'emmener.

A la fin de la séance, Charles Quint s'étira et dit :

— Maître Tiziano, pour le chien, le mantelet à col de fourrure et les manches, copiez ce qu'a fait Seisenegger. Il a mal peint mon visage mais il est bon pour les habits. Il aurait dû être tailleur !

Il rit de sa plaisanterie et s'approcha de Lombardi.

— Je vous ai vu manier de la cire. Montrez-moi ce que vous avez fait.

Il regarda un moment le profil de médaille ébauché par le sculpteur et dit :

— Je trouve votre travail excellent. Pouvez-vous le reproduire en marbre ? Agrandi naturellement.

— Ce sera un honneur pour moi.

Quand ils furent dehors, Tiziano accusa son ami de l'avoir trahi en ne lui dévoilant pas ses véritables intentions. Ils se quittèrent pourtant avec cordialité, le peintre reconnaissant que Lombardi ne l'avait pas gêné. Il aurait été moins accommodant s'il avait connu à ce moment la fin de l'histoire. En effet, lorsque le portrait de Charles Quint fut terminé, il fut remis à Tiziano la somme importante de mille écus, avec l'ordre pourtant de la partager par moitié avec Lombardi, ce que fit le peintre avec beaucoup de mauvaise grâce.

Tiziano avait tort de douter de la générosité de l'empereur. Celui-ci était séduit et dit en montrant au duc de Mantoue la toile qui le représentait qu'il ne voulait plus désormais d'autre portraitiste que le maître de Venise. En gage d'admiration et pour sceller le pacte qui liait désormais l'empereur et l'artiste, il conféra à ce dernier les titres de comte palatin et de chevalier de l'Éperon d'Or. Aretino lui-même, qui ne cessait de porter aux nues le génie de son ami, fut surpris par l'importance de la distinction dont il était l'objet.

— Songe, lui dit-il, que tes enfants sont aussi anoblis, que tu es maintenant admis à la cour et que tu as le droit de créer des notaires, des chanceliers et des juges ordinaires !

— Ce n'est pas cela qui m'empêchera de travailler comme une bête pour gagner ma vie et celle des miens !

— Mais, mon cher, tu as aussi le droit d'émanciper les esclaves. Rien ne t'empêche de commencer par toi !

Ils rirent si fort qu'Orsa se précipita pour voir ce qui se passait.

— C'est le comte palatin qui a des états d'âme ! dit Aretino. A propos, monsieur le chevalier de l'Éperon d'Or, sais-tu ce qu'a répondu l'autre jour Charles Quint à un baron courtisan qui s'étonnait tout haut de la faveur qui t'était accordée ? « Il est au pouvoir de l'empereur de faire des comtes et des barons, mais Dieu seul peut faire un Tiziano ! » N'est-ce pas magnifique ?

⁂

Toujours à Florence, prisonnier de ses sculptures, Michelangelo atteignait la soixantaine dans un délabrement moral et physique qui inquiétait de plus en plus ses rares amis. Gherardo Perini parti, en butte à l'hostilité du duc Alexandre, gêné par le flagorneur et médisant Bandinelli, sculpteur officiel de Son Altesse, Michelangelo comptait les jours à l'épaisseur des éclats de marbre qui jonchaient l'atelier. Il avait tenté une escapade à Rome mais le pape, qui le protégeait toujours contre les autres, et contre lui-même, lui avait ordonné de retourner terminer son travail. Au moins, là, sa masse et son ciseau ne le trahissaient pas. Certains jours, il croyait voir paraître dans le voile de poussière soulevé par son grattoir un visage dont le souvenir le bouleversait depuis que son regard s'était posé sur lui à Rome lors de son dernier et bref voyage. C'était celui de Tommaso Cavalieri, un jeune, beau, intelligent et riche gentilhomme qui vouait une admiration fervente au grand homme dont le cœur s'était embrasé à leur première rencontre. Michelangelo avait laissé passer plusieurs mois, puis il avait tenté une lettre, comme s'il lançait son amour à la mer...

Le 1er janvier 1533, une réponse arriva qui plongea Buonarroti dans un tendre délire bien qu'elle demeurât dans les limites d'une attitude respectueuse et admirative :

« J'ai reçu une lettre de vous qui m'a été d'autant plus chère qu'elle était inattendue. Inattendue car je ne juge pas digne qu'un homme tel que vous perde un peu de son temps à m'écrire...

« Je crois que l'affection que vous me portez est celle qu'un homme comme vous, qui êtes la personnification de l'art, peut avoir pour ceux qui se consacrent à l'art et qui l'aiment. Je vous rends bien votre affection. Jamais je n'ai aimé un homme plus que vous, jamais je n'ai désiré une amitié plus que la vôtre. Je vous prie de vous servir de moi quand vous le voudrez et je me recommande éternellement à vous.

« Votre tout dévoué Tommaso Cavalieri. »

Michelangelo lut et relut la lettre, puis il passa la fin de la journée à lui répondre, faisant des brouillons, les recopiant et les jetant dans le feu, comme lorsqu'il esquissait l'ébauche d'une œuvre nouvelle. Une fois il appelait le jeune homme «Messer Tommaso, mon très cher seigneur», une autre fois «Votre Seigneurie». Suivaient des propos touchants et naïfs comme ceux d'un adolescent amoureux.

Chaque fois qu'un voyageur de sa connaissance partait pour Rome, il lui confiait quelques dessins à remettre à Messer Cavalieri: un Ganymède enlevé vers le ciel par l'aigle de Zeus, la chute de Phaéton... Et aussi des poèmes, les plus beaux que le sculpteur eût jamais écrits: «Si véritable est l'espérance que tu m'annonces, si vraiment tu m'accordes mon grand désir, brisons le mur qui nous sépare car les chagrins cachés sont multipliés.»

La nouvelle passion du génie avait au moins l'avantage de l'étourdir, de l'enlever à ses pensées morbides. Espérait-il de Cavalieri plus qu'une amitié? Il ne cherchait pas en tout cas à cacher sa passion, passion que le beau jeune homme se gardait pourtant d'attiser, attentif au contraire à la ramener dans les limites d'une chaleureuse amitié.

Bientôt lettres, dessins et poèmes ne suffirent plus. Michelangelo n'avait plus qu'un désir, celui de rentrer à Rome, de quitter une nouvelle fois Florence où les travaux de la sacristie étaient à peu près achevés, où aussi il vivait dans l'inquiétude; mais la vraie raison était évidemment Cavalieri qu'il avait hâte de retrouver. Alors, pour la première fois de sa vie, il accepta de se faire seconder et même remplacer à la chapelle et à la bibliothèque Médicis, dont il était l'architecte, par des artistes habiles et reconnus.

Le 15 septembre 1534, Michelangelo prit discrètement la route de Rome en compagnie de son serviteur Urbino, ou plutôt de son «compagnon» comme il l'appelait. Francesco di Bernardino Urbino était venu chez Michelangelo après le siège de Florence et ne l'avait plus quitté. A la fois intendant de la maison, confident et garde-malade, il vénérait son maître qui lui portait lui-même de l'amitié et une considération généreuse.

Les plaisirs et les aléas du voyage sortirent le maître de la mélancolie où il se complaisait depuis des années. Excellent cavalier, il reprit sur les routes et les chemins le goût de l'effort physique. C'est un Michelangelo ragaillardi qui passa la porte de Rome le 23 septembre et retrouva avec plaisir sa maison de Macel de'Corvi sur le Forum Trajan. Il retrouva aussi Cavalieri, d'abord un peu effrayé par la passion qu'il avait éveillée mais qui, adroitement, s'appliqua à fixer des frontières à un amour qui n'était envisageable pour lui qu'en demeurant platonique. Michelangelo refréna donc ses ardeurs. S'il n'avait pas trouvé l'amant de ses désirs, il découvrait un fils bien-aimé, désireux de veiller sur le génie vieillissant au caractère ombrageux.

La nouvelle de l'arrivée de Buonarroti s'était vite répandue. Tout ce que Rome comptait de peintres, de sculpteurs, d'architectes, de graveurs accourait à Macel de'Corvi. Le premier jour, il dut se faire déclarer souffrant par Urbino afin d'éloigner ces raseurs et de pouvoir en toute quiétude recevoir les vrais amis qu'il avait envie de voir : Cavalieri naturellement, mais aussi son vieux compère Sebastiano del Piombo, Benvenuto Cellini qui était de passage à Rome et Rosso qui avait tant souffert des violences du sac.

Sebastiano, fort au courant des nouvelles de la cour, venait justement faire part à son ami de deux informations qui le concernaient : Clément VII, sachant que les travaux de la chapelle Médicis allaient s'achever, venait de décider de terminer la Sixtine en couvrant à fresque le mur situé derrière l'autel ; la deuxième nouvelle, moins favorable, était que le pape venait de tomber gravement malade. Les maladies ne duraient guère en ce temps-là : la mort du Saint-Père fut annoncée dès le lendemain 25 septembre. Clément VII n'avait que cinquante-six ans. Son règne avait été l'un des plus dramatiques de l'histoire.

Cette mort subite peina Michelangelo avant de l'inquiéter.

— Je n'ai jamais eu à me plaindre de Clément VII, dit-il à Cavalieri. S'il n'a pas toujours été tendre à mon égard, il m'a souvent défendu quand un danger me menaçait.

Sans lui, le duc m'aurait fait disparaître un jour par le poison ou l'épée. Heureusement que je ne suis pas resté à Florence ! Maintenant, reste à savoir qui va être désigné et surtout si le nouveau pape aime Michelangelo !

Paul III aimait. Dès son arrivée au Vatican, il décida que Buonarroti devait être à son service.

— Pour finir enfin le tombeau de Sa Sainteté Jules II ? demanda Michelangelo. Je suis toujours lié par le contrat des Della Rovere.

— Non. Pour exécuter ce que le pape Clément VII avait décidé. Vous allez peindre un « Jugement dernier » sur le mur d'autel de la chapelle Sixtine.

— Mais le contrat...

Paul III blêmit, tendit un index menaçant et offrit au génie la première colère de son pontificat :

— Il y a trente ans que je rêve de faire peindre le chevet de la Sixtine et maintenant que je suis pape, je ne le pourrais pas ? Apportez-moi ce maudit contrat : je vais le déchirer et on n'en parlera plus !

Michelangelo se crut revenu au temps de ses disputes avec Jules II. Mais il avait vieilli. Il comprit qu'il serait absurde de se fâcher avec le pape dès leur première rencontre. Il répondit doucement que rien ne pouvait plus l'honorer que de combler les désirs du grand amateur et connaisseur d'art qu'était le Très Saint-Père.

En vérité, il était lassé de ce tombeau qui avait empoisonné si longtemps sa vie et l'idée de peindre le chevet de la chapelle qui portait déjà la marque de son génie le faisait rêver. Il avait une revanche à prendre sur ceux qui avaient profité de son exil toscan pour le discréditer. Cette revanche, il la tenait au bout de son pinceau. La chapelle Sixtine serait bientôt la chapelle Michelangelo !

— Je vais entreprendre un rude travail ! dit-il à son cher Cavalieri. Peindre un mur est, je le sais, moins pénible que peindre un plafond. Mais je suis âgé. Je vais, j'en suis sûr, traverser des périodes de doute, de découragement. Je voudrai alors tout abandonner...

— Vous n'abandonnerez pas, maître, car je serai là, répondit doucement Cavalieri. Je vous soutiendrai, je vous aiderai ! Et ce sera pour moi le bonheur de ma vie d'avoir contribué, même d'une manière insignifiante, à la création d'une de vos œuvres.

— Merci, Tommaso. J'aurai besoin de vous, de votre supériorité morale et intellectuelle. Je vais m'atteler au carton et je souhaite avoir votre avis chaque fois que je devrai prendre un parti.

— Allez-vous vous faire aider sur place par d'autres artistes ?

— Non. Seul Urbino m'accompagnera. Et vous, si vous le souhaitez. J'ai peint l'immense voûte sans le secours de quiconque, je peindrai seul le chevet !

Il n'en était pas encore à se battre contre la redoutable paroi blanche et vertigineuse. Les études du plan général puis des différents personnages — « il y en aura des centaines », avait-il dit à Cavalieri — allaient demander sûrement plus d'une année de travail. Il s'y plongea avec la foi et la fureur de ses débuts.

Un jour, Paul III vint visiter le génie avec toute une suite de cardinaux. Il voulait voir les premières ébauches du carton et surtout celles des statues du tombeau de Jules II qui dormaient sous des linges dans le grand atelier de sculpture abandonné. Michelangelo, que l'invasion des robes rouges agaçait, ne montra pas son impatience et expliqua au pape comment il imaginait son « Jugement ». Le Saint-Père se montra enchanté et affirma qu'il n'était pas compétent pour critiquer la moindre idée d'un artiste aussi considérable que le maître Buonarroti.

Le pape et sa suite entourèrent ensuite la monumentale statue de Moïse qu'Urbino venait de dévoiler. Les prélats, impressionnés, regardaient et se taisaient. Enfin, Paul III déclara :

— Je n'ai jamais vu plus belle statue !

Le cardinal Gonzague ajouta la petite phrase qui allait débarrasser Michelangelo de son fardeau :

— Une telle œuvre suffit pour illustrer la mémoire du pape Jules.

— L'idée est bonne, réfléchit tout haut le Saint-Père. Je vais m'arranger avec les Della Rovere pour qu'ils acceptent un tombeau réduit au Moïse, aux deux autres statues déjà sculptées par Michelangelo et, éventuellement, à celles que nous confions à de bons sculpteurs.

Le pape se tourna vers Buonarroti :

— Comme cela, vous pouvez vous consacrer entièrement à la Sixtine !

Michelangelo balbutia quelques remerciements. Il était ému, assommé, dans l'état où doit se trouver un prisonnier qui recouvre la liberté après avoir purgé une longue peine de prison. Oui, vraiment, une nouvelle vie commençait. Il s'agenouilla et baisa l'anneau du pape qui souffla à l'oreille du cardinal Gonzague :

— Allons, il n'est pas si terrible que cela, le grand Michelangelo !

C'est au moment où il terminait les dernières ébauches du « Jugement dernier », où le carton composé de dizaines de quartiers accolés laissait entrevoir à quoi ressemblerait l'amoncellement dantesque de ces corps nus entraînés dans l'ultime désespoir, que Michelangelo fit la connaissance de Vittoria Colonna. Pour la première fois une femme, en dehors de sa mère qu'il avait peu connue, de sa belle-mère et de l'épouse du bon Urbino, entrait dans sa vie. Une entrée discrète comme l'était cette grande dame qui passait pour être la plus intelligente et la plus cultivée d'Italie et qui, devenue veuve d'un prince guerrier qu'elle avait à peine entrevu, ne souhaitait plus que communiquer aux autres ses aspirations spirituelles et religieuses.

Vittoria admirait Michelangelo, son œuvre mais aussi ses poèmes, sa façon de penser et de juger les autres, sa liberté vis-à-vis des grands et jusqu'à son caractère difficile. « Ce n'est pas tous les jours qu'on rencontre un génie », avait-elle dit le premier jour où elle l'avait vu chez le cardinal Gonzague. Et elle résolut, dans un élan de mysticisme, de l'engager à user de son génie pour répandre la gloire du Christ et de gagner ainsi le salut de leurs âmes.

Ils avaient tous deux beaucoup à donner. Il s'installa vite entre eux un échange intellectuel et un amour spirituel qui modifièrent leur existence. Elle apprit à l'artiste, pour qui les Évangiles n'avaient guère été jusque-là que des sujets de fresques ou de sculptures, que « la grâce de

Dieu ne saurait s'acheter et que la profaner était un très grand péché».

Quand Benvenuto Cellini parlait en plaisantant de la «conversion de Michelangelo», il n'était pas tellement loin de la vérité. Certes Buonarroti était croyant avant de rencontrer Vittoria Colonna mais, maintenant, sous son influence, il pensait que l'Esprit-Saint inspirait son pinceau.

***

Les dessins préparatoires et les cartons achevés, Michelangelo put, durant l'hiver 1535, retrouver la Sixtine. Le mur, immense, devait subir des transformations avant que son pinceau n'y incruste les trois cents personnages figurant dans le projet. Il fallut d'abord effacer une grande fresque de Perugino ainsi que deux lunettes qu'il avait lui-même peintes vingt-cinq ans plus tôt. Puis les maçons bouchèrent deux fenêtres et recouvrirent toute la surface d'un enduit au sable fin. Il restait à préparer le mur à recevoir les couleurs et c'est Sebastiano del Piombo qui fut chargé de cette tâche ingrate mais ô combien importante. Il s'en acquitta mal, et Buonarroti, toujours soupçonneux, l'accusa d'avoir voulu lui faire manquer sa fresque. Ce fut la fin d'une longue amitié.

Après toutes ces péripéties, arriva enfin le jour où Michelangelo fut prêt à donner le premier coup de pinceau ou, plutôt, à reporter sur la muraille, à la pointe et au fusain, les contours du carton. Il demanda audience au Saint-Père pour lui faire part de la bonne nouvelle.

Paul III le reçut avec les prévenances qu'il réservait aux plus hautes personnalités.

— Messer Buonarroti, rien ne peut me faire plus plaisir que de vous voir entreprendre les travaux de la chapelle Sixtine qui va devenir ainsi la vôtre autant que celle du pape.

— Merci, Très Saint-Père. Votre confiance m'est nécessaire pour mener à bien une œuvre aussi longue et difficile. Vous pouvez compter sur mon dévouement et ma célérité.

— J'attendais ce moment pour vous faire part d'une décision qui va nous lier étroitement et qui, je l'espère, vous fera plaisir et vous encouragera. Messer Buonarroti, vous êtes nommé architecte en chef, sculpteur et peintre du palais apostolique avec un traitement de mille deux cents écus d'or.

Jamais il n'avait été question d'une telle promotion et Michelangelo, surpris, sentit la chaleur envahir son corps. L'artiste acariâtre et bilieux qui tout au long de sa vie s'était, à tort ou à raison, considéré comme un génie incompris, se sentait enfin reconnu. Une larme coula sur son visage anguleux et il baisa l'anneau du pape avant de le remercier maladroitement. C'était un genre de démarche auquel il n'était pas habitué.

Le pape le releva en souriant, l'appela son « grand ami » et lui dit qu'il était le plus grand artiste d'Italie, donc du monde. Pour la première fois depuis longtemps Michelangelo était heureux. Le soir, il écrivit deux sonnets, l'un pour Cavalieri, « mon charmant beau visage », l'autre à sa « grande dame », la marquise de Pescara, qui préférait qu'on l'appelât par son nom de jeune fille, Vittoria Colonna. Il fit aussi cadeau à Urbino d'une bourse de trente écus.

Le lendemain matin à neuf heures, un camérier lui remettait les clés de la chapelle. Cavalieri et Urbino l'accompagnaient. Tandis qu'ils l'aidaient à endosser la longue blouse de toile rugueuse que la femme d'Urbino lui avait préparée, des images lui traversaient l'esprit. Il se revoyait vingt-six ans plus tôt, pénétrant avec crainte dans la chapelle de Sixte IV, intimidé par la hauteur de la voûte que Jules II lui commandait de peindre. Il revivait ses enthousiasmes, ses découragements, sa querelle avec le pape...

— Est-il raisonnable, demanda-t-il à Cavalieri, d'entreprendre à mon âge un tel labeur ? Le plafond m'a coûté tant de peine ! Et j'avais trente ans de moins !...

— Auriez-vous préféré, maître, que ce travail fût confié à un autre ? Non, naturellement ! Alors dites-vous que vous êtes en bonne santé, qu'il vous reste encore de longues années à passer sur cette terre et que vous allez vivre une nouvelle aventure exaltante. Et puis, vous n'êtes pas seul. Urbino et moi sommes à vos côtés. Votre amie Vittoria Colonna aussi. Elle, qui vit avec Dieu, saura bien vous assurer sa protection. Après tout, c'est à sa gloire que vous allez peindre votre « Jugement dernier » !

— Vous avez raison, mon ami. Assez de jérémiades ! Rejoignez-moi là-haut avec le matériel !

C'est à peine s'il sentit la raideur de ses jambes en escaladant l'échelle qui le conduisait à l'étroite passerelle qui allait être, durant cinq ans, son enfer et son paradis.

Ainsi, Michelangelo commença à peindre la plus grande fresque du monde composée de onze tableaux unis par des nuages et des ombres. A chaque personnage il donnait un visage connu. Cavalieri était parmi les bienheureux que le Rédempteur sauvait des flammes éternelles. A la Vierge, il avait attribué les traits de Vittoria. Peu à peu sortait du mur la fresque d'un sombre réalisme, le tableau d'un malheur sans espoir. Deux génies, Michelangelo et Dante, se rencontraient dans cet ensemble surprenant et impitoyable de trois cents personnages, tous nus, à la musculature saillante et provocante.

Assez souvent, le pape venait voir son artiste au travail. Il se faisait accompagner par des prélats de sa cour qui se gardaient bien de contredire le Saint-Père quand il manifestait son admiration. Un jour, pourtant, le maître des cérémonies du Vatican, monseigneur Biagio da Cesena, prié de donner son avis, s'exprima avec franchise, traduisant l'opinion de nombreux membres de l'entourage du pape :

— Très Saint-Père, je ne discute pas la valeur artistique de l'œuvre du maître Buonarroti, mais j'estime qu'il est scandaleux et indécent de représenter dans un haut lieu de la chrétienté des personnages nus, plus propres à figurer dans des bains publics ou une taverne !

Paul III ne répondit pas, mais Michelangelo qui avait entendu fut très fâché et décida de punir Messer Biagio en le représentant sous la figure de Minos en enfer, un grand serpent autour des jambes, au milieu des diables. L'anecdote se répandit très vite dans les couloirs du Vatican. Biagio, prévenu, demanda avec insistance au pape d'intervenir pour faire effacer cet affront qui faisait rire le palais. Mais le Saint-Père, que la chose amusait, ne voulait pas déplaire à son peintre qu'il savait avoir toujours la tête près du bonnet. Il répondit en riant au pudique maître des cérémonies :

— Si Michelangelo t'avait mis au purgatoire, j'aurais peut-être pu t'en faire sortir mais tu es en enfer et, là, je ne peux rien pour toi !

L'artiste du pape vieillissait, mais son travail avançait, bien qu'il lui fût maintenant impossible de demeurer plus de trois heures d'affilée sur l'échafaudage. Le soir il se sentait fatigué et ses amis l'aidaient, l'encourageaient.

Tommaso Cavalieri avait parfois des scrupules :

— Avons-nous raison de pousser le maître à travailler ainsi ? demandait-il à Urbino. Il se fait vieux, certains jours il est épuisé.

— Messer Tommaso, je le connais pour ne pas l'avoir quitté un seul jour durant vingt ans : si le maître devait abandonner la chapelle, il mourrait. Croyez-moi, il est encore solide. Il est accroché à son art comme l'araignée à sa toile. Laissons-le accomplir son œuvre !

Un jour pourtant, les craintes de Cavalieri se justifièrent. Michelangelo, assis sur un tabouret placé contre une traverse, peignait un magnifique saint Sébastien dont il s'acharnait depuis deux heures à faire ressortir la spiritualité, quand il se pencha vers la droite pour demander à Urbino de lui monter une coupelle d'ocre jaune. Le maître fut-il à cet instant victime d'un malaise ? Le tabouret glissa-t-il ? Le fait est que dans un fracas de planches bousculées, Michelangelo tomba de l'échafaudage sur le pavement de la chapelle. Urbino se précipita et trouva son maître évanoui. Anxieux, il lui versa l'eau d'une cruche sur le front et lui tapota les joues. Bientôt, le peintre reprit conscience et dit :

— Je suis trempé. Que m'est-il arrivé ?

— Vous êtes tombé, maître. Pas de très haut heureusement car vous arrivez à la fin de la fresque. Si vous étiez tombé du sommet de l'échafaudage vous vous seriez brisé les membres. Et la tête avec. Pouvez-vous vous relever ? Je vais vous soutenir.

— Oui. Cela va aller. Tu vas m'aider à monter à cheval et me ramener à la maison.

— Mais votre jambe saigne. Je vais appeler un médecin.

— Je ne veux pas de médecin. C'est toi qui vas me soigner. Allons!

Urbino et sa femme firent de leur mieux. Ils lavèrent la plaie causée par un éclat de bois et firent un bandage de fortune. Michelangelo passa une nuit agitée. Le lendemain, voyant que son maître n'allait pas mieux et que le pansement était rouge de sang, Urbino demanda à sa femme d'aller prévenir Tommaso. Celui-ci arriva bientôt en compagnie du docteur Baccio Rontini, le médecin de sa famille. Ils trouvèrent la porte verrouillée et, en prêtant l'oreille, entendirent le maître qui ordonnait à Urbino de ne pas ouvrir. Finalement, en escaladant une fenêtre sur l'arrière de l'atelier, ils parvinrent jusqu'au chevet du malade qui protesta pour la forme mais se laissa soigner en maugréant. Une semaine entière de repos, durant laquelle il se montra insupportable, fut nécessaire à son rétablissement. Encore faible — ses jambes le portaient à peine —, ses amis le hissèrent sur la plate-forme. Là, son pinceau à la main, calé entre ses pots de couleurs, il retrouva comme par enchantement sa vigueur et termina en trois semaines son chef-d'œuvre.

Dès que l'échafaudage eut été démonté, le pape se précipita suivi de son cortège habituel de robes rouges mais, arrivé devant la porte de la chapelle, il les arrêta d'un geste :

— Arrêtez-vous ici, messieurs. J'entre seul afin que Michelangelo Buonarroti me fasse les honneurs de son œuvre. Le « Jugement dernier » de la Sixtine est une affaire entre le plus grand artiste italien et le pape.

Les cardinaux s'effacèrent, surpris et vexés. Paul III referma lui-même la porte derrière lui et dit à Michelangelo qui l'attendait :

— C'est un grand jour pour nous deux. Votre génie a transformé mon désir en réalité. Voyons notre sainte muraille !

— Très Saint-Père, puis-je vous recommander de ne

pas approcher trop vite? Je souhaiterais que vous abordiez la peinture en avançant lentement. Si j'ai réussi ce que je voulais faire, vous verrez les personnages bouger et découvrirez que leur multiplicité comporte toutes les émotions humaines. J'ai voulu que les visages des damnés expriment les péchés qui les ont conduits au seuil de l'enfer: l'orgueil, l'avarice, l'envie, la luxure...

Le pape se conforma docilement aux directives du peintre et s'exclama:

— Mon fils, c'est magnifique! Je vous dois l'une des plus grandes satisfactions de ma vie. C'est, je crois, le jour de la Toussaint que Sa Sainteté Jules II a inauguré vos peintures de la voûte?

— Oui, il y a vingt-neuf ans!

— Très bien. Je dirai aussi la messe dans la chapelle le jour de la Toussaint. Cette inauguration sera votre jour de gloire, maître Buonarroti!

***

Michelangelo devait trop à Paul III pour refuser de satisfaire le nouveau désir que le pape exprima après l'achèvement du «Jugement»: peindre deux grandes fresques dans une autre chapelle des appartements qu'on appelait la chapelle Pauline. A peine remis des tourments de la Sixtine, le peintre se remit donc à l'ouvrage en commençant les études pour une «Conversion de saint Paul» et une «Crucifixion de saint Pierre». Le travail n'avait aucune commune mesure avec le gigantesque ouragan du «Jugement dernier» qui venait de secouer Rome et les Romains, mais il s'agissait encore de fresques et Michelangelo se sentait bien las. Alors il décida de ne pas se presser et de continuer en même temps, *piano piano*, le tombeau de Jules II qui, même réduit, appelait encore le ciseau du maître. Moïse n'était pas complètement terminé et Michelangelo s'était engagé à sculpter deux autres petites statues, une «Lia» et une «Rachel», destinées à prendre place dans les niches prévues à l'origine pour les «Captifs» demeurés à Florence.

La flamme qui l'avait soutenu pour le «Jugement»

vacillait maintenant entre des sculptures qui ne l'intéressaient guère et des fresques qui ne le passionnaient pas. La princesse Vittoria, malade, s'était réfugiée dans un couvent. Michelangelo, enfin, devait se défendre contre des ennemis que son triomphe avait réveillés, en particulier Antonio da Sangallo qui avait été autrefois du côté de Bramante et de Raffaello. Au comble de sa gloire, le Florentin sentait revenir, sournoise et oppressante, la bête qui lui avait si longtemps rongé le cœur. Il aurait facilement succombé au découragement sans la présence quasi quotidienne de Tommaso Cavalieri qui le réconfortait et l'assurait que son génie n'attendait qu'une occasion pour rebondir sur quelque vrai chef-d'œuvre.

C'est l'époque où le pape, inquiet de voir sombrer son artiste dans la mélancolie, le nomma « citoyen de Rome ». Michelangelo, qui méprisait les honneurs sauf ceux attachés directement à sa fonction, fut heureux de celui qui lui conférait un titre gratuit mais moralement important. Il ne serait jamais plus dans Rome « le Florentin », mais serait un citoyen à part entière.

Ses querelles avec Sangallo avaient un côté positif : elles occupaient le maître et l'aidaient à libérer ses pulsions agressives. Quand il ne peignait pas dans la chapelle Pauline ou ne sculptait pas dans son atelier de Macel de'Corvi, Michelangelo allait flâner du côté de Saint-Pierre pour voir comment se déroulaient les travaux confiés à son ennemi. Il revenait avec le sentiment qu'aucun progrès n'avait été réalisé et que le chantier engendrait plus de gaspillage que de réalisations concrètes. Mais la situation de Sangallo était depuis si longtemps assise que personne n'osait contester ses options. Le pape lui-même semblait satisfait de l'architecte de Saint-Pierre, plus ancré à son chantier que les fondations fragiles qu'il construisait sur le sol de la Piazza. Seul Michelangelo pouvait se permettre de le critiquer, ce qui faisait dire à certains qu'il était jaloux d'Antonio da Sangallo comme il l'avait été jadis de Bramante.

Paul III se divertissait de cette lutte d'influence mais, soucieux de voir ses travaux avancer, faisait de plus en plus souvent pencher la balance en faveur de Buonarroti. La dissension atteignit son paroxysme quand Sangallo présenta les plans du troisième étage du palais commencé pour le cardinal Farnèse avant qu'il ne devint le pape Paul III. Avec une certaine malignité, le souverain pontife demanda à Michelangelo ce qu'il pensait de ce projet. S'il l'avait trouvé bon, Buonarroti l'eût dit car il était honnête, mais il le trouva mauvais et ne se gêna pas, on s'en doute, pour le mettre en pièces.

— Le palais Farnèse, dit-il, n'a ni plan d'ensemble, ni élégance, ni harmonie. Seule une conception harmonieuse et réussie des fenêtres du troisième étage pourrait réparer ces erreurs.

— Très bien, Michelangelo. Je vais organiser un concours pour ce troisième étage entre tous les artistes qui voudront y participer. Serez-vous parmi eux ?

— Naturellement, Très Saint-Père. Je voudrais sauver votre palais.

C'est seulement lorsqu'il fut rentré chez lui qu'il se rendit compte qu'il avait pris un risque. Que deviendrait son prestige si on lui préférait l'un ou l'autre des artistes médiocres qui allaient concourir ? « Bah ! se dit-il, je ne perdrai pas. D'ailleurs, ayant critiqué Sangallo, j'ai le devoir de prouver que je peux faire mieux que lui. »

Les événements lui donnèrent raison. Devant tous les artistes ayant concouru, le pape annonça que le dessin de Michelangelo était le meilleur, le plus ingénieux et qu'il méritait le plus grand éloge malgré la qualité exceptionnelle des autres projets présentés, dont celui de Sangallo.

Le maître ajouta donc le palais Farnèse à ses occupations ordinaires : l'achèvement toujours repoussé des fresques de la chapelle Pauline, celui du tombeau de Jules II confié pour une bonne part, il est vrai, à Montelupo, son aide, la révision des remparts de la cité du Vatican et la sculpture du buste de Brutus pour le cardinal Ridolfi. Cela représentait un énorme travail mais cette avalanche, loin de l'inquiéter, lui rendait courage, le courage de continuer la vie pour reculer la mort. La mort, la mort… une idée qui le poursuivait depuis qu'il avait peint le « Jugement dernier » et surtout depuis qu'il avait appris le décès de Vittoria dont il ne se lassait pas de relire le dernier sonnet qu'elle lui avait adressé. Pourtant il luttait et s'était remis au travail avec acharnement.

Cette nuit-là, Michelangelo avait fait un rêve qui le poursuivait une fois réveillé. Il le raconta à Tommaso et à Urbino qui travaillaient au projet du palais Farnèse :

— Je me rappelle rarement mes rêves mais, cette fois, tous les détails demeurent gravés dans mon esprit.

— Je parie qu'il était question de peinture ou de sculpture. Ou peut-être Aretino vous poursuivait-il sous les traits du diable armé d'une fourche [1] ? plaisanta Urbino.

— Pas du tout. J'ai rêvé que j'étais devenu l'architecte tout-puissant de Saint-Pierre. J'imaginais des constructions fantastiques, je résolvais tous les problèmes, rasais les travaux de Bramante, de Raffaello et naturellement ceux de Sangallo relégué à des tâches subalternes. Je concevais aussi dans un éclair de génie un dôme magnifique qui semblait suspendu au ciel. Mais tout cela n'était que songeries d'enfant à côté de ce qui m'arrivait par la suite.

— Quoi donc, maître ? Nous sommes impatients de le savoir, dit Cavalieri. Quelle autre apparition vous a surpris à ce point ?

— J'ai vu Dieu. Celui que j'avais osé peindre a surgi devant moi alors que je prenais les mesures d'un bloc de marbre qui traîne derrière Saint-Pierre depuis longtemps et dont je me disais qu'il allait bien falloir un jour faire quelque chose.

— Dieu ressemblait-il au sévère et noble vieillard de la Sixtine ?

— Je ne sais pas. Il m'apparut comme une ombre vapo-

1. Michel-Ange s'était fait un ennemi irréductible de l'Arétin en refusant de lui offrir les cartons et les dessins qu'il lui avait demandés avec insistance. Celui dont les princes et les artistes craignaient la plume caustique et qui se pliaient à ses exigences s'était vengé en bon maître chanteur par une lettre ouverte largement diffusée : « ... Vous mettez à nu anges et saints, les uns sans la moindre pudeur terrestre, les autres dépouillés de tout ornement céleste. Votre manière convient à une maison de débauche, non dans la plus auguste chapelle du monde, chœur suprême de la Chrétienté... »

reuse dont je ne distinguais pas les traits mais dont la voix douce chantait à mes oreilles. « Le rêve que tu viens de faire, c'est moi qui l'ai inspiré. C'est à toi que reviendra bientôt l'œuvre sainte de poursuivre les travaux de Saint-Pierre. » J'aurais voulu répondre que j'étais trop vieux pour assumer une telle mission, que mes forces me trahiraient avant que j'en eusse fini avec la basilique, que Sangallo... Mais l'esprit sortit de ma vision et je restai un long moment pétrifié devant mon bloc de marbre.

— Les rêves sont souvent prémonitoires, dit Tommaso. Vous savez bien que vous êtes le seul à pouvoir faire avancer les travaux de Saint-Pierre.

Michelangelo ne répondit pas et demanda à Urbino de l'accompagner au Vatican. Il y avait cinq jours qu'il n'avait pas touché à la « Crucifixion de saint Pierre » et il éprouvait le désir de peindre, surtout celui de terminer cette fresque qui, il le savait, serait la dernière. Après, il reprendrait le ciseau, qu'il n'avait d'ailleurs jamais abandonné, et commencerait à sculpter une « Descente de Croix » dans le marbre de Saint-Pierre qu'il avait fait rapporter à Macel de'Corvi. La mort de Vittoria Colonna, celle de son frère qu'il venait d'apprendre, la disparition de Sebastiano del Piombo avec qui il venait de se réconcilier, son rêve aussi, tout l'incitait vers une piété profonde qui transparaissait dans son art. « On ne peut pas refaire l'œuvre de toute une vie, disait-il à Tommaso, mais mes peintures et mes sculptures ne seraient pas les mêmes si je les entreprenais aujourd'hui ! » C'était pourtant son Moïse, commencé trente ans auparavant, qu'on était en train d'installer à Saint-Pierre-aux-Liens entre les deux modestes statues, « Lia » et « Rachel », pour mettre enfin un terme à la longue et pénible histoire du tombeau de Jules II.

Michelangelo achevait la peinture des affligés, au bas de la fresque de la chapelle Pauline, lorsque Tommaso surgit, en proie à une agitation étonnante chez cet homme serein :

— Messer Buonarroti, on vient d'apprendre la mort d'Antonio da Sangallo !

Michelangelo reposa son pinceau et descendit les marches de l'estrade :

— Sangallo mort ? Mais il allait très bien il y a encore quelques jours...

— Il est mort à Terni, victime d'une fièvre pernicieuse. Son corps va être ramené à Rome où le pape veut lui faire des obsèques solennelles.

— Il les mérite. Sangallo a été un grand architecte. Rome lui doit beaucoup.

Michelangelo s'assit, pensif, puis demanda :

— Crois-tu, Tommaso, que j'ai toujours été juste avec lui ?

Comme le jeune homme hésitait à répondre, il continua :

— Je vois bien que tu retiens tes mots, que tu crains de m'être désagréable. Dis-moi ce que tu penses !

— Maître, on dit qu'il est mort de chagrin. Le chagrin de finir sa vie sur des échecs. Il n'aurait pas supporté sa destitution du palais Farnèse et des fortifications, vos critiques sur la manière dont il gérait les travaux de Saint-Pierre et la désaffection du pape !

— Peut-être ai-je été trop dur, trop direct en le jugeant. Mais fallait-il que je mente quand on me demandait mon avis ! Si tu crois que je n'ai jamais été critiqué au cours de ma vie, ni insulté ou désavoué ! Les Della Rovere m'ont traité de voleur parce que les Médicis m'interdisaient de travailler à leur tombeau. Aretino insulte mon « Jugement dernier » et trouve des appuis dans l'entourage du Saint-Père, Jules II m'a rossé... J'en ai eu des occasions de mourir de chagrin ! Et je suis toujours là ! Je suis peiné pour Sangallo mais ceux qui me rendent responsable de sa mort se trompent ou veulent me nuire !

— Personne n'a dit une pareille chose devant moi ! Mais quand vous comparez les attaques dont vous avez été l'objet à celles qui ont touché Sangallo, vous oubliez peut-être que vous aviez raison. Lui a dû se rendre compte que les critiques dont il était l'objet étaient fondées !

On ne parla plus de la mort de Sangallo jusqu'à ses obsèques qui furent grandioses. Michelangelo y assistait avec tous les artistes, les artisans et les ouvriers que l'architecte avait fait travailler. En regagnant Macel de'Corvi avec Tommaso et Urbino, le maître observa :

— Sangallo n'a pas eu de chance de me trouver sur son chemin.

Un peu plus loin, Urbino demanda :

— Messer, n'avez-vous pas repensé à votre rêve ?

— Je n'ai fait que cela durant toute la cérémonie.

— Accepterez-vous de reprendre les travaux de Saint-Pierre si le pape vous le demande ?

— Non. L'ampleur de la tâche dépasse mes pauvres forces. Je voudrais vraiment avoir le droit, à la fin de ma vie, de faire ce dont j'ai envie.

Mais, le lendemain, un garde vint prévenir Michelangelo qui travaillait dans la chapelle Pauline que Sa Sainteté désirait le voir tout de suite.

— Je crois savoir ce qu'il a à vous dire ! lança Tommaso en riant dans sa barbe.

Michelangelo ne répondit pas. Il changea sa vieille houppelande maculée contre un pourpoint propre et se rendit sans mot dire dans la bibliothèque.

Le pape l'attendait entouré d'une demi-douzaine de cardinaux, dont Carafa qui ne l'aimait pas et ne manquait jamais une occasion de le desservir auprès du pontife. Le visage de Paul III, plutôt sombre, s'éclaira en voyant arriver celui qu'il appelait son ami lorsqu'il parlait de lui :

— Mon fils, messieurs les cardinaux avaient presque tous un candidat à me proposer pour remplacer notre pauvre Sangallo. Je leur ai répondu que mon choix était fait. C'est vous, Buonarroti, qui êtes nommé architecte de Saint-Pierre.

— Mais, Très Saint-Père...

— Arrêtez là. Je sais que vous allez me dire que vous êtes malade, fatigué, vieux et que votre vrai métier est celui de sculpteur. Vous avez à peine dépassé les soixante-dix ans et vous êtes taillé, malgré vos petites misères, pour vivre encore longtemps. Bien assez pour que vous bâtissiez Saint-Pierre. Vous avez critiqué la qualité des fondations de Bramante, vous êtes venu me dire que Sangallo faisait fausse route, cela signifie que vous vous êtes toujours intéressé à la basilique. A vous de prouver que vous aviez raison.

Ce n'était pas une proposition mais un ordre. Un ordre qui aurait ulcéré Michelangelo s'il avait été donné à un autre artiste.

— Alors, Messer, c'est Saint-Pierre? demanda Tommaso quand il revint dans la chapelle.

— Oui. Et vous n'avez pas fini de m'entendre maugréer. Le pape est fou de me confier un tel fardeau et je suis encore plus fou d'avoir accepté. Je, ou plutôt nous construirons Saint-Pierre, car vous aurez votre part de l'écrasant labeur! Et nous commençons tout de suite: laissez les pinceaux et allons voir ce qui peut être sauvé des travaux de mes prédécesseurs.

— Comme si le maître ne le savait pas! souffla Tommaso à l'oreille d'Urbino.

Le maître savait et ses amis aussi: les quatre principaux piliers de Bramante restaient trop fragiles, malgré les réparations entreprises par Raffaello et Sangallo, pour supporter les tribunes et le dôme de la basilique. Il fallait donc araser avant de reconstruire et cette décision, prise comme une provocation, souleva la tempête chez les maîtres d'œuvre et les maçons engagés par Sangallo. Comment bâtir dans ce furieux désordre? Michelangelo était prêt à donner sa démission quand le pape lui donna le titre d'intendant en plus de celui d'architecte. Ceux dont l'hostilité demeurait manifeste furent congédiés, l'ancien intendant remercié et le trio de Macel de'Corvi put se mettre au travail. Grâce à une double rampe de charroi en spirale que n'aurait pas reniée le génial Leonardo da Vinci, les chevaux purent acheminer rapidement les matériaux dans les parties hautes de l'édifice. Le chantier soudain réveillé devint un centre d'attraction pour les Romains et la construction avança à une rapidité étonnante. Content, Paul III envoya une bourse de cent ducats à Michelangelo qui la refusa en disant que l'architecte de Dieu n'a pas à recevoir de salaire. La nouvelle de ce renoncement fit le tour de Rome, accrut encore le prestige du plus grand artiste d'Italie et cloua le bec pour un temps à ses détracteurs.

Dans la Péninsule, un seul artiste, un peintre, pouvait porter ombrage à la gloire de Michelangelo. C'était bien sûr Tiziano, le portraitiste des grands dont la réputation atteignait son apogée. Mais Tiziano était à Venise et ne pouvait gêner Buonarroti qui ne lui reprochait, sans le connaître, que ses faiblesses pour Aretino. L'annonce de sa venue à Rome lui fit pourtant froncer les sourcils, d'autant plus que Tiziano venait faire le portrait de Paul III. Il arriva en octobre dans un brillant équipage. Guidobaldo, le nouveau duc d'Urbino, lui avait offert une escorte de sept cavaliers et l'avait même accompagné jusqu'à Pesaro. La renommée d'un artiste se jugeait beaucoup à la manière dont le faisaient voyager ses protecteurs et à la qualité de l'accueil qu'ils lui réservaient. Jamais un peintre n'avait bénéficié d'autant d'égards : les artistes romains apprirent avec étonnement que Tiziano était logé dans le Vatican, au Belvédère, résidence des hôtes de marque. C'est un prince que Rome accueillait.

Paul III demanda un tableau en pied le représentant en compagnie de ses deux petits-fils, Alessandro, que son grand-père avait nommé cardinal à douze ans, et Ottavio ; par décence, on les appelait ses neveux. Un jour, Michelangelo, qui était venu rendre compte au pape de quelque incident de chantier, arriva dans la bibliothèque, pièce favorite du souverain pontife, en pleine séance de pose. Il exprima des excuses et s'en retournait, mais le pape lui fit signe de rester.

— Mon fils, regardez donc peindre votre confrère vénitien. Pour lui le dessin n'existe pratiquement pas. Il délaisse les méticuleuses études préliminaires auxquelles vous vous astreignez à Florence et à Rome et esquisse directement sa composition sur la toile.

Michelangelo, qui avait rencontré Tiziano peu de jours auparavant et l'avait traité en confrère de bonne compagnie, sembla en effet intéressé par la technique du compère vénitien qui usait d'emblée de la couleur.

— Votre couleur est vivante et vraie. Je vous admire, dit-il, courtois.

Il ajouta :

— Mais j'aimerais voir votre tableau terminé.

— Venez quand vous voudrez au Belvédère. C'est là que je vais l'achever.

En fait, plus que la façon de poser les couleurs, c'était la composition même du tableau qui intriguait Michelangelo. Ce portrait de famille aurait dû normalement être une œuvre soignée, aux ressemblances parfaites et conforme aux habitudes du temps. Or son œil perçant avait tout de suite remarqué que chacun des personnages jouait son rôle comme sur une scène de théâtre, le vieux pape avec son bonnet et sa mozette, squelettique mais l'œil plein de fureur, le cardinal et son air faussement détaché, enfin, Ottavio, le Judas de la famille Farnèse, qui semblait cacher derrière son humilité feinte une traîtrise à peine contenue.

Toutes les fois qu'il avait rencontré sur sa route fiévreuse un artiste susceptible d'offusquer sa gloire, Michelangelo n'avait pu s'empêcher de céder à la jalousie, d'exhaler sa mauvaise humeur et d'essayer de prouver sa supériorité. Même vieux et comblé d'honneurs, la place considérable prise par Tiziano dans les cours européennes, et maintenant au Vatican, piquait son orgueil. L'un de ses proches amis, le peintre Giorgio Vasari [1], avait été chargé par le pape de tenir compagnie à son hôte vénitien, de lui faire connaître les grands artistes et les plus beaux monuments de Rome. Grâce à lui, les relations entre les deux monstres sacrés demeurèrent courtoises sinon chaleureuses.

Giorgio Vasari conduisit un jour Michelangelo au Belvédère. Tiziano, grand seigneur vêtu avec élégance, peignait une Danaé recevant dans son sein la pluie d'or de Jupiter.

— Messer Buonarroti, vous me faites grand honneur en me rendant visite. J'admire votre œuvre plus que tout

1. Dessinateur, peintre habile, sculpteur à ses heures et même architecte, Giorgio Vasari, artiste typique de la Renaissance, devra en grande partie sa célébrité posthume à son œuvre écrite : *Les Vies des meilleurs peintres, sculpteurs et architectes*, première somme systématique des biographies de son temps, témoignage précieux d'un contemporain. Sans Vasari, on saurait peu de choses sur les artistes de la Renaissance italienne.

au monde. Vasari m'a fait découvrir la chapelle Sixtine qui vous assure une gloire éternelle.

A ces éloges, Michelangelo, flatté, ne pouvait répondre que par des louanges. Il dit qu'il trouvait la Danaé aussi magnifique que le portrait du pape qui trônait sur un chevalet en attendant le cadre qui lui était destiné. Lorsqu'ils eurent pris congé après de grandes politesses, Vasari demanda :

— Cher Michelangelo, dites-moi maintenant franchement ce que vous pensez du génie vénitien.

— Tiziano m'étonne. Il peint merveilleusement bien d'une manière très personnelle, ce qui est l'apanage des meilleurs. Je trouve sa couleur parfaite mais...

— Mais ? souligna Vasari avec un petit sourire.

— Mais je trouve dommage qu'à Venise on ne commence pas par apprendre à bien dessiner et que les peintres n'aient pas une meilleure méthode.

— C'est une critique sévère que vous formulez là...

— Non. Un regret. Car si Tiziano était aussi nettement soutenu par la force artistique du dessin que par la nature, surtout lorsqu'il peint sur le vif, personne ne pourrait faire plus, ni mieux, car il a un esprit magnifique et possède un style puissant et agréable.

C'était la dernière rencontre des deux maîtres. Tiziano quitta bientôt Rome pour s'en retourner à Venise, tandis que Michelangelo poursuivait la construction de Saint-Pierre. Les Romains, qui durant les dernières décennies n'avaient pratiquement constaté aucune avance du chantier, voyaient avec émerveillement la basilique prendre de la hauteur.

Le vieux maître enfourchait son cheval blanc qui le menait chaque matin au milieu des aides, maîtres carriers, maçons et charpentiers, tout un monde d'artistes et d'artisans anonymes qui s'affairaient entre les murs blancs comme des fourmis dans leur fourmilière.

Quand il eut dépassé le cap des quatre-vingts ans, Michelangelo commença à souffrir de calculs rénaux. Il en plaisantait en disant qu'il était bien normal que celui qui avait toute sa vie sculpté le marbre et travaillé la *pietra serena* fût atteint au soir de son âge par la maladie de la pierre. Il souffrait mais sa pensée n'avait maintenant qu'un but : coiffer la basilique d'un dôme digne de la gloire chrétienne et de son génie.

Physiquement, Michelangelo ne changeait guère. C'est la vie autour de lui qui s'emballait. Urbino, qui semblait solide comme un roc de carrare, était soudain tombé malade. Quand il s'éteignit après avoir trouvé des serviteurs honnêtes et fidèles pour le remplacer auprès de son cher maître, celui-ci éprouva un grand chagrin. « Depuis sa mort il me semble que je suis sans vie ! » répétait-il à Tommaso qui le secondait avec amour et dévouement sur le chantier de Saint-Pierre. L'admirateur et l'ami fervent s'était marié et venait d'avoir un enfant. Lionardo, le neveu, qui gérait à Florence la fortune gagnée par Michelangelo, avait eu lui aussi un fils et le vieil homme était soulagé de savoir que le nom de Buonarroti lui survivrait. Enfin, et ce n'était pas le moindre des événements qui le touchaient, le pape Paul III mourut à son tour. Michelangelo, comme chaque fois que le trône de saint Pierre changeait de propriétaire, fut pris d'angoisse : le nouveau pape allait-il le laisser poursuivre ses travaux ? Il imaginait les hommes rouges réunis en conclave dans sa chapelle, la Sixtine, s'offusquant des nudités du « Jugement ». C'était le cas du cardinal Cervini, opposant farouche de Buonarroti et qui fut élu sous le nom de Marcel II. Mais Michelangelo eut à peine le temps de trembler : Dieu rappela Marcel après seulement trois semaines de règne.

Nouveau conclave, nouvelle inquiétude : le maître apprit avec désespoir que le nouvel élu n'était autre que le cardinal Carafa qui l'avait toujours desservi auprès de Paul III et ne pensait qu'à détruire sa fresque. Qu'allait-il décider, maintenant qu'il était le pape Paul IV ? Michelangelo n'eut pas à attendre longtemps : l'un des premiers brefs du nouveau souverain pontife ordonnait qu'un badigeon de chaux couvrît au plus vite la fresque indécente. Pour ne pas assister à la destruction de son œuvre, le maître décida de s'éloigner. Il partit passer six semaines dans les montagnes de Spolète en compagnie d'Antonio, son nouveau serviteur. Quand il revint à Rome, les pécheurs étaient toujours nus sur le mur d'autel de la Sixtine et une proposition officieuse l'attendait : son ami et son aide, Daniele da Volterra, avait obtenu, grâce au secours de certains cardinaux admirateurs de Michelangelo, que la fresque ne fût pas détruite.

— A quelles conditions ? demanda le maître qui flairait quelque manigance.

— Qu'on habille la plupart des personnages...

Daniele avait dit cela craintivement, s'attendant à une explosion de fureur de Buonarroti. Mais, contre toute attente, celui-ci éclata de rire :

— On va mettre des *calzoni* aux damnés ! Des cotillons aux saintes et aux pécheresses ! Et qui sera l'habilleur ? On ne va tout de même pas me demander de faire le costumier !

— C'est moi, maître, qui suis chargé de la besogne. Je me suis battu pour être désigné afin qu'un peintre quelconque, trop heureux de rectifier l'œuvre du grand Michelangelo, ne la gâchât pas à jamais. Nous choisirons ensemble une couleur légère qu'un coup d'éponge suffira plus tard à effacer. Quand Carafa sera mort, par exemple !

— Ne dis pas des choses pareilles. Je prie pour que Dieu m'empêche de les souhaiter moi-même.

— Et vous savez que j'ai la réputation d'être le peintre le plus lent de Rome. Je vous assure que je ne me presserai pas [1] !

— Bien, mon ami. Fais au mieux ce que tu dois faire. Si le pire est évité pour la Sixtine, il reste mon église qui demeure sans toit... En attendant, sais-tu ce que je vais faire ?

— Vous éloigner à nouveau de Rome ?

— Non. Je vais reprendre la « Descente de Croix » qui me tient tant à cœur. Seuls la pierre, une masse au manche lisse qui effleure à peine le cal de main et un ciseau bien trempé peuvent, une fois encore, me faire supporter mes misères !

La « Descente de Croix », il y avait des années que Michelangelo l'avait commencée dans le bloc abandonné

1. Daniele da Volterra gardera de ce travail le surnom de « Braghettone » (tailleur de caleçons).

près de Saint-Pierre. Il y avait travaillé pour se délasser des longues séances passées à peindre ses dernières fresques. Le marbre était antique, sa forme imposait des contraintes mais, loin de s'en inquiéter, il les avait acceptées comme des difficultés passionnantes à vaincre, un défi à son habileté et à son génie.

Tous ceux qui avaient pu voir le maître malaxer dans la cire une réduction de l'idée qu'il s'était formée de sa statue, puis fabriquer avec l'aide de Tommaso un modèle en plâtre recouvert de stuc, plus grand et plus abouti, et enfin dégrossir la pierre avec une précision et une énergie stupéfiantes, pensaient que Michelangelo avait entrepris une œuvre de facture nouvelle qui s'annonçait admirable. A Vasari il avait dit : « Je ferai don de cette Pietà à l'église où je voudrais être enseveli. »

La forme irrégulière du bloc, en effet, ne l'avait pas gêné. Il l'avait au contraire utilisée pour y introduire ses personnages : le Christ abandonné, tous ses membres relâchés, soutenu par Nicodème, la Mère douloureuse et l'une des Marie affligées. Il restait à finir les visages dont la souffrance ébauchée éclatait déjà d'une beauté dramatique, à rectifier les plis des voiles et des vêtements, à polir les membres amaigris du Christ.

En retrouvant sa statue, Michelangelo hocha la tête et dit à Tommaso qui l'accompagnait :

— Ce n'est pas mal, mais je découvre aujourd'hui maints défauts qui m'avaient échappé. La jambe gauche du Christ, d'abord, que je vais amincir. Elle ne semble être là que pour jouer un rôle d'équilibre alors qu'elle doit participer au drame, comme le reste.

Tommaso Cavalieri hasarda une remarque :

— Maître, vous m'avez dit que ce marbre antique est le plus dur que vous ayez travaillé, qu'il est plein d'émeri, qu'il fait feu sous le ciseau. Ne craignez-vous pas une cassure qui détruirait la beauté de votre œuvre ? Je vous supplie de considérer celle-ci comme étant parvenue à la perfection, en dehors des travaux de finition qui ne présentent pas de risques !

— Tu as peut-être raison mais Buonarroti, tu le sais, ne s'arrête pas quand il sait qu'il peut faire mieux. On ne voit rien ici. Va donc chercher des lanternes, que je me mette tout de suite au travail.

Bientôt les premiers éclats de la cuisse du Christ volèrent dans les étincelles provoquées par le ciseau au contact de la pierre. Tommaso, fasciné par le combat fiévreux que son maître menait contre le vieux marbre des païens, retenait son souffle. C'est à ce moment que le drame se produisit. Brusquement le ciseau emporta un morceau de matière et laissa apparaître une profonde crevasse, là où devait exister une fêlure jusque-là invisible.

Un silence tragique succéda au bruit assourdissant de la masse. Michelangelo s'assit face à sa statue blessée. Tommaso crut voir des larmes mouiller son visage ridé. Enfin, Buonarroti, seigneur jusque dans l'infortune, se leva et dit :

— Tu avais raison, mon fils. Mais pouvais-je deviner que ce marbre maudit méditait une vengeance ? Viens, rentrons à la maison, nous allons réfléchir...

Michelangelo passa une mauvaise nuit. L'angoisse de la mort, qui l'avait laissé en paix depuis quelque temps, rôda à nouveau entre les murs de la chambre monacale où il dormait. Le lendemain matin, il dit à Tommaso arrivé de bonne heure pour soutenir le maître dans l'épreuve :

— Tout à l'heure, à l'aube, je suis allé mesurer le désastre et j'ai fait ce qui devait être fait.

— Quoi donc, mon maître très cher ?

— Michelangelo ne raccommode pas ses statues, il détruit ce qui est manqué.

— Quoi ? Vous avez massacré votre Pietà ?

— J'ai résisté au désir de prendre ma grosse masse et de la réduire en morceaux. J'ai simplement sacrifié la jambe fêlée.

Tommaso entraîna Daniele da Volterra qui venait d'entrer dans l'atelier pour constater ce que le vieil homme humilié et découragé avait fait. Des morceaux de marbre jonchaient le sol, le Christ avait perdu jambe et cuisse. L'équilibre pyramidal parfait qu'avait composé Michelangelo était compromis mais l'ensemble conservait sa poignante beauté. Volterra ramassa le genou et demanda au maître s'il pouvait le garder en souvenir. Il l'obtint et le conserva pieusement toute sa vie [1].

— Ce sera le dernier coup de masse de Michelangelo Buonarroti ! annonça celui-ci. Désormais je ne vais plus m'occuper que de la basilique et de son dôme puisque, malgré toutes les intrigues, le pape m'a laissé la maîtrise des travaux. Dieu seul sait si j'irai jusqu'au bout !

***

Michelangelo continua de surveiller les travaux de Saint-Pierre et de la place du Capitole que Paul III lui avait demandé de remodeler et il commença à s'occuper sérieusement de la coupole, point d'orgue de la basilique. Il savait que c'était l'œuvre majeure sur laquelle il serait jugé, il savait aussi qu'une coupole telle qu'il la rêvait, alliance divine entre la sculpture et l'architecture, serait infiniment longue à construire et que, même en vivant jusqu'à cent ans, il n'avait aucune chance de la voir terminée. Il bornait donc son ambition à prévoir tous les détails sur le papier et à mener assez loin la construction pour qu'elle soit irréversible. Pour cela il dessinait furieusement, calculait la résistance des piliers porteurs, allégeait les formes de la lanterne et donnait ses esquisses à Tommaso qui les mettait au propre et les classait dans le grand coffre de l'atelier qu'on avait vidé d'anciens dessins, de projets d'études qui auraient fait le bonheur de tout amateur, mais que le maître avait voulu brûler malgré les protestations de Cavalieri qui ne réussit à en conserver que quelques-uns.

Quant à sa décision de ne plus toucher à un ciseau, il n'en fut bientôt plus question. La sculpture était pour Michelangelo un besoin que rien ne pouvait remplacer, la poussière de marbre une drogue dont sa gorge ne pouvait se passer. Ses amis lui trouvèrent dans le Forum un morceau de colonne qu'un sculpteur anonyme avait déjà

1. Après maintes tribulations, la dernière Pietà de Michel-Ange reviendra à Florence. Elle n'ornera pas, hélas, le tombeau assez médiocre du grand Florentin à Santa Croce La « Déposition » est, depuis 1622, exposée au Dôme.

essayé de dégrossir. Il n'était pas possible d'en faire un groupe pyramidal dans le style de ses anciennes Pietà. Il réduisit donc son projet aux deux figures de la Mère et du Fils. C'était bien suffisant pour que le vieil homme trouve la paix du soir en fouillant la pierre rebelle et en insufflant sa tendresse à la Reine des douleurs.

Les années, les dernières, filaient ainsi au-dessus de la tour qui se hissait, pierre après pierre, vers le ciel. Tommaso pressait le maître de faire une maquette définitive de la coupole dont la construction allait bientôt pouvoir commencer :

— Maître, n'abandonnez pas votre église à vos ennemis. Donnez-moi toutes vos directives et je la construirai cette maquette. Piero Marco, le menuisier qui travaille et sculpte merveilleusement le bois de tilleul, m'aidera.

— Bon. Mais ma coupole, il faut que je la sente avec mes mains, que j'en pétrisse les formes, que j'en cisèle la voussure. Alors je vais la modeler. La glaise m'est plus familière que le crayon et la plume. Quand j'aurai enfin créé la forme parfaite du dôme, alors tu pourras faire la maquette. A propos, où en est le tambour ? Est-ce que le travertin adhère bien à la brique ?

— Tout va bien, mon maître. C'est parce que ça va bien que je vous presse.

— Demain, tu m'accompagneras à Saint-Pierre. Il n'est pas mauvais que je me montre car mon vieil ennemi Baccio Biagio, qui lorgne ma place depuis tant d'années, répand le bruit que je ne suis plus en état d'assumer ma tâche.

Michelangelo, il est vrai, ne se rendait plus souvent sur le chantier. Il préférait se ménager pour la conception de la coupole et l'avancement de sa dernière sculpture à laquelle il travaillait tard dans la nuit grâce à un curieux chapeau de carton à large bord sur lequel il avait posé des chandelles. Tommaso avait beau lui dire que c'était dangereux et qu'un jour il allait mettre le feu à la maison, le vieillard affirmait que sa trouvaille lui faisait gagner quatre heures de vie chaque jour et qu'à son âge c'était important.

— A propos, Tommaso, sais-tu pourquoi j'aime tant la sculpture ?

— Parce que la pierre et vous...

— Non ! Parce que la sculpture fait usage des deux bras de l'artiste. Je n'ai plus le temps d'en laisser un inactif !

Tommaso sourit. Le temps, le temps... Michelangelo en parlait sans arrêt. Il ne se souciait plus des jalousies des uns, des mensonges des autres, il savait que le seul et dernier ennemi qu'il avait à combattre était le temps. Et que le temps finirait immanquablement par gagner.

En fait, l'irascible Buonarroti était devenu un sage. Le soir, il aimait raconter les souvenirs de la vie prodigieuse qui avait été la sienne. Tommaso, Daniele da Volterra, Antonio son serviteur et parfois Vasari se groupaient autour de lui et l'écoutaient religieusement parler du Jardin de Laurent le Magnifique, du choc formidable produit par l'érection de son David, de sa rivalité avec Leonardo, du sac de Rome auquel il avait échappé de justesse...

— J'ai tout vu, j'ai tout vécu, disait-il. Rien ne peut maintenant me surprendre.

Il oubliait que Rome est une ville imprévisible. Le pape Paul IV, qui finalement s'était rangé du côté du génie et avait bien traité le grand Buonarroti, mourut subitement. C'était le treizième pape que Michelangelo voyait quitter le Vatican pour aller à la rencontre du bon Dieu. L'événement ne l'aurait guère perturbé si cette mort n'avait été accompagnée par un soulèvement populaire aussi violent qu'inattendu.

— Je me demande pourquoi la foule se déchaîne ainsi. L'ancien cardinal Carafa a mené une vie plutôt sage. Mais que s'est-il passé vraiment dans la rue ? demanda Michelangelo à Tommaso.

— On ne sait pour quelle raison, le peuple a abattu la statue de Carafa inaugurée il y a peu de temps.

— Ce n'est pas grave, elle ne valait rien, commenta Michelangelo.

— Eh bien ! on ne la verra plus. La tête détachée a été traînée dans les rues de Rome avant d'être jetée dans le Tibre. Après, la foule s'est ruée sur le palais de l'Inquisition pour libérer tous les prisonniers et détruire les archives.

— Encore une excellente chose. Le tribunal des Espagnols et des Allemands n'a pas sa place dans un pays civilisé et chrétien comme le nôtre!

— Bref, maître, vous ne pleurez pas Paul IV?

— Je ne le pleure pas, mais je le regretterai peut-être.

Pour une fois, le Sacré Collège n'élut pas un vieillard. Giovanni Angelo de Médicis n'avait que soixante ans quand il devint Pie IV. Il respectait et admirait Michelangelo qui apprécia deux de ses premières décisions: la confirmation de ses prérogatives d'architecte de Saint-Pierre et l'abolition de l'Inquisition.

Le vieux Buonarroti étonnait la ville. A plus de quatre-vingt-huit ans, il enfourchait chaque matin son petit cheval blanc pour se rendre à la messe. Après l'office il aimait bavarder avec les prêtres de la paroisse et les passants. Contrairement à certains vieillards, il était fier de son âge et aimait rappeler qu'au moment de la conjuration des Pazzi on le portait encore sur les bras et qu'il se souvenait de l'arrestation, plus tard, de Jacopo Pazzi.

La maquette du dôme était construite. Magnifique réduction à l'échelle de quinze millièmes, elle avait reçu l'approbation enthousiaste du pape. Tous les artistes de Rome, les amis et beaucoup d'inconnus défilaient dans la maison de Macel de'Corvi pour admirer ce chef-d'œuvre dont le bois, recouvert de colle et de sciure, puis peint, imitait à merveille la pierre et le marbre. Les statues finement reproduites étaient toutes en place. Maintenant que le tambour était terminé, on pouvait se faire une idée exacte de ce que serait la basilique.

Le 14 février 1564, Tommaso vint annoncer au maître qu'on allait commencer à élever la première rangée de la coupole. Il s'attendait à une manifestation de joie mais Michelangelo, qu'il trouva faisant les cent pas devant chez lui malgré la pluie, ne répondit que par un hochement de tête. Comme son ami lui reprochait d'être sorti par un aussi mauvais temps alors que le médecin lui avait conseillé le repos, il répondit, fataliste:

— Que veux-tu que je fasse? Je me sens mal, je ne trouve le repos nulle part!

— Voulez-vous, maître, qu'on demande à votre neveu de venir? Comme vous lui avez ordonné plusieurs fois de n'en rien faire, il ne quittera Florence que si vous le lui demandez.

— Oui. Dites-lui qu'il se hâte. Mon cher Tommaso, je crois que je vais bientôt vous quitter. J'aurais voulu voir l'effet que va faire cette sacrée coupole dans le ciel de Rome, mais je n'aurai pu que l'imaginer... Je compte sur toi et sur les amis que j'ai gardés au Vatican pour qu'on ne bouleverse pas notre projet. Pas parce que c'est celui de Michelangelo, mais parce que personne en ce moment ne peut faire mieux.

Tommaso, ému, rassura le maître de son mieux et lui demanda de se coucher en attendant le médecin, Federigo Donati, qui allait passer le voir. Celui-ci confirma son diagnostic de la veille: Michelangelo brûlait dans la fièvre ses dernières forces parmi les vivants.

— Son neveu Lionardo a-t-il été prévenu? demanda-t-il.

— Une lettre est partie pour Florence, mais même en faisant diligence je crains que Lionardo ne puisse arriver à temps.

Le soir, profitant de l'absence de Tommaso, le vieillard se leva et exigea qu'Antonio l'aide à monter à cheval. Il voulait, disait-il, aller voir où en étaient les travaux de Saint-Pierre. Il ne réussit naturellement pas à enfourcher sa petite jument et dut se recoucher. Ses amis le retrouvèrent le lendemain dans une grande agitation. On devinait plus qu'on ne comprenait qu'il parlait de Florence, de la maison de famille que son neveu avait considérablement agrandie grâce aux petites fortunes qu'il n'avait cessé de lui envoyer depuis des décennies Enfin, il demanda à Tommaso et à Daniele de s'approcher et dit plus calmement, et distinctement, comme s'il voulait être sûr d'être entendu:

— Ma patrie est Florence. Je sais que je vais mourir ici mais je veux que ma dépouille soit ramenée à Florence où je souhaite reposer. Dites-le à Lionardo et faites en sorte qu'il en soit ainsi.

Le lendemain, Vasari racontera qu'« avec une parfaite connaissance, il fit son testament en trois phrases. Il remettait son âme à Dieu, son corps à la terre et ses biens aux parents les plus proches ». Quelques jours auparavant il avait donné à Antonio deux Christ en pierre sculptés par lui, ce qui était un cadeau royal. Il s'était aussi occupé d'assurer l'avenir de Cornelia, la veuve de son cher Urbino, et de ses deux enfants.

Le soir tombait. Calme, il demanda qu'on allume des chandelles et dit qu il était content de voir tous ses amis autour de lui. Il y avait là Tommaso, « le cher seigneur aimé » qui l'avait durant trente ans entouré de sa tendre vénération, Daniele da Volterra, le compagnon fidèle des dernières années, les médecins Donati et Fidelissimi qui l'avaient soigné, et Antonio qui n'avait jamais vraiment remplacé Urbino mais qui avait veillé sur son maître avec dévouement. Prévenu de l'imminence de la mort de son grand artiste, le pape envoya deux évêques pour recueillir ses dernières phrases de contrition. Et le peintre de la Sixtine, le sculpteur des Pietà, entra religieusement dans un monde meilleur.

***

Lionardo Buonarroti, bien qu'il eût pris la poste, ce qui était le moyen de transport le plus rapide, n'arriva à Rome que quatre jours après le décès de son oncle. En attendant de lui faire des funérailles de prince, le pape avait ordonné qu'on déposât le corps dans l'église Santi Apostoli. La compagnie de Saint-Jean-le-Décollé, dont Michelangelo était membre depuis qu'il avait fait la connaissance de Vittoria Colonna, se chargea du transfert après que ses amis eurent habillé le maître de son plus beau vêtement de damas noir, de ses bottes éperonnées avec, sur la tête, un chapeau en feutre à poils longs à la mode de sa jeunesse.

En l'absence de Lionardo, l'ambassadeur du grand-duc de Florence, Cosimo Ier, avait fait l'inventaire des objets contenus dans la maison de Macel de'Covi afin que rien n'y fût subtilisé. En fait, Cosimo Ier croyait qu'elle contenait des trésors artistiques que Lionardo avait promis de lui céder. Le désappointement avait été grand quand le diplomate florentin avait dû constater que l'atelier ne recelait que trois statues non terminées : la dernière Pietà et les deux Christ régulièrement légués à Antonio. Quant aux dessins, cartons et esquisses dont les collectionneurs étaient si friands, il n'en restait qu'une petite liasse, oubliée dans un tiroir quand Michelangelo avait brûlé tous ceux qu'il ne jugeait pas dignes de lui survivre. Le seul trésor découvert avait été une caisse plombée contenant huit mille deux cents écus revenant à Lionardo.

Il restait à respecter la dernière volonté de Michelangelo : être ramené et inhumé à Florence. Comment satisfaire cette prière quand le pape avait déclaré très clairement que le maître Buonarroti était citoyen de Rome, que la ville lui devait ses plus beaux chefs-d'œuvre et qu'il n'était pas question de lui donner de sépulture ailleurs qu'entre les murs de Saint-Pierre qu'il avait bâtis.

De longs conciliabules réunirent Lionardo, Tommaso, Daniele et Benvenuto Cellini, toujours précieux lorsqu'il s'agissait de forcer le destin. Finalement, avec la bénédiction de l'ambassadeur de Florence à qui reviendrait la délicate mission de révéler au pape qu'il avait été berné, il fut décidé qu'on tenterait la seule chance qui s'offrait : enlever de nuit le corps de Michelangelo et le transporter secrètement jusqu'à Florence où le grand-duc l'attendait pour l'ensevelir au cours d'une cérémonie grandiose. Même mort, les deux cités continuaient de se disputer le génie.

— Avec un peu d'adresse, l'enlèvement de Santi Apostoli est assez facile, dit Cellini. A condition naturellement d'opérer la nuit. Mais comment sortir le corps de la ville et comment ne pas être arrêtés en route ?

C'est Lionardo, dont son oncle avait toujours mésestimé l'entendement, qui trouva une solution, macabre il est vrai. Les marchands utilisaient deux fois la semaine des caravanes de mulets pour assurer le trafic des marchandises entre Rome et Florence. Pourquoi ne pas employer ce moyen de transport ? Qui irait penser que le corps du grand Michelangelo ballottait, ficelé sur le dos d'un mulet, quelque part entre Rome et Florence ?

Ainsi fut décidé. Lionardo s'attacha les services de deux muletiers, pour le cas où l'une des bêtes serait victime d'un accident de route, il se procura des couvertures et des sangles solides chez le *sellaio* de la Via del Baccano et l'opération fut fixée à la nuit du 26 septembre, la caravane devant se mettre en route au petit matin.

Benvenuto Cellini était le chef tout désigné de la bande des honorables voleurs de cadavre. Il avait été mêlé depuis sa jeunesse à tant d'aventures que celle-là ne l'impressionnait pas. Au contraire, elle l'excitait : ce n'est pas tous les jours qu'on peut soustraire au pape la glorieuse dépouille du plus grand artiste de son temps !

Après les vêpres, l'orfèvre se laissa enfermer dans l'église avec Tommaso et rassembla le matériel que les autres avaient discrètement caché durant la journée dans des endroits sombres et peu fréquentés. Les deux compères décidèrent ensuite de dormir quelques heures à tour de rôle, emmitouflés dans les couvertures car il faisait froid dans l'église. Vers cinq heures, ils commencèrent leur lugubre tâche. Il s'agissait de transformer le cercueil de Michelangelo, qui reposait sur des tréteaux dans la première chapelle, en un ballot dont on ne pourrait pas deviner le contenu. Il était lourd car on l'avait entièrement recouvert d'une mince enveloppe de plomb à la demande de Lionardo. Enveloppé soigneusement dans les grandes couvertures cousues, sanglé étroitement, le cercueil ressemblait à un énorme colis anonyme, protégé contre les aléas d'un voyage. Exténués, les deux hommes s'assirent en attendant que les moines du monastère voisin sonnent matines. C'était le signal convenu pour que Lionardo et Daniele viennent prendre possession du fardeau à la porte qui donnait sur une ruelle où les risques étaient minces de rencontrer un gêneur.

Enfin la cloche tinta. Cellini ouvrit facilement la porte grâce à la clé qui se trouvait sur la serrure. Dans la nuit il aperçut deux ombres, puis, derrière, celle d'un mulet bâté.

— C'est prêt, dit simplement Cellini. Vous pouvez charger.

Il ne fallut que quelques instants pour arrimer solidement le mort le plus illustre de Rome sur la mule grise qui allait, cahin-caha, lui faire accomplir son dernier voyage terrestre.

Comme Lionardo devait demeurer un temps à Rome pour régler les questions pratiques de la succession, Benvenuto Cellini qui avait à faire à Florence proposa d'accompagner le corps qu'attendaient tous les artistes de la ville pour lui faire de dignes obsèques dans l'église San Lorenzo où se trouvait la plus grande partie des œuvres du maître. Après, le duc avait décidé que Michelangelo serait inhumé à Santa Croce.

Aux premières lueurs du jour, la cohorte des marchands franchit la Porta di Terni. Au milieu de la colonne marchaient deux mules. L'une d'elles était montée par l'un des convoyeurs engagés qui ne se doutait pas que le colis encombrant dont il avait pris possession le matin renfermait un cadavre. De l'autre côté, Cellini, à cheval, surveillait muletier et fardeau. La mule peinait mais le chargement tenait bon. Le maître Buonarroti irait au bout du voyage...

Le 9 mars, à un détour de la route, Florence apparut dans un trou de brume. Cellini fit signe au muletier de s'arrêter et de laisser passer le reste du convoi. L'homme trouva alors l'attitude de son compagnon étrange. L'orfèvre, descendu de cheval, parlait au colis. Il disait des phrases qui n'avaient ni queue ni tête :

— Ami, notre maître à tous, tu t'es souvent arrêté à cet endroit lorsque tu revenais chez toi, tu m'as dit cela un jour. Eh bien ! aujourd'hui, après trente ans passés dans la cité des papes, tu retrouves Florence. Pour toujours. Elle est belle, tu sais, notre ville, à la tombée du soir !

Cellini enfin s'était tu. Assis sur le talus, il semblait égaré dans son rêve. Au bout d'un moment, le muletier lui tapa sur l'épaule :

— Monseigneur, vous dormez ? Il se fait tard. Où allons-nous livrer notre marchandise ?

— Dans la première église que nous rencontrerons.

— D'une église à une autre... Qu'avons-nous donc transporté ?

— Un mort, mon cher ! Un mort qui ressuscitera chaque fois qu'un vivant admirera une pierre qu'il a sculptée ou un tableau qu'il a peint !

TABLE